KB143241

2

120회본을 시사詩詞까지 완역한

원본

# 수호전

水滸傳

**2**

시내암 지음
송도진 옮김

글항아리

## 차 례

【 제21회 】

# 살인[1]

송강은 유당과 헤어지고 밝은 달빛이 가득한 거리를 천천히 걸어 집으로 돌아가고 있었다. 마침 염 노파가 보고는 앞으로 달려와 말했다.

"압사님, 여러 번 사람을 시켜 청했는데 귀인이라 얼굴 한번 뵙기가 쉽지 않습니다! 천한 딸년이 말하는 것이 합당하지 않아 압사님의 기분을 상하게 했는데 제가 압사님께 사과하라고 훈계했으니 이 늙은이의 얼굴을 봐서 용서하십시오. 오늘 밤 이 늙은이에게 인연이 있어 이렇게 압사님을 만나게 되었으니 함께 가시지요."

"내가 오늘 현 안의 사무가 바빠 처리도 못할 지경이니 다음에 가리다."

"이러시면 안 됩니다. 제 딸이 지금 집에서 압사님만 기다리고 있으니 자상하게 달래주시기만 하면 됩니다. 정말 이렇게 버려두시면 안 됩니다!"

"정말 내가 바쁘니 내일 확실히 가리다."

1_ 제21회 제목은 '虔婆醉打唐牛兒(기생 어미가 취해서 당우아를 때리다). 宋江怒殺閻婆惜(송강이 분노하여 염파석을 죽이다)'이다.

"내가 오늘은 반드시 모시고 가야겠소."

송강의 옷소매를 잡아당기며 말했다.

"도대체 누가 충동질했기에 그러십니까? 우리 두 모녀 남은 인생은 모두 압사님에게 달려 있습니다. 남들이 아무리 이러쿵저러쿵 시비를 걸더라도 그 말을 믿으시면 안 됩니다. 압사님 스스로 주관대로 하셔야지요. 우리 딸이 무슨 잘못을 저지르면 모두 이 늙은이에게 맡기십시오. 압사님, 일단 저와 같이 가시지요."

"그만 귀찮게 하시오. 내가 일이 바빠서 정말 갈 수가 없소."

"압사님이 공무를 조금 잘못했다고 지현 상공께서 질책하는 상황까지는 이르지 않습니다. 이번에 놓치면 다음에 다시 만나기 어렵습니다. 압사님, 꼭 이 늙은이와 가셔야 합니다. 집에 가면 아뢸 말씀도 있습니다."

송강은 호쾌한 성격이라 노파가 달라붙는 것을 견디지 못하고 말했다.

"이 손 놓으시오. 내가 가면 되지 않소."

"압사님, 너무 그렇게 빨리 가지 마시구려. 이 늙은이가 따라갈 수가 없습니다."

"그러면 이러면 되겠소?"

두 사람은 앞서거니 뒤서거니 문 앞에 도착했다. 여기에 증명하는 시가 있다.

술이 사람 취하게 하는 것이 아니라 사람 스스로 취하는 것이며
꽃이 사람 미혹시키는 것이 아니라 사람 스스로 끌리는 것이라네.
설사 오늘에서야 후회가 됨을 알게 될 줄 알았으면서도
어찌하여 처음부터 가지 않도록 하지 않았단 말인가!
酒不醉人人自醉, 花不迷人人自迷.
直饒今日能知悔, 何不當初莫去爲.

송강은 발걸음을 멈추고 서서 망설였다. 염 노파가 손을 벌려 막으며 말했다.

"압사님께서 여기까지 오셔놓고 안 들어가려는 것은 아니겠지요."

송강은 들어가서 등받이 없는 의자에 앉았다. 노파는 사악하여 예로부터 말하기를, '간사하고 교활한 노파의 손에서 어떻게 벗어날 수 있겠는가?'라고 했다. 송강이 달아날까 두려워 옆에 앉아서 소리쳤다.

"애야, 네가 사랑하는 삼랑三郎이 여기 오셨다."

염파석은 침상에 뒤집어져 외로운 등불을 마주대하고 아무 생각 없이 소장삼이 오기만을 기다리고 있었다. '네가 사랑하는 삼랑이 여기 오셨다'라는 어미의 말을 듣고 장삼랑이 온 줄 알고 서둘러 일어나 손으로 쪽진 머리를 다듬으며 중얼중얼 욕하며 말했다.

"급살 맞을 인간이 나를 힘들게 기다리게 했네! 귀빰이라도 두어 대 올려붙여야지!"

나는 듯이 아래층으로 달려 내려가 문짝 틈새 사이로 바라보니 방 앞에 유리로 만든 등잔이 환하게 빛나는데 엉뚱하게 송강을 비추고 있었다. 파석은 다시 몸을 돌려 이층으로 올라가 침상 위에 도로 누워버렸다. 염 노파는 딸이 내려오는 발소리를 들었는데 다시 올라가는 소리를 듣고는 소리쳤다.

"애야, 너의 삼랑이 여기 계신데 어째서 다시 올라가니?"

파석은 침상에 누워 대답했다.

"이 집이 얼마나 멀다고 올라오지 못하고, 또 장님도 아닌데 어째서 스스로 올라오지 못한단 말이야? 내가 가서 마중하기를 기다린단 말이야. 잔소리할 필요 없잖아!"

"저년이 압사님을 보지 못해서 정말로 화가 났나 봅니다. 말은 저렇게 해도 압사님이 잔소리 한두 마디만 참으면 아무 일 없을 겁니다."

노파가 웃으면서 말했다.

"압사님, 제가 함께 올라가겠습니다."

송강은 그 말을 듣고 마음이 반쯤 불편해졌다. 노파에게 이끌려 마지못해 이층에 올라갔다.

이 건물은 본래 서까래가 6개인 2층 건물이었다. 앞 칸에는 전망대로 탁자와 의자가 있었고 뒤 칸은 침실로 삼면 모서리에 꽃을 새긴 침상이 바짝 붙어 있었다. 침상 양쪽은 난간이고 위에 붉은 비단 휘장을 쳤다. 곁에는 옷걸이를 두고 수건을 걸어놓았으며 그 앞에 대야가 놓여 있었다. 금칠을 한 탁자 위에는 주석으로 만든 등잔 받침대가 있었고 옆에 등받이 없는 의자 두 개가 있었다. 정면 벽에는 한 폭의 미인도 속의 미녀가 걸려 있고 침상 맞은편에 등받이가 있는 접이식 의자 4개가 나란히 있었다.

송강이 이층에 올라가자 노파가 끌고 방 안으로 들어갔다. 송강은 사각형의 등받이 없는 의자에 침상을 향하여 앉았다. 염 노파는 딸을 끌어 일으키며 말했다.

"압사님 오셨다. 얘야, 네가 성질이 나빠 심한 말로 마음을 상하게 해서 압사님이 한동안 안 찾아오시게 해놓고 너는 도리어 집 안에서 압사님 생각하고 있었잖아. 지금 내가 어렵게 모시고 왔는데 너는 일어나서 말도 좀 하지 않고 거꾸로 성질만 부리느냐!"

파석이 손을 뿌리치며 노파에게 말했다.

"엄마는 이게 무슨 지랄이야! 내가 무슨 나쁜 일을 한 것도 아니잖아! 자기가 스스로 안 찾아오는데 내가 어떻게 사과를 한단 말이야!"

송강이 듣고 아무 말도 하지 않았다. 노파는 등받이가 있는 접이식 의자를 들어다 송강 옆에 놓고 딸을 밀면서 말했다.

"삼랑과 같이 앉아 있거라. 사과하고 싶지 않으면 그만이지 초조할 것 없다. 두 사람이 오랫동안 보지 못했는데 정분 있게 말이라도 해야지."

파석은 오려고 하지 않고 송강의 맞은편에 앉았다. 송강은 고개를 숙이고 아무 말도 하지 않았다. 노파가 보니 딸도 얼굴을 돌리고 바라보지 않자 말했다.

"술도 없고 마실 것도 없는데, 무슨 만남이란 말이냐? 여기 좋은 술이 한 병

있으니 과일 사올 때까지 압사님이랑 말씀 나누고 있거라. 얘야, 부끄러워할 것 없이 압사님 모시고 앉아 있거라. 내 금방 돌아오마."

송강은 궁리를 했다.

'저 노인네가 지키고 있어서 도망갈 수가 없었는데 나가면 나도 뒤를 따라서 가야겠다.'

노파는 송강이 달아나려는 생각이 있음을 눈치 채고 방문을 나와 방문을 세게 잡아 당겨 걸쇠를 걸어버렸다. 송강은 속으로 생각했다.

'늙은 포주한테 내가 도리어 당했군.'

염 노파는 내려와 먼저 부뚜막 앞에 등불을 켰다. 부뚜막에 발 씻을 물이 끓고 있는 것을 보고 장작을 더 넣었다. 은자 부스러기를 들고 골목을 나와 신선한 과일, 생선, 연한 닭고기, 통통한 절인 생선 등을 사서 집으로 돌아와 접시에 담았다. 술을 가져다 그릇에 붓고 국자로 떠서 술을 데우는 그릇에 반쯤 따르고 가마에 넣어 뜨겁게 데워 술병에 따랐다. 여러 가지 채소를 잘 담아 술잔 세 개 젓가락 세 개를 놓고 쟁반을 들고 2층에 올라가 전망대에 놓고 문을 열었다. 다시 쟁반을 들고 탁자에 펼쳐 차려놓았다. 송강을 보니 고개를 숙이고 있었고 딸은 다른 곳을 보고 있었다. 염 노파는 말했다.

"얘야, 일어나 술잔 올려라."

"둘이 알아서 먹든지 말든지 하고 나는 귀찮게 하지 말아요!"

"얘야, 네가 엄마 아빠 손에서 자라 어렸을 때부터 성질부리는 것이 습관이 되었지만 다른 사람에게는 그러면 안 된단다."

"잔을 안 올려 바치면 어쩐단 말이에요? 설마 칼로 내 머리라도 자르겠다는 말이에요!"

노파가 어이가 없어서 웃으면서 말했다.

"내가 또 잘못했구나. 압사님은 풍류를 아시는 분이니 너와는 식견이 다르시다. 네가 잔을 올리지 않겠다면 그만이지만 고개는 돌려 술은 마시겠지."

파석은 고개도 돌리지 않았다. 노파는 자기가 술잔을 주고 술을 권했다. 송강은 어쩔 수 없이 한잔 마셨다. 노파가 말했다.

"압사님 너무 나무라지 마십시오. 불만 섞인 말 다 집어치우고 내일 천천히 말씀드리지요. 압사님이 여기 계신 걸 보면 몇몇 샘 많은 것들이 인정하지 않고 허튼소리를 마구 지껄이고 말도 안 되는 소리를 할 것입니다. 압사님은 그런 말 듣지 마시고 술이나 드십시오."

탁자 위에 술 세 잔을 따르며 말했다.

"얘야, 어린애처럼 성질부리지 말고 술 한잔 마셔라."

"나는 상관하지 말아요! 배불러서 마실 수 없어요."

"얘야, 너도 네가 모시는 삼랑이랑 술 한잔 마실 수 있잖니."

파석은 삼랑이란 말을 듣자마자 속으로 생각했다.

'내 마음은 장삼랑한테 가 있는데 누가 귀찮게 이놈이랑 함께 해! 만일 술에 취하게 만들지 않으면 분명 귀찮게 굴 거야!'

파석은 억지로 술을 들고 반잔을 마셨다. 노파가 웃으면서 말했다.

"얘야, 초조해하지 말고 기분 좋게 두어 잔 마시고 자거라. 압사님도 술을 가득 따라 몇 잔 더 드십시오."

송강은 권유에 못 이겨 연속으로 3~5잔을 마셨다. 노파도 연달아 몇 잔을 마시고 다시 내려가 술을 데웠다. 노파는 딸이 술을 마시지 않는 것을 보고 속으로 화가 났었으나 방금 마음을 돌려 술을 마시는 것을 보고 좋아서 혼자 말했다.

'만일 오늘 밤에 구슬려 붙들 수만 있다면, 저 사람은 그동안의 원망쯤이야 모두 잊어버릴 거야. 일단 한동안 붙들기만 하면 나중에 다시 상의하면 되는 거야.'

노파가 이런 생각을 하며 부뚜막 앞에서 큰 잔 세 잔을 마시고 조금 간지러운 느낌이 들어서 술 한 사발을 더 따라 마셨다. 술을 국자에 잔뜩 퍼서 술병[2]에 넣고 이층으로 올라갔다. 안을 보니 송강은 고개를 숙이고 아무 말도 하지 않고 있었고 딸은 고개를 돌린 채 치마를 만지작거리고 있었다. 노파는 호호하고 웃으면서 말했다.

"두 사람은 진흙으로 빚은 사람[3]도 아닌데 어째서 아무 소리 없으신가? 압사님, 압사님은 남자 아닌가, 부드럽게 우스갯소리도 좀 하시구려."

송강은 어찌할 방법이 없어서 아무 말도 하지 않고 있었는데 속으로는 정말 이러지도 저러지도 못하고 있었다. 염파석은 스스로 생각했다.

'네가 와서 거들떠보지도 않는데 나더러 평소처럼 비위를 맞추며, 너하고 함께 웃으라니, 이제는 그렇게 못하지!'

노파는 술을 너무 많이 마셔서 횡설수설 끊임없이 주절거리며 누가 잘하니 못하니 하면서 입에서 나오는 대로 지껄였다. 여기에 증명하는 시가 있다.

고로[4]를 문 밖으로 나가지 못하게 하면서
온갖 달콤한 감언이설로 영혼을 농락하네.
얼마나 많은 총명한 자 함정에 빠졌는가
죽은 뒤에 응당 그 혀를 뽑아버려야 하누나.
只要孤老不出門, 花言巧語弄精魂.
幾多聰慧遭他陷, 死候應須拔舌根.

운성현에 절인 식품을 파는 당이가唐二哥라는 사람이 있었는데 사람들은 그

2_ 원문은 '주자注子'인데, 목이 길고 높은 술병을 가리킨다.
3_ 비유적으로 죽은 사람을 가리킨다.
4_ 고로孤老는 두 가지 뜻이 있는데, 제4회에서는 혼인하지 않고 동거관계에 있는 남자에 대한 칭호로 사용되었다. 그러나 여기서는 원조를 받을 수 있고 생활을 의지할 수 있는 부유한 자를 가리킨다. 아래 문장에도 등장하는데 역자는 '물주'라고 번역했다.

를 당우아唐牛兒[5]라고 불렀다. 길거리의 권세가에 빌붙어 유흥을 제공하며 비위를 맞추는 자로 늘 송강의 금전적 도움을 받았다. 무슨 일이 있으면 송강에게 알려주고는 돈 몇 푼이나마 얻어 쓰곤 했다. 송강이 그를 필요로 하면 목숨마저 걸곤 했다. 이날 밤 도박을 하다 돈을 잃고 아무 방법이 없자 현 앞으로 송강을 찾아갔다. 여기저기 찾아다녀도 찾지 못했다. 이웃 사람이 물었다.

"당이가, 누굴 찾기에 그리 바쁘냐?"

당우아가 말했다.

"정말 급해서 물주를 찾고 있는데 아무리 찾아도 보이지 않네."

"네 물주가 누구냐?"

"현 관아의 송 압사 나리지."

사람들이 말했다.

"내가 방금 염 노파랑 같이 지나가는 것을 봤는데."

"맞다. 이 염파석 천한 도둑년, 지는 장삼과 타는 불덩이처럼 화끈하게 붙어 놀면서 한 사람을 속이다니. 송 압사도 소문을 듣고 한동안 가지 않더니만, 오늘 밤 그 늙은 피 빨아먹는 년[6]이 거짓말 쳐서 달라붙었을 거야. 내가 지금 돈은 없고 마음은 급하니 일단 찾아가 도와주고 돈푼이나 얻어 술이나 한잔 해야겠다."

한달음에 염 노파의 집으로 달려가 안을 들여다보니 등불이 켜져 있고 문은 닫혀 있지 않았다. 들어가 계단 옆에 서니 염 노파가 이층에서 '하하' 하고 웃는 소리가 들렸다. 당우아는 살금살금 이층으로 올라가 판자벽 틈으로 바라보니 송강과 파석은 고개를 숙이고 있었고 노파는 탁자 옆 가장자리에 앉아 아무

5_ 당우아唐牛兒: 성이 당이고 이름이 우아다. 우아牛兒는 송·원 시기에 아이들의 아명으로 사용했다. 후대에는 대부분 가축에 사용했다. 결론적으로 말하면 '당우아'는 성은 있어도 이름은 없다고 하겠다.

6_ 원문은 '노교충老咬蟲'인데, 욕하는 말로 대부분 남자를 빨아먹는 여자 혹은 재물을 탐하여 남자와 사통하는 여자를 가리킨다.

말이나 마구 지껄이고 있었다. 당우아가 갑자기 문을 열고 들어가 염 노파, 송강, 파석에게 각기 인사를 하고 옆에 섰다. 송강은 속으로 생각했다.

'이놈이 정말 제때에 나타났구나.'

입을 아래로 향해 삐쭉 내밀었다. 당우아는 약삭빠른 사람이라 재빨리 알아채고 송강을 보고 말했다.

"소인이 아무리 찾아도 안 보이시더니 원래 여기서 술 드시고 계셨군요. 지금 한가하게 술이나 드실 때가 아닙니다!"

송강이 말했다.

"관아에 무슨 긴급한 일이라도 생겼느냐?"

"압사님, 잊으셨습니까? 아침에 그 일 말입니다. 지현 상공께서 대청에서 벌컥 화를 내시고 벌써 공인 네다섯 무리를 보내서 압사님을 여기저기 찾았으나 찾지 못했습니다. 지금 상공께서 난리이십니다. 압사님 빨리 가시지요."

"그렇게 급하다면 가는 수밖에."

일어서서 아래층으로 내려가려고 하니 노파가 가로막으며 말했다.

"압사님, 그런 어설픈 수단 사용하지 마십시오. 너 이 강도 같은 놈이 나를 속이려들어? 이게 바로 '노반魯班[7] 앞에서 도끼질 하는 것'이 아니고 뭐냐! 지금 이 시각이라면 지현이 일 끝내고 집에 돌아가 부인과 술 마시며 놀고 있을 텐데 무슨 사무로 난리가 났단 말이냐? 그런 수작으로는 귀신이나 속일 수 있지 나한테는 통하지 않는다."

"정말 지현이 급한 공무로 기다리고 계시오. 거짓말이 아니오."

"네 어미 방귀 뀌는 개소리하고 자빠졌네! 내 두 눈은 아직 유리 호리병처럼 맑고 투명해. 방금 일부러 압사가 네게 입을 삐죽거리는 것을 봤다. 네가 압사를

7_ 노반魯班: 성이 공수公輸이고 이름이 반班이다. 춘추시대 노나라의 걸출한 건축가로 공성용 사다리, 대패, 끌 등 많은 것을 발명했고 건축가의 시조가 되었다.

꼬드겨 우리 집에 데려오지는 못할망정 도리어 빼돌리려 신호를 보내다니. 속담에 '사람을 죽인 죄는 용서해도 인정과 도리로는 용납할 수 없다'고 했다."

노파는 몸을 날려 당우아의 목을 잡고 비틀거리며 방에서 아래층으로 끌고 내려왔다. 당우아가 말했다.

"왜 내 목을 조르는 거야?"

노파가 소리 질렀다.

"너는 남의 장사를 망치게 하여 입고 먹지 못하게 하는 것은 그의 부모와 처자식을 죽이는 것과 같다는 말도 모르느냐. 네가 큰 소리를 질렀다간 너 이 도적놈, 흠씬 두드려 패주마!"

당우아가 몸을 앞으로 내밀며 말했다.

"쳐봐라!"

노파가 술김에 다섯 손가락을 펴서 연속해서 얼굴을 두 번 후려치니 당우아는 주렴 바깥으로 넘어졌다. 노파는 주렴을 잡아당겨서 문 뒤로 던져버리고 두 문짝을 닫아 빗장을 걸어 잠그며 욕설을 퍼부었다. 당우아는 뺨을 두 대나 맞고는 문 앞에 서서 소리를 질렀다.

"늙은 포주 년아, 좋아하지 마라! 내가 송 압사 체면만 아니면 이놈의 집구석을 박살내버렸을 거다! 짝수 날에 만나지 못하면 홀수 날에 만난다고 했다! 내가 너를 끝장내지 않으면 당씨가 아니다!"

손바닥으로 가슴을 두드리며 욕설을 퍼붓고 떠났다.

노파는 다시 이층으로 올라가 송강을 보면서 말했다.

"압사님, 쓸데없이 저 거지같은 놈을 상대해서 뭐하겠습니까? 저놈은 여기저기 술이나 얻어먹으러 다니면서 시비나 거는 놈입니다. 저런 길바닥에서 객사할 놈이 이집 저집 돌아다니면서 사람이나 괴롭히다니!"

송강은 진실한 사람이라 노파가 아픈 곳을 찌르며 두루 말하자 빼도 박도 못하게 되어버렸다. 노파가 말했다.

“압사님, 속으로 이 노파를 꾸짖지 마십시오. 다 나리를 중요하게 여겨서 그런 것입니다. 얘야, 압사님과 이 잔만 마셔라. 둘이 한동안 만나지 못했으니 꼭 일찌감치 잠자리에 들어야 한다. 치워줄 테니 어서 자거라.”

노파는 다시 송강에게 두 잔을 권하고 술잔을 정리하여 아래층으로 내려가 부뚜막으로 갔다.

송강은 이층에서 속으로 이런저런 생각을 했다.

‘노파 딸과 장삼이 관계가 있다는 것을 속으로 반신반의하고 있는데 내 눈으로 직접 보지 못했다. 그냥 이대로 간다면 아둔한 놈이라고 할 것이다. 게다가 밤이 깊어서 여기서 하룻밤 머물지 않을 수 없으니, 이 계집이 오늘 밤 나와 정분이 어떤지 한번 살펴봐야겠다.’

노파가 다시 올라와 참견하며 말했다.

“밤이 늦었습니다. 압사님, 둘이 일찍 주무시오.”

파석이 말했다.

“엄마랑 상관없는 일이니 빨리 가서 잠이나 자.”

노파가 웃으며 아래층으로 내려오면서 말했다.

“압사님 편히 주무시오. 오늘 밤 많이 즐기시고 내일은 천천히 일어나십시오.”

노파가 내려와 부뚜막을 정리하고 손발을 씻었다. 그리고 등불을 불어 끄고 잠자리에 들었다.

송강은 작은 등받이 없는 의자에 앉아서 파석이 이전처럼 먼저 와서 친밀하게 기대며 사과하는지 기다리며 바라보다보니 대충 또 몇 시진이 지났다. 그러나 파석은 다른 생각을 하고 있었다.

‘나는 장삼만을 생각하고 있는데 저놈이 성가시게 굴고 있으니 눈에 박힌 못과 같구나. 저놈은 이전처럼 내가 먼저 가서 겸손하게 사과하기만을 바라지만 오늘은 놀아주지 않겠다. 배를 저어야 물가에 닿지 물가를 저어서 배에 닿게 할 수 있단 말이냐? 네놈이 나를 거들떠보지 않으니 나는 엎어져 잠이나 자련다!’

듣자하니 원래 '색色'이라는 것은 가장 사람을 무섭게 하는 것이라 한다. 만약 그가 당신을 진심으로 사랑한다면 도검과 물불이 앞을 막아도 그는 두려워하지 않을 것이지만, 만약 그가 당신을 사랑하지 않는다면 당신이 금과 은 더미 위에 앉아 있다 하더라도 그는 거들떠보지도 않을 것이다. 속담에서 말하기를, '가인이 마음에 들면 촌부도 맵시 있어 보이고, 미녀에게 마음이 없으면 난봉꾼도 촌뜨기로 보인다'고 했다. 송 공명은 용감하고 강렬한 대장부라 여색에는 수완이 없었다. 염파석은 장삼의 알랑거림에 하자는 대로 무조건 따르고 있었고 그가 온갖 방법으로 어여뻐 해주고 으스대며 유혹하고 아양을 떨어 마음을 혼란스럽게 했는데, 어떻게 송강을 사랑하려 하겠는가?

이날 밤 둘은 등불 아래 마주 앉았지만 아무 말도 하지 않고 각자 속으로 주저하기만 했으니 마치 발에 묻은 진흙이 마르기를 기다렸다가 사당에 들어가는 것과 같았다. 밤이 깊어 가면서 창문에 달빛이 비쳤다.

은하는 밝디 밝고 시간8은 천천히 흐르는구나. 창문 뚫고 비스듬한 달빛은 차가운 빛 비추고, 문 뚫고 들어오는 서늘한 바람은 밤기운을 내뿜네. 초루譙樓9의 북은 한 시진 끝나지 않았는데, 또 한 시진을 알리며 재촉하고, 이웃집 두드리는 다듬이 소리는 멈출 줄 모르고 계속해서 들려오누나. 채색한 처마 아래의 댕그렁 철편10 소리 길손의 외로운 마음 부수고, 은으로 된 촛대 위에 깜빡이며 희미해지는 등잔은 길게 탄식하는 규방의 여인 비추는구나. 끝없이 욕심 부리는 기녀의 마음은 불과 같은데, 의기 중히 여기는 영웅의 기개는 무지개 같구나.

8_ 원문은 '옥루玉漏'인데, 시간을 계산하는 물시계다. 여기서는 시간을 말한다.

9_ 초루譙樓: 성 위에 건설한 누각으로 멀리 바라보는 용도다. 누각 안에 큰북을 설치했는데 북을 두드려 경계하고 혹은 때맞춰 북을 두드려 시각을 알리고 통행을 금지하는 데 사용했다.

10_ 원문은 '철마鐵馬'인데, 처마 사이에 걸려 있는 종 혹은 철편鐵片으로 바람이 불면 움직이며 소리가 난다. 사당과 궁전 대부분에 이러한 장식이 있다.

銀河耿耿, 玉漏迢迢. 穿窗斜月映寒光, 透戶涼風吹夜氣. 譙樓禁鼓, 一更未盡一更催; 別院寒砧, 千搗將殘千搗起. 畫檐間叮當鐵馬, 敲碎旅客孤懷; 銀臺上閃爍淸燈, 偏照閨人長歎. 貪淫妓女心如火, 仗義英雄氣似虹.

송강은 등받이 없는 의자에 앉아 파석을 흘겨보고 재차 한숨을 내쉬었다. 대략 시간은 2경쯤인데 파석은 옷도 벗지 않고 침상으로 가서 수놓은 베개를 베고 몸을 구부린 채 안쪽 벽을 보고 잤다. 송강은 파석의 모습을 바라보고 나서 잠시 생각에 잠겼다.

'이년이 나는 거들떠보지도 않고 혼자 자는구나. 내가 오늘 노파와 이런저런 말을 하느라 여러 잔을 받아 마셔서 견딜 수가 없고 밤도 깊었으니 자는 수밖에 없구나.'

머리에 썼던 두건을 벗어 탁자 위에 놓았다. 상의는 옷걸이에 걸어놓고 난대鸞帶[11]를 풀어 작은 칼[12]과 문서 주머니를 침상 난간에 걸었다. 사혜絲鞋[13]와 버선을 벗고 침대에 올라가 파석의 발밑에 누워[14] 잠들었다.

반 시진 정도 지나 발 뒤에서 파석의 비웃음 소리가 들렸다. 화도 나고 마음이 답답한데 어떻게 잠을 잘 수가 있겠는가! 예로부터 '즐거운 밤은 짧아서 아쉽고, 고독한 밤은 너무 길어서 한스럽다'[15]고 했다. 3경 한밤중이 되자 술이 도리어 깼다. 5경이 거의 다 되자 송강은 일어나 대야의 찬물로 세수하고 상의를 입고 두건을 쓰고 욕을 한 마디 했다.

11_ 난대鸞帶: 채색 비단으로 만든 넓은 요대다. 양쪽 끝에 띠와 수염 모양의 술로 구성된 장식용 방직품이 있다. 남녀가 모두 사용했고, 색과 아름다움이 난새 꼬리와 같아 난대라 했다.

12_ 원문은 '해의도解衣刀'인데 '압의도壓衣刀'라고도 한다.호신용 칼, 비수를 말한다. 남녀가 모두 사용했다.

13_ 사혜絲鞋: 오색실로 짜서 색채가 알록달록한 신발. 수·당 시기에는 대부분 제왕이 사용했고 명·청 때 점차 보급되어 사대부와 서민이 모두 사용했다.

14_ 등을 상대방 발밑에 대고 자는 것으로 서로 친근하지 않음을 표시한다.

15_ 원문은 '歡娛嫌夜短, 寂寞恨更長'이다.

"너, 천한 년이 정말 무례하구나!"

파석이 깨어 있다가 송강이 욕하는 소리를 듣고는 몸을 돌려 대답했다.

"그러는 넌 부끄러운지도 모르지."

송강은 화를 참고 아래층으로 내려왔다. 염 노파는 발소리를 듣고 침상 위에서 말했다.

"압사님, 더 주무시고 날이 밝거든 가시지요. 아무 이유 없이 5경에 일어나 뭐하십니까?"

송강은 대답하지 않고 문을 열었다. 노파가 다시 말했다.

"압사님 나가시거든 문을 잘 좀 닫아주세요."

송강이 나와 문을 닫았다. 화가 났으나 풀 방법이 없어서 다른 곳으로 가려고 했다. 막 관아 앞을 지나는데 밝은 등이 하나 지나기에 보니 원래 탕약湯藥[16]을 파는 왕공王公이 새벽시장을 가려고 현 앞을 지나가고 있었다.

그 노인이 송강이 오는 것을 보고는 황망하게 말했다.

"압사님, 오늘 어째서 이렇게 일찍 나오셨습니까?"

"밤새 술에 취해 시각을 알리는 북소리를 잘못 들었네."

"압사님 분명히 술이 아직 깨지 않았을 테니 술 깨는 이진탕二陳湯[17] 한잔 드시지요."

"그거 좋지."

바로 의자에 앉았다. 노인이 진한 이진탕을 가져다 송강에게 주었다. 송강이 다 마시고나자 문득 생각이 났다.

'평상시 탕약을 먹을 때 돈을 준 적이 없었는데. 옛날에 관을 하나 마련해주겠다고 말만 하고 준 적이 없구나. 어제 조개가 보낸 금덩이 가운데 한 개를 받

16_ 탕약湯藥은 약차藥茶로 달여서 마셔야 한다.

17_ 이진탕二陳湯: 오래된 반하半夏, 진피陳皮에 복령과 감초를 더하여 생강으로 달여 만듦. 호흡을 조절하고 화를 가라앉히며 원기를 보충해주는 효과가 있다.

아 문서 주머니에 두었던 생각이 나네. 저 노인에게 관 값으로 그것을 주면 어찌 좋아하지 않겠는가?'

송강은 말했다.

"왕공, 내가 일전에 관 살 돈을 주겠다고 말하고 지금까지 준 적이 없었네. 오늘 여기 금을 줄 테니 진삼랑에게 가서 관을 사다 집에 놓으시게. 100년 후 돌아갈 때 내가 장례 치를 비용을 주겠네."

왕공이 말했다.

"은주恩主[18]께서 항상 이 늙은이를 보살펴주시는 데다, 또 장사지낼 때 쓸 관까지 주신다니 이 은혜 현생에 갚을 수 없다면 다음 생애에 당나귀, 말이 되어서라도 갚겠습니다."

"그런 말 마시게나."

앞섶을 열고 공문 주머니를 꺼내다가 깜짝 놀라서 말했다.

'아이고! 어제 밤에 그년 침상 난간에 두고 깜빡했네. 너무 화가 나서 뛰쳐나오느라 허리에 매지 못했네. 몇 냥의 금이야 무슨 가치가 있겠는가? 조개가 보내온 편지로 이 금을 싸두었구나. 원래는 주루에 있을 때 유당 앞에서 불살라야 했지만 같이 가며 얘기할 때는 생각할 겨를이 없었다. 다른 곳에 가서 사르려고 했는데 염 노파에게 끌려가고 말았지. 어젯밤에 등불에 사르려고 했을 때는 그년이 눈치 챌까봐 겁나서 못 살랐구나. 오늘 아침 서둘러 나오느라 깜빡했구나. 그 계집이 항상 희곡 대본을 읽던 걸 보니 자못 글자를 알 터인데 만일 그년 손에 들어가면 정말 큰일이구나!'

바로 몸을 일으키며 말했다.

"아공阿公[19], 욕하지 말게. 거짓말이 아니라 금을 공문 주머니에 넣어두었는

18_ 은주恩主: 자기에게 은혜를 베푸는 사람에 대한 경칭이다.
19_ 아공阿公: 노인에 대한 칭호다.

데 급히 나오느라 집에 놓고 나왔네. 가서 찾아가지고 와서 줌세."

"그럴 필요 없습니다. 내일 천천히 주셔도 늦지 않습니다."

"아공, 모르는 소리네. 다른 물건을 같이 두어서 찾아와야겠네."

송강이 허둥지둥 염 노파 집으로 달려갔다. 바로 다음과 같다.

영웅에게 사건 발생하는 것이 맞는 것이지만
하늘이 그에게 상자 속의 재물을 잃게 했구나.
사랑은 모두가 끊을 수 없는 악연임을 알았지만
베푼 은혜가 재앙의 시작임을 뉘 알았으랴!
合是英雄有事來, 天教遺失篋中財.
已知着愛皆冤對, 豈料酬恩是禍胎!

한편 파석은 송강이 문을 나가는 소리를 듣고 일어나 중얼거렸다.

"저놈이 성가시게 굴어서 밤새 잠도 못 잤네. 저놈이 뻔뻔하게 내가 머리 숙여 잘못을 인정하기를 바라기만 했겠다. 난 너를 믿지도 않고 장삼과 잘 지내고 있는데, 누가 짜증내지 않고 너를 상대하겠어! 네가 오지 않으면 오히려 나는 더 좋지!"

입으로 투덜대며 이부자리를 펼쳐 깐 다음 도포를 벗고 치마를 풀고 가슴을 풀어 헤치고 아래 속옷을 벗었다. 침상 앞 밝은 등불이 침상 머리맡 난간에 늘어진 자주색 비단으로 만든 난대를 비추었다. 파석이 보고 웃으면서 말했다.

"흑삼랑, 이놈이 먹고 마시더니 제 것도 못 챙기고 난대를 여기 둔 것을 잊었구나. 내가 가지고 있다가 장삼랑이 오면 묶어줘야겠다."

손을 뻗어 난대를 들고 문서 주머니와 칼을 집었다. 문서 주머니가 묵직하기에 열어 거꾸로 들고 탁자 위에 흔들어 털어내니 금을 싼 편지가 떨어졌다. 계집이 들어보니 누런 금쪽 하나가 등불 아래서 빛났다. 파석이 웃으면서 말했다.

"하늘이 내게 장삼과 같이 쓰라고 주셨구나. 요 며칠 장삼이 많이 수척해 보이기에 마침 뭣 좀 사서 보양해주려고 했는데 잘 됐다."

금을 놓고 편지를 펴서 등불 아래에서 보니 위쪽에 조개와 많은 일들이 쓰여 있었다. 파석이 말했다.

"좋구나! '우물에 두레박이 빠진다'던데 원래 '우물이 두레박에 떨어지기'도 하는구나.[20] 내가 장삼이랑 부부로 살고 싶었는데, 네놈 하나가 걸리더니 오늘 내 손에 걸렸구나! 네놈이 원래 양산박 도적들과 결탁하여 왕래하면서 금 100냥을 받았구나. 당황하지 말아야지. 내가 천천히 가지고 놀아주마."

원래대로 편지로 금을 싸고 공문 주머니에 쑤셔 넣었다.

"이젠 네가 오성五聖[21]을 데려와도 겁날 것 없다."

이층에서 혼자 중얼거리고 있는데 아래층에서 '삐걱' 하는 문소리가 들려왔다. 염 노파가 물었다.

"누구요?"

송강이 말했다.

"나요."

노파가 말했다.

"내가 이르다고 말했는데도 믿지 않고 가시더니 너무 일러서 돌아오셨구려. 다시 올라가 주무시고 내일 날이 밝으면 가세요."

송강은 아무 대답도 하지 않고 바로 이층으로 올라갔다.

파석은 송강이 돌아온 것을 알고 서둘러 난대, 칼, 공문 주머니를 한데 뭉쳐 이불 속에 숨겼다. 서둘러 침상 안쪽 벽에 기대어 거짓으로 쿨쿨 자는 척했다. 송강은 급히 문을 부딪쳐 들어와 침상 머리맡 난간으로 가서 찾았으나 보이지

20_ 쌍방을 따져보아 누가 누구를 혼낸다는 의미다. 여기서는 염파석이 자신을 두레박, 송강을 우물에 비유한 것이다.

21_ 오성五聖: 속칭 오랑신五郞神, 흉신凶神, 사신邪神이라고도 한다. 횡사한 자를 주관하는 귀신이다.

않았다. 마음속으로 당황한 그는 할 수 없이 어제 밤의 분을 참고 손으로 파석을 흔들어 깨우며 말했다.

"그동안의 얼굴을 봐서 공문 주머니를 돌려주게나."

파석은 자는 척하고 대꾸하지 않았다. 송강이 다시 흔들며 말했다.

"사람 조급하게 하지 말고 내가 내일 정식으로 사과할게."

"내가 지금 자고 있는데 누가 성가시게 구는 거야!"

"난줄 알면서 무슨 내숭을 떠느냐?"

파석이 몸을 돌리며 말했다.

"흑삼랑, 무슨 소리야?"

"내 문서 주머니를 돌려주게나."

"네가 언제 나한테 줬다고, 나한테 달라고 묻는 거야?"

"네 다리 밑 난간에 걸어 놓은 것을 잊었다네. 여기 아무도 들어온 사람이 없는데 너 말고 누가 가져갔겠니."

"흥! 별꼴 다 보겠네!"

"밤늦게 찾아 온 건 내 잘못이니 내가 내일 사과함세. 그저 돌려만 주게. 장난치지 말고."

"누가 당신과 장난쳐? 나는 가져간 거 없어!"

"먼저는 옷도 안 벗고 자더니 지금 이불 덮고 자는 것을 보니 분명히 일어나 이부자리를 펼 때 주웠구나."

파석은 눈초리를 치켜세우고 두 눈을 동그랗게 뜨고는 말했다.

"내가 가져가긴 가져갔는데 너한테 못 돌려줘! 네가 관아 사람을 불러 나를 도적이라고 잡아가든 말든 맘대로 하라고."

"내가 자네더러 도적이라고 한 적 없네."

"내가 도적이 아닌 건 아네!"

송강은 이 말을 듣고 마음이 갈수록 당황스러웠다. 이에 말했다.

"내가 모름지기 자네 모녀에게 나쁘게 대한 적 없으니 돌려주게! 가서 일해야 한다네."

"항상 나와 장삼이랑 그렇고 그런 사이라고 화냈잖아. 장삼이 너보다 조금 못하지만 한칼에 죽을죄는 아니잖아. 강도들과 내통한 너만 하겠어."

"아이고, 언니. 조용히 하라고. 이웃이 들으면 큰일 난다니까."

"남들이 듣는 건 두려워하면서 그런 일을 할 수 있어! 이 편지는 내가 잘 간수할게. 세 가지를 내 말대로 따른다면 용서해줄께!"

"세 가지는 말할 것도 없고 30가지라도 네 말대로 해주마."

"안 될 것 같은데."

"당장에 해주겠네. 어떤 세 가지인가?"

"첫째, 오늘부터 나를 첩으로 산 문서를 나한테 돌려줄 것, 그리고 내가 장삼에게 개가할 수 있도록 풀어주고 다시는 소유권을 주장하지 않겠다는 문서를 써줄 것"22

"그건 문제없네."

"둘째, 내가 머리에 장식하고 몸에 입는 것과 집에서 쓰는 것들은 비록 모두 당신이 준 것이지만 나중에 돌려달라고 하지 않는다는 문서를 쓸 것."

"이것도 문제없네."

"셋째는 아마 어려울 것 같은데."

"내가 이미 두 가지를 자네 말대로 하기로 했는데, 왜 마지막이라고 안 될 것이 있겠나?"

"그 양산박 조개가 당신한테 보낸 금 100냥을 빨리 가져와 내게 준다면 천자문千字文의 첫 번째 글자인 하늘 천天 자처럼 가장 중요하고 엄중한 송사를 면

22_ 원문에서 '전典'은 사고판다는 의미로 기한이 되면 팔았던 자가 도로 찾을 수 있다. 송대에 첩을 들일 때 일반적으로 은자銀子를 사용하여 사들였고 팔 때를 위한 계약서를 썼는데 시간제한은 없었다. 시간제한이 있는 것은 '전신제典身制'라 했다. 문맥으로 보아 송강과 염파석은 '전'의 관계다.

할 수 있도록 공무 주머니에 있는 증거물을 돌려주지."

"두 가지는 모두 따르겠네. 하지만 금 100냥은 내가 받을 수 없어서 도로 들고 가게 했다네. 만일 정말로 가지고 있다면 두 손으로 자네에게 바치겠네."

"아는지 모르겠네! 속담에 '공인이 돈을 본 것은 피를 본 파리와 같다'[23]라고 말하지. 그가 사람을 시켜 너한테 금을 보냈는데 사양하고 돌려보냈다고? 무슨 방귀 뀌는 소리를 하고 있어! 공인이 된 자로서 비린 것을 먹지 않는 고양이가 어디 있어?[24] '염라대왕 앞에 갔다가 돌아온 귀신은 없단 말이야!' 네가 누구를 속이려들어! 금 100냥을 나한테 주는 게 뭐 그리 아깝단 말이야! 이 장물이 무섭다면 당장 녹여 만들어서라도 내놔."

"자네도 내가 솔직한 사람이라 거짓말 할 줄 모른다는 것을 잘 알고 있잖은가. 못 믿겠다면 내게 3일만 시간을 주게. 내가 가산을 팔아서라도 금 100냥을 마련해서 줄 테니 문서 주머니는 돌려주게!"

파석이 차갑게 웃으면서 말했다.

"너 흑삼랑, 말은 잘하는데, 나를 어린아이처럼 가지고 놀려는 거지. 주머니와 편지를 돌려주고 3일 지나 금을 달라고 하는 것은 바로 '장례식 다 끝난 다음에 만가랑挽歌郎이 돈 달라는 격이지.'[25] 이미 늦었는데. 돈 주면 물건 넘겨 줄 테니 빨리 서로 교환하자고."

"정말 금을 받지 않았다네."

"그럼 내일 아침 관아에 가서 금이 없다고 말할 수 있어?"

송강은 관아라는 두 글자를 듣고는 분노가 끓어올라 참을 수가 없어서 눈을

23_ 원문은 '公人見錢, 如蠅子見血'이다. 파리는 피 얼룩 먹기를 좋아한다. 관아의 공무 인원이 돈을 좋아하는 것을 비유한 것이다.

24_ 누구든 자신의 본성을 저버릴 수 없다는 것을 비유한 것이다.

25_ 원문은 '棺材出了, 討挽歌郎錢'이다. 만가랑挽歌郎은 민간에서 장례를 치를 때 상갓집을 위해 고용되어 관 앞에서 조문하고 만가挽歌를 부르는 사람이다. 장례가 끝난 뒤에 곡을 하고 돈을 요구하기는 어려운 것을 비유한 것이다.

둥그렇게 뜨고 말했다.

"돌려줄래, 안 돌려줄래!"

"네가 이렇게 모질게 구는데, 내가 못 돌려주지!"

"정말 안 돌려줄래!"

"못 돌려줘! 네가 백 개를 더 준다 해도 못 돌려줘! 돌려받고 싶거든 운성현에서 돌려줄게!"

송강은 파석이 덮은 이불을 잡아당겼다. 바로 파석 옆에 물건이 있었으므로 파석은 이불은 전혀 신경 쓰지 않고 두 손으로 가슴 앞에 꽉 끌어안았다. 송강은 이불을 잡아당기고 파석의 앞가슴에서 난대를 끌어 당겼다. 송강이 말했다.

"원래 여기 있었군!"

이미 시작한 마당에 송강은 두 손으로 빼앗으려고 했다. 파석은 절대 놓으려 하지 않았다. 송강은 침상 옆에서 죽을힘을 다해 빼앗으려 했고 파석도 젖 먹던 힘을 짜내 놓지 않았다. 송강이 있는 힘을 다해 당기자 작은칼만 자리 위에 떨어졌고 송강은 얼른 손에 집어 들었다. 파석은 송강이 칼을 손에 잡은 모습을 보고 소리쳤다.

"흑삼랑이 사람 죽인다!"

이 소리를 듣자마자 죽일 마음이 생기기 시작했고 분노를 억누르지 못했다. 파석이 두 번째로 소리를 지르자 왼손으로 파석을 누르고 오른손에 든 칼로 목을 찌르자 선혈이 터져 나왔는데 파석은 여전히 소리를 질러댔다. 송강은 죽지 않을까 두려워 다시 한 번 찔렀고 파석의 머리는 맥없이 베개 위로 떨구어졌다.

손 가는 곳에 청춘이 목숨을 잃고, 칼 내리치는 순간 여인이 몸을 망쳤네. 칠백

七魄은 유유히 삼라전森羅殿[26]으로 가고, 삼혼三魂은 아득히 왕사성枉死城[27]으로 돌아가야 하누나. 반짝이는 눈 꼭 감고 뻣뻣하게 굳은 시신 자리에 쓰러졌는데, 붉은 입술 다물지 못하고 피에 젖은 머리 베개 위에 떨어졌구나. 지금까지 즐거움은 한때로 끝났고, 이날 아름다운 용모는 사랑스럽지 않도다.

手到處青春喪命, 刀落時紅粉亡身. 七魄悠悠, 已赴森羅殿上; 三魂渺渺, 應歸枉死城中. 緊閉星眸, 直挺挺尸横席上; 半開檀口, 濕津津頭落枕邊. 從來美興一時休, 此日嬌容堪戀否.

송강은 잠시의 분노를 이기지 못하고 염파석을 죽이고는 문서 주머니를 잡고 편지를 꺼내 가물가물 꺼져가는 등불에 태웠다. 난대를 묶고 아래층으로 내려왔다. 노파는 아래층에서 자면서 둘이 다투는 소리를 듣고 전혀 신경 쓰지 않았다. 그러다가 '흑삼랑이 사람 죽인다!'라는 딸의 고함을 듣고 어쩔 줄 몰라 황급히 일어나 옷을 입고 이층에 올라왔고 송강과 얼굴을 부딪쳤다. 염 노파는 물었다.

"둘이 무슨 일로 그렇게 싸우셨소?"

송강이 말했다.

"당신 딸이 하도 무례하게 굴기에 내가 죽여버렸소!"

노파가 웃으면서 말했다.

"무슨 말씀을 하시오? 압사님의 눈이 매섭게 생기고 술버릇이 안 좋다고 설마 사람을 죽이겠소. 압사님 이 늙은이를 놀리지 마시오."

"믿지 못하겠거든 방에 들어가서 보시오. 내가 정말로 죽였소."

"나는 믿을 수가 없소."

26_ 삼라전森羅殿: 염라전閻羅殿으로 불교에서는 염왕대왕이 영혼을 심리하는 전당이라고 한다.

27_ 왕사성枉死城: 저승에서 억울하게 죽은 귀신이 사는 곳을 말한다.

문을 열고 보니 피바다 속에 시신이 쓰러져 있었다.

"아이고! 이게 어떻게 된 일이냐?"

"나는 강직한 사내요! 평생 도망간 적이 없소. 당신이 하자는 대로 따르겠소."

"이년은 정말 나쁜 년인데 잘 죽였소. 다만 이제 이 늙은이는 누가 부양한단 말이오."

"그건 아무런 문제가 아니오. 기왕 당신이 그렇게 말하니 아무 걱정 마시오. 내게 재산이 조금 있으니 나머지 인생은 풍족하게 입고 먹으며 살도록 해주겠소."

"그러면 좋소. 압사님 감사합니다. 다만 딸이 침상에서 죽었는데 어떻게 매장하고 장례를 치러야 할까요?"

"그건 어렵지 않소. 내가 진삼랑陳三郎 집에 가서 관을 보내게 하겠소. 검시관이 와서 입관할 때 미리 분부해놓겠소. 다시 은자 10냥을 더 줄 테니 장사를 지내도록 하시오."

노파가 감사하며 말했다.

"압사님, 날이 아직 밝지 않았으니 거리의 이웃들이 보기 전에 관을 구해다가 담는 것이 좋겠습니다."

"좋소이다. 종이랑 붓을 가져오면 쪽지를 써줄 테니 가서 가져오시오."

"종이쪽지 가지고 일이 제대로 되지 않을 테니 압사님이 친히 가셔야 재빨리 가져올 수 있습니다."

"그 말도 맞소."

두 사람이 아래층으로 내려와 노파는 방에서 열쇠를 찾아 나와 문을 잠갔다. 송강은 노파와 현 앞으로 걸어갔다. 이때는 아직 시간이 일러서 날이 완전히 밝지 않았고 현 관아는 막 문을 열었다. 노파가 관아 앞 왼편에서 송강을 붙들고 고함을 질렀다.

"살인범이 여기 있다!"

놀란 송강은 어쩔 줄 몰라 황급히 노파의 입을 막으며 말했다.

"소리치지 마시오."

어떻게 막을 수 있겠는가? 현 관아 앞에 있던 공인 몇 명이 달려와 보니 송강이었다. 노파를 말리며 말했다.

"이 할망구 주둥이 닥치지 못하겠느냐! 압사님은 그런 사람이 아니다. 뭔 일이 있으면 천천히 말해보거라."

염 노파가 말했다.

"이 사람이 범인이니 잡아 함께 관아 안에 끌고 들어가 얘기하시오."

원래 송강은 사람됨이 워낙 좋아 위아래 사람들에게 존경을 받았으므로 현에서는 한 사람도 그를 싫어하지 않았다. 그래서 공인들은 아무도 송강을 잡으려 하지 않았고, 또한 노파의 말을 믿지도 않았다. 여기에 증명하는 시가 있다.

좋은 사람 재앙 만나면 모두들 동정하지만
간악한 자 제거할 때 모두가 증오하네.
한평생 모름지기 스스로 조심해야 하니
때가 되면 인정과 의리에 따르기 시작하네.
好人有難皆怜惜, 奸惡無灾盡詫憎.
可見生平須自檢, 臨時情義始堪憑.

그곳에서 다들 어떻게 구제해야 할 줄 모르고 있는데, 마침 당우아가 깨끗하게 씻은 생강장아찌를 쟁반에 담아 들고 현 앞에서 팔려고 오다가 염 노파가 송강을 옴짝달싹 못하게 붙잡고 억울함을 호소하는 것을 보았다. 당우아는 염 노파가 송강을 붙들고 있는 것을 보고는 어젯밤 몹시 분하고 기분 나빴던 일이 생각났다. 그러고는 탕약 파는 왕공의 등받이 없는 의자 위에 쟁반을 올려놓고 끼어들면서 소리 질렀다.

"늙은 포주년이 압사님을 붙들고 뭔 짓이야?"

노파가 말했다.

"당우아, 괜히 끼어들어 사람을 놓아주었다간 네놈이 죽을 줄 알아라!"

당우아는 노파의 말을 듣고는 크게 화가 나서 이유도 묻지 않고 송강을 잡고 있던 노파의 손을 떼어 내려다 안 되자 다섯 손가락을 쫙 펴서 노파의 뺨을 갈겨버렸다. 노파는 눈앞에 별이 가득하더니 정신이 혼미해지면서 송강을 놓치고 말았다. 송강은 노파가 손을 놓치자 사람들이 시끄럽게 떠드는 틈을 타서 곧장 달아났다.

노파는 당우아를 붙들고 고래고래 소리를 지르며 말했다.

"송 압사가 내 딸을 죽였는데 네가 도망가게 놓아줬구나."

당우아가 당황하여 말했다.

"내가 그걸 어떻게 알아!"

"여러분 살인범 좀 잡아주시오! 안 그러면 너희도 다 연루될 것이다."

공인들은 송강의 얼굴 때문에 아무도 나서지 않았지만 당우아를 붙잡는 일에는 조금도 지체하지 않았다. 다들 나서서 한 사람은 노파를 붙들고 서너 명은 당우아를 힘으로 제압하여 붙들어 운성현 관아로 끌고 들어갔다. 바로 다음과 같다. 화와 복은 드나드는 문이 없고 오직 사람 스스로가 불러들이는 것이고, 상복을 걸치고 불을 끄러가니 화염에 제 몸을 태우는 격이다.

결국 염 노파에게 걸려든 당우아가 어떻게 벗어나는지는 다음 회에 설명하노라.

【 제22회 】

# 도망[1]

당시 공인은 당우아를 끌고 관아 안으로 들어갔다. 지현은 살인사건에 대한 말을 듣고 서둘러 관아 대청에 올랐다. 공인들이 당우아를 대청 앞에서 겹겹으로 둘러쌌다. 지현이 보니 노파 한 명이 왼쪽에 꿇어 앉아 있고 오른쪽에는 한 사내가 꿇어 앉아 있었다. 지현은 물었다.

"어떤 살인 사건이냐?"

노파가 말했다.

"이 늙은이는 성이 염이고 여식이 하나 있었는데 파석이라고 하며 딸을 전당잡혀 송 압사의 첩이 되었습니다. 어젯밤에 제 딸과 송강과 같이 술을 마시는데 여기 당우아가 갑자기 찾아와 소란을 피워서 욕을 해 쫓아냈습니다. 이 일은 이웃들도 모두 알 것입니다. 오늘 아침 송강이 나갔다가 다시 돌아와 제 딸을 살해했습니다. 제가 현 관아 앞에서 송강을 옴짝달싹 못하게 붙잡고 늘어졌는데,

1_ 제22회 제목은 '閻婆大鬧鄆城縣(염노파가 운성현 관아에서 소란을 피우다). 朱仝義釋宋公明(주동이 인정을 베풀어 송강을 풀어주다)'이다.

저 당우아가 송강을 빼내 달아나게 했으므로 상공에게 고발하게 되었습니다."

지현이 당우아에게 물었다.

"너 이놈 어째서 감히 범인을 풀어주었느냐?"

"소인은 전후 사정은 모르겠습니다. 다만 어젯밤에 송강에게 술이라도 한 사발 얻어먹으려고 찾아갔으나 염 노파가 소인을 끌어냈습니다. 오늘 아침 소인이 생강장아찌를 팔러 나왔는데 염노파가 관아 앞에서 송 압사를 붙들고 있었습니다. 소인이 그래서는 안 된다고 말리는 사이에 그가 도망쳤습니다. 소인은 압사가 염 노파의 딸을 죽인 이유는 모르겠습니다."

지현이 고함을 질렀다.

"허튼소리 말아라! 송강은 군자로 지극히 성실한 사람인데, 어찌하여 갑자기 사람을 죽이겠느냐? 사람을 죽인 것은 분명 네가 아니냐! 여봐라, 게 있느냐?"

즉시 관아 관리를 불렀다.

압사 장문원은 당장에 불려나왔고 염 노파가 자신의 딸을 송강이 죽였다고 고발하는 말을 듣고는, '바로 나의 정부로구나'라고 생각했다. 즉시 각 사람들의 진술을 적어 염 노파를 대신해 소장을 작성하여 제출했다. 다시 현지 검시관과 지상地廂[2], 이정里正, 이웃 몇 사람 불러 염 노파의 집에 보내 문을 열고 현장 검증을 하게 하여 시신 옆에서 살해에 사용한 칼을 찾아냈다. 당일에 다시 여러 번 검시를 거쳐 칼로 목을 찔러 죽인 것으로 확정되었다. 사람들이 현장에서 결론을 내리고 시신은 관에 담아 절로 보내고 몇 사람은 관아로 데리고 갔다.

지현은 송강과 사이가 가장 좋은 사람이라 일부러 빠져나가게 해주려고 수 차례에 걸쳐 당우아만 심문했다. 당우아는 진술했다.

"소인은 전후 사정을 전혀 알지 못 합니다."

2_ 지상地廂: 지보地保의 칭호다. 관아를 위해 일하는 사람으로 대략 진·한 시기의 정장亭長, 수·당 시기의 이정里正, 송 시기의 보정保正에 해당된다.

“너 이놈, 어찌하여 어젯밤에 그 집에 찾아가 난동을 부렸느냐? 네가 관련되었음이 틀림없다!”

“소인은 단지 술이라도 한 사발 얻어먹을 수 있을까 해서 찾아간 것입니다.”

지현이 말했다.

“허튼소리! 저놈을 매우 쳐라!”

좌우에 늘어서 있던 이리와 호랑이 같은 공인들이 당우아를 밧줄로 묶고 30~50대를 때리자 지현이 말한 대로 불기 시작했다. 지현은 그가 아무것도 모른다는 것을 알면서도 송강을 구하려고 당우아만 심문했다. 다시 칼을 씌우고 옥에 가두었다.

지켜보던 장문원이 대청에 나와 아뢰었다.

“아무리 그렇더라도 칼은 송강의 칼이므로 반드시 송강을 잡아 심문해보아야 사실을 밝힐 수 있을 것입니다.”

장문원이 3~5차례에 걸쳐 자꾸 아뢰자 지현은 더 이상 덮을 수 없어 송강을 잡으러 사람을 보낼 수밖에 없었다. 송강은 이미 도망갔으므로 이웃 몇 명을 잡아와 말했다.

“살인범 송강은 이미 도망가서 어디에 있는지 알 수 없습니다.”

장문원이 또 아뢰었다.

“범인 송강은 도망갔지만 부친 송태공과 동생 송청은 아직 송가촌에 살고 있습니다. 관아로 체포하여 와서 기한 내에 범인을 잡도록 하고 잡으면 심문해야 합니다.”

지현은 본래 체포 공문을 작성하지 않고 대충 당우아에게 씌워 얼버무리고 나중에 천천히 풀어주려고 했다. 그러나 장문원이 염 노파를 충동질하여 상급 관아에 가서 고발하겠다고 하여 결국 문서를 작성하도록 했다. 지현은 막을 수 없음을 알고 공문을 작성했으며 두세 명의 공인을 송가宋家 장원으로 보내 송태공과 동생 송청을 체포하도록 했다.

공인들이 문서를 가지고 송가촌 송 태공의 장원으로 왔다. 송 태공이 나와 초당으로 안내하여 앉았다. 공인이 문서를 꺼내 태공에게 보였다. 송 태공이 말했다.

"여러분 앉으셔서 이 늙은이의 말 좀 들어보십시오. 이 늙은이는 조상 대대로 농사를 지어 여기 전원을 지키며 살고 있습니다. 불효자식 송강은 어려서부터 부모를 따라 본분을 지켜 농사일에 종사하지 않고 아전이 되려고 하여 별별 방법으로 설득했지만 따르지 않았습니다. 그래서 이 늙은이는 몇 년 전에 본현 담당 관리에게 불효로 고발하여 호적을 파내서[3] 제 호구에 속하지 않습니다. 그는 혼자 현에서 거주하고 이 늙은이와 아들 송청은 여기 깡촌에서 논밭을 지키고 있습니다. 그는 나와 아무것도 주고받지 않고 아무 관계도 없습니다. 이 늙은이도 그가 사고를 일으켜 일에 연루될 것을 두려워하여 전관에게 아뢰어 관아에서 발행한 증빙문서를 보관했습니다. 제가 가져다드릴 테니 여러분께서 확인하십시오."

공인들은 모두 송강과 관계가 좋았고 억울하게 죽는 일을 방지하기 위해 미리 준비해놓은 문서라는 것을 알았으나 무리해서 원수가 되는 것을 원치도 않았다. 공인들은 말했다.

"태공께서 이미 증거를 가지고 계시니 가져오셔서 보여주시면 베껴 현으로 가지고 가서 보고하겠습니다."

태공이 즉시 닭과 거위를 잡고 술을 내와 대접하며 은자 10여 냥을 나눠주고 증빙문서를 가져다 베끼도록 했다. 공인들이 송 태공의 집을 나와 현으로 돌아가 지현에게 아뢰었다.

"송 태공이 3년 전에 송강을 호적에서 빼내버렸고 확인문서도 가지고 있었습니다. 지금 여기 증빙서류를 베껴서 가져왔는데, 체포하기 어렵습니다."

3_ 부자가 함께 살지 않고 따로 분가하여 사는 것을 말한다.

지현은 본래 송강을 빼주려고 했으므로 바로 말했다.

"증빙문서도 있고 다른 친척도 없으니 현상금 1000관을 걸고 각처에 체포문서를 보내 잡으면 되겠구나."

장문원이 그대로 물러서지 않고 다시 노파를 부추겨 머리를 풀어헤치고 관아에 나가 아뢰도록 했다.

"송강은 송청의 집에 숨어서 나오지 않음이 틀림없습니다. 상공께서는 어찌하여 이 불쌍한 노파를 위해 송강을 잡지 않으십니까?"

지현이 소리쳤다.

"그의 부친이 이미 3년 전에 불효자라고 관아에 고발하여 호적에서 빼고 증빙문서를 보관해뒀는데 어떻게 그의 부친과 동생을 잡아오겠느냐?"

"상공, 송강이 효의孝義 흑삼랑이라는 것을 모르는 사람이 어디 있습니까? 이 문서는 가짜입니다. 상공께서는 살펴주시옵소서!"

"무슨 터무니없는 말이냐! 전임 지현의 인신이 찍힌 공문서인데 어떻게 가짜란 말이냐?"

염 노파는 대청 아래에서 억울하다고 통곡하며 상공에게 말했다.

"상공, 목숨은 하늘 같이 중요한 것입니다. 만일 이 늙은이를 보살펴주지 않는다면 주 관아에 가서 고소할 수밖에 없습니다. 제 딸이 죽은 것이 너무 억울합니다!"

장문원이 다시 대청 앞으로 나와 노파를 대신해 말했다.

"상공께서 문서를 작성하여 범인을 잡으시지 않는다면 저 노파가 상급관아에 가서 고소할 텐데 그러면 문제는 심각해질 것입니다. 만일 주 관아에서 문제를 제기한다면 저도 대답하기가 어렵습니다."

지현이 정황상 이치가 있음을 알고 하는 수없이 공문을 작성하고 주동과 뇌횡 두 도두를 대청으로 불러 처리했다.

"너희는 사람들을 데리고 송가촌 송 태공 장원에 가서 범인 송강을 잡아오너라."

여기에 증명하는 시가 있다.

> 관심도 없는 일 그가 마음대로 하라지, 길에서 꽃 꺾은들 누가 원망하겠는가?
> 꽃 같은 파석의 죽음 불쌍히 여기기에, 사랑하는 정인이 원수를 증오하는구나.
> 不關心事總由他, 路上何人怨折花?
> 爲惜如花婆惜死, 俏冤家做惡冤家.

주동과 뇌횡은 공문을 수령하고 토병 40여 명을 이끌어 송가장으로 달려갔다. 송 태공이 알고 서둘러 나와 맞이했다. 주동과 뇌횡이 말했다.

"태공, 우리를 나무라지 마십시오. 상사가 보냈기에 우리도 어쩔 수 없습니다. 아드님인 압사는 어디에 있습니까?"

"두 분 도두님께 아룁니다. 이 늙은이는 불효자식 송강과는 아무런 상관이 없습니다. 전관 지현이 있을 때 이미 호적에서 빼냈고, 그 사실을 인정한 문서는 여기에 있습니다. 이미 송강은 3년 전에 따로 호적을 마련하여 같이 살지 않고 장원으로도 돌아오지 않고 있습니다."

주동이 말했다.

"그렇더라도 우리는 초청문서에 따라 사람을 청하고 체포령 문서[4]대로 사람을 잡으므로 장원에 없다는 말을 그대로 받아들이기 어렵습니다. 우리가 뒤져 보아야 돌아가서도 대답하기에 문제가 없을 것입니다."

토병 30~40명에게 장원을 포위하도록 하고 말했다.

"내가 앞문을 지킬 테니 뇌 도두가 먼저 들어가서 뒤지시오."

뇌횡이 장원 앞뒤를 두루 뒤지고 나와서는 주동에게 말했다.

4_ 원문은 '첩帖'인데, 지금의 '통지通知'와 같다.

"정말 장원 안에 없다네."

주동이 말했다.

"내가 조금 꺼림칙하네. 뇌 도두, 자네는 형제들과 문을 지키게. 내가 직접 자세하게 한번 돌아보겠네."

송 태공이 말했다.

"이 늙은이도 법도를 아는 사람입니다. 어떻게 감히 장원 안에 감추겠습니까?"

주동이 말했다.

"이 일은 사람의 목숨이 연관된 공무이니 어르신께서는 저희를 탓하지 마십시오."

"도두 마음대로 하십시오. 자세히 뒤져보십시오."

주동이 말했다.

"뇌 도두, 자네는 여기서 태공을 감시하고 다른 곳에 못 가도록 하게."

주동은 장원 안으로 들어가 박도를 벽에 기대어놓고 문을 잠갔으며 불당 안으로 들어가 공양 탁자를 한쪽으로 치우고 바닥에 깔린 판자를 들어냈다. 판자 밑에 있는 밧줄 끝을 잡아당기니 구리방울이 딸랑딸랑 울렸다. 송강이 방울소리를 듣고 땅굴에서 나오다가 앞에 서 있는 주동을 보고 깜짝 놀랐다. 주동이 말했다.

"공명公明(송강의 자) 형님, 제가 잡으러 왔다고 언짢게 생각하지 마십시오. 평소 저와 사이가 좋아 무슨 일이 있으면 속이지 않았습니다. 언젠가 술 마시다가 형님이, '우리 집 불당 밑에 땅굴이 있고 위에 삼세불三世佛을 모시고 있다네. 불상 받침 아래 판자로 덮고 바닥에 공양하는 탁자를 올려놓았다네. 자네가 긴급한 일이 있거든 여기에 와서 숨게나'라고 말씀하셨지요. 이 동생이 그 말을 듣고 기억해두었습니다. 오늘 본 지현이 저와 뇌횡을 여기로 보냈는데, 어떻게 할 수가 없어서 남들의 눈을 속이려고 했습니다. 상공께서도 형님을 보살피려는 마음을 가지고 있지만 장문원과 염 노파가 대청에서 가만히 있지 않고 이런 저런 말을 해대는데, 본현 주관자가 처리하지 않는다면 분명히 제주부에 가서 고소할 것입니다. 이 때문에 우리 둘을 보내 장원을 뒤지게 한 것입니다. 제 생각에 뇌횡은 집착도 있고 주도면밀한 사람이 아니라 만일 함께 들어와 형님을 보기라도 한다면 융통성 있게 하지 않을 것입니다. 그래서 제가 그를 속여 장원 앞을 지키도록 하고 혼자 형님과 얘기하러 온 것입니다. 여기가 잠시 숨어 있기에 좋지만 오랫동안 거처하기에는 적당한 곳은 아닙니다. 만일 누군가 알고 여기를 뒤진다면 어떻게 하겠습니까?"

"나도 그렇게는 생각하오. 만일 주형이 이렇게 주도면밀하게 말해주지 않았다면, 이 송강은 분명히 사로잡혀 감옥에서 고통을 당할 것이오."

"그런 말씀 마십시오. 형님께서는 어디로 가시는 것이 좋겠습니까?"

"소생은 몸 피할 곳으로 세 군데를 생각하고 있소. 첫째는 창주滄州 횡해군橫海郡[5] 소선풍 시진의 장원이고, 둘째는 청주靑州 청풍채靑風寨 소이광小李光 화영花榮이 있는 곳이고, 셋째는 백호산白虎山 공태공孔太公의 장원이오. 공 태공에게는 아들이 둘 있는데, 장남은 모두성毛頭星[6] 공명孔明이고, 차남은 독화성獨火星[7] 공량孔亮으로 현 안에서 여러 번 만났소. 이 세 곳 중에서 망설이며 결정하지 못하고 있는데, 어디로 가야 좋을지 모르겠소."

"형님은 서둘러 생각하고 즉시 떠나야합니다. 오늘 밤에 바로 출발하시고 절대 늦추어서 실수가 있어서는 안 됩니다."

"여러 가지 소송에 대한 일은 주형이 처리해주시기 바랍니다. 재물이 필요하면 와서 얼마든 가져가십시오."

5_ 횡해군橫海郡: 『수호전전교주』에 따르면 "마땅히 횡해군橫海軍으로 해야 한다"고 했다.

6_ 모두성毛頭星: 혜성의 속칭이다. 옛날에는 재앙의 상징으로 여겼으며, 대부분 욕하는 말로 사용된다. 이 별은 크고 털이 있으며 두 개의 뿔을 가지고 있다.

7_ 독화성獨火星: 화성火星으로 형혹熒惑이라고도 한다. 숨었다 나타났다 일정하지 않고 사람을 미혹시키기에 사명이 상세하지 않다고 여긴다.

"이 일은 안심하고 저에게 맡기십시오. 형님은 길 떠날 준비만 하십시오."

송강은 주동에게 감사하고 다시 땅굴로 들어갔다.

주동은 판자를 덮어 이전과 같이 해놓고 공양 탁자를 놓은 다음 문을 열고 박도를 들며 나와 말했다.

"정말로 여기에는 없다."

그러고는 소리쳤다.

"뇌 도두, 우리가 송 태공을 잡아가는 것이 어떻소?"

뇌횡은 송 태공을 잡아가자는 주동의 말을 듣고는 생각했다.

'주동이 송강과 사이가 가장 좋은 사람인데 왜 송 태공을 잡아가자고 한단 말이냐? 이 말은 분명 거꾸로 말하는 것이니, 그가 다시 이 이야기를 꺼낸다면 내가 인정을 베풀어야겠다.'

주동과 뇌횡이 토병을 불러 모두 초당 안으로 들어갔다. 송 태공이 서둘러 술을 내와 대접하니 주동이 말했다.

"술은 필요 없습니다. 태공과 사랑四郎[8]은 함께 관아로 가셔야겠습니다."

뇌횡이 말했다.

"송청은 왜 안보입니까?"

"이 늙은이가 근처 마을에 농기구를 만들러 보내 장원에 없습니다. 송강 이 놈은 3년 전에 이미 불효자로 호적에서 빼버렸고 증빙서류는 여기에 보관하고 있습니다."

주동이 말했다.

"어째서 그렇게 말씀하십니까! 우리 둘은 지현의 명령을 받고 태공 부자 두 사람을 잡으러 왔으니 현 안에 같이 가셔서 말씀하시지요."

8_ 사랑四郎: 송강의 동생 송청을 가리킨다. 송청은 항렬이 네 번째이기 때문에 사랑이라 부른다. 낭郎은 송나라 이전에는 노복이 주인을 부르는 칭호였는데, 송나라에 와서는 이미 통칭이 되었고 대부분 나이 어린 남자를 가리켰다. 역자는 이하 '송청'이라 번역했다.

뇌횡이 말했다.

"주 도두, 내 말 좀 들어보게. 송 압사가 죄를 지은 것은 반드시 까닭이 있을 것이고, 또한 죽을죄도 아닐 걸세. 태공께서 이미 증빙서류를 가지고 계시고 문서에 관인 낙관도 있으니 가짜가 아니라네. 전에 압사와 왕래하던 체면을 봐서라도 우리가 책임지고 증빙문서를 베껴가지고 돌아가서 보고하세."

주동은 속으로 생각했다.

'내가 반대로 얘기하면 그가 의심하지 않을 것이다.'

주동이 말했다.

"자네가 그렇게 생각한다면 나도 아무 이유 없이 악인이 되겠는가?"

송 태공이 감사 인사를 했다.

"두 도두의 보살핌에 깊이 감사드립니다."

즉시 술과 안주를 준비하여 사람들을 대접하고 은자 20냥을 꺼내 두 도두에게 주었다. 주동과 뇌횡은 극력 사양하며 받지 않고 토병 40명에게 나누어주었다. 증빙문서를 베끼고 송 태공과 작별한 뒤 송가촌을 떠났다. 두 도두는 일행을 이끌고 현으로 돌아왔다.

지현이 마침 대청에 올라와 주동과 뇌횡이 그냥 돌아오는 것을 보고 연유를 물었다. 둘이 아뢰었다.

"장원 앞뒤와 마을 사방을 두 번이나 뒤졌으나 사람을 찾지 못했습니다. 송 태공은 병에 걸려 침상에 누워 거동을 하지 못하고 매우 위태롭습니다. 송청은 이미 지난달에 밖에 나가 돌아오지 않았습니다. 그래서 증빙서류를 베껴 여기 가져왔습니다."

지현이 말했다.

"그렇다면……"

한편으로는 제주부에 알리고 다시 체포문서를 작성했음은 말할 필요가 없다. 현 안에서 일하는 사람들은 모두 송강과 사이가 좋아서 송강을 위해서 장문원을 설득했다. 장문원은 많은 사람들의 체면을 무시할 수 없었고 파석도 이미 죽었으며 평상시 송강에게 많은 도움을 받았던 터라 그만할 수밖에 없었다. 주동은 스스로 돈을 가져다가 염 노파에게 주어 제주부에 가서 고소하지 말도록 했다. 이 노파도 재물을 얻고 어쩔 방법도 없어서 따를 수밖에 없었다. 주동은 또 약간의 은냥으로 사람을 시켜 제주부 안에 써서 반박하며 문서가 다시 운성현으로 돌아오지 않도록 손을 썼다. 또 지현의 주장에 따라 현상금 1000관을 걸고 체포문서를 돌렸다. 다만 당우아는 '고의로 범인을 놓아준 죄'를 물어 척장 20대를 치고 얼굴에 글자를 새기고 500리 밖으로 유배를 보냈다. 나머지 연루된 죄 없는 사람들은 모두 소송이 완료되어 집으로 돌려보냈다. 이 일은 나중에 말하겠다. 여기에 증명하는 시가 있다.

일신에 낭패 본 것은 기생 때문이었고, 땅굴에 숨었어도 붙잡힐 수 있다네.
작별할 때 피하라 부탁까지 했으니, 미염공 그야말로 주씨로서 손색없구나.
一身狼狽爲烟花, 地窨藏身亦可拿.
臨別叮嚀好趨避, 髯公端不愧朱家.

한편 송강은 대대로 농사짓던 집안인데 왜 이런 땅굴이 있었던가? 원래 송나라 시대는 관리가 되기는 쉽고 서리 노릇 하는 것은 매우 어려웠다. 관리가 되기 쉽다는 것은 무슨 뜻인가? 당시 조정에는 간신이 정권을 장악하고 아첨꾼이 권력을 독점하여 친인척이 아니면 임용하지 않았고 재물이 없으면 출세할 수 없었다. 서리 노릇하기가 어렵다는 것은 무슨 말인가? 당시 압사가 범죄를 저지르고 벌을 받게 되었을 때, 죄가 가벼우면 얼굴에 글자를 새기고 멀리 군주軍州로 귀양을 가야 했고, 무거운 죄라면 가산을 몰수당하고 남은 생을 마감해야 했다. 그래서 미리 이런 피난처를 준비해둔 것이다. 또 부모를 연루시킬까 두려워서 불효죄로 호적에서 빼고 각기 따로 살면서 관에서 발급한 공문서를 준비해두고 서로 왕래하지 않았으나 재산은 집 안에 두었다. 송나라 때 대부분 서리는 이러했다.

송강은 토굴에서 나와 부친, 동생과 상의했다.

"이번에 주동이 돌보아주지 않았다면 분명히 송사가 벌어졌을 겁니다. 이 은혜를 잊을 수 없습니다. 지금 나와 동생은 도망가야 합니다. 하늘이 불쌍하게 여겨 대사면을 만난다면 그때 부자가 서로 만나게 될 것입니다. 아버님께서는 몰래 주동에게 금은을 보내 위아래로 뇌물로 쓰게 하고 염 노파에게도 약간의 재물을 나눠줘 상급 관아에 고발하지 않도록 해주십시오."

태공이 말했다.

"이 일은 네가 근심할 필요 없다. 너는 동생 청이와 가는 길에 조심하거라. 만약 거처에 도착하거든 믿을 만한 사람을 시켜 편지를 보내도록 해라."

그날 밤 두 형제는 짐을 쌌다. 4경에 일어나 씻고 아침밥을 먹고 준비하여 출발했다. 송강은 흰색 범양전립范陽氈笠을 쓰고 흰색 단자 저고리를 입었으며 짙은 담홍색 끈을 허리에 묶고 다리에 행전을 찬 다음 미투리를 신었다. 송청은 하인 복장을 하고 짐을 짊어졌다. 대청 앞으로 나와 부친인 송 태공과 작별했다. 세 사람은 눈물을 멈추지 못했고, 송 태공이 당부했다.

"너희 둘은 앞길이 구만 리이니 너무 걱정하지 말거라."

송강과 송청이 여러 장객에게 조심스럽게 집을 지키면서 아침저녁으로 정성껏 태공을 모시고 음식을 빠뜨리지 않도록 분부했다. 형제가 각자 요도를 하나씩 차고 박도를 들고 송가촌을 떠났다.

두 사람이 출발한 때는 바로 가을이 다 지나고 초겨울이었다.

마름 잎, 연 잎은 가지마다 시들고, 오동나무는 잎마다 우수수 떨어지네.
귀뚜라미 말라버린 풀 속에서 울고, 기러기는 넓은 모래밭에 내려앉누나.

가랑비는 단풍나무 숲 적시고, 서리는 가뜩이나 날씨 더욱 차게 만드네.

먼 길 가는 나그네 아니고서야, 늦가을의 이 깊은 맛 어찌 알겠는가.

柄柄芰荷枯, 葉葉梧桐墜.

蛩吟腐草中, 雁落平沙地.

細雨濕楓林, 霜重寒天氣.

不是路行人, 怎諳秋滋味.

송강 형제 둘은 한참 길을 가다 길에서 서로 상의했다.

"우리는 누구에게 가는 것이 좋을까?"

송청이 대답했다.

"제가 강호에서 창주 횡해군 시 대관인의 이름을 많이 들었습니다. 대주大周 황제의 적통 자손이라 하던데 만난 적은 없어요. 어째서 그에게 가려하지 않나요? 의를 중하게 여기고 재물을 아끼지 않으며 천하의 호걸과 교류하기를 좋아하고 유배 가는 사람들을 도와주는 지금의 맹상군孟嘗君이라고 들었습니다. 우리 그에게 가서 의지하는 것이 좋겠습니다."

"나도 그렇게 생각하고 있었다. 그와 편지는 항상 왕래하고 있었지만 인연이 없어서 아직 만나지 못했다."

두 사람은 상의를 끝내고 창주 가는 길로 향했다. 도중에 산을 넘고 물을 건넜으며 여러 지방을 지났다. 장사꾼이 여행 중에 아침저녁으로 쉴 때마다 두 가지 좋지 않은 일이 있기 마련이다. 나병 걸린 사람이 사용했던 그릇으로 밥을 먹기도 하고 사람이 죽어 나간 침상에서 잠을 자는 것이다.

한가한 말을 집어치우고 본론으로 들어가자. 송강 형제는 하루도 멈추지 않고 걸은 끝에 창주 경계에 도착하여 사람에게 물었다.

"시 대관인의 장원이 어디요?"

지명을 물어 길을 찾아 장원으로 가서 장객에게 물었다.

"시 대관인께서는 장원에 계시오?"

장객이 대답했다.

"대관인은 동쪽 장원에서 관부에 납부해야 할 쌀을 추수하고 계셔서 여기에 계시지 않습니다."

"여기서 동쪽 장원까지 거리가 얼마나 되오?"

"40여 리입니다."

"어느 길로 가야 하오?"

"감히 묻건대 두 분 관인께서는 성이 어떻게 되십니까?"

"나는 운성현 송강이라 하오."

"바로 급시우 송 압사 아니십니까?"

"그렇소."

"대관인께서 항상 크신 이름을 말씀하시고 만나뵙지 못하는 것을 안타까워하셨습니다. 송 압사님이라면 소인이 안내하겠습니다."

장객은 황급하게 송강과 송청을 데리고 동쪽 장원으로 갔다. 세 시진이 안 되어 장원에 도착했다. 송강이 보니 정말 좋은 장원이었고 가지런하게 정비가 되어 있었다.

앞에는 넓은 강 마주하고, 뒤에는 높은 산에 의지해 있구나. 수천 그루 회화나무, 버드나무 숲 이루고 있고, 네댓 채의 대청에선 손님 접대하네. 집 모퉁이 돌아가니 소와 양이 가득하고, 보리 타작마당엔 거위와 오리 떼 지어 있네. 호화로운 음식은 맹상군 식객들도 먹지 못한 것이고, 농촌을 관할함에 정정程鄭[9]의 노복만큼 셀 수 없이 많구나. 집에는 양식 남아돌아 닭과 개도 배부르고, 요역을 면제받아 자손들 한가롭네.

9_ 정정程鄭: 전한前漢 사람으로 제련업을 해서 부자가 됐는데, 노복이 수백 명이었다.

前迎闊港, 後靠高峰. 數千株槐柳成林, 三五處廳堂待客. 轉屋角牛羊滿地, 打麥場鵝鴨成群. 飮饌豪華, 賽過那孟嘗食客; 田園主管, 不數他程鄭家僮. 正是家有餘粮鷄犬飽, 戶無差役子孫閑.

장객이 말했다.

"두 분은 잠시 여기 정자에 앉아 계시면 소인이 대관인께 통보하여 모시게 하겠습니다."

"좋소."

송청과 산 정자에서 박도를 기대 세워놓고 요도를 풀고 짐을 내려놓은 다음 앉았다. 장객이 들어간 지 얼마 안 되어 중간의 장원 문이 활짝 열리고 시 대관인이 하인 3~5명을 거느리고 황급하게 뛰어나와 정자에서 송강과 대면했다.

시 대관인은 송강을 보고 땅에 엎드려 절을 하며 말했다.

"정말 이 시진을 죽이려 하는 것이오. 오늘 무슨 바람이 여기에 불었기에 평생 앙모하던 꿈이 이렇게 이루어지다니, 천만다행이오! 천만다행이야!"

송강도 땅에 엎드려 대답했다.

"어리석은 아전 송강이 오늘 특별히 의지하러 찾아왔습니다."

시진이 송강을 부축하며 말했다.

"어젯밤에 등잔에 꽃이 피고[10] 오늘 아침에 까치가 울더니 귀형께서 찾아왔구려."

얼굴에 온통 웃음꽃이 피었다. 송강은 시진이 정성껏 맞이하는 것을 보고 매우 기뻤다. 동생 송청을 불러 인사하게 했다. 시진이 하인을 불러 송강의 짐을 수습하고 후당 서쪽 방에 쉴 자리를 마련하도록 했다. 시진이 송강의 손을 잡고

10_ 원문은 '등화燈花'다. 옛날 어두운 밤 등잔에 불을 붙이면 등의 심지가 타고 남아 뭉쳐 꽃 형상이 되는 경우가 있는데, 이것을 '등화'라 한다. 기쁜 소식을 알리는 길조로 여겼다.

장원 안의 대청으로 데려가 주인과 손님의 자리에 나누어 앉았다.

시진이 말했다.

"형장께서는 운성현의 일로 바쁠 텐데 어떻게 틈을 내서 이처럼 외진 곳까지 찾아오셨습니까?"

"대관인의 커다란 명성을 들은 지 이미 오래되었습니다. 계속해서 서신을 받았으나 하찮은 일로 겨를이 없어서 만나뵐 수 없었습니다. 오늘 이 송강이 재주가 없어서 못난 일을 저질렀습니다. 형제 둘이 아무리 생각해도 몸을 의탁할 곳이 없었는데 대관인께서 의를 중요하게 여기고 재물을 아끼지 않으시므로 일부러 의지하고자 찾아왔습니다."

시진이 듣고 웃으면서 말했다.

"형장은 안심하시오. 설사 용서받을 수 없는 십악대죄十惡大罪를 지었더라도 우리 장원에 들어오면 걱정할 필요가 없습니다. 이 시진이 허풍 떠는 것이 아니라 포도 관군이라도 우리 장원을 감히 똑바로 쳐다보지 못합니다."

송강이 염파석을 죽인 일을 일일이 얘기했다. 시진이 웃으면서 말했다.

"형장은 안심하시오. 조정에서 임명한 관리를 죽이고 조정 창고의 재물을 약탈했을지라도 이 시진은 감히 장원 안에 숨길 수 있습니다."

말을 마치고는 송강 형제에게 목욕을 하도록 했다. 즉시 옷, 두건, 신발, 버선을 두 벌 내와 목욕하고 벗어놓은 옷과 바꿔 입도록 했다. 두 사람은 목욕을 마치고 새 옷을 입었다. 장객이 송강 형제의 헌 옷을 거처에 가져다놓았다. 시진은 송강을 후당 깊숙한 곳으로 불러 준비한 음식을 내오고 송강은 정면에 앉히고 시진은 맞은편에 앉았으며 송청은 송강의 옆에 앉았다.

세 사람이 자리를 잡자 10여 명의 심복 장객과 몇 명의 집사가 돌아가며 술을 따르고 권했다. 시진은 여러 차례 송강 형제에게 마음 편히 술 마시도록 했고, 송강도 감사의 인사를 잊지 않았다. 한창 술이 올라 세 사람은 서로 가슴 속으로 항상 흠모했던 정을 토로했다. 점차 날이 저물자 촛불을 켰다. 송강이 정중하게 사양하며 말했다.

"술은 많이 마셨습니다. 오늘은 그만 마시지요."

시진이 어찌 그만 놓아주려 하겠는가, 초경 무렵까지 쉬지 않고 마셨다. 송강이 일어나 측간에 가려고 했다. 시진이 장객을 불러 등 사발[11]을 들고 송강을 동쪽 복도 끝 측간으로 안내하게 했다. 송강은 볼일을 보고 말했다.

"너무 많이 마셨으니 잠시 자리를 피해야겠다."

일부러 곧바로 돌아가지 않고 앞쪽 복도를 크게 우회하여 시간을 끌며 동쪽 복도 앞쪽으로 돌아갔다. 송강은 이미 상당히 취했기에 발걸음을 비틀거리며 그저 걸어가기만 했다. 그 복도에 체격이 큰 사내가 있었는데 학질에 걸려 추위를 참지 못해서 삽에 불을 지펴 쬐고 있었다. 송강은 고개를 들어 올리고 걷기만 하다가 삽자루를 밟아 삽에 있던 숯불이 그 사내의 얼굴에 튀었다. 그 사내는 깜짝 놀라 한바탕 진땀을 흘렸다.

화가 잔뜩 난 사내는 벌떡 일어나 송강의 멱살을 잡고는 크게 소리 질렀다.

"너는 뭐 하는 좆같은 놈이냐? 감히 나한테 장난을 거느냐!"

송강도 깜짝 놀랐다. 어떻게 말해야 할지 모르고 있는데, 마침 등을 들고 길을 안내하던 장객이 황급히 소리를 지르며 말렸다.

"무례를 범하지 마시오! 이분은 대관인이 가장 중요하게 여기는 손님이시오."

그 사내가 말했다.

"'손님' '손님'! 나도 처음 왔을 때는 '손님'이었고 가장 큰 대접을 받았지. 그런데 오늘 장객에게 제멋대로 지껄이는 말을 듣다니 나를 소홀히 하는 것 아니냐! '천 일 동안 순조롭게 좋은 사람 없고 백일 동안 붉게 피는 꽃은 없다'[12]고 하더

11_ 원문은 '완등碗燈'이다. 옛날에는 사발에 기름을 채우고 심지를 놓고 불을 붙였으므로 완등이라 했다.

12_ 원문은 '人無千日好, 花無百日紅'이다. 좋은 때는 오래가지 않는다거나 우정은 오래 유지하기 어렵다는 것을 비유한 말이다.

니, 이 말이 맞구나!"

도리어 송강을 치려고 했고, 장객은 등롱을 던지고 앞으로 와서 말렸다. 그러나 거의 말릴 수 없을 지경에 이르렀을 때 등롱 두 세 개가 번개같이 달려왔다. 시 대관인이 직접 달려오며 말했다.

"내가 압사를 기다려도 오지 않더니 여기서 도대체 무슨 소동이 일어난 것이오?"

장객은 송강이 불삽을 밟게 된 이야기를 했다. 시진이 웃으면서 말했다.

"장사, 훌륭한 압사이신 이분을 모른단 말이오?"

"훌륭하긴 뭐가 훌륭하다고! 그가 감히 운성현 송 압사에 비할 수 있겠소!"

시진이 껄껄 웃으면서 말했다.

"장사, 송 압사를 아시오?"

"내가 비록 알지는 못하지만 오래전부터 강호에서 급시우 송 공명이라고 들었소. 게다가 의리를 중시하고 재물을 가볍게 여기며 위급하고 곤란에 처한 사람들을 구제하는 천하에 이름난 호걸이라 들었소."

"어째서 그가 천하에 이름난 호걸이라고 생각하시오?"

"내가 방금 말하지 않았소. 그는 일을 함에 시작부터 끝까지 한결같은 진정한 대장부요. 내가 만일 병이 다 나으면 그를 찾아가 의탁할 생각이오."

"그를 만나보고 싶소?"

"그를 보고 싶지 않다면 이런 말은 뭣 하러 하겠소!"

"장사, 멀면 10만8000리이고 가까우면 눈앞이라고 했소."

시진이 송강을 가리키며 말했다.

"이분이 바로 급시우 송 공명이오."

"정말이오? 설마 아니겠지?"

송강이 말했다.

"소생이 송강이오."

그 사내는 눈을 멀뚱멀뚱 뜨고 자세히 바라보더니 고개를 숙이고는 절하며 말했다.

"제가 꿈속에 있는 것은 아니겠죠? 이렇게 형장을 만나게 되었습니다!"

송강이 말했다.

"어찌 이리 과분한 사랑을 받을 수 있겠소?"

"방금 커다란 무례를 범했습니다. 용서해주시기 바랍니다. 눈을 달고도 태산을 알아보지 못했습니다!"

땅바닥에 무릎을 꿇고 일어나려 하지 않았다. 송강이 황급히 부축하며 말했다.

"족하께서는 존함이 어떻게 되시오?"

시진이 대신 그의 성명과 본적을 말했다. 나누어 서술하면, 산속의 맹호도 그와 마주치면 혼비백산하고, 숲속의 도적들도 그를 만나면 놀라 질겁했다. 바로 별과 달이 빛을 잃고 강과 냇물도 거꾸로 흐른다는 것이다.

결국 시 대관인이 말한 그 사내가 어떤 사람인지는 다음 회에 설명하노라.

### 십악대죄十惡大罪

'십악十惡'은 고대 형법에서 규정한 열 가지 종류의 악질 범죄를 말하는데, 이런 개념은 남북조南北朝 시기 때부터 생겨났다. 당나라 장손무기長孫無忌의 『당률소의唐律疏議』「명례일名例一·십악十惡」에 따르면 "주周, 제齊는 10가지의 명칭을 구비했지만 십악의 항목은 없었다"고 했다. 즉, 북주北周, 북제北齊 때 법전에 엄중히 처벌하는 항목이 열거는 되었지만 당시 법전에는 상세하고 구체적인 설명은 없었다. '십악'에 대해 최초로 명확히 한 것은 수隋나라 때인데, 『수서隋書』「형법지刑法志」에 따르면 십악 항목을 "모반謀反, 모대역謀大逆, 모반謀叛, 악역惡逆, 부도不道, 대불경大不敬, 불효不孝, 불목不睦, 불의不義, 내란內亂"이라고 했다. 대략적으로 살펴보면, 모반謀反은 사직을 위태롭게 하는 것으로 일종의 국가 전복을 획책한 죄다. 모대역謀大逆은 종묘, 산릉山陵(제왕의 능묘), 궁궐의 훼손을 도모한 죄다. 모반謀叛은 국가를 배반하고 적국에 투항하거나 본국의 군신을 해친 죄다. 악역惡逆은 조부모와 부모를 때려죽이거나 가까운 친인척을 살해한 인륜 범죄다. 부도不道는 인간의 도리를 상실한 것으로 예를 들면 일가족 3명 이상을 살해하거나 토막살인, 독살 등의 방법으로 죽인 죄를 말한다. 대불경大不敬은 신하와 백성이 황제를 존경하지 않는 언행을 하고 황제가 상해를 입게 하는 것을 말한다. 불효不孝는 직계 친속에 대한 거역하는 언행을 말한다. 불목不睦은 친속을 살해, 구타, 무고하는 등의 범죄다. 불의不義는 하급관리가 직속상관을 살해하거나 사졸이 5품 이상의 무관을 죽이거나 혹은 남편이 죽었는데 상을 치르지 않고 초상 기간에 개가하는 등의 범죄다. 내란內亂은 친족의 첩과 간통하는 등의 죄다.

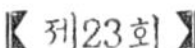

# 호랑이와의 사투[1]

송강이 술자리를 피하고자 측간에 간 뒤 복도를 돌아나오다 그만 숯불이 담긴 삽자루를 밟고 말았다. 사내가 화를 내며 벌떡 일어나 송강을 치려 했다. 시진이 달려오면서 뜻밖에 '송 압사'라고 불렀다가 이름이 드러나고 말았다. 송강이라는 말을 듣자 그 사내는 땅바닥에 무릎을 꿇고는 일어나려 하지 않고 말했다.

"소인이 눈을 달고도 태산을 알아보지 못했습니다! 잠시나마 형장을 욕보였으니 용서해주시기 바랍니다."

송강이 사내를 부축해 일으키며 물었다.

"족하는 누구시오? 성함이 어떻게 되시오?"

시진이 사내를 가리키며 대신 대답했다.

1_ 제23회 제목은 '橫海郡柴進留賓(횡해군 시진이 손님을 붙잡고 대접하다). 景陽崗武松打虎(무송이 경양강에서 호랑이를 때려잡다)'다.

"이 사람은 청하현淸河縣[2] 사람이오. 이름은 무송武松이며 항렬은 두 번째입니다. 여기에 머문 지는 이미 1년이 지났습니다."

송강이 말했다.

"강호에서 그 유명한 무이랑武二郎을 오늘 여기서 만나리라고는 생각도 못했습니다. 정말 행운이고 다행입니다!"

시진이 말했다.

"이렇게 우연히 호걸들이 모이기는 정말 어려운 일이니 이리 와서 함께 이야기라도 나눕시다."

송강이 크게 기뻐하며 무송의 손을 잡아끌고 함께 후당 술자리에 돌아가서 송청을 불러 무송과 인사를 시켰다. 시진이 무송을 자리에 앉도록 하니, 송강이 서둘러 무송을 윗자리에 함께 앉도록 했다. 어떻게 무송이 그럴 수 있겠는가? 한참을 사양하다가 셋째 자리에 앉았다. 시진이 다시 잔과 음식을 내오게 하고 세 사람에게 실컷 마시도록 했다. 송강이 등불 아래서 무송을 보니, 과연 호걸이었다.

몸집은 늠름하고 용모는 당당하구나. 두 눈은 찬별이 빛을 발사하는 듯하고, 구부러진 두 눈썹은 옻칠한 듯하네. 떡 벌어진 가슴은 만 명도 대적하기 어려운 위풍 있고, 기개 넘치는 언변은 천길 높은 하늘도 찌를 기세 토해내누나. 웅장한 뜻에 담대하니 하늘 뒤흔드는 사자가 구름 속에서 내려온 듯하며, 건장하고 힘세니 땅을 요동치는 맹수[3]가 자리에 와서 앉은 듯하다. 하늘의 마왕魔王이 내려온 듯하고, 진정 인간의 태세신太歲神과 같구나.

身軀凛凛, 相貌堂堂.一雙眼光射寒星, 兩彎眉渾如刷漆. 胸脯橫闊, 有萬夫難敵之

2_ 청하현淸河縣: 『수호전전교주』에 따르면 "정목형의 『주략』에서 이르기를, '송나라 이전의 청하현은 은현恩縣으로 동창東昌에 예속되었다'고 했다."

3_ 원문은 '비휴貔貅'로 고서와 민간 전설에 나오는 사나운 맹수다.

威風; 語話軒昂, 吐千丈凌雲之志氣. 心雄膽大, 似撼天獅子下雲端; 骨健筋強, 如搖地貔貅臨座上. 如同天上降魔主, 眞是人間太歲神.

송강이 등불 아래에서 무송의 인물됨을 살펴보고는 속으로 매우 좋아했다. 무송에게 물었다.

"이랑은 여기에 무슨 일로 오셨는가?"

"이 동생은 청하현에서 술에 취하여 현 기밀機密[4]과 다투다가 일시의 분노를 참지 못하고 한 주먹에 그놈을 때려 기절시켰습니다. 죽은 줄 알고 일단 화를 피하기 위해 그 자리에서 달아나 대관인에게 피난 왔습니다. 지금 이미 1년이 넘었습니다. 나중에야 그놈이 죽지 않고 살아났다는 얘기를 들었습니다. 지금 고향으로 돌아가 친형을 찾으려 했는데 갑자기 학질에 걸려 몸을 마음대로 거동할 수 없어 돌아가지 못했습니다. 공교롭게 한기가 심하여 복도에서 불을 쬐려고 했는데 형님이 삽자루를 밟은 것입니다. 깜짝 놀라 식은땀을 흘렸더니 병이 모두 나은 것 같습니다."

송강이 듣고 크게 기뻐했다. 그날 밤 3경까지 술을 마셨다. 술자리를 마치고 송강은 무송을 붙잡아 서쪽 방 자신의 거처에서 머물도록 했다. 다음날 아침에 일어나자 시진이 연회를 준비하여 양과 돼지를 잡아 송강을 대접했음은 말할 필요가 없다. 며칠이 지나 송강이 은냥을 꺼내 무송에게 주며 옷을 만들어 입히려 했다. 시진이 그것을 알고 어떻게 송강에게 돈을 쓰도록 내버려두겠는가? 직접 각종 비단 한 상자를 내놓았다. 그리고 장원의 재봉사를 시켜 세 사람의 몸에 맞게 옷을 만들도록 했다.

이야기하는 김에, 그렇다면 시진은 어찌하여 무송을 좋아하지 않았을까? 원래 무송이 처음 시진에게 왔을 때는 그도 받아주고 잘 대접했다. 그러나 그 이

4_ 기밀機密: 송대 현 관아에서 기밀방을 관리하는 사람.

후로 무송은 장원에서 술만 마시면 주사를 부려 장객들도 그를 보살핌에 소홀하게 되었고 무송도 장객들에게 주먹질을 했다. 이 때문에 장원 안의 장객들은 누구도 그를 좋아하지 않았다. 장객들이 싫어하게 되자 시진 앞에만 가면 무송에 대해 좋지 않은 점만 늘어놓았다. 시진이 비록 쫓아내지는 않았지만 그에 대한 대접은 자연히 소홀해지고 말았던 것이다. 그러나 송강이 온 뒤로는 매일 무송을 데리고 다니며 술을 마시자 무송의 섭섭함도 모두 사라졌다. 송강과 함께 10여 일을 지내자 무송은 문득 고향 생각이 들어 청하현에 있는 형님을 찾아가려 했다. 시진과 송강이 좀 더 머물도록 말리자 무송이 말했다.

"제가 형에게 오랫동안 연락을 못해서 찾아가 만나보고 싶습니다."

송강이 말했다.

"정말로 이랑이 가고자 한다면 억지로 잡을 수는 없겠지. 만일 시간이 나거든 다시 모이세."

무송이 송강에게 감사를 표했다. 시진이 금은을 꺼내 무송에게 주자 감사하며 말했다.

"정말 대관인께 많은 신세를 졌습니다."

무송은 다 싼 짐에 초봉哨棒[5]을 묶어 매달아 길 떠날 준비를 했고, 시진은 술과 음식을 준비하여 송별연을 열었다. 무송은 새로 만든 붉은 명주로 세밀하게 재봉한 저고리에 흰색 범양전립을 쓰고 등에는 짐을 진채 손에는 간봉桿棒을 들고 인사한 다음 길을 나섰다. 송강이 말했다.

"동생 잠깐만 기다리게."

자기 방으로 돌아와서 은냥을 가지고 장원 앞으로 뛰쳐나와 말했다.

"내가 일정 거리를 바래다주겠네."

5_ 초봉哨棒: 길 떠날 때 호신용으로 사용하는 긴 나무 곤봉. 산에 오를 때 지팡이로도 사용하고 작은 짐을 어깨에 메는 데도 사용되어 그 용도가 많다.

송강과 송청 형제는 무송과 함께 시 대관인에게 작별했다. 송강이 말했다.

"대관인, 잠시 배웅하고 금방 돌아오겠습니다."

세 사람이 시진의 동쪽 장원을 나와 5~7리 길을 걸었다. 무송이 작별하며 말했다.

"형님, 너무 멀리 나오셨습니다. 들어가십시오. 시 대관인이 분명히 기다리고 계실 겁니다."

"조금 더 가는 거야 상관없지 않겠나."

도중에 이런저런 얘기를 하다가 2~3리 길을 더 왔다. 무송이 송강을 잡아당기며 말했다.

"형님, 멀리까지 배웅할 것 없습니다. 속담에 '천리를 배웅해도 결국은 이별해야 한다'[6]고 했습니다."

송강이 손가락으로 가리키며 말했다.

"몇 걸음만 더 가세. 저기 관도官道에 주점이 있으니 한잔 마시고 헤어지세."

세 사람이 주점 안에 들어와 송강은 상좌에 앉고 무송은 초봉을 기대어 세워놓고 말석에 앉았다. 송청은 맞은편에 앉았다. 주보를 불러 술을 시키고 또 안주, 과일, 야채를 사서 탁자 위에 올려놓았다. 몇 잔을 마시니 붉은 해가 반쯤 서쪽으로 기울었다. 무송이 말했다.

"날이 저물고 있습니다. 형님이 저 무송을 버리지 않는다면 여기서 사배四拜[7]를 드리고 의형義兄으로 모시고 싶습니다."

송강은 크게 기뻐했고 무송은 사배를 올렸다. 송강이 송청을 불러 은자 10냥을 꺼내오게 하여 무송에게 주었다. 무송은 받으려 하지 않고는 말했다.

"형님 저도 도중에 사용할 여비는 있습니다."

6_ 원문은 '送君千里, 終須一別'이다. 이별할 때 서로 위로하는 말이다.

7_ 사배四拜: 정중함을 표시하는 배례다.

"동생, 아무 걱정 말고 받게. 만일 사양한다면 동생으로 여기지 않겠네."

무송은 하는 수 없어 받아서 전대纏袋[8] 안에 넣었다. 송강이 은자 부스러기로 술값을 지불하고, 무송은 초봉을 들고 주점을 나와 작별했다. 무송이 눈물을 흘리며 인사하고 떠났다. 송강과 송청이 주점 앞에 서서 떠나는 무송을 바라보았다. 이윽고 보이지 않게 되자 몸을 돌려 돌아왔다. 5리도 채 못 왔는데 시 대관인이 말을 타고 빈 말 두 필을 끌고 마중을 나왔다. 송강이 보고 기뻐하며 함께 말을 타고 장원으로 돌아왔다. 말에서 내린 뒤에는 후당에서 또 술자리가 벌어졌다. 송강 형제는 이때부터 시 대관인 장원에 머물렀다.

이야기는 둘로 나뉜다. 송강과 헤어진 무송은 그날 밤 객점에 투숙했다. 다음날 아침 일찍 일어나 불을 피워 밥을 지어먹고 방값을 지불했다. 짐을 챙겨 초봉을 들고 길에 오르며 생각했다.

'강호에서 급시우 송강의 이름이 높더니 과연 헛되이 전해지는 것이 아니로구나. 이런 사람과 결의형제를 맺었으니 보람이 있었구나!'

무송이 여러 날을 걸어 양곡현陽谷縣에 들어왔는데[9] 현 관아와는 아직 한참 멀었다. 이날 정오에 배도 고프고 갈증도 심할 때 마침 앞쪽 멀리 주점 하나가 눈에 들어왔다. 주점에 다다르니 문 앞 깃발에 다섯 글자가 쓰여 있었다.

"술 세 사발을 마시고 고개를 넘지 말라三碗不過岡."[10]

8_ 전대纏袋: 허리를 두른 주머니를 말한다.

9_ 무송은 창주의 시진 장원에서 청하현 집으로 돌아가는 길이다. 창주의 남쪽이 양곡현이고 창주에서 양곡현까지는 400리 길이다. 창주 남쪽에서 서쪽으로 치우친 곳이 청하현으로 두 곳의 거리는 200리 길이다. 양곡현에서 다시 청하현은 동쪽에서 남쪽으로 치우친 곳으로 200리 떨어져 있다. 무송은 창주에서 곧장 청하현으로 가는 것이 편리한데, 양곡현을 거쳐 청하현으로 가는 것은 비정상적이다.

10_ 증류주는 원나라 이후에 중원에 전래되었다. 이때 술은 도수가 20도 이하인 황주黃酒의 일종이다. 조강을 거르지 않은 술이라 마시기도 하지만 숟가락으로 떠먹기도 했으므로 '마시는喝酒'이 아니라 '먹었다吃酒'라고 썼다. 황주의 도수는 독한 맥주나 우리나라 막걸리 정도라고 하면 적당할 듯하

안으로 들어가 앉아 초봉을 기대 세우고 소리를 질렀다.

"주인장, 빨리 술 내오시오."

객점 주인이 술 사발 세 개와 젓가락 한 쌍 그리고 데운 요리 한 접시를 무송 앞에 놓고 사발에 술을 가득 채웠다. 무송이 술 한 사발을 단숨에 들이키며 말했다.

"이 술은 정말 진해서 기운이 넘치는군! 주인장, 배를 채울 것이 있으면 안주로 내오시오."

"삶은 소고기밖에 없습니다."

"안주로 먹게 좋은 부위로 2~3근 잘라오시오."

주인이 안에서 잘 익은 소고기 두 근을 잘라 큰 접시에 담아 무송 앞에 내왔고 술 한 사발을 더 걸러주었다. 무송이 술을 마시고 말했다.

"카, 좋다!"

다시 한 사발을 걸렀다. 세 번째 사발을 마시자 다시 술을 거르지 않았다. 무송이 탁자를 두드리며 소리 질렀다.

"주인장, 왜 술을 거르지 않소?"

"손님, 고기라면 더 드리겠습니다."

"내가 바라는 것은 술이오. 고기도 더 썰어주시오."

"고기는 잘라서 더 드리겠습니다만 술은 안 됩니다."

"무슨 말도 안 되는 소리를 하오!"

다시 주인에게 물었다.

"왜 내게 술을 팔지 않는 것이오?"

"손님, 우리 객점 앞에 걸려 있는 깃발에 '세 사발을 마시고 고개를 넘지 말

다. 『수호전전교주』에 근거하면 정목형의 『주략』에서 이르기를, "『도성기승都城紀勝』에서 '주루酒樓에 산일山一, 산이山二, 산삼山三 같은 유형이 있는데 편액에 '과산過山'이라고 했다. 이것은 산山을 말하는 것이 아니라 주량이 많은 것을 말한다'고 했다."

라'고 분명하게 적어놨습니다."

"'삼완불과강'이란 말이 도대체 무슨 소리요?"

"우리 집 술은 비록 시골에서 빚은 술이지만 오래된 술[11]과 비교해도 맛은 떨어지지 않습니다. 일반 손님들은 우리 주점에서 세 사발만 마시면 곧 취해서 앞의 고개를 넘어가지 못합니다. 그래서 '삼완불과강'이라고 하지요. 다른 손님들은 여기를 지나가다 세 사발만 마시면 더 달라고 하지 않습니다."

무송이 웃으면서 말했다.

"그렇군. 그런데 나는 세 사발을 마셨는데 어째서 취하지 않는 것이오?"

"우리 객점 술은 '병을 뚫고 나오는 향기透瓶香'라 하고 또 '문을 나서면 쓰러진다出門倒'라고도 합니다. 처음 입으로 들어갈 때 맛은 진하고 잘 넘어가지만 시간이 조금 지나면 바로 쓰러집니다."

"허튼소리 집어치워라! 공짜로 먹자는 것이 아니지 않느냐. 다시 세 사발 거르거라!"

주인은 무송이 전혀 꿈쩍도 않는 것을 보고 다시 세 사발을 걸렀다.

"정말 좋은 술이구나! 주인장, 술 한 사발 마실 때마다 돈을 낼 테니 계속 거르게."

"손님, 너무 많이 마셨습니다. 이 술은 취하면 정말 쓰러집니다. 약도 없습니다."

"좆같은 소리 그만 해라! 그건 네가 몽한약을 넣은 것이고 나도 코가 있다."

주인이 아무 말도 못하고 다시 세 사발을 걸렀다.

"고기 두 근 더 내오너라."

주인이 삶은 고기 두 근을 자르고 다시 세 사발을 걸렀다. 무송이 입맛에 맞는지라 계속 먹으며 몸에서 은자 부스러기를 꺼내며 말했다.

11_ 원문은 '노주老酒'인데, 시장에서 파는 오래 묵은 진한 술을 말한다.

"주인장, 여기 돈 있네. 술과 고기 값으로 충분한가?"

주인이 보고 말했다.

"조금 남으니 잔돈을 거슬러드리겠습니다."

"거슬러줄 필요 없다. 술이나 더 걸러라."

"손님, 남은 돈으로 술을 드시려면 아직 대여섯 사발은 더 드셔야 합니다! 아마 다 드시지 못할 것 같습니다."

"남은 술 대여섯 사발을 다 걸러라."

"손님처럼 이렇게 건장한 남자가 취해 쓰러지면 누가 부축하겠습니까?"

"너에게 부축 받으면 나는 사내도 아니다."

주인이 어찌 감히 술을 거르려 하겠는가? 무송이 조바심을 내며 말했다.

"내가 공짜로 마시자는 거냐! 이 어르신 성질을 자꾸 건드리면 이 집구석을 모두 박살내버리겠다! 네 이 좆같은 주점을 싹 엎어버린다!"

주점 주인이 말했다.

"이놈이 취했구나. 잘못 건드렸다간 큰일 나겠다."

다시 여섯 사발을 무송에게 걸러주었다. 무송이 앉은자리에서 모두 열다섯[12] 사발을 마시고 초봉을 움켜쥐고 일어서며 말했다.

"나는 아직 취하지 않았다!"

문을 나오면서 웃었다.

"'삼완불과강'이라더니 무슨 불과강이냐!"

손에 초봉을 들고 걸어갔다.

주인이 달려나와서 말했다.

"손님, 어디 가십니까?"

무송이 멈춰 서서 물었다.

12_ 관화당본貫華堂本에는 '열여덟'이라고 기재하고 있다.

"왜 불러? 술값 다 주었는데 어쩌려고 부르느냐?"

"나쁜 뜻은 아닙니다. 일단 돌아오셔서 여기 적어놓은 관아의 방문榜文부터 보시지요."

"무슨 방문?"

"요즘 저 앞 경양강景陽岡[13]에 눈꼬리가 치켜 올라가고 이마가 흰 호랑이가 날이 저물면 나와서 사람을 해치는데 이미 남자만 20~30명이 목숨을 잃었습니다. 관아에서 사냥꾼에게 장한문서杖限文書[14]를 내려 잡도록 했고 언덕 입구 양쪽에도 방문을 붙여놓았습니다. 경양강을 왕래하는 길손들은 무리를 지어 사시, 오시, 미시(오전 9시부터 오후 3시까지) 등 세 시진에만 언덕을 넘을 수 있게 했습니다. 나머지 인, 묘, 신, 유, 술, 해(오전 3시부터 7시, 오후 3시부터 밤 11시까지) 등 여섯 시진에는 언덕을 넘을 수 없습니다. 더욱이 혼자 지나는 길손은 무리를 이루기를 기다렸다가 가야 합니다. 잠시 후면 미시 말 신시 초(오후 3시 전후)인데 물어보지도 않고 가시다간 생명을 잃으실까 두렵습니다. 오늘은 저희 주점에서 주무시고 내일 20~30명이 모이거든 함께 언덕을 넘어가십시오."

무송이 듣고 웃으면서 말했다.

"나는 청하현 사람으로 여기 경양강을 적어도 10~20번은 지나다녔는데, 언제부터 호랑이[15]가 있었단 말인가? 그런 좆같은 말로 나를 놀라게 하려는 것이냐. 호랑이가 있더라도 난 두렵지 않다!"

13_ 경양강景陽岡 : 지금의 산둥성 양구陽谷 동쪽 15킬로미터 지점 황하 북쪽 경양강촌에 위치해 있다. 무송이 이곳에서 호랑이를 때려잡았다고 전해진다. 그러나 오랜 세월 풍화작용으로 인해 산등성이 면적은 점차 축소되어 작은 흙 언덕이 되었다. 『수호전전교주』에 따르면 "정목형의 『주략』에서 이르기를, '경양강은 청하현 북쪽에 위치해 있다. 내가 지나갔을 때는 토산에 불과했고 나무도 없었고 험준하지도 않았으니 옛날과 지금의 같지 않음이 이와 같다'고 했다."

14_ 장한문서杖限文書: 옛날 관부에서 어떤 일을 처리하는데 기한을 정해놓은 것으로 기한을 넘기면 장형杖刑을 부과한 공문서.

15_ 원문은 '대충大蟲'이다. 옛날에는 새와 짐승, 벌레와 물고기 등의 동물을 모두 '충蟲'이라 불렀다. 역자는 '호랑이'로 번역했다.

"좋은 뜻으로 손님을 구하려 하는 소리입니다. 믿지 못하겠으면 들어오셔서 관아의 방문을 보십시오."

"좆같은 소리 집어치워라! 정말 호랑이가 있어도 이 어르신은 두렵지 않다! 나를 네 가게에 잡아놓고 3경 늦은 밤에 죽여 재물을 빼앗으려고 좆같은 호랑이로 나를 놀라게 하려는 것이지."

"이보시오! 나는 호의로 한 말인데 도리어 악의로 여겨서 이런 말을 듣게 한단 말이오! 믿지 못한다면 당신 마음대로 가시오!"

바로 다음과 같다.

앞 수레 수천 대 뒤집어졌으니, 뒤 수레 지나간들 또한 뒤집어지리라.
분명히 평탄한 길 가르쳐줬건만, 도리어 충고의 말 악담으로 여기네.
前車倒了千千輛, 後車過了亦如然.
分明指與平川路, 却把忠言當惡言.

주점 주인이 고개를 절레절레 흔들더니 안으로 들어가버렸다. 무송은 초봉을 들고 성큼 발길을 디디며 경양강으로 걸어갔다. 대략 4~5리 길을 걸어 언덕 아래에 이르자 커다란 나무 한 그루가 보였는데, 나무껍질을 하얗게 벗겨 두 줄로 글을 써놓았다. 무송이 글을 조금 아는지라 고개를 들고 보니 나무 위에 다음과 같이 쓰여 있었다.

'근래 경양강 호랑이가 사람을 해치므로 지나는 사람들은 사巳, 오午, 미未 세 시각에 무리를 지어 언덕을 지나가도록 하고 어기지 말도록 하라.'

무송이 보고는 웃으면서 말했다.

"이것은 주점에서 농간을 부려 길손을 놀래게 해서 제 집에 재우려는 수작이군. 좆같이 뭐가 두렵단 말인가!"

초봉을 가로로 끌며 언덕으로 올라갔다.

때는 이미 신시가 되어 붉은 해가 빛을 잃어가며 산 아래로 지고 있었다. 술김에 언덕을 걸어 올라가는데 반 리 길도 못 가서 다 부서져가는 산신 묘가 보였다. 산신 묘 앞에 다다르니 문에 관아의 인장이 찍힌 방문이 보였다. 발을 멈추고 읽었다.

> 양곡현에서 알린다:
>
> 근래에 경양강에서 호랑이 한 마리가 나타나 인명을 해치므로, 각 향의 이정과 사냥꾼들에게 호랑이를 잡도록 장한문서를 내려 명시했으나 아직 잡지 못했다. 지나가는 길손은 사, 오, 미 세 시각에만 무리를 지어 언덕을 넘도록 하라. 그 나머지 시간과 홀몸의 길손은 언덕을 넘는 것을 허락하지 않는다. 생명을 잃을까 두려우니 모두가 명심하라.

무송은 관인 찍힌 방문을 읽고서야 정말 호랑이가 있다는 것을 알았다. 몸을 돌려 주점으로 돌아가려다 생각했다.

'돌아가면 주점 주인이 사내도 아니라고 나를 비웃을 테니 돌아갈 수 없지.'

한 번 더 생각하고는 말했다.

"좆같이 뭐가 겁나! 가다가 보면 어떻게 되겠지!"

한참 걷는데 술기운이 차츰차츰 올라와 머리에 쓰고 있던 범양전립을 뒤로 젖혀 등에 걸치고 초봉은 겨드랑이에 낀 채 한 걸음씩 언덕을 걸어 올라갔다. 머리를 돌려 하늘을 바라보니 땅거미가 점점 드리우고 있었다.[16] 때는 10월 날씨라 낮은 짧고 밤은 길어서 금방 어두워졌다. 무송이 혼자 중얼거렸다.

"무슨 호랑이가 있다고 그래? 사람들이 공연히 겁을 먹고 무서워서 감히 산에 못 오르는 거겠지."

16_ 무송이 경양강의 서쪽에서 동쪽 방향으로 가고 있음을 알 수 있다.

계속 걸어가는데 술기운이 올라와 몸이 더워지기 시작했다. 한 손으로 초봉을 들고 다른 손으로는 가슴 앞섶을 열고 비틀비틀 거리며 곧장 빽빽한 숲으로 들어갔다. 반들반들한 큼직한 바위덩이가 보이자 초봉을 옆에 기대어 세워놓고 벌렁 누워서 막 잠이 들려 하는데 한바탕 광풍이 불었다. 옛사람이 그 바람을 묘사한 네 구절의 시가 있다.

형체, 그림자 없어도 사람 품속으로 스며들고
사계절 불어오면서 만물을 피게 하네.
땅으로 불어서는 누런 나뭇잎 떨어뜨리고
산속으로 불어 닥쳐 흰 구름 몰아오누나.
無形無影透人懷, 四季能吹萬物開.
就樹撮將黃葉去, 入山推出白雲來.

원래 세상에서 구름이 생기면 용이 나오고 바람이 불면 호랑이가 나오는 법이다. 한바탕 바람이 지나가자 어지러운 숲 뒤에서 '휙' 소리가 나더니 하얀 이마에 치켜뜬 눈의 호랑이 한 마리가 뛰쳐나왔다. 무송이 '아이쿠!' 하며 바위덩이 위에서 굴러 내려와 초봉을 집어 들고 바위 옆으로 피했다.

배가 고픈데다 갈증이 난 호랑이가 두 발을 잠시 땅에 대더니 몸을 날려 공중에서 덮쳐 내려왔다. 놀란 무송은 술이 모두 식은땀으로 변하여 흘러내렸다. 순식간에 덮쳐오는 것을 보고 재빨리 호랑이 뒤쪽으로 피했다. 원래 호랑이는 등 뒤를 바라보는 것이 가장 어려운데 무송이 뒤로 피한 것을 알고 앞발로 땅을 짚은 채 허리를 높이 쳐들고는 뒷발로 무송을 찼다. 무송이 재빠르게 옆으로 피했다. 뒷발질이 실패하자 호랑이가 "어흥" 하고 울부짖는데 벼락이 치는 것처럼 산언덕 전체가 진동했다. 쇠몽둥이 같은 꼬리를 거꾸로 세우고 휘둘렀으나 무송은 또 한쪽으로 피했다. 원래 호랑이는 사람을 잡을 때 달려들어 덮치고,

차고, 꼬리를 휘두른다. 이 세 가지 동작으로 잡지 못하면 기세가 절반은 꺾인다. 호랑이가 꼬리를 휘둘러서 잡지 못하자 다시 포효하며 방향을 바꾸어 몸을 돌렸다. 무송은 호랑이가 몸을 돌리는 것을 보고는 두 손으로 초봉을 잡고 돌리며 평생의 힘을 다해 허공을 가르며 내리쳤다. '두두두' 소리가 울리더니 잎이 달린 나뭇가지들이 눈앞에서 우수수 떨어져내렸다. 눈을 똑바로 뜨고 바라보자 초봉이 호랑이를 때리지 못했다. 급하게 서둘러 휘두르는 바람에 마른 나무를 쳐서 초봉이 동강나 반쪽은 날아가고 손에 반쪽만 남았다.

호랑이는 잔뜩 화가 나서 으르렁거리며 몸을 돌려 다시 덮쳐왔다. 무송은 다시 펄쩍 뛰어 열 걸음 뒤로 물러났다. 마침 호랑이가 공중에서 내려와 앞발을 무송 앞으로 디디자, 무송은 반쪽만 남은 초봉을 한 편으로 집어던지고 두 손으로 무늬가 있는 정수리 털가죽을 재빨리 꽉 잡고는 눌렀다. 호랑이가 빠져나오려고 급히 몸부림쳤으나 무송이 온 힘을 다해 누르는데 조금이라도 느슨하게 하려 하겠는가? 무송은 발로 호랑이의 얼굴과 눈을 닥치는 대로 걷어찼다. 붙잡힌 호랑이가 울부짖으며 몸부림을 치며 후벼 파내어 몸통 밑으로 두 개의 진흙 구덩이가 생겼다.[17] 무송이 호랑이의 입을 진흙 구덩이 안에 처박아 누르자 호랑이는 기력이 빠지고 말았다. 무송은 왼손으로 호랑이의 정수리 가죽을 꽉 움켜잡고, 쇠망치만한 오른 주먹을 들어 올리고는 젖 먹던 힘까지 다해 정신없이 내리쳤다. 50~70번을 계속해서 내려치자 호랑이는 눈·입·코·귀에서 모두 피를 쏟아냈다. 무송은 평생의 위력과 지니고 있는 강한 무예에 의지해 잠깐 사이에 호랑이를 때려눕혔는데 마치 큰 비단 포대를 눕혀놓은 것 같았다. 경양강에서 무송이 호랑이를 때려잡은 장면을 묘사한 한 편의 고풍古風 시가 있다.

17_ 호랑이는 고양이과 동물이다. 고양이는 앞발과 뒷발로 머리를 긁을 수 있다. 만약 고양이의 머리를 손으로 누르면 사람 손에 상처가 난다. 호랑이는 발톱이 날카로워 나무는 뚫리고 돌에는 상처가 나는데 하물며 사람이라면 어떻게 되겠는가? 그러므로 이 부분은 묘사가 잘못된 것이다.

경양강 산마루에 한바탕 광풍이 몰아치니
만 리나 되는 검은 구름 몰려 흙먼지로 햇빛 가리네.
눈길에 닿는 저녁놀은 수풀에 걸려 있고
엄습해오는 차디찬 안개 광활한 하늘을 가득 덮었구나.
갑자기 벼락같은 포효 소리 한 차례 울리더니
짐승의 왕이 산허리로부터 날듯이 나타났네.
머리 쳐들고 펄쩍뛰며 날카로운 발톱과 이빨 드러내니
고라니와 사슴 따위들 모조리 도망치누나.
청하현의 장사는 아직 술도 깨지 않은 채
산마루에 홀로 앉아 있다 당황스럽게 서로 마주했도다.
배고픈데다 갈증으로 이리저리 사람 찾던 호랑이
갑자기 덮쳐오는데 어찌 흉악하지 않겠는가!
사람에게 달려드는 호랑이 산이 무너지는 듯하고
그에 맞서는 사람은 바위가 기울어지는 듯하네.
내리치는 주먹은 포석이 떨어지는 듯하고
발버둥 쳐 발톱으로 후벼 파낸 곳 진흙구덩이 생겼구나.
후려치는 주먹과 발길질은 쏟아지는 빗발 같고
두 손은 붉은 피로 잔뜩 물들어 뚝뚝 떨어지누나.
피비린내 나는 바람 소나무 숲 퍼지고
어지러이 흩어진 털과 수염 떨어져 산간의 평지[18] 덮었네.
가까이서 보면 천균千鈞[19]의 힘이 남아 있는 듯하고
멀리서 바라보면 그 위풍 놀라게 할 만하다.

18_ 원문은 '산엄山奄'인데, '산엄山崦'이라 해야 한다.

19_ 천균千鈞: 1균이 30근이니 천균은 3만 근이다. 일반적으로 용기에 담긴 물건이 무겁거나 혹은 역량이 거대함을 나타낸다.

들풀에 나뒹구니 비단 같았던 얼룩무늬 사라지고
감겨진 두 눈엔 날카로운 빛 보이지 않네.
景陽岡頭風正狂, 萬里陰雲霾日光.
觸目晩霞挂林藪, 侵入冷霧滿穹蒼.
忽聞一聲霹靂響, 山腰飛出獸中王.
昂頭踊躍逞牙爪, 麋鹿之屬皆奔忙.
淸河壯士酒未醒, 岡頭獨坐忙相迎.
上下尋人虎飢渴, 一掀一扑何狰獰!
虎來扑人似山倒, 人往迎虎如巖傾.
臂腕落時墜飛炮, 爪牙爬處成泥坑.
拳頭脚尖如雨點, 淋漓兩手猩紅染.
腥風血雨滿松林, 散亂毛須墜山奄.
近看千鈞勢有餘, 遠觀八面威風斂.
身横野草錦斑銷, 緊閉雙睛光不閃.

경양강의 맹호는 무송이 잠깐 사이에 휘두른 주먹과 발길질에 더는 움직이지 못했고 입으로만 숨을 헐떡거렸다. 손을 놓고 소나무 옆에서 부러진 초봉을 찾아 손에 들었다. 호랑이가 죽지 않았을까 걱정이 되어 또 한 차례 내려쳤다. 완전히 기가 끊어진 것을 보고 몽둥이를 던져버렸다. 무송은 생각했다.

'죽은 호랑이를 끌고 당장 언덕을 내려가야겠다.'

피가 흥건한 가운데 두 손으로 들으려고 했으나 무슨 힘이 남아서 들 수 있겠는가? 호랑이를 잡는데 모든 힘을 다 쏟아부어 이제는 손발이 모두 늘어졌다. 다시 바위 위에 앉아 잠시 쉬면서 생각했다.

'날은 이미 어두워졌는데 혹시 호랑이가 한 마리 더 튀어나온다면 어떻게 싸울 수 있겠는가? 어떻게 해서라도 언덕을 내려갔다가 내일 아침에 다시 돌아와

처리해야겠다.'

바위 옆에서 범양전립을 찾아 집어 들고 무성한 숲에서 돌아 나와 한 걸음 한 걸음 간신히 언덕을 내려왔다. 겨우 반 리 길도 못 왔는데 마른풀 속에서 호랑이 두 마리가 튀어나왔다.

"아이고! 이젠 끝났구나!"

호랑이 두 마리가 어둠 속에서 두 발로 섰다. 무송이 정신을 차리고 바라보니 호피를 꿰매 옷을 만들어 몸에 꽉 달라붙게 입은 사람이었다. 두 사람은 각자 손에 오지창을 들고 무송을 보고는 깜짝 놀라 말했다.

"다, 다, 다, 당신, 악어 심장, 표범 쓸개, 사자 다리를 삶아 먹어서 쓸개가 온몸을 둘러쌌소? 어떻게 감히 혼자 칠흑같이 어두운 밤에 또 무기 하나도 없이 언덕을 지나온 것이오! 다, 다, 다, 당신…사람이오? 귀신이오?"

무송이 말했다.

"거기 두 분은 뭐 하시는 분이오?"

"우리는 이 동네 사냥꾼이오."

"당신들 고개 위에 올라와 뭐하고 있소?"

두 사냥꾼이 깜짝 놀라며 말했다.

"당신 아무것도 모르는구려! 지금 경양강에 엄청나게 큰 호랑이 한 마리가 밤마다 나타나 사람을 해치고 있소. 우리 사냥꾼도 이미 7~8명이 당했고 지나가는 길손은 셀 수도 없이 호랑이 밥이 되었소. 우리 동네 지현이 향 이정과 우리들 사냥꾼에게 포획령을 내렸소. 이 사납고 악한 짓을 하는 짐승은 힘이 세서 가까이 가기도 어려운데 누가 감히 나서겠소! 우리는 이놈 때문에 얼마나 많이 몽둥이로 맞았는지도[20] 모르오. 하지만 아직도 잡지 못했소! 오늘 밤은 우리 두

20_ 원문은 '한봉限棒'이다. 차역이 기한 내에 임무를 완성하지 못했을 때 받는 봉형棒刑(곤봉으로 맞는 형벌)이다.

사람이 잡으러 나오는 날이라 마을 사람 10여 명과 함께 여기저기에 독약 바른 화살을 장전하여 와궁窩弓[21]을 설치해놓고 기다리고 있소이다. 지금 여기서 매복하고 있는데 당신이 눈 하나 깜짝하지 않고 언덕에서 걸어 내려오는 것을 보고 우리 둘은 깜짝 놀랐소. 당신은 누구요? 혹시 호랑이를 보지 못했소?"

"나는 청하현 사람으로 성은 무이고 항렬은 둘째요. 방금 언덕 위 무성한 숲에서 마침 그 호랑이와 마주쳤는데 내가 주먹과 발로 때려죽였소."

두 사냥꾼은 넋을 잃은 채 듣고 나서 말했다.

"설마 그럴 리가?"

"못 믿겠으면 내 몸 좀 보시오. 온통 피투성이잖소."

"어떻게 때려잡았소?"

무송이 호랑이를 때려잡은 과정을 다시 말했다. 두 사냥꾼이 듣고 기뻐하면서도 놀라 10여 명의 마을 사람을 불러모았다.

사람들이 삼지창, 답노踏弩[22], 창칼을 들고 즉시 모여들었다. 무송이 물었다.

"저 사람들은 왜 두 분을 따라 산에 올라오지 않았소?"

"그 짐승이 무서워서 저들이 어디 감히 올라오겠소?"

10여 명이 모두 앞에 모였다. 두 사냥꾼은 무송이 호랑이를 때려잡은 일을 사람들에게 말했다. 사람들은 믿으려 하지 않았다. 무송이 말했다.

"여러분이 못 믿겠다면 나랑 같이 가봅시다."

사람들이 부시와 부싯돌을 꺼내 불을 붙여 횃불 5~7개를 만들고 모두 무송을 따라 함께 다시 언덕으로 올라가 호랑이가 죽어 쓰러져 있는 것을 보았다. 사람들이 기뻐하며 먼저 이정과 관할하는 부호[23]에게 알렸다. 5~7명의 마을 사

21_ 와궁窩弓: 숲속에 짐승을 쏘아 죽이게 은밀하게 숨겨둔 쇠뇌다. 구덩이 속에 기계를 감추고 밟으면 화살이 발사된다.

22_ 답노踏弩: 와궁으로 복노伏弩라고도 부른다.

23_ 원문은 '상호上戶'인데, 부유한 집을 말한다.

람들이 호랑이를 묶어서 지고 언덕을 내려왔다.

고개를 내려오자 벌써 70~80명이 모여 시끌벅적했다. 먼저 죽은 호랑이를 앞에서 짊어지고 대나무 가마[24]에 무송을 태우고 동네 부호의 집으로 향했다. 부호와 이정은 장원 앞에서 맞이했고 호랑이를 짊어지고 대청 위에 올려놓았다. 마을의 부자와 사냥꾼 20~30명이 몰려와 무송을 찾아서 물었다.

"장사의 이름은 어떻게 되오? 고향은 어디시오?"

"소인은 이웃 군郡 청하현 사람입니다. 이름은 무송이고 항렬은 둘째입니다. 창주에서 고향으로 돌아가다가 어젯밤에 언덕 저쪽 주점에서 술을 잔뜩 취하도록 마시고 언덕을 오르다가 마침 이 짐승과 마주쳤습니다."

그러고는 호랑이를 때려잡을 때의 몸동작과 손발놀림을 자세하게 두루 설명했다. 마을 부호들이 말했다.

"진짜 영웅호걸이로다!"

사냥꾼이 산짐승 고기를 내오고 무송에게 술을 따라주었다. 호랑이를 잡느라 기력을 소진한 무송이 피곤하여 잠을 자려고 청하자, 대부호[25]가 장객을 불러 사랑방에서 무송이 쉴 수 있도록 하게 했다.

이튿날 날이 밝자 부호가 먼저 현 관아에 사람을 보내 보고하고 호랑이를 상에 바르게 실어 관아로 보낼 준비를 했다. 날이 밝자 무송은 일어나 세수하고 입을 가시니 부호들이 양 한 마리와 술 한 짐을 가지고 와서 대청 앞에서 기다렸다. 옷을 입고 두건을 단정하게 쓴 다음 앞으로 나가 사람들과 마주했다. 여러 부호가 잔을 들고 말했다.

"이 짐승이 얼마나 많은 인명을 해쳤고, 사냥꾼들까지도 여러 차례 형벌로 곤봉에 맞았소. 오늘 다행스럽게 장사가 나타나 이 커다란 근심거리를 없애주었

24_ 원문은 '두교兜轎'다. 산길을 갈 때 타는 대나무로 만든 가마. 대나무 의자를 두 개의 대나무 장대에 묶어서 만들었는데 간편한 가마다.

25_ 원문은 '대호大戶'인데, 돈과 권세 있는 집안을 말한다.

소. 먼저 마을 사람들에게 복을 가져다주고 다음으로 길손이 마음 놓고 통행하게 된 것은 진실로 장사가 내려준 것이오!"

무송이 감사하며 말했다.

"소인의 능력이라기보다는 여러분 복이 많으신 덕택입니다."

사람들이 몰려와 축하를 하며 아침부터 술과 음식을 가져와 먹고 호랑이를 내와 상 위에 올려놓았다. 마을 부호들이 무송에게 비단 화홍花紅[26]을 걸쳐주었다. 무송이 짐을 잘 싸서 장원에 놓아두고 사람들과 함께 장원 문 앞으로 나왔다. 아침 일찍 양곡현 지현 상공이 사람을 보내 무송과 인사를 나누었다. 장객 4명이 무송을 관리들이 타는 가마[27]에 태웠으며 비단 화홍을 걸친 호랑이를 앞에서 들고 양곡현 관아로 갔다.

양곡현 백성은 어떤 장사가 경양강의 호랑이를 때려죽였다는 말을 듣고 모두 나와 구경하며 환호하고 갈채를 보내니 온 현이 떠들썩했다. 무송이 가마에 앉아서 바라보니 사람들이 서로 어깨를 부딪치며 등을 포개고 서서 구경하느라 거리가 북적였고 호랑이를 구경하려는 사람들로 가득 찼다. 현 관아 입구에 도착했을 때 지현은 이미 대청 위에서 도착하기만을 기다리고 있었다. 무송이 가마에서 내렸고 사람들은 호랑이를 들고 대청 앞에 도착하여 용도甬道[28]에 놓았다. 지현이 무송의 모습을 보고는 다시 커다란 금모호錦毛虎[29]를 보며 생각했다.

'과연 저렇게 덩치가 좋은 사내가 아니라면 어떻게 이런 맹호를 때려잡았겠는가!'

무송을 대청 위로 불렀다. 대청에 올라와 인사를 하자 지현이 물었다.

"호랑이를 잡은 장사여, 너는 어떻게 이 호랑이를 때려잡을 수 있었느냐?"

26_ 화홍花紅: 수고한 사람을 경축하기 위해 모자에 꽂는 금빛 꽃과 몸에 걸치는 붉은 비단을 말한다.

27_ 원문은 '양교凉轎'인데, 관원들이 대부분 이용한 가마였다.

28_ 용도甬道: 여기서는 관아 안쪽 대청 앞에 벽돌을 쌓아 만든 길을 가리킨다.

29_ 금모호錦毛虎: 화남華南 호랑이를 말한다. 당시에는 대부분 황하 중하류 지구에 분포했었다. 우리가 알고 있는 한국산 호랑이는 체중이 300킬로그램 전후인데 화남호는 150킬로그램 정도다.

무송이 대청 앞으로 나아가 호랑이를 때려잡은 일을 설명하니, 대청 위아래 사람들이 모두 놀라 한동안 넋을 잃었다. 지현이 대청에서 술 몇 잔을 하사하고 부호들이 모은 상금 1000관을 무송에게 상으로 하사했다. 무송이 아뢰었다.

"소인이 상공 덕분에 우연한 행운으로 호랑이를 때려잡았습니다. 소인의 능력으로 잡은 것이 아닌데 어떻게 감히 상을 받겠습니까? 여기 여러 사냥꾼이 이 호랑이 때문에 상공의 질책을 많이 받았다고 들었습니다. 이 상금은 그들에게 나누어 쓰도록 하는 것이 좋지 않겠습니까?"

"뜻이 정 그렇다면 장사 마음대로 하게."

무송이 이 상금을 대청에서 여러 사냥꾼에게 나눠주었다. 지현은 무송이 충직하고 후덕하며 어진 덕을 소유한 사람이라 보고 발탁하고 싶은 마음이 있어서 말했다.

"네가 비록 청하현 사람이지만 우리 양곡현과는 아주 가까운 거리다. 오늘 너에게 본 현 도두 일을 맡기고 싶은데, 네 생각은 어떠냐?"

무송이 무릎을 꿇고 감사하며 말했다.

"만일 은상恩相의 발탁을 받는다면 소인은 평생 감사드릴 것입니다."

지현이 즉시 압사를 불러 문서를 만들고 당일 무송을 보병 도두로 임명했다. 마을 부호들이 몰려와 무송에게 축하를 하고 연속해서 며칠 동안 함께 술을 마셨다. 무송이 속으로 생각했다.

'내가 본래 청하현으로 형을 보러 가려고 했는데 뜻밖에 양곡현에서 도두가 되었구나.'

무송은 이렇게 상관으로부터 신임을 받고 마을에서 이름을 모르는 사람이 없게 되었다.

다시 2~3일이 지났다. 그날 무송이 현에서 나와 한가롭게 놀고 있는데, 등 뒤에서 누가 부르는 소리를 들었다.

"무 도두, 지금 이렇게 출세했는데 어째서 나를 보러 찾아오지 않는 게냐?"

고개를 돌려 바라보고는 소리를 질렀다.

"아이고! 여기에는 어쩐 일이십니까?"

무송이 이 사람을 만났기에, 나누어 서술하면, 양곡현에서 시신이 널브러지고 피로 물들여진다. 그야말로, 강철 칼 울리는 곳에 사람 머리 굴러가고, 보검 휘두를 때 더운 피가 흘러가게 된다.

결국 무 도두를 부른 사람이 누구인지는 다음 회에 설명하노라.

【 제24회 】

# 반금련[1]

무 도두가 몸을 돌려 그 사람을 보고는 바로 허리를 구부려 땅에 꿇고 절했다. 그 사람은 다른 사람이 아니라 무송의 친형인 무대랑武大郎이었다. 무송이 절을 마치고는 말했다.

"1년 넘게 형님을 못 뵈었는데 여긴 어쩐 일이십니까?"

"둘째야, 너는 집을 떠나서는 왜 그렇게 오랫동안 편지 한 통도 보내지 않았느냐? 내가 너를 원망도 하고 많이 그리워했다."

"형님, 나를 원망하면서도 그리워했다는 소리는 무슨 뜻입니까?"

"당초 네가 청하현에 살 때 술만 먹으면 취하여 사람을 때리고 항상 소송이 벌어졌었다. 소송 때마다 내가 관아에 가서 처분을 기다려야 했는데 한 달 안에 조용해진 적이 없어서 항상 고통을 받아 너를 원망했다. 근래 내가 장가를 갔는데 청하현 사람들이 나를 인정하지 않고 모두 업신여겨도 처리해줄 사람이 없

1_ 제24회 제목은 '王婆貪賄說風情(왕 노파가 뇌물을 탐내어 여자 후리는 법을 유세하다), 鄆哥不忿鬧茶肆(운가가 분노를 참지 못하고 찻집에서 소란을 피우다)'다.

어서 네가 그리웠다. 네가 집에 있을 때는 누구도 감히 나를 하찮게 여기지 못했지 않니? 내가 그곳에 도저히 살 수가 없어서 여기에 살 곳을 빌려 이사했다. 그래서 너를 그리워했다."

독자 여러분 잘 들어보시오. 원래 무대와 무송은 같은 부모에게서 난 친형제였다. 무송은 키가 8척이며 외모가 당당했고 온몸에 1000근의 힘을 가지고 있었다. 그렇지 않았다면 어떻게 호랑이를 때려잡을 수 있었겠는가? 형 무대는 키가 5척도 안되었고 생김새가 추하고 머리도 우습게 생겼다. 청하현 사람들이 키가 작은 무대를 '3촌 사내 곡수피'[2]라는 별명으로 불렀다.

한편 청하현 한 부자에게 성이 반潘이고 이름이 금련金蓮이라는 하녀가 있었다. 나이는 겨우 20여 세로 제법 미색이 있었다. 그런데 주인이 그녀에게 치근덕거리자, 금련이 마음에 들지 않아 따르지 않고 주인 부인에게 고자질했다. 부자는 이런 이유로 앙심을 품고 무대로부터 혼수는 물론 돈 한 푼 받지 않고 그녀를 시집보내버렸다. 무대가 반금련을 부인으로 맞은 뒤로부터, 청하현 안의 몇몇 교활하고 불량한 자제들이 집에 찾아와 희롱하고 괴롭혔다. 무대는 키도 작고 인물도 추하고 볼품없으며 풍류도 몰랐으나, 그녀는 좋아하지 않는 것이 없었고 그중 남자들과 바람피우기를 가장 좋아했다. 여기에 이를 증명하는 시가 있다.

금련의 아름다운 용모 묘사할 만하여
웃거나 찌푸리면 팔자 눈썹 담담한 봄 산 같네.[3]

2_ 원문은 '삼촌정곡수피三寸丁穀樹皮'다. 『수서隋書』에 따르면 "남녀가 17세 이하면 중中이라 하고, 18세 이상이면 정丁이라 한다"고 했다. 즉 '삼촌정三寸丁'은 키가 작은 사내를 말한다. 『수호전전교주』에 따르면 "『목초도경木草圖經』에서 이르기를, '곡수穀樹에는 두 종이 있는데, 한 종에는 얼룩무늬가 있다'고 했다. '곡수피穀樹皮'라는 것은 껍질 색깔이 얼룩지고 표면이 거친 것을 말한다." 했다. 즉, 외모가 거칠고 추악한 것을 말한다.

3_ 춘산팔자春山八字: 여인의 아름다운 눈썹을 형용한 말이다.

풍류 넘치는 자제 만나기라도 하면
개의치 않고 바로 만나 몰래 정을 통하며 즐기네.
金蓮容貌更堪題, 笑蹙春山八字眉.
若遇風流淸子弟, 等閑雲雨便偸期.

무대는 본래 나약하고 본분을 지키는 사람이었으므로 반금련이 그에게 시집온 뒤로는 불량 자제들이 시도 때도 없이 문 앞에서 소리 질렀다.

"이렇게 맛있는 양고기가 하필이면 개 아가리에 떨어졌구나."[4]

그래서 무대는 청하현에서 살 수가 없어서 양곡현 자석가紫石街로 이사해 방을 빌려 살며 이전처럼 매일 멜대를 메고 취병炊餠[5]을 팔았다. 이날 현 관아 앞에서 장사를 하다가 무송을 만난 것이다. 무대가 말했다.

"무송아, 전날 거리에서 '경양강에서 호랑이를 때려잡은 장사가 무씨인데, 지현이 도두로 발탁했다'고 말하면서 사람들이 왁자지껄 떠들기에 아마 너일 것이라고 짐작은 하고 있었는데 오늘에야 비로소 만났구나. 오늘은 장사를 그만두고 너와 함께 집에 가야겠다."

"형님, 댁이 어디시오?"

무대가 손으로 가리키며 말했다.

"바로 요 앞 자석가에 있다."

무송이 무대 대신 멜대를 졌고, 무대가 안내하여 골목길을 돌아 곧장 자석가로 갔다.

모퉁이를 두 번 돌아 찻집 옆집에 도착했다. 무대가 소리 질렀다.

4_ 원문은 '好一块羊肉, 倒落在狗口裏'로 미녀가 추하고 나약하거나 빈곤한 남자에게 시집간 것을 비유하는 말이다. 북쪽 사람들은 양고기를 진귀한 것으로 여겼다.

5_ 취병炊餠: 증병蒸餠이다. 『청상잡기靑箱雜記』에 근거하면 송 인종仁宗의 이름이 정禎이라 발음상 비슷해서 피휘하여 증병을 취병이라 불렀다고 한다. 동시에 '정월正月'도 '초월初月'로 개명했다. 송나라 때 취병은 현재 중국의 만두饅頭와 같이 속이 없었다.

"여보, 문 열어요."

주렴이 올리더니 한 부인이 나와 말했다.

"여보, 어째서 반나절 만에 돌아왔어요?"

"자네 도련님이 왔으니 와서 인사하게."

무대가 멜대를 받아 들어가다 다시 나와서 말했다.

"둘째야, 들어와 형수께 인사드려라."

무송이 주렴을 걷고 안으로 들어가 부인과 인사를 했다. 무대가 말했다.

"여보, 원래 경양강에서 호랑이를 때려죽이고 새로 도두가 된 사람이 바로 여기 내 동생이라네."

부인이 두 손을 맞잡고 만복萬福을 하며 말했다.

"도련님, 안녕하세요."

"형수님 앉으십시오."

무송이 즉시 정중하게 허리를 굽혀 무릎을 꿇고 머리를 숙여 절했다.[6] 부인이 앞으로 나와 무송을 부축하며 말했다.

"도련님, 과분한 예라 감당할 수가 없어요."[7]

"형수님 예를 받으십시오."

"제[8]가 '호랑이를 잡은 사내가 현 관아 앞에 온다'고 들었는데, 구경 가려고

6_ 원문은 '추금산推金山, 도옥주倒玉柱'다. 장대한 남자가 절을 하는 모습을 형용한 상투어다. 금산金山과 옥주玉柱는 통상적인 산봉우리와 돌기둥을 말하는 것이 아니고 인체의 특정 부위를 가리키는데, 바로 무릎과 허리다. 무릎을 꿇을 때 먼저 몸을 숙여 신체의 중심을 아래로 이동시키면서 무릎을 앞으로 구부리며 아래로 밀어 꿇기 때문에 '추금산推金山'이라 한 것이다. 무릎을 꿇은 다음에 이마를 땅에 조아리며 절을 하는데, 허리가 앞으로 향한 다음 아래로 기울어지기 때문에 '도옥주倒玉柱'라 한 것이다.

7_ 원문은 '절살노가折殺奴家'인데, '노가'는 여자의 자칭이고 '절살'은 과분하게 누려 목숨이 준다는 말이다.

8_ 원문은 '노가奴家'인데, 송나라 때 겸손한 칭호였다. '노奴'는 진·한나라 이전에는 죄인을 나타냈지만 송나라 때 와서는 부인이 자신을 '노'라 칭하는 것이 성행했다. 역자는 이하 '저' 혹은 '제가'로 번역했다.

했었어요. 그런데 늦어서 그만 보지 못했는데 원래 도련님이셨군요. 도련님, 이층에 올라가 앉으세요."

무송이 그 부인을 보니,

> 이른 봄 버들잎 같은 눈썹엔 항상 근심과 원한의 구름, 비를 머금고 있으며, 춘삼월의 복숭아꽃 같은 얼굴엔 은밀하게 연정의 감정 감추었구나. 가늘고 날씬한 허리엔 제비와 꾀꼬리 감돌고, 가벼운 붉은 입술에는 벌과 나비 어지러이 날아드네. 옥같이 요염한 모습은 말하는 꽃과 같고, 아리따운 몸매는 향기 뿜어내는 옥과 같구나.
>
> 眉似初春柳葉, 常含着雨恨雲愁; 臉如三月桃花, 暗藏着風情月意. 纖腰裊娜, 拘束的燕懶鶯慵; 檀口輕盈, 勾引得蜂狂蝶亂. 玉貌妖嬈花解語, 芳容窈窕玉生香.

그 부인은 무대를 시켜 무송을 위층으로 올라오도록 청해 주인과 손님 자리에 앉도록 했다. 세 사람은 함께 위층으로 올라가 앉았고, 그 부인이 무대를 보고 말했다.

"내가 도련님 모시고 앉아 있을 테니 당신이 가서 술과 음식을 준비해 도련님을 대접하시구려."

무대가 대답했다.

"좋지. 둘째야, 앉아 있어라. 내가 금방 올라오마."

무대가 아래층으로 내려갔다. 부인이 이층에서 무송의 인물을 보고는 속으로 생각했다.

'무송이 남편과 한 부모로부터 태어난 친형제라는데 저렇게 기골이 장대하게 태어났으니. 내가 만일 저런 사람에게 시집갔더라면 평생 억울하지 않을 텐데 말이야! 남편이라고는 '3촌 사내 곡수피'라고 하니, 상판대기는 겨우 3푼만 사람 같고 7푼은 귀신 같이 생겨 처먹었으니 내가 정말 이렇게 재수 더럽게 없는 거지! 봐라 저 무송은 호랑이도 때려잡았으니 힘은 또 얼마나 좋겠어. 아직 결혼을 안 했다고 하니 우리 집으로 이사 와서 살도록 하는 것이 좋지 않을까? 생각지도 않게 인연이 여기에 있었구나!'

부인이 얼굴에 웃음을 잔뜩 띠며 물었다.

"도련님, 여기 오신 지 얼마나 되었어요?"

"여기 온 지 10여 일 되었습니다."

"어디에 머무세요?"

"대충 임시로 관아에서 자고 있습니다."

"도련님, 그곳에 머무르시면 불편하시지요."

"홀몸이라 그런대로 지낼 만합니다. 아침저녁으로 토병들이 보살펴주고 있습니다."

"그런 사람들이 도련님을 어떻게 제대로 보살펴드리겠어요. 왜 집으로 옮기셔서 머물지 않으세요? 그런 더러운 사람들한테 음식 준비시키지 말고 제가 직접 도련님께 아침저녁으로 뜨거운 국물을 드시도록 준비해드릴게요. 도련님이 집에서 건더기 없는 국물만 들더라도 제가 마음을 놓을 수 있을 거예요."

"형수님, 말씀만이라도 너무 감사합니다."

"다른 곳에 동서가 있는 것은 아니에요? 데리고 함께 오셔도 상관없어요."

"저는 아직 결혼하지 않았습니다."

"도련님, 청춘靑春(나이)이 얼마나 되세요?"

"쓸모없이 25살이나 되었습니다."[9]

"저보다 세 살 많네요. 도련님 이번에는 어디에서 오셨어요?"

"창주에서 1년 여를 머물다가 형님이 계시는 청하현에서 살려고 했는데 뜻밖에 여기에 눌러앉게 되었습니다."

9_ 원문은 '虛度二十五歲'이다. '허도虛度'는 쓸데없이 나이가 많다는 겸손한 표현이다.

"어떻게 한마디로 다하겠어요! 형님에게 시집 온 이후로 사람이 너무 착해 남들에게 괴롭힘을 당했어요. 청하현에서 도저히 살 수가 없어 결국 여기로 이사왔어요. 만일 도련님처럼 이렇게 힘이 셌으면 누가 감히 뭐라고 말했겠어요!"

"형님은 본래 본분을 지키고 저처럼 못되게 굴지는 않습니다."

"어째서 그렇게 거꾸로 말하세요? 속담에 말하기를 '사람이 굳센 의지가 없으면 처신을 제대로 하기 어렵다'[10]고 하잖아요. 제가 평생 성질이 급한 여자라 '세 대 맞아도 가만히 있다가 네 대 맞아야 돌아보는'[11] 둔한 사람은 눈에 차지 않아요."

"형님은 문제를 일으키는 사람이 아니니 형수님이 신경 좀 써주십시오."

이층에서 한참 이야기를 나누고 있는데 무대가 술과 고기와 과일을 사서 돌아와 주방에 놓고 이층으로 올라와서 말했다.

"여보, 당신이 내려와서 준비해."

"이런 사리 분별도 못하는 사람 같으니. 도련님이 여기 앉아 계신데 당신은 나더러 도련님 혼자 내버려두고 내려오라는 거야?"

"형수님 편한 대로 하십시오."

"왜 옆집 왕 노파를 불러서 시키지 않아요? 그렇게 하면 좋잖아!"

무대가 옆집 왕 노파에게 부탁하여 제대로 갖추어서 이층으로 가져왔다. 생선과 고기, 과일, 채소 등을 탁자 위에 잘 차린 뒤에 다시 술을 데워왔다. 부인을 주인석에 앉히고 무송은 맞은편에 앉았으며 무대는 가장자리에 앉았다.

세 사람이 모두 앉고 무대가 각자의 잔에 술을 따랐다. 부인이 잔을 들고 말했다.

"도련님, 차린 것이 없다고 탓하지 마시고 한잔 드세요."

10_ 원문은 '人無剛骨, 安身不牢'다.

11_ 원문은 '三答不回頭, 四答和身轉'이다. '三打不回頭, 四打連身轉'과 같은 말이다.

"감사합니다. 형수님. 그런 말씀 마십시오."

무대가 오르락내리락 하며 술을 거르고 데우느라 다른 일을 할 겨를이 없었다. 부인이 만면에 웃음이 가득 차서 말했다.

"도련님, 어째서 생선과 고기를 조금도 드시지 않으세요?"

부인이 이것저것 좋은 것을 골라서 건네주었다. 무송은 직설적인 사내라 단지 형수로 대했을 뿐인데, 누가 알았으랴. 부인은 하녀 출신이라 남에게 알랑거리는 데 익숙한 사람이었다. 무대는 선량하고 나약한 사람이라 어디에서 남을 대접해봤겠는가? 부인이 술을 몇 잔 마시더니 두 눈이 무송의 몸을 떠나지 않았다. 무송이 금련의 눈을 마주보지 못하고 고개를 숙여 외면했다. 그날 10여 잔을 마시고 무송이 몸을 일으켰다. 무대가 말했다.

"둘째야, 몇 잔 더 마시고 가거라."

"오늘은 그만하고 나중에 다시 형님 보러 올게요."

모두 배웅하러 1층에 내려왔다. 부인이 말했다.

"도련님, 꼭 우리 집으로 이사 오세요. 만일 도련님이 이사 오지 않는다면 우리 두 사람은 남들에게 웃음거리가 될 거예요. 친형제인데 남과 비교할 수 없잖아요. 여보, 이웃들이 뭐라고 떠들지 못하도록 당신이 방 한 칸 준비해서 도련님이 머물도록 하세요."

"당신 말이 맞소. 둘째야, 네가 이사 오면 나도 큰소리 좀 치며 살 수 있겠다."

"형님과 형수님이 모두 그렇게 말씀한다면 오늘 밤 얼마 안 되는 짐을 가지고 이사 오겠습니다."

"도련님, 절대 잊지 마세요. 저는 여기서 기다리고 있을게요."

부인의 애정은 대단히 정성스러웠다. 바로 다음과 같다.

시동생과 형수 말 섞는 것 예법에 엄격히 금하는데[12]

돕겠다는 것 모름지기 임기응변임을 안다네.

영웅은 가지와 잎 이어지듯 형제만 생각하는데

음탕한 부인 기어코 부부[13]가 되기만을 생각하누나.

叔嫂通言禮禁嚴, 手援須識是從權.

英雄只念連枝樹, 淫婦偏思幷蒂蓮.

무송은 형과 형수와 이별하고 자석가를 나와 현 관아로 갔다. 마침 지현이 대청에서 근무를 보는 중이라, 무송이 대청에 올라가 아뢰었다.

"저에게 친형이 있는데 자석가로 이사와 살고 있습니다. 앞으로는 형님 집에 거처하면서 아침저녁으로 관아에 나와 일을 수행하고자 합니다. 그러나 제 마음대로 갈 수가 없어서 은상께서 명령을 내려주시기 바랍니다."

"이것은 형제의 우애를 지키는 일인데 내가 어떻게 막겠느냐? 그러나 매일 현 관아로 나와야 하느니라."

무송이 감사 인사를 하고 짐과 이부자리를 수습했다. 새로 만든 옷과 상으로 받은 물건을 토병을 불러 지게 하고 무대의 집으로 갔다. 부인이 보고는 야밤에 금은보배를 주운 것처럼 기뻐하며 웃음이 가득 찼다. 무대가 목수를 불러 일층에 방 하나를 정리하며 침상을 놓고 탁자 하나에 등받이 없는 네모난 걸상 한 쌍을 맞추고 화로를 놓았다. 무송이 짐을 풀어 정리하자 토병들을 되돌려보내고 그날 밤부터 무대의 집에서 잤다.

다음날 아침 부인이 서둘러 일어나 세수할 물을 끓이고 양치질할 물을 떠서 무송에게 입안을 헹구도록 하고 두건을 싸주며 현 관아에 출근하도록[14] 했다.

12_ 『예기禮記』「곡례曲禮 상」에 따르면 "시동생과 형수는 서로 왕래하며 문후를 묻지 않는다嫂叔不通問"고 했다. 여기서는 '통문通問'을 '통언通言'으로 바꾸었는데 타당하지 않다.

13_ 원문은 '병체련幷蒂蓮'인데, 한 줄기에서 가지런히 핀 한 쌍의 연꽃으로 항상 서로간의 감정이 두터운 부부에 비유된다.

14_ 원문은 '화묘畫卯'다. 옛날에 관서는 묘시(오전 5시~7시)에 출근했는데, 아전들은 제때에 출근 서명을 해야 했다. '화畫'는 출근 서명을 의미한다. 간지干支로 시간을 표시할 때는 하루를 12개 시진時

부인이 말했다.

"도련님, 출근 표기만하고 밥은 다른 곳에 가지 말고 바로 집에 와서 드세요."

"금방 돌아오겠습니다."

관아에 출근하여 오전 근무를 마치고 집으로 돌아왔다. 부인이 손을 깨끗하게 닦고 손톱을 말끔하게 손질한 후 음식을 가지런하게 준비했고, 세 식구가 한 탁자에서 밥을 먹었다. 무송이 밥을 다 먹자 부인이 두 손으로 차 한잔을 무송에게 건넸다. 무송이 말했다.

"형수님을 너무 귀찮게 해서 제가 먹고 자는 것이 편하지 않습니다. 관아에서 토병을 불러 시중을 들도록 하겠습니다."

부인이 여러 차례 소리를 질렀다.

"도련님, 아니, 어떻게 이렇게 남처럼 말하세요? 도련님의 친 혈육이고 또 남을 시중드는 것도 아니에요. 토병을 불러 일을 시키면 솥이나 부뚜막이 깨끗하지 않을 텐데 제 눈으로 그런 사람을 두고 볼 수 없어요."

"그렇다면 형수님께 신세 좀 지겠습니다."

장황한 말은 그만두고 본론으로 들어가서, 무송이 집을 옮긴 뒤로 무대에게 은자를 주어 떡과 다과를 준비하여 이웃들에게 대접하게 했다. 이웃들이 돈을 조금씩 걷어 무송에게 선물로 주었고 무대도 답례로 초대했음은 말할 필요도 없다.

며칠이 지나고 무송이 채색비단 한 필을 가져다 형수의 옷을 만들어주었다.

辰으로 나눈다. 자시子時(밤 11시~새벽 1시)는 야반夜半, 축시丑時(새벽 1시~3시)는 계명鷄鳴(닭이 욺), 인시寅時(새벽 3시~5시)는 평단平旦(새벽녘), 묘시卯時(오전 5시~7시)는 일출日出, 진시辰時(오전 7시~9시)는 식시食時, 사시巳時(오전 9시~11시)는 우중隅中(정오에 가까운 때), 오시午時(오전 11시~오후 1시)는 일중日中(해가 중천에 있는 때), 미시未時(오후 1시~3시)는 일질日昳(태양이 서쪽으로 기울 때), 신시申時(오후 3시~5시)는 포시晡時(저녁 식사), 유시酉時(오후 5시~7시)는 일입日入(태양이 서산으로 질 때), 술시戌時(오후 7시~밤 9시)는 황혼黃昏, 해시亥時(밤 9시~11시)는 인정人定(사람들이 잠들어 고요해진 때)이라고 했다.

부인은 좋아서 히죽히죽 웃으면서 말했다.

“도련님, 이러면 안 되는데! 도련님이 주는 것이니 사양하지 않고 받겠어요.”

무송은 이때부터 형의 집에서 머물렀고 무대는 여전히 거리에 나가 취병을 팔았다. 무송은 매일 현 관아에 출근하며 정성껏 자기 일에 힘을 다했다.

일찍 돌아오건 늦게 돌아오건 부인은 신이 나서 국과 밥을 준비하여 시중을 들었으나 무송은 도리어 마음이 불편했다. 부인이 항상 이런저런 말로 집적거렸지만 무송은 마음이 굳은 사내라 언짢아하지 않았다.

말할 것이 있으면 길어지고 말할 것이 없으면 짧아지기 마련이다. 어느새 한 달여가 지나 점차 음력 11월이 다가왔다. 며칠간 삭풍이 세차게 불고 사방에서 먹장구름이 잔뜩 끼어 아침부터 눈발이 날리더니 하루 종일 큰 눈이 내렸다. 눈을 보니 바로 다음과 같다.

> 눈빛으로 힐끗 쳐다보며 부는 바람에 맡기고
> 진흙에 묻은 버들개지처럼 사사로운 정 품은 듯하네.
> 분 바른 모습 지극히 경박한데 세상을 미혹시키니
> 무산巫山의 비구름도 이보다 기이하지 않으리.
> 眼波飄瞥任風吹, 柳絮沾泥若有私.
> 粉態輕狂迷世界, 巫山雲雨未爲奇.

이날 눈은 초경까지 내려서 대지는 은을 깔아놓은 듯하고 온 천지를 옥으로 평평하게 만든 듯했다. 다음날 무송이 새벽같이 관아로 출근하여 해가 중천에 걸려도 돌아오지 않았다. 무대는 부인에게 떠밀려 장사하러 나갔다. 옆집 왕 노파에게 부탁하여 술과 고기를 사고 무송 방으로 가서 화로에 숯불로 불을 피워놓고는 속으로 생각했다.

‘내가 오늘은 정말 수작을 걸어서라도 그가 집적거리게 만들어야지. 그에게

아무런 감정이 없다고는 도저히 믿을 수가 없어.'

혼자 쓸쓸하게 함박눈을 쳐다보면서 주렴 밑에 서서 기다렸다. 무송이 부서져 어지러이 날리는 옥처럼 하얀 눈꽃을 밟으며 돌아오는 것이 보였다. 부인이 발을 걷고 웃음 띤 얼굴로 맞이하며 말했다.

"도련님 날씨가 춥지요."

"걱정해주셔서 감사합니다."

문으로 들어와서 털 방한모를 벗었다. 부인이 두 손으로 받으려 하자 무송이 말했다.

"괜찮습니다. 형수님."

무송은 자신이 눈을 털어내고 벽에 걸었다. 허리의 전대를 풀고 짙은 연두색 모시 실로 짠 세밀하게 재봉한 저고리를 벗어 방 안으로 들어가 걸었다.

"제가 아침 내내 기다렸어요, 도련님. 어째서 아침을 집에 돌아와 드시지 않으셨어요?"

"현 안에 아는 사람이 아침밥을 같이 먹자고 했습니다. 조금 전에도 어떤 사람이 술을 마시자고 했는데 귀찮아서 그냥 들어왔습니다."

"그랬군요. 도련님, 불 쬐세요."

"좋지요."

기름 먹인 방수 장화[15]를 벗고 버선을 갈아 신은 다음 보온 신발을 신고 의자를 가져와 화로 가까이에 앉았다.

부인이 앞문에 빗장을 걸고 뒷문을 잠그며 안주, 과일, 요리를 가져다 무송의 방으로 들어와서는 탁자에 벌여놓았다.

"형님은 어디를 갔기에 아직 안돌아 왔습니까?"

"형님은 매일 나가 장사를 하니 오늘은 내가 도련님과 술 석 잔 해야겠어요."

15_ 원문은 '유화油靴'인데, 오동나무 기름을 칠한 것으로 비와 눈을 막는 방수 장화다.

"형님이 돌아오거든 마시지요."

"기다리긴 뭘 기다려요? 기다릴 수 없어요."

말이 다 끝나기도 전에 이미 술을 데워놓은 주전자를 가져왔다.

"형수님 앉으세요. 제가 가서 술을 데워오겠습니다."

"도련님, 알아서 하세요."

부인이 등받이 없는 의자를 가져다가 불 가까이에 앉았다. 불 옆 탁자 위에 잔과 쟁반을 펼쳐놓았다. 부인은 술잔을 들어 손에 받치고 무송을 바라보며 말했다.

"도련님, 이 잔에 가득 따랐으니 마시세요."

무송이 받아서 단번에 마셨다. 부인이 다시 한잔을 따라주며 말했다.

"날도 추운데, 도련님, 짝짓기로 마셔요."

"형수님, 마음대로 하세요."

잔을 받더니 단숨에 들이켰다.

무송이 술 한잔을 따라 부인에게 주었다. 부인이 받아 마시며 주전자를 들어 다시 술을 따르고 무송 앞에 놓았다.

부인이 희고 부드러운 가슴을 살짝 드러내고 검고 아름다운 머리를 반쯤 늘어뜨리며 얼굴 가득 웃음을 머금고 말했다.

"어떤 사람이 도련님이 현 동쪽 거리에 노래하는 여자를 두었다고 그러던데 정말 그런가요?"

"형수님, 남들이 하는 터무니없는 말은 믿지 마세요. 저는 절대 그런 사람 아닙니다."

"믿을 수 없어요. 아무래도 도련님은 입에서 나오는 말과 마음이 다른 것 같아요."

"형수님이 못 믿겠거든 형님에게 물어보세요."

"형님이 알긴 뭘 알아요! 이런 일을 알기나 한다면 취병이나 팔러 다니지 않았을 거예요. 도련님 한잔 더 드세요."

계속해서 서너 잔을 따라주었고 부인도 뱃속에 석 잔이 들어가자 서서히 욕정이 솟구쳐 올라 어떻게 해도 억누를 수가 없었으므로 실없는 말만 지껄였다. 무송도 8~9할은 알아채고 고개를 숙이고만 있었다.

부인은 몸을 일으켜 술을 데우러 갔고, 무송은 혼자 방 안에서 부젓가락을 불에 달구었다. 부인이 주전자의 술을 데워 방으로 들어와 한 손은 주전자를 들고 다른 손은 무송의 어깨 옷자락을 잡으며 말했다.

"도련님, 이런 옷을 입고도 춥지 않아요?"

무송은 이미 반쯤 편치 않아 대꾸하지 않았다. 무송이 반응이 없는 것을 보자 부인은 부젓가락을 빼앗으며 말했다.

"도련님은 불을 피울 줄도 모르니 내가 대신 불을 붙일게요. 화로는 항상 후끈거려야 해요."[16]

무송이 8할 정도 초조해하며 아무 소리도 내지 않았다. 부인은 이미 욕망이 불처럼 훨훨 타올라 이제 무송의 초조함은 눈에 보이지도 않았다. 부젓가락을 놓고 잔에 술을 따라 조금만 입에 넣고 태반은 잔에 남기고는 무송을 보면서 말했다.

"자기한테 마음 있으면 내 잔에 남은 술 절반을 마셔봐."

무송이 날쌔게 잔을 빼앗아 술을 바닥에 뿌려버리고는 말했다.

"형수님! 이런 부끄러운 짓은 그만두시오!"

손으로 밀치자 부인이 하마터면 밀려 넘어질 뻔했다. 무송이 눈을 부릅뜨고 말했다.

"이 무송은 하늘을 떠받치고 땅을 우뚝 밟고 선 호탕하고 정정당당한 사내대장부이지, 풍속을 무너뜨리고 인륜을 저버리는 개돼지가 아니오. 형수님, 이런

16_ 타다 남은 재는 불같이 뜨거운 것만 못하다.

염치를 모르는 수작은 그만두시오. 만일 변고가 발생하는 조짐이 약간이라도 보인다면 이 무송은 형수를 알아보겠지만 주먹은 형수를 몰라볼 것이오! 다시는 이런 짓 하지 마시오!"

부인이 얼굴을 온통 붉히고 큰 잔, 쟁반, 작은 잔, 작은 접시[17]를 치우며 입속말로 말했다.

"장난 좀 친 것 가지고 진담으로 받아들일 것 없잖아. 정말 사람 존중할 줄 모르네!"

식기를 들고 부엌으로 가버렸다. 여기에 증명하는 시가 있다.

술이 중매쟁이 되니 색정이 끓어올라
음란함 탐하다 강상[18]도 돌아보지 않는구나.
술좌석에 앉아 남녀 간 즐거움 찾더니
격노하여 터진 세찬 천둥소리 한바탕 치네.
酒作媒人色膽張, 貪淫不顧壞綱常.
席間便欲求雲雨, 激得雷霆怒一場.

반금련은 무송을 유혹했어도 꿈쩍도 않고 도리어 그에게서 핀잔만 들었다. 무송은 방 안에 있었는데 분이 치밀어 올랐다. 날이 아직 저물지 않은 미시未時(오후 1~3시)경에 무대가 멜대를 지고 돌아와 문을 미니 부인이 황급히 문을 열었다. 무대가 집에 들어와 멜대를 내려놓고 부엌에 가서 보니 부인의 두 눈이 울어서 붉게 부어있었다. 무대가 말했다.

17_ 원문은 '배반잔접杯盤盞碟'인데, 네 종류의 식기다. 큰 잔(컵), 쟁반, 작은 잔(소주잔), 작은 접시를 말한다.

18_ 강상綱常: 삼강오상三綱五常을 말한다. 예법과 도덕으로 제창한 인간 사이의 도덕 표준이다. '삼강'은 부위자강父爲子綱, 군위신강君爲臣綱, 부위처강夫爲妻綱. '오상'은 견해가 일치하지 않은데, 통상적으로 인仁, 의義, 예禮, 지智, 신信을 가리킨다.

"당신 누구랑 싸웠소?"

"당신이 제 구실을 못하니 남들이 나를 업신여기잖아."

"누가 감히 당신을 업신여긴단 말이야?"

"누군지 잘 알잖아! 무송 저놈이 눈이 잔뜩 내릴 때 돌아와 재빨리 술을 준비해 마시자고 하더니, 안에 아무도 없는 것을 보고는 나를 말로 희롱하잖아."

"내 동생은 그런 사람이 아니니 그럴 리가 없어. 소리 좀 낮추라고, 이웃이 들으면 웃음거리 되겠네!"

무대가 마누라를 제쳐두고 무송의 방에 가서 소리 질렀다.

"둘째야, 아무것도 안 먹었으면 나와 뭐 좀 먹자꾸나."

무송은 아무 소리도 내지 않았다. 한참을 생각하다가 실로 만든 신발을 벗고 다시 기름 먹인 방수 장화를 신었다. 상의를 입은 다음 털 방한모를 쓰고 전대를 묶으며 문을 나섰다. 무대가 소리 질렀다.

"둘째야, 어디 가니?"

역시 아무런 대답 없이 그냥 곧장 가버렸다.

무대가 주방으로 돌아와 부인에게 물었다.

"불러도 대답하지 않고 현 관아로 가는 길로 가버리네. 무슨 일인지 모르겠네."

부인이 욕을 하며 말했다.

"야 이 멍텅구리야, 보고도 모르겠어! 저놈이 부끄럽고 널 볼 면목이 없으니 나가버린 거야. 아마 사람을 시켜 짐을 옮기고 여기에 있지 않으려는 거겠지."

"만일 동생이 이사를 가버리면 분명 남들한테 웃음거리가 될 텐데."

"야, 이 멍청한 도깨비 같은 놈아, 동생이 나를 희롱한 것은 남들의 웃음거리가 아니냐. 그놈이랑 얘기하고 싶으면 하라고, 나는 그런 사람 되고 싶지 않으니까. 나한테 이혼 문서 한 장 써주고 그놈이랑 같이 살라고."

무대는 감히 다시 입을 열지 못했다.

집 안에서 부부가 말싸움을 하고 있는데 무송이 멜대[19]를 든 토병 한 명을 데리고 방 안으로 들어와 짐을 꾸려 문밖으로 나갔다. 무대가 따라 나와 소리쳤다.

"둘째야, 왜 이사를 하려고 하냐?"

"형님, 아무것도 묻지 마세요. 말하면 집안 부끄러운 일만 드러나게 될 겁니다. 형은 그냥 내가 나가게 내버려두세요."

무대는 감히 자세히 물어보지도 못했고, 무송은 그렇게 무대의 집에서 이사 나왔다. 부인은 안에서 중얼거리며 욕설을 퍼부었다.

"잘됐네! 남들은 친동생이 도두가 되어 형과 형수를 얼마나 잘 부양할까 생각할 텐데 도리어 사람을 물어뜯는지는 생각도 못하겠지! '모과는 번드르르하니 보기만 좋지 실상은 아무 쓸모없다'[20]고 하더라. 네 놈이 이사 가면 오히려 하늘과 땅에 감사할 일이지. 원수가 눈앞에서 없어진 거잖아."

마누라가 이렇게 욕을 해대는 것을 보고는 어찌할 줄 몰라 하며 속으로 '아이고, 이를 어쩌나!' 할 뿐 답답해하면서 그대로 둘 수밖에 없었다.

무송은 이사를 나와 현 관아에 머물렀고, 무대는 여전히 매일 거리에서 멜대를 지고 취병을 팔았다. 본래는 현 관아에 가서 동생을 찾아가 말을 하고 싶었으나 마누라가 데려오지 말라고 신신당부하여 무대는 감히 무송을 찾아가지도 못했다.

잠깐 사이에 세월이 물 같이 흘러 어느새 눈이 그치고 10여 일이 지났다. 지현은 부임지에 온 지 이미 2년 반이 넘는 동안 많은 금은보화를 모았다. 사람을 시켜 동경 친척들이 있는 곳에 보내 인사 이동을 위해 사용하려고 했으나 도중에 강도라도 당할 것이 두려워 능력 있는 심복을 시키려고 했다. 갑자기 무송이 생각나서 말했다.

19_ 원문은 '편담匾擔'인데, 양쪽 끝에 물건을 매달고 어깨에 메는 평평하고 긴 나무막대기다.

20_ 원문은 '花木瓜, 空好看'이다. 모과는 무늬가 있고 향기도 나지만 실상은 먹을 수 없다. 빛 좋은 개살구의 의미다.

"무송은 대단한 영웅이니 보낼 만한 사람이야!"

즉시 무송을 관아로 불러 상의하며 말했다.

"내 친척이 동경 성안에 살고 있다네. 내가 예물 한 짐을 보내려고 하는데 가는 김에 문안 편지도 한 통 가져갔으면 하네. 도중에 좋지 않은 일이라도 생길까 걱정되는데, 아무래도 자네 같은 영웅이 가야 할 것 같네. 자네가 고생을 마다하지 않고 다녀온다면 내가 자네에게 큰 상을 내리겠네."

"은상께서 소인을 발탁해주셨는데 어찌 감히 사양하겠습니까? 보내만 주신다면 즉시 다녀오겠습니다. 소인이 동경을 가본 적이 없으므로 그곳을 구경할 수 있는 좋은 기회입니다. 상공, 내일이라도 준비되는 대로 떠나겠습니다."

지현이 크게 기뻐하며 상으로 술 석 잔을 하사했다.

무송은 지현의 명을 받고 현 관아를 나섰다. 거처로 가서 은냥을 챙기고 토병을 불러 거리로 나가 술 한 병과 생선, 고기, 과일을 사서 자석가 무대의 집으로 갔다. 무대가 마침 취병을 팔고 돌아오는데, 무송이 문 앞에 앉아 기다리다가 무대가 오는 것을 보고는 토병을 불러 주방에서 음식을 준비하도록 했다. 아직도 미련이 남아 있었던 부인은 무송이 술과 음식을 사온 것을 보고 속으로 생각했다.

'저놈이 내 생각이 나서 다시 돌아온 건가? 저 자식이 분명 나를 당해내지 못할 것이니 나중에 천천히 물어봐야겠다.'

부인이 이층에 올라가 얼굴에 분을 바른 뒤 손으로 문질러 고르게 하고 쪽진 머리를 가다듬은 뒤 화사한 색의 옷으로 갈아입고 문 앞에 나와 무송을 맞이했다. 부인이 무송에게 절하며 말했다.

"도련님, 도대체 어떤 오해가 있었는지 모르겠어요. 한동안 집에 오지도 않으니 제가 어떻게 알겠어요. 매일 형님에게 현 관아에 찾아가 도련님에게 사과하라고 했는데 돌아와서는 '찾지 못했다'고만 말하더군요. 오늘 도련님이 집에 찾아와서 좋지만 왜 쓸데없는 곳에 돈을 쓰세요?"

"제가 드릴 말씀이 있어서 일부러 형님과 형수님께 알려드리려고 왔습니다."

"그러면 위층으로 올라가세요."

세 사람이 위층에 올라가 형과 형수가 상석에 앉고 무송은 등받이 없는 의자를 끌어다가 끝에 앉았다. 토병이 술과 고기를 이층으로 가져와 탁자 위에 놓았다. 무송이 형과 형수에게 술을 권했다. 부인이 흘끔흘끔 쳐다보았으나 무송은 술만 마셨다. 술이 다섯 차례 돌았고 무송은 권배勸杯[21]를 가져다가 토병에게 따르게 하고 잔을 들고 무대를 보며 말했다.

"형님께 말씀드리겠습니다. 오늘 제가 지현 상공의 심부름으로 동경으로 일을 보러 가는데 내일 출발합니다. 길면 두 달이고 짧으면 40~50일은 지나야 돌아올 것입니다. 형님께 드릴 말씀이 있어서 일부러 왔습니다. 형님은 원래 나약해서 제가 집에 없을 때 남들에게 괴롭힘을 당할까 걱정됩니다. 만일 형님이 매일 취병 10통을 팔았다면 내일부터 5통만 팔도록 하세요. 매일 늦게 나갔다가 일찍 들어오시고 남들과 술도 마시지 마십시오. 집에 돌아오면 바로 주렴을 내리고 일찍 문을 잠가 남들에게 시빗거리를 만들지 마십시오. 만일 남들이 괴롭히더라도 다투지 말고 기다리시면 내가 돌아와 해결하겠습니다. 형님께서 제 말을 따르시겠다면 이 잔에 가득 찬 술을 드십시오."

무대가 술을 받고 말했다.

"동생 말이 맞으니 시키는 대로 하겠네."

무대가 술을 받아 마셨다.

무송이 두 번째 잔을 따르고는 부인에게 말했다.

"형수님은 세심한 사람이라 여러 말 하지 않겠습니다. 형님은 순박한 사람이니 형수님이 잘 돌봐주시기 바랍니다. 속담에 '남편이 강하기보다는 부인이 현

21_ 권배勸杯: 술잔 이름. 경배하거나 술을 권하기 위해 만든 술잔으로 비교적 크고 아름답게 만들었다.

명한 것이 낫다'[22]고 했습니다. 형수님이 집안을 잘 꾸려나간다면 형님이 무슨 걱정이 있겠습니까? 옛사람이 '울타리가 튼튼하면 동네 개도 못 들어오는 법이다'[23]라는 말을 듣지 못했습니까?"

부인이 무송의 말을 듣고는 수치심에 귀부터 얼굴까지 온통 빨개지더니 만만한 무대에게 손가락질하며 욕설을 퍼부었다.

"너 이 더럽고 멍청한 놈아! 네가 남에게 도대체 무슨 말을 지껄였기에 나를 이렇게 업신여기니! 내가 머리에 두건 싸맨 남자는 아니지만 굳세고 기개 있는 여자다! 주먹 위에 남자가 설 수 있고, 팔뚝 위로 말이 달릴 수 있으며, 얼굴 위로 사람이 걸을 수 있는 사람이야. 푹푹 찔러도 대가리 파묻고 내밀지도 못하는 자라 같은 여자가 아니라고! 무대한테 시집 온 이후 정말 땅강아지나 개미 새끼 한 마리도 감히 집 안에 들어온 적 없다. 그런데 뭐가 어째? 울타리가 튼튼하지 않으면 개새끼가 기어들어 온다고! 너는 그렇게 함부로 지껄이지만 한 마디 한 마디가 다 남의 가슴에 박히는 거야. 벽돌이나 기와를 아무렇게나 던지면 어디에 떨어지겠니? 모두 땅바닥에 떨어지는 것과 다를 줄 아니!"

무송이 웃으면서 말했다.

"만일 형수님이 그렇게 처신하신다면 정말 좋습니다! 다만 말과 마음이 일치해야지 안팎이 달라서는 안 됩니다. 그렇다면 형수님 말씀 잘 명심하겠으니 제 잔을 받으십시오."

부인은 술잔을 밀쳐버리고 아래층으로 뛰어내려가다 계단 절반쯤에 기대어 서서 말했다.

"너 그렇게 똑똑하고 잘난 자식이 '큰형수는 어머니와 같다'라는 말은 못 들

22_ 원문은 '表壯不如裏壯'이다. 겉이 보기 좋은 것은 안이 견실한 것만 못하다는 의미다. 아내가 집안을 잘 꾸릴 수 있는 것은 바로 남편의 훌륭한 도우미라는 것을 비유한다.

23_ 원문은 '籬牢犬不入'이다. 자신의 품행이 단정하면 나쁜 사람이 유혹할 방법이 없음을 비유한 말이다.

어봤냐! 내가 당초 무대에게 시집올 때 무슨 동생인지 뭔지가 있다는 말은 듣지도 못했는데, 도대체 어디서 저런 놈이 튀어나온 거야! '친하지도 않은 친척이 가장 노릇을 하려 한다'더니, 내가 재수가 없으려니 별 좆같은 일이 다 생기네!"

부인이 울면서 아래층으로 뛰어내려갔다. 여기에 증명하는 시가 있다.

> 좋은 말 듣기에 거슬린다고 원수로 여기니
> 눈웃음치다 갑자기 눈물 줄줄 흘리네.
> 음탕하다 화를 입어 흘리는 두 줄기 눈물이니
> 비참하여 흘리는가 부끄러워 흘리는가.
> 良言逆聽卽爲仇, 笑眼登時有泪流.
> 只是兩行淫禍水, 不因悲苦不因羞.

부인은 갖가지 간사하고 거짓된 모습으로 허세를 부렸고 무대와 무송 형제는 다시 몇 잔을 더 마셨다. 무송이 무대에게 작별인사를 하자 무대가 말했다.

"무송아, 갔다가 일찍 돌아와 다시 만나자."

입으로는 그렇게 말했지만 자기도 모르게 눈물을 흘렸다. 무송은 무대가 눈물을 흘리는 것을 보고는 말했다.

"형님, 장사하지 마시고 그냥 집에 앉아 계시지요. 돈은 제가 보내드리겠습니다."

무대가 무송을 배웅하러 아래층으로 내려왔고, 문을 나오자 무송이 다시 말했다.

"형님, 제 말 잊지 말고 명심하세요."

무송이 토병을 데리고 현 관아로 돌아와 길 떠날 준비를 했다. 다음날 일찍 일어나 짐을 싸서 묶고 지현을 만났다. 지현은 이미 수레 한 대를 준비하여 대나무상자를 수레에 싣고 건장한 토병 둘과 관아의 심복 하인 두 명을 뽑아 분부했다. 넷은 무송의 뒤를 따라 대청 앞에서 지현에게 작별을 고했으며 의복을 단단히 묶고 박도를 들고 수레를 호송했다. 일행 5명은 양곡현을 떠나 동경으로 가는 길을 잡았다.

이야기는 둘로 나뉜다. 한편 무대랑은 무송이 그런 말을 하고 간 뒤로 부인에게 사나흘 내내 욕을 먹었다. 무대는 꾹 참고 마음대로 욕하게 내버려두었다. 마음속으로는 동생의 말을 새기며 매일 취병을 평소의 절반만 팔고 늦기 전에 집으로 돌아왔다. 멜대를 내려놓고는 즉시 주렴을 걷어 대문을 걸어 잠그고 방 안에 들어와 앉았다. 부인은 이런 모습을 보고 속으로 열불이 나서 무대 얼굴에 손가락질하며 욕설을 퍼부었다.

"아이고 이런 무지몽매한 머저리 놈아, 해가 절반밖에 안 지났는데 문을 닫는 상갓집은 내가 보질 못했다. 남들이 집 안에 귀신이라도 가두어놓았냐고 말하겠다! 네 잘난 동생의 좆같은 주둥이는 듣고 남들에게 비웃음거리 되는 것은 두렵지도 않냐."

"남들이 집 안에 귀신을 가두었다고 말하건 말건 내버려둬. 동생 말만 잘 들어도 괜한 시비는 피할 수 있잖아."

"퉤! 머저리 같은 놈! 자기 생각대로 하지 못하고 남이 시키는 대로만 하는 네가 남자냐!"

무대가 손사래를 치며 말했다.

"내버려둬, 내 동생 말이 금쪽같은 말이야."

무송이 떠난 지 10여 일이 지나도 무대는 매일 늦게 나가 일찍 들어왔고 집에 도착하면 문을 잠갔다. 부인도 여러 차례 소란을 피웠으나 나중에는 습관이 되어 별것 아닌 게 되었다. 이때부터 부인은 무대가 돌아오면 먼저 발을 거두고 대문을 잠갔다. 무대는 그 모습을 보고 속으로 기뻐하며 생각했다.

'이렇게 되었으니 정말 다행이네.'

다시 2~3일이 지났고, 이미 겨울이 얼마 남지 않아서 날씨가 점차 따뜻해지기 시작했다. 그날도 무대는 일찍 돌아왔고 부인은 습관대로 먼저 주렴을 걷으려고 문 앞으로 갈퀴를 뻗었다. 일이 생기려니 때마침 한 사람이 주렴 옆을 걸어가고 있었다. 예로부터 '우연이 없으면 이야기가 진행되지 않는다'고 부인이 높은 곳에 물건을 올리는 데 사용하는, 한쪽 끝이 갈퀴로 된 긴 막대기를 쥐고 있다가 제대로 잡지 않았는지 손에서 미끄러지면서 비끼지 않고 그대로 지나가던 그 사람 두건 위에 떨어지고 말았다. 그 사람은 걸음을 멈추고 화를 내려다가 고개를 돌려 보니 요염한 부인인지라 화가 먼저 저절로 절반 정도 누그러졌다. 노여움은 조와국爪洼國[24]으로 날아가버리고 미소 짓는 얼굴로 변했다. 부인은 그 사람이 심하게 탓하지 않자 두 손을 가슴 높이 앞에서 맞잡고 공손하게 만복을 하며 말했다.

"제가 실수했습니다. 관인께서는 괜찮으십니까?"

그 사람이 한 손으로 두건을 바로잡고 다른 한편으로 허리를 구부려 답례하며 말했다.

"괜찮소 부인. 손에서 미끄러졌나 봅니다."

이 광경을 옆집 왕 노파가 봤다. 마침 노파는 찻집[25] 안 주렴 아래에서 보고는 웃으면서 말했다.

24_ 조와국爪洼國: 일반적으로 조와국爪哇國이라 한다. 옛날 국 명칭으로 지금의 남양군도의 자바섬에 위치해 있었다. 옛날에는 아득히 멀어 대부분 이것으로 허무맹랑함을 비유했다. 여기에서는 그의 노여움이 온데 간데 없이 사라졌음을 나타낸다. 『수호전전교주』에 따르면 "정목형의 『주략』에서 이르기를, '조와국은 남해 바깥에 있는데, 비디 속으로 들어간 듯이 소멸됨을 말한다'고 했다."

25_ 원문은 '차국자茶局子'다. 민간에서는 국자局子라 했는데, 의미는 점店과 같다. 『수호전전교주』에 따르면 "『도성기승都城紀勝·차방茶坊』에서 이르기를, '수차방水茶坊은 기생집에서 탁자와 등받이 없는 의자를 설치하고 차를 마신다는 이유였는데, 나중에는 (남자들을 끌어 모아) 돈을 기꺼이 쓰게 되어 건차전乾茶錢이라 했다'고 했다. 왕 노파의 차방은 이런 종류에 속하기에 왕 노파를 건랑乾娘(할멈)이라 하고 그곳의 주렴을 수렴水簾이라 한다. 이러한 차방을 당시에는 수국水局이라고도 불렀다"고 했다. 역자는 '찻집'으로 번역했다.

"참 나, 누가 대관인에게 그 집 처마 밑으로 지나가라고 했소? 잘 맞았다!"

그 사람이 웃으면서 말했다.

"그럼 제 잘못이네요. 부인과 부딪쳤으니 용서하십시오."

부인도 웃으면서 말했다.

"관인, 저를 용서해주십시오."

그 사람이 웃으면서 한 손은 주먹을 쥐고 다른 손은 주먹을 감싸 쥐고는 높이 들어 올려 과장되게 예를 갖추며 말했다.

"소인이 어찌 감히."

그 사람은 부인에게서 눈을 떼지 못하고 7~8번이나 돌아보다가 건들건들 거리며 팔자걸음으로 걸어갔다. 부인은 주렴을 걷고 떨어뜨렸던 갈퀴가 있는 긴 막대기를 들고 안으로 들어가 대문을 닫고 무대가 돌아오기를 기다렸다. 시에 이르기를,

울타리 허술하면 개들이 드나들게 되고
주렴 거두다 마주치자 서로 호감을 갖네.
왕 노파는 사람 꼬드기는 데 능숙하니
주렴 거두는 긴 막대기 낚싯대로 믿어야 하리.
籬不牢時犬會鑽, 收帘對面好相看.
王婆莫負能勾引, 須信叉竿是釣竿.

이 남자의 이름은 무엇인가? 어디에 사는가? 원래 양곡현에 방탕하고 예의와 염치도 모르는 부자가 있는데 현 관아 앞에서 커다란 약재상을 하고 있었다. 어려서부터 간사한 사람이었고 권법과 봉술도 어느 정도 잘했다. 근래에 갑자기 출세하여 현의 공무에 독점적으로 관여하면서, 난폭하게 남을 위협하고 못살게 굴었고, 은밀하게 남을 위해 관청에 소개시켜주고 뇌물을 주어 그럴싸하게 꾸미

고 돈을 챙겼으며, 관리들까지 배제시키고 모함했으므로 현의 모든 사람이 그를 피했다. 그의 성은 복성으로 서문西門이고 이름은 외자 경慶이었으며 항렬이 첫째라 사람들이 모두 '서문대랑西門大郎'이라고 불렀다. 근래에 출세하여 돈푼 꽤나 있게 되자 '서문대관인西門大官人'이라 불렸다.

얼마 뒤 서문경이 근처를 한 바퀴 돌고 다시 돌아와 왕 노파 찻집 안으로 들어가더니 안쪽 주렴 밑에 앉았다. 왕 노파가 웃으면서 말했다.

"대관인, 방금 예를 갖추는 게 좀 지나치셨어요!"

서문경이 웃으면서 말했다.

"할멈, 이리 오게. 내 물어봄세. 옆집 그 계집년[26]은 누구 여편네인가?"

"염라대왕의 여동생이고 오도장군五道將軍[27]의 딸인데, 그건 왜 물으시오?"

"내가 지금 장난치는 것이 아니니 농담하지 말게나."

"대관인이 어째서 모르실까? 그녀의 남편은 매일 현 관아 앞에서 음식[28] 파는 사람인데."

"혹시 대추 떡 파는 서삼徐三의 마누라 아닌가?"

왕 노파가 손사래를 치며 말했다.

"아닙니다. 만일 그 사람이라면 잘 어울리는 한 쌍이지요. 대관인, 다시 맞춰 보시오."

"그러면 멜대를 매고 은 장신구 파는 이이李二의 마누라인가?"

왕 노파가 고개를 흔들며 말했다.

"아니요. 그 사람이라도 그럴 듯한 한 쌍이지요."

"혹시 팔에 문신한 육소을陸小乙의 처는 아닌가?"

26_ 원문은 '자아雌兒'인데, 나이 어린 여자를 경박하게 일컫는 말이다.

27_ 오도장군五道將軍: 전설 속 동악東岳의 신으로 사람의 생사를 관장한다고 한다.

28_ 원문은 '숙식熟食'이다. 송나라 때 '오숙행五熟行'이 있었는데, 면을 파는 것을 탕숙湯熟, 구운 빵을 파는 것을 화숙火熟, 절인 음식을 파는 것을 엄숙醃熟, 찐빵을 파는 것을 기숙氣熟, 고기만두를 파는 것을 유숙油熟이라 했다. 무대는 기숙행氣熟行 가운데 한 사람이다.

왕 노파가 크게 웃으면서 말했다.

"아니요. 만일 그 사람이라면 역시 좋은 한 쌍이지요. 대관인 다시 맞춰보세요."

"할멈, 내가 정말 못 맞추겠네."

왕 노파가 깔깔 웃으며 말했다.

"대관인이 아시면 웃으실 겁니다. 그녀의 놈팡이[29]는 거리에서 취병을 파는 무대입니다."

서문경은 발을 구르며 웃었다.

"혹시 사람들이 '3촌 사내 곡수피'라 부르는 무대 말이지?"

"바로 그렇습니다."

서문경이 듣고는 아이고 소리를 지르며 말했다.

"맛 좋은 양고기 덩어리가 어쩌다 개 주둥이에 떨어졌냐!"

"그러니 이것이 답답한 일이지요. 예로부터 '준마는 머저리가 타고, 아름다운 여자는 항상 멍청이 같은 남편하고 잔다'[30]고 하잖아요. 월하노인月下老人[31]도 하필이면 이런 배필을 만들었을까요!"

"왕 할멈, 찻값으로 얼마나 내야 하나?"

"많지 않지요. 맘대로 하시구려. 나중에 다시 계산하시오."

"할멈, 아들은 누구랑 나갔소?"

"모르겠네요. 어떤 손님이랑 회하淮河에 간다고 했는데 아직까지 돌아오지 않는 걸 보면 죽었는지 살았는지도 모르겠어요."

"왜 내 밑에서 일하도록 하지 않았어?"

29_ 원문은 '개로蓋老'다. 저잣거리 백성이 남편을 지칭한 말로 여자 위에 있다는 의미다. 아내는 '저로底老'라고 부르는데 남자 밑에 있다는 뜻이다. 경박하고 경시하는 뜻의 저속어다.

30_ 원문은 '駿馬却馱痴漢走, 美妻常伴拙夫眠'인데, 재능과 용모가 어울리지 않는 부부를 형용하는 말이다.

31_ 월하노인月下老人: 부부의 인연을 맺어주고, 배우자의 명부를 관장하는 신.

왕 노파가 웃으며 말했다.

"만일 대관인이 그놈을 밀어만 주신다면 말도 못하게 좋지요."

"그가 돌아오거든 다시 상의해봅시다."

다시 몇 마디 잡담을 하다가 감사를 표하고 일어나 찻집을 나갔다.

대략 두 시진도 못 되어 되돌아와 다시 한 바퀴 돌더니 왕 노파 찻집 문 주렴 옆쪽 무대의 집 문 앞을 향해 앉았다. 잠시 후 왕 노파가 나와서 말했다.

"대관인 나리, 매탕梅湯[32] 좀 드시겠소?"

"좋지. 새콤하게 해주게."

왕 노파가 매탕을 두 손으로 받쳐 서문경에게 주었다. 서문경이 천천히 음미하며 마시고 잔과 받침을 탁자에 올려놓았다. 서문경이 말했다.

"할멈, 매탕을 아주 잘하는군. 집에 얼마나 있나?"

왕 노파가 웃으면서 말했다.

"제가 평생 중매를 섰어도 집 안에서 살림하는 부인을 중매하겠소?"

"나는 매탕 이야기를 하고 있는데, 자네는 어째서 엉뚱하게 중매이야기를 하고 있는가?"

"대관인이 저에게 중매를 잘 한다고 칭찬하셔서 저도 중매이야기를 했지요."[33]

"할멈, 자네가 매파이니 중매를 잘 서서 일이 이루어지면 내가 자네에게 후하게 사례하겠네."

"대관인, 만일 댁의 마님께서 아시게 된다면 저의 귀뺨이 남아나겠습니까?"

"우리 집사람은 도량이 넓어 남을 잘 받아들인다네. 지금까지 신변인身邊人[34]

32_ 매탕梅湯: 매실을 물에 담그거나 끓인 후 만든 새콤한 여름철 음료. 매실의 '梅'와 매파의 '媒'는 발음이 'mei'로 같다. 은밀하게 뚜쟁이 짓을 한다.

33_ 서문경과 왕 노파가 서로 상대의 마음을 저울질하고 있다.

34_ 신변인身邊人: 송나라 때 귀족, 관리나 부자들 대부분이 부녀자들을 사들였고 그 목적은 첩으로 삼아 희롱하거나 시중을 들게 함이었는데, 이들을 '신변인'이라 한다. 이러한 부녀자들은 약간의 등

을 여럿 두었지만 아직까지 내 뜻에 딱 맞는 사람이 없다네. 자네에게 적당한 사람이 있다면 내게 소개해주어도 상관없네. 내 마음에 맞는다면 재가하려는 과부도 상관없네."

"얼마 전에 좋은 사람이 하나 있었는데 아마 대관인이 별로 좋아하지 않을걸요?"

"정말 괜찮아서 잘 된다면 사례하겠네."

"인물은 아주 빼어난데 나이가 조금 많습니다."

"나이 차이가 한두 살이라면 중요하지 않지. 정말 몇 살인가?"

"그 아줌마가 무인戊寅년 생이니 호랑이 띠고 올해 딱 93세입니다."

서문경이 웃으면서 말했다.

"이런 미친 할망구 보게나, 미친 얼굴로 사람을 놀리다니."

서문경이 웃으면서 자리에서 일어나 나갔다.

날이 점점 어두워지자 왕 노파가 등불을 켜고 문을 닫으려고 하는데 서문경이 다시 돌아와 주렴 아래 그 자리에 다시 앉아 무대 집 대문을 바라보았다. 왕 노파가 말했다.

"대관인, 화합탕和合湯35은 어떠시오?"

"그야 좋지. 할멈, 달게 만들어주게나."

왕 노파는 화합탕 한잔을 서문경에게 주었다. 잠시 앉아 있다가 일어서며 말했다.

"할멈, 장부에 기록해두게. 내일 한꺼번에 지불하겠네."

급과 멸시하는 칭호를 가지고 있는데, 그 가운데 신변인, 본사인本事人, 공과인供過人, 침선인針線人, 당전인堂前人, 잡극인雜劇人, 탁세인拆洗人, 금동琴童, 기동棋童, 주랑廚娘 등급이 있다. 이들 가운데 신변인 지위가 가장 높다.

35_ 화합탕和合湯: 과실의 씨를 꿀에 잰 후 달여서 만든다. 화합탕은 '음양화합탕陰陽和合湯'이라고도 부르는데, 신혼부부가 함께 우려서 마시는 차다. 서문경과 반금련의 사통을 암시한다.

"그러시지요. 삼가 편안히 주무시고[36] 내일 일찍 다시 오십시오."

서문경이 다시 웃으면서 돌아갔다.

그날 밤은 아무 일 없이 그렇게 지나갔다. 다음날 아침 왕 노파가 문을 열고 밖을 바라보니 서문경이 벌써 문 앞을 두 번이나 왔다 갔다 하고 있었다. 노파는 보고서 말했다.

'저 오입쟁이가 급했구나! 내가 저놈이 핥아먹지 못하게 설탕을 코끝에 발라 놓아야겠다. 현 사람들을 그렇게 쥐어짜던 놈이 제 발로 찾아왔으니, 너는 이제 나한테 제대로 당해봐라.'

원래 찻집을 연 왕 노파도 만만한 사람은 아니었다. 과연 이 노파는,

입을 열면 육가陸賈도 깔보고 말을 꺼내면 수하隋何를 능가하는구나.[37] 홀로 된 난새와 외톨이 봉황을 순식간에 짝 되도록 하고, 과부와 홀아비 일장연설로 충동질하여 쌍을 이루게 하네. 약간의 묘책 사용하여 아라한阿羅漢이 비구니比丘尼를 끌어안게 하고, 잠시 교묘한 꾀부리면 이천왕李天王이 귀자모鬼子母[38]를 껴안게 한다네. 달콤한 말로 유인하면 봉섭封涉 같은 남자라도 마음 움직이고,[39] 부드러운 말로 조화롭게 하면 마고麻姑[40] 같은 여자도 마음을 끌리게 하는구

36_ 원문은 '복유안치伏惟安置'인데, '편히 주무시다' '편히 쉬다'의 의미다. '복유伏惟'는 아랫사람이 윗사람에 대한 공경의 말이다. 대부분 서신에서 사용되는데, 왕 노파가 이런 말을 한 것은 자신이 촌스럽지 않다는 것을 과시하는 것이다.

37_ 육가陸賈와 수하隋何 두 사람은 모두 한나라 초 사람으로 지모가 풍부하고 말재주가 뛰어난 사람들이었다. 역사에서는 '수하隋何'의 '수隋'를 '수隨'로 기재하고 있다.

38_ 귀자모鬼子母는 원래 악신惡神으로 인간의 아이를 먹기 때문에 모야차母夜叉라 불렀다. 불법에 교화된 뒤에 아동을 보호하는 호법신이 되었다.

39_ 봉섭封涉: 『수호전전교주』에 따르면 "『태평광기太平廣記』에서 이르기를, '당나라 현종 때 효렴孝廉 봉섭이 소실산少室山에 거주했는데 밤에 선녀가 내려왔고 봉섭은 거절했다. 그 뒤로 매번 7일마다 선녀가 한 차례씩 내려왔고 모두 네 차례였는데, 네 차례 모두 거절했다. 그로부터 3년 뒤에 상원부인上元夫人(신화 속의 선녀)이라는 것을 알았지만 이미 후회해도 소용없었다'라고 했다."

40_ 마고麻姑: 도교 신화속의 여신女神이다.

나. 그 꼬임엔 직녀織女도 상사병에 걸리게 하고, 상아嫦娥[41]도 부추겨 배필을 찾게 한다네.

開言欺陸賈, 出口勝隋何. 隻鸞孤鳳, 霎時間交仗成雙; 寡婦鰥男, 一席話搬唆捉對. 略施妙計, 使阿羅漢抱住比丘尼; 稍用機關, 教李天王摟定鬼子母. 甜言說誘, 男如封涉也生心; 軟語調和, 女似麻姑須動念. 教唆得織女害相思, 調弄得嫦娥尋配偶.

왕 노파가 문을 열고 찻집 안에서 숯불을 피우고 차 솥을 정리했다. 서문경이 아침 일찍부터 몇 차례 돌고는 곧바로 안으로 들어와 주렴 아래에 앉아 무대의 집 앞 주렴 안을 바라보았다. 왕 노파는 일부러 못 본 척 외면하고는 화로에 부채질하며 불을 피웠고 나가서 어떤 차를 마실 것인지 묻지도 않았다.

"할멈, 차 두 잔 가져다주게."

왕 노파가 대답했다.

"대관인 오셨어요? 요 며칠 뵙지 못했는데, 앉으시지요."

진하게 달인 생강차[42] 두 잔을 가져다 탁자에 놓았다.

"할멈, 나랑 같이 차 한잔 마십시다."

왕 노파가 '호호' 웃으면서 말했다.

"저는 사통할 상대가 아닌데요."

서문경은 한바탕 웃고는 말했다.

"할멈, 옆집은 무엇을 파나?"

"쪄서 늘린 하루자河漏子[43]와 뜨겁고 미지근한 대랄소大辣酥[44]를 팝니다."

41_ 상아嫦娥: 신화 속의 선녀.

42_ 중국 사람은 생강은 성질이 맵다고 한다. 남편이 있는 반금련을 꼬드기려면 매섭게 몰아쳐야 함을 암시하고 있다. 이것은 뒤에 무대를 독살하게 되는 복선이다.

43_ 하루자河漏子: 북방의 식품으로 밀가루로 만든 탕면湯麪이다. 밀가루 음식이라 이미 증기로 찌면 다시 당겨 늘릴 수 없다.

44_ 대랄소大辣酥: 몽골어 darasun(술)의 음역이다. 술을 데우면 뜨겁거나 미지근한 두 가지 특성을 동

"이 할망구 말하는 소리 좀 보게나, 미쳤군."

"내가 미친 것이 아니라 그녀에게 남편이 있어요."

"할멈, 농담이 아니야. 저 집에서 정말 취병을 잘 만든다고 해서 30~50개 사려고 하는데, 지금 집에 있는지 모르겠네?"

"취병 사시려거든 좀 있다가 팔러 나가면 길에서 사지 뭐 하러 집에까지 찾아온단 말입니까?"

"할멈 말이 맞소."

차를 마시고 잠시 앉았다가 일어나서 말했다.

"할멈, 잘 적어놓게."

"그러세요. 장부에 잘 적어놓겠습니다."

서문경이 웃으면서 찻집을 나갔다.

서문경은 문 앞에서 동쪽으로 돌아가서 바라보고 서쪽으로 돌아가서 다시 흘겨보는데, 왕 노파는 찻집 안에서 차가운 눈초리로 서문경을 바라보았다. 이렇게 7~8번을 돌아갔다 하더니 다시 찻집으로 들어왔다. 왕 노파가 말했다.

"대관인, 어려운 발걸음 하셨네요. 몇 달 동안 뵙지 못했네요."

서문경이 웃으면서 몸을 뒤져 한 냥 넘는 은자를 꺼내 왕 노파에게 건넸다.

"할멈, 일단 찻값으로 받아두게나."

"아이고, 왜 이리 많이 주시는지?"

"넣어두게."

노파가 속으로 기뻐하며 말했다.

'됐다! 이 오입쟁이 넌 이제 끝장이다.'

은자를 챙겨 넣고는 말했다.

시에 가질 수 없다. 하루자와 대랄소의 두 가지 특성을 가지고 왕 노파가 서문경을 놀리고 있다. 동시에 간접적으로 반금련의 이중성격을 반영하고 있다.

"제가 대관인을 살펴보니 목이 마르신 것 같습니다. '관전엽아차寬煎葉兒茶'[45] 한잔 드시는 게 어떻습니까?"

"할멈이 어떻게 알았어?"

"어려울 것 없지요. 예로부터 '묻고 따지지 않아도 문에 들어설 때 얼굴빛만 보면 안다'고 했습니다. 제가 특별히 이상야릇하고 해괴망측한 일들을 잘 맞춥니다."

"마음에 걸리는 일이 있는데 할멈이 맞히면 내가 은자 닷 냥을 주겠네."

"제가 온 신경을 쓰고 가늠할 필요도 없이 한 가지 짐작으로도 거의 모두 맞추지요. 대관인 귀 좀 빌려주시지요. 이 이틀 동안 계속 뻔질나게 들락거리고 자주 나타나는 것은 분명히 저희 옆집의 그녀 생각하는 것이지요. 맞습니까?"

"할멈의 지혜는 수하보다 낫고, 민첩함은 육가보다 강하네! 솔직하게 말하겠소. 어제 그녀가 주렴을 내릴 때 보고 나도 모르게 내 혼백을 모두 빼앗긴 것 같아. 그런데 접근할 방법이 없어. 할멈은 무슨 방법이 있소?"

왕 노파가 '호호' 하고 웃으면서 말했다.

"대관인이시니 솔직하게 말씀드릴게요. 제가 비록 차를 팔고 있지만 '귀신이 밤에 시각을 알리는 것'[46]과 다를 것이 없지요. 3년 전 6월 3일 눈 오던 날에 차 한잔 팔고 지금까지 한잔도 못 팔았어요. 오로지 잡일로 입에 풀칠하고 있지요."

"잡일이란 것이 무엇이오?"

45_ 관전엽아차寬煎葉兒茶: 맑은 차로 아무런 과일이나 첨가물 없이 끓인 차. 왕 노파가 서문경에게 조급해 하지 말라는 암시로 권했다. '관전寬煎'은 '물을 많이 끓이다'라는 의미다.

46_ 원문은 '귀타경鬼打更'으로 '타경打更'은 옛날 밤은 5경으로 나누었는데, 1경마다 순찰을 도는 사람이 딱따기를 치거나 징을 울려 시각을 알리는 것을 타경이라 한다. '귀타경'은 겉으로는 그럴 듯하지만 실속이 없음을 이르는 말이다. 귀신이 밤에 돌아다니며 시각을 알리는 것은 본래의 목적이 아닐 것이니, 즉 왕노파가 찻집을 연 목적은 차를 팔려는 것이 아니라는 의미다.

"가장 주된 일이 중매입니다. 사람을 사고팔기도 하고,[47] 산모 허리를 붙드는 산파 조수도 하며 아이를 받기도 하고, 남녀관계를 폭로하기도 하며, 남녀가 사통하도록 주선하는 뚜쟁이도 하지요."

"할멈, 일이 잘만 성사된다면 관 살 돈으로 은자 10냥을 주겠네."

"대관인 한 가지 방해되는 일이 있는데, 대부분 이것 때문에 잘 풀리지 않지요."

"대체 한 가지 방해되는 일 뭔가?"

"대관인, 솔직히 말할 테니 욕하지 마십시오. 이런 남몰래 정을 통하는 불륜은 성사시키기도 어렵지만 10푼의 성공 가능성 중에서 돈이 9푼 9리를 차지합니다. 또 돈을 그렇게 써도 안 될 때가 있습니다. 제가 알기로도 대관인은 원래 인색해서 함부로 돈을 쓰지 않으려 하시니, 이것이 방해가 되는 한 가지입니다."

"이것은 치료하기 매우 쉽다네. 내가 자네 말대로 따르기만 하면 되지 않겠나."

"대관인이 기꺼이 돈을 쓰시겠다면 제게 대관인과 이 암컷을 만나게 할 계책이 한 가지 있습니다. 관인이 제 말을 따를지 모르겠습니다?"

"어쨌든 무조건 자네 말대로 하겠네. 할멈, 무슨 묘한 계책이 있는가?"

"오늘은 늦었으니 일단 돌아가세요. 나중에 한 대여섯 달 지나면 다시 얘기하시지요."

서문경이 왕 노파 앞에서 무릎을 털썩 꿇고는 말했다.

"할멈, 제발 우스갯소리로 놀리지 말고 나 좀 살려주게!"

"대관인 왜 또 그렇게 허둥대세요. 제 계책은 일반적인 것이 아니라 묘책 가운데 상책입니다. 비록 무성왕묘武成王廟[48]에 들어갈 수는 없지만 부녀자를 조련

47_ 원문은 '아파牙婆'인데, 사람을 사고파는 여자 중개인이다. 남자 중개인은 '아자牙仔'라고 부른다.

48_ 무성왕묘武成王廟: 주나라의 건국 공신인 여상呂尙(강태공)의 사당으로 60~70여 무신에게 제사하는 곳이다. 문성왕 공자의 사당에 짝을 맞추기 위하여 강태공을 무성왕으로 삼아 사당을 만들고 72명의 무신을 배향했다. 시대에 따라 배향한 무신 인원수가 다르다. 명 만력 연간에 강태공이 관우로 바뀌고 이름도 무묘武廟로 고쳤다.

하던 손자孫子49의 계책보다는 훨씬 뛰어나서 십중팔구는 들어맞을 것입니다. 대관인, 제가 오늘 말씀 드리겠습니다. 이 여자는 원래 청하현 부호가 사온 양녀養女50로 바느질을 아주 잘합니다. 대관인, 하얀 능라 비단 한 필, 남색 비단 한 필, 하얀 명주 한 필 그리고 다시 좋은 솜 10냥을 사서 제게 주십시오. 제가 그 계집을 찾아가 차 한잔 얻어먹자고 하고 '어떤 관인이 내게 죽어서 입을 옷감을 시주하여 일부러 날력을 빌리러 왔네. 자네가 나를 도와 길일을 골라 재봉하여 옷을 만들어주게'라고 말하겠습니다. 제가 이렇게 도와달라고 말했는데도 본체만체 한다면 이 일은 끝장입니다. 계집이 만일 '제가 할게요'라고 말한다면 제가 바느질하지 말라고 하더라도 한 푼의 희망이 있습니다. 우리 집에 와서 하라고 했는데 '집에 가지고 가서 할래요' 하고 오려 하지 않으면 끝입니다. 혹여 좋아하면서 '내가 가서 할게요' 하면 희망은 두 푼이지요. 기꺼이 여기에 와서 하겠다고 할 때 술과 음식과 간식을 준비하고 불러야 합니다. 첫날 대관인은 오지 마십시오. 둘째 날 불편하다고 집에 가서 해야겠다고 하면 끝장입니다. 전날처럼 우리 집에서 한다면 희망은 3푼으로 늘어납니다. 이날도 오지 마십시오. 셋째 날 정오 전후에 단정하게 잘 차려 입으시고 기침으로 신호를 하십시오. 문 앞에서 '며칠 동안 왕 노파를 볼 수 없으니 도대체 무슨 일이야?'라고 하시면 제가 나가서 모시고 방에 들어오겠습니다. 대관인이 들어오셨는데 몸을 일으켜 돌아가면 못 가도록 막겠습니까? 이러면 끝장입니다. 대관인이 들어오는데 나가지 않으면 희망은 4푼이 됩니다. 대관인이 앉으시면 제가 계집에게 '이분이 바로 내게 옷감을 준 관인이시네. 이분 덕분이네!'라고 말하면서 대관인의 좋은 점만을 칭찬하리다. 그때 대관인도 계집의 바느질 솜씨를 칭찬하세요. 장단에 맞추어 대답하지 않는다면 이 일은 끝난 것입니다. 맞장구 쳐 대답하면 5푼은 성공

49_ 오나라에 있을 때 오왕吳王 궁중에서 궁녀 180명을 조련시켰다.

50_ 양녀養女: 혼인 관계가 아닌 성관계를 위해 부양하는 여자.

한 것입니다. 그리고 제가 '이 부인이 나를 도와 바느질을 해주었습니다. 두 분 덕택으로 한 분은 돈을 대고 한 분은 힘을 냈습니다. 제가 노기인路岐人[51]처럼 돈을 구걸하는 것이 아니라 부인이 여기에 오셨으니 대관인께서 주인이 되셔서 저 대신 부인에게 술과 안주로 위로해주세요'라고 말하겠습니다. 그러면 제게 은자를 주시고 술과 안주를 사오라 하세요. 계집이 몸을 빼서 가버리면 붙들 수 있겠습니까? 이러면 이 일은 끝난 것입니다. 가만히 앉아 있다면 일은 이루기 쉬워져 6푼은 됐다고 할 수 있습니다. 제가 은자를 가지고 나가면서 문에서 계집에게, '부인이 대관인과 잠시 앉아 있게'라고 말하겠습니다. 계집이 집으로 돌아가면 막겠습니까? 그러면 이 일은 안 되겠지요. 계집이 일어나 안 가면, 이 일은 잘 된 것이고, 가능성은 7푼으로 늘어나는 것입니다. 제가 음식을 사다가 탁자에 펼쳐놓고 '관인께서 돈을 쓰셔서 사셨으니 하던 일 치우고 한잔 마시게'라고 했는데 탁자에 앉지 않고 돌아가면 끝난 겁니다. 입으로는 가야 한다고 말하면서 가지 않으면 일이 더욱 잘 되는 것이지요. 이때는 8푼 정도 진행된 겁니다. 같이 술을 한참 마시다가 대화가 통하고 마음이 잘 맞을 때 제가 술이 없다는 핑계로 관인에게 사오라고 하면 그때 저더러 사오라고 부탁하세요. 제가 술 사러 나가면서 문을 닫아 두 사람만 안에 남도록 하겠습니다. 계집이 초조해하며 뛰어 돌아간다면, 이 일은 망친 겁니다. 문을 닫아도 초조해하지 않으면 가능성은 9푼이 됩니다. 1푼만 채우면 일이 끝나는 겁니다. 그런데 이 한 푼이 도리어 어렵습니다.

대관인, 방 안에서 달콤한 말로 살살 달래야지 절대 조급해서는 안 됩니다. 괜히 손발을 움직였다가 일을 망치면 저는 상관하지 않겠습니다. 먼저 거짓으로 소매를 탁자에 올려놓았다가 젓가락을 스쳐 떨어뜨리고 바닥에서 주우시면서

51_ 노기인路岐人: 거리나 주점에서 공연하여 돈을 버는 예술인. 송나라 때 와자瓦子나 구란勾欄은 대형 공연장으로 국가나 지방 정부에서 허가를 받아야 그 안에서 공연할 수 있었다. 이런 허가를 얻지 못한 사람을 노기 또는 노기인이라 불렀다.

손으로 계집의 다리를 살짝 잡으세요. 만약 소란을 피우면 제가 구하러 오겠습니다만 이러면 만사가 끝난 것이라 다시는 성사되지 않을 것입니다. 만일 계집이 아무 소리 없다면, 이것이 10푼이 되는 것입니다. 바로 이때가 10푼이 완성되어 성사된 겁니다. 이 계책이 어떻습니까?"

서문경은 모두 듣고 크게 기뻐하며 말했다.

"능연각凌煙閣[52]에 오르지는 못하겠지만 정말 대단한 계책이네!"

"제게 주기로 한 은자 10냥이나 잊지 마세요."

"설령 귤껍질을 주워 먹는 한이 있더라도 동정호洞庭湖[53]를 잊지는 않는다네. 이 계책은 언제 시작할 셈인가?"

"오늘 저녁에 알려드리지요. 무대가 돌아오기 전에 가서 그녀를 잘 유혹해야지요. 대관인은 빨리 사람을 시켜 비단과 무명 그리고 솜을 보내주세요."

"할멈이 도와 일이 이루어지면, 내가 어떻게 감히 약속을 어기겠나?"

왕 노파와 헤어지고 시장 포목점에 가서 각종 비단과 맑은 물로 띄운 흰 솜 10냥 어치 사고 집에 가서 하인을 불러 보따리에 싸고 은 부스러기 5냥과 함께 왕 노파의 찻집으로 보냈다. 왕 노파는 물건을 받고 하인을 돌려보냈다. 시에서 이르기를,

어찌 색정이 전쟁을 이겨낼 수 있겠는가?
남을 속이는 진 안에서 기습부대 뛰쳐나오네.
몰래 정을 통하는 계책 열 방면으로 배치했건만
제가 죽을 함정에 뛰어듦을 선택했구나.

52_ 능연각凌煙閣: 이세민李世民이 공신을 표창하기 위해 건립한 건물로 공신의 초상을 그린 건축물이다. 『구당서舊唐書』에 따르면 "정관貞觀 17년(643) 2월 능연각에 공신들의 초상을 그려 넣었다"고 했다.

53_ 동정호洞庭湖: 여기서는 장사長沙의 동정호를 가리키는 것이 아니다. 『수호전전교주』에 따르면 "정목형의 『주략』에서 이르기를, '귤은 동정홍東庭紅이 유명하다'고 했다." 즉 동정홍을 잘못 쓴 것이다. 동정홍은 쑤저우蘇州 동정산洞庭山의 특산품으로 동정홍이라는 품종의 귤을 의미한다.

豈是風流勝可爭? 迷魂陣裏出奇兵.

安排十面捱光計, 只取亡身入陷坑.

왕 노파는 뒷문을 열고 무대의 집으로 갔다. 부인이 노파를 맞이하여 이층에 올라가 앉았다.

"색시, 어째서 우리 집에 차 마시러 오지 않는 거야?"

"요 며칠 몸이 안 좋아 꼼짝도 하기가 싫었어요."

"색시 집에 달력이 있나? 좀 빌려주구려. 재봉하기 좋은 날 좀 골라보게."

"할멈, 무슨 옷을 만들려고?"

"나이 먹고 안 아픈 곳 없이 병이 많아 뜻밖의 변고로 죽을까 걱정돼서 죽어서 입을 옷을 미리 준비해두려고. 다행히 근처 부자가 내게 각종 비단과 약간의 질 좋은 솜 등 옷감을 보시했지 뭐야. 집에 놓아둔 지 이미 1년이 넘었는데 아직 만들지 못했어. 올해 몸도 안 좋고 마침 윤달이 되니 요 며칠 안에 만들려고. 바느질에 하도 애를 먹는데다 생활에 바쁘다는 핑계로 하고 싶지가 않네. 내 몸이 이런 고생을 견딜 수가 있어야지!"

부인이 듣고는 웃으면서 말했다.

"내가 해서 할멈이 맘에 들지 안 들지 모르겠지만 꺼려지지 않으면 내가 하고 싶은데 어때요?"

노파는 듣고서 얼굴에 가득 웃음을 띠며 말했다.

"색시가 귀한 손으로 해준다면 나야 죽어서도 좋은 곳으로 가겠지. 오래전부터 색시 바느질 솜씨가 뛰어나다고 듣기는 했는데, 감히 해주길 바라지 못했다오."

"그런 것은 상관없어요. 한다고 했으니 해주어야죠. 달력 가져다가 다른 사람에게 황도길일黃道吉日[54]을 고르게 하면 내가 바로 시작할게요."

"색시가 나를 위해 해주겠다면야 색시가 바로 복 덩어리인데 길일은 택해서 뭐하겠어? 내가 며칠 전에 봤는데 내일이 길일이라고 하더라고. 내가 바느질에 길일까지 가릴 것 없다고 말하고서는 잊어버리고 말았네."

"수의를 만드는 것은 길일을 택해야 하는데 어째서 따로 날을 가리지 않으세요?"

"색시가 나를 위해 해주겠다는데 그냥 대담하게 내일로 하고, 내일 우리 집으로 오구려."

"할멈, 그럴 필요 없어요. 여기로 가져와서 하면 안 되나요?"

"내가 색시가 일을 어떻게 하나 좀 보려고 그러지. 집을 볼 사람도 없어서 걱정되기도 하고."

"할멈이 그렇게 말하니 내일 아침 먹고 갈게요."

노파가 여러 차례 감사하고 아래층으로 내려와 돌아갔다. 그날 밤 서문경에게 소식을 전했고 그는 모레 오기로 약속했다. 그날 밤은 그렇게 지나갔다. 다음 날 아침 왕 노파가 방을 깨끗하게 치우고 바늘과 실을 산 뒤 차와 물을 준비하고 집에서 기다렸다.

무대는 아침밥을 먹고 멜대를 지고 취병을 팔러나갔다. 부인이 주렴을 걷고 뒷문으로 왕 노파의 집으로 갔다. 노파가 좋아하며 방으로 데리고 가서 앉히며 도차道茶[55]를 진하게 다리고 잣과 호두 알갱이를 뿌려 내와 부인에게 마시게 했다. 깨끗하게 닦은 탁자 위에 여러 가지 비단을 올려놓았다. 부인이 자로 길이를 쟀으며 재단을 끝내고 바느질을 시작했다. 노파가 보고 입을 잠시도 멈추지 않고는 갈채하며 말했다.

"정말 대단한 솜씨네! 내가 60~70년을 살면서 이렇게 바느질 잘하는 사람은

54_ 원문은 '황도호일黃道好日'인데, '황도길일黃道吉日'이다. 옛날에는 성명星命(사람이 태어난 연월일시와 별을 관련시켜 운명을 추산하고 길흉을 점치는 것) 학설을 믿었는데, 청룡青龍·명당明堂·금궤金匱·천덕天德·옥당玉堂·사명司命 여섯 개의 별을 길한 신으로 여겼고 모든 일이 순조롭다고 하여 '황도길일'이라 했다. 이하 역자는 '길일'로 번역했다.

55_ 도차道茶: 도가차道家茶로 차의 일종이다.

본 적이 없다니까."

바느질을 시작하고 이미 해가 중천에 오르자 노파가 술과 음식을 차려 그녀를 불렀고 국수를 끓여 부인에게 먹였다. 다시 한참 바느질을 하다가 날이 저물자 일감을 정리하고 집으로 돌아갔다.

마침 무대가 돌아와 빈 멜대를 지고 집으로 들어왔다. 부인이 문을 열고 주렴을 내렸다. 무대가 방에 들어와 마누라 얼굴이 벌게진 것을 보고 물었다.

"술은 어디서 먹었어?"

"옆집 왕 노파가 죽어서 입을 수의를 만들어달라고 부탁하면서 대낮에 먹을 것을 준비해 대접했어."

"아이고! 그러지 말게. 우리도 할멈에게 부탁할 일이 있을 텐데. 가서 수의는 만들어주더라도 간식은 집에 돌아와서 먹고 신세지지 말라고. 내일 다시 가게 되거든 돈을 가지고 가서 술과 음식을 사드려. 속담에 '먼 친척보다 이웃이 더 가깝다'고 했어. 인심은 잃지 말아야지. 받으려고 하지 않거든 집으로 돌아와 잘 준비해가지고 가서 드리도록 해."

부인은 듣기만 했고, 그날 밤에는 아무 말이 없었다. 여기에 증명하는 시가 있다.

> 못된 할멈이 꾸민 빈틈없는 계책 가증스러운데
> 무지몽매한 무대 까닭을 알 길이 없네.
> 간사한 년 술대접하라고 돈까지 대주니
> 마누라를 남한테 헛되이 빼앗기에 되는구나.
> 可奈虔婆設計深, 大郎混沌不知因.
> 帶錢買酒酬奸詐, 却把婆娘白送人.

왕 노파는 모든 계책을 정하고 반금련을 속여 집으로 부르기로 했다. 다음날 밥을 먹고 무대가 나가자 왕 노파가 다시 찾아와 집으로 불렀다. 방에서 일거리를 가지고 바느질을 시작했고 왕 노파는 차를 대접했다. 해가 중천에 뜨자 부인이 돈을 꺼내 왕 노파에게 주며 말했다.

"할멈, 내가 살 테니 같이 술 한잔 마시지요."

"아이고! 이런 법이 어디 있나? 내가 부탁해서 여기에서 일하는 건데 어떻게 거꾸로 돈을 쓰게 만들겠어?"

"남편이 이렇게 시켰어요. 할멈이 말을 안 들으면 집에 가서 음식을 해가지고 와서 할멈에게 주라고 했어요."

"무대는 정말 뭘 좀 알고 정직하구먼. 부인이 이렇게까지 말하니 내가 잠시 받아둘게."

할멈은 일이 잘못 될까 걱정이 되어 자기 돈도 보태 좋은 술과 맛있는 음식, 귀한 과일을 사서 정성껏 대접했다. 독자 여러분 한번 보세요. 세상의 부인들은 아무리 세심하더라도 남이 알랑거리며 정성껏 대해주면 10명 중 9명은 올가미에 걸려들게 마련이지요. 왕 노파가 간식을 준비하고 반금련에게 술과 음식을 먹이고는 다시 한참 바느질을 하다가 날이 저물자 인사하고 돌아갔다.

장황한 말은 그만두고 본론으로 들어가서, 셋째 날 아침 밥을 먹은 뒤에 왕 노파는 무대가 나가는 것을 보고 뒷문으로 와서 큰소리로 말했다.

"부인, 내가 대담하게……."

부인이 이층에서 내려오며 말했다.

"금방 내려가요."

두 사람이 서로 마주보고 왕 노파 방에 앉아 일감을 꺼내 바느질을 시작했다. 할멈이 차를 타서 함께 먹었고 부인은 점심때까지 바느질을 계속했다.

한편 서문경은 조바심이 나서 더 이상 기다리지 못하고 새 두건을 쓰고 옷을 단정하게 입고 부스러기 은 3~5냥을 가지고 자석가로 갔다. 찻집 문 앞에 와서 기침을 하며 말했다.

"왕 노파, 어째서 며칠 동안 모습이 보이지 않는 게야?"

노파가 잘 알면서도 말했다.

"누가 나를 부르는 거야?"

"날세."

노파가 서둘러 나와서는 보고 웃으며 말했다.

"나는 누군가 했더니 시주하신 대관인이셨군요. 마침 잘 오셨습니다. 들어오셔서 한번 보시지요."

서문경의 소매를 끌며 방 안으로 들어와 부인에게 말했다.

"이분이 바로 내게 옷감을 준 나리시라네."

서문경이 부인을 보고 예를 표했다. 부인이 황급하게 하던 일을 놓고 인사했다.

왕 노파가 부인을 가리키며 서문경에게 말했다.

"관인께서 제게 비단을 주셨는데 1년 동안 만들지 못하고 내버려두었습니다. 지금 여기 이 부인이 도와주어 제게 맞는 옷을 만들 수 있게 되었습니다. 정말로 바느질이 베틀로 짠 것 같이 촘촘하게 잘했으니 대단한 솜씨입니다. 대관인, 한번 보세요."

서문경이 일어나 보고는 갈채를 보내며 말했다.

"부인, 어떻게 이런 좋은 바느질 솜씨를 가지게 되었소. 신선 같은 솜씨요!"

부인이 웃으면서 말했다.

"관인, 농담하지 마세요!"

서문경이 왕 노파에게 물었다.

"할멈, 감히 묻지 않을 수 없겠네. 이분은 어느 댁 부인인가?"

"대관인, 맞춰보세요."

"제가 어찌 감히 맞힐 수 있겠소?"

왕 노파가 빙그레 웃으며 말했다.

"옆집 무대의 부인입니다. 며칠 전 주렴을 내리다 긴 막대기에 맞고 아프지 않았나 봅니다. 대관인은 벌써 잊으셨소?"

부인은 얼굴이 붉어지며 말했다.

"그날 제가 그만 실수로 그랬습니다. 관인은 마음에 품지 말아주십시오."

"무슨 말씀을."

왕 노파가 이어서 말했다.

"여기 대관인은 평생 온화한 사람이라 앙심을 품지 않는 좋은 사람이라네."

"전에는 소인이 몰랐는데 원래 무대의 부인이셨군요. 소인은 무대가 집안을 부양하는 장사꾼이라는 것을 알고 있었소. 거리에서 장사하며 뭐라고 하든 어느 한 사람에게도 미움을 받지 않고 돈도 잘 벌고 성격도 좋은 무대 같은 사람은 찾기 어렵지요."

"그렇지요! 부인이 무대에게 시집 온 뒤로는 무슨 일이든 다 순종하고 있답니다."

부인이 말했다.

"그는 아무짝에도 쓸모없는 사람입니다. 관인은 농담하지 마십시오."

"부인 말씀은 틀렸소. 옛사람이 말하기를, '온순함은 입신立身의 근본이고, 강직함은 화를 일으키는 근원이다'[56]라고 했소. 부인의 신랑처럼 선량하다면 '만장萬丈 깊이의 물이 한 방울도 새지 않는 것'[57]과 같소이다."

왕 노파가 맞장구쳤다.

"맞는 말씀입니다."

서문경이 한바탕 칭찬을 늘어놓고 부인의 맞은편에 앉았다. 왕 노파가 또 말했다.

56_ 원문은 '柔軟是立身之本, 剛強是惹禍之胎'다.

57_ 원문은 '萬丈水無涓滴漏'로 매우 견고하여 절대로 문제가 발생하지 않는다는 의미다.

"부인, 이 관인이 누군지 아나?"

"저는 모르지요."

"이 관인으로 말하자면 현의 부호로 지현 상공과도 왕래가 있는 서문경 대관인이네. 재산이 족히 1억 관은 되고 현 관아 앞에 약재상점을 경영하고 있다네. 집안의 돈이 북두칠성까지 닿을 지경이고 쌀은 창고에서 썩으며 붉은 것[58]은 금이고 흰 것은 은이며 둥근 것은 진주이고 빛나는 것은 보석이라네. 또 코뿔소의 뿔에다 코끼리의 상아도 있어 없는 것이 없다네."

노파가 서문경을 거짓말로 과장하느라 정신이 없었고 부인은 고개를 숙이고 바느질만 하고 있었다. 서문경은 반금련을 바라보며 마음이 두근두근했으나 당장 어떻게 할 수 없는 것이 한스러웠다. 왕 노파가 차 두 잔을 타서 한 잔은 서문경에게 주고 나머지 한 잔은 부인에게 건네주며 말했다.

"부인, 대관인이랑 같이 드시게."

차를 마시며 두 사람이 서로 눈길을 주고받았다. 왕 노파가 서문경을 보고 한 손으로 얼굴을 문질렀다. 서문경이 마음속으로 헤아려보고 이미 절반은 성공했음을 알았다. 왕 노파가 말했다.

"대관인이 오시기 전에 제가 어떻게 감히 댁에 가서 오시라 청하겠습니까? 첫째는 인연이고 둘째는 마침 오신 때가 공교로웠습니다. 속담에 '손님 하나가 주인 두 명을 번거롭게 하지 않는다'고 했습니다. 대관인은 돈을 대고 여기 부인은 힘을 보탰습니다. 제가 노기인처럼 대관인을 귀찮게 하려는 것이 아니라 어렵사리 여기 부인도 계시니 관인께서 주인이 되어 저와 부인을 위해 술과 음식이라도 대접해주십시오."

"저도 그런 것은 보지 못했소. 은자 여기 있소."

돈을 싼 수건을 꺼내 통째 노파에게 건넸고 술과 음식을 준비하도록 했다.

58_ 원문은 '적赤'인데, 금의 함유량이 100퍼센트에 가까운 금을 말한다. '적금赤金'은 순금을 말한다.

부인이 말했다.

"번거롭게 그러실 필요 없습니다."

입으로만 사양하고 몸은 그대로 있었다.

왕 노파가 은자를 받아 나가려는 데도 부인은 전혀 몸을 일으키려 하지 않았다. 노파가 문을 나서며 또 말했다.

"수고스럽지만 부인이 대관인을 모시고 앉아 계시오."

"할멈, 그냥 두세요."

여전히 몸은 움직이지 않았다. 역시 인연인지라 서로 뜻이 있었다. 서문경 이 놈은 두 눈으로 부인을 뚫어지게 쳐다보았고, 그 계집도 두 눈으로 서문경의 수려한 인물을 훔쳐보며 속으로 5~7푼의 뜻을 가지고 고개를 숙인 채 바느질을 했다.

얼마 뒤에 왕 노파가 잘 만들어진 살진 거위와 익은 고기에 손질한 과일을 사가지고 돌아와 쟁반에 담고 과자, 야채까지 잘 차려 방 안으로 가져와 탁자 위에 올려놨다. 부인을 보고는 말했다.

"부인, 잠시 바느질은 치우고 술 한잔 드시오."

"할멈이 대관인을 잘 대접하세요. 나는 감당할 수가 없어요."

말만 그렇게 하고 몸은 여전히 움직이지 않았다. 왕 노파가 말했다.

"부인에게 대접하려는 것인데 어째서 그런 말을 하오?"

왕 노파가 접시에 담은 요리를 탁자에 차려놓았고 세 사람이 앉자 술을 따랐다. 서문경이 술잔을 들고는 말했다.

"부인, 가득 찬 잔을 받으시오."

부인이 감사하며 말했다.

"관인의 호의에 감사드립니다."

왕 노파가 말했다.

"내가 부인의 주량을 알고 있으니 마음 놓고 많이 마시오."

여기에 증명하는 시가 있다.

예로부터 남녀 술자리에 함께 있지 못하거늘
으스대고 아양 떨며 유혹하니 가엾구나.
도두가 했던 말 들은 체도 안하더니
오늘 울타리 안으로 개가 이미 들어와버렸네.
從來男女不同筵, 賣俏迎奸最可憐.
不記都頭昔日語, 犬兒今已到籬邊.

또, 이런 시도 있다.

술과 색은 본래 서로 연결되어 있음을 알고 있고
음식도 남녀 간의 인연을 연결시킨다네.
누차 말했던 무 도두의 당부 필요치 않으니
울타리 열고는 개가 와서 자기를 기다리누나.
須知酒色本相連, 飮食能成男女緣.
不必都頭多囑付, 開籬日待犬來眠.

부인이 술잔을 손으로 받아들자 서문경이 젓가락을 들고 말했다.

"할멈, 나 대신 부인에게 맛있는 것 좀 권해주게."

할멈이 맛있는 것을 골라 부인에게 먹으라고 줬다. 술이 연이어 석 잔이 돌고 노파는 술을 데워 가지고 왔다. 서문경이 말했다.

"부인 청춘이 어떻게 되는지 감히 묻지를 못하겠네?"

"저는 부질없이 23년을 보냈습니다."

"소인은 쓸데없이 5살이나 더 먹었소."

"관인께서는 어찌 하늘을 땅과 비교하십니까."[59]

왕 노파가 끼어들며 말했다.

"부인은 정말 꼼꼼하기도 하오. 바느질만 잘하는 것이 아니라 제자백가에도 정통하네."

"어디에서 얻었단 말이오? 무대는 복도 많구려!"

"내가 할 얘기는 아니지만 대관인 댁에 숫자만 많았지 어디에서 이만한 부인을 찾겠어요!"

"이런 일은 한 마디로 다 할 수 없지요! 다만 내가 박복하여 좋은 사람은 하나도 찾지 못했구려."

"대관인, 전 부인[60]은 좋았잖아요."

"그런 말 마시오! 전 부인이 있었다면 어찌 '안주인이 없어서 집안이 뒤집힌다'는 지경에 이르렀겠소. 지금 5~7명은 밥만 먹을 줄 알지 아무것도 못해요."

부인이 물었다.

"대관인, 그러면 마님이 돌아가신 지 몇 년이나 지났나요?"

"이런 말 하면 안 되는데, 소인의 전 부인이 출신은 미천했으나 총명하고 영리하여 무슨 일이든 소인을 대신했습니다. 불행하게 그녀가 죽은 지 이미 3년이라 집안일이 모두 뒤죽박죽이오. 왜 소인이 밖으로만 나도는지 아시오? 집 안에 있으면 울화가 치밀어서요!"

"대관인, 제 말 듣고 화내지 마십시오. 관인의 전 부인이라도 무대 부인과 같은 바느질 솜씨는 없었잖아요."

"소인의 전처는 이 부인의 인물보다 못했지요."

노파가 웃으면서 말했다.

59_ 하늘과 땅은 두 종류의 경계이며 서로 차이가 멀기에 함께 거론할 수 없다.

60_ 원문은 '선두先頭'다. 적처嫡妻로 세상에서는 정실正室(정처正妻)이라 말한다. 『수호전전교주』에 따르면 "선두는 정두正頭로 해야 한다"고 했다.

"관인, 동쪽거리에 첩신을 뒀다고 하던데, 어째서 저더러 차 한잔 먹으러 오란 소리도 안 해요?"

"만곡慢曲[61] 하는 장석석張惜惜[62] 말인가? 노기인이라 좋아하지 않는다오."

왕 노파가 또 말했다.

"관인, 이교교李嬌嬌랑은 같이 산 지 오히려 한참 되었죠."

"이 사람은 지금 집에 데려다놓았다네. 그녀가 집안일을 맡아 처리했다면 일찌감치 정부인[63] 삼았을 거요."

"여기 이 부인 같이 관인의 마음에 드는 사람이 있다면 제가 댁에 가서 중매를 서도 아무 일 없겠습니까?"

"부모도 돌아가셨는데 내가 하려고 한다면 누가 감히 '안 된다'고 하겠소!"

"제가 말만 그렇다는 것이지 갑자기 어디에 관인의 마음에 드는 사람이 있겠습니까?"

"왜 없단 말인가! 다만 내가 부부의 연분이 박복해서 만나지 못한 것이오."

서문경은 노파와 서로 한 마디씩 주고받았다. 왕 노파가 말했다.

"술을 잘 마셨는데, 술이 또 다 떨어졌네요. 관인 제가 심부름도 제대로 못했다고 욕하지 마십시오. 다시 한 병 사다가 마시는 것이 어떻습니까?"

"내 손수건 안에 은자 부스러기 닷 냥을 넣어두었는데 한꺼번에 자네에게 주었으니 먹고 싶으면 사오고 나머지는 할멈이 가져가시게."

노파는 관인에게 감사하고 일어나서는 저 창부[64]를 흘깃 바라보았다. 계집이 술이 뱃속에 들어가자 춘심이 발동하여 말을 주고받는 모양이 둘 다 모두 마음이 있었다. 단지 고개만 숙이고 일어나지 않았다. 노파가 얼굴에 온통 웃음

61_ 만곡慢曲: 희곡의 이름. 곡조가 느리기 때문에 이런 명칭을 얻었다.

62_ 『수호전전교주』에 따르면 "옛날에 부녀자들은 글자를 중첩하여 이름으로 삼았는데, 기녀들이 특히 많았다"고 했다.

63_ 원문은 '책정冊正'인데, 옛날에 정부인이 죽은 뒤 첩을 세워 정실로 삼은 것을 말한다.

64_ 원문은 '분두粉頭'인데, 기녀 혹은 바르지 못한 부녀자를 가리킨다.

을 떠고는 말했다.

"나는 가서 술 한 병 가져올 터이니 부인과 한잔 마시고 계세요. 부인은 관인을 모시고 잠시 앉아 계세요. 주전자에 술이 조금 남아 있네? 다시 두 잔 따라 대관인과 드시오. 저는 현 관아 앞 그 집에 가서 좋은 술 한 병 사가지고 잠시 쉬다가 늦을 거예요."

부인이 입을 열어 말했다.

"그럴 필요 없어요."

말만 그렇게 하고는 앉아서 조금도 움직이지 않았다. 노파가 방문 앞에 나와 밧줄로 방문을 묶고 길을 막고 앉았다.

한편 서문경은 방 안에서 술을 따라 부인에게 권하고 소매로 탁자를 슬쩍 쓸어 젓가락 한 쌍을 바닥에 떨어뜨렸다. 인연이 맞아 떨어져서인지 젓가락 한 쌍은 바로 부인의 다리 옆에 떨어졌다. 서문경이 서둘러 허리를 구부리고 주우려 하는데 부인의 뾰족한 두 발이 젓가락 옆에서 추켜 올라가 있었으므로 서문경은 젓가락은 줍지 않고 부인의 수놓은 신을 잡았다.

부인이 웃으면서 말했다.

"관인, 장난치지 말아요! 당신 정말 나를 유혹하는 거야?"

서문경이 무릎을 꿇고 말했다.

"부인 나 좀 살려주시오."

부인이 서문경을 끌어안았다.

바로 왕 노파가 문을 열고 들어와서는 화를 내며 말했다.

"너희 둘 잘하는 짓이다!"

서문경과 부인이 모두 깜짝 놀랐다.

"좋구나, 잘하는 짓이다! 내가 옷 지으라고 불렀지. 너더러 외간남자랑 정이나 통하라고 불렀냐! 무대가 알게 되면 분명히 나까지 연루될 것이니 내가 먼저 가서 자수하는 것이 낫겠다."

곧바로 몸을 돌려 밖으로 나갔다. 부인이 노파의 치마를 붙잡고는 말했다.

"할멈, 제발 용서해주세요!"

서문경도 말했다.

"할멈, 소리 좀 낮추시오!"

왕 노파가 웃으면서 말했다.

"만일 내가 너희를 용서한다면 한 가지를 내 말대로 따라야 한다."

부인이 말했다.

"한 가지는 말할 것도 없고 열 가지라도 할멈을 따를게요."

"너는 오늘부터 시작해서 무대를 속이고 매일 약속을 어겨서는 안 되며 대관인을 저버릴 시에는 내가 끝장내버리겠다. 만일 하루라도 오지 않는다면 내가 무대에게 모두 말해버릴 테다."

"할멈 말대로 따를게요."

"서문 대관인, 당신에게는 내가 아무 말도 하지 않을게요. 이 정사는 이렇게 10푼으로 모두 끝냈으니 주기로 했던 물건을 잊지 마세요. 당신이 만일 약속을 저버린다면 마찬가지로 무대에게 다 말할 거예요."

"할멈 안심하게. 절대로 약속을 어기지 않을 것이네."

세 사람이 술을 몇 잔 더 마시니 이미 오후가 되었다. 부인이 일어나며 말했다.

"무대라는 놈이 곧 돌아올 테니 저는 돌아가겠습니다."

바로 뒷문으로 나가 먼저 집으로 돌아가 주렴을 내리고 있는데 마침 무대가 문으로 들어왔다.

한편 왕 노파는 서문경을 쳐다보며 말했다.

"수단이 어떻소?"

"정말 모두 할멈 덕분이야! 내가 집에 가서 은덩이를 가져다가 자네에게 주겠네. 주겠다고 약속한 물건이니 어찌 감히 양심을 속일 수 있겠는가!"

"'정절旌節이 오기만을 간절히 바라면서 좋은 소식이기만을 기다린다'[65]고 했잖아요. 이 늙은이더러 '장례식 다 끝난 다음에 만가랑挽歌郞이 돈 달라는 격'[66]이 되게는 하지 마세요."

서문경이 웃으면서 돌아갔다.

부인은 이날부터 시작해서 매일 왕 노파의 집에 가서 서문경과 아교 같이 끈끈한 정분을 나누었다. 예로부터 '좋은 일은 문밖에 나가지 않고 나쁜 일은 천리 길을 간다'[67]고 했다. 반달도 지나지 않아 이웃들이 모두 알았지만, 단 한 사람 무대만 까맣게 몰랐다. 여기에 증명하는 시가 있다.

잠깐 동안의 정사 이로울 것이 무엇인가, 그런 재미는 자랑해서는 안 되네.
뒤에 집 안에서 화라도 발생하면, 오늘 들꽃을 연모했다 죽게 됨을 후회하리.
半晌風流有何益, 一般滋味不須夸.
他時禍起蕭墻內, 悔殺今朝戀野花.

여기서 글을 중단하고 이야기는 둘로 나뉜다. 본 현에 어린아이가 있었는데 나이는 15~16세였고 성은 교喬였다. 아버지가 군인이라 운주鄆州[68]에서 자랐으므로 이름을 운가鄆哥라고 했고 집에 아버지를 모시고 있었다. 운가는 선천적으로 눈치가 빨라 현 관아 앞 많은 주점에 과일을 팔았고 항상 서문경에게 생활비를 얻어 썼다. 이날 배 한 광주리를 구하여 들고 거리를 돌아다니며 서문경을

65_ 원문은 '眼望旌節至, 專等好消息'이다. 정절은 고대에 사신이 소지했던 절節로 일종의 증빙이다. 절節은 고대에 사용하던 신물神物로 용도가 다르고 종류도 많다. 파견된 사자는 정절을 지니도록 규정했고 사명을 완수한 후에 귀환했다. 또한 당나라 제도에는 절도사에게 쌍정雙旌, 쌍절雙節을 하사했는데, 정은 포상을 관장하고 절은 죽음을 관장했다.

66_ 원문은 '棺材出了, 討挽歌郞錢'으로, 장례가 끝난 뒤에 곡을 하고 돈을 요구하기는 어려운 것을 비유한 것이다.

67_ 원문은 '好事不出門, 惡事傳千里'다.

68_ 운주鄆州는 일반적으로 산둥성 원청鄆城을 가리킨다.

찾았다. 어떤 말 많은 사람이 말했다.

"운가야, 서문경을 찾으려면 내가 알려주는 곳에 가서 찾아보아라."

"아저씨, 수고롭겠지만 어딘지 알려주시면 30~50전이라도 벌어 아버지를 부양할 수 있어요."

"서문경은 지금 취병 파는 무대 마누라와 정을 통하느라 매일 자석가 왕 노파의 찻집에 앉아 있을 것이다. 아침저녁 할 것 없이 틀림없이 거기에 있을 테니 너는 어린 아이라 들어가도 큰 문제는 없을 거다."

운가는 아저씨의 말을 듣고 감사 인사를 했다. 이 어린아이는 광주리를 들고 자석가로 가서 찻집 안으로 들어가니, 왕 노파가 작은 등받이 없는 의자에 앉아 삼실을 비벼 꼬고 있었다. 운가가 광주리를 내려놓고 왕 노파를 보고 말했다.

"할멈, 인사 받으세요."

"운가야, 여긴 무슨 일이냐?"

"대관인을 찾아왔어요. 30~50전이라도 벌어 아버지 부양하려고요."

"무슨 대관인?"

"할멈도 그 사람을 잘 알잖아요. 바로 그 사람."

"대관인이라면 성명이 있을 것 아니냐."

"성이 두 자인 사람 있잖아요."

"무슨 두 글자?"

"할멈, 나한테 농담하지 말아요. 서문 대관인이랑 할 말이 있어요."

운가가 안으로 들어가려 했다. 노파가 잡으며 말했다.

"얘야, 어디 가니? 남의 집에는 내외가 있는 거야."

"방에 들어가 찾으려고요."

"이런 좆같은 원숭이 새끼야, 우리 집 어디에 무슨 '서문 대관인'이 있냐!"

"할멈 혼자만 다 처먹지 말아요. 마실 것이 있으면 나도 한 모금이라도 마십시다! 내가 무얼 모른단 거예요!"

노파가 욕을 했다.

"너 이 원숭이 새끼가, 알긴 뭘 알아!"

"'말굽 모양의 칼로 나무 국자 안에다 채소를 썬다'[69]고 하더니 국물 한 방울도 안 흘리고 혼자 다 먹겠다는 거로군. 내가 입만 뻥긋하면 취병 파는 형님이 난리가 날 텐데 겁나지 않는단 말이야!"

노파가 이 두 마디를 듣고 치부를 들키자 속으로 화가 치밀어 올라 소리를 버럭 질렀다.

"이 좆같은 원숭이 새끼야! 내 집에서 방귀 뀌고 구린내를 피우는구나!"

"내가 원숭이 새끼면 할망구는 뚜쟁이다!"

노파가 운가를 잡고 꿀밤 두 대를 먹였다. 운가가 소리 질렀다.

"왜 때리는데!"

"원숭이 같은 놈이 큰 소리 치면 귀빰따귀를 갈겨버릴 테다!"

"늙은 포주 년이, 이유 없이 사람을 치네!"

노파가 길거리까지 쫓아나가 한 손으로 틀어쥐고 다른 한 손으로 꿀밤을 때리자 운가는 배 광주리를 놓쳐버렸다. 광주리 안의 배가 사방팔방으로 굴러갔다. 꼬마는 포주를 이겨내지 못하고 한편으로 욕하며 울고 달리며 거리에 흩어진 배를 주웠다. 왕 노파의 찻집을 가리키며 욕설을 퍼부었다.

"늙은 포주 년아, 거짓말하지 마라. 내가 당장 그에게 가서 말할 테다! 내가 못할 것 같아!"

광주리를 들고 그 사람을 찾으러 달려갔다. 바로 이런 일이 있었기에 일제히 흥이 깨지게 되었다. 그야말로 풀 속에 있던 여우와 토끼 굴이 뒤집어지고, 모래

69_ 원문은 '馬蹄刀木杓裏切菜'다. 마제도馬蹄刀는 말굽 같은 반 둥근 형태의 칼을 말한다. 한 사람이 모두 먹고 다른 사람에게는 조금도 주지 않는 것을 비유한 말이다.

밭에서 잠자던 원앙새가 놀라 일어난 것이다.

결국 운가가 누구를 찾아갔는지는 다음 회에 설명하노라.

### 무송이 결혼했다는 설

본문에서 무송은 미혼으로 등장한다. 『수호전보증본』에 따르면 "『의협기전기義俠記傳奇』에 근거하면 무행자는 성이 가賈인 처가 있었다. '처음에 비록 헤어졌지만 뒤에 결국 결합했으니 이 두 사람은 모두 독신으로 생을 마감하지 않았다. 무송이 어렸을 때 가씨賈氏 여자를 처로 삼기로 정혼했는데 부모가 모두 사망하자 그는 사방으로 떠돌아다녔고 결혼을 하지 않았다. (…) 가씨와 그 어미는 무송을 찾아다녔는데, 무송은 한 암자에서 기거하고 있었다. (…) 그때 마침 조정에서 귀순하라는 명령이 내려졌고, 이에 여러 영웅이 모두 관직을 얻었다. 무송도 가씨와 만나게 되었고 송강 등이 주도하여 그들은 결혼하게 되었다'고 했다."

### 반금련은 전족纏足을 의미하지 않는다

본문에서 무대의 부인으로 등장하는 '반금련潘金蓮'의 이름인 '금련金蓮'은 황금 연꽃 위를 걸어간다는 뜻으로 작은 발을 나타내는 것은 분명하다. '금련'의 출전은 『남사南史』「폐제廢帝·동혼후본기東昏侯本紀」로 "동혼후(483~501)가 사람을 시켜 황금을 뚫어 연꽃을 만들어 땅에 붙이게 하고는 반비潘妃(동혼후가 총애하던 비)에게 그 위를 걷게 하면서, '한 걸음 걸을 때마다 황금 연꽃金蓮이 생긴다'라고 말했다"고 했다. 그러나 이것은 바닥의 황금 연꽃 도안을 밟고 춤을 춘 것이지 전족纏足(베로 여자의 두 발을 단단히 싸매 기형적으로 작게 만든 발)을 말하는 것은 아니다.

『수호전』에 등장하는 양산의 여두령인 호삼랑扈三娘, 고대수顧大嫂, 손이랑孫二娘은 모두 전족을 했는지 자연 그대로의 발인지는 분명하지가 않다. 전족은 남제南

齊 혹은 오대五代에 시작되었다고 하는데 확실한 근거는 없다. 전족은 북송 중기에 흥성했으나 초기에는 여전히 귀부인에 국한되었고 영종英宗 때에 이르러 비로소 점차 경사에서 사방으로 전파되기 시작했다. 전족은 법률적으로 강제성은 없었으며 반금련 같은 민간의 하층 여성들이 전족을 했는지는 단언할 수 없다.

### 운가鄆哥는 이름이 없다

운가鄆哥의 '가哥'는 일반적으로 말하는 '형'의 의미가 아니다. 송·원 시기에 많은 사람이 '가'를 이름으로 사용했는데, 여기서 말하는 '운가'는 태어난 곳을 이름으로 삼은 것이다. 또한 '가'는 천민 혹은 하등의 직업을 가진 사람들에 대한 습관적인 칭호로 사용되었는데, 객점, 반점의 심부름꾼을 '소이가小二哥'라고 부른 것이 그 예다. 본문에 등장하는 '운가'는 결국 이름이 없다고 하겠다.

【 제25회 】

# 가련한 3촌 사내[1]

운가는 왕 노파에게 몇 대 얻어맞고 울분을 토할 곳이 없자 배 광주리를 들고 곧장 거리로 달려나가 무대를 찾아 나섰다. 거리를 두 바퀴 돌아서야 취병 멜대를 지고 걸어오는 무대를 발견했다. 운가가 걸음을 멈추고 무대에게 안부를 물었다.

"한동안 못 본 사이에 무얼 먹었기에 살이 쪘어요?"

무대가 멜대를 내려놓고 말했다.

"나는 그 모양 그대로인데, 찌긴 뭐가 쪘다는 소리냐?"

"내가 며칠 전에 보리 겨 좀 사려 해도 아무 곳에서도 살 수가 없던데, 사람들이 아저씨 집에 있다고 하던데요."

"우리 집에 거위, 오리를 기르는 것도 아닌데 어디에 보리 겨가 있겠니?"

1_ 제25회 제목은 '王婆計啜西門慶(왕 노파가 계책을 세워 서문경을 끌어들이다). 淫婦藥鴆武大郎(반금련이 남편 무대를 독살하다)'이다.

"보리 겨가 없다면서 어째 볕 없는 울타리에 갇혀 보리 겨만 먹은 것[2]마냥 피둥피둥 살이 쪘어요. 거꾸로 매달려도 상관없고 솥에 넣고 삶아도 화도 안낼 것 같네요."

"원숭이 새끼 같은 놈이 욕도 잘하네! 내 마누라가 서방질하는 것도 아닌데 내가 어째서 오리냐?"[3]

"그러면 아저씨 마누라가 '서방질'하는 게 아니라면 '방서질' 하나보네요."

무대가 운가를 붙잡고 말했다.

"그 서방이란 놈이 누구냐!"

"내가 아저씨를 비웃는다고 만만한 나만 잡고 늘어지고, 그놈 거시기는 감히 물어뜯지도 못하면서."

"동생아, 누구인지 말만 해주면 내가 취병 10개 주마."

"취병은 필요 없고 술이나 석 잔 사주시면 말해드릴게요."

"너 술도 마실 줄 아니? 따라와라."

무대가 멜대를 메고 운가를 데리고 조그만 주점에 들어가 멜대를 내려놓았다. 취병 몇 개로 고기를 사고 술도 한 국자 얻어 운가에게 먹였다. 어린 운가 놈이 말했다.

"술은 더 이상 필요 없고 고기나 조금 더 가져오세요."

"착한 동생, 제발 빨리 누군지 얘기 좀 해주게."

"서두르지 마세요. 내가 다 먹고 말해드릴게요. 너무 성질내지 마세요. 내가 아저씨 대신 잡아드릴 거예요."

무대는 아이가 술과 고기를 먹는 것을 보고 말했다.

2_ 거위·오리·돼지·양 등을 기를 때 어둡고 마루 있는 울타리 안에 가둬놓고 햇빛도 보이지 않게 한 뒤 신속하게 살을 찌워 가축을 기르는 방법.

3_ 원래 암컷 오리는 한 마리와 교배를 하면 알을 낳을 수 없기 때문에 반드시 수컷 2~3마리와 교배를 해야 알을 낳을 수 있다고 한다. 만일 남자를 오리라고 부르면 부인이 동시에 여러 남자와 성관계를 맺음을 뜻한다. 송나라 때 항주 지방에서는 거북이나 자라를 오리라고 했다고 한다.

"이제 얘기해봐라."

"알고 싶으면 손으로 내 머리 위에 혹을 한번 만져보세요."

"이 혹은 어떻게 생긴 것이냐?"

"말씀드릴게요. 오늘 배 한 광주리를 가지고 서문경을 찾아 조금이라도 벌어보려고 했는데, 아무리 찾아도 찾을 수가 없었어요. 그런데, 거리에서 어떤 사람이 '왕 노파의 찻집에서 무대 마누라랑 눈이 맞아 매일 거기에 간다'고 하더라고요. 내가 돈이라도 30~50전 벌어보려고 했는데, 개돼지 같은 할망구가 짜증나게 나를 잡고 방 안에 들여보내지 않고 꿀밤만 때리는 거예요. 그래서 일부러 아저씨를 찾아온 거예요. 내가 금방 일부러 아저씨를 화나게 하지 않았으면 아저씨가 내게 물어보지도 않았을 거예요."

"정말 그런 일이 있었냐?"

"또 시작이군! 그 두 것들은 아저씨가 나가기만 기다렸다가 왕 노파의 방 안에서 즐기고 있다고요. 그런데 아저씨는 아직도 믿지 못하고 진짜인지 거짓인지나 따지고 있네요."

무대가 듣고는 말했다.

"동생아, 너한테 솔직하게 말하마. 내 마누라가 매일 왕 노파 집에 가서 옷을 만들고 돌아오면 얼굴이 붉기에 나도 조금 의심은 하고 있었다. 네 말이 정말이었구나! 내가 오늘은 멜대를 맡겨두고 가서 간통하는 현장을 잡아야겠다. 어떻게 생각하니?"

"아저씨는 나이만 먹었지 원래부터 아무 생각이 없군요. 그 늙은 개 같은 노파 년이 남을 두려워할 줄 아세요? 아저씨가 그 손을 벗어날 수 있을 것 같아요? 그 세 명은 반드시 어떤 암호가 있어서 아저씨가 현장을 덮치면 부인을 숨겨버릴 거예요. 서문경이 얼마나 대단한 놈인데, 아저씨 같은 사람은 20명이 있어도 상대가 안 될 거예요. 만일 현장을 잡지 못하면 부질없이 주먹이나 한 대 얻어맞을 거예요. 그놈은 돈도 있고 권세도 있어서 도리어 아저씨를 고소해버리면 괜한 송사에 걸려도 책임져줄 사람이 없으니 부질없이 아저씨 목숨만 버리게 될 거예요."

"동생, 네 말이 모두 맞다. 그런데 이 분을 어떻게 풀어야 하겠니?"

"나도 늙은 개돼지 같은 년에게 맞았는데도 분을 풀 곳이 없어요. 내가 한 수 가르쳐드릴게요. 아저씨가 오늘은 아무것도 모르는 척하고 집에 늦게 돌아가되, 성질부리지 말고 참으세요. 얼굴에 드러내도 안 되고 평소같이 하세요. 내일 아침 아저씨는 취병을 조금만 가지고 나와 팔아버리고, 나는 골목 어귀에서 기다릴게요. 만일 서문경이 들어가는 것을 보면 내가 아저씨를 부를게요. 아저씨가 멜대를 메고 왼쪽 가까운 곳에서 기다리면, 내가 먼저 그 늙은 개를 화나도록 건드릴게요. 그러면 분명히 쫓아와서 나를 때릴 거고 내가 광주리를 버리고 거리로 달아날 거예요. 그러면 아저씨는 그 틈에 쳐들어가세요. 내가 머리로 할망구를 막을게요. 아저씨께서는 그저 방 안으로 달려 들어가서 억울함을 푸세요. 이 계책이 어떠세요?"

"이왕 일이 이렇게 됐으니 동생 신세 좀 져야겠다. 내가 돈 몇 관 줄 테니 가지고 가서 쌀이나 사거라. 내일 아침 일찍 자석가 입구에서 나를 기다려라."

운가는 돈 몇 관과 취병 몇 개를 얻어가지고 돌아갔다. 무대는 술값을 치르고 멜대를 지고 장사를 더 하다가 집으로 돌아갔다.

원래 부인은 평소에는 무대에게 욕을 하고 갖은 방법으로 괴롭혔으나 근래에 스스로 잘못하는 것을 알고서는 무대에게 조금 온순하게 대하고 있었다. 시에서 이르기를,

무모한 성질 음란한 마음 어찌 되돌리겠는가
잠시 거짓된 마음으로 억지로 시중드네.
이웃집 방에서 다른 사내와 정을 통하니
결국 마음속에 말 못할 못된 마음 품었구나.

潑性淫心詎肯回, 聊將假意強相陪.

只因隔壁偷好漢, 遂使身中懷鬼胎.

이날 밤 무대는 멜대를 지고 집으로 돌아온 뒤 다른 날처럼 별 다른 말을 하지 않았다. 부인이 말했다.

"여보, 술 드실래요?"

"금방 장사꾼과 함께 세 사발 사서 마셨다네."

부인이 저녁을 준비하여 무대와 같이 먹고 그날 밤은 아무 말도 하지 않았다.

다음날 조반을 먹고 무대는 멜대에 취병을 두세 짝만 넣어놓았으나 부인은 오로지 서문경 생각뿐이라 무대가 취병을 많이 준비하는지 적게 준비하는지 관심이 있겠는가? 그날 무대는 멜대를 지고 장사하러 나갔고, 부인은 무대가 나가기를 간절하게 바라다가 왕 노파 집으로 건너가 방 안에서 서문경을 기다렸다.

한편 무대는 멜대를 지고 자석가 입구를 나왔고 광주리를 들고 두리번거리고 있던 운가를 만났다.

"어떻게 해야 하냐?"

"아직 일러요. 아저씨는 한 바퀴 돌면서 장사하다가 오세요. 십중팔구는 올 테니 아저씨는 왼쪽 근처 가까운 곳에서 기다리고 계세요."

무대는 나는 구름처럼 달려가 한 바퀴 돌며 장사를 하다가 돌아왔다. 운가가 말했다.

"내가 광주리를 내던지면 아저씨는 곧바로 뛰어 들어가세요."

무대가 멜대를 다른 곳에 맡겨놓았음은 말할 필요도 없었다.

한편 운가는 광주리를 들고 찻집 안으로 들어가 왕 노파에게 욕을 퍼부었다.

"개돼지 같은 할망구 년아, 어제 나를 왜 때렸냐!"

제 버릇 개 못 준다고 노파가 벌떡 일어나 소리 질렀다.

"너 이 원숭이 같은 새끼! 내가 너랑 아무 상관없는데 왜 욕을 하고 지랄이야!"

"너를 뚜쟁이라고 욕한 것이다. 뚜쟁이 짓이나 하는 늙은 개 같은 년이 무슨 대단한 짓이라고!"

노파는 화가 머리끝까지 치밀어 올라 운가를 잡고 때리기 시작했다. 운가가 큰 소리로 고함을 질렀다.

"그래, 쳐라!"

운가가 손에 들고 있던 광주리를 길거리에 던졌다. 노파가 끌어 당겨 잡자 운가가 "네가 나를 때리는 구나"라며 크게 소리 지르면서, 왕 노파의 허리를 잡고 배를 향해 머리로 받아버리니 노파가 넘어질 뻔했으나 담벼락에 가로막혀 자빠지지는 않았다. 운가는 죽을힘을 다하여 머리로 벽에 노파를 들이밀어 꼼짝 못하게 했다. 두 사람의 상황을 보고 있던 무대는 옷자락을 걷어 부치고 큰 발걸음으로 곧장 찻집 안으로 뛰어 들어갔다.

노파는 무대가 오는 것을 보고 서둘러 막으려고 했으나, 운가가 죽을힘을 다하여 막아서서 어찌 기꺼이 놓아주려 하겠는가? 노파는 별다른 수가 없자 크게 소리를 질렀다.

"무대가 왔다!"

노파의 고함을 듣고, 무대의 마누라는 방 안에서 어쩔 줄 몰라 허둥대다가 먼저 달려와 문을 막았고, 서문경은 바로 침상 밑으로 들어가 숨었다. 무대가 급히 방문 옆에 와서 손으로 방문을 밀었으나 열수가 없자 소리만 질렀다.

"잘하는 짓이다!"

부인은 문을 열지 못하게 막았고 어찌할 바를 몰라 하면서 서문경에게 말했다.

"평소에는 그 좆같은 주둥이로 권법이니 봉술이니 한다고 잘도 뻐기더니. 급할 때는 정작 아무짝에도 소용없구나. 겨우 종이호랑이 보고는 놀라자빠지고 있구나."

부인의 이 말은 분명히 서문경더러 무대를 때려눕히고 달아나라는 말이었다. 서문경은 부인의 말을 듣고 정신이 번쩍 들어 침상 밑에서 빠져나오며 말했다.

"부인, 내가 능력이 없는 것이 아니라, 급하다보니 한순간에 헤아리지 못했소."

그러고는 문을 열며 소리를 질렀다.

"치지 마라!"

무대는 서문경을 잡으려고 하다가 어느 결에 서문경의 오른발에 채였다. 무대는 키가 작은지라 명치에 정통으로 맞고는 풀썩 하고 뒤로 넘어졌다. 서문경은 발길질에 무대가 쓰러진 것을 보고는 시끄러운 틈을 타 달아나버렸다. 운가는 형세가 불리한 것을 보고 왕 노파를 놓아주고 도망쳤다. 이웃들은 모두 서문경이 대단하다는 것을 알고 있는데 누가 감히 나서서 간섭하겠는가?

왕 노파가 즉시 땅바닥에서 무대를 부축하여 일으켜 세워보니, 무대가 입에서 피를 토하고 안색이 누렇게 변했다. 부인을 불러내 사발로 물을 떠오게 하여 소생시키고 둘이 겨드랑이를 부축하여 뒷문으로 나와 이층으로 올려 침상에 눕혀 재웠다. 바로 다음과 같다.

3촌 키 밖에 안 되는 사내는 무능한데, 나귀 같은 서문경은 매우 강력하도다!
간악한 사내 시켜 자기 남편 해치려드니, 음란하고 악독한 짓 모두 저지르네.
三寸丁兒沒干才, 西門驢貨甚雄哉!
親夫却教奸夫害, 淫毒皆成一套來.

그날 밤은 그렇게 지나갔다. 다음날, 서문경이 소식을 알아보니 아무 일도 없자 이전처럼 부인을 만났고 무대가 알아서 죽기만을 바랐다.

무대는 5일을 병상에 누워 있었으나 일어날 수가 없었다. 국을 먹고 싶어도 주지 않았고 물을 마시고 싶어도 응하지 않았다. 매일 부인을 불렀으나 대답도 하지 않고 진하게 화장하고 나갔다가 얼굴이 붉어져 돌아왔다. 무대는 여러 차례 화가 나서 눈이 핑 돌았으나 아무도 주의를 기울이지 않았다. 무대가 부인을 불러 말했다.

"네가 했던 짓거리를 직접 잡았더니 간통한 놈을 부추겨 가슴을 차는 바람에 내가 지금 살고 싶어도 살 수 없고 죽으려 해도 죽을 수가 없구나. 놀아나는 너희는 즐겁더냐! 이제 나는 죽어도 상관없고 너희와 다툴 수도 없다! 내 동생 무송의 성격을 너도 잘 알 것이다. 조만간 돌아올 텐데 가만히 있을 것 같으냐? 나를 가엾게 여겨 잘 시중들어주면 돌아와도 아무 말도 안 할 것이다. 네가 나를 보살피지 않는다면 동생에게 너희가 한 짓을 다 말해버릴 테다!"

이 말을 들은 부인은 아무 대답도 하지 않고 건너가 왕 노파와 서문경에게 낱낱이 말했다. 서문경은 이 말을 듣고 얼음굴에 빠진 것[4] 같이 당황하며 말했다.

"아이고! 경양강에서 호랑이를 때려잡은 무 도두는 청하현 최고의 사내다! 내가 지금 너와 오래도록 사랑에 빠지는 바람에 생각도 못했구나. 그 말을 들으니 어쩌면 좋단 말이냐? 정말 큰일이네!"

왕 노파가 냉소하며 말했다.

"별일 다 보겠네. 당신은 키를 잡은 사람이고 나는 배를 탄 사람이오. 나는 오히려 침착한데 당신은 왜 그리 당황하며 호들갑을 떠시오."

"내가 명색이 남자라고 하지만 이런 지경에 이르니 아무것도 생각이 나질 않네. 할멈은 우리 관계를 숨길 수 있는 무슨 좋은 방법이라도 있소?"

"당신들, 앞으로도 계속 부부로 지내고 싶어요? 아니면 그냥 이렇게 잠시 부부로 지내다 말 거예요?"

4_ 온 몸이 오싹한 것을 비유한 말이다.

"할멈, 방금 말한 계속 부부와 잠시 부부는 무슨 뜻이오?"

"잠시 부부로 지내려면 당신들 오늘로 각자 헤어져 무대를 잘 치료해서 일어나게 하고 달래서 무송이 돌아와도 아무 말 못하게 하는 거예요. 무송이 다시 일 보러 멀리 갈 때까지 기다렸다가 다시 만나 잠시 부부가 되는 거예요. 계속 부부가 되고자 하면 매일 겁낼 것 없이 같이 지내는 것인데 내게 한 가지 묘책이 있긴 한데, 아마도 당신들이 하기는 쉽지가 않을 거요."

"할멈, 우리가 무사할 수만 있다면 계속 부부가 되겠네."

"이 계책을 쓰려면 어떤 물건을 사용해야 하는데 다른 사람 집에는 없지만 하늘이 도와서 대관인 집에는 있네요."

"내 눈을 달라고 해도 파주겠네. 도대체 어떤 물건인가?"

"지금 저 귀찮게 구는 무대 놈이 병이 위독하니 궁지에 빠졌을 때가 손쓰기에 아주 좋아요. 대관인이 집에서 비상을 조금만 가져오면 부인은 가슴 아픈데 먹는 약을 한 첩 지어다가 안에 비상을 넣어 저 난쟁이를 끝장내는 거예요. 그런 다음 깨끗하게 화장해버리면 흔적도 안 남으니 무송이 돌아온다 한들 감히 어쩌겠어요? 옛말에 '시동생과 형수는 서로 왕래하며 문후를 묻지 않는다'고 했고, 또 '초혼初婚은 집안 부모 말을 따라야 하지만 재혼再婚은 자기 마음대로 한다'고 했어요. 아무리 삼촌이라 하더라도 어떻게 이런 일에 관여하겠어요? 몰래 반년이나 1년 왕래하다가 상복 입는 기간이 끝나면 대관인이 집으로 데려가십시오. 이것이 바로 오래도록 부부가 되고 해로하면서 즐거움을 함께 하는 것이 아니겠어요? 이 계책은 어떻소?"

"할멈 계책이 정말 묘하구려! 예로부터 '살아서 유쾌하게 살고 싶다면 죽을힘을 다해야 한다'[5]고 했소. 끝났다, 끝났어! 일단 손을 댔으니 끝장을 봐야지!"

5_ 원문은 '欲求生快活, 須下死工夫'다. 『수호전전교주』에 따르면 "송대 진엽陳曄의 『분문쇄쇄록分門瑣碎錄』 권18 「언어諺語」에 이르기를, '欲求生富貴, 須下死工夫(살아서 부귀하게 살고 싶다면 죽을힘을 다 해야 한다)'고 했다."

왕 노파가 말했다.

"하지만 이것만은 잘 명심해야 할 거예요! 바로 싹부터 자르고 뿌리까지 뽑아 다시는 자라지 못하게 근원을 제거해야 해요. 풀만 자르고 뿌리를 뽑지 않았다간 봄이 오면 다시 싹이 나게 마련이지요. 관인은 바로 가서 비상을 가져오시고, 해치우는 것은 부인이 해야 해요. 일이 모두 끝나면 제게 두텁게 사례해야 해요."

서문경이 말했다.

"당연한 일이지 할멈의 공을 빼놓을 수 없지."

여기에 증명하는 시가 있다.

색에 빠져 연연해하며 그치려 하지 않더니
영원히 달라붙고자 계략까지 도모하네.
다가올 무 도두의 독한 칼날이
비상보다 더욱 준엄한 계책임을 누가 알았겠는가.
戀色迷花不肯休, 機謀只望永綢繆.
誰知武二刀頭毒, 更比砒霜狠一籌.

서문경은 나간 지 얼마 뒤에 비상 한 봉지를 가져다가 왕 노파에게 건네주었다. 노파가 부인을 쳐다보며 말했다.

"부인, 내가 약을 타는 방법을 가르쳐주리다. 지금 무대가 부인더러 보살펴달라고 하고 있잖아? 지금부터 알랑거리면서 무대를 달래라고. 그가 약을 달라고 하거든 비상을 가슴 통증 약에 타 넣으라고. 만일 눈치 채고 발버둥 치면 약을 억지로라도 부어서 빨리 보내버려. 독약이 효력을 일으키면 반드시 위장이 끊어지기 때문에 크게 소리를 지르고 난리가 날 것이니 이불로 덮어 남들이 듣지 못하도록 해야 해. 미리 물 한 솥을 끓여 걸레를 삶아놓으라고. 독약의 효력이 발생하면 틀림없이 온 몸의 일곱 구멍으로 피를 쏟고 입술에 이빨로 물어뜯은 흔적이 남을 거야. 숨이 끊어지거든 이불을 걷어내고 삶은 걸레로 닦아내면 혈흔은 모두 사라질 거야. 관 안에 넣고 들어내 불살라버리면 그만이지 무슨 대단한 일이라 하겠어?"

"방법은 좋은데 제가 차마 할 수가 없을 것 같아요. 때가 되어도 시신을 수습할 수 없을 것 같아요."

"그런 건 걱정할 필요 없어. 벽을 두드려 신호만 보내면 내가 건너가서 도와줄게."

서문경이 말했다.

"두 사람은 준비 잘하고 내일 5경(오전 3~5시)에 내가 소식을 알아보러 오겠네."

서문경이 말을 마치고 돌아갔다. 왕 노파가 비상을 손으로 비벼 가루를 내어 부인에게 건네고는 감추도록 했다.

부인이 자기 집으로 돌아와 이층에 올라가 무대를 보니 숨이 넘어갈 듯하여 곧 죽을 것 같았다. 부인이 침상 옆에서 거짓으로 울기 시작했다. 무대가 물었다.

"너 왜 울고 있는데?"

부인이 눈물을 닦으며 말했다.

"내가 한순간에 멍청한 짓을 해서 그놈에게 속았어요. 당신한테 발길질 하리라고는 생각도 못했어요. 내가 좋은 약이 있다는 소문을 듣고 의원에게 가서 사오려고 했는데 당신이 나를 의심할까 두려워 감히 사러 갈 수가 없네요."

"나를 살려내기만 한다면 있었던 일들은 모두 없던 걸로 해주고 무송이 돌아와도 아무 말도 하지 않겠다. 빨리 약을 가져다가 나를 좀 살려다오!"

부인이 약간의 돈을 가지고 왕 노파의 집 안에 앉아 약을 사오도록 시켰다. 왕 노파가 사온 가슴 통증 약을 가지고 이층에 올라가 무대에게 보여주며 말했다.

"이 약은 의원[6]이 야밤에 먹으라고 했어요. 먹고 침상에서 이불을 푹 뒤집어 쓰고 땀을 두어 번 흘리면 내일 바로 일어날 수 있대요."

"잘됐네, 번거롭겠지만 자네가 오늘 밤에 깨거든 야밤에 내게 먹여주게."

"마음 푹 놓고 주무시면 내가 알아서 시중들게요."

날이 점차 어두워지고 부인은 이층 방에 등불을 켰다. 일층에서 먼저 솥에 물을 데우고 걸레를 끓는 물에 삶았다. 시각을 알리는 북소리를 들으니 바로 3경(밤 11시~1시)이었다. 부인이 먼저 독약을 잔에 쏟고 물을 한 사발 퍼서 들고 이층으로 올라갔다.

"여보, 약 어디에 두었어?"

"내 자리 밑 베개 옆에 두었어. 빨리 타서 먹여주게."

부인이 자리를 걷어 들고 약을 꺼내 잔에 털어 넣고 물을 탔다. 다시 머리에서 은비녀를 빼서 잘 저어 섞었다. 왼손으로 무대를 부축하고 오른손으로 약을 들어부었다. 무대가 한 모금 마시고는 말했다.

"부인, 뭔 약이 이렇게 마시기 괴로워!"

"병을 치료할 수만 있다면 아무리 마시기 괴로워도 마셔야지요."

무대가 다시 한 입 마시려는데 부인이 그 틈을 타 억지로 들이부어 약 한 잔을 모두 목구멍에 쏟아 부어버렸다. 부인은 무대를 버려두고 황급하게 침상에서 내려왔다. 무대가 '아이고' 소리를 지르며 말했다.

"부인, 약을 먹었더니 배가 오히려 더 아프네. 아이고, 아이고! 너무 아파 참을 수가 없네!"

부인이 발뒤꿈치로 이불 두 채를 끌어당겨 얼굴과 머리 할 것 없이 완전히

6_ 원문은 '태의太醫'다. 『수호전전교주』에 따르면 "정목형의 『주략』에서 이르기를, '태의는 의관醫官의 명칭이다. 여기서는 단지 의원을 부르는 것으로 뒤에 등장하는 안도전安道全을 부를 때도 똑같다'고 했다."

덮어버렸다. 무대가 소리 질렀다.

"숨 막혀 죽겠어."

"의원이 땀 좀 빼면 좋아질 거라고 했어요."

무대가 더 말을 하려고 하는데, 부인이 무대가 발버둥 칠까 두려워 침상 위에 뛰어 올라가 무대의 몸 위에 올라타고 손으로 이불 끝을 단단히 붙잡고 누르며 조금도 늦추지 않았다.

> 허파는 기름에 지지는 듯하고, 간장은 불에 타는 듯하다. 명치끝엔 서릿발 같은 칼날에 찔리는 듯하고, 뱃속은 온통 강철 칼로 휘젓는 듯하구나. 온몸은 얼음 같이 차갑고 일곱 구멍에선 피가 흘러나오네. 이를 악무니, 삼혼三魂은 원통하게 사성死城으로 달려가고, 목구멍은 바싹 메말라 칠백七魄은 망향대望鄕臺[7]로 가는구나. 지옥엔 독살된 귀신들 늘어나고, 이승엔 간통한 자 잡을 이가 없도다.
>
> 油煎肺腑, 火燎肝腸. 心窩裏如雪刃相侵, 滿腹中似鋼刀亂攪. 渾身冰冷, 七竅血流. 牙關緊咬, 三魂赴枉死城中; 喉管枯乾, 七魄投望鄕臺上. 地獄新添食毒鬼, 陽間沒了捉姦人.

무대가 '아이고' 소리를 두 번 지르고 잠시 숨을 헐떡거리더니 창자와 위가 끊어졌다. 아아, 슬프도다! 그러고는 몸이 더 이상 움직이지 않았다. 이불을 들어내니 창자가 끊어지는 고통에 이를 악물었고 얼굴 일곱 개의 구멍으로 피를 흘리는 무대의 모습을 보고 두려워진 부인은 일어나 침상 밑으로 뛰어내려 벽을 두드렸다. 왕 노파가 듣고는 후문으로 들어와 문 앞에서 기침을 했다. 부인은

7_ 망향대望鄕臺: 옛날 미신에 따르면 저승에 망향대가 있는데, 사람이 죽은 다음에 영혼이 대에 올라 멀리 이승의 집 상황을 바라본다고 한다.

즉시 아래층으로 내려가 후문을 열었다. 왕 노파가 물었다.

"죽었어?"

"죽기는 했는데 손발이 떨려 아무것도 못하겠어요."

"이제 어려울 게 아무것도 없으니 내가 도와줄게."

노파는 옷소매를 걷고 뜨거운 물 한 통을 퍼서 걸레를 던져 넣고 위층까지 두 손으로 들고 올라갔다. 이불을 걷어서 먼저 무대의 입 주변 입술을 모두 닦았고 얼굴 일곱 개의 구멍에 맺힌 핏자국을 깨끗하게 닦으며 옷을 시체 위에 덮었다. 두 사람은 이층에서 시신을 두 손으로 들고 한 번에 한 걸음씩 옮기며 들어 내렸다. 아래층에서 오래된 문짝을 찾아 위에 시신을 올려놓았다. 머리를 빗겨 두건을 씌우며 옷을 입히고 신과 버선을 신겼다. 하얀 명주 조각으로 얼굴을 덮고[8] 깨끗한 이불을 골라 시신 위에 덮었으며 위층으로 올라가 깨끗하게 정리했다. 정리가 모두 끝나자 왕 노파는 돌아갔다.

부인은 남편 시신 앞에서 흑흑 거리며 거짓으로 울기 시작했다. 독자 여러분 들어보십시오, 원래 세상에서 여자가 우는 것은 세 가지가 있습니다. 눈물도 흘리고 소리도 내는 것을 곡哭이라고 하고, 눈물을 흘리되 소리는 없는 것을 읍泣이라 하며, 눈물은 없고 소리만 내며 우는 것을 호號라고 합니다. 부인이 눈물도 흘리지 않고 소리로만 호호 하면서 5경이 되었다. 날이 아직 밝지도 않았는데 서문경이 달려와 소식을 물었고 왕 노파가 자세하게 알려줬다. 서문경이 은자를 꺼내 노파에게 주며 관을 사서 장례를 치르게 하고 부인을 불러 상의했다. 부인이 서문경에게 다가와 말했다.

"무대가 오늘 죽었으니 당신밖에 믿고 의지할 사람이 없어요."

8_ 민간 습속에서는 사람이 죽은 다음에 황표지黃裱紙(황표지黃表紙. 제사지낼 때 사용하는 누런 종이)로 얼굴을 덮는데 산 사람이 차마 다시 죽은 사람을 보지 못하게 하려는 뜻이다. 흰 명주로 얼굴을 덮는 것은 죽은 자가 일곱 구멍으로 피를 토해낸 참상을 가리는 것으로 죄가 폭로되는 것을 방지하는 것이다.

"그건 네가 말하지 않아도 알고 있다."

왕 노파가 말했다.

"가장 중요한 일이 한 가지 남았어요. 이 지방 단두團頭[9] 하구숙何九叔은 철저한 사람이라 허점을 눈치 채고 염을 하지 않으려 할까 두려워요."

"그건 어렵지 않네. 내가 부탁하면 될 걸세. 그는 내 말을 어기지 못할 것이네."

"대관인은 빨리 가서 분부하세요. 늦어서 지장을 초래해서는 안돼요."

서문경은 바로 하구숙을 찾아갔다.

날이 밝자 왕 노파는 관을 사고 향과 초, 지전 등을 사서 돌아와 부인에게 국과 밥을 지어주고[10] 수신등隨身燈[11]을 켰다. 이웃들이 모두 무대 집에 찾아와 조문했고, 부인은 분칠한 얼굴을 옷깃으로 가리고 거짓으로 곡을 했다. 이웃들이 물었다.

"무대가 도대체 무슨 병에 걸렸기에 이렇게 갑자기 죽었나?"

부인이 대답했다.

"가슴이 아픈 병에 걸려 날로 위중해지고 갈수록 악화되더니 불행하게 어젯밤 3경에 죽었습니다."

다시 흐느끼며 거짓으로 울기 시작했다. 이웃들은 무대의 사인이 명확하지

9_ 단두團頭: 『수호전전교주』에 따르면 "정목형의 『주략』에서 이르기를, '당·송 시기에 백성과 병사를 단團으로 삼았는데, 한자리에 모은다는 의미다. 소단小團과 대단大團이 있었는데, 10명을 화火라 하고 5화火를 단이라 하여 이것이 소단이다. 군부의 병사는 300명을 단이라 했는데, 이것이 대단이다. 그래서 단련團練, 단장團長 등의 명칭이 있었다. 단두는 한 소단의 우두머리다. 민간의 길흉에 관련된 일에 남방에는 면두丏頭가 있었고 북방에서는 단두라 했다'고 했다." 송나라 때는 상업경제가 발달하여 각 업종마다 수령이 있었다. 여기에서 단두는 장례업체의 수령을 말한다.

10_ 향리의 옛 습속으로 친척과 이웃이 상을 당하면 가서 조문하고 상을 당한 사람을 불러서 죽을 먹였는데, 이것을 손효죽飧孝粥이라 한다. 여기서 말한 '국과 밥을 지어준다'는 것은 손효죽을 말한다.

11_ 수신등隨身燈: 시신의 발 옆에 켜는 등. 저승으로 가는 길이 어둡기 때문에 불을 켜면 길을 밝게 비추어 빨리 도착할 수 있다고 한다.

않은 것을 알면서도 감히 물어보지도 못하고 인정에 따라 부인을 위로하며 말했다.

"죽은 사람은 죽은 것이고 산사람은 살아야 하니 너무 슬퍼하지 마시오."

부인은 거짓으로 감사의 말을 했고 문상을 마친 사람들은 각자 흩어져 돌아갔다. 왕 노파는 관을 마련하고 단두 하구숙을 불렀다. 염을 할 물건도 모두 사고 집 안에 있어야 할 물건도 모두 샀으며 승려 둘을 불러 밤새 관을 지키도록 했다. 한참 시간이 지나서 하구숙은 먼저 시체를 처리하는 자들 몇 명을 보내 정돈하도록 시켰다.

하구숙은 사시(오전 9~11시)에 천천히 집 문을 나섰다. 자석가 입구까지 걸어오다가 서문경을 만났는데 하구숙을 부르며 말을 걸었다.

"구숙, 어디 가나?"

"소인 요 앞에 취병 파는 무대의 시신을 염하러 갑니다."

"잠시 자네에게 할 말이 있네."

하구숙은 서문경을 따라 골목을 돌아 조그만 주점으로 들어가 내실에 앉았다. 서문경이 말했다.

"하구숙, 상좌에 앉게."

"소인 주제에 어떻게 감히 관인과 나란히 앉겠습니까!"

"구숙, 왜 그렇게 나를 서먹서먹하게 대하나? 일단 앉게."

두 사람은 자리에 앉아 좋은 술을 시켰다. 점소이가 요리와 과일 그리고 안주를 탁자에 펴놓고 술을 따랐다. 하구숙은 속으로 의심이 생겨서 생각했다.

'이 사람이 지금까지 한 번도 나와 술을 마신 적이 없는데, 오늘 이 술은 분명 의심스러운 점이 있겠구나.'

둘은 한 시진 정도 같이 술을 마셨다. 서문경이 소매를 더듬더니 은자 10냥짜리 한 덩이를 꺼내 탁자 위에 올려놓으며 말했다.

"구숙, 너무 작다고 욕하지 말고, 내일 따로 답례하겠네."

구숙이 두 손을 마주 잡고 읍하며 말했다.

“소인이 아무 일도 도와드리지 않고 어떻게 감히 이런 것을 받을 수 있겠습니까? 대관인이 설령 소인에게 시키실 일이 있으셔도 감히 받을 수 없습니다.”

“구숙, 너무 남처럼 대하지 말게. 일단 받으면 내가 이야기하겠네.”

“대관인, 말씀만 하시면 소인은 그냥 따르겠습니다.”

“뭐 별다른 일은 아니고 잠시 후에 그 집에 가면 또 수고비가 있을 걸세. 다만 무대 시신을 염할 때 잘 처리하고 비단 이불 한 채 덮어주게. 다른 말은 하지 않겠네.”

“이런 작은 일이 뭐 그리 대단하다고 감히 은냥을 받겠습니까?”

“구숙, 만일 받지 않는다면 거절하는 것으로 알겠네.”

하구숙은 이전부터 서문경이 교활하고 흉악한 무리이기에 두려워했고, 관부와도 관계가 깊은 사람이라 받을 수밖에 없었다. 둘은 다시 몇 잔을 마셨고, 서문경은 주보에게 술값을 외상으로 하고 내일 주점에 찾아와 돈을 주기로 했다. 둘은 아래층으로 내려와 함께 주점 문을 나왔다. 서문경이 말했다.

“구숙, 기억하게. 누설하면 안 되네! 보수는 나중에 따로 챙겨주겠네.”

서문경이 하구숙에게 분부하고 바로 돌아갔다.

하구숙은 마음에 의문이 생겨서 혼자 중얼거렸다.

‘도대체 이 일이 무슨 일이기에 이렇게 수상하냐! 내가 가서 무대의 시체를 염하기만 하면 되는데, 왜 내게 이렇게 많은 은자를 준단 말이냐? 반드시 뭔가 수상한 점이 있다.’

무대의 집 문 앞에 도착하니 시체 처리하는 일꾼 몇 명이 문 앞에서 기다리고 있었다. 하구숙이 물었다.

“무대는 무슨 병으로 죽었느냐?”

“집안사람들은 가슴 병으로 죽었다고 합니다.”

하구숙이 주렴을 걷고 들어갔다. 왕 노파가 맞으며 말했다.

"구숙, 한참 기다렸어요."

"조금 껄끄러운 일이 생겨서 늦었네."

무대 부인이 소복을 입고 안에서 거짓으로 곡하는 소리를 냈다. 하구숙이 말했다.

"부인 너무 괴로워하지 마십시오. 상심이 크겠지만 무대는 이미 저 세상으로 갔습니다!"

부인이 거짓으로 눈물 어린 눈을 가리며 말했다.

"도저히 뭐라고 말할 수 없어요! 남편이 가슴이 아프더니 며칠 만에 갑자기 세상을 떠났어요. 이렇게 고통스럽게 나를 버리다니!"

하구숙은 계집의 모양을 위아래로 살펴보며 속으로 말했다.

'무대에게 부인이 있다고 듣기만 하고 본 적은 없었는데 원래 이런 부인을 얻었구나! 서문경이 은자 10냥을 준 것이 이유가 있었구나.'

하구숙은 무대의 시신을 보고 천추번千秋旛[12]을 들어 올리고 하얀 명주를 치우고는 오륜팔보五輪八寶[13] 법을 사용하여 신수神水[14] 두 방울을 써서 눈을 멈추고 바라보다가 그만 소리를 지르며 뒤로 자빠져서 입에서 피를 토해냈다. 푸른색의 손톱과 발톱, 자줏빛 입술, 누런 얼굴에 눈동자는 광채를 잃었으니, 마치 몸은 마치 5경에 산 옆으로 떨어지는 달 같고, 목숨은 꺼져가는 3경의 등잔불과 같았다.

결국 하구숙의 목숨이 어떻게 되었는지는 다음 회에 설명하노라.

12_ 천추번千秋旛: 혼을 부르는 깃발로 죽은 자의 시신을 놓은 침상 혹은 관 앞쪽에 가로로 걸치는 직물이다.

13_ 오륜팔보五輪八寶: 눈을 구성하는 물질이다. 눈에는 오륜이 있는데, 흰자위를 기륜氣輪, 검은자위를 풍륜風輪, 양 눈초리를 혈륜血輪, 눈꺼풀을 육륜肉輪, 눈동자를 수륜水輪이라 한다. 팔보는 천·지·풍·수·산·못·천둥·불로 세계를 구성하는 물질이며 오장육부의 정기가 눈에 모여 눈알이 되는 것을 말한다. 오륜은 오행을 말하고 팔보는 팔괘에 상응한다.

14_ 신수神水: 눈알을 움직이게 하는 윤활 액체. 눈을 살펴보아 생사를 알아보는 것이다.

〖 제26회 〗

# 복수를 하려면 원수를 찾아야 한다[1]

하구숙이 바닥에 쓰러지자 시체를 처리하는 일꾼들이 달려가 부축했다. 왕 노파가 말했다.

"급병[2]에 걸린 것이니 빨리 물을 가져오시오!"

물을 두 번 뿜자 잠시 후 차츰 움직이며 깨어났다. 왕 노파가 말했다.

"구숙을 부축해서 집으로 돌려보내 쉬게 하시오."

일꾼 두 명이 문짝을 찾아 눕히고 들어서 집에 도착하자 식구들이 받아서 하구숙을 침상에 뉘었다. 부인이 울면서 말했다.

"신바람 나서 나가더니 무슨 일이기에 이렇게 들어오시오! 평소에 급병에 걸린 것을 알지도 못했는데."

1_ 제26회의 제목은 '偸骨殖何九叔送喪(하구숙이 화장장에 가서 유골을 훔치다). 供人頭武二設祭(무송이 사람의 머리를 제품으로 제단에 바치다)'다.

2_ 원문은 '중악中惡'이다. 『수호전전교주』에 따르면 "호삼성의 『자치통감주』에서 이르기를, '중악은 급병에 걸려 죽는 것이다'라고 했다."

침상 옆에 앉아 목 놓아 울었다. 하구숙은 일꾼들이 모두 돌아가 아무도 없는 것을 보고는 마누라를 툭 차며 말했다.

"나는 아무 일 없으니 걱정하지 마. 방금 염을 하러 무대 집으로 가다가 골목 어귀에 이르러 현 관아 앞에서 약재상을 하는 서문경을 만났어. 그런데 이 사람이 나를 데리고 주점으로 가더니 은자 10냥을 주면서 '염하는 시신(의 사인)을 덮어달라'고 말하더라고. 무대 집에 도착해서 그 마누라가 불량해 보이기에 내가 속으로 생각해보니까 아무래도 십중팔구 뭔가 있다고 의심이 들더라고. 거기서 천추번을 들쳐서 무대를 봤더니 얼굴은 검고 일곱 구멍으로 피를 줄줄 흘리며 입술에는 이를 악문 흔적이 남은 게 분명히 독살된 것이었어. 내가 본래 소리를 질러 사람들에게 알리려고 했는데 책임질 사람도 없고, 게다가 벌집을 건드리고 전갈을 들쑤셔서 공연히 서문경에게 미움을 받을 필요는 없잖아? 대충 이유를 불문하고 얼렁뚱땅 염을 하려고 하다가 무대의 동생이 생각나는 거야. 동생이 바로 전에 경양강에서 호랑이를 때려잡은 무 도두잖아. 그는 사람을 죽이고도 눈 하나 꿈쩍 안 할 남자 중의 남자잖아. 그가 조만간 돌아오기만 하면 이 일로 분명히 난리가 날 거야."

그의 부인이 말했다.

"며칠 전에 나도 들었어요. '뒷골목에 사는 교喬씨 노인 아들 운가가 자석가에서 무대를 도와 간통 현장을 덮치다가 찻집에 난리가 났다'고 하더니, 그게 바로 이 일이었군요. 당신이 나중에 천천히 찾아가보세요. 지금이야 이 일에 무슨 어려움이 있겠어요? 단지 일꾼을 시켜 염하고 언제 출상하는지 물어보세요. 만일 상례를 치르지 않고 무송이 돌아와서 출상한다면 서로 뒤엉켜 분명하지 않은 점은 없을 거예요. 만약 밖에 묻어버려도 아무 문제가 없을 거예요. 다만 화장을 한다면 반드시 수상한 점이 있는 거예요. 당신은 화장할 때 따라가서 남들이 한눈 팔 때 뼈 두 조각을 가지고 와 은자와 함께 간직해두면 중요한 증거가 될 거예요. 무송이 돌아와 당신에게 아무것도 묻지 않으면 그만이에요. 서문경 체면도 살리고 밥그릇도 지키니 어찌 좋지 않겠어요?"

"마누라가 똑똑하니 아주 명쾌하네!"

즉시 일꾼을 불러 분부했다.

"내가 급병에 걸려 일을 하러 갈 수가 없구나. 너희끼리 가서 염을 하여라. 언제 출상하는지 물어보고 빨리 내게 알려다오. 삯으로 받은 돈과 비단일랑 너희끼리 공평하게 나누어라. 만일 내게 따로 주더라도 받지 마라."

일꾼들이 듣고는 무대의 집에 와서 염을 했다. 염을 마치고 혼령을 위로하는 일을 모두 끝내고 돌아와 하구숙에게 알렸다.

"그 집 부인이 3일 후 출상하여 성 밖에서 화장한다고 합니다."

일꾼들은 각자 돈을 나누고 흩어졌다. 하구숙이 부인에게 말했다.

"당신 말이 맞았군. 내가 그날 가서 화장할 때 다 타지 않은 유골을 훔쳐와야겠어."

한편 왕 노파는 온 힘을 다해 무대의 부인을 설득하고 달래어 밤늦게까지 빈소를 지키도록 했다. 이튿날 승려 네 명을 불러 염불을 했다. 셋째 날 아침, 일꾼들을 불러 관을 짊어지고 이웃 몇 명과 출상했다. 부인은 상복을 입고 도중 내내 남편을 위해 거짓으로 곡을 했다. 성 밖 화장장에서 불을 붙여 화장을 했다. 하구숙이 손에 지전 100장을 들고 화장장으로 왔다. 왕 노파와 부인이 맞으며 말했다.

"구숙, 몸이 나아서 기쁘오."

하구숙이 말했다.

"소인이 이전에 무대에게 두 층으로 쌓은 취병 한 찜통을 사고 돈을 주지 않았던 적이 있어서 일부러 지전이라도 사르려고 왔습니다."

왕 노파가 말했다.

"이 양반이 정말 진실한 사람이구만!"

하구숙이 지전을 사르고 나서 관을 불사르는 일을 도왔다. 왕 노파와 부인이 감사하며 말했다.

"구숙, 이렇게 도와주시니 고맙소. 나중에 집에 돌아가서 대접이라도 해야 할 텐데."

"소인이 여기저기 다니며 힘을 다하여 도와드릴 터이니 부인과 할멈은 편한 대로 하시고 불당에 가서 이웃들을 돌보세요. 소인이 여기는 잘 알아서 마무리하겠습니다."

무대의 부인과 왕 노파를 다른 곳으로 보내고 불을 뺀 다음 뼈 두 조각을 골라 뼈를 뿌리는 연못에 넣으니 뼈가 바삭바삭하고 검은 색을 띠었다. 하구숙은 뼈를 감추고 불당 안 법사에 함께 참가했다. 관이 모두 타고 불을 끈 다음 유골을 수습하여 연못 안에 뿌렸다. 이웃들은 각자 돌아갔다. 하구숙이 뼈를 가지고 집으로 돌아와 종이에 연, 월, 일과 발상한 사람의 이름을 기록하고 은자와 함께 포장하여 포대에 싸서 방 안에 넣어두었다.

한편 부인은 집으로 돌아와 선반 앞에 영패를 설치하고 위에 '망부무대랑지위亡夫武大郞之位'라고 썼다. 시신을 안치했던 침상[3] 앞에 유리등에 불을 켜고 안쪽 벽에 깃발, 지전, 금과 은덩이, 채색 견직물[4] 등을 붙였다. 그날부터 매일 이층에서 서문경과 마음대로 즐겼으므로 전에 왕 노파의 집에서 몰래하던 짓과 비교가 되지 않았다. 이제 집 안에 아무도 거리낄 것이 없었으므로 마음대로 자고 밤을 보냈다. 이때부터 서문경은 3~5일을 집으로 돌아가지 않아 집안의 첩들도 좋아하지 않았다. 원래 여색이란 사람을 구덩이에 빠뜨리는 것이라 성사될 때가 있으면 반드시 낭패를 볼 때가 있기 마련이다. 여기에 증명하는 시가 있다.

풍류 두 글자를 깊이 깨닫는 것은 선禪이니

3_ 원문은 '영상자靈床子'다. 염을 하기 전에 시신을 눕혀 놨던 침상을 말한다.
4_ 모두가 죽은 자가 사용하도록 제공하는 물품들을 벽에 붙여놓은 것이다.

좋은 인연은 악한 인연이 되기도 한다네.
처와 첩은 집에서 항상 밥을 먹으니
상사병으로 해 입지 않고 돈도 허비하지 않는구나.
參透風流二字禪, 好姻緣是惡姻緣.
山妻小妾家常飯, 不害相思不損錢.

한편 서문경과 부인은 하루 종일 재미를 보면서 제멋대로 노래 부르고 술을 마시는 것에 익숙해지다 보니 남이 알든 말든 돌아보지 않았다. 이 거리의 원근 이웃들 가운데 이 일을 모르는 사람이 없을 정도였다. 교활하고 흉악하며 횡포를 부리는 서문경을 두려워하는데 어느 누가 관여하려 하겠는가?

속담에 이르기를, '즐거움 끝에는 슬픈 일이 생기고, 불운이 극에 달하면 행운이 온다'[5]고 했다. 시간은 빠르게 흘러 40여 일이 지났다. 무송이 지현의 명령을 받고 수레를 호송하여 동경 친척 집에 편지를 전하고 상자를 건넸다. 동경 거리를 며칠 구경하고 돌아다니다가 회신(친척이 지현에게 보내는 답서)을 받아 일행을 거느리고 양곡현으로 돌아왔다. 왕복으로 딱 두 달이 걸렸다. 떠날 때 막 봄기운이 시작될 무렵이었는데, 돌아오니 3월 초였다. 오는 도중에 정신이 불안하고 몸과 마음이 희미하여 서둘러 형을 보려고 먼저 현 관아에 답서를 전달했다. 지현이 크게 기뻐하며 답장을 읽어보고는 금은보물을 명백하게 전달했음을 알았으며 무송에게 큰 은덩이 하나를 상으로 주고 술과 음식으로 대접했음은 말할 필요도 없다.

무송은 숙소 방으로 돌아와 옷과 버선, 신발을 갈아입었으며 머리에 새 두건을 쓰고 방문을 걸어 잠그고 곧장 자석가로 갔다. 길 양쪽 이웃들은 무송이 돌아온 것을 보고는 모두 놀랐다. 모두들 두 손에 땀을 쥐고 속으로 말했다.

5_ 원문은 '樂極生悲, 否極泰來'다.

'이제 저 집은 큰일 났군! 저 태세太歲신[6]께서 돌아오셨는데 어찌 가만히 있을 리가 있겠어? 분명 사달이 날 텐데!'

한편 무송은 형의 집 앞에 도착하여 주렴을 걷고 몸을 앞으로 내밀고 들어가다가 신주를 모신 침상 위에 '망부무대랑지위'라고 쓴 일곱 글자를 보고는 멍하니 멈춰 섰다. 두 눈을 둥그렇게 뜨고는 말했다.

"혹시 내 눈에 뭐가 씐 것 아닌가?"

그러고는 소리를 질렀다.

"형수님, 저 무송이 돌아왔습니다!"

이때 서문경은 무대의 여편네와 이층에서 한창 즐기다가 무송이 부르는 소리를 듣고는 방귀가 새고 오줌을 찔끔찔끔 흘릴 정도로 놀라 쩔쩔매더니 곧바로 뒷문으로 왕 노파의 집으로 도망갔다. 부인이 대답했다.

"도련님, 잠깐 앉아계세요. 곧 내려갈게요."

원래 무대를 독살한 이 여편네가 어찌 상복을 입으려 했겠는가? 매일 화장을 짙게 하고 요염한 차림새로 서문경과 즐겼다. '무송이 돌아왔습니다'라는 말을 듣고는 황급히 세수 대야에 가서 연지와 분을 지우고 머리 장식품과 비녀, 귀걸이를 빼고 머리카락을 여기 저기 당겨 흩뜨리고 붉은 치마와 수놓은 저고리를 벗어 상복 치마와 적삼으로 갈아입고 이층에서 거짓으로 흐느껴 울면서 내려왔다. 무송이 말했다.

"형수님, 잠깐, 울음을 멈추시오! 우리 형님이 언제 죽었소? 무슨 병으로 죽었소? 누구의 약을 먹었소?"

부인이 울면서 말했다.

6_ 태세太歲: 목성으로 옛날에는 태세성의 방위를 불길한 운수로 여겼기 때문에 그 방위에서 땅을 파고 공사하는 것을 꺼렸다. 7회의 고 아내를 가리키는 '화화태세花花太歲'는 권문세가의 호강스럽게 자란 부잣집 자식으로 제멋대로 패도를 일삼는 공자를 가리키는 것으로 여기서의 '태세'와는 다르다. 여기서는 흉악하고 난폭한 사람을 비유한 것이다.

"형님은 도련님이 떠난 지 10~20일 만에 갑자기 가슴 통증이 생겼습니다. 병든 8~9일 동안 귀신에게 빌고 점도 치고 별별 약을 다 먹여도 낫지 않더니 결국 죽었어요. 나만 불쌍하게 남겨두고!"

옆집 왕 노파는 서문경의 말을 듣고 실수라도 할까 두려워 반금련을 도와 얼버무리려고 즉시 달려왔다. 무송이 또 말했다.

"우리 형이 이런 병에 걸린 적이 전혀 없었는데 어째서 가슴 통증으로 죽었단 말이오?"

왕 노파가 말했다.

"이보시오 도두, 어떻게 그렇게 말하시오? '하늘의 풍운은 예측할 수 없고, 사람의 화와 복은 영원한 것이 아니다'[7]라고 했어요. 누가 무병장수한다고 장담할 수 있겠어요?"

부인이 생각했다.

'할멈이 나를 살려주니 다행이구나. 만일 저 할멈이 아니었다면 나는 집게발 잃은 게 신세나 같았을 텐데. 어느 이웃이 나를 도와주려 하겠어!'

무송이 말했다.

"지금 어디에 묻었소?"

부인이 말했다.

"나 혼자 어디에 가서 묘지를 찾겠어요? 어찌할 방법이 없어 3일장만 마치고 화장했어요."

"형님이 언제 죽었습니까?"

부인이 말했다.

"이틀 지나면 49재입니다."

7_ 원문은 '天有不測風雲, 人有暫時禍福'이다. 사람의 화와 복은 하늘의 날씨처럼 변화가 많아 예측하기 어렵다는 의미다.

무송은 아무 말 없이 한나절을 망설이더니 곧 문을 나서 현 관아로 돌아와 문을 열고 자기 방 안에 들어가 소복으로 갈아입고 토병을 불러 마로 만든 띠를 허리에 묶었다. 끝이 날카롭고 길며 자루는 짧고 등은 두터우며 날이 얇은 해완도解腕刀를 몸에 감추고 은량을 챙겼다. 토병 한 명을 불러 방문을 잠그고 현 관아 앞에서 쌀과 밀가루, 양념 등과 향, 초, 지전[8]을 샀다. 저녁에 집으로 돌아와 문을 두드렸다.

부인이 문을 열자 무송은 토병에게 국과 밥을 준비시켰다. 무송이 영전에 촛불을 켜고 술과 음식을 차렸다. 2경이 되자 무송이 단정히 준비하고 허리를 굽혀 엎드려 절하며 말했다.

"형님의 넋은 멀지 않은 곳에 계시겠죠! 살아계실 때는 그렇게 나약하시더니, 오늘 원인도 분명하지 않게 돌아가셨군요. 당신이 만일 억울하게 죽음을 당했다면 꿈에라도 나타나 제게 말씀해주십시오. 이 동생이 원한을 갚아드리겠습니다."

영전에 술을 뿌리고 지전을 불사르며 목을 놓아 울었다. 무송의 곡소리에 양쪽 이웃들은 어느 누구도 두려움에 떨지 않는 사람이 없었다. 부인도 안에서 거짓으로 곡을 했다. 무송은 한차례 울고 국과 밥 그리고 술과 안주를 토병과 함께 먹고 자리 두 곳을 마련해 토병은 중문 옆에서 자게 하고 무송은 영전 앞에 자리를 잡아 잠을 잤다. 부인은 이층에 올라가 문을 잠그고 잤다.

대략 3경이 가까운 시각인데도 무송은 뒤척거리며 잠을 이루지 못했고, 토병은 쿨쿨거리며 죽은 사람처럼 자고 있었다. 자리에서 일어나 보니 영전 앞의 유리등이 꺼질 듯 말 듯 타고 있었다. 귀를 기울여 북소리를 들어보니 3경 3점을 알리고 있었다. 무송이 한숨을 쉬며 자리에 앉아 중얼중얼 혼자 말했다.

"우리 형님이 살아서는 패기 없고 연약하셨는데, 돌아가시더니 사리가 분명해지셨구나."

8_ 원문은 '명지冥紙'인데, 지전으로 제사 때 사용한다.

말이 다 끝나기도 전에 영전을 모신 침상 아래에서 냉기가 솟아올라 선회하더니 냉기가 뼛속까지 스며들고 매서운 추위가 살갗을 뚫고 들어왔다. 어두워지면서 영전 앞의 등잔이 빛을 잃어갔고, 어두컴컴해지면서 벽에 걸린 지전들이 어지러이 날리며 흩어졌다. 냉기로 인해 무송은 모발이 거꾸로 서고 눈을 똑바로 떠서 바라보니 침상 밑에서 한 사람이 튀어 나오면서 소리 질렀다.

"동생아, 나는 정말 고통스럽게 죽었다!"

무송이 자세히 보이지 않아 앞으로 다가가 다시 물으려 하는데, 냉기는 흩어졌고 사람도 보이지 않았다. 무송이 몸을 돌려 자리에 앉아 꿈인지 생시인지 생각하다가 토병을 돌아보니 한참 자고 있었다. 무송은 다시 생각했다.

'형님의 죽음은 석연치 않다. 방금 뭔가 알리려 한 것 같은데 내 기가 너무 세서 영혼이 흩어지고 말았구나.'

마음에 간직하고 날이 밝기를 기다렸다. 시에서 이르기를,

3촌이라 불리는 왜소한 사내 괴이하구나
생전에 무지몽매하더니 죽어선 정령이 되었네.
형제가 아니고야 서로 감응될 수 없으니
원귀가 어찌하여 야음 타고 모습을 드러냈나?
可怪人稱三寸丁, 生前混沌死精靈.
不因同氣能相感, 冤鬼何從夜現形?

날이 점차 밝아지자 토병이 일어나 물을 데웠고, 무송은 세수하고 이를 닦았다. 부인이 내려와 무송을 보고는 말했다.

"도련님, 밤에 번거로운 일은 없었나요?"

"형수님, 우리 형님이 도대체 무슨 병에 걸려 죽은 겁니까?"

"도련님, 어째 잊었어요? 어젯밤에 가슴 통증 병으로 돌아가셨다고 이미 도

련님께 말했잖아요."

"누가 지은 약을 먹었습니까?"

"약방이 여기 있어요."

"관은 누가 샀습니까?"

"옆집 왕 노파에게 사달라고 부탁했어요."

"관은 누가 날랐습니까?"

"우리 현 단두 하구숙이예요. 그 사람이 모든 걸 맡아 처리했어요."

"그랬군요. 저는 먼저 관아에 출근해 일을 마치고 돌아오겠습니다."

일어나서 토병과 함께 자석가 골목 입구에 나와 토병에게 물었다.

"단두 하구숙을 아느냐?"

"도두는 벌써 잊으셨습니까? 전에 도두를 찾아와서 축하드린 적이 있습니다. 그는 사자가獅子街 골목 안에 살고 있습니다."

"거기로 가자."

토병이 무송을 하구숙의 집 앞으로 안내했다.

"너는 먼저 돌아가거라."

토병은 갔고 무송은 주렴을 걷어 올리며 소리 질렀다.

"하구숙은 집에 계시오?"

하구숙이 막 잠자리에서 일어났는데 무송이 왔다는 소리를 듣고는 놀라 허둥거리며 두건도 바로 쓰지 못하고 급하게 은자와 유골을 몸에 숨기고 나와 맞으며 말했다.

"도두께서는 언제 돌아오셨습니까?"

"어제 방금 돌아왔소. 내가 할 말이 있으니 자리를 옮겨서 이야기 좀 나누었으면 합니다. 함께 가시지요."

"소인이 금방 가겠습니다. 도두, 잠시 차 한잔하시지요."

"괜찮습니다. 차는 필요 없습니다."

두 사람이 함께 골목을 나와 작은 주점에 앉고 술 두 각을 시켰다. 하구숙이 몸을 일으키며 말했다.

"소인이 도두를 대접한 적이 없는데 무슨 이유로 도리어 접대를 받겠습니까?"

"아무 말 말고 그냥 앉아 계시오."

하구숙은 속으로 모두 짐작하고 마음의 준비를 했고, 무송은 아무 말 없이 주보가 걸러주는 술만 마시고 있었다. 하구숙은 무송이 아무 말도 하지 않는 것을 보고 긴장하여 손에 땀을 쥐며 무슨 말이라도 해주기를 기다렸으나, 무송은 입도 열지 않고 아무 말도 하지 않았다. 술 몇 잔을 마시고 무송은 옷을 들어 올리더니 휙 하고 날카로운 칼을 뽑아 탁자에 꽂았다. 술을 거르던 주보는 놀라 가까이 오려 하지 않았고, 하구숙은 얼굴이 새파랗게 질려 감히 화도 내지 못했다. 무송이 두 소매를 걷으며 예리한 칼을 손에 잡고 하구숙에게 말했다.

"내가 비록 거칠고 무식하지만 '복수를 하려면 원수를 찾아야 하고, 빚을 받으려면 빚쟁이를 찾아야 한다'[9]라는 말은 알고 있다. 너는 두려워하지 말고 형이 죽은 이유를 아는 대로 하나하나 말해준다면 아무 일 없을 것이다. 내가 당신을 상하게 한다면 사내가 아니다! 만일 조금이라도 거짓이 있다면 이 칼로 당장 그 몸에 구멍 300~400개를 남겨주겠다! 쓸데없는 말은 필요 없고 우리 형의 죽은 시신이 어떤 상태였는지만 말해라."

무송이 말을 마치고는 양손으로 무릎을 누르며 원한에 가득 찬 두 눈을 둥그렇게 뜨고 하구숙을 바라보았다.

하구숙은 소매에서 주머니 하나를 꺼내 탁자에 놓고 말했다.

"도두, 잠시만 참으십시오. 이 자루에 중요한 증거가 들어 있습니다."

무송이 손으로 열어 주머니 안에 든 것을 살펴보니 푸석한 검은 뼈 두 조각

9_ 원문은 '冤各有頭, 債各有主'다. 일을 처리하면 반드시 책임져야 할 사람을 찾아야 한다는 것을 비유했다.

과 10냥짜리 은자였다.

"이것이 무슨 증거란 말이냐?"

"소인은 어떻게 해서 일이 그렇게 되었는지 원인과 정황은 전혀 모릅니다. 하지만 정월 22일 집에 있는데 갑자기 찻집을 하는 왕 노파가 찾아와 무대의 시신을 염해달라고 소인을 불렀습니다. 그래서 소인이 자석가 입구에 들어서는데 현 관아 앞에서 약재상을 하는 서문경이가 길을 막아서서 함께 주점 안에 가서 술 한 병을 마셨습니다. 서문경은 10냥을 꺼내 소인에게 주며 '시체를 염할 때 아무 일이 없게 잘 무마시켜주게'라고 분부했습니다. 소인은 옛날부터 이 사람이 교활하고 흉악한 사람이라 자기 말을 듣지 않으면 가만 있지 않을 것이란 것을 잘 알고 있었습니다. 그래서 술과 음식을 먹고 이 은자를 받았습니다. 그러고는 무대의 집으로 가서 천추번을 벗겨봤는데, 얼굴의 일곱 구멍에 울혈이 있고 입술에 이빨 자국이 있는 것을 보고 분명히 살아서 독살된 시신이라는 것을 알았습니다. 소인이 본래 떠벌리려고 했으나 소인을 도와 함께 나설 집안 당사자도 없었습니다. 그의 부인은 이미 무대가 가슴 통증 병에 걸려 죽었다고 했습니다. 그래서 소인은 감히 말도 꺼내지 못하고 스스로 혀를 깨물고 급병에 걸린 척하며 집까지 부축받아 왔습니다. 단지 일꾼들에게 시신을 염하게 하고 저는 한 푼도 받지 않았습니다. 셋째 날, 시신을 옮겨 화장한다는 말을 듣고 소인이 지전을 사고 화장하는 산에 가서 거짓으로 인정을 베푸는 척했습니다. 왕 노파와 부인을 돌려보내고 몰래 이 뼈 두 조각을 주워 싸서 집으로 가져왔습니다. 이처럼 유골이 푸석하고 검게 변한 것은 독약에 죽은 증거입니다. 이 종이에 연월일시와 장례를 지낸 사람의 이름을 적었습니다. 소인이 할 말은 여기까지입니다. 나머지는 도두께서 자세히 조사하시기 바랍니다."

"간통한 자는 누구냐?"

"그 사람이 누군지는 모르겠습니다만 떠도는 소문을 들으니 배를 파는 운가가 전에 형님과 찻집에 가서 간통한 사람을 잡았다고 합니다. 이 거리에 모르는 사람이 없다고 합니다. 도두께서 자세히 알고 싶으시면 운가에게 물어보십시오."

"좋다. 이렇게 됐으니 이 사람을 같이 찾아보자."

무송이 칼을 거두며 유골과 은자를 집어넣고 술값을 계산한 뒤에 하구숙과 함께 운가의 집으로 갔다.

집에 다다르자 어린아이가 버드나무 바구니를 손에 들고 쌀을 사서 돌아오는 중이었다. 하구숙이 말했다.

"운가야, 너 이 도두를 아니?"

"호랑이를 현 관아로 끌고 오는 날 알았습니다. 두 분께서 무슨 일로 저를 찾아오셨어요?"

운가는 이미 눈치를 채고 말했다.

"단 한 가지 걸리는 일이 있어요. 우리 아버지가 예순 한 살인데 부양할 사람이 없어서 여러분과 함께 송사를 치를 수 없습니다."

"착한 아이구나."

무송이 몸에서 5냥 은자를 꺼냈다.

"너 이 은자를 너희 아버지 생활비로 줄 테니 나랑 얘기 좀 하자."

운가가 속으로 생각했다.

'5냥이면 어떻게라도 3~5개월은 충분히 쓸 수 있을 테니 같이 송사를 벌여도 상관없겠군.'

집안으로 들어가 은자와 쌀을 아버지에게 주고 두 사람과 함께 골목을 나와 한 반점 이층에 올라갔다. 무송이 밥 3인분을 시키고 운가에게 말했다.

"운가야, 너는 비록 나이는 어리지만 부모를 공양하는 효심이 있구나. 방금 네게 준 은자는 생활비로 쓰거라. 내가 너를 쓸 곳이 있느니라. 일이 끝나면 내가 다시 네게 14~15냥 은자를 밑천으로 주마. 네가 나에게 자세히 좀 말해다오. 네가 어떻게 우리 형님과 함께 찻집에 가서 간음하는 현장을 잡았니?"

"제가 말씀드릴 테니 화내지 마세요. 금년 정월 13일 배 한 광주리를 들고 서문경을 찾아 팔아먹으려고 온 동네를 다 찾았는데 찾을 수가 없었어요. 사람들에게 물으니 '서문경은 자석가 왕 노파 찻집에서 취병 파는 무대의 마누라와 함께 있다. 만일 벗겨 먹으려면 매일 거기로 가거라'고 했어요. 그 말을 듣고 곧장 찾아갔는데 늙은 개돼지 같은 왕 노파 년이 막아서며 들여보내지 않잖아요. 말 몇 마디로 내막을 까발렸더니 그 개돼지 같은 년이 꿀밤을 때리며 꼬집고 쫓아내는 바람에 배를 길바닥에 다 쏟았어요. 화도 나고 괴로워서 무대 아저씨를 찾아가 모든 일을 자세하게 말했더니 간통 현장을 잡으려고 하더라고요. 내가 '서문경이란 놈의 무예 솜씨가 대단해서 아저씨는 안돼요. 아저씨가 잡지 못해서 도리어 고발당하면 안 되잖아요. 내일 아저씨와 함께 골목 입구에서 만나요. 아저씨는 취병을 금방 팔 수 있게 조금만 가져오세요. 서문경이 찻집에 오면 제가 먼저 들어갈 테니 아저씨는 멜대를 놓고 기다리세요. 내가 광주리를 던지는 것을 보면 아저씨가 들어가 간통 현장을 잡으세요'라고 말했어요. 나는 그날 배 광주리를 들고 찻집에 가서 저를 욕한 늙은 개돼지 년에게 욕을 퍼부었더니 할망구가 다시 나를 때렸어요. 광주리를 거리에 던지고 머리로 늙은 개를 벽으로 몰아 붙였어요. 무대 아저씨가 달려 들어가니 할망구가 막으려고 하는데 나한테 막혀서 '무대가 왔다!'라고 소리를 지르는 수밖에 없었어요. 안에서 둘은 오히려 힘껏 문을 막아서고, 무대 아저씨는 방 밖에서 소리만 질렀지요. 갑자기 서문경이란 놈이 문을 열고 뛰쳐나와 아저씨를 발로 차서 쓰러뜨렸어요. 부인이 뒤따라 나와 아저씨를 부축했지만 꼼짝도 하지 않는 것을 보고 나는 황급히 달아났어요. 그리고 5~7일이 지나 아저씨가 죽었다는 이야기를 들었어요. 어떻게 죽었는지는 모르겠어요."

무송이 듣고는 말했다.

"네 말이 사실이냐? 너 절대 거짓말해서는 안 된다."

"관아에 가더라도 이렇게 말할 거예요."

"맞는 말이다."

밥을 먹고 밥값을 지불한 뒤 세 사람은 아래층으로 내려왔다. 하구숙이 말했다.

"소인은 물러나겠습니다."

"잠시 나를 따라오시오. 두 사람은 모두 나와 함께 현청으로 가서 증언을 해 주어야겠소."

둘을 데리고 현 대청으로 갔다.

지현이 보고는 물었다.

"무 도두, 무슨 고발이라도 하려는 것인가?"

"서문경과 형수가 간통을 하고 소인 친형 무대를 독살했습니다. 이 두 사람이 증인이오니 상공께서 처결해주시기 바랍니다."

지현이 먼저 하구숙과 운가의 진술을 듣고 당일 현 관리와 상의했다. 원래 현 관리들은 모두가 서문경과 한통속이었고, 지현 역시 말할 것도 없었다. 그래서 관리가 함께 상의한 후 말했다.

"이 일은 송사를 진행하기 어렵습니다."

지현이 무송에게 말했다.

"무송, 너도 본 현 도두이니 법도를 모르지는 않을 것이다. 예로부터 '간통범을 잡으려면 둘 다 잡아야 하고, 도둑을 잡으려면 훔친 물건을 찾아야 하며, 살인범을 잡으려면 상처를 봐야 한다'고 했다. 자네 형의 시신도 없고 자네가 간통 현장을 잡은 적도 없다. 지금 이 두 사람의 말만 가지고 살인 사건으로 송사를 진행한다면 너무 편파적이지 않겠는가? 자네는 너무 경솔하게 행동하지 말고 스스로 생각해보고 될 수 있을 것 같으면 해보게나."

무송이 품 안에서 푸석하고 검게 변한 유골 두 개, 은자 10냥과 하구숙이 기록한 종이 한 장을 꺼내며 말했다.

"상공께 아뢰옵니다. 이 증거는 절대 소인이 날조한 것이 아닙니다."

지현이 물증을 받아 살펴보고는 말했다.

"자네는 일단 나가서 기다리게. 다시 잘 상의해보겠네. 그래서 처결할 수 있다면 내가 바로 체포하여 심문하겠다."

무송이 하구숙과 운가를 방에서 기다리게 했다. 그날 서문경이 소식을 듣고 심복을 현 관아에 보내 관리들에게 돈을 뿌렸다.

다음날 새벽 무송이 대청에서 지현에게 범인을 체포하게 해달라고 재촉했다. 누가 생각했으랴. 지현은 뇌물을 탐내어 유골과 은자를 돌려주며 말했다.

"무송, 남들의 이간질을 듣고 서문경을 원수로 삼지 말게나. 이 사건은 증거가 명확하지 않아 심문하기 어렵다네. 성인이 말씀하시기를 '눈으로 직접 본 일도 오히려 진실이 아닐까 두렵거늘, 남들이 뒤에서 하는 말을 어떻게 모두 믿을 수 있겠는가?'[10]라고 했네. 일시의 충동으로 경솔한 일 하지 말게."

옥리가 말했다.

"도두, 일반적으로 살인 사건은 반드시 시체·상처·병증·물증·흔적 다섯 가지가 모두 갖추어져야 추궁할 수 있습니다."

무송이 말했다.

"상공께서 소송을 못하게 하시니 다른 방법을 찾아보겠습니다."

은자와 유골을 돌려받아 다시 하구숙에게 주면서 가지고 있도록 했다. 대청에서 내려와 자기 방에 가서 토병을 불러 밥을 준비시켜 하구숙과 운가에게 먹였다.

"방에서 잠시 기다리고 있으면, 내가 곧 돌아오겠네."

다시 토병 2~3명을 데리고 현 관아를 나와 벼루와 필묵을 준비하고 종이 3~5장을 사서 몸에 넣었다. 토병 두 명을 불러 돼지 머리, 거위 한 마리, 닭 한 마리, 술 한 통과 과일을 사게 하여 집 안에 준비하도록 했다. 대략 사시에 토병

10_ 원문은 '經目之事, 猶恐未眞; 背後之言, 豈能全信?'이다. 『명심보감明心寶鑑』「성심聖心」에 따르면 "經目之事, 猶恐未皆眞; 背後之言, 豈足深信(눈으로 직접 본 일도 오히려 모두가 진실이 아닐까 두렵거늘, 남들이 뒤에서 하는 말을 어떻게 깊이 믿을 만하겠는가?)"이라고 했다.

을 데리고 집으로 돌아왔다. 부인은 이미 소송이 허가되지 않았다는 소식을 듣고 마음을 놓으며 두려움 없이 대담하게 무송이 어떻게 나오나 보려고 했다. 무송이 말했다.

"형수, 내려오시지요. 할 말이 있습니다."

부인이 천천히 일층으로 내려와 물었다.

"무슨 할 말이 있나요?"

"내일은 형님의 49재입니다. 형수가 이전에 여러 이웃들께 걱정을 끼쳐드렸으니 내가 오늘 특별히 술을 준비하여 형수님 대신 이웃들에게 감사하려고 합니다."

부인이 거들먹거리며 말했다.

"그 사람들한테 뭐 하러 감사한단 말이에요?"

"예의상 그냥 넘길 수 없습니다."

토병을 불러 먼저 시신을 안치했던 침상 앞에 촛불 두 촉을 밝게 켜고 향을 살랐다. 지전을 한 무더기 벌여놓고 제물을 영전에 가득 놓았으며 술과 음식, 과일을 차렸다. 토병 한 명을 불러 뒤에 가서 술을 데우게 하고, 남은 둘을 불러 문 앞에 탁자와 의자를 준비하게 했고 다시 앞뒤 문을 지키도록 했다. 모든 지시가 끝나자 무송이 말했다.

"형수가 와서 손님 좀 대접하시오. 나는 손님을 모셔오겠소."

먼저 옆집 왕 노파를 청했다. 노파가 말했다.

"폐를 끼칠 필요는 없는데, 도두께 감사하오."

"여러 가지로 할멈을 번거롭게 했으니, 이렇게라도 해야 도리에 합당할 것이오. 먼저 술 한잔 준비했으니 사양하지 마시오."

노파는 가게 영업 간판을 거두고 문을 닫은 다음 후문으로 들어왔다. 무송이 말했다.

"형수님은 주인석에 앉고 할멈은 맞은편에 앉으시오."

노파는 서문경의 말을 들어 이미 알고 있었으므로 안심하고 술을 마셨다. 둘은 속으로 생각했다.

'무슨 짓을 하려는지 한번 구경이나 해보자.'

무송이 은 장신구점을 연 요이랑姚二郎 요문경姚文卿을 불렀다. 이랑이 말했다.

"소인이 바쁘기도 하고 도두를 번거롭게 하고 싶지 않습니다."

무송이 붙들고 말했다.

"싱거운 술[11] 한잔이라 오래 걸리지 않을 것이니 집으로 가시지요."

요이랑은 어쩔 수 없이 따라와 왕 노파의 옆에 앉았다. 다시 나가 두 집을 더 불렀다. 하나는 지마포紙馬鋪[12]를 운영하는 조사랑趙四郎 조중명趙仲銘이었다. 사랑이 말했다.

"소인은 장사가 바빠 함께 갈 수가 없습니다."

"그러면 안 되지요! 다른 이웃도 모두 거기에 와 있습니다."

어쩔 수 없이 무송에게 끌려 집으로 왔다. 무송이 말했다.

"이 어르신은 아버지와 같은 사람이니 형수님 옆에 앉으시지요."

또 문 맞은편에서 술을 파는 호정경胡正卿을 불렀다. 그 사람은 원래 관리 출신이라 눈치 채고 난처해했으나 어떻게 뿌리칠 수 있겠는가? 무송은 상관하지 않고 끌어다가 조사랑 다음 자리에 앉혔다. 무송이 물었다.

"왕 노파, 당신 옆집은 누가 사시오?"

"그 집은 혼돈을 파는 장공張公이오."

마침 장공은 집 안에 있었는데 무송이 들어오는 것을 보고는 놀라며 말했다.

"도두, 무슨 하실 말씀이 있습니까?"

"이웃에게 신세를 많이 져서 집에서 싱거운 술 한잔 대접하려고 합니다."

노인이 말했다.

11_ 원문은 '담주淡酒'로 도수가 높지 않은 술을 말한다.
12_ 지마포紙馬鋪: 제사에 쓰이는 향·초·종이와 말을 파는 상점.

"아이고! 이 늙은이가 도두 집에 예의 한번 차린 적 없었는데, 어째 나를 술자리에 청하시오?"

"예의를 지키지 못했습니다. 집에 가시지요."

노인은 무송에게 끌려와 요이랑 옆에 앉았다.

어째서 먼저 와 앉아 있던 사람들이 가지 않았을까? 이들은 토병이 앞뒤로 문을 지키고 있어 감금당한 것과 다를 것이 없었다.

무송은 4명의 이웃을 청했고 왕 노파와 형수까지 합쳐 모두 6명이었다. 무송이 등받이 없는 의자를 가져다가 가로로 앉았고, 토병에게 앞뒷문을 모두 닫게 했다. 뒤쪽에 있던 토병이 다가와 술을 따랐다. 무송이 큰 동작으로 인사를 하며 말했다.

"여러 이웃분들, 소인을 우악스럽다고 욕하지 마시고 대충 조금이라도 드시기 바랍니다."

이웃들이 말했다.

"소인들은 아무도 도두님을 환영해준 적이 없는데, 오늘 도리어 폐를 끼치는군요."

무송이 웃으면서 말했다.

"성의가 부족하더라도 비웃지 마십시오."

토병이 술을 따라주었고 사람들은 각자 속으로 별의별 생각을 품고 있었으나 아무도 어떻게 해야 할지 몰랐다. 술이 세 번 돌자 호정경이 일어나면서 말했다.

"소인이 좀 바빠서 가봐야겠는데요."

무송이 말했다.

"갈 수 없습니다! 이미 여기에 오셨으니 바쁘시더라도 앉아 계시오."

호정경은 마음이 불안하고 초조하여 안절부절 못하며 속으로 생각했다.

'좋은 뜻으로 우리를 불러 술을 먹이는 것 같더니, 어째서 이렇게 사람을 꼼짝 못하게 하는 거지?'

불만이 있어도 그냥 앉아 있을 수밖에 없었다. 무송이 말했다.

"다시 술을 따라라."

토병이 네 번째 잔을 따르고 앞뒤로 일곱 잔을 마셨는데, 사람들은 여태후呂太后의 연회[13]에 참석한 것처럼 억지로 마시지 않을 수 없었다.

무송은 토병을 불러 술상을 치우게 하고 잠시 뒤에 다시 마시겠다고 했다. 무송이 탁자를 닦는데 사람들이 일어나려고 하자 무송이 두 손으로 일어나지 못하게 막으며 말했다.

"지금 막 말하려고 하던 참이오. 여기 계신 이웃들 가운데 글을 쓸 수 있는 사람이 있소?"

요이랑이 말했다.

"여기 호정경이 잘 씁니다."

무송이 인사를 하며 말했다.

"번거롭겠지만 부탁합니다."

두 소매를 걷고 옷 밑에서 휙 하고 날카로운 칼을 꺼내 오른손 네 손가락으로 칼자루를 감아쥐고 엄지손가락으로 슴베(칼날의 뒷부분으로, 자루와 날을 결합하는 부분)를 누르더니 원한에 가득 찬 두 눈을 둥그렇게 뜨고 말했다.

"이 자리에 계신 이웃 여러분, 원수를 갚으려면 원수가 있어야 하고 빚을 갚으려거든 빚쟁이가 있어야 합니다. 여기에 계신 여러분이 증인이 되어주시기 바랍니다."

무송이 왼손으로 형수를 붙들고 칼을 잡은 오른손으로 왕 노파를 가리켰다. 4명의 이웃은 눈을 둥그렇게 뜨고 입을 벌린 채 놀라 어떻게 해야 할 줄 몰라

13_ 여태후呂太后의 술자리: 한 고조 유방이 죽은 다음 그의 아내 여치呂雉가 독재를 했는데, 사람들이 여태후呂太后라 불렀다. 여치가 군신들을 청하여 술을 마시면서 유장劉章에게 술자리를 관리하는 역할을 맡겼다. 군법으로 술을 권했는데 여태후의 친척 한 사람이 술을 마시지 않자 그 자리에서 죽이니 아무도 술자리를 떠나지 못했다. 이후에 불편한 술자리를 '여태후의 술자리'라고 불렀다.

서로 얼굴만 바라보며 아무 소리도 못했다. 무송이 말했다.

"여러분은 언짢게 생각 마시고 놀라지도 마시오. 이 무송이 비록 우악스러운 사내지만 죽음도 무서워하지 않고 원한이 있으면 풀고, 원수가 있으면 복수하는 것은 압니다. 여러분은 결코 해치지 않을 테니 번거롭겠지만 증인이 되어주시오. 만일 한 사람이라도 먼저 간다면 이 무송이 태도를 바꾸더라도 탓하지 마시오. 먼저 가는 사람에게는 칼 맛을 5~7번 보여드리고 이 무송이 나중에 그 사람에게 목숨을 내놓아도 상관없소."

다들 놀라 눈을 크게 뜨고 입을 벌린 채 감히 움직이지 못했다.

무송이 왕 노파를 바라보고 소리 질렀다.

"너 이 늙은 개돼지 같은 년은 들거라! 네년 때문에 형님께서 돌아가신 것을 모두 알고 있다. 나중에 다시 네게 묻겠다!"

얼굴을 돌려 부인을 바라보며 욕했다.

"너 이 음탕한 년은 들거라! 네가 우리 형님을 어떻게 살해했는지 사실대로 말하면 내가 너를 용서하겠다!"

부인이 말했다.

"도련님, 지금 이게 도리에 맞는 소리인가요! 형님은 가슴 통증으로 죽었는데 나랑 무슨 상관있어요!"

말이 미처 끝나기도 전에 무송이 '팍' 하고 칼을 탁자 위에 꽂으며 왼손으로 부인의 쪽을 잡더니 오른손으로 가슴 사이를 잡고 들어올렸다. 발로 탁자를 차서 쓰러뜨리고 탁자를 사이에 두고 부인을 가볍게 들어 올려 시신을 안치했던 침상 앞에 뒤집어 놓고 두 다리로 밟고 올라탔다. 오른손으로 칼을 뽑아 왕 노파를 가리키며 말했다.

"늙은 개돼지야. 네가 사실대로 불어라!"

노파는 벗어나려고 해도 벗어날 수 없음을 알고 말할 수밖에 없었다.

"도두께서는 고정하시오. 내가 털어놓겠소."

무송은 토병에게 종이·묵·붓·벼루를 가지고 오게 하여 탁자 위에 올려놓고 칼로 호정경을 가리키며 말했다.

"번거롭겠지만 한 마디 들을 때마다 한 마디씩 적으시오."

호정경이 덜덜 떨면서 말했다.

"소, 소인…바, 받아…적겠습…니다."

물을 받아 먹을 갈기 시작했다. 호정경이 붓을 잡고 종이를 펼치고는 말했다.

"왕 노파, 사실대로 이야기하게!"

"나랑 상관없는 일인데 무엇을 이야기하란 말이오?"

무송이 말했다.

"늙은 개돼지야. 내가 모두 알고 있는데 네가 잡아떼려 하느냐! 네가 말하지 않는다면 내가 이 음탕한 년을 먼저 토막 내고 너 늙은 개년을 죽이겠다!"

칼을 들어 부인의 얼굴 양쪽을 문지르자, 부인은 다급하게 소리 질렀다.

"도련님, 용서해주세요! 저를 놓아주시면 다 말하겠어요."

무송이 부인을 들어 무대의 시신을 안치했던 침상 앞에 무릎 꿇리고는 크게 호통쳤다.

"음탕한 년아, 빨리 불어라!"

부인은 놀라 혼백이 다 나가 사실대로 불기 시작했다. 그날 발을 걷다가 서문경을 맞힌 일부터 시작하여 왕 노파의 수의를 만들다가 유혹을 당해 간통하기까지 하나하나 설명했다. 그리고 나중에 어떻게 무대를 발로 차게 됐고, 어떻게 약을 탈 것인지 계획하고 어떻게 처리하도록 왕 노파가 부추겼는지 처음부터 끝까지 모두 털어놓았다. 무송은 반금련이 한 마디 말하면 호정경에게 한 마디 쓰게 했다. 왕 노파가 말했다.

"버러지 같은 년아, 네가 불어버리면 내가 어떻게 잡아뗀단 말이냐. 네가 나까지 죽이려는 거구나!"

왕 노파도 죄를 인정할 수밖에 없었다. 노파의 진술도 호정경에게 쓰도록 했고 처음부터 끝까지 빠짐없이 적었다. 반금련과 왕 노파 둘을 불러 서명하고 4명의 이웃에게 이름을 적고 수결하게 했다. 토병을 불러 탑박을 풀게 하여 등 뒤로 늙은 개의 팔을 묶고 진술서를 둘둘 말아 가슴 속에 꽂아 넣었다. 토병을 불러 술 사발을 가져오게 하여 시신을 안치했던 침상 앞에 공양한 다음 부인을 끌어다 영전 앞에 무릎 꿇리고 그 늙은 개 또한 고함을 질러 영전 앞에 꿇게 한 다음 말했다.

"형님, 영혼이나마 가까이에서 지켜보고 계신가요. 오늘 동생 무송이 원수를 갚고 원한을 풀겠습니다!"

토병에게 지전을 사르도록 했다. 부인은 돌아가는 형세가 좋지 않자 소리를 지르려고 하는데, 무송이 머리를 틀어쥐고 내동댕이치더니 두 발로 그녀의 두 팔을 밟고 앞가슴의 옷을 찢었다. 순식간에 날카로운 칼로 가슴을 가른 다음 칼을 입에 물고 두 손으로 가슴을 파헤쳐 심장·간·오장을 꺼내 영전에 공양했다. 퍽 소리와 함께 부인의 목을 자르자 온 바닥에 피가 흘렀다. 4명의 이웃은 놀라 모두가 얼굴을 가렸다. 무송의 흉악한 행동을 보고도 감히 말리지 못하고 보고 있을 수밖에 없었다. 무송은 토병을 불러 이층에 가서 이불 한 채를 가져오게 하여 부인의 머리를 싸맸으며 칼을 닦아 칼집에 넣었다. 손을 씻고 인사를 하며 말했다.

"여러분 고생하셨습니다. 너무 나무라지 마십시오. 여러분 이층에 잠시 앉아 이 무송이 돌아오기를 기다리시기 바랍니다."

이웃 네 사람은 서로 바라보며 감히 따르지 않을 수가 없어서 이층에 올라가 앉았다. 토병들에게 분부하여 노파를 이층에 끌고 가 계단 문을 잠그고, 다른 토병 둘에게 아래층에서 지키게 했다.

무송이 부인의 머리를 싸서 들고 바로 서문경의 약재상으로 가서 관리인을 보고는 인사하며 물었다.

"대관인은 댁에 계십니까?"

"방금 나갔습니다."

무송이 말했다.

"잠시 이쪽으로 오셔서 한 말씀 합시다."

그 관리인도 무송을 조금 알아서 감히 나가지 않을 수 없었다. 무송이 관리인을 끌고 점포 옆 후미진 골목으로 들어가더니 갑자기 얼굴색을 바꾸며 말했다.

"너 살고 싶냐 죽고 싶냐?"

관리인이 당황해서 말했다.

"도두님, 소인은 도두님을 범한 적이 없습니다."

"네가 죽고 싶거든 서문경이 어디 갔는지 말하지 말거라. 살고 싶으면 내게 서문경이 어디 있는지 사실대로 털어놓아라."

"바, 방금 아는 사람과 사자교 아래 대주점[14]에 가서… 가서 술을……."

이 말을 들은 무송은 몸을 돌려 떠났다. 그 관리인은 놀라 한참 동안 걷지도 못하다가 간신히 혼자 돌아갔다.

무송은 곧장 사자교 아래 주점 앞으로 달려가서 주보에게 물었다.

"서문경 대인이 누구와 술을 마시고 있느냐?"

"한 갑부와 이층 거리가 보이는 방 안에서 술을 마시고 있습니다."

바로 이층으로 올라가 방 앞에서 살펴보니 서문경이 창가 주인석에 앉고 맞은편에 손님이 자리를 잡았는데 노래하는 기녀 둘이 양쪽에 모시고 있는 것이 보였다. 무송이 이불을 펴서 터니 피가 잔뜩 묻은 머리가 굴러 떨어졌다. 왼손으로 머리를 잡고 오른손으로 칼을 뽑아 발을 걷고 안으로 들어가 부인의 머리를 서문경의 얼굴에 던졌다. 서문경이 무송을 알아보고는 놀라 소리를 질렀다.

14_ 사자루獅子樓: 북송 경우景祐 3년(1036)에 건설되었다. 몇 번의 수리를 거쳐 지금까지도 존재하는데, 구 양곡현 성 중심 십자 거리 가장자리에 위치해 있다.

"아아아!"

등받이 없는 의자에서 튀어 올라 한발로 창문 난간을 밟고 길을 찾아 도망가려고 했으나 아래가 길거리라 뛰어내리지 못하고 속으로 당황했다. 눈 깜짝할 사이에 무송은 손으로 탁자를 짚고 풀쩍 뛰어 오르더니 잔과 접시를 모두 발로 차냈다. 노래하는 기녀 둘은 놀라 움직이지도 못했고 같이 있던 갑부도 손발을 허우적거리더니 놀라 뒤로 자빠졌다. 서문경은 무송이 무서운 기세로 달려오는 것을 보고 속임 동작으로 손을 뻗는 척하더니 오른발을 날렸다. 무송은 무작정 달려오다가 다리가 날아오는 것을 보고는 몸을 피했으나 오른손을 정통으로 맞았고, 들고 있던 칼이 날아가 길 가운데로 떨어졌다. 서문경은 칼이 발에 맞아 날아간 것을 보고는 속으로 무송을 두려워하는 마음이 사라졌고 오른손으로 겨누는 척 하다가 왼손으로 무송의 명치를 겨냥하고 쳤다. 무송이 피하며 공격해 들어오는 서문경을 겨드랑이에 끼어 왼손으로 그의 머리를 잡아 어깨로 들어 올리고 오른손으로는 왼쪽다리를 거머쥐고 소리쳤다.

"내려가라!"

서문경은 첫째, 원귀가 붙었고, 둘째, 하늘이 용납할 수 없었으며, 셋째, 무송의 용기와 힘을 당해낼 수가 없었다. 머리가 아래로 가고 다리는 위로 향한 채 거꾸로 거리 가운데로 떨어져 한동안 기절하고 말았다. 길 양쪽으로 지나던 사람들이 모두 놀랐다.

무송은 손을 뻗어 등받이 없는 의자 옆에서 반금련의 머리를 주워 창문 밖으로 몸을 내밀고 아래로 뛰어내렸다. 먼저 칼을 바닥에서 집어 손에 잡고 서문경을 보니 이미 반쯤 죽은 상태로 땅바닥에 뻣뻣하게 누워 눈알만 움직이고 있었다. 무송이 몸을 누르고 칼을 들어 서문경의 목을 잘랐다. 머리 두 개를 하나로 묶어 손에 들고 남은 손에 칼을 잡은 채 자석가로 돌아왔다. 토병을 불러 문을 열게 하고 머리 두 개를 영전에 공양하고 차가운 술 한 사발을 뿌리고는 추도하며 말했다.

"형님 혼령이 멀지 않은 곳에 계시다면 이제 하늘로 올라가십시오! 동생이 이미 복수하여 간부와 음부를 죽였고 오늘 태우겠습니다."

토병을 불러 이층에서 이웃을 내려오게 하고 왕 노파를 앞에 데려왔다. 무송이 칼을 들고 머리 두 개를 들어 다시 네 이웃에게 말했다.

"내가 다시 여러 이웃에게 한 마디 하려 하니 아무 데도 못 갑니다."

이웃들은 모두 두 손을 모아 잡고 함께 말했다.

"도두께서 말씀하시면 우리는 따르겠습니다."

무송은 몇 마디 말을 했다. 나누어 서술하면, 경양강의 사내는 억울하게 죄수가 되고, 양곡현의 도두는 행자行者로 변하게 된다. 그야말로, 그 명성이 천년 만년을 전해지게 되었던 것이다.

무송이 어떤 말을 했는지는 다음 회에 설명하노라.

### 송대의 화장 문화

송나라 때 화장 문화가 번성한 것 같지만 사실은 그렇지 않았고 송나라 왕조는 여러 차례 엄격하게 금지했다. 『수호전보증본』에 따르면 "건륭建隆(송 태조의 연호) 3년(962) 3월 조서를 내려 '왕이 된 자는 관곽棺槨의 제품祭品을 준비하고 흙을 쌓아 올려 무덤을 만드는 것은 인륜을 두텁게 하는 것이며 하나의 풍속 교화다. 근대 이래로 이민족 풍속을 따르며 많은 이가 화장을 하는데 전례典禮를 벗어난 것으로 지금부터 엄격하게 금지한다'고 했다. 호부시랑戶部侍郎 영의榮嶷는 상주하여 오월吳越 지방의 습속을 말하면서, '가난한 집들은 장례를 치르는 날 오직 간략하게 하고자 힘쓰는데, 여태껏 화장하는 것이 편리했기에 이것이 습관이 되고 풍속이 되었으니 그 추세를 고치기가 어렵다'고 했다. 이것으로 보건대 화장은 여전히 민간에서는 보편적이었고 대부분이 화인정化人亭을 설치했다"고 했다. '화인정'은 화장터의 정자다.

【 제27회 】

# 십자파[1]

무송이 네 명의 이웃을 향해 말했다.

"소인이 지금 형님의 원수를 갚고 원한을 씻느라 죄를 범했지만 그 이유가 정당했기에 죽어도 원망하지 않습니다. 방금 이웃들을 너무 크게 놀라게 했습니다. 소인이 여기를 떠나면 죽을지 살지 알 수 없습니다. 우리 형님을 안치했던 침상을 지금 불태워버릴 것입니다. 집 안에 남아 있는 물건은 여기 이웃 분들이 팔아 제가 옥에 들어가면 비용으로 써주시길 바랍니다. 지금 현 관아로 자수하러 가니 여러분은 소인의 죄가 가벼워지건 무거워지건 상관 마시고 사실대로 증언해주시길 바랍니다."

즉시 무대의 영패와 지전을 모두 불살라버렸다. 이층에서 상자 두 개를 가져다가 열어보고 이웃에게 주어 팔아 돈으로 바꾸게 했다. 그러고 나서 노파를 끌며 사람 머리 둘을 가지고 현 관아로 갔다.

1_ 제27회 제목은 '母夜叉孟州道賣人肉(모야차가 맹주도에서 인육을 팔다), 武都頭十字坡遇張青(무 도두가 십자파에서 장청을 만나다)'이다.

이 소식이 퍼져나가자 양곡현이 떠들썩하게 들끓었으며 구경하러 거리에 나온 사람이 얼마나 많은지 셀 수도 없었다. 지현이 사람들의 보고를 듣고는 해괴하여 놀라며 바로 대청에 올랐다. 무송이 노파를 끌고 대청 앞에 무릎 꿇고 살인에 사용한 칼과 머리 두 개를 계단 아래에 놓았다. 무송은 왼쪽에 꿇어앉고, 노파는 중간에 꿇어앉았으며, 네 이웃은 오른쪽에 꿇어앉았다. 무송이 가슴 안에서 호정경이 쓴 진술서를 꺼내 처음부터 끝까지 한 차례 읽었다. 지현은 영사令史2를 불러 먼저 왕 노파의 진술을 심문하게 했는데, 진술서와 같았고 네 이웃도 명백하게 증언했다. 다시 하구숙과 운가를 불러 명백한 진술서를 받았다. 즉시 오작행인仵作行人과 관원 한 명을 파견하여 약간 명을 데리고 자석가로 가서 부인의 시신을 검시했고, 또 사자교 아래 주점 앞에서 서문경의 시신도 확인했다. 검시표를 자세하게 채우고3 현으로 돌아와 제출하여 입안했다. 지현은 무송과 노파에게 칼을 채우고 옥에 가두었고, 이웃들은 잠시 문간방에 가두었다. 지현은 무송이 의로운 사내대장부이고 또 자신을 위해 북경에 다녀온 일을 생각하여 어떻게 해서든 무송을 살리려고 했다. 또 여러 가지 그의 장점을 생각하여 관리들과 상의하며 말했다.

"무송 이놈은 의리 있는 사내이니 사람들의 진술조서를 새로 만들면 어떻겠는가. '무송은 죽은 형의 제사를 지내려고 했는데 형수가 제사를 용납하지 않아 서로 다투었다. 부인이 시신을 안치한 침상을 밀어 쓰러뜨리자, 무송이 형의 신주를 구하려고 다투다 실수로 형수를 죽였다. 나중에 서문경이 부인과 간통으로 인하여 쫓아와 무리하게 보호하려다 싸움이 벌어졌다. 서로 굴복하지 않고 사자교 옆에서 맞잡고 싸우다 사람이 죽게 되었다.' 조서를 이렇게 고치세."

진술서를 무송에게 읽어주고 설명공문을 작성하여 몇몇 죄인과 함께 본관

2_ 영사令史: 송·원 이래로 관청의 서리胥吏에 대한 통칭이다.

3_ 검시 항목은 대략 시신의 어느 곳에 상흔이 있는지, 상흔의 색깔, 상흔의 크기와 형상, 깊이 등을 적고 참여한 검시 관원의 서명과 월일과 시간을 적었다.

동평부東平府에 보내 처분을 요청했다. 양곡현은 비록 작은 현에 속했는데도 의로운 사람이 적지 않았다. 부자들은 무송에게 은냥을 대주었고 술과 음식 그리고 쌀과 돈을 주는 사람도 있었다. 무송은 거처로 와서 토병에게 부탁하여 짐을 챙기고 은자 12~13냥을 운가의 아버지에게 주었다. 무송의 수하에 있던 토병 대부분이 술과 고기를 보냈다. 현 관리는 공문을 수령하고 문서와 하구숙의 은자, 유골, 진술서, 칼 등을 가지고 죄인들을 데리고 동평부로 출발했다.

일행이 동평부에 도착하자 구경꾼들이 모여들어 관아 입구가 떠들썩했다. 한편 동평부 부윤 진문소陳文昭는 보고를 듣고 즉시 대청에 올랐다. 그 관인을 보니,

평생 정직하게 사니 천성이 현명하구나. 어려선 눈빛을 빌어 근면하게 독서하고,[4] 성장해선 황제에게 대책도 올렸다네. 호구수가 늘어나고 돈과 양식을 경영하니 온 거리의 백성이 그의 덕을 칭송했고, 송사가 적어지고 도적이 없어지니 늙은이들 칭찬하는 노래로 시장이 떠들썩하구나. 강개한 문장은 이백李白과 두보杜甫를 능가하고, 현명하고 선량한 덕정은 공수龔遂와 황패黃霸[5]도 이기지 못한다네.

平生正直, 禀性賢明. 幼曾雪案攻書, 長向金鑾對策. 戶口增, 錢粮辦, 黎民稱德滿街衢; 詞訟減, 盜賊休, 父老讚歌喧市井. 慷慨文章欺李杜, 賢良德政勝龔黃.

진 부윤은 총명하고 예리한 관원으로 이 사건을 이미 알고 있었다. 즉시 범인들을 끌고 오게 하고는 대청에서 먼저 양곡현에서 상정한 문서를 살펴보았다.

4_ 원문은 '幼曾雪案攻書'다. '설안雪案'은 눈의 빛으로 독서하는 책상을 말하고, '공서攻書'는 근면하게 독서하는 것을 말한다. 진晉나라 때 손강孫康은 집이 가난하여 등잔이 없자 겨울에 눈의 빛으로 독서를 했다고 한다.

5_ 공수龔遂와 황패黃霸는 모두 한나라 때 훌륭한 관리였다. 『한서漢書』「순리전循吏傳」에 이들의 사적이 실려 있다.

또 각자의 자술서를 살펴보고 한 사람씩 차례차례 심문했다. 장물과 흉기를 봉하고 창고지기에게 주어 잘 보관하도록 했다. 무송에게 씌운 중죄인의 칼을 가벼운 것으로 바꾸고 감옥에 가두었다. 노파의 칼은 중죄인의 것으로 바꾸어 사형죄인의 옥에 가두었다. 현 관리를 불러 답장을 주고 하구숙, 운가와 네 사람의 이웃 등 6명은 현으로 데려가 집으로 돌려보내도록 했다.

"이 여섯 사람을 데리고 현으로 돌아가 집에 있게 하면서 판결을 기다리도록 하라. 주범 서문경의 처는 동평부에 남겨 구금시키고 처분을 기다려라. 조정의 결재 문서를 기다린 다음에야 처분을 시작할 수 있다."

하구숙, 운가, 이웃 네 사람은 현 관리가 인수하여 양곡현으로 데리고 돌아갔다. 무송은 하옥되었고, 몇몇 토병이 밥을 넣어주었다.

진 부윤은 무송이 의롭고 강직한 사내임을 알고 불쌍히 여겨 항상 사람을 보내 보살폈다. 그래서 절급과 옥졸이 모두 돈 한 푼 받지 않고 술과 음식을 무송에게 제공했다. 진 부윤은 진술서를 고쳐 죄를 더 가볍게 만들어 성원省院[6]에 형량 판결을 신청하고 심복을 보내 긴급문서를 가지고 밤낮으로 개봉에 보내 처리하도록 했다. 형부 관원 중에 진문소와 사이가 좋은 사람이 있었는데, 이 사건을 성원 관리에게 직접 아뢰어 다음과 같은 판결이 났다.

"왕 노파는 계획적으로 간통을 유도했고 부인에게 약을 타 남편을 독살하도록 교사했다. 또 부인을 시켜 무송을 쫓아내 친형에게 제사 지내지 못하도록 했기 때문에 사람을 살상하는 데 이르도록 했고, 남녀를 부추겨 인륜을 상실케 했으므로 능지처참에 처함이 합당하다. 무송은 비록 형의 원수를 갚고 간통한 자 서문경과 싸워 죽였고, 자수는 했지만 사면할 수 없으므로 척장 40대에 얼

6_ 성원省院: 『수호전전교주』에 따르면 "정목형의 『주략』에서 이르기를, '성省은 양성兩省이고 원院은 심형원審刑院이다'라고 했다." 『송사』 「형법지」에 따르면 "심형원을 금중禁中에 설치하고 대리시大理寺와 형부刑部의 실수를 방지하게 했다. 무릇 옥獄(소송 사건)은 반드시 먼저 삼사三司를 거친 다음에 심형원에 보고하고 심의를 거친 이후에 승상부로 보내고 승상이 다시 심의 내용을 들은 다음에 형량을 논한다"라고 했다. 심형원審刑院은 즉 송대 관서로 재심리 기관이다.

굴에 글자를 새기고 2000리 밖으로 유배형에 처한다. 간부姦夫와 음부淫婦의 죄는 비록 무거우나 이미 죽었으므로 논의하지 않는다. 나머지 약간 명의 연루자는 석방하여 집으로 돌려보낸다. 문서가 도착하는 날 즉시 시행할 것."

동평부윤 진문소가 공문을 보고 즉시 공문대로 수행하여 하구숙, 운가와 4명의 이웃과 서문경의 처자식을 대청 앞에 불러 판결을 내렸다. 옥중에서 무송을 불러내 조정의 결정을 낭독하며 큰 칼을 풀고 척장 40대를 실행했다. 상하 공인들이 모두 무송을 돌보아줘 5~7대만 제대로 내려쳤다. 7근 반짜리 칼을 가져와 채우고 얼굴에 두 줄로 바늘로 찔러 글자를 새겼으며 맹주孟州[7] 유배지로 가서 군졸로 충당되도록 결정했다. 나머지 여러 사람에게 심형원의 지시를 알리고 석방하여 집으로 돌려보냈다. 중죄인 옥에 갇힌 왕 노파를 끌어내 대청 앞에서 명을 듣도록 했다. 조정의 결정을 낭독하고 범유패犯由牌[8]를 적성했고 죄를 인정한다고 수결을 받았다. 노파를 목려木驢[9]에 태우고 긴 못 네 개를 박았으며 세 가닥으로 밧줄을 묶자 동평 부윤이 한 마디로 판결했다.

"능지처참하라."

그러고는 거리로 나갔다. 찢어질 듯이 북소리가 두 번 울리고 부서질 듯이 징을 한 번 울리자, 앞에서는 범유패를 들었고 뒤에서는 곤봉으로 때리며 재촉했다. 날카로운 칼 두 개가 올라가고 종이 꽃 한 송이가 흔들렸다. 동평부 시장 중심지로 끌려가 능지처참에 처해졌다.

무송은 칼을 차고 왕 노파가 능지처참을 당하는 것을 보았고, 이웃 요이랑은 무대 집의 가구 등을 팔아 마련한 은냥을 무송에게 주고 작별한 후 돌아갔다. 대청에서 공문에 서명하고 호송 공인 두 명에게 건네 맹주까지 압송하여 인계

7_ 맹주孟州: 『수호전전교주』에 따르면 "정목형의 『주략』에서 이르기를, '맹주는 송나라 제원군절도濟源郡節度에 속했다'고 했다."

8_ 범유패犯由牌: 죄수의 각종 죄상을 상세하게 열거한 팻말.

9_ 목려木驢: 형구刑具로 밀어 움직일 수 있는 나무 수레다. 송나라 때 형벌제도는 이미 능지처참의 형벌을 받은 죄수를 사형 집행 전에 먼저 목려에 세우고 거리를 돌며 대중에게 보였다.

하도록 했다. 부윤이 처분을 모두 마쳤다. 무송은 호송 두 명의 공인과 함께 출발했고, 원래 따르던 토병은 짐을 건네주고 양곡현으로 돌아갔다. 두 공인은 무송과 함께 동평부를 벗어나 맹주를 향하여 먼 길을 떠났다. 그들은 무송이 사내대장부임을 보고 내내 조심스럽게 보살폈으며 감히 조금도 불손하게 굴지 않았다. 무송은 공인 둘이 조심하는 것을 보고 따지지 않았으며 짐 안에 금은이 적지 않아 시골 점포를 지날 때마다 술과 고기를 사서 두 공인을 대접했다.

장황한 말은 그만두고 본론으로 들어가서, 무송이 3월 초에 사람을 죽이고 2개월 동안 감옥에 있다가 이제 맹주 길에 오른 것은 바로 6월 전후라 태양이 이글거려 쇠와 돌이라도 녹일 뜨거운 날씨였기 때문에 비교적 시원한 이른 아침에 길을 재촉했다. 대략 20여 일을 가서 한 큰길에 도착했다. 세 사람이 고갯길에 오른 것은 사시 무렵이었다. 무송이 말했다.

"두 분 앉아 쉬지 말고 고개를 내려가 술집을 찾아 술과 고기를 사먹읍시다."

"옳은 말씀이오."

세 사람이 서둘러 고개를 넘고 바라보니 멀리 비탈 아래 초가가 몇 칸 있었으며 옆쪽 시냇가의 커다란 버드나무 위에 주점 깃발이 걸려 있었다. 무송이 보고는 손으로 가리키며 말했다.

"저기에 주점이 있지 않습니까!"

세 사람이 고개를 서둘러 내려가다 산언덕 옆에서 나무꾼 한 사람이 장작한 짐을 지고 지나가는 것을 보았다. 무송이 불러 말했다.

"여보시오, 말 좀 물읍시다. 여기 지명이 어떻게 됩니까?"

"이 고개는 맹주도孟州道 고개요. 고개 앞 큰 숲은 유명한 십자파十字坡[10]요."

10_ 십자파十字坡는 지금의 허난성 멍저우孟州 도로상에 있다고 하고, 산둥성 판현范縣 경내에 있다고도 한다. 그러나 『수호전』은 소설이기 때문에 십자파가 반드시 이곳에 있었다고는 말할 수 없다.

무송이 두 공인과 함께 곧장 십자파로 가니 커다란 나무가 한 그루 보였다. 맨 앞의 나무는 4~5명이라도 안을 수 없을 정도로 큰데 나무 위에는 마른 덩굴이 감겨 있었다. 큰 나무 옆을 돌아서 보니 한 주점이 보였는데, 문 앞 창가에 한 부인이 앉아 있었다. 녹색 저고리를 드러내놓고 머리에는 누렇게 빛나는 비녀를 꽂고 귀밑머리에는 들꽃을 꽂고 있었다. 무송과 두 공인이 문 앞으로 오는 것을 보고, 그 부인이 일어나 맞이했다. 아래는 주홍색 명주 치마를 둘렀고 얼굴에는 연지와 분을 발랐으며 가슴을 열어젖혀 연분홍색 실로 짠 배두렁이를 드러냈고 위에 금색 단추가 달려 있었다. 그 부인을 보니,

부릅뜬 눈 살기등등하고 두 눈엔 흉악한 눈빛 드러내고 있네. 도르래 굴대 같은 두툼한 허리, 손발은 몽둥이 같이 우악스럽구나. 두텁게 바른 분은 거친 살갗 가리고, 진하게 바른 연지는 양쪽 헝클어진 귀밑머리에까지 묻어 있네. 금팔찌는 마녀의 팔목을 옥죄고, 붉은 적삼은 야차夜叉의 원기를 비추누나.
眉橫殺氣, 眼露凶光. 轆軸般蠢坌腰肢, 棒錘似粗莽手脚. 厚鋪着一層膩粉, 遮掩頑皮; 濃搽就兩暈胭脂, 直侵亂髮. 金釧牢籠魔女臂, 紅衫照映夜叉精.

그 부인이 문에 기대어 맞이하면서 말했다.

"손님, 쉬어가세요. 저희는 좋은 술과 좋은 고기가 있습니다. 먹을 것이 필요하면 커다란 만두도 있어요!"

안으로 들어가 편백나무 탁자 앞에서 두 공인은 곤봉을 기대어 세우고 전대를 풀었으며 어깨를 나란히 하고 앉았다. 무송이 먼저 등에 걸친 보따리를 풀어 탁자 위에 놓고 허리의 탑박을 풀고 베적삼을 벗었다. 두 공인이 말했다.

"여기에는 보는 사람도 없고 우리가 책임질 테니 칼을 풀어놓고 즐겁게 술 두어 사발 마십시다."

봉인 용지를 뜯어내고 칼을 벗겨 탁자 밑에 놓고 상반신 옷을 벗어 창가에

걸쳐놓았다. 부인이 얼굴 가득 웃음을 머금고는 말했다.

"손님, 술은 얼마나 드릴까요?"

무송이 말했다.

"얼마인지 묻지 말고 일단 데워 내오시오. 고기는 3~5근을 잘라오고 계산은 한꺼번에 하겠소."

부인이 말했다.

"아주 큰 만두도 있습니다."

"20~30개 가져오시오. 간식으로 먹게."

부인이 싱글싱글 웃으며 안으로 들어가 큰 통의 술을 가지고 나와 큰 사발 셋과 젓가락 세 벌을 놓고 고기 두 판을 내왔다. 연속하여 술 네다섯 순배가 돌았고 부인이 부뚜막에서 만두 한 통을 가져다가 탁자 위에 놓았다. 두 공인이 만두를 들고 먹었다. 무송이 만두를 들고 반으로 쪼개 쳐다보며 소리 질렀다.

"주인장, 이 만두는 사람 고기인가? 아니면 개고기 만두인가?"

부인이 히죽거리며 말했다.

"손님, 농담하지 마십시오. 이 태평한 세상 대낮에 어디에 사람고기 만두가 있고 개고기 만두가 있답니까? 우리 만두는 대대로 황소 고기로 만들었습니다."

"내가 예전에 강호를 돌아다닐 때 사람들에게 들었네. 큰 나무가 있는 십자파는 어떤 길손도 감히 함부로 지나지 못한다고. 살진 사람은 잘라서 만두소를 만들고 마른 사람은 강물에 던져버린다던데."

"손님, 무슨 그런 말씀을 하십니까? 이것은 손님이 날조한 거짓말입니다."

"여기 만두 안에 있는 털이 사람 소변보는 곳의 털과 똑같이 생겨서 아무래도 의심스럽단 말이야."

무송이 또 물었다.

"부인, 당신 남편은 어째서 보이지 않는 것이오?"

"남편은 외지에 장사하러 나가서 돌아오지 않았습니다."

"이럴 때 혼자 있으면 쓸쓸하겠지."

부인이 겉으로는 웃으면서 속으로 생각했다.

'이런 나쁜 배군配軍 같은 놈이 죽음을 자초하는 것이 아닌 바에야 도리어 나를 희롱하는구나! 불나방이 불 속에 달려들어 타 죽는다더니. 내가 너에게 시비를 건 것이 아니다. 내가 이놈을 가만히 내버려두나 한번 봐라.'

그러고는 말했다.

"손님, 농담도 참 짓궂으시네. 몇 사발 더 드시고 뒤쪽 나무 밑에서 시원한 바람 좀 쐬세요. 쉬고 싶으시면 우리 집에서 쉬셔도 상관없어요."

이 말을 들은 무송은 속으로 생각했다.

'이 아줌마가 나쁜 마음을 품었구먼. 내가 먼저 선수를 쳐야겠다.'

다시 말했다.

"아줌마, 당신 집 술 맛이 영 싱거운데 다른 좋은 술 있으면 몇 사발 갖다주게나."

"아주 향기롭고 좋은 술이 있는데 조금 탁해요."

"좋지, 탁할수록 맛이 좋지."

부인이 속으로 웃음을 지으며 안에 들어가 탁주를 국자에 떠서 들고 나왔다. 무송이 보고 말했다.

"정말 좋은 술이긴 한데 데워서 먹어야 맛있지."

"역시 손님께서 뭘 좀 아시네. 데워올 테니 맛 좀 보세요."

부인이 속으로 생각하며 말했다.

'이 나쁜 배군 놈이 제대로 죽을 짓거리 하는구나. 데워 먹었다가는 오히려 약효가 빨리 돌게 되니 저놈은 내 손바닥 안으로 굴러온 물건이로구나.'

뜨겁게 데운 다음 가져와 세 사발에 따르면서 말했다.

"손님, 이 술 맛 좀 보세요."

두 공인은 배고프고 목마름을 참지 못해 사발을 들고 한번에 마셨다. 무송이 말했다.

"부인, 나는 원래 안주 없이 술만 먹지 못하니 다시 고기 좀 잘라오라고."

부인이 몸을 돌려 들어가는 것을 보고는 술을 구석지고 어두운 곳에 따라버리며 거짓으로 혀를 쩝쩝거리며 말했다.

"좋은 술이네. 입안에서 톡 쏘는군!"

부인이 고기를 자르러 가는 시늉만 하고 다시 돌아 나와서는 손뼉을 치며 말했다.

"쓰러져라! 쓰러져라!"

두 공인이 하늘과 땅이 빙빙 도는 것을 보며 아무 말도 못하고 뒤로 바닥에 쓰러졌다. 무송 또한 두 눈을 꾹 감고 하늘을 바라보며 의자 옆에 쓰러졌다. 부인이 웃으면서 말했다.

"걸렸다! 너 이 간사한 귀신같은 놈, 아줌마 발 씻은 물 한번 처먹어봐라!"

바로 소리를 질렀다.

"소이小二, 소삼小三, 빨리 나오너라!"

안에서 멍청한 사내 둘이 달려나오는 소리가 들리더니 두 공인을 먼저 안으로 짊어지고 들어갔다. 부인이 탁자로 가더니 무송의 보따리와 공인의 전대를 들고 여기저기 만져보면서 안에 있는 금은을 어림잡아 계산했다. 그 부인이 좋아하며 말했다.

"오늘 물건을 셋이나 얻었으니 여러 날 동안 만두를 만들어 팔 만큼 되고 또 여러 가지 물건도 조금 얻었구나."

그녀가 보따리와 전대를 집어 들어가는 소리가 들리더니 다시 나와서는 두 사내가 무송을 들려고 하는 것을 바라보았다. 둘이 어떻게 들 수 있는가? 뻣뻣하게 바닥에 누워 있는 것이 한 천근은 넘는 것 같았다. 한 편에 서서 두 멍청한 사내가 끌어당기려 했지만 움직이지 않는 것을 보고 있던 부인이 소리를 질렀다.

"이런 좆같은 놈들, 밥이랑 술이나 처먹을 줄 알지 아무짝에도 쓸모가 없구나! 내가 직접 손을 써야겠다. 이 좆같이 큰 놈이 나를 놀릴 줄도 아는구나. 이 뚱뚱한 놈은 황소고기로 팔아먹고, 저 삐쩍 마른 두 놈은 물소 고기로 팔아야겠다. 들고 들어가 먼저 이놈 가죽부터 벗겨야겠다."

부인은 이렇게 말하면서 다른 한편으로는 녹색 저고리를 벗고 붉은 명주 치마를 풀어 웃통을 벗어부치고는 다가와 무송을 가볍게 들어올렸다. 무송이 들리는 척하면서 부인을 끌어안고 두 손을 꼼짝 못하게 가슴 앞으로 감쌌다. 두 다리로 부인의 하반신을 조이면서 부인의 몸 위에 타고 앉아 누르니 돼지 잡을 때 나는 비명소리가 들려왔다. 두 사내가 급히 앞으로 다가오려다 무송의 고함 소리에 놀라 멍하니 서 있었다. 부인이 바닥에 눌려 소리만 질렀다.

"호걸님, 용서해주세요!"

감히 발버둥도 치지 못했다. 바로 다음과 같다.

호랑이 때려잡은 사람 마취시켜 쓰러뜨리니, 만두 빚을 반죽 발효시켜야 하네.
그가 참다운 영웅임을 누가 알았으랴, 악독하게 사람을 웃음거리 만들 줄을.
이제 쇠고기는 팔지도 못하게 되었고, 도리어 돼지 멱따는 소리 지르는구나!
麻翻打虎人, 饅頭要發酵.
誰知眞英雄, 却曾惡取笑.
牛肉賣不成, 反做殺猪叫!

그때 문 밖에서 한 사람이 장작 한 짐을 지고 문 앞에 내려놓았는데, 무송이 부인을 땅바닥에 누르는 것을 보고는 한 길음에 달려오며 소리쳤다.

"호걸님 참으십시오! 용서해주시면 소인이 드릴 말씀이 있습니다."

무송이 벌떡 일어나 왼발로 부인을 밟고 두 주먹으로 그 사내를 겨냥했다. 사내는 머리에 푸른 실로 만든 요면건을 쓰고 몸에는 하얀 베적삼을 걸쳤고 하의는 무릎 보호대를 차고 발에 미투리를 신었으며 허리에 전대를 묶었다. 얼굴 생김새는 이마뼈와 광대뼈가 툭 튀어나오고 수염이 몇 가닥 났으며 나이는 35~36세쯤 되어 보였다. 사내가 무송을 바라보며 가슴 앞에 두 손을 맞잡고는 경의를 표하며 말했다.

"호걸의 큰 이름을 듣고 싶습니다."

"나는 앉으나 서나 어디서나 이름과 성을 바꾸지 않는다. 도두 무송이 바로 나다!"

"혹시 경양강에서 호랑이를 때려잡은 무 도두 아니십니까?"

"그렇다."

그 사람이 머리를 조아리며 절하고 말했다.

"그 유명한 명성을 들은 지 이미 오래되었는데, 오늘 뵙게 되어 행운입니다."

"네가 혹시 이 여자의 남편 아니냐?"

"네, 소인의 마누라인데 눈이 있어도 태산을 알아보지 못하고 어떻게 도두께 무례한 짓을 했는지 모르겠습니다. 별 볼일 없지만 소인의 얼굴을 봐서라도 용서해주시기를 간절히 바랍니다."

바로 다음과 같다.

> 예로부터 성난 주먹 웃는 얼굴 치지 못하고
> 이제까지 예절은 간사한 자 굴복시켰네.
> 그는 의롭고 용맹하며 진정한 남자였기에
> 흉악하고 완고한 모야차를 복종시켰다네.
> 自古嗔拳輸笑面, 從來禮數服奸邪.
> 只因義勇眞男子, 降伏兇頑母夜叉.

무송은 그가 이처럼 조심하는 것을 보고는 서둘러 부인을 풀어주고 바로 물었다.

"내가 보기에 당신 부부도 평범한 사람들은 아닌 것 같소. 성명을 알고 싶소."

그 사람이 부인에게 옷을 추스르도록 하고 서둘러 앞으로 나와 무송에게 절했다. 무송이 말했다.

"방금 시비를 걸었다고 형수님 너무 나무라지 마시오."

그 부인이 곧 말했다.

"눈이 있어도 좋은 사람을 몰라보았습니다. 모두 제 잘못이니 아주버니께서 용서해주시기 바랍니다. 아주버니, 안으로 들어가서 앉으시지요."

무송이 다시 물었다.

"두 분 부부의 존함이 어떻게 되십니까? 어떻게 제 성명을 알고 계십니까?"

그 사람이 말했다.

"소인 성은 장張이고 이름은 청靑입니다. 원래 이 자리는 광명사光明寺에서 채소밭을 가꾸던 곳이었습니다. 사소한 일로 절의 중과 다투다가 일시적인 분을 못 참고 광명사 중을 모두 죽이고 불을 질러 빈 땅으로 만들어버렸습니다. 나중에 소송할 대상도 없으므로 관아에서도 물으러 오지 않았습니다. 소인은 이 큰 나무 언덕 아래에서 길을 막고 강도질을 했습니다. 어느 날 노인 한 사람이 멜대를 지고 지나가기에 소인이 막고 강도질을 하려다 싸움이 붙어 20여 합을 싸우다 노인의 멜대에 맞고 쓰러졌습니다. 원래 그 노인은 젊었을 적에 강도질을 전문적으로 했었는데 소인의 동작이 민첩한 것을 보고 성안으로 데려가 여러 가지 재주를 가르치고 또 저를 데릴사위로 삼아 딸을 시집보냈습니다. 성안에서 어떻게 살겠습니까? 그래서 예전처럼 여기에 초가집을 짓고 외면상 술을 팔아 생계를 이었지만 실제는 지나가는 상인을 기다려 눈에 띄는 사람이 있으면 몽한약을 먹여 죽였습니다. 큰 덩어리의 좋은 고기[11]는 잘라 황소 고기로 팔

11_ 사람을 고기 덩어리로 보고 있음.

고, 자질구레한 작은 고기는 만두소로 만들었습니다. 소인이 매일 마을에 가지고 가서 팔면서 이처럼 살아가고 있습니다. 소인은 강호의 호걸들과 사귀기를 좋아하여, 사람들은 저를 채원자菜園子[12] 장청이라고 부릅니다. 제 집사람 성은 손孫이고 장인의 재주를 모두 배워 사람들은 모야차母夜叉 손이랑孫二娘이라고 부릅니다. 소인이 방금 돌아와 마누라의 고함 소리를 들었는데 도두를 만나리라고는 상상도 못했습니다. 소인이 여러 번이나 집사람에게 '세 종류 사람은 해쳐서는 안 되는데, 첫 번째로 떠도는 중과 도인이다. 그들은 과분하게 누린 적이 없고 또 출가한 사람이다'라고 분부했습니다. 말은 비록 이렇게 하지만 정말 대단한 사람을 해칠 뻔했습니다. 원래 연안부 노충 경략상공 휘하에서 제할을 하던 노달인데, 주먹 세 방으로 진관서를 때려죽이고 오대산으로 도망가 머리를 깎고 중이 되었습니다. 그는 등에 꽃무늬 문신을 새겨 강호에서 화화상花和尙 노지심이라고 부릅니다. 순철 선장을 사용하는데 무게가 60여 근입니다. 예전에 여기를 지날 적에 부인이 뚱뚱하고 살찐 것을 보고 술에 몽한약을 타서 작업장으로 옮겼습니다. 막 껍질을 벗기려고 할 때 소인이 때마침 돌아와 선장이 보통 물건이 아닌 것을 보고 황급하게 해독약으로 구하고 의형제를 맺었습니다. 근래 소식을 들으니 이룡산 보주사를 점령하여 무슨 청면수 양지라는 사람과 그곳에서 도적이 되었다고 합니다. 소인이 몇 차례 오라는 편지를 받았는데 갈 수가 없었습니다."

무송이 말했다.

"그 두 사람 이름은 나도 강호에서 많이 들었습니다."

장청이 말했다.

"다만 애석하게 두타승頭陀僧[13]이 하나 있었습니다. 키가 7~8척인 커다란 사

12_ 채원자菜園子: 채소밭을 가꾸는 것으로 직업이 별명으로 바뀐 경우다.

13_ 두타頭陀: 두타dhuta(범어), 행각승. 산과 들로 다니며 온갖 괴로움을 무릅쓰고 불도를 닦는 일 또는 그런 승려를 말한다.

내였는데 마취시켜 쓰러뜨렸습니다. 소인이 너무 늦게 돌아와 이미 사지를 해체해버렸더군요. 지금 머리에 테를 씌운 철계척鐵界尺[14]과 검은 도포 한 벌 그리고 도첩이 여기 있습니다. 다른 것은 별 것 아니지만 두 가지 물건은 정말 구하기 어려운 것입니다. 하나는 사람 정수리 뼈로 만든 108염주이고,[15] 다른 하나는 눈꽃 같은 양질의 철[16]로 만든 계도 두 자루입니다. 그 두타가 사람을 죽인 것이 적지 않았으리라 생각되고 지금까지 그 칼이 밤만 되면 우는 소리가 납니다. 소인이 이 사람을 구하지 못한 것이 한스러워 항상 속으로 그를 애석하게 생각합니다. 또 '두 번째는 강호의 기녀들이다. 그들은 강호를 여기저기 돌아다니며 가는 곳마다 공연을 하면서 많은 사람을 조심스레 접대하여 버는 돈이다. 만일 이런 사람을 끝장낸다면 서로 소문을 전하여 무대에서 우리 같은 강호 호걸들이 영웅이 아니라고 할 것이다'라고 분부했습니다. 또 집사람에게 분부하기를, '세 번째는 각지에서 범죄를 짓고 유배 가는 사람들이다. 그 가운데 호걸들이 많아 절대 죽이지 말라'고 했습니다. 생각과 다르게 집사람이 소인의 말을 따르지 않고 오늘 도두를 건드렸는데 다행히 소인이 일찍 돌아왔습니다. 당신 어째서 이런 마음을 먹게 된 거야?"

모야차 손이랑이 말했다.

"원래 손쓸 생각이 없었는데 아주버니의 보따리가 묵직하고 또 미친 소리를 하기에 갑자기 그런 생각이 일어났지."

무송이 말했다.

"나는 목이 베여 핏방울이 떨어질 중형을 판결 받은 사람인데, 어찌 부녀자를 희롱하겠습니까! 형수의 두 눈이 내 보따리를 바라보는 것을 보고 먼저 의심

14_ 철계척鐵界尺: 불교에서 가르치는 스승이 승려들에게 훈계할 때 사용하는 도구다. 쇠고리로 둘둘 감은 위아래 양쪽으로 길며 두드리거나 흔들면 소리가 난다.

15_ 『수호전전교주』에 따르면 "정목형의 『주략』에서 이르기를, '서역의 천주교는 사람의 뼈로 염주를 만들었는데 그것을 파랄가巴辣伽라 한다. 이것에 근거하면 송나라 때도 이미 있었다'라고 했다."

16_ 원문은 '설화빈철雪花鑌鐵'인데, 서역에서 나오는 눈 같이 밝은 최상의 철을 말한다.

이 생겨 일부러 미친 소리를 해서 손을 쓰도록 유인한 것입니다. 그 술은 이미 버려버리고 중독된 것처럼 위장했습니다. 과연 오셔서 나를 들기에 손을 쓴 것입니다. 형수님 너무 질책하지 마십시오!"

장청이 크게 웃으면서 무송을 청하여 뒤쪽 객석 안에 자리를 정했다. 무송이 말했다.

"형님, 두 공인을 풀어주시면 좋겠습니다."

장청이 무송을 불러 인육을 다루는 작업장에 데려갔다. 벽에 사람 가죽이 묶여 있었고 대들보에는 사람 다리 5~7개가 매달려 있었다. 두 공인이 하나는 엎어지고 하나는 뒤집어져 껍질을 벗기는 도마 위에 뻗어 있었다.

"형님, 두 사람을 살려주십시오."

"도두께 물어보겠습니다. 지금 무슨 죄를 지었습니까? 어디로 유배를 가는 겁니까?"

무송이 서문경과 형수를 죽인 이유를 하나하나 설명했다. 장청 부부 둘이 무송의 이야기를 모두 듣고 칭찬하며 무송에게 말했다.

"소인에게 할 말이 있는데 도두께서 어떻게 생각할지 모르겠습니다."

"형님, 괜찮으니 말씀하십시오."

장청은 침착하게 무송에게 몇 마디 말을 했다. 나누어 서술하면, 무송이 맹주성에서 크게 소란을 피우고 안평채安平寨를 떠들썩하게 했다. 그야말로 코끼리를 잡아당기고 코뿔소를 끌 수 있는 사내를 때려눕히고, 용을 사로잡고 호랑이를 포획할 수 있는 사람을 쓰러뜨리게 되었다.

결국 장청이 무송에게 어떤 말을 했는가는 다음 회에 설명하노라.

### 왕 노파의 죄는 능지凌遲(능지처참)에 처할 수 없다

본문에서는 왕 노파를 능지처참에 처한다. 그러나 송나라 때 능지처참에 처하는 경우는 지극히 적었는데, 『송사』「형법지」에 따르면 "나라 초에 형법과 형률 조례를 반포했는데, 중죄일 경우는 참수형과 교수형에 불과했다"고 했다. 왕 노파를 능지처참에 처한 것은 혹여 명나라 초기 가혹한 형벌을 시행했던 형량으로 결정한 것 같다. '능지凌遲'는 민간에서 '천도만과千刀萬剮'라고 하는데, 일종의 토막을 내는 형벌이다. 가장 가혹한 형벌로 전해지는 바로는 삼일 밤낮에 걸쳐 365차례 칼로 살을 발라내기에 형벌을 받는 자는 고통을 받다가 죽음에 이르게 된다.

### 모야차母夜叉 손이랑孫二娘

야차夜叉는 귀신을 잡아먹을 수 있는 신을 말하는데, 불경에서는 사람을 잡아먹는 악귀다. 당·송 시기에 '야차夜叉'라는 별명을 가진 자는 많다. 『오대사五代史』「주덕위전周德威傳」에 근거하면 씨숙종氏叔琮의 부장인 진장陳章을 '진야차陳夜叉'라 했고, 『송사』「왕덕전王德傳」에 근거하면 남송 초의 명장인 왕덕王德을 '왕야차王夜叉'라 불렀다. 이 외에 '야차'를 별명으로 한 이도 많았다. 『수호전보증본』에 따르면 "야차는 『십국춘추十國春秋』「고풍전高澧傳」에서 '야차는 사람 고기 먹기를 좋아하는 것이다'라고 했듯이, 사람 고기를 파는 점포를 연 손이랑의 별명으로 삼은 것임을 알 수 있다"고 했다. 또한 손이랑孫二娘은 성은 있으나 이름이 없는데, '이랑二娘'은 항렬로 뒤에 등장하는 호삼랑扈三娘과 같다. 당·송 시기에 부녀자들은 대부분이 항렬의 순서를 이름으로 사용했다.

【 제28회 】

# 뜻밖의 인연[1]

장청이 무송에게 말했다.

"소인이 악독하여 하는 소리가 아니라 도두께서 유배지 군영 안에서 고생하시기보다 공인 둘을 죽이고 한동안 여기에 머무는 것이 어떻습니까? 만일 산적이 되고자 하시면 소인이 직접 이룡산 보주사로 모시고 가서 입산하시도록 노지심에게 소개시켜주겠습니다. 어떻게 생각하십니까?"

"형님이 진심으로 저를 돌봐주려는 것은 알겠습니다. 다만 한 가지, 이 무송이 평생 천하의 난폭하고 흉악한 자들을 두들겨 팼지만, 이 두 공인은 오는 길에 저를 잘 보살피고 매우 조심스럽게 대했습니다. 이들을 해친다면 하늘이 나를 용납하지 않을 것입니다. 정말 나를 공경하고 사랑하신다면 두 공인을 구해주시고 해치지 마시기 바랍니다."

"도두가 이렇게 의리를 지키시니 소인은 그들을 깨우겠습니다."

1_ 제28회 제목은 '武松威震安平寨(무송이 안평채에서 위엄을 떨치다), 施恩義奪快活林(시은이 무송에게 의지하여 쾌활림을 되찾다)'이다.

장청은 일꾼을 불러 도마에서 두 공인을 부축했고, 손이랑은 해독약 한 사발을 만들었다. 장청이 공인의 귀를 붙들고 약을 부었다. 반 시진이(1시간) 못되어 두 공인이 꿈에서 깨어난 듯이 일어나 무송을 보고 말했다.

"우리가 어째서 여기에서 취한 겁니까? 이 집 술이 정말 좋은가보군요! 얼마 마시지도 않았는데 이렇게 취하다니! 이 집을 기억했다가 돌아갈 때도 사서 마셔야겠습니다."

무송이 웃자 장청과 손이랑도 따라 웃었고, 두 공인은 무슨 영문인지 알 리가 없었다. 두 일꾼은 닭과 거위를 잡고 삶아서 쟁반에 통째로 들고 왔다. 장청이 포도나무 시렁 아래에 음식을 차리게 하고 탁자와 의자를 놓았다. 장청은 무송과 공인을 후원 안으로 불렀다.

무송이 공인을 상좌에 앉히고 장청과 무송은 아래에 상좌를 향하여 앉았으며 손이랑이 말석에 앉았다. 두 사내가 번갈아 술을 따라주고 음식을 날랐다. 장청이 무송에게 술을 권했다. 저녁에 정련한 철로 제작한 계도 두 자루를 꺼내 무송에게 보여주는데 하루 이틀의 공력으로 만든 것이 아니었다. 두 사람은 강호 호걸과 살인 방화를 화제로 이야기를 나누었다. 무송이 또 말했다.

"산동 급시우 송 공명은 의리를 중시하고 재물을 아끼지 않는 대단한 호걸입니다. 지금 사고를 치고 시 대관인의 장원에 도망가 있습니다."

두 공인은 무송과 장청이 나누는 이야기를 듣고 놀라 넋을 잃고 기가 죽어 고개를 숙일 따름이었다. 무송이 말했다.

"당신 두 사람이 나를 여기까지 호송해왔는데 해치려는 마음은 전혀 없소. 우리 강호의 호걸들 이야기를 듣고 너무 놀라지 마시오. 우리는 결코 선량한 사람을 해치지 않소. 당신들은 아무 걱정 말고 술이나 마시시오. 내일 맹주에 도착하면 보답하겠소."

그날 밤은 장청의 집에서 묵었다.

다음날 무송이 떠나려고 하자 장청이 어떻게 그냥 보내겠는가? 무송을 붙잡고 연이어 3일 동안 잘 대접했다. 무송은 장청 부부의 친절에 감격하여 나이를 따져보니 장청이 무송보다 다섯 살이 많았다. 무송은 장청과 결의형제를 맺고 장청을 형으로 삼았다. 무송이 다시 이별하고 떠나고자 하니, 장청이 다시 술을 준비하여 송별하고 짐과 보따리, 전대를 돌려주며 은자 10냥을 무송에게 주었고 두 공인에게는 은자 부스러기 2~3냥을 나눠주었다. 무송이 10냥 은자를 두 공인에게 주고 다시 칼을 차고 이전처럼 봉인 용지를 붙였다. 장청과 손이랑이 문 앞까지 배웅하니, 무송은 작별하고 공인과 함께 맹주로 향했다. 시에서 이르기를,

의리로 맺은 정분 형제처럼 친해져, 산적이 되라 권했지만 아직은 주저하네.
분노하여 간음한 자 죽였음을 알기에, 법을 위반한 죄인이라 할 수도 없구나.
結義情如兄弟親, 勸言落草尙逡巡.
須知憤殺奸淫者, 不作違條犯法人.

정오가 안 되어 일찍이 성안에 도착했다. 바로 관아로 가서 동평부에서 보낸 문서를 즉시 제출했다. 주윤州尹이 문서를 읽어보고 무송을 인수하는 수결을 하고는 두 공인에게 주어 보냈다. 무송은 즉시 맹주 유배지 군영으로 보내졌다. 그날 유배지 군영 앞에 도착하니 편액에 '안평채安平寨'라는 세 글자가 적혀 있었다. 공인이 무송을 독방에 넣고 문서를 제출했으며 죄인을 접수하면서 서명한 인수증을 받았음은 말할 필요가 없다.

무송이 독방에 도착하자 일반 죄수 10여 명이 무송을 보고는 말했다.

"여보시오, 새로 여기에 왔으니 보따리에 만일 인정을 쓰는 편지나 뿌릴 은냥이 있으면 미리 손에 준비해두시오. 잠시 후 차발이 오거든 바로 건네주시오. 그러면 살위봉을 때릴 때 살살 때릴 것이오. 만일 인정을 쓰지 않는다면 정말 낭패요. 나는 당신처럼 일반 죄수이니 특별히 알려주는 것이오. '토끼가 죽으면 여

우가 슬퍼하듯이 같은 무리가 불행을 만나면 마음이 아프다'[2]고 하지 않소? 당신이 여기에 처음 와서 잘 모르므로 알려주는 것이오."

무송이 말했다.

"여러분, 알려주셔서 감사합니다. 소인이 쓸 만한 물건을 몸에 조금 지니고 있습니다. 만일 내게 좋은 말로 달라고 하면 얼른 주겠지만, 억지로 바쳐야 한다면 한 푼도 주지 않겠습니다."

"여보시오. 그런 소리 마시오. 옛사람이 말하기를, '상관이 무서운 것이 아니라 직접 관할하는 자가 더 무섭다'고 했고 '남의 집 처마 밑에서 어찌 감히 고개를 낮추지 않겠는가!'[3]라고 하지 않았소? 그러니 조심하는 것이 좋을 것이오."

말이 미처 끝나기도 전에 한 사람이 외쳤다.

"차발 관인이 오신다."

사람들이 각자 흩어졌다.

무송은 짐을 풀고 독방에 앉아 있었다. 차발이 들어와서 물었다.

"새로 온 죄인이 누구냐?"

무송이 말했다.

"소인입니다."

"너도 눈썹이랑 눈깔이랑 다 달렸는데 내가 꼭 입을 열어 말을 해야 하냐. 네가 경양강에서 호랑이를 잡은 호걸이고 양곡현에서 도두 노릇을 해 처먹어서 사리를 알고 있는 줄 알았더니 어찌 그리 눈치가 없느냐! 네놈이 감히 어르신이 계시는 여기에 왔으니 고양이 한 마리도 때려잡지 못하도록 만들어주마!"

"당신 내게 그 따위로 지껄이면서 인정을 주길 바란다면 반 푼도 없소. 내 단단한 주먹이나 한 쌍 보내드리리다! 금은이 약간 있기는 한데 남겨두었다가 술

2_ 원문은 '兔死狐悲, 物傷其類'다.

3_ 원문은 '在人矮檐下, 怎敢不低頭'다. 다른 사람의 통제하에 있으니 복종할 수밖에 없음을 비유한 말이다.

이나 사서 마셔야겠소. 당신이 나를 어떻게 할 것이요? 아무리 그래도 설마 나를 양곡현으로 돌려보내지는 않겠지!"

차발은 화가 머리끝까지 나서 밖으로 나갔다. 다시 죄수들이 모여 말했다.

"여보시오. 당신 그 사람이랑 고집 부려봤자 잠시 후면 고생할 것이오! 지금 나가서 관영 상공에게 알리면 반드시 당신 목숨을 해치려 할 것이오."

"무섭지 않소! 나는 남들이 대해주는 것에 따라 다릅니다. 부드럽게 나오면 부드럽게 대하고, 거칠게 나오면 나도 거칠게 대할 것이오!"

말이 다 끝나기도 전에 3~4명이 독방에 와서 새로 온 죄수 무송을 불렀다. 무송이 대답했다.

"어르신 여기 계시다. 도망가는 것도 아닌데 왜 그렇게 큰 소리로 부르고 지랄이냐!"

그 사람들이 무송을 데리고 죄수들을 점검하고 검사하는 점시청點視廳 앞으로 데려갔다. 관영 상공은 대청에 앉아 있었고, 군한軍漢[4] 5~6명이 무송을 앞세우고 관영 앞으로 끌고 왔다. 관영이 군졸들에게 칼을 제거하라고 소리 지르고는 말했다.

"너는 태조 무덕황제의 옛 제도를 아느냐. 처음으로 배군이 되어 왔으면 반드시 살위봉 100대를 맞아야 한다. 여봐라, 형틀 위에 올려 엎어놓아라."

무송이 말했다.

"당신들 소란 피울 필요 없소. 엎을 필요 없이 때리려면 그냥 때리시오. 내가 한 대라도 피한다면 사내가 아니오. 만일 피하면 이미 몇 대를 때렸건 셈할 필요 없이 처음부터 다시 때리시오. 신음을 한 마디라도 낸다면 진정한 남자가 아니오!"

4_ 군한軍漢은 병졸, 군인을 가리킨다. 『금사金史』「병지兵志」에 따르면 "뇌성군牢城軍으로 도적질한 자들로 방어하고 축조하는데 충당되어 복역하는 것이다"라고 했다. 역자는 이하 '병졸'로 번역했다.

양쪽에 서서 보던 사람들이 모두 웃으면서 말했다.

"저 멍청한 녀석이 맞아 죽으려고 지랄을 하는구나! 얼마나 견디는지 구경이나 한번 해보자!"

무송이 다시 말했다.

"때리려거든 독하게 때리시오. 인정 봐주면서 때리면 시원하지도 않소."

양쪽의 사람들이 다시 웃기 시작했다.

병졸이 몽둥이를 들고 때릴 준비를 했다. 그때 관영 상공 옆에 한 사람이 서 있었는데 키가 6척이 넘었으며 24~25세 나이에 얼굴색은 하얗고 세 갈래 수염이 늘어졌으며 하얀 수건으로 이마를 감싸 묶었고 몸에 푸른 비단 외투를 입고 하얀 비단 탑박으로 팔을 칭칭 감고 있었다. 그 사람이 관영 상공의 귀에 몇 마디를 했다. 관영이 말했다.

"새로 온 죄수 무송은 도중에 무슨 병에 걸린 적이 있느냐?"

"그런 적 없소. 술도 고기도 잘 먹었고, 밥도 실컷 먹었으며, 길도 별일 없이 잘 걸었소."

"이놈이 도중에 병에 걸려 여기에 왔구나. 얼굴색도 안 좋아 보이니 살위봉은 나중으로 미뤄야겠다."

양쪽에 때리려던 병졸이 낮은 소리로 무송에게 말했다.

"빨리 병에 걸렸다고 해. 상공이 그냥 봐주려고 하니 빨리 병에 걸렸다고 핑계대면 된다."

"걸린 적 없다. 없다고 했잖아. 때리면 도리어 깨끗하잖아! 나는 몽둥이 빚을 남겨놓고 싶지 않아. 남겨두면 항상 마음에 걸릴 텐데 언제 끝나겠어!"

양쪽에서 보던 사람이 모두 웃었다. 관영도 웃으면서 말했다.

"이놈이 열병에 걸려도 단단히 걸렸는지 땀을 내지 못해 헛소리를 지껄이는구나. 그놈 말 듣지 말고 끌고 가서 독방에 가두어라."

병졸 3~4명이 무송을 다시 독방으로 보냈다. 죄수들이 물었다.

"당신 혹시 어떤 아는 사람 편지라도 관영에게 건넨 것 아니오?"

"그런 적 없소."

"그러면 살위봉을 치지 않았다고 좋아할 것 없네. 분명히 저녁에 끝장내려는 것이야!"

"어떻게 끝장낸단 말이오?"

"저녁이 되면 오래 보관하여 누렇게 마른 쌀로 만든 밥 두 그릇과 약간의 썩은 건어물을 가져와 먹인다오. 배가 부를 때 지하 감옥으로 데려가 밧줄로 묶어 쓰러뜨리고 짚방석으로 당신을 둘둘 말아 얼굴의 일곱 구멍을 모두 막고 벽에 거꾸로 세워 놓으면 반 시진 안에 끝장나고 말 것이오. 이것을 '분조盆吊'[5]라고 하오."

"나를 처치할 또 다른 방법이 있소?"

"또 한 가지가 있소. 역시 당신을 묶고 포대에 모래를 담은 다음 당신 몸 위에 포대를 올려놓으면 한 시진도 안 되어 죽게 되오. 이것을 '토포대土布袋'[6]라고 부르오."

"또 무슨 방법으로 나를 해칠 수 있소?"

"이 두 가지가 무섭고 나머지는 별 것 아니오."

사람들의 말이 다 끝나지 않았을 때 병졸 하나가 작은 상자를 들고 들어와서 말했다.

"새로 귀양 온 무 도두가 누구요?"

"나요. 무슨 할 말이 있소?"

"관영이 여기 간식을 보냈습니다."

무송이 보니 술 한 주전자, 고기 한 판, 밀가루 음식 한 판, 또 국 한 사발이

5_ 분조盆吊: 송나라 때 혹형 가운데 하나로 죄수의 다리를 묶고 거꾸로 매다는 것이다.

6_ 토포대土布袋: 즉, 사대형沙袋刑(모래주머니 형벌)이다. 200여 근의 모래주머니를 몸 위에 놓고 눌러 질식해 사망하게 한다.

었다. 무송은 생각했다.

'감히 이 정도 간식을 먹여 나를 처리하려고? 깨끗하게 먹어 치우고 어떻게 나오는지 기다려보자.'

무송이 술을 단숨에 마셔버리고 고기와 면도 모두 먹어치웠다. 병졸이 남은 그릇을 수습하여 가지고 돌아갔다.

무송이 독방에 앉아 생각하다가 냉소를 띠며 말했다.

'나를 어떻게 처리하는지 한번 기다려보자!'

날이 차츰 저물고 저녁이 되자 먼저 그 사람이 상자를 머리에 이고 들어왔다. 무송이 물었다.

"당신 또 웬일이오?"

"저녁밥을 가지고 왔습니다."

몇 가지 반찬과 커다란 술 주전자, 큰 쟁반의 고기전, 물고기 탕 한 사발 그리고 밥 한 사발을 차렸다. 무송이 보고 속으로 생각했다.

'이 음식을 먹으면 분명히 나를 죽이겠구나. 그러라고 해라. 죽더라도 배부른 귀신이 되어야겠다. 일단 다 먹고 다시 생각하자.'

그 사람은 무송이 밥을 다 먹자 그릇을 가지고 돌아갔다.

얼마 지나지 않아 그 사람과 다른 사내가 목욕통과 큰 뜨거운 물 한 통을 가지고 와서 무송을 보고 말했다.

"도두님, 목욕하시지요."

무송이 생각했다.

'죽이려면 그냥 죽이지 목욕은 또 무슨 목욕이야? 아무것도 무서울 것 없다. 일단 씻고 보지 뭐.'

두 사내가 뜨거운 물을 통에 따르자, 무송이 목욕통 안에 들어가 씻고 건네주는 목욕 수건을 받아 닦고 옷을 입었다. 한 사람은 남은 물을 따라 버리고 통을 들고 나갔고, 남은 한 사람은 등나무 껍질로 만든 자리를 깔고 휘장을 치며 시원한 베개를 놓아 잠자리를 마련해주고 돌아갔다. 무송은 문이 닫히고 잠기자 속으로 생각했다.

'이건 또 무슨 짓이야? 맘대로 하라고 해라. 어떻게 되나 보자.'

머리를 거꾸로 놓고 잠이 들었다. 밤에도 아무 일 없었다.

날이 밝아 방문이 열리자 밤에 왔던 사람이 세숫물을 가지고 들어와 무송에게 세수를 시키고 양칫물을 가져와 양치질도 하게 했다. 또 이발사를 데려와 머리를 빗고 쪽을 지어 두건으로 감아주었다. 또 한 사람은 상자를 가지고 들어와 반찬, 고깃국과 밥을 꺼냈다. 무송이 생각했다.

'니들 맘대로 놀아라. 나는 주는 대로 처먹어줄 테니.'

무송이 밥을 다 먹으니 차를 한잔 주었고 차를 마시자마자 밥을 가지고 오는 사람이 말했다.

"여기는 쉬기에 좋지 않습니다. 도두께서 저기 방 안에서 쉬신다면 밥이나 차를 드시기에 편할 겁니다."

'이제 갈 때가 되었나 보구나! 따라가서 어떻게 되는지 한번 보자!'

한 사람은 짐과 침구를 정리하고, 다른 사람은 무송을 독방에서 나오게 하여 앞쪽 다른 곳으로 안내했다. 방문을 밀고 들어오니 안에 깨끗한 침상이 있었고, 양쪽으로 새로 준비한 탁자와 의자 등 물건들이 배치되어 있었다. 무송이 방 안에 와서 보고 속으로 생각했다.

'지하 감옥에 끌려갈 거라고 생각했는데 어째서 이런 곳으로 데리고 왔나? 독방보다 훨씬 잘 정돈되어 있네!'

닭 울음, 개 흉내 도적질을 비웃지마라
보잘 것 없는 재능 덕에 맹상군 함곡관 빠져나갔네.
오늘 유배온 하찮은 배군이 상객 되었으니
맹주에서 이기고 그 이름 천하에 드날리는구나.

鷄鳴狗盜君休笑, 曾向函關出孟嘗.

今日配軍爲上客, 孟州贏得姓名揚.

무송이 앉아 있었는데 정오가 되자 그 사람이 또 큰 상자와 술 주전자를 손에 들고 들어왔다. 방 안에 들어와 열어보니 네 가지 과일, 삶은 닭 한 마리, 그리고 여러 가지 찐 증편이 들어 있었다. 그 사람은 삶은 닭을 찢어놓고 주전자의 술을 따라 무송에게 먹였다. 무송은 생각했다.

'도대체 어쩌자는 것인가?'

저녁이 되자 또 여러 가지 음식을 가져왔다. 다시 무송을 목욕시키고 더위를 피하게 했으며 편히 쉬게 해주었다. 무송은 생각했다.

'나도 다른 죄수들이 죽일 거라고 하기에 그렇게 생각했는데, 이렇게 대접하는 이유가 뭐지?'

3일째 되는 날 여전히 그렇게 밥과 술이 나왔다. 그날 무송이 아침밥을 먹고 안평채 바깥으로 걸어나와 한가롭게 거닐었고, 일반 죄수들은 태양 아래에서 물도 긷고 장작도 패며 잡일을 하고 있었는데, 날씨는 맑았지만 강렬한 햇볕이 내리쬐고 있었다. 6월은 무더운 여름 날씨라 열기를 피할 때가 어디 있겠는가? 무송이 뒷짐을 지고 물었다.

"당신들은 어째서 태양 아래에서 일을 하고 있소?"

죄수들이 모두 웃으면서 대답했다.

"여보시오, 당신은 모르겠지만, 우리는 여기에 뽑혀 나와 일하고 있으니 바로 인간과 천상의 차이라 할 수 있소![7] 어떻게 또 감히 더위를 피해 앉기를 바라겠소? 다른 인정을 쓰지 못한 사람들은 이 무더운 날씨에 큰 감옥 안에 갇혀 있으면서 살고 싶어도 살 수 없고 죽고 싶어도 죽을 수 없이 커다란 쇠사슬을

7_ 처해진 상황에 큰 차이가 있음을 비유한 말이다.

채운 상태로 지내야 하오!"

무송은 그 말을 다 듣고 천왕당 앞뒤를 한 바퀴 돌았다. 종이를 태우는 화로 옆에 커다란 청석 받침돌이 보였는데 장대를 꽂아 세우는 구멍이 있는 커다란 돌덩이였다. 무송이 돌 위에 잠시 앉았다가 방으로 돌아와 앉으니 그 사람이 술과 고기를 가지고 왔다.

장황한 말은 그만두고 본론으로 들어가서, 무송이 그 방으로 옮겨와서 며칠이 지났다. 매일 맛있는 술과 고기를 가져와 먹이며 해치려는 의도는 전혀 보이지 않았으므로 무송은 속으로 어떻게 해야 할지 결정을 내리지 못했다. 이날 정오에 그 사람이 또 술과 고기를 가져왔다. 무송이 참지 못하고 상자를 꽉 잡고 그 사람에게 물었다.

"너는 어느 집 종이냐? 어째서 내게 술과 음식을 대접하느냐?"

"소인이 전에 이미 도두님께 말씀드렸습니다. 소인은 관영 상공의 심복입니다."

"좀 물어보자. 도대체 누가 너를 시켜 매일 술과 음식을 보내주는 것이냐? 나더러 먹고 어쩌라는 것이냐?"

"관영 상공의 아들인 소관영小管營이 저를 시켜 도두에게 드시라고 보내는 것입니다."[8]

"나는 죄를 지은 죄수다. 범죄자로 관영 상공에게 아무런 일도 해준 적이 없는데, 왜 그가 내게 음식을 보내느냐?"

"소인이 어떻게 알겠습니까? 소관영이 소인에게 3개월이나 반년이 지나면 다시 말씀드리겠다고 분부했습니다."

"그것도 이상하잖아! 나를 살찌운 뒤에 끝장내려는 것은 결코 아닐 테고. 이

8_ 김성탄이 비평하기를 "대개 무송과 노달은 한 쌍을 이루는 영웅이다. 노달에게는 노충 경략상공과 소충 경략상공이 있듯이, 무송에게는 노종 관영 상공과 소관영이 있다"고 했다.

렇게 좃같이 답답한 알 수 없는 꿍꿍이를 어떻게 알아맞힌단 말이냐? 이 분명하지 않은 술과 음식을 어떻게 마음 놓고 먹을 수 있겠느냐? 소관영이 어떤 사람인지 어디서 본 적이 있는지만 알려주면 내가 술과 음식을 먹겠다."

"전에 도두가 처음 왔을 때 대청 위에 하얀 수건으로 이마를 묶고 오른손을 감싸고 서 있던 사람이 바로 소관영입니다."

"혹시 푸른 비단 외투를 입고 관영 상공 옆에 서 있던 그 사람 아니냐?"

"그렇습니다. 관영 상공의 아들입니다."

"살위봉을 맞을 때 그가 말해 나를 구한 것이 맞느냐?"

"그렇습니다. 소관영이 부친에게 말해 도두님이 맞지 않은 것입니다."

"거참 괴이하네! 나는 청하현 사람이고 그는 맹주 사람이라 본래 서로 알 수가 없을 텐데 왜 나를 돌봐주는 것인가? 분명히 연고가 있을 텐데. 여보게, 소관영의 이름이 무엇인가?"

"이름은 시은施恩이고 권법과 봉술을 잘합니다. 사람들이 '금안표金眼彪'9 시은이라 부릅니다."

"내 생각에 분명 좋은 사람 같군. 네가 가서 모셔와 만나게 해주면 가져오는 술과 음식을 먹고 아니면 조금도 먹지 않겠다."

"소관영께서 소인에게 분부하시길 '도두에게 내 정체를 말하지 말라'고 하셨습니다. 3~6개월 후에나 만나겠다고 하셨습니다."

"헛소리 말아라! 너는 소관영을 데리고 와서 나와 만나게 하면 그만이다."

그 사람이 무서워서 어떻게 감히 아뢰겠는가? 그러나 무송이 화를 내기 시작하자 가서 알릴 수밖에 없었다.

얼마가 지난 후 시은이 안에서 달려와 무송을 보고 엎드려 절을 했다. 무송

9_ '금안표金眼彪'라는 별명에 관련된 송·원 시기의 고증이나 확실한 근거는 없다. 원나라 잡극에 '시은'이란 이름이 보일 뿐이다.

이 황급히 답례하며 말했다.

"소인은 관영 관할 하의 죄인으로 원래 얼굴을 뵌 적도 없는데 전에 몽둥이 맞을 것을 구해주시고 또 매일 술과 음식으로 대접해주시니 매우 부당한 처사입니다. 공이 없으면 녹봉을 받지 않는다고 하는데 아무런 일도 하지 않고 이렇게 얻어먹고 있으니 마음이 편치 않습니다."

"소생은 형장의 크신 명성을 익히 들어 알고 있습니다. 다만 멀리 떨어져 있다 보니 서로 만나볼 수 없음이 한스러웠습니다. 지금 다행스럽게 형장께서 이곳으로 오셔서 존안을 뵙게 되었으나 대접할 물건이 없어 부끄러워 감히 뵙지 못했습니다."

"금방 하인의 말을 들으니 3~6개월 이후에나 이 무송에게 할 말이 있다고 하던데 소관영께서 소인에게 말씀하실 일이라도 있습니까?"

"시골뜨기 하인이 아무것도 모르고 나오는 대로 형장께 알린 모양인데, 어찌 경솔하게 말씀드리겠습니까?"

"소관영께서 왜 이렇게 수재秀才처럼 고상한 척 하십니까! 이 무송이 답답해서 어떻게 그냥 지나치겠습니까? 말씀해주십시오! 도대체 나더러 어쩌라는 것입니까?"

"종놈이 이미 이야기를 꺼냈으니 할 수 없이 제가 말씀드려야겠군요. 형장께서 진정한 사내대장부라 형장만이 할 수 있는 일을 부탁드리려고 했습니다. 다만 형장이 여기까지 먼 길을 오시느라 기력도 쇠진하고 몸도 완전하지 못하니 3~6개월 휴식을 취하며 회복하면 그때 자세히 말씀드리겠습니다."

무송이 듣고는 하하 웃으면서 말했다.

"관영께서는 들어보십시오. 내가 작년에 3개월 동안 학질을 앓고도 경양강에서 술에 취해 호랑이를 주먹 세 방과 발만으로 때려잡았는데 하물며 지금은 어떻겠습니까!"

"그래도 오늘은 말씀드릴 수 없습니다. 형장이 한동안 몸조리하고 신체가 완

진해지면 그때 감히 말씀 드리겠습니다."

"내가 힘이 없다고 하시는 거죠. 이렇게 말씀하신다면 내가 어제 천왕당 앞에서 돌 받침대를 보았는데 무게가 대략 얼마나 될까요?"

"아마도 400~500근은 될 겁니다."

"저랑 함께 가서 이 무송이 뽑아낼 수 있을지 어떨지 한번 보시지요."

"술을 마저 드시고 가시지요."

"갔다가 돌아와서 먹어도 늦지 않습니다."

천왕당 앞에 오자 죄수들이 무송과 소관영이 함께 오는 것을 보고 모두 몸을 굽혀 인사를 했다. 무송이 돌 받침대를 한번 흔들어보더니 크게 웃으면서 말했다.

"소인이 정말 아양 떨며 게으르면 어떻게 뽑아낼 수 있겠습니까?"

"바위가 족히 300~500근은 될 테니 가벼이 볼 수 없습니다!"

"소관영께서는 정말 뽑을 수 없다고 믿으십니까? 모두 물러나 이 무송이 어떻게 드는가 보십시오."

무송이 상반신의 옷을 벗어 허리에 묶고 돌 받침대를 가볍게 끌어안았다. 두 손으로 돌 받침을 뽑으니 쑥 하고 한 척 깊이의 흙에서 번쩍 들렸다. 죄수들이 보고는 모두 경악했다. 무송이 다시 오른손으로 바닥에서 들어 공중을 향해 던져 올리니 땅에서 1장 높이까지 올라갔다. 무송이 다시 두 손으로 받아 가볍게 원래 놓여 있던 자리에 놓았다. 몸을 돌려 시은과 죄수를 바라보는데 얼굴은 붉어지지 않았고 심장도 정상적이었으며 숨도 헐떡거리지 않았다. 시은이 앞으로 와서 무송을 껴안고는 다시 절하며 말했다.

"형장은 비범하십니다! 정말 천신天神이십니다!"

죄수들도 일제히 절하며 말했다.

"정말 신인神人이시오!"

시에서 이르기를,

신 같은 힘 사람 놀라게 하고 간담 서늘해지니
모두 의기와 용맹이 차고도 넘치기 때문이도다.
하늘을 받쳐 들고 땅을 뜯어내는 영웅의 손
바윗돌 뽑아내는 것이 공깃돌 가지고 노는 듯하네.
神力驚人心膽寒, 皆因義勇氣彌漫.
掀天揭地英雄手, 拔石應宜似弄丸.

시은이 무송을 청하여 자기 집 방에 데리고 와서는 앉기를 청했다. 무송이 말했다.

"소관영, 이번에는 내게 무슨 일을 시키려는지 꼭 알려주시오?"

"잠시만 앉아 기다리시면 아버님께서 나오시니 뵙고 말씀 드리겠습니다."

"남에게 일을 시키려 하면서 여자처럼 수줍어서 머뭇거리는 것은 일을 하려는 사람이 할 짓이 아닙니다. 한칼에 베어버리는 일이라면 이 무송이 대신해주겠습니다. 제가 만일 조금이라도 알랑거림이 있어서 이런다면 사람도 아니오!"

시은이 가슴 앞에 두 손을 맞잡고는 경의를 표하며 비로소 이 일에 대해 말했다. 나누어 서술하면, 무송은 사람을 죽이는 수단을 드러내고 호랑이를 때려잡았던 위풍을 다시 펼쳤다. 바로 다음과 같다. 그가 두 주먹을 올리는 곳에는 우렛소리 울리고, 발길질이 날아가면 비바람이 몰아치게 된다.

결국 시은이 무송에게 어떤 일을 말하는지는 다음 회에 설명하노라.

### 죄수를 목욕시키면서 살해하는 방법

본문에 무송이 "죽이려면 그냥 죽이지 목욕은 또 무슨 목욕이야?"라고 말한 구절이 있다. 『수호전보증본』에 따르면 "무송이 생각한 것은 전혀 근거가 없는 것은 아니다. 『송패유초宋稗類抄』 권3 『충의忠義』에 악비岳飛가 살해를 당한 기록이 있는데, 옥졸이 악비를 불러 목욕을 시키면서 옆구리를 당겨 죽였다. 이러한 방법은 살해당하는 자가 목욕을 하면서 대비하지 않고 있을 때 두 옥졸이 양쪽에서 옆구리를 당기면 가슴과 폐 부위가 갑자기 확대가 되기 때문이다. 이것이 혹여 당시 감옥에서 통용되는 제멋대로 범인을 살해하는 수법이었던 것은 아닐까"라고 했다.

### 무송의 괴력

본문에 무송이 천왕당 앞의 돌을 들어 올리는 괴력을 묘사한 장면이 나온다. 이러한 무송의 신 같은 괴력은 역사에서 사필史弼(1233~1318)과 비슷하다. 원나라 초의 명장이었던 사필의 힘은 대단했다고 사서에서 기록하고 있다. 『원사元史』 「사필전史弼傳」에 따르면 "이문里門(마을 어귀의 문)에 돌을 파서 사자를 만들었는데 무게가 400근(원나라 때 1근은 633그램, 400근은 253킬로그램) 정도였다. 사필은 그것을 들어 몇 걸음 걸은 뒤 놓았다"고 했다.

【 제29회 】

# 쾌활림快活林의 주인[1]

시은이 앞으로 다가와 말했다.

"형장, 우선 앉기나 하십시오. 이 동생이 지금 속사정을 자세하게 말씀드리겠습니다."

"소관영, 이리저리 돌리지 말고 단도직입적으로 말해보시오."

"이 동생은 어려서부터 강호의 스승에게 창봉을 배웠습니다. 맹주 일대에서는 저를 '금안표'라고 부릅니다. 여기 동문 밖에 쾌활림快活林이라는 시장이 있습니다. 산동, 하북의 상인들이 여기로 몰려와 장사를 하여 큰 객점이 100여 개이고 도박장과 불법적인 전당포가 20~30곳이 있습니다. 과거에 몸에 익힌 무예 실력도 있고 또한 군영에 목숨을 아끼지 않는 80~90명 죄수들도 있는지라 술과 고깃집을 열어 시장 상점과 도박장 그리고 전당포에 공급했습니다. 길을 지나던 기녀들이 이곳에 오면 먼저 이 동생을 만나 허락을 받아야 쾌활림에서 일

1_ 제29회 제목은 '施恩重霸孟州道(시은이 다시 맹주도를 제패하다), 武松醉打蔣門神(무송이 술에 취해 장문신을 때려눕히다)'이다.

을 해서 생계를 도모할 수 있었습니다. 그 많은 곳에서 매일 아침저녁으로 보호비[2]가 들어왔고 월말에는 200~300냥 은자가 들어왔습니다. 이렇게 벌다가 근래에 영내 장張 단련團練[3]이 동로주東路州에서 새로 왔는데 키가 9척인 장충蔣忠이라는 놈을 데려왔습니다. 강호에서는 그놈을 장문신蔣門神이라고 부릅니다. 그놈은 키만 큰 것이 아니라 실력도 출중하여 창봉도 잘 다루고 주먹질과 발길질에 능숙하며 씨름을 가장 잘 합니다. 그놈은 항상 '태산泰嶽 씨름 대회에 3년 연속으로 나갔는데 적수가 없었다. 하늘 아래 나를 이길 사람이 하나도 없다!'라며 자랑이 대단했습니다. 그런데 이 동생의 밥그릇을 빼앗으려 하기에 양보하지 않고 맞서다가 그놈에게 주먹질과 발길질을 당해 두 달 동안 자리에서 일어나지 못했습니다. 전에 형장께서 오셨을 때도 여전히 머리를 묶고 팔을 동여매고 있었는데 오늘까지 상처가 다 낫지 않았습니다. 원래는 사람들을 보내 그놈을 두들기려고 했는데, 그놈한테는 장 단련과 장정들이 있는데다 소란이 일어나기라도 한다면 군영에서 먼저 이치상 꺾이게 될 것입니다. 그래서 이런 큰 원한이 있어도 갚을 수가 없었습니다. 형장께서 대장부라는 명성은 오래 전부터 들어왔습니다. 만일 소생을 도와 이 원한을 갚아주신다면 죽어도 편안히 눈을 감을 것입니다! 다만 형장이 먼 길을 고생하며 오셔서 기력이 완전하지 않아 힘이 부족할까 두려워 3~6개월 정도 조리하여 체력을 회복한 다음에 상의하려고 했습니다. 그런데 촌뜨기 하인이 아무 생각 없이 발설해서 이 동생이 할 수 없이 사실대로 말씀드리는 것입니다."

무송이 듣고서는 '하하' 하고 크게 웃으며 물었다.

"그 장문신은 대가리가 몇 개고 팔은 몇 개입니까?"

2_ 원문은 '한전閑錢'인데 생활에 필요한 이외의 여유 돈을 말한다. 그러나 역자는 문맥상 '보호비'로 번역했다.

3_ 단련團練: 단련은 송대에서 민국 초년까지 정규군 이외의 장정을 뽑아 훈련시킨 지방 토족의 무장 세력이다. 두목도 단련이라 부른다.

"당연히 머리는 하나고 팔은 두 개 아니겠습니까?"

"나는 나타那吒[4]처럼 머리가 세 개이고 팔이 여섯 개에 실력마저 대단한 줄 알고 무서워했습니다. 원래 머리는 하나고 팔은 두 개군요! 이미 나타의 외모를 가진 것도 아닌데 어째서 그를 두려워합니까?"

"제가 힘도 약하고 재주도 미약하여 대적할 수 없기 때문에 그렇습니다."

"허풍을 떠는 것은 아니지만 평생 제가 가지고 있는 실력으로 천하의 포악하고 부도덕한 자들만을 두들겨 팼습니다. 이미 그렇게 말씀하셨으니 여기에서 뭐 하겠습니까? 남은 술은 가지고 가서 도중에 마십시다. 지금 당장 같이 가서 내가 이놈을 호랑이처럼 끝장내는 것을 구경하십시오. 너무 세게 쳐서 죽어버리더라도 내가 책임지겠습니다."

"형님 잠시 앉으십시오. 저희 아버님이 나오시면 먼저 뵙고서 가라고 하면 가야지 경솔해서는 안 됩니다. 내일 사람을 보내 살펴보고 집에 있으면 모레 가시지요. 만일 그놈이 집에 없다면 나중에 다시 이야기하시지요. 공연히 갔다가 풀을 베어 뱀을 놀라게 하면 경계심만 높이게 되는 꼴이 되고 그가 몰래 수작이라도 쓴다면 오히려 좋지 않습니다."

무송이 조급해하며 말했다.

"소관영, 그러니 그런 놈한테 맞는 것 아닙니까! 이렇게 우물쭈물하는 것은 원래 남자가 할 짓이 아닙니다! 가려면 당장 갑시다. 무슨 오늘이 뭐고 내일은 또 어디 있소! 가려면 가는 거지 대비할까 두렵다니 도대체 뭐가 두렵소!"

도저히 말릴 수가 없는 지경이 되자 병풍 뒤에서 노관영이 돌아나오며 소리 질렀다.

"의사義士, 이 늙은이가 병풍 뒤에서 의사의 말을 한참 들었소. 오늘 다행스럽

4_ 나타那吒: 불교의 호법신으로 전설에 따르면 비사문천왕毗沙門天王의 아들 혹은 손자로 전해진다. 어려서부터 용감하고 싸움을 잘하여 민간에서는 영웅의 상징이 되었다. 중국 소설 『봉신연의』 『서유기』의 등장인물이다.

게 의사를 보게 되니 어리석은 제 아들이 구름을 헤치고 해를 보는 것 같소. 후당에 옮겨서 잠시 한 말씀만 나누시지요."

무송이 뒤를 따라 안으로 들어갔다.

"의사, 앉으시오."

"소인은 죄수인데 어찌 감히 상공과 마주앉겠습니까?"

"의사께서는 그런 말씀 마시오. 어리석은 아들이 당신 같은 분을 만난 것은 둘도 없는 행운인데, 무슨 겸양을 이렇게 부리시오?"

무송이 이 말을 듣고 "그럼 무례를 용서하십시오"라며 인사를 하고 맞은편에 앉았다. 시은은 그대로 앞에 서 있었다. 무송이 말했다.

"소관영은 어째서 서 있습니까?"

"아버님께서 계신데 어찌 감히 앉겠습니까. 형님은 편히 앉으십시오."

"그러면 소인이 불편합니다."

노관영이 말했다.

"의사께서 그렇게 말씀하시고 여기 또 우리끼리 있으니 그렇게 하지요."

시은을 자리에 앉혔다. 하인들은 술과 안주, 과일 등을 가져왔고, 노관영은 친히 무송에게 술을 따라 주며 말했다.

"의사같이 이렇게 대단한 영웅을 누가 존경하지 않겠소. 제 아들은 원래 쾌활림에서 장사를 하며 재물과 이익을 탐내지 않았고 정말로 장대한 우리 맹주 땅에 호걸의 기상을 보탰소. 그러나 지금 장문신은 권세를 등에 업고 횡포를 부려 공공연히 남의 사업을 빼앗고 있소. 의사와 같은 영웅이 도와주지 않는다면 도저히 원수를 갚을 수가 없을 것이오. 의사께서 제 아들을 버리지 않고 이 잔을 깨끗하게 비우시면, 어리석은 제 아들이 형님으로 모시고 사배四拜를 하여 공경하는 마음을 표하고자 하오."

"배우지도 못한 소인이 어찌 감히 소관영의 예를 받겠습니까? 주제에 너무 과분하여 몸 둘 바를 모르겠습니다!"

무송이 술잔을 받아 마시자 시은은 머리를 조아려 사배를 했고, 무송은 황급하게 답례를 하고 의형제를 맺었다. 이날 무송이 기분이 좋아 술을 마시고 크게 취하자 사람을 불러 부축하여 방에서 쉬게 했다.

다음날 시은 부자가 상의하여 말했다.

"어제 무송이 많이 마셨으니 틀림없이 취해 아직 깨어나지 않았을 것이다. 그러니 오늘 보내지 않는 것이 좋지 않겠느냐? 사람을 보내 알아봤더니 그놈이 집에 없다고 핑계 대고 하루 연기하여 내일 다시 얘기하자."

그날 시은이 무송을 보고 말했다.

"오늘은 갈 수 없습니다. 제가 이미 사람을 보내 알아봤는데 그놈이 집에 없습니다. 내일 밥을 먹고 가시지요."

"내일 가는 거야 별것 아니지만 하루 더 기다리자니 화가 치밀어 죽겠네."

아침밥을 먹고 차를 마신 다음 시은과 무송은 군영에서 한가하게 보냈다. 방으로 돌아와 창법을 이야기하고 권법과 봉술을 서로 비교했다. 점심때가 되자 무송을 집으로 초청하여 술을 준비하여 대접했는데 반찬과 안주가 셀 수 없이 많았다. 무송이 술을 마시고 있는데 자꾸 안주를 집어 권하자 기분이 좋지 않았다. 점심을 먹고 일어나 인사하고 방으로 돌아와 앉았다. 하인 둘이 다시 들어와 무송을 목욕시켜줬다. 무송이 물었다.

"너희 소관영이 오늘 자꾸 고기는 권하고 술은 많이 내오지 않았다. 무엇 때문이냐?"

하인이 대답했다.

"솔직히 말씀 드리겠습니다. 오늘 아침에 관영께서 소관영과 상의하시어, 원래는 오늘 도두에게 가시도록 하려 했는데, 어젯밤에 술을 많이 드셔서 아직 깨지 않아 일을 그르칠까 두려워 감히 술을 내오지 않았습니다. 내일은 일을 처리하러 가시자고 할 것입니다."

"그렇다면 내가 취해서 너희의 일을 망칠까 두려워 그런 것이란 말이냐?"

"그렇습니다."

그날 밤 무송은 당장에라도 날이 밝기를 기다렸다. 일찍 일어나 씻고 닦으며 머리에 만자두건을 썼다. 몸에 흙색 베적삼을 입고 허리에 붉은 실로 만든 탑박을 찼다. 다리에는 무릎을 보호하는 행전을 묶고 미투리를 신었다. 그리고 고약을 얻어 금인 위에 붙여 죄수라는 표식을 가렸다. 시은이 청하여 아침 일찍 밥을 먹었다. 무송이 차를 마시자 시은이 말했다.

"마구간에 말을 준비해두었으니 타고 가시지요."

"내가 발이 작은 것도 아닌데 말은 타서 뭐하게? 한 가지만 내 말대로 해주게."

"형님께서 말씀하시는데, 이 동생이 어찌 감히 따르지 않겠습니까?"

"성을 나가서부터는 '무삼불과망無三不過望'하겠네."

"형님, '무삼불과망'이 무엇입니까? 저는 무슨 말인지 모르겠습니다."

무송이 웃으면서 말했다.

"가리켜주지. 네가 장문신을 이기고 싶다면 성문을 나가 주점을 만날 때마다 내게 술 세 사발을 사주고, 만일 세 사발을 사주지 않는다면 주점 망자望子(깃발)를 지나가지 않는다는 말이네. 이것이 바로 '무삼불과망'일세."

시은이 듣고는 생각하며 말했다.

"쾌활림은 동문에서 거리가 대략 14~15리는 됩니다. 술집이 적어도 12~13개가 있으니 주점마다 세 사발을 마시면 35~36사발은 마셔야 그곳에 도착할 것입니다. 그랬다간 형님이 크게 취할 텐데 어떻게 싸움을 하시겠습니까?"

무송이 크게 웃으면서 말했다.

"내가 취하면 실력 발휘를 못할까 걱정되나? 나는 술에 취하지 않으면 도리어 실력이 나오지 않는 사람이네. 술 한 잔이면 한 잔의 실력이 나오지. 다섯 잔이면 다섯 푼의 실력이 나온다고. 내가 10잔을 마시면 힘이 어디서 나오는지도 모른다니까. 술에 취해 담이 커지지 않았다면 경양강에서 어떻게 호랑이를 잡을 수 있었겠는가? 나는 술에 잔뜩 취한 다음 시작해야 힘도 있고 기세도 있다네."

"형님이 원래 그런 줄은 몰랐습니다. 좋은 술은 집에 널려 있습니다. 다만 형님이 취해서 일을 그르칠까 두려워 어젯밤에도 감히 술을 내놓지 못했습니다. 술을 마셔야 진짜 실력이 나온다면 하인 두 명에게 집 안의 좋은 술과 과일, 안주를 가지고 미리 출발하여 앞에서 기다리게 할 테니 천천히 술을 마시면서 가시지요."

"이래야 내 뜻에 딱 들어맞지! 장문신을 작살내려면 나도 배짱이 있어야지. 술도 없이 어떻게 실력을 발휘하겠어? 오늘 그놈을 반드시 쓰러뜨리고 다 같이 한바탕 웃자고!"

시은은 하인 두 명에게 음식 광주리와 술통을 짊어지고 동전을 가지고 먼저 가게 했고, 관영 또한 몰래 10~20명의 건장한 장정들을 골라 천천히 뒤따라가서 돕도록 분부했다.

한편 시은과 무송 두 사람은 평안채를 떠나 맹주 동문 밖으로 나갔다. 300~500보를 걸어가니 관도 옆쪽에 처마 앞에 망자(깃발)가 걸려 있는 주점이 눈에 들어오자 음식을 짊어진 하인 두 명에게 그곳에 먼저 가서 기다리게 했다. 시은이 무송을 안으로 모셔 앉히고 하인이 미리 준비한 안주를 놓고 술을 따랐다. 무송이 말했다.

"작은 잔 말고 큰 사발에 세 사발만 따르게."

하인이 큰 사발을 나란히 놓고 술을 따랐다. 무송이 전혀 사양하지 않고 연거푸 석 잔을 마시고 일어났다. 하인이 서둘러 그릇을 수습하고 한발 앞서서 출발했다. 무송이 웃으면서 말했다.

"이제야 뱃속에서 조금 올라오는군. 우리도 갑시다."

무송과 시은은 주점을 나왔다. 이때는 바로 음력 7월 날씨라 더위가 가시지 않았는데 갑자기 가을바람이 불었다. 두 사람이 옷깃을 열어 헤치고 1리도 못기 마을도 곽郭5도 아닌 곳에 도착했고, 숲속에 높이 걸린 술집 깃발이 하나 보였다. 수풀 속에 와보니 시골 막걸리를 파는 조그만 주점이었다. 그 주점을 보니,

옛 길가엔 마을, 시냇가엔 주점이 있네. 문밖엔 버드나무 무성해 음침하고, 연못에 가득한 연꽃들 아름답구나. 가을바람에 주점 깃발 펄럭이며 춤추고, 갈대주렴 뜨거운 햇볕 짧게 가리고 있네. 시렁에 얹힌 사기그릇엔 시원한 시골 막걸리 넘쳐나고, 부뚜막 앞 항아리에는 막 데워 빚어낸 향기 뿜어내누나. 술 단지 뚜껑 열기도 전에 향기가 10리에 뻗치니, 몇 없는 이웃들은 응당 취하리라.

古道村坊, 傍溪酒店. 楊柳陰森門外, 荷花旖旎池中. 飄飄酒旆舞金風, 短短蘆簾遮酷日. 磁盆架上, 白泠泠滿貯村醪; 瓦瓮竈前, 香噴噴初蒸社醞. 未必開樽香十里, 也應隔壁醉三家.

시은과 무송이 시골 주점 문 앞에 이르자, 시은이 발을 멈추고 물었다.

"여기는 시골 막걸리를 파는 주점인데 형님께서는 마시겠습니까?"

"술맛에 상관없이 술이라면 세 사발을 마셔야지. 세 사발을 마시지 않으면 안 갈 테니 알아서 해."

두 사람이 들어가 앉자 하인이 술잔과 과일을 놓았고 무송은 연달아 세 사발을 마시고 바로 일어났다. 하인이 서둘러 물건을 정리하고 먼저 나왔다. 둘은 주점을 나와 1~2리를 못가 길에서 또 주점을 보았다. 무송이 들어가 또 세 사발을 마시고는 출발했다.

장황한 말은 그만두고 본론으로 들어가서, 무송과 시은은 가는 곳마다 주점

5_ 곽郭: 성 밖에 추가로 둘러싸며 축조한 성벽으로 즉 외성外城이다. 내성內城은 성城이라 부른다. 성곽城郭이라는 것은 내성과 외성을 말한다.

만 만나면 들어가 세 사발을 마셨다. 대략 10여 곳의 주점에서 술을 마셨으나 무송은 많이 취하지 않았다. 무송이 시은에게 물었다.

"여기서 쾌활림까지 얼마나 남았냐?"

"멀지 않습니다. 바로 앞 멀리 보이는 숲입니다."

"이미 도착했으니 너는 다른 곳에서 나를 기다려라. 내가 알아서 찾아가겠다."

"그것 좋은 생각입니다. 저는 몸을 피할 곳이 있습니다. 형님 제발 조심하시고 절대 우습게 봐서는 안 됩니다."

"그건 걱정 말고 하인들에게 길을 안내하도록 하면 좋겠다. 앞에 또 주점이 있으니 나는 또 마셔야겠다."

시은이 하인을 시켜 무송을 안내하도록 하고 자기는 사라져버렸다.

무송은 또 3~4리도 못 가서 다시 10여 사발을 마셨다. 때는 이미 오시가 되어 날은 한창 더웠으나 산들바람이 조금 불었다. 무송은 술이 올라오자 적삼을 열어젖혔다. 비록 술을 5~7푼 정도 마셨으나 10푼 취한 것처럼 위장하여 앞으로 넘어질 듯 뒤로 자빠질 듯 이리저리 쓰러질 듯 비틀거렸다. 수풀 앞에 도착하니 하인이 손가락으로 가리키며 말했다.

"앞의 정丁자 길 입구에 장문신의 주점이 있습니다."

"이미 도착했으니 너도 알아서 멀리 피해라. 내가 때려눕히거든 나오너라."

무송이 숲속 뒤로 들어가니 금강역사 같은 커다란 사람이 보였다. 그는 하얀 베적삼을 걸쳤으며 교의交椅에 기대어 앉아 파리를 쫓는 총채를 들고 푸른 홰나무 아래에서 더위를 피하고 있었다. 무송이 그 사람을 보니 생김새가,

생김새는 추악하고 용모는 볼게 없네. 자줏빛 고깃덩이 온몸에 제멋대로 깔려 있고, 여기저기 핏줄 도드라져 있구나. 누런 구레나룻은 비스듬히 말려 있고, 입가에는 한바탕 바람 이는 듯하며, 기괴한 눈 둥그렇게 뜨고, 눈썹 아래로는

한 쌍의 별이 번쩍이는 듯하네. 진정 신도神荼와 울루鬱壘6의 형상이나, 크고 호탕하며 기개가 비범한 사람은 아니로다.

形容醜惡, 相貌粗疏. 一身紫肉橫鋪, 幾道靑筋暴起. 黃髯斜捲, 唇邊幾陳風生; 怪眼圓睜, 眉下一雙星閃. 眞是神荼鬱壘象, 却非立地頂天人.

무송이 거짓으로 취한 척하여 비틀거리며 곁눈으로 살펴보고 속으로 생각했다.

'덩치를 보니 장문신이 틀림없으렷다.'

곧장 지나갔다.

다시 30~50보도 못 갔는데 정丁자 길 입구에 커다란 주점이 있었고 처마 밑에 장대를 세워놓고 그 위에 깃발을 걸어놓았는데 '하양풍월河陽風月'이라는 네 글자가 쓰여 있었다. 돌아가서 바라보니 문 앞에 녹색 칠을 한 난간에 금박 글씨를 쓴 깃발이 두 개 꽂혀 있었는데, '취리건곤대醉裡乾坤大' '호중일월장壺中日月長'7이라는 다섯 글자가 각기 쓰여 있었다. 한쪽에는 고기 놓는 탁자, 도마, 잘라내는 칼 등의 집기가 있었고 다른 쪽에는 만두를 찌고 장작을 태우는 부뚜막이 있었다. 안에 한 줄로 큰 술 독 세 개가 나란히 있었고 반은 땅에 묻혀 있었으며 항아리 안에는 술이 절반 정도 들어 있었다. 정중앙에 계산대가 놓여 있고 안에 나이 어린 부인이 앉아 있었다. 그녀는 장문신이 맹주에 온 뒤에 새로 얻은 첩인데 원래 서와자西瓦子8에서 제궁조諸宮調9를 노래하던 가기歌妓였다. 그녀의 생김새는,

6_ 신도神荼와 울루鬱壘: 민간에서 숭상하는 두 문신門神이다. 음력 정월에 집집마다 대문에 이 두 신의 신상神像을 그려 붙여 악귀를 쫓는 풍습이 있다.

7_ 취리건곤대醉裡乾坤大, 호중일월장壺中日月長: 술을 마시고 취하면 다른 세계가 있고, 주연酒筵은 다른 경계를 체험하게 한다는 말이다. 두 문장 모두 '술 마신 이후에 또 다른 세상이 있다'는 의미다.

8_ 서와자西瓦子: 서쪽의 와사瓦舍(오락장)를 가리키며 창기娼妓들이 모여 거주하는 곳을 말한다.

9_ 제궁조諸宮調: 송·금·원 시기에 유행하던 일종의 창이다. 북송에서 기원했다.

눈썹은 청록색 산봉우리처럼 아름답고, 눈은 요염한 눈길 보내네. 앵두 같은 입술엔 옅은 붉은빛 어리고, 봄 죽순 같은 손 가볍게 펼치니 연한 옥 같구나. 조그맣고 밝은 물고기 머리뼈로 만든 관[10]은 빛나는 검은 머리를 가렸고, 석류꽃 무늬 좁은 소매는 눈 같은 흰 살 덮었네. 봉황 모양의 금비너 꽂고 용이 둘러 새겨진 보석 팔찌 꼈네. 모두가 최호崔護에게 물을 찾게 한 것이며, 탁문군卓文君이 다시 술 팔게 되었는지 의심되누나.

眉橫翠岫, 眼露秋波. 櫻桃口淺暈微紅, 春筍手輕舒嫩玉. 冠兒小明鋪魚魫, 掩映烏雲; 衫袖窄巧染榴花, 薄籠瑞雪. 金釵插鳳, 寶釧圍龍. 盡教崔護去尋漿, 疑是文君重賣酒.

무송은 취한 척 눈을 가늘게 뜨고는 주점 안으로 들어가 계산대와 마주하는 자리에 앉았다. 두 손으로 탁자를 누르며 눈길을 돌리지 않고 부인을 쳐다보았다. 부인이 보고서는 머리를 돌려 다른 곳을 보았다.

무송이 술집 안을 보니 당번인 주보가 5~7명이 있었다. 탁자를 두드리며 소리 질렀다.

"술파는 주인장은 어디 있느냐?"

주보가 와서 무송을 보고 물었다.

"손님, 얼마나 드시겠습니까?"

"두 각 가져오너라. 먼저 맛 좀 보자."

주보는 계산대에 가서 술 두 각을 따라 통에 쏟아 넣고 한 사발 데워 가지고 와서 말했다.

"손님, 드셔보십시오."

10_ 원문은 '관아冠兒'인데, 귀부인들이 쓰던 일종의 모자다.

무송이 들고 냄새를 맡더니 머리를 좌우로 흔들며 말했다.

"아니야. 별로야. 다른 술로 가져오너라!"

주보는 무송이 취한 것을 보고 계산대로 가져와서 말했다.

"부인, 아무거나 바꿔주세요."

부인이 받아 술을 따라내고 상등의 술로 바꿔 따랐다. 주보가 가지고 다시 한 사발을 데워 가지고 왔다. 무송이 들고 음미해보더니 말했다.

"이것도 별로구나. 빨리 가서 다시 바꿔오면 너를 용서해주마!"

주보는 꾹 참고 아무 말도 않고 술을 가지고 계산대로 가서 말했다.

"부인, 아무거나 더 좋은 걸로 바꿔주세요. 괜히 저 사람이랑 상종하지 마세요. 취해서 시빗거리를 찾는 것 같은데 좋은 것으로 바꿔주면 그만이에요."

부인이 다시 색도 좋은 일등급 술을 퍼서 주보에게 주었다. 주보가 통을 앞에 놓고 한 사발 데워 무송에게 갔다. 무송이 마시고는 말했다.

"이 술은 조금 맛이 괜찮군."

다시 물었다.

"거기, 너의 주인장 성이 무엇이냐?"

"장張가입니다."

"왜 이李가가 아니냐?"[11]

부인이 듣고는 말했다.

"이놈이 어디서 술 처먹고 취해서는 여기 와서 시비를 걸고 지랄이야!"

주보가 말했다.

"보아하니 외지에서 온 잡놈 같은데 아무것도 모르는 척하고 저기서 헛소리하든지 말든지 내버려두세요!"

11_ 『수호전전교주』에 따르면 "정목형의 『주략』에서 이르기를 '당시 기생집에는 이李가가 많았다'고 했다." 송나라는 당나라를 계승했는데, 뒤에 출현한 왕조는 대부분 전대의 황제를 폄하했다. 이 때문에 '이李'가라고 표현한 것이다.

무송이 물었다.

“너 지금 뭐라고 했냐?”

“우리끼리 하는 말이니, 손님은 신경 쓰지 마시고 술이나 드십시오.”

“거기, 계산대에 있는 부인에게 이리 와서 술 한잔 따르라고 해라.”

주보가 소리를 질렀다.

“허튼소리 말아라! 이분은 주인의 부인이시다.”

“주인의 부인이면 어쩌라고? 나랑 술 한잔 먹는 게 뭐가 그리 대단한 일이라고!”

부인은 크게 화가 나서 참지 못하고 욕을 퍼부었다.

“저런 죽일 놈이! 죽어 마땅한 도적놈아!”

계산대를 밀고 뛰쳐나왔다.

무송은 일찌감치 흙색 베적삼을 벗어 가슴 안에 쑤셔 넣고 술통의 술을 바닥에 뿌렸다. 단걸음에 계산대로 가서 부인을 붙잡았다. 무송의 손이 단단한데 어떻게 버둥거릴 수 있겠는가? 손으로 허리춤을 붙잡고 다른 손으로 머리에 쓰고 있던 관을 잡으니 관이 부서지면서 쪽진 머리가 잡히자 계산대 건너편에서 번쩍 들어 술독 속으로 던져버렸다. ‘풍덩’ 소리가 나더니 불쌍한 부인은 커다란 술독 안에 빠졌다. 무송이 갑자기 계산대 앞에서 뛰어 나오니 몇 명의 손발이 민첩한 당번을 서는 주보들이 무송에게 달려왔다. 무송이 한 사람을 두 손으로 가볍게 잡아들어 술독 안에 거꾸로 처박았다. 또 다른 주보가 달려오자 머리를 잡고 던지니 술독 안에 빠졌다. 다시 달려오는 주보 둘을 주먹으로 치고 발로 차니 모두 쓰러졌다. 처음 셋은 술독에 빠져 발버둥조차 칠 수 없었다. 나중 둘은 바닥에 쓰러져 움직이지 못했다. 주점에서 일하는 불량배들이 된통 얻어맞아 방귀가 나오고 오줌을 쌀 정도로 몹시 놀랐으나, 영리한 놈 하나가 살짝 빠져나갔다. 무송이 속으로 생각했다.

‘저놈은 분명히 장문신을 부르러 가는 것이겠지. 가서 맞이해줘야지. 큰길에

서 보기 좋게 쓰러뜨려 사람들에게 웃음거리를 만들어야겠다.'

무송이 성큼성큼 큰 걸음으로 쫓아 나왔고, 불량배 한 놈은 달려가서 장문신에게 알렸다. 장문신이 듣고 놀라 교의를 차서 뒤집어엎고 총채를 던져버리며 뛰어왔다. 무송이 맞으러 나와 크고 넓은 길에서 마주쳤다. 장문신이 비록 덩치가 장대했으나 근래에 주색에 빠져 정력을 아낌없이 소진해서 무송과 마주치자 자기가 먼저 깜짝 놀랐다. 달려오던 탄력을 받으려고 속도를 멈추지 않았다. 하지만 무송은 호랑이 같은 건장한 사람이었고 또 속으로 대비책을 가지고 있는데 어떻게 당할 수 있겠는가? 장문신은 무송이 취한 것을 보고는 무작정 달려들었다. 눈 깜짝 할 사이에 무송이 먼저 두 주먹으로 장문신의 얼굴을 향하여 헛손질을 하더니 갑자기 몸을 돌려 달아났다. 장문신이 크게 화를 내며 덤벼들자 무송은 발을 날려 장문신의 아랫배를 차고 두 손으로 눌러 꿇렸다. 장문신이 주저앉자마자, 몸을 돌려 오른발을 날려 관자놀이에 명중시켜 뒤로 쓰러뜨렸다. 무송이 한 걸음 다가가 가슴을 밟고 식초 사발만한 주먹을 들고 장문신의 얼굴을 향해 내리쳤다. 원래 장문신은 씨름 고수라는 것을 알고 있었으므로, 무송은 주먹으로 치는 척하다가 몸을 돌려 먼저 왼발을 날려 차고 다시 몸을 돌려 오른발을 날린 것이다. 이것이 그 유명한 '옥환보玉環步, 원앙각鴛鴦脚'[12]이었다. 이것은 무송이 평생 배운 실제 실력으로 정말 대단했다. 장문신이 연신 얻어맞으며 용서를 빌었다. 무송이 소리쳤다.

"내가 너를 살려주면, 세 가지를 내 뜻대로 따라야 한다."

장문신은 땅바닥에서 소리쳐 대답했다.

"제발 살려주십시오! 세 가지뿐만 아니라 300가지라도 따르겠습니다!"

무송은 장문신에게 세 가지를 확실하게 말했다. 나누어 서술하면, 쾌활림은

12_ 『수호전전교주』에 따르면 "정목형의 『주략』에서 이르기를, '옥환보玉環步, 원앙각鴛鴦脚에 대해 상세하게 설명한 것이 없다'고 했다." 무송의 동작을 보고 해석해보면 뒷 굽이 자세로 서서 양 발로 번갈아 얼굴을 차는 동작인 듯하다.

주인을 다시 찾아오게 되고 무송은 머리와 눈썹을 깎고 사람을 죽이게 되었다.

결국 무송이 장문신에게 말한 세 가지 조건은 다음 회에 설명하노라.

### 태방兌坊

태방은 본래 '전당포'라는 의미다. 그러나 『수호전전교주』에 따르면 "태방은 도방賭坊(도박장)을 말한다. 송나라 때는 궤방櫃坊이라 했다. 『송해요집고宋會要輯稿』 165책 『형법刑法』에 따르면 '순화淳化 2년(991) 윤2월 19일 조서를 내리기를, 경성에서 무뢰배들이 모여 도박을 하는데, 궤방을 열고 소·말·나귀·개를 도살하고 사사로이 동전을 녹여서 여러 기물을 제조하니 개봉부에서는 엄중히 시가지를 경계하여 그들을 체포하도록 하고 범죄를 저지르는 자는 참수형에 처하며 은닉하며 알리지 않는 자와 여관에 거주하며 품행이 나쁜 불량배와 궤방을 하는 자는 아울러 같은 죄로 처벌하라'고 했다."

즉, 송나라 때의 태방은 전당포의 고유 업무인 전당이 아니라 무뢰배들이 동전을 녹이고 도박을 하는 불법 행위의 장소였다. 본문에서는 '도방태방賭坊兌坊'으로 기재하고 있어 역자는 '도박장'과 '불법적 행위를 일삼는 전당포'로 번역했다.

### 장문신蔣門神 장충蔣忠

문신門神은 악귀를 쫓아내고 사악한 것을 없애며 복을 기원하기 위해 대문에 붙이거나 그림을 그려 넣은 신령의 형상을 말한다. 『수호전보증본』에 따르면 "전통문화에서 빚어서 만든 문신에는 두 가지 조합이 있다. 첫 번째는 신도神荼와 울루鬱壘다. 남조 양梁나라 종름宗懍(502~565)의 『형초세시기荊楚歲時記』에서 이르기를, '정월 초하루에 갑옷을 입고 도끼를 든 두 신을 그려서 문의 좌우에 붙였다. 왼쪽은 신도이고 오른쪽은 울루인데 이것을 문신門神이라 한다'고 했다. 두 번째는 당나라 초 무장인 진경秦瓊과 울지공尉遲恭이다. 원나라 『삼교원류수신대전三

敎源流搜神大全』에서 이르기를, '당나라 태종太宗은 두 사람(진경과 울지공)이 밤을 지새도 잠이 없으므로 화공을 시켜 손에 옥으로 된 도끼를 쥐고 허리에는 채찍과 활과 화살을 차게 하고 보통 때의 화가 치밀어 오른 두 사람의 형상을 그리게 하여 궁액宮掖(황궁)의 좌우 문에 걸게 했다. 나쁜 짓을 하며 사람을 해치는 요괴를 멈추게 한 것이다. 후대에 답습되어 마침내 문신이 되었다'고 했다."

본문에서의 장문신 장충은 키가 크고 추악하게 생겼으나 실상은 무능하고 쓸모없는 우악스러운 사내로 등장하는데, 담력이 작은 귀신에 불과할 따름이다.

【 제30회 】

# 비운포[1] 飛雲浦

무송이 땅에 쓰러진 장문신을 밟고 말했다.

"내가 요구하는 세 가지 조건을 모두 따른다면 내가 너를 살려주마!"

"호걸께서 말씀만 하시면 모두 따르겠습니다."

"첫째, 너는 당장 쾌활림을 떠나되 강제로 빼앗은 물건들은 즉시 원주인 금안표 시은에게 돌려주어라. 누가 너에게 그의 재산을 강탈하라 시켰느냐?"

장문신이 황급하게 대답했다.

"따르겠습니다. 그렇게 하겠습니다."

"둘째, 지금 너를 용서해줄 테니 쾌활림의 우두머리 영웅호걸들을 모두 불러 모아놓고 그들 앞에서 시은에게 사과하도록 해라."

"소인이 그렇게 하겠습니다."

"셋째, 너는 오늘 모두 돌려주고 즉시 쾌활림을 떠나 밤을 새서라도 고향으로

1_ 제30회 제목은 '시은이 무송을 만나러 세 번 사형수 옥에 들어가다(施恩三入死囚牢). 무송이 비운포에서 큰 소동을 일으키다(武松大鬧飛雲浦)'다.

돌아가고 맹주에서 사는 것을 허락하지 않겠다! 만일 이곳을 떠나지 않고 살다가 들키면 한 번 볼 때마다 한 번 때릴 것이고 열 번이면 열 번 때릴 것이다. 가벼우면 반쯤 죽을 것이고 심하면 네 목숨이 끝장날 것이다. 따르겠느냐?"

장문신이 듣고는 살기 위해 발버둥 치며 거듭해서 대답했다.

"따르지요, 따르겠습니다. 제가 모두 따르겠습니다."

무송이 땅바닥에 쓰러진 장문신을 들어 세우고 바라보니 이미 얼굴은 퍼렇게 멍들고 입술은 잔뜩 부어올랐으며 목은 반쯤 삐뚤어졌고 관자놀이에서 선혈이 흘러내리고 있었다. 장문신을 가리키며 말했다.

"너 같은 좆같은 멍청이는 한 주먹거리도 안 돼. 경양강에서 호랑이도 주먹세 방과 발길질 두 방에 맞아 죽었다! 너 같은 건 아무것도 아니다. 빨리 건네주거라. 조금이라도 꾸물거리면 다시 한 방 날려 끝장내버릴 테다!"

장문신은 이때 비로소 무송을 알아보고 연신 '예, 예'하며 허리를 굽실거렸다. 이때 시은이 건장하고 용감한 군졸 20~30명을 데리고 도와주러왔다. 무송이 장문신을 묵사발 낸 것을 보고 기쁨을 참지 못하고 군졸과 함께 무송 주변을 둥글게 둘러쌌다. 무송이 장문신을 가리키며 말했다.

"본래 주인이 이미 여기에 돌아왔으니 너는 이삿짐을 싸면서 빨리 사람들을 불러와 사죄를 드리거라!"

장문신이 대답했다.

"호걸님, 가게 안에 들어가 앉아 계십시오."

무송이 시은 일행을 데리고 주점 안으로 들어와 보니 바닥이 온통 술로 가득 차 발 디딜 틈이 없었고, 두 연놈들은 항아리에 처박혀 벽을 더듬으며 발버둥치고 있었다. 부인은 금방 간신히 술 항아리에서 기어 나왔는데 머리는 부딪쳐 깨지고 하반신은 술에 흠뻑 젖어 있었다. 다른 일꾼들과 주보들은 모두 도망가고 그림자도 찾을 수 없었다.

무송이 여러 사람들과 주점 안에 앉아 소리 질렀다.

"너희는 빨리 짐을 챙겨 꺼져라!"

장문신은 수레를 준비하여 짐을 수습하고 먼저 부인을 보냈다. 다른 한편 장문신이 시은에게 사과하는 자리를 마련하려고 다치지 않은 주보를 찾아 쾌활림을 대표하는 우두머리 호걸들 10여 명을 주점으로 불렀다. 시은에게 사과하게 하기 위하여 가장 좋은 술을 꺼내고 안주를 잔뜩 내와 탁자에 차려놓고 사람들을 앉혔다. 무송은 시은을 장문신의 상좌에 앉혔으며 사람들 앞에 큰 사발을 놓고 주보에게 술을 따르게 했다.

술이 여러 사발 돌자 무송이 입을 열었다.

"이 자리에 모이신 이웃 여러분. 소인 무송은 양곡현에서 사람을 죽여 여기로 귀양을 왔소이다. 사람들이 말하는 것을 듣자하니, '지금 여러분이 앉아 계신 쾌활림 안의 이 주점은 원래 시은 관영이 세우고 열었던 사업장소인데, 장문신이 권세를 등에 업고 횡포를 부려 함부로 빼앗아 공짜로 남의 밥그릇을 차지했다'고 했소. 여러분은 시은이 나를 부리는 주인이라고 추측하지 마시오. 나와 그는 아무 상관이 없소. 나는 원래 천하에 도덕을 지키지 않는 사람이 있으면 두들겨 패고야 마는 사람이오. 나는 지나가다가 불공평한 일을 보면 칼을 뽑아 도와주며, 그 때문에 죽는다 한들 두렵지 않소. 오늘 내가 원래 장가 성 가진 이 놈을 한 주먹과 발길질로 때려죽여 해로움을 제거하려 했소. 지금 여기 여러 이웃들의 체면을 보아 이놈을 잠시 살려주겠소. 내가 오늘 이놈을 외지로 쫓아버릴 것이오. 만일 떠나지 않았다가 나와 마주친다면 경양강의 호랑이처럼 만들어주겠소."

사람들은 그제야 그가 경양강에서 호랑이를 때려죽인 무송이라는 것을 알고 모두 일어나 장문신을 대신하여 사과하며 말했다.

"호걸님, 이제 노여움을 거두십시오. 그를 즉시 내쫓고 주점을 본래 주인에게 돌려주도록 하겠습니다."

장문신은 이미 무송에게 기가 꺾일 대로 꺾였는데 어떻게 감히 다시 딴 소리를 하겠는가? 시은이 물건들을 점검하고 점포를 접수했다. 장문신은 부끄러움으로 가득 찬 얼굴로 사람들에게 인사하고 수레 한 대를 불러 이삿짐을 싣고 떠났음은 말할 필요가 없다.

한편 무송이 이웃들을 초청하여 함께 취하도록 마시고서야 자리가 파했다. 저녁이 되어 모두 흩어졌고 무송은 다음날 진시(오전 7~9시)까지 자고 나서야 겨우 깨어났다. 노관영은 아들이 다시 쾌활림 주점을 되찾았다는 것을 알고 말을 타고 주점에 찾아와 무송에게 감사 인사를 했다. 주점 안에서 연일 연회를 열어 술을 마시며 축하를 했다. 이 일로 해서 무송이 주점을 되찾은 사실이 알려지자 쾌활림 안의 사람치고 무송을 찾아와 보지 않은 사람이 없었다. 이때부터 시은은 가게를 다시 정돈하고 술집을 열었고, 노관영은 안평채로 돌아가서 자기 직무를 수행했다. 시은은 사람을 보내 장문신의 소식을 탐문했으나 가족을 데리고 어디로 갔는지 알 수 없었다. 시은은 주점을 운영하며 장문신을 더 이상 신경 쓰지 않았고 무송이 주점에 거주할 수 있도록 손을 썼다. 이후로 시은의 사업은 이전에 비하여 이익이 3~5할 증가했고 각 점포와 각 도박장과 전당포에서 시은에게 들어오는 보호비는 두 배나 증가했다. 무송 덕택에 체면이 살아난 시은은 그를 부모처럼 존중했다. 시은이 이때부터 맹주도의 쾌활림을 제패했음은 말할 필요가 없다. 바로 다음과 같다.

남의 살길 빼앗으면 남이 다시 빼앗아가니
의리라면 오래도록 이익 또한 많아지누나.
쾌활림 다시 쾌활하게 돌아가게 되었으니
악한 자는 스스로 악한 자의 괴롭힘을 받네.
奪人道路人還奪, 義氣多時利亦多.
快活林中重快活, 惡人自有惡人磨.

세월은 덧없이 흘러 이미 1개월여가 지나갔다. 더위가 한풀 꺾이고 서늘해져 이슬이 내리기 시작했다. 가을바람은 더위를 몰아내고 이미 늦가을이 왔다. 이야기를 하자면 길고 하지 않으면 짧기 마련이다. 하루는 시은이 무송과 가게 안에 한가롭게 앉아 이야기를 나누며 권법, 창법을 논하고 있었다. 점포 앞에 군졸 2~3명이 말을 끌고 와서 안으로 들어와 주인을 찾으며 물었다.

"어느 분께서 호랑이를 잡은 무 도두 이십니까?"

시은은 바로 이 사람들이 맹주수어병마도감孟州守御兵馬都監[2] 장몽방張蒙方의 측근임을 눈치 챘다. 시은이 앞으로 나가 물었다.

"여러분이 무 도두는 무슨 일로 찾으시오?"

"도감 상공의 명을 받들고 왔습니다. 무 도두가 대단한 사내라는 명성을 듣고 우리에게 말을 끌고 가서 모셔오라고 했습니다. 여기에 상공의 편지가 있습니다."

시은이 보고는 생각했다.

'장 도감은 아버님의 상사이므로 아버지도 그의 지휘를 받아야 한다. 오늘 무송도 귀양 온 죄인이니 역시 그의 관할이므로 보낼 수밖에 없구나.'

시은이 무송에게 말했다.

"형님, 여기 계신 낭중郎中[3]들은 장 도감 상공의 명령으로 형님을 데리러 왔습니다. 말까지 보내 태우고 오라 했는데 형님의 의향은 어떠십니까?"

무송은 강직한 사람이라 곡절을 몰라서 말했다.

"이미 나를 데리러 왔으니 가야 하는 것 아닌가? 무슨 말을 하려는지 가서 들어는 보아야지."

바로 옷과 두건을 갈아입고 어린 종을 데리고 말에 올라 그 사람들과 함께

2_ 수어병마도감守御兵馬都監: 어떤 지구의 금군의 주둔, 훈련과 수비, 방어 사무를 책임지는 도감都監이다.

3_ 낭중郎中은 여기서는 직무를 맡은 인원 혹은 측근을 가리킨다.

맹주성 안으로 들어갔다. 장 도감의 집 앞에 도착하여 말에서 내려 군졸들의 뒤를 따라 대청 앞에 가서 장 도감을 알현했다.

장몽방이 대청 위에서 무송을 보고 크게 기뻐하며 말했다.

"올라오도록 해라."

무송이 대청 아래에서 장 도감에게 절하고 두 손을 모아 옆에 섰다. 장 도감이 무송에게 말했다.

"네가 사내대장부로 천하에 당할 자가 없으며 남과도 함께 살고 같이 죽을 수 있다는 말을 들었다. 지금 내 휘하에 너 같은 사람이 부족한데, 네가 내 심복이 될 생각이 있는지 모르겠구나?"

무송이 무릎 꿇고 감사하며 말했다.

"소인은 귀양지 군영에 귀양 온 죄수에 불과합니다. 만일 은상께서 발탁해주신다면 채찍을 들고 등자를 잡으며 어떤 일이라도 천하게 여기지 않고 따르겠습니다."

장 도감은 크게 기뻐하며 과일과 술을 내오도록 했다. 장 도감이 친히 술을 따라 주었고 무송은 크게 취하도록 마셨다. 장 도감은 하인을 시켜 대청 앞 복도에 있는 곁채를 정리하여 그곳에 무송을 머물게 했다. 다음날 시은에게 사람을 보내 짐을 가져다가 장 도감 집에 옮기고 계속 머무르게 되었다. 장 도감은 아침저녁으로 무송을 후원으로 불러 술과 음식을 대접하고 집 안을 마음대로 출입하게 하여 한 가족처럼 대했다. 또 재봉하는 사람을 불러 무송에게 가을 옷을 만들어 입게 했다. 무송은 장 도감이 자기를 대하는 것을 보고 기뻐하며 속으로 생각했다.

'도감 상공처럼 이렇게 온 정성을 다하여 나를 발탁하려 하기는 성발 쉽지 않은 일인데. 여기에 머문 이후로 한 걸음도 떨어지려 하지 않으니 쾌활림에 가서 시은과 이야기할 시간도 없네. 번번이 사람을 시켜 나를 보자고 하는데 집으로 불러들일 형편도 안 되니 어쩐다.'

무송은 장 도감의 집에 머문 다음부터 상공에게 지극한 사랑을 받았다. 사람들이 무송에게 공적인 일을 부탁하여, 도감 상공에게 아뢰면 안 되는 일이 없었다. 그래서 외부 사람들이 답례로 항상 금은, 재물과 비단을 보냈고 무송은 버들가지[4]로 만든 상자를 사다가 받은 물건을 넣어두었다.

시간은 빠르게 흘러 또 8월 중추절이 되었다. 중추절의 풍경은 어떠한가.

옥 같은 이슬은 냉랭하고 가을바람은 솔솔 불어오네. 우물가의 오동나무에선 마른 잎 떨어지고, 못 가운데 연꽃은 씨앗 품고 있구나. 날아오는 기러기 소리 구슬프고 늦가을 귀뚜라미 소리 요란하네. 바람에 춤추듯 흔들리는 수양버들 반 정도 잎이 지고, 비 맞은 부용꽃 요염한 모습 뽐내누나. 가을빛 공평하게 절기를 재촉하고, 둥근달 단정하게 산하를 비추는구나.

玉露泠泠, 金風淅淅. 井畔梧桐落葉, 池中菡萏成房. 新雁聲悲, 寒蛩韵急. 舞風楊柳半摧殘, 帶雨芙蓉逞妖艷. 秋色平分催節序, 月輪端正照山河.

장 도감은 후당 깊은 곳의 원앙루鴛鴦樓에 연회를 준비하여 중추절을 경축하고 즐겼으며 무송을 안으로 불러 술을 마셨다. 무송은 그의 부인 등 가족이 모두 자리에 있는 것을 보고 한 잔만 마시고 몸을 돌려 나오는데 장 도감이 불러서 물었다.

"어디를 가느냐?"

"은상께 아뢰니다. 부인 등 가족이 연회에 계시므로 소인이 이치상 피해야 마땅합니다."

4_ 원문은 '류등柳藤'이다. 『수호전전교주』에 따르면 "정목형의 『주략』에서 이르기를, '그릇을 만드는데 남방은 대나무를 사용하고 북방은 버드나무를 사용했다. 여기서 류등柳藤이라고 말한 것은, 버드나무 대신해 등나무를 사용한 것이고, 혹은 버드나무로 그릇을 만들고 등나무 덩굴로 테두리를 장식한 것이다'라고 했다."

장 도감이 크게 웃으면서 말했다.

"아니네, 내가 자네를 의사로 존경하여 가족처럼 생각하고 일부러 청하여 술을 마시는데 무슨 까닭에 피하려 하는가?"

무송을 다시 자리에 앉게 했다. 무송이 말했다.

"소인은 죄수인데 어찌 감히 은상과 같이 앉겠습니까?"

"의사, 어째서 그렇게 남처럼 대하는가? 여기엔 남이 없으니 편하게 앉게."

무송이 여러 차례 사양하고 자리를 떠나려 했으나 장 도감이 어찌 그냥 보내려 하겠는가? 무송을 기필코 앉게 했다. 무송은 대답 없는 인사만 하다가 멀리 떨어져 비스듬하게 앉았다. 장 도감이 계집종과 유모 등을 시켜 술을 한 잔 두 잔 따라주게 했다. 차츰 5~7잔을 마시고 장 도감은 과일을 가져오게 하여 술을 마시다가 또 한두 차례 먹을 것이 들어왔다. 한가롭게 창법을 물어 이런저런 이야기를 나누었다. 장 도감이 말했다.

"대장부가 술을 마시는데 어찌 조그만 잔에 마시겠느냐!"

소리를 질러 은으로 만든 큰 잔을 가져와 의사에게 술을 따라주도록 했다. 무송에게 끊임없이 술을 권했다. 달빛이 차츰차츰 동창으로 비쳐 들어왔다. 무송은 반쯤 취하여 예절도 잊고 한바탕 거나하게 마셨다. 장 도감은 아끼는 시녀 옥란玉蘭을 불러 노래를 부르게 했다. 옥란의 생김새를 보니,

> 연꽃 받침 같은 얼굴, 입술은 앵두 같구나. 구부러진 두 눈썹은 먼 산줄기 그린 듯하고, 밝은 눈은 가을 맑은 물처럼 윤기가 나네. 날씬한 허리는 가늘고 부드러우며, 푸른 비단 치맛자락 작은 발 가린 것이 돋보이누나. 흰 살은 향기 뿜어내고, 붉은 비단 소매 옥 같은 손 살포시 덮고 있네. 검은 머리엔 봉환 새겨진 비녀 비껴 꽂았고, 상판象板5을 높이 든 채 진귀한 대자리에 섰구나.

5_ 상판象板: 곡에 맞추어 노래 부를 때 사용하는 박판拍板으로 상아로 제작했다.

臉如蓮萼, 唇似櫻桃. 兩彎眉畫遠山靑, 一對眼明秋水潤. 纖腰嬝娜, 綠羅裙掩映金蓮; 素體馨香, 絳紗袖輕籠玉笋. 鳳釵斜插籠雲髻, 象板高擎立玳筵.

장 도감이 무송을 가리키며 옥란에게 말했다.

"이 자리에 있는 사람은 다른 사람이 아니라 내 심복 무 도두나. 중추절에 달을 감상하는 광경을 부른 노래가 있다면 해보거라."

옥란은 상판을 잡고 앞으로 나와 인사를 하고 목을 놓아 소동파蘇東坡의 중추中秋 「수조가水調歌」를 부르기 시작했다.

명월은 언제부터 떠 있었는가? 잔을 잡고 하늘에 묻는다. 알길 없는 하늘의 궁궐에선, 오늘 저녁이 무슨 해인가? 바람을 타고 돌아가려 해도 월궁의 화려한 누각은 너무도 높아 추위를 이기지 못할까 두려울 뿐이네. 일어나 그림자와 어울려 춤을 추니 천상이라도 어찌 인간 세상 같으랴.

明月幾時有? 把酒問靑天: 不知天上宮闕, 今夕是何年? 我欲乘風歸去, 只恐瓊樓玉宇, 高處不勝寒. 起舞弄淸影, 何似在人間.

달빛은 붉은 누각을 비추며 돌아 나지막한 창문 휘장 사이로 스며들어 잠 못 드는 나를 비추는구나. 달빛이 내게 원한을 품을 리가 없으련만 이별해 멀리 있을 때는 어찌 항상 그리 둥근가? 사람에게 슬픔과 기쁨, 이별과 만남이 있듯이 달에게는 어두움과 밝음, 둥긂과 이지러짐이 있어 옛날부터 이것은 완전해지기 어려웠다네. 다만 모든 사람마다 건강하여 만 리 멀리 떨어졌더라도 달구경 함께 하기 바라노라.

轉朱閣(高捲珠簾)[6], 低綺戶, 照無眠. 不應有恨, 何事常向別時圓? 人有悲歡離合,

6_ 이 시의 이 구절은 송사 300수 등 대부분 "전주각轉朱閣"으로 되어 있고, 『수호전』에서만 "고권주렴高捲珠簾(주렴을 높이 걷어 올리니)"으로 나온다. 송사 300수가 옳다.

月有陰晴圓缺, 此事古難全. 但願人長久, 萬里共嬋娟.

옥란은 노래를 끝내며 상판을 내려놓고 여러 방향으로 인사를 하고 한쪽에 섰다. 장 도감이 다시 말했다.

"옥란아, 술 한잔씩 따라주도록 하여라."

옥란이 잔을 들고 여기저기 권했고, 계집종은 주전자를 들고 따라다니며 술을 따랐다. 먼저 장 도감에게 따르고 다시 부인에게 권했으며 세 번째로 무송에게 따랐다. 장 도감이 무송에게 가서 가득 따르도록 하니, 무송이 어찌 감히 고개를 들겠는가? 몸을 일으켜 잔을 멀리 내밀어 받고 상공과 부인에게 인사를 한 뒤에 단숨에 마시고 잔을 돌려주었다. 장 도감이 옥란을 가리키며 무송에게 말했다.

"이 애는 자못 총명하고 음률에 능통할 뿐 아니라 바느질도 잘한다네. 만일 신분이 낮다고 꺼려하지 않는다면 나중에 날을 골라 자네 처로 삼게 해주겠네."

무송이 일어나서 두 번 절하며 말했다.

"소인이 어떤 사람인데 어찌 감히 은상의 가족을 부인으로 삼겠습니까? 제겐 너무 과분한 처사입니다."

"내가 이미 말을 꺼냈으니 반드시 자네에게 주겠네. 자네는 괜히 거절하지 말고, 나도 약속을 어기지 않겠네."

무송이 연속해서 10여 잔을 마시고 술이 막 올라와 예를 잃을까 두려워 일어나 상공 부인에게 절하고 물러나왔다. 대청 앞 곁방 앞으로 와서 방문을 열었으나 뱃속이 부글부글 끓어 잠에 들 수가 없었다. 방에 가서 옷과 두건을 벗고 초봉을 들고 마당 가운데로 가서 달빛 아래에서 몇 가지 봉술을 연마했다. 고개를 들어 하늘을 보니 대략 3경 시각이었다. 방에 들어가 옷을 벗고 잠을 자려 하는데 후당에서 '도둑이야'라는 소리가 들렸다. 무송이 듣고 속으로 생각했다.

'도감 상공이 이렇게 애정을 베푸는데 후당에 도둑이 들었다는 소리를 들었는데 어찌 가서 구하지 않겠는가?'

무송이 비위를 맞추려고 초봉을 들고 후당으로 들어갔다. 노래를 하던 옥란이가 허둥거리며 걸어와 화원을 가리키며 말했다.

"도둑 하나가 후당 화원 안으로 들어갔어요!"

이 말을 듣고 초봉을 들고 단걸음에 화원 안에 들어가서 찾았으나 한 바퀴를 돌아도 보이지 않았다. 몸을 돌려 나오다가 어둠 속에 긴 나무 의자가 하나 있는 것을 보지 못하고 걸려 넘어지자마자 군졸 7~8명이 뛰어나와 소리를 질렀다.

"도둑 잡았다!"

즉시 무송을 붙잡아 밧줄로 묶었다. 무송이 다급하게 소리를 질렀다.

"나요!"

군졸들이 어디 말할 틈을 주겠는가? 대청 앞에 등롱과 촛불이 환하게 비추고 장 도감이 대청에 앉아서 소리를 질렀다.

"도적을 끌고 오너라!"

군졸들은 무송이 한 걸음 내디딜 때마다 곤봉으로 때리며 대청 앞에 이르렀다.

무송이 소리를 질렀다.

"나는 도적이 아니라 무송이오."

장 도감이 보고는 크게 화를 내며 얼굴색을 바꾸더니 욕을 퍼부었다.

"너 이 나쁜 배군 놈아! 본래 강도인데다 도적의 마음에 도적의 간덩이를 가지고 있는 놈이었구나. 내가 너를 조금도 저버리지 않고 발탁하여 사람을 만들려고 온갖 정성을 쏟았건만. 방금 전에도 너를 불러 함께 앉아 술 먹고 너를 등용해 관직까지 주려고 했건만, 네가 어떻게 이따위 짓을 할 수 있단 말이냐?"

무송이 크게 소리 질렀다.

"상공, 이 일은 제가 한 일이 아닙니다! 도적을 잡으러 온 사람을 어째서 도적이라 하십니까? 이 무송은 천지간에 한 점 부끄럼 없는 사내로 이런 일은 절대 하지 않습니다."

"네 이놈 생떼부리지 말라! 그놈을 끌고 방으로 가서 장물이 있는지 없는지 찾아라."

군졸들이 무송을 끌고 그의 방으로 데리고 가서 버들가지로 만든 상자를 열어보니 윗부분에는 옷이 있었고 아랫부분에는 은 술잔과 그릇 등 장물 100~200여 점이 나왔다. 무송이 보고 어이가 없었으나 할 수 있는 일은 단지 억울하다고 외치는 것밖에 없었다. 군졸들이 상자를 들고 대청으로 나와 보여주니, 장 도감은 크게 욕을 퍼부었다.

"이런 무례한 나쁜 배군 놈 같으니. 장물을 네 상자에서 찾아냈는데 어떻게 아니라고 잡아떼느냐! 속담에 '동물은 본성이 순수하여 제도하기 쉬워도, 사람은 꾸밈이 많아 구제하기 어렵다!'[7]더니 원래 네 놈이 외모만 사람이고 속은 순전히 도적놈 심보로구나! 장물과 증거가 명백하니 아무 할 말이 없으렷다."

밤새 장물을 봉하고 기밀방에 가둬두었다가 내일 아침 이놈을 문초하겠다고 했다. 무송이 억울하다고 큰 소리를 질렀으나 어디 말할 여지를 주겠는가? 군졸들이 장물을 짊어지고 무송을 기밀방에 가두었다. 장 도감이 밤새 사람을 시켜 지부에게 알리고 위아래 가리지 않고 압사와 공목孔目에게까지 돈을 뿌렸다.

다음날 날이 밝자 지부는 대청에 나오자마자 좌우 집포관찰을 불러 무송을 압송했고 장물도 모두 가져와 대청에 내놓았다. 장 도감 심복은 도둑맞았다는 문서를 지부에게 올렸다. 지부가 좌우에 호령하여 무송을 밧줄로 묶게 했다. 간수와 절급이 심문하는 형구를 대청 앞에 가져왔다. 무송이 입을 열어 말을 하려고 하자 지부가 호통을 쳤다.

7_ 원문은 '衆生好度人難度'다.

"이놈은 원래 멀리 유배 온 배군인데 어찌 도적질을 하지 않았겠느냐. 분명 재물을 보고 욕심이 생겼을 것이다. 이미 장물과 증거가 명백하니 이놈 헛소리를 들을 것도 없이 있는 힘껏 때리도록 하라!"

간수와 옥졸이 대나무로 만든 곤장으로 비 내리듯 쉼 없이 두들겼다. 무송은 하고 싶은 말이 있어도 입 밖으로 꺼낼 수 없고 단지 시키는 대로 자백할 수밖에 없음을 알았다.

"이달 15일 중추절에, 본 관아에서 많은 은 술잔과 그릇을 보고 순간적으로 욕심이 생겨 밤에 어둠을 타 몰래 들어가 훔쳐 가져왔다."

자백하는 조서가 꾸며지자, 지부가 말했다.

"이놈은 재물을 보고 욕심이 생겨 도둑질한 것이 틀림없구나. 칼을 가져다가 채우고 하옥하라."

간수가 긴 칼을 가져다 무송을 채우고 사형수 옥에 감금했다. 시에서 이르기를,

아, 도감은 재물만 탐하는구나, 처와 하녀까지 내세워 간사한 계책 세웠네.
어떻게 태수의 양심까지 매수했는지, 무고한 평민을 도적으로 만들었구나.
都監貪污實可嗟, 出妻獻婢售奸邪.
如何太守心堪買, 也把平人當賊拿

무송은 대옥 안에 갇혀 곰곰이 생각했다.

'장 도감 이 쳐 죽일 놈이 가증스럽게 이런 함정을 파놓고 나를 빠뜨렸구나. 만일 살아서 나가기만 한다면 가만두지 않겠다.'

간수와 옥졸은 무송을 감옥에 가두고 꼼짝 못하게 하루 종일 두 다리를 갑상匣床[8]에 채워놓았다. 두 손 또한 나무 쇠고랑을 채우고 못을 박아 조금도 편안할 수가 없었다.

한편 시은은 누군가 이 일을 보고한 것을 듣고 서둘러 성안으로 들어가 부친과 상의했다. 노관영이 말했다.

"보아하니 장 단련이 장문신을 대신해 보복하려고 장 도감을 매수하여 이런 계책으로 무송을 함정에 빠뜨려 해치려는 것이다. 분명히 사람을 시켜 위아래로 모두 돈을 뿌리고 선물과 뇌물을 썼을 것이다. 사람들은 이 때문에 그에게 변명하거나 반박할 여지를 전혀 주지 않고 그의 목숨을 해치려고 할 것이다. 그렇지만 아무리 생각해도 이것은 죽일 만큼 중죄가 아니다. 양원兩院[9]의 감옥을 관리하는[10] 절급만 매수하면 그의 생명을 살릴 수 있다. 나머지는 나중에 상황에 따라 다시 상의하자."

"지금 감옥을 관리하는 강康 절급은 저와 매우 가까운 사이이니 가서 부탁하는 것이 어떻겠습니까?"

"무송은 너 때문에 송사를 하게 된 것인데 서둘러 가서 구하지 않고 무엇을 기다리느냐?"

시은이 은자 100~200냥을 가지고 강 절급의 집에 갔으나 아직 옥에서 돌아오지 않았다. 시은이 강 절급 식구에게 옥에 가서 알리고 데려오도록 했다. 얼마 지나지 않아 강 절급이 돌아와 시은과 만났다. 시은이 이 일을 자세하게 설명하자, 강 절급이 대답했다.

"형님께 솔직히 말씀드리면 이렇게 된 일입니다. 장 도감과 장 단련 둘은 동성 결의형제이고, 지금 장문신은 장 단련의 집에 숨어 장 도감을 매수하고 함께 상의해 이런 계책을 세웠습니다. 장문신이 위아래 사람들이 모두 호응하도록 매수하여, 우리 모두 그 뇌물을 받았습니다. 관아의 지부가 온 힘을 다해 일을 주

8_ 갑상匣床: 갑상은 고대 감옥에서 중죄인의 움직임을 제한하기 위한 형구다. 수갑이나 족쇄는 죄인에게 채워도 활동은 할 수 있으나, 손발을 갑상에 묶으면 움직일 수 없게 된다.

9_ 양원兩院: 좌사이원左司理院, 우사이원右司理院으로 송나라 때는 각 주州와 부府에 감옥을 관리하는 양원이 있었다. 구체적으로 관할하는 자는 좌치옥참군左治獄參軍과 우치옥참군右治獄參軍이다.

10_ 원문은 '압뢰押牢'인데, 송·원 시기 감옥을 관리하는 것을 지칭한다.

도하여 무송의 목숨을 끝장내려 하고 있습니다. 유일하게 문서를 담당하는 섭葉 공목孔目 한 사람이 반대해서 무송을 죽이지 못하고 있습니다. 섭 공목은 정의롭고 충직한 사람이라 죄 없는 사람을 해치려 하지 않기 때문에 무송이 아직 살아 있는 것입니다. 오늘 시 형의 말대로 옥 안의 일은 모두 내가 책임지겠습니다. 오늘부터 그가 아무 고생 없이 편안하게 지낼 수 있게 하겠습니다. 시 형이 빨리 섭 공목을 찾아가 일찌감치 판결을 내리도록 한다면 무송의 목숨을 구할 수 있을 것입니다."

시은이 은자 100냥을 꺼내 강 절급에게 주니 어찌 기꺼이 받으려 하겠는가? 여러 번 사양하다가 겨우 받았다.

시은은 강 절급과 작별하고 군영으로 돌아와 다시 섭 공목과 의기투합한 사람을 찾아 100냥 은자를 주고 서둘러 판결하도록 부탁했다. 그 섭 공목은 그렇지 않아도 무송이 사내대장부임을 알고 구해주려고 애쓰고 있었고 이미 문서도 그가 살 수 있도록 만들어놓았다. 지부는 장 도감의 뇌물을 받아먹었으므로 무송의 죄를 가볍게 판결하려 하지 않았다. 그러나 아무리 심사해도 무송의 죄는 단지 남의 재물을 훔친 것이라 죽을죄로 처리할 수는 없었다. 그래서 시간을 끌면서 감옥 안에 갇혀 있을 때 무송을 해치려고 생각했다. 이때 강 절급은 마침 돈도 100냥을 얻었고 무송이 모함에 빠졌다는 것을 알고 있었으므로 문서의 죄를 가볍게 고쳐 무송을 벗어날 수 있도록 하고 기한만 채우면 판결하려고 했다. 여기에 이를 증명하는 시가 있다.

탐관오리들 어수선하게 요직에 있으려 하여, 공공연히 대낮에 황금을 받아먹네.
서쪽 대청의 공목 마음은 물 같이 맑아서, 진심으로 도적 같은 마음 갖지 않네.
贓吏紛紛据要津, 公然白日受黃金.
西廳孔目心如水, 不把眞心作賊心.

다음날 시은은 여러 가지 술과 음식을 준비하여 들고 강 절급에게 부탁하여 옥 안에 들어가 무송을 만났고 밥을 건넸다. 이때 이미 무송은 강 절급의 보살핌으로 형구도 모두 풀고 있었다. 시은이 은자 20~30냥을 꺼내 간수들에게 골고루 나누어주고 술과 음식을 무송에게 먹였다. 시은이 무송의 귀에 대고 낮은 소리로 말했다.

"이 송사는 분명히 도감이 장문신의 부탁을 받고 형님을 죽여 복수하려는 것입니다. 형님은 걱정 마십시오. 이미 사람을 통하여 섭 공목에게 말해놓았고, 그도 형님에게 호의를 가지고 이미 돕고 있었습니다. 일단 기간이 다 차서 판결을 받고 나오시면 그때 다시 다른 방법을 생각해봅시다."

이때 무송은 감시가 약간 느슨해지자 탈옥할 마음을 먹고 있었으나 시은의 말을 듣고 그 생각을 버렸다. 시은은 감옥에서 무송을 위로하고 군영으로 돌아왔다.

이틀 뒤에 시은은 다시 술, 음식과 돈을 준비하여 강 절급을 따라 옥 안으로 들어가 무송과 대화를 나누었다. 만나서 술과 음식을 대접하고 옥졸들에게 은자 부스러기를 술값으로 나눠주었다. 집으로 돌아와 여기저기 부탁하고 돈을 써서 문서를 빨리 처리하도록 재촉했다. 며칠이 지나 시은이 또 술과 고기를 준비하고 옷 몇 벌을 만들었다. 다시 강 절급에게 부탁하여 옥 안으로 들어가 옥리들에게 술을 먹였으며 무송을 만나 옷을 갈아입히고 술과 밥을 먹였다. 감옥 출입이 익숙해지면서 시은은 이렇게 연이어 며칠 동안 세 번을 방문했다. 그러나 장 단련 집안 심복들이 시은의 감옥 출입을 알아채고 돌아가 보고했다. 장 단련이 장 도감을 찾아가 말했다. 장 도감은 다시 사람을 시켜 지부에게 금과 비단을 보내 이 일을 알렸다. 그 지부는 탐관오리라 뇌물을 받고 사람을 시켜 항상 감옥에 가서 조사하도록 하여 관계없는 자를 잡아 심문했다. 시은이 이 사실을 알고 감히 찾아가 만나지 못했다. 무송은 강 절급과 옥리들에게 보살핌을 받았고, 시은은 이때부터 항상 강 절급 집으로 찾아가 소식을 얻었다.

이후 두 달이 흘렀고 문서 담당 섭 공목은 주장을 끝까지 관철시키고 지부에게 사건의 내막을 모두 알렸다. 지부는 그때서야 장 도감이 장문신의 은자를 받고 장 단련과 내통하여 무송을 함정에 빠뜨리려 계획한 것을 알고 속으로 생각했다.

'너는 앉아서 은냥을 벌고, 내게는 사람이나 해치게 했단 말이지!'

그리하여 지부는 마음에 열의가 사라져 송사에 별 주의를 기울이지 않았다. 60일 기간이 다 차자 옥에서 무송을 꺼내 대청에서 칼을 풀어주었다. 문서 담당 섭 공목은 진술서를 낭독하고 죄명을 확정하여 척장 20대와 얼굴에 글자를 새기고 은주恩州[11]로 유배 보낼 것을 판결했다. 장물은 원래 주인에게 돌려주었다. 장 도감은 집안사람을 관아로 보내 장물을 받아왔다. 대청 앞에서 무송에게 척장 20대를 때렸다. 무송에게 금인을 새기고 7근 반짜리 칼을 채웠고 공문을 작성하여 건장한 압송 공인 두 사람을 보내 정해진 기한 안에 출발하도록 했다. 두 공인은 문서를 받고 무송을 압송하여 맹주 관아를 나섰다. 원래 무송이 곤장을 맞을 때 노관영이 돈으로 사람을 매수했고 또 섭 공목이 돌봐줬으며 지부도 함정에 빠진 것을 알았기 때문에 척장을 심하게 때리지 않고 가볍게 흉내만 냈다.

무송은 분노를 참으며 칼을 차고 두 공인 앞에 서서 성을 나섰다. 대략 1리 길 정도를 걸었을 때, 길가 주점 안에서 시은이 뛰쳐나와 무송을 보고 말했다.

"제가 여기에서 형님을 기다리고 있었습니다."

무송이 시은을 바라보니 머리를 싸매고 팔에는 헝겊을 감고 있었다. 무송이 물었다.

"오랫동안 안보이더니 어쩌다가 또 이런 꼴이 되었느냐?"

11_ 은주恩州: 송나라 경력慶曆 연간(1041~1048)에 패주貝州를 은주로 변경했다. 지금의 허베이성 싱타이시邢臺市 칭허현清河縣.

시은이 대답했다.

“형님께 사실대로 말하면, 이 동생이 세 번 감옥 안에 가서 형님을 만난 뒤에 지부가 알고 불시에 사람을 보내 옥 안을 철저하게 점검했습니다. 장 도감도 사람을 보내 옥 입구 좌측 두 군데에서 감시했습니다. 그래서 제가 옥 안에 들어가 형님을 만날 수 없었고 강 절급을 통해 소식을 접할 수밖에 없었습니다. 반달 전에 제가 쾌활림 주점 안에 있는데 장문신 그놈이 군졸들을 이끌고 와서 저를 폭행했습니다. 저는 한 차례 구타를 당하고 사람들에게 사과하게 했으며 다시 점포를 빼앗겼고 여러 가지 물건과 도구를 그전처럼 돌려줘야 했습니다. 계속 아픈 몸으로 집에 누워 쉬고 있다가 오늘 형님이 은주로 귀양 가는 판결을 받았다는 소식을 듣고 특별히 도중에 입으시라고 솜옷 두 벌을 가지고 왔습니다. 형님 드시라고 여기 거위도 두 마리 삶아왔으니 조금이라도 드시고 가십시오.”

시은이 두 공인을 주점 안으로 청했다. 그들이 어찌 주점 안으로 들어가려 하겠는가? 조금도 망설이지 않고 바로 대답했다.

“무송 이놈은 도둑놈이다. 우리가 네 술을 받아먹었다가 내일 관아에서 알게 되면 반드시 시비가 일어날 것이다. 맞고 싶지 않거든 빨리 볼일보고 꺼져라!”

시은은 사태가 심상치 않음을 알고 은자 10냥을 꺼내 두 공인에게 주었다. 두 사람이 은자는 받지 않고 성질을 내며 무송에게 빨리 출발하도록 재촉했다. 시은이 무송에게 술 두 사발을 먹이고 보따리는 허리에 묶어주며 익힌 거위 두 마리는 목에 찬 칼에 걸어주었다. 시은이 무송의 귀에 속삭였다.

“보따리 안에 솜옷 두 벌이 있습니다. 손수건으로 은자 부스러기를 싸서 넣었으니 도중에 노자로 쓰십시오. 또 미투리 두 개도 안에 넣어두었습니다. 도중에 조심하십시오. 저 죽일 두 놈들이 아무래도 좋은 뜻을 품은 것 같지 않습니다.”

무송이 고개를 끄덕이며 말했다.

"그렇게 당부하지 않아도 이미 알고 있다. 다시 두 놈이 더 온다 해도 두려울 것 없다. 너는 혼자 돌아가 아무 걱정 말고 쉬어라. 나는 내가 알아서 할 테니."

시은이 무송에게 절을 하고 울며 돌아갔다.

무송이 두 호송 공인과 출발하여 몇 리도 가지 않았는데, 공인들이 몰래 상의하며 말했다.

"어째 그 두 명이 아직 보이지 않네?"

무송이 듣고 속으로 생각하며 냉소했다.

'네놈들한테 당할 일은 없다. 감히 어르신에게 싸움을 걸려고!'

무송의 오른손은 칼을 채웠으나 왼손은 자유로웠다. 칼 위에서 익힌 거위를 꺼내 먹으며 두 공인에게는 신경도 쓰지 않았다. 다시 4~5리를 가서 남은 거위 한 마리를 오른손으로 잡고 왼손으로 찢어먹었다. 5리도 못 가 거위 두 마리를 모두 먹어치웠다. 성을 나와 대략 8~9리쯤 지나 길 앞에 박도를 들고 허리에 요도를 찬 두 사람이 기다리고 있었다. 공인이 무송을 압송해 오는 것을 보더니 옆에 붙어서 같이 걸었다. 무송은 두 공인이 박도를 든 두 사람과 눈빛으로 신호하는 것을 보았다. 바로 쳐다보면 너무 부자연스러울 것 같아 곁눈질로 슬쩍 보고 못 본 척했다.

또 몇 리를 못 가서 커다란 어촌 외딴 어장에 도착했는데 사방으로 넓은 강물이 흐르고 있었다. 다섯 사람이 포구 옆 널따란 판자 다리에 이르니 패루가 서 있었는데 편액에 '비운포飛雲浦'라는 세 글자가 쓰여 있었다. 무송은 패루를 바라보고 일부러 물었다.

"여기 지명이 무엇이오?"

두 공인은 대답했다.

"너는 눈이 멀지 않고서야 다리 옆 편액에 '비운포'라고 적혀 있는 것도 안 보이냐."

무송이 서서 말했다.

"나는 소변 좀 봐야겠는데."

그때 박도를 든 두 사람이 가까이 다가오자 무송이 소리쳤다.

"떨어져라!"

발에 차여 공중에서 한 바퀴 돌더니 물에 떨어졌다. 나머지 하나가 놀라 급하게 몸을 돌리는데 무송의 오른 다리가 벌써 올라가 풍덩 하고 물속으로 차 넣었다. 두 공인이 놀라 다리 아래로 달아나자 무송이 고함을 질렀다.

"어딜 가느냐!"

칼 한쪽을 잡고 비틀어 두 쪽을 내버리고 다리 아래로 내려갔다. 둘 중에 하나는 먼저 놀라 자빠졌다. 무송이 앞으로 달려가 도망가는 자의 등을 주먹으로 쳐 넘어뜨리고 물가로 가서 박도를 집어 와서는 쫓아가 몇 번 내리 찌르자 땅바닥에서 죽었다. 몸을 돌려 놀라 쓰러져 있던 놈을 또 몇 번 찔렀다. 발에 채여 물에 빠졌던 자들이 이때 겨우 발버둥 치며 도망가려고 하는데 무송이 쫓아가 하나를 찍어 쓰러뜨렸다. 한 걸음 나가 한 놈을 잡고 소리쳤다.

"너 이놈 사실대로 말하면 목숨만은 살려주겠다!"

"우리 둘은 장문신의 제자입니다. 지금 스승님과 장 단련이 계책을 세우고 소인 둘이 호송 공인을 도와 당신을 없애라고 했습니다."

"너희 스승 장문신은 지금 어디 있느냐?"

"소인이 올 때 장 단련과 장 도감 집 후당 원앙루에서 술을 마시고 있었고, 지금은 우리 소식을 기다리고 있을 겁니다."

"원래 그랬구나. 하지만 너를 용서할 수는 없다."

칼을 들어 그를 죽였다. 그리고 그들의 요도를 모두 풀어 좋은 것을 골라 허리에 찼다. 시체 둘은 물속으로 내던졌고 또 둘이 죽지 않았을까 걱정되어 박도를 들어 몇 차례씩 더 찔렀다. 무송은 다리 위에 서서 잠시 생각했다.

'비록 졸개 네 놈은 죽었지만 장 도감, 장 단련, 장문신을 죽이지 않고서야 이 한을 어떻게 풀 수 있단 말이냐!'

박도를 들고 한참을 망설이다가 갑자기 생각난 듯이 마침내 맹주성 안으로 달려갔다. 나누어 서술하면, 무송이 탐욕스러운 놈들 몇 명을 죽이고 원한을 풀었다. 바로 화려한 대청 깊숙한 방에서 시체가 널리고, 붉은 촛불이 비추는 누각에 피가 낭자하게 되었던 것이다.

결국 맹주성으로 다시 돌아온 무송이 어떻게 끝장을 내는지는 다음 회에 설명하노라.

**비운포飛雲浦**

'비운포'라는 지명은 꾸며낸 것이다. 아마도 '비운도飛雲渡'를 말하는 것 같다. 비운도는 저장성 뤼안瑞安의 페이윈강飛雲江에 있다. 『수호전전교주』에 따르면 "『철경록輟耕錄』 권8 『비운도飛雲渡』에서 이르기를, '비운도는 풍랑이 매우 심해 매번 배가 뒤집히는 우환이 있다'고 했다."

【 제31회 】

# 행자[1]

한편 장 단련의 부탁에 따라 장문신의 복수를 위해 무송을 죽이려고 부하들을 보낸 장 도감은 소식을 기다리고 있었다. 그러나 생각과 달리 네 사람은 비운포에서 무송에게 살해당하고 말았다. 다리에 서서 한참을 생각하고 망설이던 무송의 가슴속 깊은 곳에서 분노가 하늘을 찌를 듯 치밀어 올라왔다.

"장 도감을 죽이지 않고는 어떻게 이 한을 풀 수 있겠는가!"

시체에 다가가 요도를 풀어 좋은 것을 골라 허리에 차고 박도를 골라 들고 맹주성으로 돌아왔다. 성안으로 들어오니 이미 황혼이 붉게 물들어 있었다. 집집마다 문을 닫는 것이 보였다.

네거리엔 등불이 눈부시고, 구요사九曜寺[2]엔 향 연기 자욱하고 종소리 울리네.

1_ 제31회 제목은 '張都監血濺鴛鴦樓(장 도감의 원앙루가 피로 물들다). 武行者夜走蜈蚣嶺(무 행자가 밤에 오공령을 지나가다)'이다.

2_ 구요九曜는 불교어로 해의 별칭이다. 『수호전교주본』에 따르면 "『운급칠첨雲笈七籤』에 이르기를, '황상

밝은 달은 푸른 하늘에 걸려 있고, 여기저기 드문드문 별들이 하늘에 빛나는구나. 육군六軍[3]의 군영에선 화각 소리 빈번하고, 오고루五鼓樓[4]에선 구리 항아리[5]에서 물방울 떨어지누나. 가인들은 짝을 지어 수놓은 장막으로 돌아가고, 선비들은 쌍쌍이 서재로 들어가네.

十字街熒煌燈火, 九曜寺香靄鐘聲. 一輪明月挂靑天, 幾點疏星明碧漢. 六軍營內, 嗚嗚畫角頻吹; 五鼓樓頭, 點點銅壺正滴. 兩兩佳人歸繡幙, 雙雙士子掩書幃.

무송은 장 도감 집 후원의 화원 담 밖 바로 말을 기르는 정원으로 몰래 들어갔다. 무송이 정원 옆에 숨어 살펴보니 마부는 관아에서 아직 돌아오지 않았다. 얼마 뒤 작은 문이 '끼익' 하면서 열리더니 마부가 등롱을 들고 나와 안에서 문을 잠갔다. 무송은 어둠속에 숨어 시각을 알리는 북 치는 소리를 들어보니 이미 1경 4점[6]이었다. 그 마부는 건초더미 위에 등롱을 걸고 이불을 깐 다음 옷을 벗고 올라가 잠이 들었다. 무송이 문 옆에 와서 기대자 소리가 났다. 마부가 잠이 들려다가 깨어 소리를 질렀다.

"어르신이 막 잠을 들려는 참인데, 네가 내 옷을 훔치기는 아직 이르다!"

무송은 박도를 문 옆에 기대어 세워놓고 손에 요도를 들고 또 '끼익' 하고 문을 밀었다. 마부가 어찌 참고 누워 있을 수 있겠는가? 침상 위에서 홀딱 벗은 몸으로 튀어나와 말죽을 휘저어 섞을 때 쓰는 몽둥이를 잡고 빗장을 뽑으며 문을 열려고 하는데 무송이 먼저 강제로 밀고 들어와 마부의 머리를 잡았다. 마부가

의 네 늙은 진인眞人은 해가 있는 곳에 있어도 그림자가 없었는데, 해를 구요라 불렀다'고 했다."

3_ 육군六軍: 일반적으로 금군禁軍의 의미이며, 천자가 통솔하는 군대를 말한다.

4_ 오고루五鼓樓: 야간에 시각을 알리거나 혹은 경계를 알리기 위해 설치한 고루鼓樓(북을 두드리는 누각)다. 오고五鼓는 1경·2경·3경·4경·5경에 각각 북을 두드려 시각을 알린다. 또한 1고鼓·2고·3고·4고·5고라고도 한다.

5_ 원문은 '동호銅壺'인데, 구리로 제작한 항아리 형태의 시각을 재는 물시계다.

6_ 고대에는 밤을 5경更으로 나누었고 또 1경을 5점點으로 나누었다. 1경은 밤 7~9시다. 1경 4점은 밤 8시36분이다.

소리를 지르려다 등불에 비쳐 번득이는 칼을 보고 먼저 놀라 잔뜩 겁을 먹고 말했다.

"살려주세요!"

"너 나를 아느냐?"

마부가 목소리를 듣고는 비로소 무송임을 알고 서둘러 말했다.

"형님, 나랑은 상관없는 일이니 제발 살려주십시오!"

"사실대로 말해라, 장 도감은 지금 어디에 있느냐?"

"오늘 장 단련, 장문신과 셋이 하루 종일 술을 마셨습니다. 지금도 원앙루에서 마시고 있습니다."

"네 말이 정말이냐?"

"소인 말이 거짓이라면 정창疔瘡7에 걸려 뒈질 겁니다."

"그래도 너를 살려둘 수는 없다!"

한칼에 찍어 마부를 죽였다. 발로 시체를 차서 치우고 칼은 칼집에 넣었다. 등롱의 그림자 아래에서 시은이 허리에 묶어주었던 솜옷을 풀고 꺼내 몸에 입었던 낡은 옷을 벗고 갈아입었다. 옷을 꽉 묶고 요도와 칼집을 허리에 차고 마부의 침대보로 은자 부스러기를 잘 싼 다음 전대에 넣고 문 옆에 걸어놓았다. 문 두 짝을 담에 세우고 등불을 불어 끈 다음 튀어나와 박도를 들고 문을 디디고 올라 벽을 기어오르기 시작했다.

이때 밝게 빛나는 달빛 속에서 무송은 담 위로부터 안쪽으로 뛰어 들어가 먼저 쪽문을 열었다. 다시 나와 문짝을 원래 자리에 옮기고 도로 들어가 쪽문을 끌어 당겨 닫기만 하고 빗장을 채우지 않았다. 앞에 밝은 곳으로 가서 보니 바로 주방이었다. 두 계집종이 탕관湯罐8 옆에서 원망 섞인 목소리로 불평했다.

7_ 정창疔瘡: 혀끝에 생기는 작은 부스럼으로 뿌리가 못처럼 깊다.
8_ 탕관湯罐: 중국식 부뚜막에 묻어놓고 물을 끓이는 독.

"하루 종일 시중들었는데 아직도 안자고 차를 내오라고! 저 두 손님은 염치도 없나. 이렇게 취하도록 마시고 내려가 쉴 생각은 하지도 않고 아직 멀었다는 소리만 하고 있네."

두 시녀가 투덜투덜 불평을 쏟아내고 있는데, 무송이 박도를 기대어 세워놓고 허리에서 피 묻은 칼을 빼 들고 문을 '삐그덕' 소리와 함께 밀고 뛰어 들어가 먼저 한 시녀의 쪽 머리를 잡고 한칼에 죽였다. 다른 하나는 달아나려고 했으나 너무 놀라 두 다리가 못에 박힌 것 같았고 소리를 지르려고 했으나 벙어리가 된 것처럼 넋을 놓고 있었다. 두 계집종은 말할 것도 없거니와 이야기하고 있는 내가 보았더라도 놀라서 혓바닥을 조금도 놀리지 못했을 것이다.[9] 무송이 칼을 들어 나머지 시녀마저 죽였다. 시신 두 구를 부뚜막 앞에 놓아두고 주방의 등불을 끄고 창문 밖 달빛을 받으면서 한발씩 후당 안으로 내디뎠다.

무송은 원래 관아 안을 출입하던 사람이라 이미 길을 모두 알고 있었으므로 곧바로 원앙루 옆에 와서 살금살금 계단을 올라갔다. 이때 측근과 수행원들은 모두 시중들다 질려 멀리 피해 있었고 장 도감, 장 단련, 장문신 세 사람만 남아 이야기를 하고 있었다. 계단에서 몰래 엿듣는데 장문신이 아첨하는 소리가 들려왔다.

"상공 덕분에 소인이 원수를 갚았습니다. 당연히 다시 은상께 후하게 보답하겠습니다."

장 도감이 말했다.

"우리 장 단련의 체면이 아니었다면 누가 감히 이런 일을 하려고 하겠느냐! 네가 비록 돈은 좀 쓰더라도 그놈을 잘 처리해야 한다. 조만간에 손을 쓸 터이니 그놈은 꼼짝없이 죽은 목숨이다. 내가 비운포에서 그놈을 죽이도록 했다. 그 넷이 내일 돌아오면 결과를 알게 될 것이다."

9_ 여기서 "말하고 있는 사람"은 화자다.

장 단련이 말했다.

"네 명이 한 사람쯤이야 처리 못하겠습니까? 목숨이 몇 개 더 있더라도 살아날 방법이 없을 겁니다."

장문신이 말했다.

"소인이 제자들에게 분부했으니 그곳에서 손을 써서 끝내고 곧 돌아와 보고할 것입니다."

바로 다음과 같다.

보이지 않는 암실이라도 남을 속일 수는 없으니
예로부터 간악한 자 모조리 주살 당했다네.
가을바람 불기 전에 매미가 먼저 울어대는 법
은밀히 보낸 죽음의 사자[10] 있음을 모른다네.
暗室從來不可欺, 古今奸惡盡誅夷.
金風未動蟬先噪, 暗送無常死不知.

세 사람이 나누는 말을 들은 무송은 마음에 형용할 수 없는 분노가 천장을 뚫고 하늘까지 치솟아 올랐다. 오른손에 칼을 잡고 왼손의 다섯 손가락을 편 채 누각 안으로 뛰어 들어갔다. 화촉 3~5개가 환하게 빛나고 밝은 달빛이 여기저기 비추어 원앙루 2층은 매우 밝았다. 탁자 위의 술잔들은 아직 치우지 않고 있었다. 장문신이 교의에 앉아 있다가 무송을 보고는 놀라 오장육부가 까마득히 먼 곳으로 날아간 듯했다. 눈 깜짝할 사이에 벌어졌다. 장문신이 다급하게 발버둥 쳤으나 어느새 무송의 칼이 이미 얼굴을 내리쳐 교의와 함께 찍혀 뒤집

10_ 원문은 '무상無常'인데, 사람의 영혼을 잡는 사자를 가리킨다. 이 구절은 누구도 자신의 죽을 시기를 모른다는 의미다.

어졌다. 무송은 칼을 잡고 몸을 돌렸다. 장 도감이 막 다리를 펴고 도망가려 하는데 무송은 칼로 머리를 내려쳐 귀와 목이 함께 잘려 푹하고 누각 바닥에 쓰러졌다. 둘 다 아직 살려고 몸부림치고 있었다. 장 단련은 무관 출신이라 비록 취했어도 아직 힘이 남아 있었다. 두 사람이 잘려 뒤집어진 것을 보고는 도망갈 수 없음을 알았으므로 교의를 들고 휘둘렀다. 무송이 받아 잡고 밀어버렸다. 장 단련이 술에 취하지 않고 정신이 멀쩡했더라도 무송의 괴력에 근접할 수 없으니 맥없이 뒤로 자빠졌다. 무송이 달려들어 한칼에 목을 베어버렸다. 장문신이 힘이 남아 막 발버둥치기 시작하는데, 무송이 왼발로 올려 차자 몸이 허공에서 한 바퀴 돌면서 바닥에 떨어졌고 밟아 누르고는 목을 베었다. 몸을 돌려 장 도감의 목마저 베었다. 탁자 위에 술과 고기가 있는 것을 보고 무송은 술잔을 들어 단숨에 모두 들이켰고 연달아 3~4잔을 더 마셨다. 죽은 시신의 옷섶을 잘라 피를 묻혀 하얀 벽으로 걸어가 크게 여덟 글자를 썼다.

"살인자는 호랑이를 때려잡은 무송이다殺人者打虎武松也."

무송이 탁자 위의 그릇들을 발로 밟아 찌그러뜨린 다음 몇 개를 옷 속에 넣었다. 막 원앙루를 내려가려고 하는데 아래층에서 장 도감 부인의 목소리가 들렸다.

"위층의 나리들이 취했으니 두 사람은 빨리 올라가 부축하도록 하여라!"

말이 다 끝나지도 않아 두 사람이 올라왔다.

계단 옆에 숨어서 보니 원래 두 사람은 장 도감의 수행원으로 지난날 무송을 붙잡았던 사람이었다. 어둠 속에 숨어 있다가 둘을 지나가게 하고 나서는 내려갈 길을 막아섰다. 두 사람은 피가 흥건한 바닥에 시체 세 구가 늘어져 있는 것을 보고 놀라 서로 얼굴을 바라보며 아무 말도 하지 못했는데, 바로 '여덟 개 조각의 두개골을 쪼개서 그 위에 얼음 물통을 기울여 쏟은 것'처럼 온몸이 굳었다. 너무 놀라 급히 몸을 돌렸는데, 무송이 뒤를 따라와서 손을 들어 내려치니 하나가 맞고 쓰러졌다. 남은 하나가 무릎을 꿇고 살려달라고 애원했다. 무송이 말했다.

"살려줄 수 없다!"

붙들고 머리를 베자 피가 벽을 적시고 시체가 등불 그림자에 어른거렸다. 무송이 말했다.

"시작했으니 끝장을 봐야지. 한 명을 죽이나 백 명을 죽이나 마찬가지다."

칼을 들고 아래층으로 내려갔다.

부인이 물었다.

"이층이 왜 이렇게 소란스러우냐?"

무송이 방 앞으로 다가가니 부인은 커다란 사내가 다가오는 것을 보고 물었다.

"너는 누구냐?"

무송의 칼이 날아가 얼굴을 쪼개니 방 앞에 쓰러지며 외마디 비명을 질렀다. 무송이 누르고 칼을 들어 내리쳤으나 목이 잘라지지 않았다. 이상하게 생각한 무송은 칼을 들어 달빛 아래 비추어 보자 칼날이 문드러지고 이가 빠져 있었다.

"어쩐지 목이 잘 잘라지지 않더라!"

무송은 몸을 빼 후문 밖으로 나가 이가 빠진 요도를 내던지고 박도를 들고는 몸을 돌려 다시 누각으로 돌아왔다. 지난번에 창을 했던 옥란이 하녀 둘과 등불을 들고 오는 것이 보였는데, 부인이 쓰러져 죽은 땅에 비쳐보고는 소리를 질렀다.

"에구머니나!

무송은 박도를 손에 쥐고 옥란의 심장을 찔렀고 두 하녀마저 죽여 셋이 박도의 밥이 되고 말았다. 중앙의 대청으로 나와 빗장으로 앞문을 채우고 다시 들어가 방 안에서 부녀자 2~3명을 찾아 찔러 죽였다.

무송이 말했다.

"이제야 속이 좀 후련하구나. 그만하고 달아나야겠다!"

칼집을 던져버리고 박도를 들고 쪽문 밖으로 나가 말을 기르는 정원으로 다시 와서 전대를 챙겼다. 원앙루에서 밟아 눌러 가슴에 넣어왔던 은그릇들을 전대 안에 넣고 허리에 맨 다음 박도를 거꾸로 들고 발걸음을 떼어 달아났다. 성 옆에 이르렀을 때 속으로 생각했다.

'성문이 열리기 기다리다간 틀림없이 잡힐 텐데. 어둠을 틈타 담을 넘어 달아나는 것이 좋겠다.'

성벽을 밟고 위로 올라갔다. 맹주성은 작은 지방이라 다행히 토성이 그다지 높지 않았다. 성벽 여장女墻11에서 아래를 바라보고 먼저 박도 칼날을 위로 향하게 하고 몽둥이 자루 끝 부분은 아래로 향해 잡고, 몸을 날려 뛰어내리며 몽둥이 부분으로 바닥을 짚어 중심을 잡고 해자 옆에 섰다. 달빛 아래에서 해자의 물을 자세히 살펴보니 깊이가 한두 척 깊이밖에 안 되는 듯했다. 이때는 바로 시월이 절반 정도 지난 날씨라 도처의 물들이 모두 말라버린 상태였다. 무송이 해자 옆에 앉아 신발과 버선을 벗고는 허벅지를 묶은 끈과 무릎보호대를 풀어 옷을 걷어 올렸다. 해자 안에 들어가 맞은편 언덕으로 건너가기 시작했다. 해자를 건넜을 때 시은이 준 미투리가 생각나 짐에서 꺼내 신었다. 마침 성안에서 4경 3점(새벽 2시12분)을 알리는 북소리가 들려왔다.

"이 분한 마음을 오늘에야 비로소 풀었네. 양원梁園이 아무리 좋아도 오래 머물 곳이 아니라고 했으니 빨리 떠나야겠다."

박도를 들고 동쪽으로 향하는 샛길로 걷기 시작했다. 시에서 이르기를,

도중에 목 벨 일을 계획했지만, 기분 좋게 누각에서 술까지 마셨네.
혼자서 여러 사람 목숨 해쳤으니, 죽일 마음 자객보다 가혹하구나.

11_ 여장女墻: 요철 모양의 성벽에서 오목하게 낮은 부분을 여장이라고 한다.

그렇지 않으면 원귀가 휘감을 테니, 어찌 돌아서 떠나지 않겠는가.

只圖路上開刀, 還喜樓中飮酒.

一人害却多人, 殺心慘於殺手.

不然冤鬼相纏, 安得抽身便走.

걷다가 시간이 5경쯤 되자 하늘은 흐릿했으나 아직 밝아지지는 않았다. 무송은 밤새 갖은 힘을 다 써서인지 몸이 몹시 고단했고 척장을 맞은 상처가 덧나 아파오기 시작하여 견딜 수가 없었다. 마침 나무숲에 작은 사당이 하나 보이자 안으로 달려 들어가 박도를 기대세우고 보따리를 풀어 베개로 베며 몸을 뉘자 금세 잠에 빠져들었다. 막 잠이 들었는데 밖에서 갈고리 두 개가 들어와 무송을 꼼짝 못하게 얽었다. 두 사람이 뛰어 들어와 무송을 제압하고 밧줄로 꽁꽁 묶었다. 4명이 한꺼번에 나와서 말했다.

"이런 좆같은 놈이 살깨나 쪄서 형님에게 보내면 좋겠구먼."

정신을 차리고 발버둥을 쳤으나 꼼짝할 수가 없었다. 넷은 보따리와 박도를 빼앗은 다음 양을 끌듯이 발이 땅에 닿지도 않게 들어 마을까지 무송을 끌어왔다. 넷이 길에서 자기들끼리 떠들었다.

"여기 봐라. 이놈 온몸이 피투성이네. 어디서 온 놈이야? 혹시 도적놈이 잡힌 것은 아닌지 모르겠군?"

무송은 아무 소리도 하지 않고 지껄이는 대로 내버려두었다. 3~5리도 못 와 한 초가집에 도착하여 무송을 밀어넣었다. 옆에 작은 문이 하나 있는데 안에는 아직 등불이 켜져 있었고 네 사람은 무송의 옷을 벗겨 기둥에 묶었다. 무송이 보니 부뚜막 옆 들보 위에 사람 허벅지 두 개가 걸려 있었다. 무송은 속으로 생각했다.

'하필 사람 잡아 죽이는 놈들에게 걸렸으니 영 값어치 없게 죽겠구나. 이럴 줄 알았으면 차라리 맹주성 관아에 가서 자수를 했으면 능지처참을 당하더라

도 세상에 이름은 남길 수 있었을 텐데.'

바로 다음과 같다.

간사한 자들 몰살시켜 원한 평온해졌고
영웅은 재난 피하면서도 이름 숨기지 않네.
천년의 의기 품었으니 살아서 부끄럼 없고
7척의 건장한 신체 쉽게 죽지 않는다네.
殺盡奸邪恨始平, 英雄逃難不逃名.
千秋意氣生無愧, 七尺身軀死不輕.

네 놈들이 보따리를 들고는 소리 질렀다.

"형님, 형수님, 어서 나와보세요! 우리가 좋은 물건 하나 건진 것 같습니다."

앞에 있던 사내가 듣고는 대답했다.

"내가 가마! 손대지 말거라. 껍질은 내가 벗겨야겠구나."

그러고는 차 한잔 마실 시간이 되지도 않아 두 사람이 안으로 들어왔다. 무송이 바라보니 앞에 들어오는 것은 아낙네이고 그 뒤에 커다란 사내가 들어왔다. 두 사람이 무송을 주시했고, 그 아낙네가 말했다.

"도련님 무 도두 아니세요!"

그 사내가 말했다

"내 동생을 빨리 풀어줘라!"

무송이 바라보니 커다란 사내는 다름이 아니라 바로 채원자 장청이었고 아낙네는 모야차 손이랑이었다. 네 명이 놀라 밧줄을 풀고 무송에게 옷을 입혔다. 두건은 이미 갈기갈기 찢어졌으므로 털 방한모를 씌워주었다. 원래 장청의 십자파 주점이 한군데가 아니라 여러 군데 있었으므로 무송은 당연히 알 수가 없었던 것이다. 장청이 무송을 앞 객석 안으로 데리고 갔다. 서로 예를 마치자 장청이 크게 놀란 얼굴로 서둘러 물었다.

“동생, 어쩌다 이런 몰골이 되었는가?”

“한 마디로 말하기 어렵습니다! 형님과 작별한 뒤에 유배지 영내에 도착했습니다. 그곳에서 금안표 시은이라 불리는 관영의 아들이 보자마자 친구처럼 대하며 매일 좋은 술과 고기로 저를 대접했습니다. 성 동쪽 쾌활림이라고 하는 곳에 술과 고기를 파는 주점이 있었는데 그 주점으로 많은 돈을 벌었습니다. 그런데 장 단련이 데려온 장문신이라는 놈의 횡포에 주점을 빼앗기고 말았습니다. 억울하게 당한 이런 이야기를 듣고 제가 술에 취한 상태에서 장문신을 때려눕혀 다시 쾌활림을 시은에게 찾아주었습니다. 이 일로 시은이 저를 존중하게 되었습니다. 그 뒤에 장 단련이 장 도감을 매수하여 흉계를 꾸며서는 저를 수행원으로 삼아 함정에 밀어넣은 뒤에 장문신의 복수를 하려고 했습니다. 8월 15일 밤에 거짓으로 도적이 들었다고 하고 저를 속여 함정에 몰아넣었고 은그릇을 미리 제 상자 안에 넣어놓았습니다. 그리고 저를 잡아 맹주성 관아에 보내 강제로 도적을 만들어 감옥에 가두었습니다. 시은이 여기 저기 돈을 써서 감옥에서 고통을 당하지는 않았습니다. 문서 담당 섭 공목은 의롭고 재물을 가벼이 여기는 사람이라 일반 백성을 해치려 하지 않았습니다. 또 감옥을 담당하는 강 절급이 시은과 관계가 매우 좋은 사람이었습니다. 두 사람이 버텨 기한이 만기가 되어 척장을 맞고 은주로 유배를 가게 되었습니다. 어젯밤에 성을 나오는데 가증스런 장 도감이 흉계를 꾸미고 장문신이 제자 두 명을 보내 호송 공인 두 사람과 힘을 합쳐 노상에서 저를 죽이려고 했습니다. 비운포라는 외지고 조용한 곳에 도착하자 손을 쓰려고 할 때 제가 두 발로 차서 제자 두 놈을 물에 빠뜨렸습니다. 쫓아온 두 솟같은 공인은 박도로 찔러 죽여 물속으로 던져버렸습니다. 이 분노를 어떻게 풀까 생각하다가 다시 맹주성 안으로 들어갔습니다. 1경 4점에 말을 기르는 정원에 들어가 먼저 마부 한 명을 죽였습니다. 그리고 담장을 기어올라 안으로 들어가서 주방 안에서 시녀 두 명을 죽이고, 곧바로 원앙루로 올라가 장 도감·장 단련·장문신 셋을 모두 죽이고 또 수행원 둘을 베었습니다. 아래층으로 내려와 장 도감의 마누라·자식·계집종을 찔러 죽였습니다. 밤을 틈타 도망쳐 맹주성을 뛰어 넘어 나왔습니다. 길을 걷다가 5경에 몸도 피곤했고 척장을 맞은 것이 덧나 통증이 심했습니다. 너무 피곤해 길을 갈 수가 없어서 조그만 절간에서 잠시 쉬려다가 이 네 사람에게 잡혀 온 것입니다."

네 불량배가 땅바닥에 엎드려 절하며 말했다.

"우리 넷은 모두 장청 형님의 부하입니다. 며칠 동안 노름판에서 도박을 하다 모두 잃는 바람에 숲에 들어가 돈이 될 만한 일을 찾고 있는데 오솔길로 들어오는 형님을 봤습니다. 온 몸에 피 칠갑을 하고 토지신을 모신 사당 안으로 들어가셨고 우리는 형님이 누구인지 몰랐습니다. 일찍이 장청 형님이 사람을 잡아 올 땐 반드시 산채로 데려오라고 분부하셨습니다. 그래서 갈고리로 꼼짝 못하게 묶어 잡아 온 것입니다. 만일 그런 분부가 없었더라면 큰 형님 목숨을 해칠 뻔했습니다. 정말 두 눈을 멀쩡히 뜨고도 태산 같은 분을 알아보지 못하여 잠시 잘못하여 형님을 범했습니다. 부디 너그럽게 용서해주십시오!"

장청 부부가 웃으면서 말했다.

"우리가 걱정하는 게 있어 당분간은 살아 있는 물건만 가져오라고 했었지. 네 놈들이 우리 마음을 어떻게 알 수 있겠느냐? 만일 우리 동생이 피곤하지만 않았더라면 너희 4명만이 아니라 40명이 있었더라도 근처에 가지도 못했을 거다."

불량배 네 놈이 엎드린 채 머리로 콩콩 바닥을 찧으며 용서를 비니 무송이 불러 일으켜 세웠다.

"여러분이 돈이 없어 노름을 하러 갈 수 없다니 내가 좀 보태주겠소."

보따리를 열고 은자 10냥을 꺼내 네 사람에게 나눠주었다. 네 불량배가 무송에게 감사 인사를 올렸다. 장청도 은자 2~3냥을 꺼내 그들에게 주고 나눠가지도록 했다.

장청이 말했다.

"동생은 내 마음 모를 걸세! 자네가 여기에서 떠난 다음에 혹시 뭔가 일을 저질러 조만간에 돌아오지 않을까 두려웠다네. 그래서 저놈들에게 물건을 가지고 오려면 산 것만 가져오라고 분부해두었지. 저놈들은 민첩하지 못한 상대라면 산채로 잡아오겠지만 대적하지 못하겠다 싶으면 반드시 죽여버렸을 거라네. 그래서 칼을 두고 갈고리와 올가미를 가지고 나가게 했지. 방금 저놈들 말을 듣고 의심이 생겨 기다리라 하고 서둘러 와봤는데 동생일 줄은 생각도 못했네!"

손이랑이 말했다.

"도련님이 장문신과 싸울 때 술에 취한 채 때려 눕혔다는 소문을 오가는 길손들에게 듣고는 어느 누가 놀라지 않았겠어요! 쾌활림에서 장사하는 사람들이 항상 여기를 지나면서 도련님 이야기를 해서 우리가 듣고 알기는 했지만, 그 뒤에 일어난 일은 알 수가 없었어요. 피곤하실 텐데 먼저 객방에 가서 쉬고 나머지는 내일 다시 얘기해요."

장청이 무송을 객방으로 데리고 가서 재웠다. 둘은 주방으로 가 무송에게 대접하기 위하여 맛있는 각종 음식과 술을 준비했다. 얼마 안 되어 음식을 차려놓고 무송이 일어나 함께 이야기하기만을 기다렸다. 여기에 증명하는 시가 있다.

금은보화에 정신 혼미하여 도검으로 깨웠건만
하늘 높고 황제는 멀어 소용이 없구나.
어찌하여 조정에는 흉한 무리만 가득하고
도리어 강호에 고난에서 구제해줄 자 있는가.
金寶昏迷刀劍醒, 天高帝遠總無靈.
如何廊廟多凶曜, 偏是江湖有救星.

한편 맹주성 안 장 도감의 관저에서 들키지 않고 숨어 있던 몇 사람은 무서워서 감히 나오지 못하다가 5경이 넘어서야 겨우 나왔다. 그들은 안에 수행원 심복들을 깨우고 밖에 당직을 섰던 위병을 모두 불러 주변을 살펴보았다. 떠들썩했으나 이웃들 가운데 누가 감히 나오겠는가? 날이 밝을 무렵이 되어서야 겨우 맹주 관아에 가서 사실을 알렸다. 소식을 듣고 깜짝 놀란 지부는 황급히 사람을 보내 죽은 사람의 수와 범인의 출몰 경로를 조사하며 사람의 모양과 연령, 키, 뚱뚱한지 말랐는지 등을 표를 그려 기입하도록 했다. 조사를 맡았던 관원이 돌아와 지부에게 상세하게 보고했다.

"먼저 말을 기르는 정원 안으로 들어와 마부 한 명을 죽이고 입고 있던 옷 두 벌을 벗었습니다. 그 다음에 주방 부뚜막 아래에서 시녀 두 명을 살해하고 주방 문 옆에 사용하던 이빨 빠진 칼 하나를 버렸습니다. 이층으로 올라가 장도감 한 사람과 수행원 둘, 밖에서 초청한 손님 장 단련과 장문신 두 사람을 죽였습니다. 그리고 피를 찍어 묻힌 옷섶으로 '살인자는 호랑이를 때려잡은 무송이다'라고 하얀 회벽에 커다랗게 적었습니다. 일층으로 내려와서는 부인 한 명을 죽이고 밖에서 옥란과 유모 둘, 자녀 셋을 찔러 죽였습니다. 모두 합쳐 남녀 15명을 죽이고 금은 술잔 6개를 약탈해갔습니다."

지부는 문서를 모두 살펴보고 사람을 보내 맹주의 4대문을 모두 잠그고 군병과 포도 인원에게 성내 각 거리의 이정里正을 점고하고 집집마다 수색하여 범인 무송을 체포하라고 명령했다.

다음날 비운포에서 지역 보정이 보고했다.

"포구 안에서 4명을 살해했습니다. 사람을 죽인 혈흔은 모두 비운포 다리 아래에 있었고 시체는 모두 물속에 있었습니다."

지부는 소장을 받고 본현 현위에게 맡겨 시신 네 구를 건지고 모두 검시하도록 했다. 시신 두 구는 맹주현 공인이고 다른 두 사람은 가족이 있어 각자 관을 준비하여 시신을 담아 염을 하게 하고, 모두 고소장을 제출하여 범인을 잡아 처벌하도록 재촉했다. 성문을 3일간 닫고 가가호호를 하나씩 수색했다. 5가가 1연連이고 10가가 1보保로 묶여 있으므로 어디를 수색하지 못하겠는가? 지부는 문서에 도장을 찍어 각 직속 향鄕·보保·도都·촌村에 명을 내려 한 집 한 집 하나도 빼놓지 않고 뒤져 범인을 수색하여 체포하도록 했다. 무송의 고향, 나이, 얼굴과 모습을 적고 형상을 그려 현상금 3000관을 걸었다. 만일 무송의 거처를 알아 주 관아에 가서 알리면 방문대로 상금을 주기로 했다. 만일 범인을 집에 은닉시켜 머물게 하면서 숙식을 제공했다가 관아에서 알게 되면 범인과 같은 죄로 처벌하게 했다. 인근에 있는 모든 주와 부에 공문을 돌려 함께 체포하도록 알렸다.

한편 무송은 장청의 집에서 3~5일을 쉬면서 계속 소식을 탐문했다. 일이 대나무 끝으로 찌르듯이 갈수록 긴급해지고 소란스러워지더니 공인들이 성에서 나와 각 향촌을 수색하기 시작했다. 이 소식을 알게 된 장청은 무송에게 알리지 않을 수가 없었다.

"동생, 내가 무서워서 동생을 오래 못 머물게 하려는 것이 아니네. 지금 관아에서 긴박하게 가가호호 수색을 시작했네. 내일 당장이라도 실수가 있게 되면 우리 부부를 원망하게 될까 걱정이라네. 내가 동생을 위하여 거처할 수 있는 곳을 생각해보니 전에 말했던 그곳이 동생 마음에 들지 모르겠네?"

"저도 요 며칠 생각해보니 이 일은 반드시 들통이 날 터인데 어떻게 여기에 아무 일 없이 편안하게 있겠습니까? 내게 하나밖에 없었던 형님이 어질지 못한 형수에게 살해당했고 우여곡절 끝에 겨우 여기까지 올 수 있었는데, 또 남에게 이렇게 모함을 받았습니다. 한 핏줄로 내려오는 친척 하나도 없습니다. 오늘 형님이 좋은 거처를 찾아 이 무송에게 가라고 하면, 제가 어찌 가지 않겠습니까? 다만 어디인지 궁금할 따름입니다."

"청주부 관할 이룡산에 보주사라는 절이 있다네. 화화상 노지심과 청면수 양지라는 사람이 산적이 되어 약탈하며 그곳을 장악하고 있다네. 청주 관군들이 체포하려 하지만 정면으로 쳐다보거나 함부로 덤비지 못한다고 하네. 그곳을 제

외하고는 동생이 근심 없이 살 곳이 없다네. 혹시 다른 곳으로 가더라도 시간이 지나면 끝내는 잡히고 말 것이네. 그곳에서 항상 편지를 보내 나더러 한패가 되자고 한다네. 내가 이곳을 좋아하여 옮기지 못하고 지금까지 가지 못했다네. 내가 편지를 써서 동생의 실력을 자세히 설명하겠네. 내 체면을 본다면 어떻게 자네를 받아주지 않겠는가?"

"형님 말씀이 옳습니다. 저도 본래 그런 마음이 있었지만 시기가 되지 않았고 인연도 맞지 않았었습니다. 오늘 이미 사람을 죽이고 사태가 커져 몸을 숨길 데도 없으므로 그것이 가장 묘한 방법입니다. 형님, 서둘러 편지를 써주시면 제가 오늘이라도 떠나겠습니다."

장청이 즉시 종이를 가져와 편지에 자세하게 써서 무송에게 주고 술과 음식을 준비하여 송별연을 벌였다. 모야차 손이랑이 장청을 가리키며 말했다.

"당신, 어떻게 그냥 이렇게 도련님을 보내? 이렇게 가다간 분명히 잡힐 거야."

"형수님, 왜 제가 가면 안 됩니까? 왜 사람들에게 잡힌단 말입니까?"

"도련님, 지금 관아에서 도처에 공문을 보내고 현상금을 3000관이나 걸었고 형상을 그리고 고향과 나이를 명확하게 적어 도처에 붙였습니다. 도련님, 얼굴에 금인도 두 줄이나 새겨져 있는데[12] 그냥 이렇게 길에 나갔다간 잡아떼지도 못할 겁니다."

장청이 말했다.

"얼굴에는 고약 두 개를 붙여 가리면 되지."

"세상 사람들이 모두 당신처럼 그렇게 어수룩한지 아나, 무슨 그런 넋 빠진 소리를 하고 앉았어. 그래서 어떻게 공인들을 속인단 말이야? 나한테 방법이 있는데 도련님이 따를지 모르겠네요."

"내가 재난을 피해야 하는데 어떻게 따르지 않겠습니까?"

12_ 송나라 때 몸에 글자를 새긴 자는 출가할 수 없었다.

손이랑이 깔깔 웃으며 말했다.

"내가 말할 테니 도련님은 탓하지 마세요."

"형수님이 말씀만 하시면 뭐든지 따르겠습니다."

"2년 전에 두타頭陀[13] 한 명이 여기를 지나다가 나한테 잡혀 여러 날 동안 만두 속 걱정이 없었어요. 그때 쇠로 만든 머리 테[14], 옷 한 벌, 검정 베 도포, 여러 가지 색이 섞인 짧은 허리띠 하나, 도첩 하나, 사람 정수리 뼈로 만든 108염주 하나, 상어 가죽으로 만든 칼집에 꽂힌 서역에서 나오는 눈처럼 밝은 양질의 철로 만든 계도 두 자루가 아직도 남아 있어요. 이 계도가 밤만 되면 항상 울어요. 도련님도 전에 보셨잖아요. 지금 도망가기가 쉽지 않은데 머리를 밀어 행자行者[15]가 된다면 이마의 금인을 가릴 수 있을 겁니다. 게다가 또 이 도첩으로 호신부護身符로 삼으면 될거에요. 나이나 얼굴이 도련님과 같아서 혹시 전생의 인연이 아닌가 하는 생각이 들 정도로 비슷해요. 누가 도련님에게 물을 때 그 사람 이름을 댄다면 길에 나서도 누가 감히 꼬치꼬치 따지겠어요? 이 일은 이렇게 하는 게 좋지 않을까요?"

장청이 손뼉을 치면서 말했다.

"이랑, 당신 말이 옳아. 내가 이 방법을 잊고 있었네."

바로 다음과 같다.

별똥별의 불꽃 같이 급히 체포하려 하니, 위태로움이 마치 풍파와 같네.

만약 재앙에서 벗어나 무사하려면, 모름지기 행각승이 돼야 할 듯하네.

緝捕急如星火, 顚危好似風波.

13_ 두타頭陀: 여기저기 떠돌아다니면서 탁발하며 고행하는 승려를 말한다.

14_ 계고界箍: 불교도가 사용하는 머리 테를 말한다.

15_ 행자行者: 본래 사찰에서 머리를 깎고 중이 되지 않은 잡역을 가리킨다. 두타頭陀를 가리키기도 하니 고정된 사원이 없는 행각승을 말한다.

若要免除災禍, 且須做個頭陀.

장청이 말했다.

"동생, 자네 생각은 어떤가?"

"해볼 만하기는 한데 제가 생긴 게 출가인과는 거리가 멀어서요."

"내가 한번 똑같이 잘 꾸며보겠네."

손이랑이 방 안에서 보따리를 가지고 나와 풀어 옷가지를 여러 개 꺼내며 무송에게 안팎으로 입혔다. 무송이 입어보고는 말했다.

"내 옷처럼 몸에 딱 맞는군요."

검은 도포를 입고 허리에 여러 가닥으로 땋은 끈을 묶고 털 방한모를 뒤로 넘기고 머리카락을 푼 다음 접어 머리테 안에 끼우고 염주를 목에 걸었다. 장청과 손이랑은 여기저기 살펴보고는 갈채하며 말했다.

"세상에. 이건 뭐 전생에 미리 맞추어놓은 것 같네!"

무송이 그 말을 듣고는 거울에 비추어 보며 혼자 껄껄거리며 웃기 시작했다. 장청이 말했다.

"동생, 왜 그렇게 크게 웃나?"

"내 모습을 비춰보니 저절로 웃음이 납니다. 어쩌다 행자가 되었네요. 형님, 머리도 깎아주십시오."

장청이 가위를 들고 무송의 앞뒤 머리카락을 모두 잘랐다. 시에서 이르기를,

지금껏 호랑이 때려잡은 자 이충이었고, 무송의 별명은 허공에 걸렸다네.

다행히 모야차가 좋은 계책 냈기에, 돌연 행자가 신통력 드러나게 하누나.

打虎從來有李忠, 武松綽號尙懸空.

幸有夜叉能說法, 頓敎行者顯神通.

무송은 상황이 점점 긴박해지자 보따리를 들고 떠나려고 했다. 장청이 다시 말했다.

"동생, 내 말을 들으면 욕심낸다고 자네가 오해할 지도 모르겠지만 장 도감 집에서 가져온 술잔들은 여기에 남겨놓게. 내가 은 부스러기로 바꿔줄 테니 가다가 여비로 삼게. 만에 하나라도 실수해서는 안 되니 말일세."

"형님이 정말 제대로 보았네요."

은그릇을 모두 꺼내 장청에게 주어 금은 부스러기 한 주머니로 바꿔 전대 안에 넣어 묶고 다시 허리에 붙들어 맸다. 그날 밤 무송은 밥과 술을 배부르게 먹고 허리에 계도 두 자루를 차고 짐을 모두 수습하고 장청 부부에게 인사를 했다. 손이랑이 도첩을 꺼내 비단 주머니에 넣고 꿰맨 다음 무송 가슴 앞에 걸치도록 했다. 무송은 부부에게 감사 인사를 했다. 장청이 막 출발하려고 하는 무송에게 다시 한번 당부했다.

"동생, 도중에 아무쪼록 조심하고 무슨 일이라도 잘난 체해서는 안 되네. 술도 조금만 마시고 남과 싸우지 말고 출가한 스님답게 처신해야 하네. 모든 일에 서두르지 말고 남들에게 들키지 않도록 조심하게. 이룡산에 도착하거든 꼭 편지로 소식을 전하게. 우리 부부도 여기에 남는 것은 긴 계책이 아니라네. 나중에라도 집안을 정리하고 산에 올라가 함께 지낼 작정이네. 동생, 부디 몸조심하고 또 조심해야 하네. 노지심, 양지 두 두령에게도 인사 전해주게."

무송이 인사를 마치고 문을 나서 소매에 두 손을 집어넣고 흔들흔들 여유롭게 걸어갔다. 장청 부부는 등 뒤에서 무송을 바라보며 갈채를 보내며 말했다.

"과연 나무랄 데 없는 행자로구먼!"

앞머리는 눈썹을 가리고 뒷머리는 들쑥날쑥 목덜미를 드리웠네. 검은 도포는 먹장구름이 몸을 감싼 듯하고, 여러 색으로 땋은 띠는 알록달록한 구렁이가 몸을 감은 듯하구나. 이마에 쓴 테가 선명하게 빛나니 어렴풋이 손오공의 예리한 눈빛 같고, 베저고리 눈이 부시니 구리 근육 무쇠 뼈로 된 것 같구나. 계도 두 자루 손에 들면 살기등등하고, 정수리 뼈 백팔 염주 만지며 염불하면 스산한 바람 길에 가득하도다. 사람 잡아먹는 나찰도 두 손 맞잡고 인사드리고, 부처 지키는 금강도 눈살을 찌푸리리라.

前面髮掩映齊眉, 後面髮參差際頸. 皂直裰好似烏雲遮體, 雜色絲如同花蟒纏身. 額上界箍兒燦爛, 依稀火眼金睛; 身間布衲襖斑斕, 仿佛銅筋鐵骨. 戒刀兩口, 擎來殺氣橫秋; 頂骨百顆, 念處悲風滿路. 啖人羅刹須拱手, 護法金剛也皺眉.

그날 밤 무 행자는 장청 부부와 작별하고 큰 나무가 있는 십자파를 떠나 큰 길은 피하고 외딴 길로만 걸었다. 이때는 10월이라 낮이 짧아 얼마 가지도 못하고 날이 저물었다. 대략 50리길을 못 걸어 멀리 높은 고개가 보였다. 밝은 달빛에 의지하여 한 걸음씩 재를 넘다보니 대충 초경이 되었다. 언덕 위에 올라 바라보자 달빛이 동쪽에서 비추어 언덕 위 초목을 밝게 비추고 있었다. 잠시 언덕 아래를 바라보고 있는데 앞쪽 숲속에서 사람 웃음소리가 들려왔다.

"거참 이상한 일도 다 있네! 이렇게 고요하고 높은 고개에서 누가 이렇게 웃고 있는 거야?"

소리가 나는 숲 가까이 다가가 바라보니 소나무 숲속 무덤 옆에 암자가 하나 있었고 대략 10여 칸 초가집이 있었으며 문 두 짝과 작은 창을 모두 열어놓았는데 도사 하나가 부인을 끌어안고 창가에서 달을 보며 웃고 있었다. 무 행자는 바라보다가 분노가 일어나고 악한 마음이 쓸개에서 끓어올라왔다.

'이런 산속에서 출가한 도사가 저런 짓거리를 하고 있다니!'

즉시 허리에서 새하얀 은빛 계도 두 자루를 꺼내 달빛 아래에서 바라보며 중얼거렸다.

'이런 훌륭한 칼이 내 손에 들어와도 마수걸이 한번 안 해봤는데 여기에서 저 좆같은 도사 놈에게 날카로운지 무딘지 시험해봐야겠다.'

칼 하나는 손에 걸고 다른 하나는 칼집에 넣어두고 도포 두 소매는 등 뒤로 묶고 암자 앞에 와서 문을 두들겼다. 그 도사가 듣고서 뒤창을 잠가버렸다. 무 행자가 돌을 들고 문으로 가서 두드렸다. 끼익 소리가 나더니 옆문이 열리며 동자 하나가 소리치며 말했다.

"당신 도대체 누구요? 무슨 까닭으로 감히 야밤 3경에 소란을 피우고, 또 문을 두드려서 어쩌자는 것이오?"

무 행자가 두 눈을 동그랗게 뜨고 크게 소리 질렀다.

"먼저 이 좆같은 동자 놈을 칼에 제물로 바치노라!"

말이 끝나기도 전에 손이 올라가고 '쨍' 소리와 함께 동자의 머리가 한쪽으로 날아가고 몸뚱이는 바닥에 쓰러졌다. 암자 안의 도사가 크게 소리를 질렀다.

"누가 감히 내 동자를 죽였느냐!"

갑자기 그 도사가 뛰쳐나왔고, 보검 둘을 손으로 돌리며 무 행자에게 달려들었다. 무송이 껄껄 웃으며 말했다.

"내 평생의 실력을 발휘할 필요도 없다. 네놈이 내 간지러운 곳을 긁어주는구나."

바로 칼집에서 다시 남은 계도를 꺼내 쌍 계도를 돌리며 도사를 맞았다. 둘은 밝은 달빛 아래에서 들어가면 물러서고 물러나면 들어가며 두 자루의 검은 섬뜩한 빛이 번쩍거리고 쌍 계도는 냉기를 뿜어냈다. 오래도록 싸울 때는 마치 봉황이 날아 난새를 맞는 듯하고, 잠깐 싸울 때는 뿔매가 토끼를 낚아채는 듯했다. 둘이 10여 합을 어울리다 산봉우리 옆에서 우렁찬 소리가 나더니 한 사람이 거꾸러졌다. 차가운 빛 속에서 머리 하나가 떨어지고 살기 속에서 피가 비처럼 뿜어져 나왔다.

결국 싸우던 두 사람 가운데 누가 죽어서 거꾸러졌는지는 다음 회에 설명하노라.

### 행자行者 무송武松

무송의 별명인 '행자'는 원앙루 사건 이후에 생긴 것인데, 그 이전의 별명에 대해서는 『수호전』에 언급되어 있지 않다. '행자'는 사찰에서 수행은 했으나 정식으로 머리를 깍지 않은 불가의 제자를 말한다. 『선화유사』에서도 무송을 '무행자武行者'라 서술하고 있는데, '무행자'의 의미는 여러 종류가 있다. 『수호전전교주』에 따르면 "『석씨요람釋氏要覽』 권상 『선견율善見律』에서 이르기를, '믿음이 깊은 남자로 출가를 하고 싶지만 의발衣鉢을 받지 못하고 사원에 거주하는 자'를 무행자라 했다"고 했다. 혹은 걸으면서 참선하고 구름처럼 떠돌아다니는 행각승行脚僧을 말하기도 한다. 이 밖에 이미 출가를 하고 도첩도 소지했으나 머리를 깎지 않고 머리카락을 목과 어깨까지 풀어 헤치고 이마에 테를 두르고는 항상 구름처럼 떠돌아다니며 사방을 집으로 삼는 자를 또한 행자라고도 부른다. 옷차림을 '두타頭陀'처럼 꾸몄기 때문에 두타라고 불리기도 한다.

# 이룡산[1]

둘은 10여 합을 겨루다가 무 행자가 허점을 보이자 도사가 두 개의 검을 들고 내리찍으며 들어왔다. 무 행자가 몸을 돌리면서 거리가 가까운 것을 정확하게 보고 계도를 휘두르니, 도사의 목이 한쪽에 떨어져 데굴데굴 굴렀고 시신은 돌 위에 쓰러졌다. 무 행자가 크게 소리를 질렀다.

"암자 안에 계집은 죽이지 않을 테니 어서 나오거라. 내가 물어볼 말이 있다."

그러자 암자 안에 있던 부인이 나와 땅에 엎드리며 절을 했다.

"내게 절할 필요 없다. 네가 말해 보거라. 여기는 어디이며 그 도사는 네게 누구이더냐?"

부인이 울면서 대답했다.

"저는 이 고개 아래 장張 태공 집 딸로, 이 암자는 저희 조상 무덤의 암자입니다. 이 도사는 어디 사람인지는 알 수 없으나 우리 집에 머물면서 말로는 음

1_ 제32회 제목은 '武行者醉打孔亮(무 행자가 술에 취해 공량을 두들겨 패다), 錦毛虎義釋宋江(금모호가 송강을 풀어주다)'이다.

양에 정통하고 풍수를 잘 안다고 했습니다. 저희 부모님이 그를 집에 머물게 하지 않고 여기 묘지에서 풍수를 살피게 했다가 유혹에 넘어가 다시 며칠을 머물게 했습니다. 저놈이 하루는 저를 보더니 저희 집에서 떠나려 하지 않았습니다. 2~3개월 머물면서 저희 부모와 오빠 부부를 살해했으며 저를 강제로 범하고 이 곳 무덤 암자에 머물게 했습니다. 아까 동자도 다른 곳에서 빼앗아온 아이입니다. 이 고개의 이름은 오공령蜈蚣嶺(오공은 지네다)입니다. 저 도사는 이 고개의 풍수가 좋다고 하여 스스로 호를 '비천오공飛天蜈蚣[2] 왕도인王道人'이라고 지었습니다."

"다른 친척은 없소?"

"당연히 친척이 몇 집 있으나 모두 농사짓는 사람이라 누가 감히 그와 다투겠습니까?"

"이놈에게 재물이 좀 있소?"

"금은 100~200냥은 족히 될 것입니다."

"있으면 빨리 들어가서 챙기시오. 나는 암자에 불을 질러 태워버리겠소."

"스님, 술과 고기 좀 드시겠습니까?"

"있다면 내게도 좀 나눠주면 좋겠소."

"스님, 암자 안으로 들어와서 드시지요."

"다른 사람이 있어서 나를 해치려는 것 아니오?"

"제가 머리가 몇 개라고 감히 스님을 속이려 들겠습니까?"

무 행자는 그 부인을 따라 암자 안으로 들어가 작은 창문 옆 탁자 위에 술과 고기가 놓여 있는 것을 보았다. 큰 대접을 얻어 술 한잔을 마셨다. 부인은 금은 비단을 모두 챙겼고, 무송은 암자 안에 들어가 불을 질렀다. 부인이 금은을 싼 보따리 하나를 무 행자에게 바치며 목숨을 살려달라고 했다. 무 행자가 말했다.

2_ 비천오공飛天蜈蚣: 즉 지오공地蜈蚣(땅지네)이다.

"내가 물건을 달라는 것이 아니고 당신이 가지고 가서 앞으로 쓰면서 살라는 것이오. 빨리 가시오! 어서 떠나시오!"

부인은 감사하고 고개를 내려갔다. 무 행자는 시체 두 구를 불 속에 던져 태워버렸다. 계도를 칼집에 넣고 밤새 고개를 넘어 외진 길만 골라 청주를 향해 걸었다.

다시 10여 일을 걸으면서 시골 마을과 객점, 비교적 큰 마을 등등 가는 곳마다 과연 무송을 잡으라는 방문이 붙어 있었다. 도처에 비록 방문이 붙어 있었지만 무송은 이미 행자로 변복하여 도중에 캐묻는 사람은 없었다. 11월이 되자 날이 매우 추워졌다. 어느 날, 무 행자가 가는 길에 술과 고기를 사서 먹었으나 추위를 견딜 수가 없었다. 한 황토 언덕에 올라 바라보니 앞에 매우 험준하고 높은 산이 있었다. 무 행자가 황토 언덕을 내려와 3~5리 길을 더 걷자 시골 주점 하나가 눈에 들어왔다. 문 앞으로는 맑은 시내가 흐르고 있었고, 집 뒤로는 온통 뒤흔들려 굴러 내려온 돌들이 어지럽게 펼쳐진 바위산이었다. 주점을 보니 시골의 작은 주점이었다.

문 앞엔 시냇물 흐르고, 초막 뒤엔 높은 산이네. 성긴 울타리 가에는 매화꽃 옥 같은 꽃봉오리 펼쳤고, 작은 창 앞의 소나무는 창룡蒼龍[3]이 누운 듯하구나. 옻칠한[4] 탁자와 의자엔 토기 사발과 사기 잔 늘어서 있고, 황토 바른 담장엔 주선酒仙과 시객詩客(시인) 그려져 있네. 푸른 주점 깃발은 찬바람에 펄럭이고, 몇 구의 시는 지나는 길손을 부르네. 과연 말 달리던 길손도 술 향기에 말을 멈춰 서고, 돛단배의 사공도 술 냄새 알고 배를 멈추누나.

門迎溪澗, 山映茅茨. 疏籬畔梅開玉蕊, 小窗前松偃蒼龍. 烏皮桌椅, 盡列着瓦鉢磁

3_ 창룡蒼龍: 『수호전전교주』에 따르면 "오래된 푸른 소나무가 규룡虯龍과 같음을 형용한 것이다"라고 했다.

4_ 원문은 '오피烏皮'인데, 옻을 칠해 장식한 기물로 새까만 색상이므로 오피라고 한다.

甌; 黃土墻垣, 都畫着酒仙詩客. 一條靑旆舞寒風, 兩句詩詞招過客. 端的是走驃騎聞香須住馬, 使風帆知味也停舟.

무 행자는 황토 언덕을 지나 주점으로 들어가서 자리에 앉아 소리 질렀다.

"주인장, 먼저 술 두 각과 고기가 있으면 먹게 파시오."

주인이 대답했다.

"스님, 솔직하게 말씀 드리겠습니다. 술은 저희가 담은 맛없는 시골 백주가 있지만 고기는 다 팔아서 없습니다."

"그럼 술로 추위를 달래야겠으니 가져오시오."

주인은 가서 두 각을 가져와 큰 사발에 술을 따라 무 행자에게 먹이고 이미 만들어놓은 요리를 안주로 가져왔다. 잠시 후 두 각을 모두 먹고 두 각을 더 시켰다. 주인이 두 각을 가져다 큰 사발에 따랐고, 무송은 아무 말 없이 마셨다. 원래 황토 언덕을 지날 때 이미 술에 3~5할쯤 취해 있었다. 한번에 4각을 마셨는데, 또 삭풍이 불자 술이 취해 올라오기 시작했다. 무송은 큰소리를 버럭 지르며 말했다.

"주인장, 당신 정말 여기에 아무것도 팔 물건이 없단 말이야? 내가 은자를 줄 테니까 당신이 먹으려던 고기라도 조금만 가져다주시오."

주인은 웃으면서 말했다.

"내가 장사하면서 술과 고기 내놓으라고 하는 출가인은 보지 못했소. 없는데 어디서 가져오겠습니까? 스님, 그만하십시오."

"내가 당신 고기를 거저먹겠다는 것도 아닌데, 왜 나한테는 팔지 않는 거야?"

"제가 당신에게 술밖에 없다고 말했지 않소. 다른 물건은 팔고 싶어도 어디에서 구해 팔겠습니까?"

주점 안에서 한참 말다툼을 하고 있는데 밖에서 몸집이 커다란 사내가 일행 3~4명을 데리고 들어왔다. 무 행자가 그 사내를 보니,

머리엔 잉어 꼬리 빛깔 같은 붉은 두건을 쓰고, 몸에는 녹색 전포 입었네. 발에는 황토색 신발을 신고, 허리엔 여러 척이나 되는 긴 붉은 탑박을 묶었구나. 둥근 얼굴에 귀는 크고 두터운 입술은 넓고 입은 네모지네. 7척이 넘는 키에 나이는 스물네댓 정도로구나. 용모가 단정하고 위엄 있으며 건장한 이 사내는, 아직 여색에 빠지지 않은 젊은이로다.

頂上頭巾魚尾赤, 身上戰袍鴨頭綠. 脚穿一對踢土靴, 腰系數尺紅搭膊. 面圓耳大, 唇闊口方. 長七尺以上身材, 有二十四五年紀. 相貌堂堂強壯士, 未侵女色少年郞.

그 사내가 무리를 이끌고 주점 안으로 들어오자 주인은 만면에 웃음을 띠고 맞으며 말했다.

"대랑大郞, 앉으시죠."

그 사내가 말했다.

"내가 시킨 대로 준비했느냐?"

"닭과 고기를 이미 삶아놓고 오시기만 기다리고 있었습니다."

"내가 말한 청화옹주靑花瓮酒는 어디 있느냐?"

"여기 있습니다."

그 사람은 일행을 이끌고 무 행자의 맞은편 상좌에 앉았고, 같이 온 서너 명은 옆자리에 앉았다. 주점 주인이 청화옹주를 가져와 진흙으로 밀봉한 뚜껑을 열고 크고 흰 그릇에 부었다. 무 행자가 곁눈으로 슬쩍 훔쳐보는데 토굴에 저장했던 좋은 술로 냄새가 솔솔 풍겨왔다. 무 행자는 향기로운 냄새에 목구멍이 근질거렸고 빼어서라도 먹지 못하는 것이 한스러웠다. 주인이 다시 주방에 들어가 삶은 닭 한 판과 살코기 한 판을 그 사내의 탁자에 올려놓고 요리를 펼쳐놓으며 국자로 술을 떠서 데웠다. 무 행자는 자기 앞에 안주 한 접시를 보고 속이 뒤틀리지 않을 수 없었다. 눈으로만 호강하면서 뱃속은 꼬르륵 소리가 절로 나왔다. 술기운이 올라오기 시작하면서 한 주먹에 탁자를 박살내버리고 싶었다.

"주인장, 이리 오너라! 너 이 자식 손님을 업신여기는 것이냐!"

주인이 서둘러 와서는 물었다.

"스님, 진정하십시오. 술을 요구하시면 가져다드리겠습니다."

무 행자가 두 눈을 동그랗게 뜨고 소리를 질렀다.

"너 이놈 정말 도리를 모르는구나! 내게는 왜 청화옹주와 닭과 고기를 팔지 않느냐? 나도 똑같이 네게 은자를 주마."

"청화옹주와 고기는 모두 대랑 집에서 가지고 온 것이고, 여기는 술을 드시려고 자리만 빌린 것입니다."

무 행자는 속으로 너무나 먹고 싶은데 주인의 말이 어떻게 귀에 들리겠는가? 소리를 질렀다.

"웃기지마, 헛소리 말아라!"

"이렇게 무례하고 무지막지한 출가인은 보다보다 처음 보겠네!"

"이 어르신께서 괜히 억지를 부리는 것이냐? 내가 거저먹자는 거냐!"

"제 입으로 어르신 운운하는 중은 또 처음 보네."

무 행자는 듣고서 벌떡 일어나 손바닥으로 주점 주인의 얼굴을 한 대 갈기니 비틀거리며 맞은편 좌석에 부딪히며 쓰러졌다.

주인은 맞아 얼굴 한쪽이 잔뜩 부어올랐고 한참을 발버둥쳤으나 일어나지 못했는데, 맞은편의 사내가 그 광경을 보고는 크게 화를 냈다. 사내는 벌떡 일어나 무송에게 삿대질을 하며 말했다.

"너 이런 좆같은 본분도 지키지 않는 땡중 놈아! 어디서 함부로 주먹질이냐! 출가한 중은 화를 내서는 안 된다고 하지 않더냐!"

"내가 때리겠다는데 너랑 무슨 상관이냐!"

그 사내가 화를 내며 말했다.

"좋은 말로 말리려 했더니 이런 좆같은 중놈이 주둥이를 함부로 지껄여 사람

열 받게 만드네!"

이 말을 들은 무 행자는 너무 화가 나 탁자를 밀어 젖히고 걸어와 고함을 질렀다.

"너 이놈 지금 누구한테 하는 소리냐!"

사내가 웃으면서 말했다.

"너 이 좆같은 중대가리야, 나랑 한번 붙어보자. 네가 감히 분수도 모르고 잠자는 호랑이 코털을 건드리는구나!"

사내가 손짓하며 불렀다.

"너 이 죽일 행자 놈아. 나와라, 내가 너에게 할 말이 있다!"

"내가 겁먹을 줄 아는데, 너를 가만 내버려둘 것 같으냐!"

서둘러 문 옆으로 다가갔다. 그 사내는 날쌔게 문 밖으로 나갔고 무송도 문 밖으로 쫓아나갔다. 그 사내는 무송이 건장한 것을 보고 가볍게 여길 수 없어 자세를 잡고 기다렸다. 무송이 갑자기 다가와 사내의 손을 잡았다. 사내는 힘을 다하여 무송을 넘어뜨리려 했으나 수백 근의 힘을 어떻게 당해낼 수 있겠는가? 손을 당기니 끌려 품 안에 들어왔고, 단지 한 번 밀었을 뿐인데, 마치 아이가 자빠지듯이 저항 한 번 못하고 바닥에 뒤집어졌다. 같이 왔던 서너 명 촌놈들이 보고 손발을 벌벌 떨며 아무도 나서지 못했다. 무 행자가 그 사내를 밟고 주먹을 들어 다짜고짜 두들겨 패기 시작했다. 20~30대를 치더니 일어나 바닥에서 들어 문 밖 개울에 던져버렸다. 3~4명 촌놈들은 자신들도 모르게 아이고 소리를 외치며 모두 시내에 뛰어들어 물에 빠진 사내를 구해 부축하여 남쪽으로 사라져버렸다. 주점 주인은 한 대 맞고 나서 몸이 마비되어 꼼짝도 못하다가 일어나 집 뒤로 달아나 숨어버렸다.

무 행자가 말했다.

"잘됐다! 모두 다 사라져버렸으니 어르신은 술과 고기나 먹어야겠다!"

사발로 하얀 그릇에 담긴 청화옹주를 떠서 마셨다. 탁자 위의 닭과 고기 한

판은 아직 손도 대지 않은 채로 남아 있었다. 젓가락도 쓰지 않고 두 손으로 찢어 닥치는 대로 먹기 시작하여, 반 시진도 안 되어 술과 고기와 닭을 거의 다 먹어치웠다. 취하기도 하고 배도 불러 도포 소매를 등 뒤로 묶고 주점을 나와 개천을 따라 걸었다. 세차게 불어오는 북풍에 밀리지 않으려고 발걸음도 멈추지 못하며 계속 맞바람을 뚫고 걸었다. 주점에서 4~5리가 채 안 되는 곳에 오니, 옆의 흙 담 안에서 누런 개가 한 마리 튀어 나와 무송을 보고 짖기 시작했다. 그 누런 개가 계속 무송을 따라오며 짖어댔다. 무 행자는 크게 취하여 아무한테나 시비를 걸고 싶던 차에, 개가 따라오며 짖어대자 짜증이 나서 아무것이나 찾으려다가 왼손으로 계도를 빼들고 큰 걸음으로 쫓아갔다. 누런 개는 무 행자를 피해 시냇가로 도망가서 짖었다. 단칼에 내려치다 허공만 베고 말았다. 너무 세게 내리치니 원래 사람 대가리는 무겁고 발은 가벼운지라 중심을 잃고 개천으로 곤두박질쳐 일어나지 못했다. 한겨울 날씨에는 개천 물이 말라 비록 한두 척 깊이밖에 안되지만 추위를 감당할 수가 없었다. 기어 올라와 일어나니 온 몸에 물이 뚝뚝 떨어졌고 시냇물에 빠진 계도가 보였다. 고개를 숙이고 계도를 집으려다가 넘어지면서 다시 물속으로 굴러 떨어졌다.

사람들이 언덕 옆 담장을 돌아나왔다. 맨 앞에 선 사내는 머리에 털 방한모를 쓰고 몸에는 담황색 모시 저고리를 입었으며 손에 초봉을 들었다. 뒤따라오는 10여 명은 모두 하얀 나무 몽둥이를 들고 있었다. 그들 가운데 한 사람이 가리키며 말했다.

"저 시내에 빠진 행자 놈이 작은 형님을 때렸습니다. 지금 작은 형님이 큰 형님을 찾지 못해 장객 20~30명을 데리고 주점으로 잡으러 갔는데 이놈은 오히려 여기에 있었군요."

말을 마치기도 전에 멀리서 얻어맞았던 사내가 이미 젖은 옷을 갈아입고 손에 박도를 든 채 장객 20~30명을 이끌고 달려오고 있었는데, 모두 유명한 사내들이었다. 어떻게 생겼냐면 바로 다음과 같이 불렀다.

키다리 왕삼王三과 난쟁이 이사李四, 성질 급한 삼천三千과 느려터진 팔백八百이, 똥 위에 가시 있는 대나무와 똥 속의 구더기, 쌀 속의 바구미, 밥 속의 방귀쟁이, 좆에 가시 돋친 놈(곤지름 질병)과 어린 사沙씨 놈, 멍청이5와 소 힘줄처럼 힘센 놈.6

長王三, 矮李四. 急三千, 慢八百, 笆上糞, 屎裏蛆, 米中蟲, 飯內屁, 鳥上刺, 沙小生, 木伴哥, 牛筋等.

이들 가운데 10~20명은 우두머리 장객들이고 나머지는 모두 마을에서 소란을 피우는 자들이다. 모두들 창과 몽둥이를 끌고는 얻어맞은 그 큰 사내를 뒤따라오며 휘파람을 불면서 무송을 찾았다. 담 옆으로 달려와 그 사내가 무송을 가리키며 담황색 저고리를 입은 사내에게 말했다.

"저 나쁜 중놈이 나를 때렸소."

"저놈을 잡아 장원에 끌고 가서 호되게 혼쭐 좀 내주자."

그 사내가 소리 질렀다.

"끄집어내라!"

30~40명이 한꺼번에 달려들었다. 가련한 무송은 취했기에 급히 일어서려 했

5_ 원문은 '목반가木伴哥'인데, 무엇을 가리키는 말인지가 분명하지 않다. 그러나 '반가伴哥'라는 말은 송·원·명의 희곡에서 항상 농촌 소년의 명칭으로 사용되었고 '목반가'라는 말도 희곡에서 항상 출현했는데, 어떤 때는 나무 제품을 가리키기도 하고 '멍청이'의 의미가 포함되어 있기도 하다. 역자는 '멍청이'로 번역했다.

6_ 원문은 '우근등牛筋等'인데, 무슨 의미인지 정확하게 알 수 없다. 이 사람은 실제적으로는 '우근牛筋'이라 불러야 하는데, '등等'자가 문제다. 12명의 장객 이름을 연속해서 나열하고 있는데 모두 세 글자다. 마지막 등장하는 이 인물의 이름을 두 글자로 표현한다면 조화롭지 못하게 된다. 그래서 많은 사람은 이 사람의 이름을 '우근등'이라 여기고 있다. 희곡에서 '우근牛觔'은 항상 농촌 소년의 이름으로 등장하는데 세력과 무력이 있고 성격이 사나운 것으로 묘사되어 있다. 역자는 '우근등牛筋等'을 '소 힘줄처럼 힘센 놈'으로 번역했다.

으나 발버둥 한번 치지 못하고 사람들에게 붙잡혀 질질 끌어올려졌다. 담장을 돌아 끌려간 곳에 커다란 장원이 있었는데, 양쪽이 모두 높은 흰색 담장이었고 수양버들과 소나무들이 장원을 두르고 있었다. 사람들이 무송을 질질 끌고 들어와 옷을 벗기고 계도와 보따리를 빼앗았다. 잡아당겨 커다란 버드나무에 매달고는 매섭게 두들겨 패게 등나무 가지 한 묶음을 가져오게 했다.

겨우 3~5대 때렸을 때 장원 안에서 한 사람이 걸어나와서 물었다.

"너희 두 형제는 도대체 누구를 그리 때리느냐?"

두 사내가 두 손을 맞잡고 인사하며 말했다.

"사부님, 들어보십시오. 제 동생이 오늘 이웃 3~4명과 함께 앞의 작은 주점에서 술 석 잔 먹으려고 했습니다. 그런데 여기 이 나쁜 중놈이 소란을 피우며 제 동생을 두들겨 패고 물속에 던져버렸습니다. 머리와 얼굴이 터지고 거의 얼어 죽을 뻔했는데 이웃들이 구해주었습니다. 집에 돌아와 옷을 갈아입고 사람들을 데리고 찾으러 갔더니, 저놈이 제 술과 고기를 다 먹어버리고 크게 취해 우리 집 문 앞 시내에 쓰러져 있었습니다. 그래서 여기로 잡아와 호되게 매질 좀 하고 있었습니다. 이 나쁜 중놈은 보아하니 출가인도 아닙니다. 얼굴에 금인을 두 개나 새겼는데 머리카락을 드리워 가린 것을 보니, 분명히 죄를 피해 도망치는 죄수입니다. 이놈 정체를 물어보고 관아에 넘겨 처리하려고 합니다."

얻어터진 사내가 말했다.

"물어보긴 뭘 물어봐요! 저 죽일 까까중놈한테 맞은 상처는 한두 달 안에는 낫지도 않을 거예요. 차라리 까까중놈을 때려죽이고 태워버리지 않으면 이 분노가 풀리지 않을 것 같아요."

말을 마치고 등나무 가지로 다시 때리려고 하는데, 금방 나온 그 사람이 말했다.

"동생, 잠깐만 멈추게. 이 사람도 호걸 같은데 내가 잠시 살펴보겠네."

이때 무 행자는 이미 술에서 깨어나 이야기를 모두 듣고 있었다. 다만 눈을 감은 채 때리는 대로 맞고 아무 소리도 내지 않을 뿐이었다. 그 사람은 먼저 등쪽에 가서 맞은 상처를 보더니 말했다.

"이상하네. 흔적을 보니 상처가 얼마 전에 생긴 것들이네."

앞으로 돌아와 무송의 머리카락을 잡고 얼굴을 뚫어지게 보더니 말했다.

"이 사람 내 동생 무이랑 무송 아닌가?"

무 행자가 그 말을 듣고는 눈을 번쩍 뜨고 그 사람을 보더니 말했다.

"아니 형님 아니오?"

"빨리 풀어라. 이 사람은 내 형제다."

담황색 저고리를 입은 사람이나 얻어맞은 사람이나 모두 놀라 당황해서 말했다.

"이 행자가 어째서 사부님 형제입니까?"

"이 사람이 내가 항상 너희에게 말하던 저 경양강에서 호랑이를 때려잡은 무송이다. 나도 이 사람이 어째서 지금 행자가 됐는지 모르겠다."

그 두 형제는 황급하게 무송을 풀고 마른 옷 몇 벌을 찾아 입혀 부축해 초당 안으로 들어갔다. 무송이 바로 절하려고 하는데, 그 사람은 놀라고 또 즐거움이 반반 섞여 무송을 부축하며 말했다.

"동생, 술도 아직 깨지 않았지만 잠시 앉아 얘기 좀 나누세."

무송은 그 사람을 보고 좋아서 술이 이미 반은 깨었다. 뜨거운 물로 씻고 양치질하고 해장국을 마신 다음, 그 사람에게 절을 끝내고 서로 회포를 풀었다.

그 사람은 다른 사람이 아니라, 바로 운성현 송강으로 자는 공명이었다. 무 행자가 말했다.

"형님이 시 대관인 장원에 있으리라 생각했는데 여기는 어쩐 일이십니까? 혹시 내가 형님을 꿈속에서 만난 것은 아닙니까?"

"자네와 시 대관인 장원에서 작별한 뒤에 그곳에서 반년을 지냈다네. 집안이 어떤지도 모르고 부친이 걱정할까 두렵기도 해서 동생 송청을 먼저 돌려보냈네.

나중에 집에서 편지를 받았네. '송사는 주동과 뇌횡 두 도두의 도움으로 이미 집안은 무사히 해결되고 범인 본인만 체포하면 되게 되었다. 그래서 이미 공문을 각처에 보내 너를 체포하려고 한다.' 이 일은 이미 흐지부지해지기 시작했네. 그런데 여기 공 태공孔太公이 여러 번 우리 장원에 사람을 보내 소식을 물었고, 나중에 집으로 돌아간 송청으로부터 내가 시 대관인 장원에 머물고 있다는 말을 듣고 일부러 시 대관인 장원으로 사람을 보내 나를 여기로 데리고 왔다네. 여기는 백호산白虎山이고 공 태공의 장원이라네. 마침 자네와 싸우던 사람은 공 태공의 작은 아들이라네. 그는 성질이 급하고 사람들과 싸우기를 좋아하여 '독화성獨火星 공량孔亮'이라고 부른다네. 여기 담황색 저고리를 입은 사람은 공 태공의 큰아들로 사람들이 모두 '모두성毛頭星 공명孔明'이라고 부른다네. 이 사람들 둘이 창봉 배우기를 좋아하여 내가 조금 가르쳐줬더니 나를 사부라고 부르고 있네. 내가 여기에서 반년을 보냈고, 지금 막 청풍채淸風寨로 가려던 참이라오 이틀 새에 출발하려고 했다네. 내가 시 대관인 장원에 있을 때 사람들이 자네가 경양강에서 호랑이를 잡았다는 이야기를 들었네. 또 양곡현에서 도두가 되었고, 다시 서문경을 죽였다는 이야기도 들었네. 그다음에 어디로 유배 갔는지 몰랐는데, 그나저나 자네는 어쩌다 행자가 되었는가?"

"제가 시 대관인 장원에서 형님과 작별하고 돌아가다 경양강에서 호랑이를 잡아 양곡현에 보냈는데, 지현이 저를 발탁하여 도두로 임명했습니다. 나중에 형수가 어질지 못해서 서문경과 정을 통하고 친형님 무대를 독살했습니다. 제가 둘 다 죽이고 양곡현 관아에 자수하여 동평부로 넘겨졌습니다. 나중에 진 부윤이 온 힘을 다하여 저를 구제하여 맹주로 유배당하는 판결을 받았습니다."

십자파에 이르러 어떻게 장청과 손이랑을 만났고, 맹주에서 어떻게 시은을 만났으며, 어떻게 장문신을 꺾었고, 어떻게 장 도감 등 15명을 죽였으며, 또 장청의 집으로 도망가 모야차 손이랑이 행자로 변장시킨 곡절까지 이야기했다. 오공령을 지나면서 계도를 사용하여 왕 도인을 죽이고 주점에서 술에 취하여 공량을 때린 것을 말했다. 자신에게 벌어졌던 모든 일을 처음부터 두루 송강에게 자세히 말했다. 공명·공량이 옆에서 모두 듣고는 대경실색했다. 바닥에 엎드려 절을 하자 무송이 황망하게 답례하며 말했다.

"조금 전에 너무 큰 실례를 범했습니다. 크게 꾸짖지 마시고 용서해주십시오!"

"우리 형제가 눈만 달고 태산을 알아보지 못했습니다. 제발 용서해주십시오!"

"두 분이 이 무송을 우습게 보시지 않는다면, 도첩과 서신 그리고 짐과 의복을 불에 좀 말려주십시오. 그리고 계도 둘과 염주는 잃어버려서는 안 됩니다."

공명이 말했다.

"그것은 걱정하실 필요 없습니다. 동생이 이미 사람을 시켜 수습하러 갔습니다. 단정하게 정돈하여 돌려드리겠습니다."

무 행자가 절하며 감사 인사를 했다. 송강은 공 태공을 청했고 무송의 인사를 받게 하자 공 태공이 술을 준비하여 대접했음은 말할 필요가 없다.

그날 밤 송강은 무송을 불러 한 침상에서 1년여 동안 벌어진 일들을 이야기했고 송강은 내심 기뻐했다. 무송은 다음날 날이 밝자 씻고 이를 닦은 다음 중당으로 나와 함께 밥을 먹었다. 공명은 스스로 옆에서 시중들었으며 공량은 아픔을 참으며 대접했다. 공 태공은 양을 잡고 돼지를 죽여 연회를 열었다. 이날 동네 이웃 친척들이 모두 무송에게 인사하러 찾아왔고, 또 문하의 사람들도 와서 인사를 했다. 송강은 그런 모습을 보고 크게 기뻐했다. 그날 연회가 끝나고 송강이 무송에게 물었다.

"동생, 이제 어디로 가서 몸을 숨기고 거처할 작정인가?"

"어젯밤에 이미 형님께 말씀드렸듯이 채원자 장청이 편지에 써준 대로 이룡산 보주사 화화상 노지심 무리에 들어갈 겁니다. 그도 나중에 이룡산에 오기로 했습니다."

"그것도 괜찮기는 하네. 솔직하게 말하면 우리 집에서 근래에 편지가 왔다네.

청풍채 지채知寨인 소이광小李廣7 화영花榮이 내가 염파석을 죽였다는 것을 알고 매번 편지를 보내 제발 청풍채로 와서 한동안 지내라고 한다네. 여기에서 청풍채는 멀지 않기에 요 이틀간에 출발하려고 했는데 날씨가 개지 않아 출발하지 못했다네. 조만간 그곳으로 같이 가고 싶은데 자네 생각은 어떤가?"

"형님, 정분이 각별해서 저를 데리고 그곳에 며칠 머물게 하려는 것 아니셨습니까. 하지만 이 무송이 지은 죄가 너무도 무거워 나라에서 아무리 사면을 하더라도 용서받을 수 없습니다. 그래서 결단코 이룡산으로 가서 산적이 되어 난을 피하려고 합니다. 또한 제가 두타로 변장하여 형님과 같이 가기 어렵습니다. 도중에 사람들에게 의심이라도 받아 혹여 발각되기라도 한다면, 반드시 형님도 연루될 겁니다. 형님과 저야 살아도 같이 살고 죽어도 같이 죽기로 맹세하여 괜찮다고는 하지만 화영 지채도 반드시 연루되어 좋지 않게 될 겁니다. 저는 이룡산 외에 갈 곳이 없습니다. 하늘이 가엾게 여겨 제가 죽지 않고 언젠가 조정의 부름으로 귀순한다면, 그때 형님을 찾아뵈어도 늦지 않을 것입니다."

"동생이 이미 조정에 귀순할 마음이 있다면, 하늘이 반드시 도울 걸세. 만일 그렇게 하겠다면, 억지로 권할 수도 없으니 나와 같이 며칠 더 머물다 가게나."

이때부터 두 사람은 공 태공의 장원에서 10여 일을 머물렀다. 송강과 무송이 떠나려 하자 공 태공 부자가 보내려 하겠는가? 다시 3~5일을 더 머물렀는데, 송강이 떠나겠다고 고집을 부리자 공 태공은 연회를 준비하여 보낼 수밖에 없었다. 하루를 대접하고 다음날 새로 만든 행자의 옷과 검은 도포·도첩·서신·머리테·염주·계도 그리고 금은 등을 무송에게 주었다. 또 여비로 은 50냥씩을 주었다. 송강은 거절하고 받지 않았으나 태공 부자는 억지로 보따리 안에 묶어주었다. 송강은 옷과 무기를 정돈했고, 무송은 이전처럼 행자의 옷을 입었다. 쇠머리

7_ 소이광小李廣: 이광은 전한前漢의 명장으로 활을 잘 쏘았다. 화영이 이광처럼 활을 잘 쏜다 하여 이런 별명이 붙었다.

테를 두르고 두정골로 만든 108염주를 목에 걸고 두 자루의 계도를 찬 후 보따리를 챙겨 허리에 묶었다. 송강은 박도를 잡고 허리에 요도를 차고 머리에 털 방한모를 쓰고 공 태공과 작별했다. 공명·공량은 장객을 불러 등에 짐을 지게 하고 형제 둘이 20여 리 길을 배웅했으며, 송강과 무 행자 둘과 절하며 헤어졌다. 송강은 스스로 보따리를 등에 매고 말했다.

"장객을 보내 멀리까지 배웅할 것 없네. 나는 무송 형제와 가겠네."

공명과 공량은 이별하고 장객과 집으로 돌아갔다.

송강과 무송 두 사람은 도중에 이런저런 이야기를 나누며 밤늦게까지 길을 가다가 하룻밤을 쉬었다. 다음날 일찍 일어나 밥을 해먹고 다시 걸었다. 40~50리 길을 가서 서룡진瑞龍鎭이라는 마을에 도착했는데, 여기에서 길이 세 갈래로 갈렸다. 송강이 그곳 사람들에게 길을 물었다.

"저희가 이룡산과 청풍진에 가려고 하는데 어느 길로 가야 할지 모르겠습니다."

"그 두 곳은 한 길로 갈 수 없습니다. 여기에서 이룡산으로 가려면 서쪽 길로 가야 하고, 청풍진으로 가려거든 동쪽 길로 가서 청풍산을 지나면 됩니다."

송강은 자세히 듣고 무송에게 말했다.

"동생, 내가 자네와 오늘 헤어지게 됐으니, 여기에서 석 잔 마시고 작별하세."

작별의 정을 노래한 「완계사浣溪沙」를 보면,

> 헤어질 때 손잡고 이별의 말 나누기 어려운데, 바야흐로 늦가을이라 산림의 풍경 시들해졌고, 주머니 속 여비 이미 다 떨어져 장사의 마음 쓸쓸하구나. 여정길에 근심하지만 목숨 끊기 어려우니, 우정郵亭8에 머물면서 공연히 검 튕기며

8_ 우정郵亭: 고대에 문서를 전달하는 사람이 도중에 쉬는 곳, 혹은 우편국이 길가에 세운 우편을 받아서 발송하는 곳이다. 정자와 같아 '우정'이라 부른다.

노래하지만 근심만 가득하고, 고독하고 적막한 긴 밤 고통만 길어지누나.

握手臨期話別難, 山林景物正闌珊, 壯懷寂寞客囊殫.

旅次愁來魂欲斷, 郵亭宿處鋏空彈, 獨憐長夜苦漫漫.

무 행자가 말했다.

"제가 형님을 보내드리고 돌아오겠습니다."

"그럴 필요 없네. 옛말에 '천리를 배웅해도 결국은 헤어져야 한다'[9]고 했네. 동생, 앞길이 먼 길이니 일찌감치 가야 그곳에 도착할 걸세. 패거리에 들더라도 술을 조심하게. 만일 조정에서 귀순하도록 권하거든 노지심과 양지를 설득하여 투항하고, 나중에 변방에 창칼 들고 나가 상을 받아 처가 봉해지고 자식이 대대로 관작을 세습하며 역사에 이름을 남긴다면 한 평생 헛되지 않게 사는 것이라네. 내가 한 가지도 잘하는 것이 없어 나라에 충성하고 싶어도 나갈 길이 없네. 동생은 이렇게 대단한 영웅이라 분명 큰일을 할 것이니, 내 말을 마음에 깊이 새겨듣고 나중에 다시 만나길 바라네."

무송이 듣고는 주점에서 몇 잔을 마시고 술값을 지불했다. 두 사람은 주점을 나와 마을 끝 삼거리에 도착하자 무 행자가 절 사배를 올렸다. 송강이 눈물을 흘리며 차마 작별하지 못했다. 다시 무송에게 분부했다.

"동생, 내 말 잊지 말고 술 조심하게. 몸조심하게, 몸조심해!"

무 행자는 서쪽을 향하여 길을 재촉했다. 독자 여러분 무 행자는 이룡산으로 가서 노지심·양지와 한패가 되었다는 것을 잘 기억해두기 바랍니다.

송강은 무송과 이별하고 동쪽 청풍산을 향하는 길에 올랐는데, 가는 길에서 무 행자 생각만 했다. 다시 며칠을 걸어가는데, 멀리 청풍산이 보였다. 그 산을 보니,

9_ 원문은 '送君千里, 終有一別'이다.

팔면으로 산세 높고 험하며, 험준한 산으로 둘러져 있구나. 기괴한 높은 소나무엔 학들이 자리잡고 있고, 곁가지 무성한 늙은 나무엔 등덩굴 얽혀 있네. 날아 떨어지는 폭포수는 냉기로 사람의 털을 오싹하게 하고, 우거진 녹음 흩어지면서 환한 빛 눈을 비추니 꿈속의 혼령도 놀라게 하는구나. 시냇물 졸졸, 나무꾼 도끼질 소리 들리고, 산봉우리들 우뚝 솟아 있고 산새들 울음소리 애처롭구나. 고라니와 사슴 무리 이루고, 가시덤불 뚫고 이리저리 뛰어놀며, 여우들 무리지어 먹이 찾아 헤매며 울부짖도다. 부처가 수행하는 곳 아니라면, 틀림없이 강도들 약탈하는 곳이리라.

八面嵯峨, 四圍險峻. 古怪喬松盤鶴蓋, 杈枒老樹挂藤夢. 瀑布飛流, 寒氣逼人毛發冷; 綠陰散下, 淸光射目夢魂驚. 澗水時聽, 樵人斧響; 峰巒特起, 山鳥聲哀. 麋鹿成群, 穿荊棘往來跳躍, 孤狸結隊, 尋野食前後呼號. 若非佛祖修行處, 定是強人打劫場.

송강이 앞에 보이는 높은 산을 바라보니 모양도 괴상하고 나무가 빽빽하게 들어차 있었다. 속으로 좋아하여 정신없이 보느라 머물 곳을 물어보지도 않고 너무 많이 걸었다. 날이 점점 저물자 속으로 당황하며 생각했다.

'만일 여름이라면 숲속에서 대충 하룻밤 쉴 텐데. 음력 11월 날씨라 바람과 서리로 차기도 하거니와 밤에는 몹시 추워 견디기도 어려울 텐데. 혹시 독충이나 범과 표범이라도 나온다면 어떻게 막는담? 목숨을 잃지나 않을지 모르겠다!'

동쪽 오솔길만 보고 무작정 걸었다. 대략 1경 정도까지 걸으니 마음이 더욱 조급해졌다. 길을 걷는데 땅바닥이 보이지 않아 그만 밧줄에 걸려 넘어졌다. 갑자기 숲속에서 구리방울 소리가 들리면서 길옆에 매복해 있던 14~15명 졸개들이 몰려나와 고함을 지르며 송강을 붙잡아 뒤집었다. 밧줄로 묶고 박도와 보따리를 빼앗고 횃불을 붙여 송강을 산으로 끌고 갔다. 송강이 비명을 질렀지만 산채로 끌려갔다.

송강이 불빛 속에서 바라보니 사방은 모두 나무 울타리가 쳐져 있었다. 가운데 초가집 대청이 있었고, 대청 위에 호랑이 가죽으로 장식한 교의 셋이 놓여 있었으며, 뒤쪽에는 초가집이 100여 칸 정도 있었다. 졸개들은 송강을 칭칭 동여매어 대청 앞 큰 기둥에 묶었다. 대청에 있던 졸개 몇 명이 말했다.

"대왕께서 방금 잠에 드셨으니 보고하지 말거라. 대왕이 술에서 깨어나면 모셔서 이 짐승 같은 놈의 심장과 간을 쪼개 해장국을 끓이고, 우리 다 같이 신선한 고기를 먹자."

송강이 기둥에 묶인 채 속으로 생각했다.

'내 운명이 이토록 불행하단 말인가! 창기娼妓 하나 죽였다고 이런 고통을 받게 되다니. 이 몸이 여기서 끝날 줄은 상상도 못했다!'

졸개 하나가 등촉을 희미하게 켜는 것이 보였다. 송강은 추워서 이미 몸이 마비되어 움직이지 못했고, 눈만 사방을 두리번거리다가 고개를 숙이고 탄식했다.

대략 2~3경쯤 되어 대청 뒤에서 졸개 3~5명이 걸어나오며 소리쳤다.

"대왕께서 일어나셨다."

졸개들이 바로 대청으로 올라가 등불을 밝혔다. 송강이 슬쩍 훔쳐보니 대왕은 붉은 비단 머리띠로 머리를 꼭지 달린 배처럼 둥글게 칭칭 동여매고 대추색 베로 만든 솜저고리를 입고 걸어와 가운데 호피 교의에 앉았다. 그 대왕의 생김새를 보니,

붉은 머리에 누런 수염, 눈은 둥그렇고, 긴 팔에, 넓은 허리, 기세가 충천하네.
강호에선 금모호錦毛虎라 불리지만, 그 사내의 성은 본래 제비 연燕자라네.
赤髮黃鬚雙眼圓, 臂長腰闊氣冲天.
江湖稱作錦毛虎, 好漢原來却姓燕.

그 사내의 본적은 산동 내주萊州 사람으로 이름은 연순燕順이며 별명은 금모호錦毛虎다. 원래 양과 말을 파는 상인 출신이었다. 본전을 까먹고 유랑하다 산에 들어와 강도질을 하고 있었다. 연순은 술에서 깨어 일어나 가운데 교의에 앉아 졸개들에게 물었다.

"얘들아,[10] 저 짐승은 어디서 잡았느냐?"

졸개가 대답했다.

"저희가 뒷산 길옆에 숨어 있다가 숲 안에서 구리방울 소리를 들었습니다. 원래 저 짐승이 혼자 보따리를 매고 산길을 걷다가 우리가 설치해둔 밧줄에 걸려 넘어졌습니다. 그래서 잡아다가 대왕께 해장국 하시라고 바치는 것입니다."

"좋구나! 빨리 가서 두 대왕을 불러와 같이 먹자꾸나."

졸개들이 간 지 얼마 안 되어 대청 양쪽에서 두 사내가 걸어왔다. 왼쪽의 사내는 5척 단신으로 두 눈은 빛이 났다. 그 사내의 차림새를 보니,

감색 솜저고리에 수놓은 비단 기웠는데
생김새 평범하지 않고 성질은 우악스럽구나.
재물 탐하고 여색 좋아하며 가장 흉포하니
사람 죽이고 불 지르는 왕왜호王矮虎라네.
天靑衲襖錦綉補, 形貌崢嶸性粗鹵.
貪財好色最強梁, 放火殺人王矮虎.

이 사내의 본적은 양회兩淮[11] 사람으로 성명은 왕영王英이고 5척 단신이라

10_ 『수호전전교주』에 따르면 "송나라 때 녹림의 호걸들이 졸개들에게, 혹은 군관이 사병들에게 모두 아이들이라 불렀다"고 했다.

11_ 양회兩淮: 송나라 신종 희녕熙寧 연간(1068~1077) 이후에 회남로淮南路를 동서 양로兩路로 나누어

강호에서는 그를 왜각호矮脚虎라고 불렀다. 원래 마부였는데 도중에 손님의 재물을 보고 욕심이 생겨 약탈했고 관아에 잡혔다가 탈출하여 청풍산으로 도망가 연순과 함께 이 산을 점거하고 강도질을 하고 있었다. 오른쪽 사내는 하얀 얼굴에 수염이 위아래 세 갈래로 갈라져 입을 가렸으며 호리호리하고 어깨가 쫙 벌어져 빼어난 용모를 지녔으며 머리에 진홍 두건을 싸매고 있었다. 이 사내의 생김새를 보니,

금박 입힌 녹색 저고리 입고, 허리엔 먼 길 떠날 때 입는 옷 단단히 둘렀네.
붉은 두건 쓴 산채의 이 사내대장부, 강호에서 백면낭군이라 부른다네.
衲袄銷金油綠, 狼腰緊繫征裙.
山寨紅巾好漢, 江湖白面郎君.

이 사내는 본적이 절서浙西 소주蘇州[12] 사람으로 성명은 정천수鄭天壽다. 생김새가 희고 깨끗하며 빼어나 사람들이 모두 백면낭군白面郎君이라 불렀다. 원래 은을 만지는 일을 하다 어려서부터 창봉술 배우기를 좋아하여 강호를 떠돌아다녔다. 청풍산을 지나다가 왜각호를 만나 50~60합을 싸웠으나 승부가 나지 않았다. 연순이 그의 솜씨가 보통이 아닌 것을 보고 산에 머물게 하고 셋째 두령 자리를 주었다.

세 두령이 모두 자리에 앉자 왕왜호가 말했다.

회동淮東, 회서淮西로 불렀는데, 줄여서 양회라 했다.

12_ 『수호전전교주』에 따르면 "『송사』「지리지·지리4」에 이르기를 '양절로兩浙路는 희녕熙寧 7년(1074)에 두 노路로 나누었다가 다시 합쳐졌고, 9년에 다시 나누었다가 10년에 다시 합병했다. 2부府(평강平江, 진강鎭江), 12주州, 79현이었다'고 했다. 또한 '평강부平江府, 망望, 오군吳郡은 태평흥국太平興國 3년(978)에 평강군절도平江軍節度로 바뀌었고 소주蘇州는 정화政和 3년(1113)에 부府로 승격되었다'고 했다."

"얘들아, 해장국 잘 준비하여라. 빨리 저 짐승의 심장과 간을 꺼내 쏸라탕[13] 세 그릇을 만들어라!"

졸개 하나가 큰 구리 대야에 물을 받아오더니 송강 앞에 놓았다. 또 다른 졸개가 소매를 걷고 번쩍번쩍 빛나는 날카로운 칼로 심장을 도려내려고 했다. 물을 가져온 졸개는 두 손으로 송강의 심장 부위에 뿌렸다. 원래 사람의 심장은 뜨거운 피로 감싸여 있는데, 찬물을 뿌려 뜨거운 피를 식혀서 심장과 간을 꺼내면 쫄깃하여 더욱 맛있다고 했다. 그 졸개가 물을 얼굴까지 뿌리니 송강이 탄식하며 말했다.

"송강이 여기에서 죽다니, 애석하구나!"

연순은 '송강'이란 두 마디를 직접 듣고, 바로 소리를 질러 졸개를 멈추게 했다.

"물을 뿌리지 마라!"

연순이 졸개에게 물었다.

"저놈이 무슨 '송강'이라고 하지 않았느냐?"

"저놈이, 제 입으로 '송강이 여기에서 죽다니, 애석하구나'라고 하던데요."

연순이 몸을 일으켜 내려와서는 물었다.

"어이 거기 당신, 송강을 아느냐?"

"내가 바로 송강이오."

연순이 앞으로 다가가서는 다시 물었다.

"너는 어디 사는 송강이냐?"

"나는 제주 운성현에서 압사를 하던 송강이오."

"혹시 산동 급시우 송 공명으로, 염파석을 죽이고 강호로 도망간 송강이오?"

"당신이 어떻게 아시오? 내가 바로 흑삼랑 송강이오."

13_ 쏸라탕酸辣湯: 시큼하고 매운 맛의 국.

연순이 놀라며 서둘러 졸개의 손에서 칼을 빼앗더니 밧줄을 끊어버리고, 급히 자기가 입고 있던 대추색 솜저고리를 벗어 송강의 몸을 감쌌다. 송강을 끌어안고 가운데 호피 교의에 앉히더니, 다급하게 왕왜호와 정천수를 불러 내려오게 했고, 세 사람이 함께 머리를 조아리며 절을 했다. 송강이 재빠르게 굴러 내려와 답례하며 물었다.

"세 분 장사께서는 무슨 까닭에 소인을 죽이지 않고, 도리어 이렇게 중한 예를 베푸십니까? 무슨 뜻으로 이러십니까?"

송강도 엎드려 절했다. 그 세 사내는 일제히 무릎을 꿇었고 연순이 말했다.

"좋은 사람을 알아보지도 못했으니 칼로 제 눈을 파버려야겠습니다. 한순간에 두루 살피지 못하고 까닭도 묻지 않은 채 의사를 죽일 뻔했습니다. 천행으로 형님께서 크신 이름을 말씀해주시지 않았다면, 제가 어떻게 자세히 알 수 있었겠습니까! 제가 강호에서 녹림으로 들어온 지 10여 년 동안 형님이 의를 중시하고 재물을 아끼지 않으며 곤란하고 위태로운 사람들을 도와주고 구제해준다고 들었습니다. 인연이 닿지 않아 존안을 뵐 수가 없었습니다. 지금 이렇게 만나뵐 수 있어서 정말 여한이 없습니다."

"이 송강에게 무슨 덕행과 재능이 있다고 족하에게 이처럼 과분한 사랑을 받겠습니까?"

"형님께서는 어진 이를 아끼시고 재주 있는 사람을 예우하며 호걸을 받아들여 천하에서 그 명성을 듣고 있는데, 누가 흠모하지 않겠습니까! 양산박이 근래에 이렇게 번창한 것은 세상이 모두 다 아는 일인데, 이는 모두 형님의 덕택이라고 사람들은 말합니다. 형님께서는 홀로 어디에서 여기로 오셨습니까?"

송강은 조개를 구한 일을 이야기하고, 또 염파석을 죽인 일을 설명했고, 시진과 공 태공 장원에서 머물 때를 이야기를 했으며, 이번에 청풍채로 가서 소이광 화영을 찾으려 했던 일을 하나하나 자세하게 말했다. 세 두령은 크게 기뻐하며 즉시 옷을 가져다가 송강에게 입혔다. 양과 말을 잡고 밤새 연회를 열었다. 그날 밤 5경까지 먹고 마시다가 졸개를 불러 송강을 데리고 가서 쉬게 했다. 다음날 진시에 일어나 도중에 있었던 허다한 일들을 말하고, 또 무송의 영웅적인 일들을 이야기했다. 세 두령은 발을 동동 구르며 탄식하면서 말했다.

"우리가 인연이 없었네. 만일 무송이 이리로 왔더라면 너무 좋았을 텐데, 그가 다른 곳으로 가다니 한스럽네."

장황한 말은 그만두고 본론으로 들어가서, 송강이 청풍산에 머문 지 5~7일이 되었고, 매일 좋은 술에 좋은 음식으로 대접을 받았다.

당시는 섣달 초순인데 산동 사람들은 의례적으로 8일에 조상의 산소에 제사를 지냈다.[14] 졸개들이 산 아래에서 올라와 보고했다.

"지금 큰길에 7~8명이 상자 두 개를 들고 가마 한 채를 호위하며 묘지에 지전을 사르러 가고 있습니다."

왕왜호는 여색을 좋아하는 사람인데 보고를 받고, 가마 안에 탄 사람은 반드시 여자라고 생각하여 졸개 30~50명을 데리고 산을 내려가려 했다. 송강과 연순이 어떻게 막을 수 있겠는가? 왕왜호는 창칼을 들고 징을 울리며 산을 내려갔다. 송강·연순·정천수 세 사람은 산채에서 술을 마셨다.

왕왜호가 나간 지 2~3시진 만에 멀리 염탐 나갔던 졸개가 돌아와 보고했다.

"왕 두령이 반쯤 달려가니 군졸 7~8명이 보고는 모두 달아나서 가마에 타고 있던 부인을 붙잡았습니다. 향을 넣는 상자 외에 별다른 재물은 없었습니다."

연순이 졸개에게 물었다.

"그 부인을 들고 어디로 갔느냐?"

"왕 두령이 이미 몸소 들고 뒷산 방으로 갔습니다."

연순이 크게 웃자 송강이 말했다.

"원래 왕영 형제가 여색을 탐하는구려. 이것은 사내가 할 짓이 아니오."

14_ 원문은 '상분上墳'이다. 성묘를 하는 것으로 망령에게 겨울옷을 보내는 의미다.

"이 형제는 다른 것은 모두 괜찮은데 이것은 큰 결점입니다."

"두 분 나와 같이 가서 말립시다."

연순·정천수가 송강을 데리고 바로 뒷산 왕왜호 방으로 가서 방문을 열었다. 왕왜호는 그 부인을 안고 즐기려다가 세 사람이 들어오는 것을 보고 서둘러 여자를 한쪽으로 밀치고 앉기를 청했다. 송강이 그 부인을 보니,

소복을 입고 허리에는 상복 치마를 둘렀네. 연지와 분 바르지 않아도 자연스런 자태 요염하고, 분 치장 게을리 해도 타고난 용모 수려하구나. 구름을 머금은 듯한 눈썹은 서시西施의 찡그린 눈썹 같고, 빗방울 같은 요염한 눈길은 눈물 흘리는 여희驪姬의 모습 그대로이네.

身穿縞素, 腰繫孝裙. 不施脂粉, 自然體態妖嬈; 懶染鉛華, 生定天姿秀麗.雲含春黛, 恰如西子顰眉; 雨滴秋波, 渾似驪姬垂涕.

송강이 그 부인을 보고 물었다.

"부인, 당신은 어느 집 사람이오? 이런 시기에 무슨 중요한 일이 있기에 바깥 나들이를 나왔소?"

부인이 부끄러움을 무릅쓰고 세 사람에게 정중하게 인사를 하며 대답했다.

"저는 청풍채 지채知寨[15]의 아내입니다. 오늘은 모친이 세상을 떠나신 지 1주기[16]가 되는 날이라 특별히 산소에 지전을 태우러 나왔습니다. 어찌 감히 부녀자가 아무 일 없이 한가하게 밖에 나오겠습니까? 대왕, 제발 살려주십시오!"

송강이 듣고는 놀라 속으로 생각했다.

15_ 지채知寨: 『수호전전교주』에 따르면 "정목형의 『주략』에서 이르기를, '송나라 제도에 군주軍州 가운데 변경에 가까운 곳에는 지채知寨와 지보知堡 등의 관직을 설치했다. 채寨는 즉 채砦자로 나무를 세워 부락을 만든 것이다. 당나라 때는 책柵이라 했다'고 했다."

16_ 원문은 '소상小祥'이다. 죽은 사람의 1주년 제사를 말한다.

'내가 지금 청풍채 지채 화영에게 의지하러 가는데 혹시 화영의 부인이 아닌가? 내가 어떻게 구하지 않을 수 있겠는가?'

"당신 남편 화 지채는 어째서 같이 분향하러 오지 않았소?"

"대왕께 아뢥니다. 저는 화 지채의 아내가 아닙니다."

"방금 청풍채 지채의 부인[17]이라 하지 않았소?"

"대왕께서는 잘 모르시겠지만 청풍채에는 지금 지채가 두 명입니다. 한 사람은 문관이고 다른 사람은 무관입니다. 무관은 화영 지채이고 문관은 제 남편인 유고劉高입니다."

송강은 속으로 생각했다.

'남편이 화영의 동료인데 내가 구하지 않는다면 내일 거기에 가더라도 체면이 서지 않을 것이다!'

송강은 왕왜호에게 말했다.

"소인이 드릴 말씀이 있는데 들어주시겠습니까?"

"형님께서 하실 말씀이 있으시다면, 거리낌 없이 말씀해주십시오."

"사내대장부가 너무 여색을 탐하다간 천하의 웃음거리가 됩니다.[18] 내가 보니 이 여자는 조정에서 임명한 관리의 부인입니다. 제 체면을 보고 또 강호의 '대의'라는 말을 살펴 이 부인을 풀어주시어 남편에게 돌려보내는 것이 어떻겠습니까?"

"형님께 아뢥니다. 저 왕영은 아직까지 부인이 없습니다. 게다가 지금 세상은

17_ 원문은 '공인恭人'인데, 송나라 때 관원의 부인에 대한 경칭이다. 『수호전전교주』에 따르면 "명나라 원경袁褧의 『풍창소독楓窗小牘』에서 이르기를, '조정에서 부인을 봉하는데, 집정執政 이상은 부인夫人으로 봉하고, 상서 이상은 숙인淑人, 시랑侍郎 이상은 석인碩人, 대중대부大中大夫 이상은 영인令人, 중산대부中散大夫 이상은 공인恭人, 조봉대부朝奉大夫 이상은 의인宜人, 조봉랑朝奉郎 이상은 안인安人, 통직랑通直郎 이상은 유인孺人에 봉한다'고 했다."

18_ 원문은 '유골수溜骨髓'인데, 여색을 탐한다는 의미의 은어다. '유溜'는 정액을 가리킨다. 대개 남녀가 성교하는 것에 대해 남성은 '유골수'라 하고 여성은 '도골수盜骨髓'라고 한다.

모두 저 관리라는 놈들이 망치고 있는데, 형님께서 이 일에 끼어들어 무엇을 하시려 하십니까? 제발 저 좀 봐주시면 어떻겠습니까?"

송강이 바로 무릎을 꿇고는 말했다.

"동생이 만일 부인이 없다고 한다면, 나중에 이 송강이 적당한 사람을 골라 정식 절차를 거쳐 동생을 시중들도록 하겠습니다. 이 사람은 소인 친구 동료의 정실부인인데, 어떻게 인정을 베풀어 풀어줄 수 없겠습니까?"

연순과 정천수가 함께 송강을 부축하며 말했다.

"형님, 일어나십시오. 어려울 것 없습니다."

송강이 다시 감사하며 말했다.

"그렇게만 해준다면 대단히 감사히 여기겠습니다."

연순은 송강이 어떻게 해서라도 부인을 구하려는 것을 보았으므로, 왕왜호가 동의하든 하지 않든 상관없이 가마꾼을 불러 태우고 돌아가게 했다. 그 부인은 그 말을 듣고 초를 꽂는 것처럼 머리를 조아리며 송강에게 감사했고 입만 열면 외쳤다.

"감사합니다. 대왕!"

"부인, 내게 감사할 필요 없소. 그리고 나는 산채의 대왕도 아니고 운성현에서 온 길손이오."

그 부인은 감사 인사를 하고 산에서 내려갔고, 두 가마꾼도 목숨을 구하여 부인을 가마에 태우고 부모가 다리 두 개만 준 것을 원망할 정도로 날듯이 달렸다. 왕왜호는 부끄럽고 또 억울해서 아무 소리도 하지 않고 있다가 송강에게 이끌려 대청으로 나갔다.

"동생, 서두르지 마세요. 이 송강이 나중에 어떻게 해서라도 마음에 드는 색시를 구해주겠습니다. 소인은 결코 약속을 어기는 사람이 아닙니다."

연순과 정천수가 모두 웃었다. 왕왜호는 일시에 송강이 예와 의로 얽어매자, 비록 불만이 가득하고 화도 났지만 말도 못하고 억지로 웃으며 함께 산채의 연회에 참석했다.

한편 청풍채의 군인들은 순식간에 부인을 빼앗기고 돌아가서 유 지채에게 보고하며 말했다.

"부인께서 청풍산 강도들에게 잡혀갔습니다."

유고가 듣고는 크게 화가 나서 따라 간 군인들이 일도 제대로 하지 못하고 부인을 버리고 왔냐며 욕하고 커다란 몽둥이로 때렸다. 그러자 그들이 변명하며 말했다.

"저희는 겨우 5~7명이고 도적들은 30~40명인데, 어떻게 대적하겠습니까?"

유고가 소리 질렀다.

"헛소리 말아라! 네놈들이 가서 부인을 찾아오지 못한다면 모두 하옥시키고 죄를 묻겠다."

그 군인들은 압박을 견디지 못하여 결국 어쩔 수 없이 청풍채 군졸 70~80명에게 부탁하여 각자 창봉을 들고 부인을 되찾으러 나왔다. 그러나 뜻밖에 도중에 날듯이 달려오는 두 가마꾼과 마주쳤다.

군졸들은 부인을 보고 물었다.

"어떻게 산을 내려오셨습니까?"

"그놈들이 나를 산채로 잡아갔다가 내가 유 지채 부인이라고 했더니 놀라 서둘러 내게 절하고 가마꾼을 불러 하산시켰다."

군졸들이 말했다.

"부인, 제발 우리를 불쌍하게 보아 상공께는 저희가 부인을 되찾아 돌아온 것으로 해서 매질로부터 구해주십시오."

"내게 좋은 방법이 있다."

군졸들은 부인에게 감사하고 가마를 둘러싸고 돌아왔다. 군졸들은 가마가 너무 빨리 달려가자 가마꾼에게 말했다.

"너희 둘은 평소에 마을에서 가마를 들 때는 거위나 오리보다 천천히 가더니, 오늘은 어째서 이렇게 빨리 달리느냐?"

두 가마꾼이 대답했다.

"본래 너무 힘들어 걷지도 못하겠는데 뒤에서 형님이 자꾸 꿀밤을 때려서 그렇지요."

군졸들이 웃으면서 말했다.

"너 혹시 귀신에 홀린 것 아니냐? 뒤에 있긴 누가 있다고 그래?"

가마꾼이 그제야 고개를 돌려 뒤를 돌아보며 말했다.

"아이고! 내가 너무 황급히 달리다가 발꿈치로 계속 뒤통수를 때렸네."

군졸들이 모두 웃으면서 가마를 둘러싸고 청풍채로 돌아왔다. 유 지채는 크게 반가워하며 부인에게 물었다.

"누가 구해준거야?"

"그러니까 그놈들이 나를 잡아다가 몸은 건드리지 않고 죽이려고 했습니다. 내가 지채 부인이라고 했더니 감히 손을 쓰지 못하고 당황하여 내게 절을 했습니다. 그리고 여기 이 사람들이 몰려와 나를 구해냈습니다."

유고는 이 말을 듣고 사람을 불러 술 10병과 돼지 한 마리를 군졸들에게 상으로 주었다.

한편 송강은 그 부인을 구해 하산시키고 산채에 5~7일을 더 머무르다 화영을 찾아가려고 했다. 작별하고 산을 내려가려고 하는데, 세 두령이 더 머물라고 잡다가 붙잡지 못하고 송별연을 열었고 각자 금은을 송강의 보따리 안에 넣어주었다. 떠나는 날 송강은 아침 일찍 일어나 씻고 이를 닦았으며, 조반을 먹고 짐을 모두 챙겨 세 두령과 작별하고 산을 내려왔다. 세 두령은 술과 과일, 음식을 지고 산 아래 20여 리를 따라와 큰길 옆에서 술을 나누어 마시고 작별했다. 세 사람은 섭섭해 하며 부탁했다.

"형님, 청풍채를 떠나 돌아가실 때 반드시 여기 산채에서 다시 며칠 머물다 가세요."

송강이 보따리를 지고 박도를 들고는 말했다.

"나중에 다시 만납시다."

두 손을 모아 정성껏 인사를 하고 떠났다. 만약 말하는 사람이 송강과 같은 시기에 태어나고 어깨를 나란히 하며 같이 자랐다면 그의 허리를 끌어안고 팔을 잡아 되끌어왔을 것이다. 송 공명은 화 지채를 찾아갔기에 하마터면 죽어서 묻힐 곳도 없을 뻔했던 것이다. 바로 다음과 같다. 사람이 불행을 만나는 것도 모두 숙명인데, 좋은 기회를 만나는 것이 어찌 우연이겠는가.

결국 화 지채를 찾아간 송강이 어떤 사람과 마주치게 되었는가는 다음 회에 설명하노라.

### 독화성獨火星 공량孔亮

'독화성'은 '화성火星'으로도 해석하는데 악독한 흉신凶神을 말한다. 『삼조북맹회편三朝北盟會編』에 따르면 "경서京西(도성 서부지구) 제치사制置使에 조단曹端이란 자가 있었는데, 경성京城이 함락 당하자 무리를 모아 경서 지구에서 소란을 일으켰는데 '조화성曹火星'이라 불렀다"고 했다. '독화성'은 바로 '조화성'과 비슷한 것이다. '화성'은 일반적으로 불을 상징하는데, 사람의 거칠고 급한 성격을 형용한 것이다. 본문에서도 공량을 '성질이 급하고 사람들과 싸우기를 좋아한다'고 묘사하고 있다.

### 모두성毛頭星 공명孔明

'모두성'은 천문에서 이십팔수二十八宿 가운데 하나로 '묘수昴宿'라고도 부른다. 백호칠수白虎七宿의 네 번째로 7개의 별을 거느리고 있다. 『사기』 「천관서天官書」에 따르면 "묘수는 모두髦頭라고 부르며 별 주위에 빛나는 안개가 함께하고 있기에 호성胡星이라고도 부르고 상사喪事를 주관한다"고 했다. 그러나 민간에서 '모두성'

은 '혜성'의 속칭이고 '소추성掃帚星'이라고도 부르면 재앙의 상징이었다.

### 금모호錦毛虎 연순燕順

금모호錦毛虎'는 여러 빛깔이 섞여 알록달록한 가죽의 호랑이를 말한다. 명·청 시기 평화平話소설에서 '금錦'자 수식어를 사용하여 형용하는 것을 좋아했는데, '금마초錦馬超' '금모서錦毛鼠'가 이 같은 경우다. 원나라 초 잡극인 이문위李文蔚의 『연청박어燕青博魚』에서는 연순의 별명을 '권모호捲毛虎'로 기재하고 있는데, 뒤에 예영倪榮의 별명이 '권모호捲毛虎'이므로 중복을 피하기 위해 연순의 별명을 '금모호'로 변경한 것이다.

연순의 별명을 '금모호'라 붙인 것은 본문에서 그에 대해 '붉은 머리에 누런 수염, 긴 팔에 넓은 허리'라고 표현했듯이 그의 생김새 때문인 듯하다.

### 왜각호矮脚虎 왕영王英

'왜각호'라는 별명은 『송사』「마인우전馬仁瑀傳」에서 유래한 듯하다. 마인우는 송나라 초기 명장으로 그가 산동에 있을 때 주필周弼 등을 진압한 사건이 실려 있다. "연주兗州 도적의 수령인 주필 모습毛襲은 대단히 용맹스러웠고 용모가 특이하여 주필을 장각용長脚龍이라 불렀다"고 했다.

또한 '왕영'이란 인물은 정사와 야사에 모두 등장하고 있다. 『수호전보증본』에 따르면 "『건염이래계년요록建炎以來繫年要錄』에 근거하면, 건염建炎 4년(1130) 8월 을유乙酉, 경서京西와 하동河東·하북河北 접경 지역에 충의의 인사들로, 군사를 모아 산채를 지키는 자들이 있었는데, 상밀向密·왕간王簡·왕영王英 등이라고 했다. 이것으로 보건대 여기서의 왕영은 『수호전』에서 청풍산에서 의를 위해 모인 왕왜호를 묘사한 것이다"라고 했다. 또, 왕영이란 이름은 『원사元史』「왕영전王英傳」에도 보인다. "왕영은 자가 방걸邦杰이고 익도益都 사람이다. 성격이 강하고 과감했으며 웅대한 절개가 있었다. 말 타기와 활쏘기를 잘했고 부친의 직분을 계승했다. 부자가 모두 쌍도雙刀를 잘 사용하여 사람들이 도왕刀王이라 불렀다"고 했다.

그러나 『수호전』에서의 '쌍도'는 그에게 출가한 호삼랑扈三娘이 사용했다.

### 백면낭군白面郎君 정천수鄭天壽

『수호전보증본』에 근거하면, '백면白面'은 『신오대사新五代史』 「유심전劉鄩傳」에 따르면 "유심이 제장들을 불러 의논하며, '주상께서는 깊은 금중에 기거하며 백면白面(백면서생)들과 모의하니 반드시 인사人事는 실패할 것이다'라고 말했다"고 했다. 백면은 통상적으로 서생書生으로 무인들 마음속에서는 문관을 가리키는 것이다. '낭군郎君'은 한나라 이래로 당·송을 거치면서 소년에 대한 호칭이었으며 통상적으로 귀족 집안의 자제를 부르는 말이다. 또한 낭군은 주인을 지칭하기도 한다. 당나라 『엽호기獵狐記』에서 이르기를, "노복이 말하기를, '우리 집 낭군께서는 농서隴西 관찰사이시다'라고 했다."

【 제33회 】

# 청풍채[1]

청풍산은 청주青州[2]에서 멀지 않아 거리가 100리쯤 떨어져 있었다. 청풍채는 청주 삼거리에 있는데 지명은 청풍진清風鎭이다. 이 삼거리는 세 개의 험한 산으로 가는 길이라서 특별히 청풍진에 청풍채를 세운 것이다. 3000~5000호의 인가가 있고 청풍산에서 역참 하나 정도의 거리다. 그날 세 두령은 산으로 돌아갔다.

한편 송강은 혼자 보따리를 지고 구불구불한 길을 지나 청풍진에 도착하여 화영의 거처를 물었다. 청풍진 사람이 송강에게 대답했다.

"청풍채 관아는 진鎭 중심지에 있습니다. 남쪽에 소채小寨가 있는데 문관 유지채가 살고 있습니다. 북쪽에 있는 소채는 무관 화 지채 주택입니다."

송강이 다 듣고 나서 감사를 표하고 북채로 갔다. 문 앞에 도착하자 문을 지

1_ 제33회 제목은 '宋江夜看小鰲山(송강이 밤에 소오산에서 등불놀이를 구경하다). 花榮大鬧清風寨(화영이 청풍채에서 큰 소란을 일으키다)'다.

2_ 『수호전전교주』에 따르면 "정목형의 『주략』에서 이르기를, '청주는 당나라 옛 치소인 익도益都로 송나라 때 진해군鎭海軍을 설치했고 치소는 이전과 같았다. 이곳 청풍채는 진해군에서 분리된 군영이었다'라고 했다."

키는 군졸들이 성명을 묻고는 들어가 통보했다. 채寨 안에서 젊은 군관이 나오더니 송강을 붙잡고 절을 했다. 그 사람의 생김새를 보니,

이는 희고 입술은 붉고 두 눈은 수려하고, 두 눈썹은 살쩍까지 이어져 말끔하며, 가는 허리 넓은 어깨는 원숭이 같구나. 사나운 말도 능숙하게 타면서 수리[3] 날리는 것을 좋아하네. 괴력의 팔은 건장하여 백 보 밖의 버들잎도 쏘아 맞히고,[4] 활을 당기면 가을 달 같으며, 수리 깃털을 단 화살은 겨울밤의 별도 부셔버리는구나. 사람들은 그를 작은 이광李廣이라 부르며, 장군의 후손[5] 화영이라네.
齒白唇紅雙眼俊, 兩眉入鬢常淸, 細腰寬膀似猿形. 能騎乖劣馬, 愛放海東靑. 百步穿楊神臂健, 弓開秋月分明, 雕翎箭發迸寒星. 人稱小李廣, 將種是花榮.

채 안에서 나온 젊은 장군은 다름이 아니라 바로 청풍채의 무관 지채인 소이광小李廣 화영이었다. 화영의 차림새를 보니,

황금색과 비취색으로 수놓은 전포를 몸에 걸쳤고
허리엔 코뿔소 상감한 옥대를 둘렀구나.
고리 한 쌍 달린 어두운 푸른 빛 두건 쓰고
문무 겸한 꽃 장식에 녹색 바닥 신발 신었네.
身上戰袍金翠綉, 腰間玉帶嵌山犀.
滲靑巾幘雙環小, 文武花靴抹綠低.

3_ 원문은 '해동청海東靑'인데, 사납고 진귀한 수리로 백조를 잘 잡고 구름 사이로 날 수 있다. 흑룡강 하류 부근 섬 일대에 서식한다. 동해東海로부터 왔기에 해동청이라 부른다.
4_ 춘추시대 초나라 대부 양유기養由基는 활을 잘 쏘았는데, 100보 밖의 버들잎을 맞추었다고 한다.
5_ 원문은 '장종將種'인데, '장군 가문의 후손'을 말한다.

화영은 송강에게 절을 마치고는 군졸을 불러 보따리·박도·요도를 받도록 명하고, 송강을 부축하여 대청 가운데 시원한 침상에 앉혔다. 화영은 다시 절 사배를 하고 일어나서 말했다.

"손으로 꼽아보니 형님과 이별한 지가 벌써 5~6년이나 되었습니다. 그동안 항상 형님을 생각했습니다. 형님이 천한 기녀 하나를 죽였다고 관청에서 체포하라는 문서가 왔었습니다. 제가 듣고 바늘방석에 앉은 것처럼 걱정스럽고 불안하여 댁에 소식을 묻느라 계속해서 편지 10여 통을 썼는데 받으셨는지요? 오늘 하늘이 돌보아 다행히 형님께서 여기까지 오셔서 만나니 평생에 더할 수 없는 영광입니다!"

말을 마치고는 다시 절을 했다. 송강이 화영을 부축하여 일으키며 말했다.

"동생, 예의는 그만하면 됐네. 앉아서 내 얘기 좀 들어보게."

화영이 비스듬하게 앉아 송강을 바라보았다. 송강은 염파석을 죽인 일과 시대관인과 공 태공 장원에서 무송을 만난 일, 청풍산에서 연순 등에게 사로잡힌 일 등을 자세하게 말했다. 화영은 이야기를 모두 듣고는 대답했다.

"형님께서 이렇게 고난을 겪으시다가 오늘에야 다행스럽게 여기에 오셨군요. 이왕 오셨으니 일단 여기서 몇 년 머무시지요."

"동생 송청이 공 태공 장원으로 편지를 보내지 않았다면, 동생이 있는 이곳으로 오지 않았을 걸세."

화영이 송강을 후당에 데리고 들어가 부인 최씨를 불러 인사하도록 했다. 절이 끝나자 다시 여동생을 불러 송강에게 인사시켰다. 송강에게 옷과 신발과 버선을 갈아입게 하고 뜨거운 물을 받아 목욕시킨 뒤에 후당에서 연회를 준비하여 환영하며 대접했다.

그날 연회에서 송강은 유 지채의 부인을 구한 일을 자세하게 이야기했다. 화영이 듣고는 두 눈썹을 찌푸리며 말했다.

"형님 아무런 이유 없이 왜 그 계집을 구하셨습니까? 그 주둥이를 막았어야

했는데!"

"거참 괴이하네! 청풍채 지채의 부인이라고 하기에 동생의 동료라고 여겨 일부러 왕왜호가 싫어하는 것도 무시하고 힘을 다해 산에서 내려오도록 구해주었는데, 자넨 어째서 그런 말을 하는가?"

"형님께서는 이곳 사정을 모르실 겁니다. 제 자랑하는 것 같지만 청풍채는 청주의 요지로 만일 저 혼자 여기를 지킨다면 원근의 강도들이 어떻게 감히 청주를 휘저어 가루로 만들겠습니까! 근래에 가난하고 케케묵은 선비가 정지채正知寨로 새로 임명되어 왔는데, 이놈은 문관인데다 능력도 없는 놈입니다. 부임한 이후로 마을 사람들을 편취하고 조정의 법도를 어지럽히지 않는 것이 없습니다. 저는 무관 부지채副知寨라 매번 그놈 때문에 울화가 치밀어 이 더러운 짐승 같은 놈을 죽이지 못하는 것이 한스럽습니다. 형님께서는 하필 왜 그놈의 부인을 구하셨습니까? 그 계집도 정말 어질지 못해서 남편이 나쁜 일을 하게 충동질할 뿐 아니라 양민을 해치고 뇌물만 챙기려 합니다. 그런 천한 계집은 산 도적에게 욕이나 보게 내버려두었어야 했는데, 형님이 구해주셨으니 쓸데없는 일 하셨습니다."

"동생, 그렇게 말하면 안 된다네! 자고로 '원수는 풀어야지 맺어서는 안 된다'라고 했다네. 그는 자네와 같은 동료인데, 비록 잘못이 있더라도 자네가 나쁜 것은 숨겨주고 좋은 것을 널리 알려야 한다네. 동생 그렇게 천박한 생각을 가지면 안 된다네."

"형님 말씀이 지극히 맞습니다. 내일 관청 안에서 유 지채를 보면, 그의 가족을 구한 일을 얘기해주겠습니다."

"동생이 만일 그렇게 한다면 자네의 좋은 점이 더욱 드러날 것이네."

화영 가족은 이날부터 아침저녁으로 성심성의껏 술과 음식을 제공하며 송강을 모셨다. 그날 밤은 후당에 침상을 놓고 편히 쉬게 했다. 다음날도 술과 음식을 차려 연회를 열고 대접했다.

장황한 말은 그만두고 본론으로 들어가서, 송강이 화영의 청풍채에 온 이후 4~5일 동안은 술만 마셨다. 화영은 수하에 심복이 몇 명 있었는데, 하루에 한 명씩 교대로 은자 부스러기를 주고 매일 송강을 모시고 청풍진 거리에 나가 떠들썩한 시장 구경도 하고 마을의 도관이나 사원을 돌아다니며 소일하도록 했다. 그날부터 심복들은 송강을 모시고 돌아다니며 시내에서 놀았다. 청풍진에는 작은 공연장소[6]와 찻집, 주점이 제법 많이 있었다. 그날 송강은 심복과 공연장 안에서 잡극을 보고 근처 사원과 도관을 유람하고 시장 주점에서 술을 마셨다. 일어나 돌아갈 때 심복이 은냥을 꺼내 술값을 내려 하는데, 송강이 말리고 자기가 은 부스러기를 꺼내 지불했다. 송강은 돌아와서 화영에게 이 일을 말하지 않았다. 같이 나갔다 들어온 사람은 은자도 생기고 몸도 편해서 좋아했다. 이때부터 매번 뽑혀 송강을 모시고 함께 가는 사람은 한가했으며, 또 돈은 매일 송강이 썼다. 그리하여 채 안에서 송강을 공경하지 않는 사람이 하나도 없었다. 송강이 화영의 채 안에서 1개월여를 머물면서 섣달이 다 지나가고 점차 봄이 오면서 원소절元宵節[7]이 가까워졌다.

한편 청풍진의 백성은 정월 대보름 등불놀이[8]에 대해 상의하고, 원소절 준비를 위해 규정에 따라 돈과 물자를 나누어 걷었다. 토지대왕 묘 앞에 소오산小鰲山[9]을 쌓았으며 위에는 온갖 채색한 꽃들을 매달고 꽃 등불 500~700개를 걸었다. 토지대왕 묘 안에서는 여러 가지 소규모 극[10]을 공연했다. 집집마다 앞

6_ 원문은 '구란勾欄'이다. 송나라 때 시장과 번화한 곳의 오락장소로 구연·잡극·잡기 등의 공연을 했다. 송·원 희곡의 주요 표현 장소였다. 역자는 '공연장' 혹은 '공연 장소'로 번역했다.

7_ 원소절元宵節: 정월 대보름. 도가에서는 상원절上元節이라 하는데, 음력 정월 15일이다.

8_ 원문은 '방등放燈'이다. 원소절에 꽃등을 붙여 백성에게 감상하게 하는 일이다. 방등 시간은 일반적으로 음력 정월 14·15·16일 3일간이다. 그러나 매 시대마다 규정이 다르다.

9_ 소오산小鰲山: 오산鰲山은 정월 대보름에 등불을 쌓아 산을 만든 것으로 그 모양이 전설 속의 커다란 자라 모양과 같았다고 한다. 경사와 주부州府에 많은 오산이 있었는데, 여기서는 대오산大鰲山과 소오산小鰲山의 명칭이 있다.

10_ 원문은 '사화社火'다. 명절 기간 시내에서 신神을 맞아들일 때 징을 울리고 북을 치면서 연출하는

다퉈 등롱을 매다는 차양을 드리우고 등불을 내다 걸었다. 마을에는 별별 공연이 다 있었다. 비록 경사에 비할 수는 없었지만 사람 사는 세상은 다 같았다. 그때 송강은 채에서 화영과 같이 술을 마셨다. 바로 원소절을 맞았고 이날은 날씨도 좋았다. 화영은 사시(오전 9~11시) 무렵에 말을 타고 관서 안에서 군졸 수백 명을 점검하여 밤에 마을에 가서 치안을 유지하도록 했다. 또 군졸을 사방으로 보내 각기 청풍채 울타리 문을 지키도록 했다. 미시(오후 1~3시)에 돌아와 송강과 간단한 음식을 먹었다. 송강이 화영에게 말했다.

"오늘 밤 마을에서 대보름 등불놀이를 한다는데, 구경하러 가고 싶네."

"제가 본래 형님을 모시고 가야 하는데, 도저히 일을 뿌리치고 함께 갈 수가 없습니다. 오늘 밤 형님은 집안사람 두셋을 데리고 가서 구경하시고 일찍 돌아오십시오. 저는 집에서 술상을 차려놓고 형님을 기다리겠습니다. 같이 술 한잔 하면서 원소절을 보내시지요."

"그야 좋지."

날이 저물고 동쪽에서 둥근 달이 떠올랐다. 바로 다음과 같다.

옥루 구리항아리 물시계는 시간 재촉마라, 눈부신 등불들이 밝게 늘어섰네.
구름 위에 높이 솟아 오른 오산을, 어느 곳의 유람객인들 보러 오지 않겠는가!
玉漏銅壺且莫催, 星橋火樹徹明開.
鰲山高聳青雲上, 何處游人不看來!

송강은 화영 집의 수행 심복 2~3명의 뒤를 천천히 따라갔다. 청풍진에서 구경을 하면서 보니 집집마다 문 앞에 등롱 차양을 드리우고 꽃등을 걸어놓았다.

각종 오락을 말한다. 잡극雜劇, 가무 같은 종류다. 『수호전전교주』에 따르면 "정목형의 『주략』에서 이르기를 '남방에서는 연회演會라 하고 북방에서는 사화라 한다'고 했다."

등롱에 갖가지 고사를 담은 그림을 그리기도 했고, 백모란, 부용과 연꽃을 오려 종이를 붙여 만든 각종 다른 양식의 등불도 있었다. 일행 4~5명은 서로 손을 끌며 대왕묘 앞에 이르렀고 소오산을 구경했다.

바위 뚫고 나온 쌍용雙龍은 물에서 놀고, 외로운 학은 구름과 노을 비추는 하늘로 날아가누나. 금련등金蓮燈, 옥매등玉梅燈은 유리처럼 빛나고, 연꽃등, 부용등[11]은 수놓은 비단 흩어놓은 듯하네. 여인네의 불나방 같은 머리 장식[12] 색채를 다투며 쌍쌍이 수놓은 띠 달린 향구香毬[13]를 따라다니고, 설류雪柳[14]는 광채를 다투며 화려한 깃발과 비취색 장막을 끊임없이 스치는구나. 꽃 등롱 그림자 아래에 노래와 연주소리 시끌벅적하고, 화촉 빛 속에서 베 짜는 여인, 누에치는 노비들 함께 즐기네. 아름다운 풍류 곡 없을지라도 대풍년의 해가 되기를 모두들 축하하누나.

山石穿雙龍戲水, 雲霞映獨鶴朝天. 金蓮燈, 玉梅燈, 晃一片琉璃; 荷花燈, 芙蓉燈, 散千團錦繡. 銀蛾鬪彩, 雙雙隨銹帶香毬; 雪柳爭輝, 縷縷拂華幡翠幙. 村歌社鼓, 花燈影裏競喧闐; 織婦蠶奴, 畫燭光中同賞玩. 雖無佳麗風流曲, 盡賀豐登大有年.

송강 등 네 사람은 오산 앞에서 구경하고 천천히 빠져 나와 남쪽으로 갔다. 500~700보를 못 가 앞에 등촉이 휘황찬란하고 사람들이 커다란 집의 대문을 둘러싸고 소란스러웠다. 징 소리가 나는 곳에 사람들이 모여 갈채를 보냈다. 그

11_ 금련·옥매·연꽃·부용은 모두 사계절 화초다.

12_ 원문은 '은아銀蛾'인데, 여자들 머리에 꽂는 장식으로 흰 종이를 잘라 만드는데 형태가 불나방 같다.

13_ 향구香毬: 각종 향료가 들어 있는 것으로 오락에서 던지는 데 사용한다. 작은 둥근 등을 말한다.

14_ 설류雪柳: 송나라 때 부녀자들이 춘절과 원소절에 머리에 꽂는 장식품. 명주 혹은 종이로 제작하며 꽃 모양이다.

곳에 포로鮑老[15]가 춤을 추고 있었는데, 송강은 키가 작아 남의 뒤에 서면 아무 것도 볼 수 없었다. 같이 온 심복이 공연하는 무리 중에 아는 사람이 있어서 사람들을 헤치고 송강을 앞에 나가 볼 수 있게 했다. 포로는 온 몸을 이리 틀고 저리 틀면서 갖은 촌스럽고 어리숙한 동작을 해대니 송강은 보고서 크게 웃어 댔다.

마침 담장 대문 안에서 유 지채와 부인이 여러 부녀자와 함께 공연을 구경하고 있었다. 송강의 웃음소리를 듣고 유 지채의 부인이 등불 아래에서 웃고 있는 송강을 알아보고 손가락으로 가리키며 남편에게 말했다.

"저기. 저기 웃고 있는 검고 작은 사내가 지난번 청풍산에서 나를 잡아간 도적들 우두머리예요."

이 말을 들은 유 지채는 깜짝 놀라 수행원 6~7명을 불러 웃고 있는 검은 사내를 잡으라고 소리쳤다. 송강이 듣고는 몸을 돌려 도망갔다. 10여 집도 지나지 못해 뒤쫓던 군졸들이 송강을 붙들었는데, 마치 검은 수리가 제비를 쫓고, 맹호가 새끼 양을 유인하듯 하여 그를 붙잡아 채 안에서 네 가닥 삼베 밧줄로 묶고 대청 앞으로 끌고 갔다. 같이 갔던 세 명의 심복들은 송강이 잡힌 것을 보고 뛰어 돌아와 화영에게 알렸다.

한편 유 지채가 대청에 앉아 그놈을 끌고 오라고 소리 질렀다. 사람들이 송강을 에워싸 끌어다가 대청 앞에 꿇어 앉혔다. 유 지채가 고함을 질렀다.

"너 이놈 청풍산에서 강도질이나 할 것이지, 어찌 감히 함부로 등불 구경을 왔느냐! 오늘 이렇게 사로잡혔으니, 무슨 할 말이 있느냐?"

"소인은 운성현에서 온 길손 장삼張三입니다. 화 지채와 오랜 친구이고 여기에 온 지 이미 여러 날이 되었으며, 청풍산에서 도적질한 적이 전혀 없습니다."

유 지채의 부인이 병풍 뒤에서 돌아나오며 소리쳤다.

15_ 포로鮑老: 고대 희극 배역. 대부분 가면을 쓰고 익살을 떨며 사람을 웃기는 배역이다.

"너 이놈 아직도 잡아떼려 하느냐! 네놈이 나더러 '대왕'이라고 부르게 한 것을 기억하느냐?"

"부인 그렇지 않습니다. 그때 소인이 부인에게 말하지 않았습니까. '소인은 운성현에서 온 길손인데, 이곳에 붙잡혀 하산할 수 없습니다'라고요."

유 지채가 말했다.

"네가 길손으로 그곳에 잡혔다면, 오늘은 어떻게 하산해서 여기까지 와서 한가하게 등불을 구경하고 있느냐?"

부인이 남편의 말을 받아 말했다.

"네놈이 산 위에 있을 때 거드름 피우며 가운데 교의에 앉아 내가 대왕이라고 불러도 거들떠보지도 않았다!"

"부인, 내가 그때 온 힘을 다하여 당신을 구해 산을 내려오게 했던 것은 전혀 기억도 못하고, 오늘 도리어 나를 붙잡아 도적이라고 하십니까!"

부인이 듣고는 크게 화를 내며 송강에게 손가락질을 하며 욕을 퍼부었다.

"이런 뻔뻔하고 교활한 놈이 있나. 맞지 않고는 불 놈이 아니구나!"

유 지채가 말했다.

"당신 말이 맞소."

그러고는 몽둥이를 가져다가 이놈을 매우 치라고 했다. 양편에서 번갈아 두드려대니 송강은 피부와 살이 터지고 선혈이 흘렀다. 쇠사슬로 묶고 다음 날 죄인을 싣는 수레를 만들어 운성호鄆城虎 장삼張三을 상부인 청주로 압송하도록 했다.

한편 송강을 안내하던 심복이 황급하게 돌아와 화영에게 보고했다. 화영이 듣고는 크게 놀라 서둘러 편지 한 통을 쓰고 유능한 수행원 두 명을 골라 유 지채의 거처로 보냈다. 수행원이 편지를 가지고 서둘러 유 지채의 대문 앞으로 갔다. 문을 지키던 군사가 들어가서 아뢰었다.

"화 지채가 사람을 시켜 서신을 보내왔습니다."

수행원이 편지를 올리자 유 지채가 봉투를 뜯고 편지를 읽었다.

'화영이 상공께 엎드려 한 말씀 올립니다. 소인의 먼 친척인 유장劉丈은 근래에 제주에서 왔습니다. 등불놀이를 구경하다 상공의 위엄을 범했습니다. 널리 용서하셔서 풀어주신다면 방문하여 사죄드리겠습니다. 불경하고 두서없는 글이지만 번거롭더라도 살펴주시기 바랍니다.'

유고가 보고는 벌컥 성을 내어 편지를 갈기갈기 찢으며 욕설을 퍼부었다.

"화영, 이 무례한 놈! 네놈은 조정의 관원으로서 어떻게 강도와 내통하여 나를 속이려 하느냐. 이 도적놈이 이미 운성현 장삼이라고 실토했는데, 어째서 유장이라고 썼단 말이냐? 내가 너한테 농락당할 사람이 아니다. 네가 그의 성을 유씨로 쓰면 나와 동성이라고 하여 그냥 풀어줄 줄 알았더냐!"

좌우를 불러 편지를 가져온 사람을 끌어내게 했다. 그 수행원이 밖으로 쫓겨나오자 서둘러 돌아가 화영에게 알렸다. 화영이 듣고는 소리 질렀다.

"형님이 곤란하게 되었구나! 빨리 말을 준비시켜라!"

화영은 갑옷을 걸치고 활과 화살통을 챙겨 창을 들고 말에 올랐다. 군졸 30~50명에게는 창과 봉을 들게 하여 곧바로 유고의 채로 달려갔다. 문을 지키던 군졸은 보고 놀라 감히 막을 생각도 못했다. 화영의 기세를 보고 모두 놀라 사방으로 달아났다. 화영이 대청 앞까지 가서 말에서 내려 손으로 창을 잡았다. 군졸 30~50명은 모두 대청 앞에 늘어섰다. 화영이 소리 질렀다.

"유 지채에게 할 말이 있소."

이 말을 들은 유고는 화영의 기세도 좋지 않음을 보고는 놀라 혼비백산했다. 더군다나 화영은 무관이라 무서워서 감히 나와서 만날 생각도 못했다. 화영은 유고가 나오지 않자 한동안 서서 기다렸다. 잠시 후 부하들에게 양쪽 곁방부터 뒤지게 하자, 군졸 30~50여 명이 한꺼번에 몰려가 복도 곁방부터 뒤지니 송강은 두 다리 살은 모두 터져 있었고 두 다리에는 쇠사슬이 채워져 있고 삼베 밧줄에 묶여 대들보에 높이 매달려 있었다. 군졸이 밧줄을 끊고 쇠사슬을 풀어 송강을 구했고, 화영은 송강을 군사들과 먼저 집으로 돌려보내고 말에 올라 창을 손에 잡고 입을 열었다.

"유 지채, 당신이 정 지채라도 이 화영을 이떻게 하진 못할 것이오! 어느 집이라고 친척이 없겠소! 내 이종 사촌 형님을 잡아다가 도적이라고 강제로 누명을 씌워 어쩌자는 것이오? 나를 업신여기는 것 같은데, 내일 다시 얘기합시다!"

화영이 부하들을 데리고 채로 돌아와 송강을 보살폈다.

유 지채는 화영이 송강을 구해가는 것을 보고 급하게 서둘러 100~200명을 모아 화영의 채로 가서 사람을 빼앗아 오도록 했다. 그 100~200명 안에 새로 온 교두 두 명이 있었다. 우두머리인 교두는 창과 칼을 조금 쓸 줄 알았지만 화영의 무예에는 미치지 못했다. 그러나 유고의 명을 따르지 않을 수 없어서 군사를 데리고 화영의 채로 찾아갔다. 문을 지키던 군사가 들어가 화영에게 알렸다. 이때 날은 아직 밝지 않았고 군졸 200여 명이 문 앞에 모였으나 화영의 실력을 두려워했으므로 누구도 앞장서려 하지 않았다. 날은 점점 밝아오는데 대문 두 짝은 모두 열려 있었고, 화영이 대청에 앉아 왼손에 활을 들고 오른손에 화살을 걸고 있었다. 화영이 활을 세워 들고 문 앞에 모여 있는 군사들을 향해 크게 소리를 질렀다.

"군사들은 들어라. '복수를 하려면 원수를 찾아야 하고, 빚을 받으려면 빚쟁이를 찾아야 한다'고 하지 않았느냐? 유고가 너희를 보냈다고 그를 위해 목숨을 내걸지 말라. 너희 새로 온 교두 둘은 나 화영의 무예를 아직 보지 못했을 것이다. 오늘 먼저 너희에게 나 화영의 궁술을 보여줄 테니 유고를 위해 목숨을 걸고 싶은 놈이나 무섭지 않은 놈은 들어오너라. 먼저 대문 왼쪽 문신門神[16]의 골

16_ 문신門神: 악귀를 쫓아내고 사악한 것을 없애며 복을 기원하기 위해 대문에 붙이거나 그림을 그려

다骨朶17 대가리를 맞히겠다. 간다!"

화살을 먹이고 힘껏 활시위를 당겨 쏘았다. 화살은 문신이 손에 든 골타의 머리 부분에 정확하게 맞았다. 군사들은 모두 깜짝 놀랐다. 화영이 두 번째 화살을 뽑으며 크게 소리를 질렀다.

"너희는 다시 잘 봐라. 두 번째 화살은 오른쪽 문신의 투구 위에 달린 붉은 술을 쏘겠다."

씽 소리가 나더니 조금도 빗나감 없이 술에 정확히 맞았다. 두 화살은 좌우 두 짝 문 위에 하나씩 꽂혔다. 화영은 세 번째 화살을 꺼내 활에 먹이며 소리 질렀다.

"세 번째 화살은 너희 중 흰옷 입은 교두의 심장을 뚫을 테니 잘 보도록 해라."

흰옷 입은 교두가 '헉!' 소리를 지르며 몸을 돌려 먼저 달아났다. 나머지 군졸들도 소리를 지르며 모두 도망갔다.

화영이 문을 닫고 후당에 들어와 송강을 보살피며 말했다.

"형님이 이렇게 고생하는 것은 모두 제 잘못입니다."

"나는 상관없는데 유고 그놈이 자네를 가만히 내버려두지 않을 텐데. 어떻게 해야 할지 걱정이네. 우리도 장기적인 대책을 세워야 하네."

"이까짓 관직 수여 증빙 같은 거 던져버리고 유고 놈이랑 한번 붙어봐야겠습니다."

"저 부인이 은혜를 원수로 갚고 남편을 시켜 나를 이렇게 때리다니. 내가 진짜 성명을 말하려다가 염파석 사건이 들통날까 두려워 운성현에서 온 나그네 장삼이라고 했네. 유고가 무례하게 나를 운성호 장삼이라고 하여 죄수 수레를

넣은 신령의 형상을 말한다.

17_ 골타骨朶: 옛날 긴 몽둥이 형태의 의장 병기로 철이나 단단한 나무로 만들었으며 끝 모양이 호박, 마늘 형상이다. 나중에는 의장용으로만 사용했는데, 속칭 금과金瓜라고 했다.

만들어 상부 청주 관아에 압송하려고 했는데 어찌할 수 없었다네. 청풍산 두목이 되어 눈 깜짝할 사이에 능지처참을 당할 뻔했네. 동생이 와서 구해주지 않았다면 아무리 말재주가 뛰어나도 그놈에게 변명할 수 없었을 것이네."

"저는 본래 그놈이 글 읽은 놈이라, 동성 일족이라면 조금이라도 생각해주리라 하여 '유장'이라고 썼는데, 뜻밖에 인정이라곤 전혀 없더군요. 지금 이미 집에 돌아왔으니 어떻게 나오는지 한번 지켜봐야겠습니다."

"동생 그렇게 간단하지 않다네! 이미 자네의 위세로 사람은 구했지만 모든 일은 신중하게 생각해야 한다네. 자고로 '밥 먹을 때는 목이 멜 것을 생각하고, 길을 걸을 때는 넘어질 것을 대비해야 한다'[18]고 했네. 그놈이 공개적으로 사람을 빼앗기고 다시 빼앗으려고 사람을 보냈는데, 모두 기겁하여 흩어지고 말았다네. 아마도 그놈은 이렇게 일없이 수습하지 않고 반드시 문서를 작성하여 상부에 보고할 걸세. 나는 오늘 밤 먼저 청풍산에 올라가 피할 테니, 자네는 내일 그놈에게 뚝 잡아떼면 결국 문무관 사이의 불화로 벌어진 소송이 될 걸세. 만일 내가 다시 잡혀간다면 자네는 그놈에게 아무런 변명도 할 수 없을 것이네."

"저는 힘만 믿는 무인인지라 형님 같은 고명한 견해는 없습니다. 다만 형님이 상처가 심해서 움직일 수 없습니다."

"괜찮네. 일이 다급하니 지체할 시간이 없네. 나는 산 아래까지만 가면 그만이네."

고약을 붙이고 술과 고기를 먹은 다음 보따리는 모두 화영의 거처에 남겨두었다.

황혼이 질 무렵 군졸 두 명이 청풍채 울타리 밖으로 내보내주자 송강은 밤새 쉬지 않고 천천히 걸었다.

18_ 원문은 '吃飯防噎, 行路防跌'이다.

한편 군사들이 하나씩 흩어져 돌아와 유고에게 보고했다.

"화 지채는 정말 용감한 사람이라 누가 감히 화살을 막아낼 수 있겠습니까!"

두 교두도 말했다.

"화살을 한 대라도 맞는다면 몸에 투명한 구멍이 날 터라 아무도 가까이 갈 수가 없습니다."

유고는 아무래도 문관이라 계략을 쓰려고 곰곰이 생각했다.

'그자가 이렇게 빼앗아 가서는 분명히 야음을 틈타 청풍산으로 도망가게 할 텐데, 이렇게 되면 내일 나를 찾아와 생떼를 부릴 것이 틀림없다. 서로 따지고 다투다가 상급 관아로 가면 문무관 사이의 알력 다툼으로 간주될 것이다. 그러면 내가 그를 어떻게 할 수 있겠는가? 오늘 밤 군졸 20~30명을 보내 청풍산 가는 길목 5리쯤 되는 지점에서 기다리게 해야겠다. 만일 요행으로 사로잡는다면 몰래 집 안에 가두어두고 청주 관아에 알려 군관을 보내 잡아가게 한다면 화영도 모두 함께 없애버릴 수 있다. 그러면 나 혼자 이 청풍채를 독점하고 그놈의 눈치를 볼 일도 없을 것이다.'

그날 밤에 20여 명을 골라 창과 곤봉을 들고 가서 길목을 지키게 했다. 대략 2경에 보냈던 군졸들이 두 손을 등 뒤로 묶은 송강을 데리고 왔다. 유고가 보고 크게 기뻐했다.

"내 생각에서 벗어나지 않는구나. 저놈을 후원에 가두고 아무에게도 알리지 말라."

밤새도록 작성한 공문서를 단단히 밀봉하고, 심복 두 사람을 보내 밤낮을 가리지 않고 청주부에 가서 보고하도록 했다. 다음날 화영은 송강이 청풍산에 올라갔다고 생각하고 집에 앉아 속으로 말했다.

'어쩌는지 한번 지켜보자!'

그러고는 마침내 신경 쓰지 않았다. 유고도 모르는 척하여 둘 다 아무도 이 일을 입에 올리지 않았다.

한편 청주부 지부는 대청에 올라 일을 하고 있었다. 지부의 성은 모용慕容이고 이름은 언달彦達인데 휘종 황제의 귀비貴妃[19]인 모용씨의 오빠였다. 여동생의 권세 덕택으로 청주에서 갖은 만행을 부려 백성을 해치고 동료를 기만하여 못하는 짓거리가 없었다. 마침 관아로 돌아가 아침을 먹으려다가 공인들이 도적의 소식과 관련된 유고의 보고서를 가져와 보고했다. 지부가 공문을 받아 보고는 깜짝 놀라 말했다.

"화영은 공신의 아들인데 어째서 청풍산의 도적들과 한통속이 되었단 말이냐? 이 범죄는 작은 일이 아니니, 먼저 사실 여부부터 알아봐야겠구나."

바로 청주 병마도감을 대청으로 불러 가서 조사하도록 분부했다.

그 도감의 이름은 황신黃信이었다. 황신은 본래 무예 실력이 뛰어나 위세가 청주에 떨쳐서 진삼산鎭三山이라고 불렸다. 청주 지방 관할 하에 험악한 산이 세 개 있었다. 첫째가 청풍산이고, 둘째가 이룡산이며, 셋째가 도화산이다. 이 세 곳은 강도와 산적이 출몰하는 지역이다. 황신이 세 산의 도적을 모두 잡을 것이라고 스스로 자랑했기에 사람들은 그를 진삼산이라고 불렀다. 이 병마도감 황신은 대청에 올라가 지부의 분부를 받고 나와 건장한 군졸 50명을 이끌고 갑옷을 입고 말 위에서 상문검喪門劍[20]을 들고 밤새 청풍채로 달려가 유고의 채 앞에 당도하여 말에서 내렸다. 유고가 채에서 나와 황신을 맞아 후당으로 데리고 가 예를 마치고 술과 음식을 준비하여 대접하고 군사들에게도 음식을 먹였다. 뒤쪽에서 송강을 황신 앞으로 끌어내왔다.

19_ 『수호전전교주』에 따르면 "모용씨의 귀비는 채경蔡京이 총애하던 희첩을 에둘러 말한 것으로 의심된다"고 했다. 또한 『주자어류』에 따르면 "채경의 애첩은 두 명이 있는데, 모용慕容 부인과 소이小李 부인이다"라고 했다.

20_ 상문검喪門劍: 치우蚩尤를 상문성喪門星이라 하는데, 갈로산葛盧山을 개발하여 쇠가 나오자 치우가 그것으로 검을 제작했고 상문검이라 했다. 또한 상문은 사주를 볼 때 피마披麻(상복을 입는다는 뜻이다), 조객弔客(조문하러 온 사람)과 함께 불길한 신이다. 피마·조객·상문은 모두 초상을 치르는 일이다. 이렇게 보면 상문검은 불길한 신이 붙은 검이라 하겠다.

"이제 더 말할 것도 없다. 이놈을 밤새 만든 죄수 싣는 수레에 실어라."

머리에 붉은 보자기를 씌우고 '청풍산 도적 우두머리 운성호 장삼淸風山賊首鄆城虎張三'이라고 쓰인 깃발을 꽂았다. 송강은 변명 한 마디 못하고 그들이 하는 대로 따를 수밖에 없었다. 황신이 다시 유고에게 물었다.

"장삼이 붙잡혔다는 것을 화영도 알고 있습니까?"

"제가 어젯밤 2경에 잡아다가 몰래 집 안에 가두어 놓았으므로, 화영은 장삼이 이미 떠난 줄만 알고 집에 편안하게 있을 것입니다."

"그렇다면 어려울 것 없소. 내일 일찍 집 안에 양과 술을 준비하여 대채大寨 안 대청에 벌여놓고 사방에 30~50명 군졸을 매복시켜 놓으시오. 내가 화영의 집에 가서 '모용 지부가 당신들 문무 지채 사이에 불화가 생겨 일부러 나를 파견해 화해시키려고 술을 준비했소'라고 말하겠소. 그놈을 속여 대청으로 데려와 내가 잔을 던지는 것을 신호로 붙잡아 둘을 함께 청주로 압송하려 합니다. 이 계책이 어떠시오?"

유고가 갈채를 보내며 말했다.

"역시 상공의 고견은 대단한 묘책이군요. 독 안에 든 자라를 손으로 잡는 것과 다를 바가 없습니다."

그날 밤 둘은 계책을 세웠다. 다음날 날이 밝자 먼저 대채 좌우 양쪽 장막 안에 미리 군사를 매복시키고 대청에 형식적으로 술과 음식을 차렸다. 아침 식사 전후에 황신이 말을 타고 하인 2~3명을 데리고 화영의 채 앞에 왔다. 군졸이 안으로 들어가 소식을 알리자 화영이 말했다.

"무엇하러 왔다더냐?"

군졸이 대답했다.

"황 도감이 특별히 찾아왔다는 말만 들었습니다."

화영이 그 말을 듣고는 나가 황신을 맞이했다. 황신은 말에서 내려 화영을 따라 대청 안에 들어와 예를 마쳤다.

"도감 상공, 무슨 일로 이곳에 오셨습니까?"

"제가 지부의 부름을 받고 갔더니, 여기 청풍채 문무 두 관원이 화합하지 못하고 있는데, 그 원인은 알 수 없다고 말씀하셨습니다. 지부께서는 두 분이 사사로운 원한으로 공사를 그르칠까 두려워 특별히 저를 보내 양과 술을 준비하여 두 사람을 화해시키라고 분부했습니다. 이미 대채 대청 안에 준비해 두었으니 말을 타고 함께 가시지요."

화영이 웃으면서 말했다.

"이 화영이 어떻게 감히 유고를 속이겠습니까? 게다가 그는 정 지채입니다. 다만 그가 여러 차례 이 화영의 과실을 찾으려고 했으나 지부를 놀라게 하고 싶지 않았는데, 이렇게 뜻밖에 도감님을 누추한 곳으로 왕림하게 했으니 이 화영이 무엇으로 은혜를 갚겠습니까?"

황신이 화영의 귀에 대고 낮은 소리로 말했다.

"지부는 당신 편입니다. 만일 군사를 일으킬 일이 생기면 유고 같은 문관을 어디에 써먹겠습니까? 저만 따르시면 됩니다."

"도감의 과분한 사랑에 깊이 감사드릴 따름입니다."

황신은 화영을 초청하여 함께 문을 나서 말에 올랐다.

"도감님, 잠시 술이라도 한잔 하시고 가시지요."

"화해하고 나서 통쾌하게 마시는 것이 좋지 않겠소."

화영은 할 수 없이 말을 준비했다.

두 사람은 말머리를 나란히 한 채 곧장 대채에 도착하여 말에서 내렸다. 황신이 화영의 손을 잡고 함께 대청에 올라갔다. 유고는 이미 먼저 대청에 올라와 있었으므로 세 사람은 서로 인사했다. 황신은 술을 가져오게 했고 수행원은 이미 화영의 말을 끌고 나갔고 채 문을 닫았다. 화영은 계략인지 깨닫지 못하고 황신이 자기와 같은 무관이라 나쁜 의도를 가지지 않았으리라고 생각했다. 황신이 술잔을 들어 먼저 유고에게 권하며 말했다.

"지부께서 두 분 문무관 동료의 사이가 화목하지 못하여 많이 걱정하고 있습니다. 오늘 특별히 이 황신을 파견하여 여러분과 말씀을 나누도록 했습니다. 조정의 은혜에 보답하는 것을 중요하게 생각하시고 나중에 다시 일이 생기거든 함께 상의하시길 바랍니다."

유고가 대답했다.

"이 유고가 재주가 없으나 규범은 조금 압니다만 지부님께 이렇게 걱정을 끼쳐드렸군요. 우리 두 사람 사이에 아무런 다툼도 없었는데 남들이 거짓으로 아뢴 것입니다."

황신이 크게 웃으면서 말했다.

"훌륭합니다!"

유고가 먼저 술을 마셨고, 황신은 두 번째 잔을 화영에게 따라주며 말했다.

"유 지채가 이렇게 말씀 하시니, 분명 한가한 사람이 헛소리를 해서 이렇게 된 것이 틀림없습니다. 그러니 한잔 드시지요."

화영이 술을 받아 마셨고, 유고는 다른 잔에 술을 따라 황신에게 권하며 말했다.

"도감께서 이 누추한 곳까지 오시느라 수고 많으셨으니, 잔에 가득 찬 술을 단숨에 드시기 바랍니다."

황신이 술을 받아 손에 들고 사방을 둘러보자 군졸 10여 명이 에워싸며 대청으로 올라왔다. 술잔을 땅바닥에 내던지며 후당에까지 들리도록 소리를 지르자 양쪽 장막 뒤에서 건장한 군졸 30~50명이 한꺼번에 뛰쳐나와 화영을 잡아 대청 앞에 무릎 꿇렸다. 황신이 소리 질렀다.

"묶어라!"

화영이 온힘을 다하여 소리쳤다.

"내가 무슨 죄가 있다고 이러시오?"

황신이 큰 소리로 웃으며 고함을 질렀다.

"네가 아직도 감히 소리를 지르느냐! 청풍산 강도와 내통하여 함께 조정을 배반한 것은 무슨 죄에 해당하겠느냐! 내가 너와 옛정을 생각하여 너희 가족을 놀라게 하지 않은 것을 다행으로 생각해라."

"아무리 그래도 증거가 있어야 하지 않겠소."

"네게 증거를 보여주마. 내가 너를 모함하는 것이 아니고 진짜 장물과 도적을 보여주마. 여봐라! 그놈을 끌고 오너라."

얼마 지나지 않아 죄수를 태우는 수레 한대가 깃발을 꽂고 이마를 붉게 칠한 죄수 한 명을 태우고 들어왔다. 화영이 보니 송강이라 놀라 두 눈을 크게 뜨며 입을 벌리고 서로 바라보며 아무 소리도 못했다. 황신이 고함을 질렀다.

"이 일은 나와 상관없지만 고소인 유고가 지금 여기에 있다."

"상관없소, 아무 상관없소! 이 사람은 내 친척이오. 이 사람은 확실히 운성현 사람이오. 당신이 억지로 도적이라고 우긴다면 상부에 가서 따져봅시다."

"네가 그렇게 말한다면 나는 청주 관아로 압송할 수밖에 없다. 그곳에서 네가 알아서 변명해보거라."

그러고 나서 유고를 불러 청평채 안의 병사 100명을 불러 압송하도록 했다. 화영이 황신에게 말했다.

"도감께서 나를 속여 붙잡았더라도 조정에 도착하거든 유고와 시비를 끝까지 따지겠소. 그리고 도감께서는 나와 같은 무관으로 체면을 보아 내가 관복을 입은 채 수송 수레 안에 앉도록 해주시길 부탁합니다."

"그런 것은 어렵지 않으니 네 뜻대로 해주마. 엉뚱하게 사람 생명을 해치는 일이 생기지 않도록, 유고도 함께 청주 관아에 가서 잘잘못을 명백하게 가리도록 해주마."

황신이 유고와 말에 올라 수레 두 량을 호송했다. 황신이 데려온 군사 30~50명과 청풍채 병사 100명은 수레를 둘러싸고 청주로 향했다. 나누어 서술하면, 수백 호의 인가가 화염 속에 불타고, 칼과 도끼 속에서 1000~2000명이 목숨을 잃게 되었다. 바로 일을 만들려다 일이 발생했으니 너를 용서할 수 없고, 사람을 해치려다 사람이 너를 해치게 되었으니 불평하지 말라는 것이다.

결국 청주로 압송된 송강이 어떻게 벗어나게 되는지는 다음 회에 설명하노라.

**청풍채**清風寨

『수호전보증본』에 근거하면, 채寨는 즉 '채砦'라고도 한다. 험준하고 통제를 해야 하는 곳에 채관砦官을 설치하고 군사들을 불러 무예를 훈련시키고 도적을 방비했다. 양송과 금나라·요나라도 모두 여러 주군州郡의 요새지에 행정지구 '채'를 설치했는데, 현치縣治와 동급이었다. 채관寨官과 지채知寨를 설치하여 주관하게 했고 현지에서 군사들을 모집하여 무예를 교습시키고 질서를 유지하며 도적을 방어했다. 화영은 청풍채의 부지채副知寨로 중급 무관이라 할 수 있기에 장군이라 부를 수 없다.

**소이광**小李廣 **화영**花榮

일반적으로 '소이광小李廣'이란 별명은 '작은 이광'이란 의미로 전해진다. 이광은 전한의 장군이었는데, 『사기』「이장군열전」에 따르면 "이광 집안은 대대로 활쏘기를 전수했고, 흉노 사람들은 그를 '한나라의 비장군飛將軍'이라 불렀다. 한번은 이광이 사냥을 나갔다가 수풀 속에 있는 큰 바위를 호랑이로 잘못 보고 화살을 쏘았는데 그 화살촉이 바위 속으로 들어가버렸다. 가까이 가서 본 뒤에야 바위라는 것을 알았다. 다시 한번 쏘았을 때는 화살촉이 들어가지 않았다"고 했다.

그러나 다른 견해도 있는데, 『수호전보증본』에 따르면 "『명청소설연구明清小說研究』(1994년 제1기)에 근거하면 화영의 원형은 명나라 홍무洪武(1368~1398) 연간의 보응현寶應縣 삼아향三阿鄉 사람인 화영이다. '화영은 말 타며 활쏘기를 잘했고 담력이 남보다 뛰어났다. 홍무 연간에 도적들이 천 명이 넘었고 향읍을 약탈했으며 그들의 기세가 맹렬하여 감당할 수 없었다. 화영은 욱신포郁信甫와 함께 조정에 요청했다. 장정들을 모집해 함께 노력해 쇠뇌를 발사하며 도적들을 잡아들였다. 그 공으로 안풍순검安豐巡檢으로 승진되었다'고 했다. 삼아향은 회안淮安과 가까워 당연히 시내암施耐庵이 알고 있기에 그의 이름을 채용하여 책 속에 서술한 것이다. 그러나 이 사람은 『수호전』의 화영과는 관련이 없다고 할 수 있는데, 화영이란 이름은 송·원 시기의 평화 잡극에 이미 여러 차례 출현하고 있기 때문이다"라고 했다.

## 진삼산鎭三山 황신黃信

본문에서는 "황신이 세 산의 도적을 모두 잡을 것이라고 스스로 자랑했기에 사람들은 그를 '진삼산鎭三山'이라고 불렀다"는 구절이 있다. '삼산三山'은 망망대해 인적이 없는 작은 섬이라고 전해진다. 『사기』「진시황본기秦始皇本紀」에 따르면 "제 땅의 서불徐市(제나라의 방사方士로 서복徐福이라고도 적는다) 등이 상서를 올려 바다에 3개의 신산神山이 있는데, 봉래蓬萊, 방장方丈, 영주瀛洲라 하는데, 신선이 거주하는 곳이라고 했다"고 했다. 동진東晉 왕가王嘉의 『습유기拾遺記』에서도 말하기를, "삼호三壺는 바다의 세 산이다. 방호方壺는 방장方丈이고, 봉호蓬壺는 봉래이며, 영호瀛壺는 영주다"라고 했다. 『수호전보증본』에 근거하면, 진삼산의 별명은 혹여 오대五代 시대의 오월국吳越國 손승우孫承祐의 별명인 '소삼산小三山'에서 나온 듯하다. 『청이록淸異錄』에 따르면, 손승우는 천금을 사용하여 석록石綠을 얻었는데 크고 울퉁불퉁했다. 그는 장인을 시켜 지금 산둥성에 있는 보산博山의 형상을 본뜬 향로를 제작하게 했다. 그런데 봉우리 끝의 구멍에서 연기가 나왔고, 그 연기가 모여서는 곧장 높이 솟아올랐다. 이에 그의 친한 벗이 그를 '소삼산'이라 불렀다고 했다.

【 제34회 】

# 진삼산과 벽력화[1]

황신은 상문검을 가로로 들고 말에 올라탔고, 유고도 군복을 입고 갑옷을 걸치고는 손에 삼지창을 들고 말을 탔다. 140~150명 군졸과 청평채 병사들도 각자 창이나 곤봉을 들고 허리에 단도나 날카로운 검을 찼으며 양쪽에서 북을 두드리고 징을 치며 송강과 화영을 청주로 이송했다.

모두 청풍채를 나와 30~40리를 못 가서 앞에 커다란 숲이 보였다. 바로 산 입구 앞에서 병사가 손으로 가리키며 말했다.

"숲 안에서 누군가 우리를 엿보고 있습니다."

그 말을 듣고 모두들 발길을 멈추었다. 황신이 말 위에서 물었다.

"왜 가지 않고 멈추느냐?"

군졸이 대답했다.

"앞의 숲속에서 어떤 사람이 우리를 염탐하고 있습니다."

1_ 제34회 제목은 '鎭三山大鬧青州道(황신이 청주도에서 큰 소란을 일으키다), 霹靂火夜走瓦礫場(벽력화가 밤에 폐허가 된 마을로 돌아가다)'이다.

"신경 쓰지 말고 가자!"

점차 숲에 가까워지면서 20~30개의 큰 징소리가 '땡땡' 일제히 울리기 시작했다. 병사들은 당황하여 모두들 달아나려고 했다. 황신이 군졸들에게 고함을 쳤다.

"멈추어라, 모두 진영을 갖추어라! 유 지채, 당신은 수레를 지키시오."

유고는 말 위에서 대답도 못하고 입으로 주문을 외우기 시작했다.

"고난에서 구해주시는 천존天尊[2]이시여."

10만 권의 경전과 300개의 사찰에 살려달라고 빌었다. 놀라서 얼굴이 요괴로 둔갑한 동과東瓜[3]처럼 붉으락푸르락 변했다. 황신은 무관이라 조금도 겁먹지 않고 말을 몰아 앞으로 가서 살펴보았다. 숲속 사방에서 300~500명 졸개들이 가지런히 도열하고 있는데 모두가 신체 건장했으며 흉악한 얼굴에 붉은 두건을 머리에 싸맸고 솜저고리를 입었고 허리에 날카로운 검을 차고 손에 긴 창을 들고 일행을 철통같이 에워쌌다.

숲속에서 세 사내가 튀어나왔다. 한 사람은 파란색 옷을 입었으며 다른 사람은 초록색 옷을 입었다. 또 다른 사람은 붉은색을 입었고, 모두 머리에 금실로 박은 만자두건을 쓰고 허리에 요도를 찼으며 박도를 들고 길을 막았다. 가운데는 금모호 장순이었고 위쪽에 왜각호 왕영, 아래쪽에는 백면낭군 정천수였다. 세 호걸이 크게 소리 질렀다.

"이곳을 지나려면 발길을 멈추어라. 통행료 황금 3000냥을 내놓으면 지나가도록 비켜주겠다."

황신이 말 위에서 고함을 질렀다.

2_ 천존天尊: 도교에서 신봉하는 신선에 대한 존칭.

3_ 동과東瓜: 박과의 한해살이 덩굴성 식물이다. 진나라의 동릉후東陵侯 소평召平은 장안성 동쪽에 은거하며 박을 재배했는데, 이것을 동과東瓜 혹은 소평과召平瓜라 불렀다. 안빈낙도安貧樂道의 전고가 되었다. 익으면 푸른색이 되는데 얼굴색에 비유한다.

"네 이놈들 무례하구나. 진삼산이 여기 있다!"

세 사람이 두 눈을 부릅뜨고 고함을 질렀다.

"네가 '진삼산'이라도 통행료 황금 3000냥은 내야 한다. 없으면 지나갈 수 없다."

"나는 상부에서 죄인을 잡으러 온 도감인데, 무슨 통행료를 내란 말이냐?"

세 사내가 웃으면서 말했다.

"네가 상급 기관에서 온 도감이 아니라 조씨 집안의 황제라도 여기를 지나가려면 통행료 3000관은 지불해야 한다. 만일 없다면 죄인을 여기에 저당 잡히고 돈을 가져와 되찾아가거라."

황신이 발끈하여 욕을 퍼부었다.

"강도들아, 어찌 감히 이렇게 무례하게 구느냐!"

좌우에서 함성을 지르며 북을 두드리고 징을 울렸다. 황신이 검을 휘두르며 말을 몰아 연순에게 달려들었다. 세 사내가 한꺼번에 박도를 세우고 황신과 싸웠다.

황신은 세 명이 달려드는 것을 보고 말 위에서 있는 힘을 다해 10합을 싸웠으나 어떻게 세 명을 당해낼 수 있겠는가? 게다가 유고는 문관이라 나서지도 못했고 형세를 살피며 달아날 궁리만 했다. 황신은 세 두령에게 잡혔다가는 명성을 더럽힐까 두려워, 말을 '퍽' 박치고 왔던 길로 되돌아갔다. 세 두령이 박도를 들고 쫓아갔으나, 황신은 그곳에 있던 군졸들을 돌아보지 않고 혼자 날듯이 청풍진으로 달아났다. 군졸들은 황신이 말머리를 돌릴 때 이미 소리를 지르며 죄수를 실은 수레를 버리고 모두 사방으로 흩어졌다. 혼자 남게 된 유고는 형세가 좋지 못한 것을 보고 서둘러 말머리를 돌려 채찍으로 세 번 내리쳤다. 말이 막 달리려고 할 때 졸개 하나가 말의 발을 걸어 넘어뜨리는 밧줄을 당기자 유고의 말이 거꾸러지며 아래로 부딪쳤다. 졸개들이 일제히 달려들어 유고를 붙잡고 수레를 빼앗아 문을 열었다. 화영은 자기가 탄 수레의 문이 열리자 바로 튀어나와 묶었던 밧줄을 끊고 남은 다른 수레를 부수고 송강을 구해냈다. 졸개 몇 명은 이미 유고의 손을 뒤로 결박하여 그가 타던 말을 붙들고, 또 수레를 끌던 말 세 필을 수레에서 떼어냈다. 유고의 옷을 모두 벗겨 송강에게 입히고 말을 태워 먼저 산 위로 보냈다. 세 사내는 화영과 졸개와 함께 유고를 벌거벗긴 채로 밧줄로 묶어 산채로 끌고 올라갔다.

원래 세 두령은 송강의 소식을 몰라 똑똑한 졸개 몇 명을 청풍진에 보냈다가 사람들에게 '도감 황신이 잔을 던지는 것을 신호로 화영과 송강을 사로잡아 함거陷車[4]에 태워 청주로 압송하려 한다'는 말을 들었다. 그래서 소식을 들은 세 사내는 졸개를 거느리고 미리 큰 길을 크게 우회하여 길목을 지키고 있었고, 오솔길은 사람을 보내 감시하고 있었다. 그리하여 두 사람을 구하고 유고를 사로잡아 산채로 돌아왔다.

그날 밤 2경에 산채로 돌아와 모두 취의청에 모였다. 송강과 화영을 가운데 앉히고 세 두령은 맞은편에 배석하여 술과 음식으로 대접했다. 연순은 부하들에게 각자 가서 술을 마시도록 분부했다. 화영이 취의청에서 세 사내에게 감사하며 말했다.

"세 분 장사께서 형님과 제 목숨을 구해주시고 원수를 갚아주셨으니 이 은혜를 어떻게 갚아야 할지 모르겠습니다. 다만 이 화영의 가족과 여동생이 아직 청풍채에 있어 황신이 분명히 잡아갔을 텐데 어떻게 해야 구할 수 있을까요?"

연순이 말했다.

"지채는 안심하십시오. 황신이 감히 부인을 잡아가지는 못할 것이라고 생각됩니다. 잡혀가더라도 반드시 이 길로 지나갈 것입니다. 내일 우리 형제 세 사람

4_ 함거陷車는 함거檻車다. 대나무, 나무, 쇠막대 등으로 울타리를 설치한 폐쇄형 수레. 죄인을 가두거나 맹수를 싣는 데 사용했다. 『후한서』 이현李賢 주석에 따르면 "함거는 판자를 이용해 사면을 울타리로 만들었다. 안팎이 보이지 않는다"고 했다. 이하 역자는 이해를 편하게 하기 위해 '죄수 싣는 수레'로 번역했다.

이 하산하여 부인과 동생을 지채께 돌려드리겠습니다."

곧바로 졸개를 불러 하산하여 소식을 염탐하도록 했다.

"장사의 크신 은혜에 깊이 감사드립니다."

그때 송강이 말했다.

"이제 유고란 놈을 끌어내야겠소."

연순이 대답했다.

"기둥에 묶어놓았으니 배를 갈라 심장을 꺼내 형님을 즐겁게 해드리겠소."

화영이 말했다.

"이놈은 내가 해치우겠습니다."

송강이 유고를 꾸짖으며 말했다.

"너 이놈, 내가 지난 날 너와 아무런 원한도 없었고 근래에도 그런 일이 없었는데, 너의 어질지 못한 마누라의 말만 믿고 내게 해를 입혔느냐! 오늘 이렇게 잡혀오니 무슨 할 말이 있느냐?"

화영이 말했다.

"형님도 참, 뭘 그런 것을 물어보십니까?"

칼로 유고의 심장을 찔러 심장을 꺼내 송강 앞에 놓았다. 졸개들이 시체를 한쪽으로 끌고 갔다. 송강이 말했다.

"비록 오늘 이 더러운 놈은 죽였지만, 그 음란한 년을 아직 죽이지 못했으니 이 분노를 풀 데가 없구나."

왕왜호가 말했다.

"형님 걱정 마십시오. 내가 내일 산을 내려가 그 부인을 데려올 테니 이번엔 내가 쓰게 해주십시오."

그 말을 듣고 모두들 웃었다. 그날 밤 술자리가 끝나고 각자 돌아가 쉬었다. 다음날 일어나 청풍채를 치는 일을 상의했다. 연순이 말했다.

"어제 애들이 걷느라 너무 고생을 해서 오늘은 하루 쉬고 내일 일찍 내려가도 늦지 않을 것입니다."

송강이 말했다.

"맞는 말이오. 사람도 말도 쉬어야 회복이 될 테니 서두르지 맙시다."

산채에서는 군마를 점검하여 청풍채로 출발하려고 준비했다. 한편 도감 황신은 말을 달려 청풍진 대채로 돌아와 군사를 모아 사방 울타리를 지키게 했다. 황신이 보고 문서를 작성하여 군졸의 우두머리 두 명을 보내 모용 지부에게 보고했다. 지부는 군사 상황이 긴박하다는 보고를 받고 놀라 그날 밤 관아 대청에 올랐고 황신의 보고 문서를 펼쳤다.

'화영이 조정을 배반하고 청풍산 강도들과 결탁했으므로 청풍채를 보존하기가 쉽지 않습니다. 사정이 다급하니 빨리 장수를 보내 지켜주시기 바랍니다.'

지부는 깜짝 놀라 사람을 시켜 청주 지휘사 총관青州指揮司總官 본주本州 병마兵馬 진秦 통제統制[5]를 불러 군사작전을 논의하고자 했다. 총관은 산후山後[6] 개주開州 사람으로 진명秦明이라고 불렀다. 성격이 급하고 고함 소리가 우레 같아서 모두 그를 '벽력화霹靂火' 진명秦明이라고 불렀다. 진명의 할아버지는 군관 출신으로 낭아봉狼牙棒[7]을 잘 사용하여 만 명도 당해낼 수 없는 용맹이 있었다고 한다.

진명은 지부가 부른다는 말을 듣고 관아로 들어갔다. 서로 예를 마치자 모용 지부가 황신의 긴급 보고서를 진명에게 보여주었다. 진명이 편지를 보고 크게 화를 내며 말했다.

5_ 통제統制: 송나라 제도로 출정했을 때 한 사람을 선발하여 도통제都統制로 삼아 총괄하게 했는데 관직 칭호는 아니었다. 남송 건염建炎(1127~1130) 연간 초에 어영사御營使를 설치하여 왕연王淵을 도통제로 삼았는데 통제의 관직 명칭은 이때부터 시작되었다.

6_ 산후山後: 연산燕山 산맥 바깥 지구를 가리킨다. 지금의 톈진天津 지현薊縣 동남쪽으로 길게 이어져 있고 동쪽으로 해변에 이르는 산맥 바깥을 말한다.

7_ 낭아봉狼牙棒: 고대의 무기다. 단단하고 무거운 나무로 봉을 만드는데 길이는 4~5척 정도이고 윗부분은 대추같이 생겼는데 못을 박아놓은 모양이 늑대의 이빨 같았다고 한다.

"도적놈[8]들이 감히 이렇게 무례를 부리다니! 나리[9]께서는 걱정하실 필요 없습니다. 제가 군사를 데리고 가서 도적놈들을 잡지 못한다면 다시는 나리를 뵈러 돌아오지 않을 것을 맹세합니다!"

"장군이 만일 조금이라도 늦게 도착한다면 이놈들이 청풍채를 공격할 것이오."

"이 일을 어떻게 감히 늦장을 부릴 수 있겠습니까? 오늘 밤에 군사를 점검하고 내일 일찍 출발하겠습니다."

지부가 크게 기뻐하며 서둘러 술과 고기와 말린 양식을 준비하여 먼저 성 밖에서 기다렸다가 군사들에게 상으로 주기로 했다. 진명은 화영이 조정을 배반했다는 말을 듣고 분노하여 말에 올라 지휘사 안으로 달려가 기병 100명과 보병 400명을 골라 먼저 성 밖으로 나가 집합시키고 출병을 지휘했다.

모용 지부는 먼저 성 밖 사원에서 만두를 찌고 사발을 늘어놓고 술을 데웠다. 군사 1인당 술 세 사발, 만두 2개, 삶은 고기 1근이었다. 준비가 모두 끝나고 군마가 성을 나가는 모습을 보니 질서 정연했다.

기세 높은 군기는 타는 불같고, 음산한 과戈와 극戟은 삼 같이 늘어섰네. 팔괘로 나뉜 진세는 뱀처럼 길게 장사진 이뤘으니, 확실히 귀신도 놀라고 두려워할 만하구나. 창에는 진한 녹색에 자줏빛 불꽃 일어나고, 깃발에서 날리는 비단 띠는 붉은 노을 같으며, 달리는 말발굽은 어지러이 겹쳐 있네. 천지에 살기 어렸는데, 성패는 누구에게 가려는가.

烈烈旌旗似火, 森森戈戟如麻. 陳分八卦擺長蛇, 委實神警鬼怕. 槍見綠沉紫焰, 旗飄綉帶紅霞, 馬蹄來往亂交加. 乾坤生殺氣, 成敗屬誰家.

8_ 원문은 '홍두자紅頭子'다. 녹림의 강도를 비유하는 말로 대부분 붉은 두건으로 머리를 싸맸기 때문에 이렇게 불렀다.

9_ 원문은 '공조公祖'다. 하급이 상급 장관을 대하는 존칭이다. 역자는 '나리'로 번역했다.

그날 새벽 진명은 군마를 배치하고 붉은 깃발에 '병마총관진 통제兵馬總管秦統制'라고 크게 쓴 깃발을 앞세우고는 군사를 거느리고 출발했다. 모용 지부는 진명이 모든 갑옷과 무기를 갖추고 성을 나서는 것을 보니 과연 나무랄 데 없는 영웅의 용모였다.

> 나부끼는 투구의 붉은 술은 맹렬한 불길 같고, 붉은 비단 전포는 피로 물들인 듯 붉으며, 고리를 엮어 꿴 쇠사슬 갑옷은 황금별을 쌓은 듯하구나. 구름이 이는 것 같은 신발은 푸른색으로 칠했고, 거북 등 같은 갑옷은 은을 쌓은 듯하네. 말에 앉은 모습 해치獬豸와 같고, 낭아봉엔 구리 못 촘촘하게 박혀 있으며, 성 났을 때는 둥근 두 눈 부릅뜨누나. 성질이 우레와 같으니, 그가 바로 용맹한 장수 진명이로구나.
>
> 盔上紅纓飄烈焰, 錦袍血染猩猩, 連環鎖甲砌金星. 雲根靴抹綠, 龜背鎧堆銀. 坐下馬如同獬豸, 狼牙棒密嵌銅釘, 怒時兩目便圓睜. 性如霹靂火, 虎將是秦明.

진명은 말을 타고 나오다가 모용 지부가 성 밖에서 군사들을 포상하고 위로하는 것을 보고, 서둘러 군졸에게 무기를 건네주고 말에서 내려 지부와 만났다. 예를 마치자 지부가 잔을 들고 총관에게 당부하며 말했다.

"힘써서 승리를 거두고 바로 개선하길 바라오."

격려가 끝나고 신호를 알리는 포가 터지자 진명이 지부와 인사를 마치고 몸을 날려 말에 올라 대오를 정비한 다음 병사들을 재촉하여 의기양양하게 청풍채를 향해 출발했다. 원래 청풍채는 청주 동남쪽에 있었으므로 정남 방향으로 가면 비교적 가까우므로 산 북쪽 지름길에 금세 도달할 수 있었다.

청풍산 산채 졸개들은 소식을 자세하게 탐지하여 산에 올라가 보고했다. 산채 안에서 두령들은 청풍채를 치려다가 보고를 받았다.

"진명이 병마를 이끌고 오고 있습니다."

모두 서로 얼굴을 바라보며 놀라는데 화영이 나서서 말했다.

"여러분, 당황하지 마십시오. 예로부터 '적이 쳐들어오는 위급한 상황에서는 반드시 죽음을 무릅쓰고 저항해야 한다'[10]고 했습니다. 졸개들에게 술과 밥을 먹여 배를 불리고 내가 하자는 대로 하시기 바랍니다. 먼저 힘으로 대항한 이후에 지혜를 써서 승리를 취해야 합니다. 이렇게 저렇게 하는 것이 어떻습니까?"

송강이 말했다.

"좋은 계책이네! 바로 그렇게 합시다."

송강과 화영은 즉시 계책을 정하고 졸개들에게 각자 가서 준비하도록 했다. 화영은 좋은 말과 갑옷을 고르고 활과 화살 그리고 창을 준비하여 때를 기다렸다.

한편 진명은 병사를 거느리고 청풍산 아래 10리 떨어진 곳에 막사를 치고 진지를 구축하여 주둔했다. 다음날 5경에 밥을 지어 병사들에게 먹이고 출발신호를 알리는 포를 쏘고는 곧장 청풍산으로 향했다. 넓은 공터를 골라 부대를 벌여 배치하고 북과 징을 두드리며 싸움을 걸었다. 산 위에서 징 소리가 천지를 진동하더니 한 무리[11] 인마가 나는 듯이 달려왔다. 진명이 말고삐를 붙들어 잡고 낭아봉을 가로로 든 채 두 눈을 부릅뜨고 바라보니 소이광 화영이 졸개들을 이끌고 산에서 내려오고 있었다. 산비탈 앞에 도착하여 징 소리가 울리더니 전투 대형으로 배열했다. 화영이 말 위에서 철창을 잡고 진명을 향하여 두 손을 모아 인사를 했다. 진명이 버럭 소리를 지르며 말했다.

"화영, 너는 조상 대대로 장군 가문의 자식이고 조정의 관리다. 청풍채를 다스리도록 지채로 임명하여 나라에서 녹봉을 주며 먹여 살려 너를 섭섭하게 한

10_ 원문은 '兵臨告急, 必須死敵'이다.

11_ 원문은 '일표一彪'다. 『수호전전교주』에 따르면 "『계신잡식별집癸辛雜識別集』 권하 「일표一彪」에서 이르기를, '일취마一聚馬(한 무리의 말)를 표彪라 하는데 혹은 300필이나 500필이다'라고 했다."

적이 있었더냐? 그런데 너는 오히려 도적들과 결탁하여 조정을 배반한단 말이냐. 내가 오늘 특별히 너를 잡으러 왔으니 알아들었으면 말에서 내려 순순히 포박을 받고 내 손에 피가 묻고 발이 더럽혀지는 일이 없도록 하라."

화영이 얼굴에 웃음을 띠며 말했다.

"총관께 아룁니다. 어째서 이 화영이 조정을 배반했는지 생각해보셨습니까? 사실은 유고란 놈이 터무니없는 사실을 날조하고 지위를 남용하여 사사로운 원한을 갚아 이 화영을 집이 있어도 돌아갈 수 없고 나라가 있어도 의지할 수가 없게 핍박하여 잠시 여기에 피난했습니다. 총관께서 두루 살피시고 이해해주시기 바랍니다."

"네놈이 스스로 말에서 내려와 포박을 받지 않고 무엇을 기다리고 있느냐? 도리어 그런 교묘한 말재주로 군심을 부추겨 꾀려드느냐."

진명이 좌우에 명하여 북을 두드리게 하고 낭아봉을 돌리며 곧장 화영에게 달려들었다. 화영은 큰 소리로 웃으며 말했다.

"진명, 네놈은 원래 관용을 베풀어 양보해줘도 알아듣지를 못하는구나. 네가 상관이라고 대접해주었더니, 정말로 내가 너를 두려워해서 그러는 줄 아느냐!"

창을 잡고 말을 몰아 진명과 싸웠다. 두 사람이 청풍산 아래에서 맞붙어 싸우는데 진정 호적수를 만나 잔재주를 드러내기는 어려웠고 장수가 우수한 상대를 만났으니 힘써 싸워야했다. 두 장군이 겨루는데,

남산의 맹호 한 쌍인가, 북해의 창룡蒼龍 두 마리인가. 용이 노하면 뿔 우뚝 세우고 범은 싸울 때 발톱과 이빨 사납게 벌리네. 발톱과 이빨 사납게 벌리면 은색 갈고리가 비단 같은 털 속에서 나오는 듯하고, 뿔을 우뚝 세우면 구리 같은 나뭇잎이 금빛 나무에서 춤추는 듯하구나. 점강창은 들어갔다 나왔다 조금도 틈이 없고, 낭아봉은 이리저리 날아들어 모든 기량을 뽐내네. 낭아봉 내리 찍으면 정수리에 닿은 듯하고, 점강창 찌르면 창끝이 명치에 꽂힌 듯하구나. 점강

창 사용하는 장사의 위풍은 두우斗牛 보검도 오싹하게 하고, 낭아봉 휘두르는 장군은 그 노기가 천둥과 번개를 치는 듯하누나. 한 명은 사직을 지탱하는 천봉 장군이요, 다른 한 명은 강산을 정돈하는 흑살신黑煞神이라네.

一對南山猛虎, 兩條北海蒼龍. 龍怒時頭角崢嶸, 虎鬪處爪牙獰惡. 爪牙獰惡, 似銀鉤不離錦毛團; 頭角崢嶸, 如銅葉振搖金色樹. 翻翻復復, 點鋼槍沒半米放閑; 往往來來, 狼牙棒有千般解數. 狼牙棒當頭劈下, 離頂門只隔分毫; 點鋼槍用力刺來, 望心坎微爭半指. 使點鋼槍的壯士, 威風上逼斗牛寒; 舞狼牙棒的將軍, 怒氣起如雷電發. 一個是扶持社稷天蓬將, 一個是整頓江山黑煞神.

두 사람은 40~50여 합을 겨루었으나 승부가 나지 않았다. 화영이 한참을 싸우다가 빈틈을 내보이며 말머리를 틀어 산 아래 오솔길로 달아났다. 잔뜩 화가 난 진명은 뒤를 쫓았다. 화영은 창을 말안장 위에 무기를 거는 쇠고리 위에 걸어 놓고, 말고삐를 당겨 세운 다음 왼손으로 활을 집어 들고 오른손으로 화살을 뽑아 시위를 힘껏 당겼다. 몸을 돌려 진명의 투구 끝을 겨냥하여 쏘니 명중하여 투구 위에 달린 붉은 술이 바닥에 떨어졌다. 이것은 그에게 소식을 전하는 편지와 같았다. 진명이 놀라 감히 앞으로 쫓아가지 못하고, 갑자기 말 머리를 획 돌려 졸개들을 쫓으려고 했으나 일찌감치 모두 산 위로 우르르 도망가고 없었다. 화영은 다른 길로 돌아 산채로 올라갔다.

진명은 그들이 모두 흩어져 도망간 것을 보고는 속으로 화가 치밀어 올랐다.

"도적놈들의 무례함을 도저히 참을 수 없다!"

징과 북을 울리도록 명령하고 길을 찾아 산으로 올랐다. 병사들이 일제히 함성을 지르고 보군이 먼저 산을 오르기 시작했다. 봉우리 두세 개를 돌아 올라가니 뇌목擂木, 포석炮石, 회병灰瓶, 금즙金汁[12] 등이 험준한 산 위에서 떨어졌다.

12_ 뇌목擂木은 높은 곳에서 아래로 굴리는 무거운 나무를 말한다. 포석炮石은 고대 포를 이용하여 날

전진하던 군사들이 다급하게 뒷걸음치다 30~50명이 피하지 못하고 쓰러지자 산 아래로 물러날 수밖에 없었다.

진명은 성미가 급한 사람이라 화가 머리 꼭대기까지 치솟았으니 어떻게 가만히 있을 수 있겠는가? 군마를 이끌고 돌아내려와 산으로 오르는 길을 찾기 시작했다. 정오가 되도록 길을 찾고 있는데 서쪽 산에서 징 소리가 울리더니 숲속에서 붉은 깃발을 든 군사가 나타났다. 진명이 군사를 이끌고 쫓아가려할 때, 갑자기 징 소리도 멈추고 붉은 깃발도 보이지 않았다. 진명이 그 길을 보니 큰길이 아니라 여러 갈래의 나무를 베어 낸 작은 길로 수목과 부러진 나무들이 어지럽게 겹쳐져 입구를 막아 올라갈 수 없었다.

군졸에게 길을 열라고 시켰더니 와서 보고했다.

"동쪽 산에서 징 소리가 울리고 붉은 기를 든 도적들이 나타났습니다."

진명이 부대를 이끌고 나는 듯이 동쪽 산 옆으로 달려가서 살펴보았지만 징도 울리지 않고 붉은 깃발도 보이지 않았다. 진명은 말을 몰면서 사방으로 길을 찾았으나 사방이 온통 어지럽게 자란 나무와 꺾어진 나무들과 베어낸 나무로 막아 길들이 끊어져 있었다.

정찰병이 또 와서 보고했다.

"서쪽 산에서 또 징 소리가 나고 붉은 기를 든 도적이 다시 나타났습니다."

말을 채찍질하여 다시 서쪽으로 달려가서 보니, 역시 한 사람도 보이지 않고 붉은 기도 보이지 않았다. 진명은 얼마나 화가 나는지 이빨을 뿌득뿌득 갈았다. 서쪽에서 화를 내며 길길이 날뛰고 있는데, 다시 동쪽 산에서 징 소리가 천지를 울리듯이 울렸다. 급히 군사를 이끌고 동쪽 산으로 왔으나 도적은 하나도 보이지 않았고 붉은 기도 없었다.

려보내던 돌이다. 회병灰瓶은 고대 전쟁 용구로, 석회를 담은 병을 적에게 던지면 깨지면서 가루가 날려 눈을 뜰 수 없도록 했다. 금즙金汁은 녹인 액체 금속. 일설에는 똥물이라고 한다.

진명은 화가 가슴에 가득 찼고 다시 군졸에게 산에 올라 길을 찾도록 했는데, 서쪽 산에서 함성이 일어났다. 진명은 노기가 충천하여 병사를 대대적으로 몰아 서쪽 산으로 와서 산 위와 아래를 살펴보았지만 역시 아무도 보이지 않았다. 진명이 군졸들에게 양쪽으로 산에 오르는 길을 찾도록 소리를 지르자, 그 가운데 한 군졸이 아뢰었다.

"이곳은 모두 길이 아닙니다. 동남쪽에 큰 길이 하나 있는데 그 길로만 올라갈 수 있습니다. 여기에서 길을 찾아 올라가다가는 잘못될까 두렵습니다."

진명은 듣고서 말했다.

"큰길이 있으면 밤을 새서라도 올라가자."

즉시 군사를 이끌고 동남쪽으로 올라갔다.

날은 점차 저물었고 사람과 말 모두 기진맥진하여 동남쪽 산 아래에 도착하여 야영하며 밥을 지으려고 하는데, 산 위에서 횃불이 어지럽게 비치며 여기저기에서 징 소리가 울렸다. 진명은 분노하며 마군 40~50명을 이끌고 산 위로 뛰어 올라갔다. 산 위쪽 숲속에서 화살이 어지럽게 날아와 여러 병사가 맞고 상처를 입었다. 진명은 하는 수 없이 말을 돌려 산에서 내려와 병사를 시켜 밥을 짓도록 했다. 막 불을 붙이자마자 산 위에서 80~90개의 횃불이 보이더니 휘파람 소리가 울려 퍼졌다. 진명이 급히 군사를 이끌고 쫓아가자 횃불이 일시에 꺼져 버렸다. 그날 밤은 달빛이 비쳤으나 검은 구름으로 뒤덮여 그다지 밝지 못했다. 진명은 화를 참지 못하고 군사들에게 횃불을 붙여서 나무에 불을 지르라고 했다. 산기슭 끝에서 북소리와 피리 소리가 들려 진명이 말을 타고 쫓아가 살펴보자 산꼭대기에 횃불 10여 개가 화영이 송강을 모시고 함께 술을 마시는 것을 비췄다. 그 광경을 본 진명은 마음의 화를 풀 곳이 없어서 말을 몰고 산 아래에 가서 욕설을 퍼부었다. 화영이 대답했다.

"진 통제, 오늘은 서둘지 말고 돌아가 쉬고 내일 누가 이기는지 죽기 살기로 붙어보자."

진명은 성이 나서 고함을 버럭 질렀다.

"이 역적 놈아! 지금 어서 내려와 300합을 겨루고 나서 그런 얘기를 해라."

화영이 웃으면서 말했다.

"진 통제, 오늘은 당신이 피곤할 테니 내가 이긴들 강하다고 할 수 없다. 오늘은 그냥 돌아가고 내일 다시 오너라."

더욱 화가 난 진명은 산비탈 밑에서 욕을 퍼부었다. 본래 길을 찾아 쫓아 올라가고 싶었으나 화영의 활 솜씨가 두려워 아래에서 욕만 할 수밖에 없었다.

한참 욕을 하고 있는데 아래 본진에 남아 있던 군마들이 고함치는 소리가 들려왔다. 진명이 급히 몸을 돌려 산 아래를 바라보자 그곳 산 위에서 화포와 불화살이 일제히 쏟아져 내렸고 뒤쪽의 20~30명 졸개들이 어둠 속에서 활과 쇠뇌를 쏘고 있었다. 군마들은 소리를 지르며 한꺼번에 그 산 옆 깊은 구덩이 안으로 피했다. 시간은 이미 3경이었고 군마들은 화살을 피하며 비명을 질렀다. 상류에서 세찬 물살이 흘러 내려와 인마가 모두 개천에 빠져 각자 살려고 발버둥 쳤다. 물에서 빠져나와 언덕에 오른 자들은 졸개들 갈퀴에 사로잡혀 산 위로 끌려갔고, 기어오르지 못한 자들은 모두 개천에 빠져죽었다.

진명은 이 광경을 보고 분노로 이마가 터질 지경이었는데, 옆에 있는 작은 길이 보였다. 말을 몰아 산 위로 올라갔으나 30~50보도 가지 못하고 말과 함께 함정에 빠져버렸다. 길 양쪽에 매복해 있던 갈퀴를 든 졸개 50명이 진명을 들어내어 옷과 갑옷을 벗겼으며 투구와 무기를 빼앗아 밧줄로 묶고 말도 함정에서 끌어내 구하여 청풍산으로 끌고 올라갔다.

원래 이 함정은 모두 화영과 송강의 계책이었다. 먼저 졸개들을 동쪽에 나타나게 하고 또 다시 서쪽에 출몰시켜 진명의 부대를 지치게 하여 말을 몰 수도 없고 또한 멈출 수도 없게 했다. 미리 흙 포대로 개천의 물을 막고 밤이 깊어지기를 기다려 부대를 개천으로 들어가게 만든 다음 상류의 물을 터서 급류로 군마를 쓸어버린 것이었다. 진명이 끌고 온 병사가 500명인데 절반 이상이 물에 빠져 죽고 사로잡힌 자가 150~170명이었다. 빼앗은 말이 70~80필이었고, 도망쳐 돌아간 자는 한 명도 없었다. 그 다음 진명을 함정[13]에 빠뜨려 사로잡은 것이었다.

졸개들이 진명을 붙잡아 산채에 도착하니 이미 날이 밝았다. 다섯 사내들은 취의청에 앉아 있었고 졸개들이 진명을 포박하여 대청 앞으로 끌고 오자 화영이 보고는 황급히 교의를 박차고 일어나 진명을 맞이하면서 직접 밧줄을 풀어주고 대청 위로 부축한 다음 땅에 엎드려 절을 했다. 진명이 당황하여 답례하며 말했다.

"나는 사로잡힌 사람이니 여러분이 갈기갈기 찢어 죽여도 할 말이 없는데, 무슨 이유로 나에게 절을 하시오?"

화영이 꿇어앉은 채 말했다.

"졸개들이 위아래를 몰라보고 욕을 보였으니, 삼가 너그럽게 용서해주시기 바랍니다."

즉시 옷을 가지고 오게 하여 진명에게 입혔다. 진명이 회영에게 물었다.

"이 두령들은 누구요?"

"이분은 제 형님으로 운성현 압사 송강입니다. 이 세 분은 산채의 주인으로 연순·왕영·정천수입니다."

"이 세 분은 나도 아는 사람이오. 이 송 압사는 혹시 산동 급시우라고 불리는 송 공명 아니시오?"

송강이 대답했다.

"소인이 바로 송강입니다."

13_ 원문은 '함마갱陷馬坑'이다. 적이 오는 길과 성 안팎으로 설치한 일종의 방어 공사를 말한다. 함정 위에는 위장 덮개물이 있고 밟으면 함정 속으로 떨어지는데 적이 알아채지 못하게 만들었다. 『수호전전교주』에 따르면 "『무경총요전집武經總要前集』「수성기구守城器具」에서 이르기를 '함마갱陷馬坑은 길이가 5척, 넓이 3척, 깊이가 4척으로 함정 안에는 녹각창鹿角槍, 죽첨竹簽(대꼬챙이) 두 가지를 설치했는데, 모두 뾰족하게 깎고 불에 달궈 견고하게 만들었다. 함정은 복卜자 형태로 배열했다'고 했다."

진명이 황급하게 무릎을 꿇고 절하며 말했다.

"오래전부터 크신 이름을 들어왔습니다. 오늘 의사를 만나게 될 줄은 생각도 못했습니다!"

송강이 황급하게 답례했다. 진명은 송강이 다리를 저는 것을 보고 물었다.

"다리는 어쩌다가 다치셨습니까?"

송강이 운성현에서부터 시작하여 유고에게 잡혀 매를 맞은 경위까지 상세하게 설명했다. 진명이 머리를 좌우로 흔들며 말했다.

"한쪽 말만 들었다가 얼마나 많은 일이 잘못되었는지 모르겠습니다. 이 진명을 용서하셔서 돌려보내주시면, 모용 지부에게 이 일을 모두 설명하겠습니다."

연순이 만류하여 산채에 며칠을 머물도록 붙잡았다. 즉시 양과 말을 잡도록 하고 연회를 준비했다. 산으로 끌려 온 군졸들도 모두 산 뒤 방에 가두고 술과 음식으로 대접했다.

진명이 술을 몇 잔 마시고 자리에서 일어나 두령들에게 말했다.

"장사 여러분, 좋은 정분으로 이 진명을 죽이지 않으셨으니 투구와 갑옷, 말과 무기를 제게 돌려주시면 청주로 돌아가겠습니다."

그 말을 듣고 연순이 말했다.

"총관은 잘못 알고 계신 것 같소. 이미 청주에서 데리고 온 500명의 군사를 모두 잃고 어떻게 돌아가겠단 말이오? 모용 지부가 어떻게 당신을 보고 처벌하지 않겠소? 그러느니 차라리 여기가 비록 거칠지만 산채에 잠시 머무르는 것이 나을 것이오. 본래 말을 쉴 수 있는 곳은 아니지만 임시로라도 여기에서 산적이 되어 같이 재물을 저울에 달아 나누며 온전하게 옷을 입는다면 관료들의 눈치를 보며 사는 것보단 좋지 않겠습니까?"

진명이 듣고는 대청 아래에 내려가서 말했다.

"저는 살아서는 대송大宋의 사람이고 죽어서도 대송의 귀신이 될 것입니다. 조정에서 나를 병마총관과 통제사라는 관직을 주었고, 또 이 진명을 저버리지 않았는데, 내 어찌 강도가 되어 조정을 배반한단 말이오? 여러분께서 나를 죽이려거든 죽이시오!"

화영이 따라 내려가 끌어올리며 말했다.

"형님 참으시고 이 동생의 말 좀 들어보세요. 저도 조정 관리의 아들인데 핍박당하여 어쩔 수 없이 이렇게 되었습니다. 총관께서 산채에 남으시지 않겠다는데 어떻게 따르라고 강요하겠습니까? 잠시 앉아계시다가 연회가 끝나면 이 동생이 갑옷과 투구, 안장과 말, 무기를 형님께 돌려드리겠습니다."

그래도 앉으려 하지 않자 화영이 다시 권하며 말했다.

"총관께서 하루 밤낮 신경 쓰느라 많은 힘을 소모하셨습니다. 이러면 사람도 견디지 못하는데, 말들을 어떻게 배불리 먹이지도 않고 가시려고 하십니까?"

진명이 그 말을 듣고는 속으로 생각했다.

'그 말도 일리가 있군.'

다시 대청으로 올라와 앉아 술을 마셨다. 다섯 사내가 번갈아 가며 술을 권하고 이야기를 했다. 진명은 피곤했으나 여러 명이 주는 술을 통쾌하게 받아먹다가 잔뜩 취하여 부축을 받고 방에 들어가 잤다. 다른 사람들은 알아서 볼일을 보았다.

진명은 잠에 빠져 다음날 진시(아침 7~9시)에야 겨우 깨어 일어나 세수하고 양치질하고는 산에서 내려가려고 했다. 두령들이 모두 만류했다.

"총관, 아침밥 먹고 가시지요. 우리가 산 아래까지 배웅해드리겠소."

진명은 성질이 급한 사람이라 바로 하산하려고 했다. 서둘러 술과 음식을 준비하여 대접했으며 투구와 갑옷을 꺼내 진명에게 입혀주고 말을 끌어오고 낭아봉을 가져다가 사람을 시켜 먼저 산 아래에서 대기시켰다. 다섯 사내가 진명을 배웅하러 하산하여 작별하고 말과 무기를 돌려주었다.

진명은 말에 올라 낭아봉을 들고 날이 밝을 때 청풍산을 떠나 길을 찾아 청주로 달렸다. 10여 리 길을 달렸는데 사시(오전 9~11시) 쯤이었다. 멀리 먼지가 어지럽게 이는 것이 보였는데 왕래하는 사람은 하나도 보이지 않았다. 진명은 바라보고 속으로 의심이 생겨 성 밖에 도달하여 보니 원래 수백 명이 살던 마을이 모두 불에 타 평지가 되어 있었다. 기와 폐허 더미가 어지럽게 흩어져 있고 불에 타 죽은 남자와 부인의 수를 헤아릴 수 없었다. 진명이 보고는 깜짝 놀라 말을 채찍질하며 기와더미에서 성벽까지 달려가 문을 열라고 소리를 지르려 하는데 조교吊橋[14]가 올라가 있고 군사들과 깃발·뇌목·포석이 늘어서 있었다. 진명이 말을 멈추고 소리쳤다.

"성의 조교를 내려라. 내가 왔다."

성 위에는 일찌감치 사람이 있었는데 진명을 보고는 북을 두드리며 함성을 질렀다. 진명이 소리 질렀다.

"나는 진 총관이다. 어째서 나를 성안에 들이지 않느냐?"

모용 지부가 성벽 여장 옆에 서서 소리를 질렀다.

"역적 놈아, 너는 부끄러움도 모른단 말이냐! 어젯밤에 군사를 이끌고 성을 공격하고 허다한 백성을 죽였을 뿐만 아니라, 그 많던 집들도 불태우더니 오늘도 와서는 우리를 속여 성문을 열려고 하는구나. 조정에서 아직 너를 저버리지 않았는데, 네놈은 도리어 어떻게 이런 어질지 못한 짓을 저지른단 말이냐! 이미 조정에 알리러 사람을 보냈다. 조만간에 너를 잡아 능지처참을 할 것이다!"

진명이 놀라서 소리쳤다.

"나리께서 잘못 아신 겁니다! 이 진명은 싸움에서 져서 졸개들을 모두 잃고 그들에게 잡혀 산속으로 끌려갔다가 방금 풀려났습니다. 그런데 어떻게 어젯밤에 성을 공격하러 나타나겠습니까?"

"내가 어찌 네놈의 말과 갑옷, 무기와 투구를 모른단 말이냐? 성 위의 사람들

14_ 조교吊橋: 조교釣橋라고도 하며 성문 밖에 설치하여 올렸다 내렸다 하는 움직이는 다리다. 느릅나무, 회화나무로 다리 형태로 제작한다. 성 밖에 경보가 있으면 누각 위에서 사람이 잡아당겨 올리면서 길을 끊고 성문을 보호한다. 성 위에서는 항상 모와 활, 쇠뇌로 적을 방어한다.

이 네가 도적들을 지휘하여 사람을 죽이고 불을 지르는 것을 분명히 보았는데 어디서 아니라고 발뺌한단 말이냐? 네가 정말 싸움에서 지고 사로잡혔다면 어떻게 500명 군사 중 한 명도 도망 와서 보고하지 않는단 말이냐? 네가 지금 우리를 속여 성문을 열고, 가족을 데려가려고 하는 것이 아니냐. 네 마누라는 오늘 일찌감치 죽여버렸다. 믿지 못하겠다면 네게 머리를 줄 테니 잘 보거라."

군사가 진명 부인의 수급을 창끝에 매달아 진명에게 보였다. 진명은 성질이 급한 사람이라 부인의 수급을 보고 가슴이 찢어졌지만 변명도 못하고 억울하다고만 외쳤다. 성 위에서 쇠뇌와 화살을 비처럼 퍼부어대니 피할 수밖에 없었다. 온 들판에 아직도 불이 꺼지지 않아 군데군데 연기가 피어올랐다.

진명은 말을 돌려 폐허더미로 돌아와 죽을 곳을 찾지 못한 것을 한탄했다. 속으로 한참을 생각하다가 말을 돌려 왔던 길을 되돌아갔다. 10여 리를 지나지 않아 수풀 속에서 사람과 말무리가 나왔다. 선두에는 말 5마리가 있었는데, 다른 사람이 아니라 송강·화영·연순·왕영·정천수가 졸개 100~200명을 끌고 나왔다. 송강이 말에서 몸을 굽혀 인사하며 말했다.

"총관, 어째서 청주로 돌아가지 않으시오? 혼자 말을 타고 어디로 가시오?"

진명이 묻는 말을 듣고는 화가 나서 말했다.

"어떤 하늘도 땅도 용납할 수 없는 찢어 죽일 도적놈이 나로 변장하고 성을 공격하여 백성의 집을 불사르고 양민을 학살했으며 내 가족을 몰살당하게 만들었느냐! 내가 이제 하늘에 숨으려 해도 길이 없고 땅속에 들어가려 해도 문이 없구나! 내가 만일 그놈을 찾는다면 이 낭아봉으로 부숴버리겠다!"

송강이 말했다.

"총관님, 잠시 참으십시오. 부인을 이미 잃었다면 어쩔 수 없소. 소인이 총관께 중매를 서리다. 소인이 생각해둔 것이 있으나, 여기서 말씀드리기는 어렵습니다. 산채로 가셔서 말씀드릴 테니 지금 산채로 가시지요."

진명은 어쩔 수 없이 송강을 따라 청풍산으로 돌아왔다.

돌아오는 길에는 누구도 말을 하지 않았고, 산 위 정자 앞에 도착하여 말에서 내리고 다 같이 산채 안으로 들어갔다. 졸개들은 이미 술과 과일 그리고 안주를 취의청에 준비했다. 다섯 사람이 진명에게 대청에 오르기를 청하고 그를 가운데 자리에 앉게 했다. 갑자기 다섯 호걸이 모두 무릎을 꿇자 진명도 서둘러 답례하며 역시 바닥에 무릎을 꿇었다. 송강이 무겁게 입을 열었다.

"총관께서는 너무 책망하지 마십시오. 어제 총관을 붙잡아 산채에 남도록 권했으나 끝까지 마다하셔서 이 송강이 부득이하게 계책을 냈습니다. 졸개 가운데 총관과 모습이 흡사한 자를 골라 총관의 갑옷과 투구를 입히고, 그 말을 타고 낭아봉을 가로로 들고 바로 청주성으로 도적들을 이끌고 가서 살인을 했습니다. 연순과 왕왜호는 50여 명을 데리고 가서 싸움을 도우며 총관의 집으로 가서 가족을 데려오려고 했습니다만 뜻대로 되지 않았습니다. 총관이 집으로 돌아가려는 생각을 막으려고 했기에 부득이 살인 방화를 했습니다. 결국 사정이 이 지경이 되었으니 오늘 우리가 특별히 용서를 구하고자 합니다."

진명은 모두 듣고서 화가 끓어올랐다. 송강 등과 죽기 살기로 싸우고 싶기도 했지만 오히려 속으로 곰곰이 생각했다. 첫째로 자신이 이렇게 된 것은 하늘이 정한 운명인가 싶기도 하고, 둘째로 그들에게 붙잡혔을 때 예우해준 것에 대하여 고맙기도 하고, 셋째로 무엇보다 싸워도 이길 자신이 없었다. 그래서 분노를 억누를 수밖에 없었다. 이에 말했다.

"여러 형제가 비록 좋은 뜻으로 이 진명을 붙들려고 했지만 결과적으로 가족을 잃게 만든 것은 내게 너무 악독한 짓이요."

송강이 대답했다.

"형장. 어째서 그렇게 끝까지 목숨을 걸려고 하시오? 만일 형수님이 없다면 화영에게 어질고 총명한 동생이 있습니다. 화영이 동생을 시집보내겠다고 하니, 즉시 혼수를 갖추고 총관의 배필로 맞으신다면 어떻겠소?"

진명은 사람들이 자기를 이렇게 공경하고 애정을 보이므로 비로소 안심하고 귀순했다.

사람들이 송강을 청하여 가운데 자리에 앉혔고, 진명이 윗자리 화영이 아랫자리에 앉았다. 그리고 세 사내가 순서에 따라 모두 앉자 북치고 피리를 불며 술을 마시면서 청풍채를 공격할 일을 상의했다. 진명이 말했다.

"이것은 아무것도 어려울 것 없으니, 형제들이 크게 마음 쓸 것 없습니다. 황신 그 사람은 내 수하입니다. 둘째로 이 진명이 그에게 무예를 가르쳤습니다. 셋째로 나와 사이가 가장 좋습니다. 내일 내가 먼저 가서 방책 문을 열게 하고 갖은 말로 항복시켜 가입시키면 화 지채의 가족을 구하고 유고의 여편네를 붙잡아 형님의 원수를 갚고 상견하는 선물로 삼고자 하는데 어떻습니까?"

송강이 크게 기뻐하며 말했다.

"만일 총관께서 이렇게 흔쾌히 허락하신다면, 정말 이보다 더한 다행이 어디에 있겠습니까!"

이날 연회가 끝나고 각자 돌아가서 쉬었다. 다음날 일찍 일어나 아침을 먹고 각자 갑옷을 입었다. 진명이 말에 올라 낭아봉을 들고 먼저 하산하여 청풍진으로 달려갔다.

한편 황신은 청풍진에 도착한 뒤에 군사와 백성을 호령하면서 병사를 배치했고 밤낮으로 방비하며 방책 문을 굳건하게 지켰다. 또 감히 나가 싸우지 않고 빈번하게 사람을 보내 염탐했으나 청주에서 보낸 구원병을 볼 수 없었다. 이날 군졸이 들어와서 보고했다.

"울타리 밖에서 진 통제라는 분이 혼자 말 타고 와서 방책 문을 열라고 합니다."

황신은 듣고서 말에 올라 날듯이 문으로 달려가보니 과연 진 통제가 하인 하나도 없이 혼자서 말을 타고 있었다. 황신이 방책 문을 열게 하고 조교를 내려 진 통제를 맞이하여 나란히 말을 타고 대채 대청 앞까지 와서 말에서 내렸다. 대청에 오르기를 청하고 예를 마치자 황신이 물었다.

"총관은 무슨 까닭으로 혼자서 여기에 오셨습니까?"

진명이 먼저 군마를 끌고 와서 싸움에 패배한 사정을 이야기하고 또 말했다.

"산동 급시우 송 공명은 재물을 아끼지 않고 의를 중시하는 사람인데, 천하의 호걸들과 사귀기를 좋아하니 누가 그를 흠모하지 않겠는가? 지금 청풍산에서 만나 산채에서 한패가 되었네. 자네는 가족도 없는데 여기서 문관들의 기세에서 벗어나 내 말을 듣고 산채로 올라가서 한패가 되는 것이 어떤가?"

황신이 진명의 말을 듣고는 대답했다.

"이미 은인께서 그곳에 계신다면 제가 어찌 감히 따르지 않겠습니까? 송 공명이 산 위에 있다는 말은 듣지 못했는데 지금 말씀하신 급시우 송 공명이 어디에서 나타났나요?"

진명이 웃으면서 말했다.

"자네가 며칠 전에 끌고 가려던 운성호 장삼이 바로 그분이네. 진짜 성명을 밝혔다가 자기가 벌인 사건이 들통날까봐 장삼이라고 했다더군."

황신이 듣고 휘청거리며 말했다.

"만일 그 사람이 송 공명인 줄 알았다면 제가 도중에 풀어주었을 것입니다. 순간적으로 두루 살피지 못하고 일방적으로 유고의 말만 들었다가 하마터면 그를 죽일 뻔했군요."

진명과 황신이 대청에서 출발할 것을 상의하는데 병사가 들어와서 보고했다.

"두 무리의 군사들이 북치고 징을 울리며 진을 향하여 몰려오고 있습니다."

진명과 황신이 그 말을 듣고는 말에 올라 적을 맞으러 나갔다. 군마가 방책문 앞까지 이르렀을 때 바라보니, 먼지가 천지를 가리고 살기가 하늘까지 뻗친 두 갈래 부대를 네 명의 사내가 이끌고 내려오고 있었다.

결국 진명과 황신이 어떻게 적을 맞아 싸우는지는 다음 회에 설명하노라.

먼저 '벽력霹靂'은 맹렬한 천둥소리를 말한다. 또한, 『수호전보증본』에 근거하면, 『양서梁書』 「조경종전曹景宗傳」에서 "조경종이 출세한 뒤에 친한 자에게 말하기를, '내가 옛날에 향리에서 나는 듯이 말을 빨리 달렸고 활시위를 놓으면 벽력같은 소리가 났다'고 했다." 그리고 『중국풍속사』에 근거하면 "오원군吾袁郡(지금의 장시성 이춘宜春) 말에 '벽력' 두 글자는 물건을 불로 태울 때 소리와 인성이 거칠고 급함을 형용한다"고 했다. 즉, '벽력'은 맹렬한 천둥소리, 활시위 소리와 물건을 불로 태울 때 나는 터지는 소리로 모두 사람의 성질이 급함을 형용한다고 할 수 있다.

【 제35회 】

# 양산박으로[1]

진명과 황신 둘이 방책 문에서 밖을 바라보니 두 갈래 길로 오던 부대가 모두 도착했다. 한쪽은 송강·화영이었고 다른 쪽은 연순·왕왜호로 각기 졸개 150여 명을 거느렸다. 황신이 병사를 불러 조교를 내리게 하고 문을 열어 두 부대를 진 안으로 들어오게 했다. 송강은 이미 백성을 해치지 말고 병사도 상하게 하지 말라고 명령을 내렸다. 먼저 남쪽 채로 들어가 유고 일가를 모조리 죽였다. 왕왜호는 자기가 먼저 들어가 그 부인을 붙잡았다. 졸개들은 모든 재산과 금은보화를 수레에 실었다. 그리고 말·소·양을 모두 끌어냈다. 화영은 집으로 돌아가 모든 재물을 수레에 싣고 처자식과 여동생을 이사시켰다. 그들 가운데 청풍진에 남고자 하는 사람은 모두 풀어주었다. 많은 사람이 모두 수습을 마치고 청풍진을 떠나 산채로 돌아갔다.

수레와 사람들이 모두 산채에 도착했다. 정천수가 나와 맞이하고 취의청에

1_ 제35회 제목은 '石將軍村店寄書(석장군이 시골 주점에서 편지를 전달하다), 小李廣梁山射雁(화영이 양산에서 활을 쏘아 기러기를 떨어뜨리다)'다.

모였다. 황신은 두령들과 인사를 마치고 화영의 아랫자리에 앉았다. 송강이 화영의 가족에게 거처를 제공하여 쉬게 하고 유고의 재물을 졸개들에게 나눠주었다. 왕왜호는 유고의 부인을 잡아와 자기 방 안에 숨겨두었다. 연순이 왕왜호를 보고 물었다.

"유고의 여편네는 지금 어디에 두었느냐?"

"이번에는 반드시 제 부인을 만들어야겠소."

"자네에게 줄 수 있지. 하지만 불러오게. 내가 할 말이 있네."

송강도 말했다.

"나도 꼭 물어볼 말이 있네."

왕왜호는 마지못해 유고의 여편네를 대청 앞으로 불러왔다. 유고의 부인이 소리 높여 울부짖으며 살려달라고 용서를 빌었다. 송강이 소리 질렀다.

"너 이 못된 년아! 나는 네가 조정 관리의 부인이라고 좋은 뜻으로 구해줘 하산시켰더니 너는 어째서 은혜를 원수로 갚았단 말이냐? 오늘 이렇게 잡혀와서도 뭐라 할 말이 있느냐?"

연순이 벌떡 일어나더니 말했다.

"이런 음탕한 계집에게 묻긴 뭘 묻는단 말입니까?"

요도를 빼내더니 한칼에 두 동강을 내버렸다. 왕왜호는 부인이 찍혀죽는 것을 보고는 화가 머리끝까지 치밀어 올라 박도를 빼앗아 들고 연순과 싸우려고 했다. 송강 등이 일어나 싸움을 말리며 왕왜호를 달랬다.

"연순이 이 여자를 죽인 것은 잘못한 일이 아니네. 동생, 내가 힘을 다해 구해서 내려보냈더니, 부부가 함께 모여 오히려 얼굴을 돌리고 남편을 시켜 나를 해치려 했다네. 동생, 이 여자를 자네 옆에 오래 남겨두었다가는 해만 끼치고 이익은 없을 것이네. 이 송강이 나중에 따로 좋은 사람을 구해 만족하게 해주겠네."

연순이 말했다.

"내 말이 바로 송강 형님의 생각과 같네. 지금 죽이지 않으면 나중에 반드시 그년에게 당한다니까."

왕왜호는 사람들이 말리자 입을 다물어버렸다. 연순이 졸개들을 불러 시체를 치우고 피를 닦아낸 다음 연회를 준비하여 축하연을 열었다.

다음날 송강과 황신이 혼례를 주관하고 연순·왕왜호·정천수 등이 매파[2]가 되어 화영의 여동생을 진명에게 시집보냈다. 모든 예물은 송강과 연순의 명의로 내놓았다. 3~5일 동안 잔치가 계속되었다. 혼례가 끝난 뒤 다시 5~7일이 지나고 졸개들이 소식을 염탐하여 산으로 올라와 보고했다.

"청주 모용 지부가 문서를 중서성中書省에 보내 화영·진명·황신이 조정을 배반했다고 보고를 올려 조정에서 대군을 파견하여 청풍산을 소탕하러 온답니다."

두령들이 모여 보고를 듣고 대책을 의논했다.

"여기 청풍산은 장소가 협소하여 오래 머물 곳이 아닙니다. 만일 대군이 몰려와 사방을 포위한다면 어떻게 적을 맞아 대항하겠습니까?"

송강이 말했다.

"제게 좋은 계책이 하나 있는데 여러분 마음에 들지 모르겠습니다."

다른 두령들이 말했다.

"어떤 좋은 계책인지 말씀해보시지요."

"여기에서 남쪽에 양산박이라 부르는 곳은 사방으로 800여 리이고 중간에 완자성과 요아와가 있습니다. 조천왕 조개가 군사 3000~5000명을 모아 호수를 지키고 있으므로 관군이나 포도군사들이 감히 눈을 똑바로 뜨고 바라보지도 못합니다. 우리가 인마를 수습하여 그곳에 가서 한패가 되는 것이 어떻겠습니까?"

2_ 중국의 혼인은 매파를 통해야 했으며 매파가 없으면 혼인이 이루어지지 않았다. 그러므로 전통적인 혼인 문화 속에서 매파의 위치는 매우 중요했다. 매파 없이 남녀 관계가 이루어지면 정실부인이 아니라 첩실이 되었다.

진명이 말했다.

"그런 곳이 있다면 더 말할 나위 없이 좋습니다. 하지만 중간에서 이어줄 사람이 없다면 그들이 어찌 우리를 기꺼이 받아주겠습니까?"

송강이 크게 웃으면서 생신강의 금은보화를 빼앗던 일부터 이야기했다.

"유당이 나에게 감사 인사를 하려고 편지와 금을 가지고 왔다가 일이 잘못되었고, 그래서 내가 염파석을 죽이고 강호로 도망 다니게 되었습니다."

진명이 듣고 크게 기뻐하며 말했다.

"그렇다면, 형님이 저들에게는 커다란 은인이겠군요. 일을 조금이라도 늦추어서는 안 되니 즉각 수습하여 서둘러 갑시다."

그날 상의하여 결정하고 수레 수십 량을 준비하여 가족과 금은보화, 의복, 보따리 등을 실었으며 말은 모두 200~300필이나 되었다. 졸개들 가운데 떠나기를 원치 않는 자들은 은냥을 나눠주고 마음대로 가고 싶은 곳으로 보냈다. 따라가기를 원하는 자들은 부대에 편입시켰는데, 진명이 데리고 온 졸개까지 모두 300~500명이었다. 송강은 무리를 셋으로 나누어 하산하면서 모두 양산박을 소탕하러 가는 관군으로 위장했다. 산 위에서 모든 수습이 끝나 수레에 싣고 산채에 불을 질러 평지로 만들어버렸다. 세 부대로 나누어 산을 내려왔는데, 송강과 화영은 40~50명과 기마부대 30~50기를 이끌고 수레 5~7량에 노인과 아이를 태우고 먼저 출발했다. 진명과 황신은 80~90필의 말과 마차 몇 대를 이끌고 두 번째로 출발했다. 뒤에 연순·왕왜호·정천수 세 사람은 말 40~50필에 100~200명을 이끌고 청풍산을 떠나 양산박을 향해 나갔다. 이 많은 부대의 깃발에 '도적을 소탕하러 가는 관군收捕草寇官軍'이라고 쓰여 있었으므로 감히 누구도 길을 막지 않았다. 길을 떠난 지 5~7일이 되자 청주와 멀어졌다.

한편 송강과 화영 두 사람이 말을 타고 맨 앞에 서서 노인과 아이를 태운 수레를 인도하며 가고 있었는데, 뒤의 부대와는 20여 리 거리를 두고 있었다. 한참 가다가 '대영산對影山'이라 불리는 곳에 도착했다. 이곳은 높은 산이 두 개 있었고 두 산의 중간에 넓은 역참대로가 있었다. 화영과 송강이 말을 타고 앞에서 가고 있을 때 앞산에서 북소리와 징소리가 들리자 화영이 말했다.

"앞에 반드시 강도가 있을 것이다."

창을 말안장에 걸고 활과 화살을 꺼내어 잘 준비 점검하고 다시 비어대飛魚袋[3] 안에 꽂아 넣었다. 기마병을 불러 뒤따라오는 두 부대가 빨리 오노록 재촉했고 함께 뒤에서 따라오던 행렬을 멈춰 세웠다. 송강과 화영은 말 탄 졸개 20여 명과 함께 앞으로 달려가 살폈다. 반 리 길쯤 가니 대략 사람 100여 명이 모여 있는데 앞쪽에 한 청년 장사를 에워싸고 있었다. 생김새를 보니,

머리에는 황금 테두리에 옥으로 장식한 세 갈래 관을 쓰고, 몸에는 온갖 둥근 꽃무늬를 수놓은 비단 도포를 걸쳤구나. 갑옷은 수천 조각 화룡火龍의 비늘 덮은 듯하고, 붉은 마노 띠를 허리에 둘렀네. 연지를 바른 듯한 말을 탔는데 용마龍馬[4]와 같고, 자루를 붉게 채색한 방천화극方天畫戟을 휘두르누나. 등 뒤의 졸개들은 모두가 붉은 옷과 붉은 갑옷 입었다네.

頭上三叉冠, 金圈玉鈿; 身上百花袍, 織錦團花. 甲披千道火龍鱗, 帶束一條紅瑪瑙. 騎一匹胭脂抹就如龍馬, 使一條朱紅畫杆方天戟. 背後小校, 盡是紅衣紅甲.

그 장사가 말을 타고 손에 방천화극을 가로로 들고 산비탈 앞에 서서 큰소리를 지르고 있었다.

"오늘 내가 너와 싸워 누가 이기고 누가 지는지 승부를 가르자!"

맞은편 산언덕 뒤에서 100여 명의 부대가 흰 갑옷을 입은 청년 장사를 에워싸고 나왔다. 생김새를 보니,

3_ 비어대飛魚袋: 활을 넣는 자루로 비어飛魚의 문양이 수놓아져 있다. 비어는 몸이 둥글고 잉어 같은 형상으로 물고기 몸에 새의 날개를 지니고 있다.

4_ 용마龍馬: 고대 신화 속의 형상으로 말 형상의 용을 말한다.

머리에는 세 갈래 관을 썼는데 정수리는 흰 눈이 내린 듯하며, 몸에 걸친 단련한 쇠 갑옷은 수없이 찬 서리를 맞은 듯하구나. 흰 비단 도포엔 햇빛이 눈부시고, 은백색 띠는 밝은 달을 깔보는 듯하네. 천 리를 달리는 옥으로 장식한 듯한 정완마征宛馬를 타고, 손에는 차가운 은빛의 방천화극을 휘두르누나. 등 뒤의 졸개들은 모두가 흰 옷과 흰 갑옷 입었다네.

頭上三叉冠, 頂一團瑞雪; 身上鑌鐵甲, 披千點寒霜. 素羅袍光射太陽, 銀花帶色欺明月. 坐下騎一匹征宛玉獸, 手中掄一枝寒戟銀絞. 背後小校, 都是白衣白甲.

이 장사 역시 손에 방천화극을 사용했다. 이쪽은 모두 하얀 깃발이었고 저쪽은 모두 붉은 깃발이었다. 양쪽에서 각기 홍백의 깃발을 흔들었으며 북소리와 고함 소리가 천지를 뒤흔들었다. 두 장사는 아무 말도 하지 않고 각자 손에 든 화극을 휘두르며 말을 몰고 나와 큰 길 가운데에서 싸웠으나 승부가 나지 않았다. 화영과 송강은 말을 멈춰 세우고 둘이 싸우는 광경을 보는데 과연 승리를 다투는 좋은 적수였다. 바로 다음과 같다.

깃발은 빙빙 돌며 휘감기고, 전포 자락 바람에 펄럭이네. 붉은 노을 그림자 속에 날아가는 구름 몇 조각 땅을 스쳐지나가고, 새하얀 눈빛 속에 맹렬한 불덩이 몇 개가 구르는 듯하네. 겨울 해질녘의 옛 집 정원에는 동백나무와 매화 꽃봉오리 빛을 다투고, 짙은 봄 상원上苑에서는 오얏나무 가루와 복숭아나무 진이 색깔을 다투는구나. 이쪽은 남방 병정丙丁의 불火이라[5] 마치 염마천焰摩天에서 단로丹爐[6]로 달리는 듯하고, 저쪽은 서방 경신庚辛의 금金이라[7] 태화봉泰華峰

5_ 병정丙丁은 화火에 속하므로 불을 병정이라 부른다.
6_ 단로丹爐: 단약을 만드는 부뚜막이다.
7_ 오행 가운데 경신庚辛은 서쪽 금金을 말한다.

에서 옥정玉井8을 뒤집는 듯하네. 분노한 송무기宋無忌9 불같이 붉은 노새 타고 서리 내린 숲속을 달리는 듯하며, 성난 풍이馮夷10가 옥 같은 산예狻猊11를 타고 사찰을 종횡하는 듯하다.

旗仗盤旋, 戰衣飄颻. 絳霞影裏, 捲幾片拂地飛雲; 白雪光中, 滾數團燎原烈火. 故園冬暮, 山茶和梅蕊爭輝; 上苑春濃, 李粉共挑脂鬪彩. 這個按南方丙丁火, 似焰摩天上走丹爐; 那個按西方庚辛金, 如泰華峰頭翻玉井. 宋無忌忿怒, 騎火騾子奔走霜林; 馮夷神生嗔, 跨玉狻猊縱橫花界.

두 장사가 각자 방천화극을 사용하여 30여 합을 싸웠지만 승패를 가리지 못했다. 화영과 송강 두 사람은 말 위에서 갈채를 보냈다. 화영이 조금씩 말을 몰아 앞으로 나아가 구경했다. 두 장사는 싸우면서 깊은 계곡 가까이 다가갔다. 한 사람의 극에는 표범 꼬리 모양의 금전金錢을 매달았고 다른 한쪽은 금전 오색 깃발을 매달았는데, 서로 치고 박다가 끈이 얽혀버려 풀리지 않았다. 화영이 말 위에서 구경하다가 말을 세운 다음 왼손으로 비어대에서 활을 꺼내 잡고 오른손으로 활 통에서 화살을 꺼내 활시위를 걸고 힘껏 당겨 실눈을 뜨고 표범 꼬리 실을 가늠하여 쏘니 '씨잉' 날아가 바로 묶였던 끈이 끊어졌다. 두 자루의 방천화극이 서로 떨어지자 보고 있던 200여 명이 일제히 함성을 질렀다.

두 장사는 싸움을 멈추고 모두 말을 몰아 송강과 화영 앞으로 달려와 말 위에서 허리를 살짝 굽혀 예를 취하고 물었다.

"방금 귀신같은 활 솜씨를 보이신 장군 성함을 알고 싶습니다."

화영이 말 위에서 인사에 답례하며 말했다.

8_ 태화산泰華山 위의 옥정玉井을 말한다.

9_ 송무기宋無忌: 송무기宋毋忌라고도 하며 전설 속의 불의 신선이다.

10_ 풍이馮夷: 하백河伯으로 전설 속의 황하의 신이다. 일반적으로 물의 신을 가리킨다.

11_ 산예狻猊: 전설 속의 맹수다. 사자와 비슷한 형상이다.

"여기 이분은 제 의형으로 운성현 압사 산동 급시우 송 공명이십니다. 나는 청풍진 지채 소이광 화영입니다."

두 장사가 듣고 극을 치우더니 말에서 내려 무릎을 꿇고 머리를 숙여 절하며 말했다.

"그 이름 이미 오래 전부터 들었습니다."

송강과 화영이 당황하여 말에서 내려 두 장사를 부축하여 일으키고 물었다.

"두 장사의 성함은 어떻게 되십니까?"

붉은 옷을 입은 장사가 말했다.

"소인은 여방呂方이고 본적은 담주潭州[12]입니다. 평소 여포를 좋아하여 방천화극을 익혔습니다. 그래서 사람들은 저를 소온후小溫侯 여방이라고 부릅니다. 산동에 약재를 팔러갔다가 본전을 다 까먹고 고향으로 돌아갈 수가 없어 임시로 여기 대영산을 점거하고 강도짓을 했습니다. 근래에 저 장사가 나타나 제 산채를 빼앗으려고 했습니다. 각자 산을 하나씩 차지했으나 저쪽이 만족하지 못하므로 매일 하산하여 싸우고 있습니다. 원래 인연이 정해져서 그런지 몰라도 오늘 이렇게 존안을 뵙게 되었습니다."

송강이 다시 흰 옷 입은 장사에게 묻자 그가 대답했다.

"소인은 곽성郭盛이라고 하며 본적은 서천西川 가릉嘉陵입니다. 수은을 팔러 다니다가 황하에서 바람에 배가 뒤집혀 고향으로 돌아갈 수가 없었습니다. 원래 고향에서 가릉 병마 장張 제할에게 방천화극을 배웠습니다. 열심히 수련하여 나중에 익숙하게 되자 사람들은 저를 새인귀賽仁貴 곽성이라고 불렀습니다. 강호에서 극을 잘 쓰는 장수가 대영산을 근거지로 산채를 꾸리고 있다는 소문을 듣고 솜씨를 겨루려고 달려왔습니다. 10여 일을 계속 싸워도 승부가 나지 않았는데, 오늘 뜻밖에 두 분을 만나게 되었으니 하늘이 내려준 행운입니다."

12_ 담주潭州: 지금의 후난湖南성 창사長沙.

송강이 이야기를 모두 듣고 둘에게 물었다.

"이렇게 만난 것도 인연인데, 두 분께서 화해하시는 것이 어떻겠습니까?"

두 장사가 기뻐하며 송강 말대로 따르기로 했다. 시에 이르기를,

구리 쇠사슬로 칼싸움 말리는 것은 쉬운 일이나
화살로 화극 싸움 말리는 것은 진기한 일이네.
모름지기 호걸들 마음 하나로 합치는 것 알아야
단단한 황금도 쪼갤 수 있음을 의심하지 않네.
銅鏈勸刀猶易事, 箭鋒勸戟更稀奇.
須知豪杰同心處, 利斷堅金不用疑.

뒤에 따라오던 일행이 모두 도착하여 그들과 일일이 인사를 나누었다. 여방이 먼저 산으로 청하여 소와 말을 잡아 연회를 베풀었다. 다음날 곽성이 술을 준비하여 연회를 열었다. 송강은 두 사람을 권하여 함께 의를 위해 모인 양산박의 조개에게 가서 한 패가 될 것을 권했다. 둘은 기뻐하며 동의했다. 두 산의 인원을 점검하고 재물을 정리하여 짐을 쌌다. 송강이 말했다.

"잠시 멈추시오! 이제 이렇게 몰려가다가는 일이 잘못될 수도 있소. 우리 300~500명이 양산박으로 간다면 그곳 양산박에서도 염탐하는 사람이 사방에서 소식을 염탐할 것이오. 만일 우리가 정말로 그들을 체포하러 간다고 생각하게 된다면 큰일이 아니겠소! 내가 연순과 먼저 가서 알릴 테니 여러분은 뒤따라오시오. 그리고 지난번처럼 셋으로 나누어 출발하시오."

화영과 진명이 말했다.

"형님 말이 옳습니다. 그대로 따르겠습니다. 형님이 한나절 먼저 가시면 우리는 인마를 재촉하면서 뒤따라 쫓아가겠습니다."

대영산에서 사람들이 출발하기 전에 송강과 연순은 10여 명을 데리고 말을

타고 미리 양산박을 향해 출발했다. 길 떠난 지 이틀째 되는 날 정오쯤에 한참 가고 있는데 대로변에 큰 주점이 보이자 송강이 말했다.

"졸개들이 피곤할 테니 술이라도 먹이고 계속 가도록 하세."

송강과 연순이 말에서 내려 주점 안으로 들어갔다. 졸개들에게 말의 복대를 느슨하게 풀라 하고 모두 주점 안으로 들어가 앉았다.

송강과 연순이 주점 안으로 들어가서 보니 큰 자리가 3개이고 작은 자리도 몇 개 안 되는데 큰 좌석 하나를 먼저 온 사람이 혼자 독차지하고 있었다. 송강이 그 사람의 생김새를 보니,

머리엔 돼지주둥이 같은 저취두건猪嘴頭巾[13]을 쓰고, 머리 뒤엔 태원부太原府의 귀한 동 고리 두 개를 묶고 있구나. 검은 비단 저고리에 허리에는 하얀 탑박을 묶었네. 무릎을 보호하는 행전을 차고, 미투리를 신었네. 탁자 옆에 짧은 몽둥이를 기대어놓고, 끝에 옷 보따리가 걸려 있구나.

裹一頂猪嘴頭巾, 腦後兩個太原府金不換紐絲銅環. 上穿一領皂袖衫, 腰繫一條白搭膊. 下面腿絣護膝, 八搭麻鞋. 卓子邊倚着短棒, 横頭上放着個衣包.

그 남자의 키는 대략 8척 정도 되었고 누르스름하고 말라빠진 얼굴이었으며 눈은 날카롭게 빛나고 수염은 전혀 없었다. 송강이 주보를 불러 말했다.

"우리가 일행이 많은데 우리 둘은 안에 들어가서 앉겠다. 나머지 일행은 모여서 같이 술 한잔 하려고 한다. 네가 가서 저 손님에게 다른 자리에 앉고 넓은 자리를 우리에게 양보해달라고 말해보거라."

"알겠습니다."

송강은 연순과 안에 들어가 앉고 먼저 주보를 불러 술을 주문했다.

13_ 저취두건猪嘴頭巾: 명대에 무사들이 쓰던 두건.

"먼저 우리 일행에게 한 사람당 큰 사발로 술 세 사발씩 돌리고 고기도 가져다가 먹을 수 있도록 하게. 그러고 이리 와서 술을 거르게."

일행이 화로 주변에 잔뜩 모여 서 있는 것을 본 주보는 공인 복장의 그 사람에게 가서 말했다.

"공인 나리, 죄송합니다만 이 좌석을 안에 계신 저 두 관인 일행에게 양보해 주시면 안 될까요."

그 사내는 '공인 나리'라는 말이 비위를 건드렸는지 주보를 꾸짖으며 말했다.

"손님도 먼저 온 사람과 나중에 온 사람이 있는 법이다. 무슨 관인인지 나발인지 일행이라고 자리를 바꿔야 한단 말이냐! 못 바꿔주겠다!"

연순이 그 말을 듣고는 송강에게 말했다.

"형님, 저 사람 좀 무례하지 않습니까!"

"내버려두게. 안 그러면 자네도 똑같은 사람일세!"

그렇게 말해서 연순을 진정시켰다. 그 사내가 고개를 돌려 송강과 연순을 보고 싸늘하게 웃음을 띠며 쳐다보았다. 주보가 조심스레 다시 입을 열었다.

"공인 나리, 장사하는 소인의 편의를 보아 자리 좀 바꾸어주시면 안 되겠습니까?"

그 사내는 화를 버럭 내면서 손바닥으로 탁자를 두드리며 말했다.

"이 좆같은 놈들이 사람을 무시하는 것도 아니고 내가 혼자라고 우습게 보이냐. 자리를 바꾸라고? 조趙 황제[14]가 오더라도 내가 너희 같은 놈들하고는 못 바꿔주겠다. 아무리 지껄여도 내 주먹은 눈깔이 없어서 너희를 몰라볼 것이다."

주보가 말했다.

"소인이 뭔 소리를 했다고요!"

그 사내가 소리 질렀다.

14_ 원문은 '조관가趙官家'다. 송 휘종 조길趙佶을 가리킨다. 관가는 황제에 대한 칭호다.

"너 이놈, 감히 누구한테 그 따위 소리냐!"

연순이 듣고 있다가 참지 못하고 말했다.

"저놈이, 넌 좆같이 뭐가 세다고 그러냐! 안 바꿔주면 그만이지 사람을 그렇게 좆같이 겁주고 지랄이냐!"

그 사내는 벌떡 일어나 짧은 몽둥이를 손에 쥐고는 말했다.

"내가 저놈 욕하겠다는데 너하고 무슨 상관이냐! 나는 세상에서 두 사람에게만 양보하고 나머지는 내 발톱에 낀 때만도 못하게 생각한다."

연순이 화가 머리끝까지 치밀어 올라 의자를 들고 한바탕 싸움을 벌이려고 다가갔다.

송강은 그 사람 얘기가 허튼소리 같지 않아 중간에 끼어들어 말리며 말했다.

"두 사람은 잠시 멈추시오. 제가 묻겠습니다. 당신이 천하에서 양보할 수 있는 그 두 사람이 누구입니까?"

"누군지 말해주면 놀랄 것이다."

"그 두 호걸이 누군지 이름을 들어보고 싶소."

"한 사람은 창주 횡해군 시세종의 후손으로 소선풍이라 불리는 시 대관인이다."

송강이 속으로 고개를 끄덕이며 다시 물었다.

"나머지 한 사람은 누구입니까?"

"이 사람도 아주 훌륭한 사람이지. 운성현 압사 산동 급시우 호보의 송 공명이다."

송강이 연순에게 몰래 웃으니 연순은 의자를 내려놓았다. 그 사내가 말했다.

"나는 이 두 사람만 빼고 대송의 황제라도 두렵지 않다."

"잠깐만. 한 가지 물어봅시다. 당신이 말한 두 사람은 모두 내가 아는 사람이오. 당신 그 두 사람을 어디서 만났소?"

"당신이 이미 알고 있다면, 내가 거짓말 할 필요는 없지. 3년 전에 시 대관인 장원에서 4개월 정도 머물렀고 송 공명은 본 적이 없다."

"당신 흑삼랑을 보고 싶소?"

"내가 바로 지금 그 사람을 찾고 있소."

"누가 당신더러 그 사람을 찾으라고 했소?"

"그 사람의 친동생 철선자 송청이 내게 편지를 주며 전해달라고 했다."

송강이 듣고 크게 기뻐하며 앞으로 나와 손을 끌며 말했다.

"'인연이 있으면 천리 밖에서도 서로 만나고, 인연이 없으면 얼굴을 맞대고도 몰라본다'고 했습니다. 제가 바로 흑삼랑 송강입니다."

그 사내가 송강의 얼굴을 자세히 쳐다보더니 바로 절하며 말했다.

"하늘이 도와 형님을 이렇게 만났군요. 그냥 지나치고 공 태공 댁까지 헛걸음질할 뻔했습니다."

송강이 그 사내를 끌고 안으로 들어가 물었다.

"우리 집에는 별일 없지요?"

"형님, 저는 석용石勇이라고 하는데 원래 북경 대명부 사람입니다. 평소 도박을 하며 살았습니다. 고향에서는 다른 이름이 있는데 석장군石將軍이라고 부릅니다. 전에 도박을 하다가 주먹으로 사람을 때려죽이고 시 대관인 장원으로 도망갔었습니다. 강호를 돌아다니며 형님의 명성을 듣고 운성현으로 찾아가 형님에게 의지하려고 했는데, 사달이 나서 다른 곳으로 갔다는 얘기를 들었습니다. 그래서 형님은 뵙지도 못하고 형님 동생만 만났습니다. 제가 시 대관인 댁에서 왔다고 하자 형님이 백호산 공 태공의 장원에 계시다고 하더군요. 제가 형님을 찾아가 뵙고자 한다고 했더니 동생분이 이 편지를 주면서 공 태공 장원에 가서 만나보거든 형님더러 빨리 집으로 돌아오라고 하더군요."

송강이 이야기를 모두 듣고 속으로 의문이 생겨 서둘러 물었다.

"우리 집에 며칠이나 머물렀습니까? 제 부친은 만나보셨습니까?"

"소인은 그곳에서 하룻밤만 머물렀기에 태공은 뵙지 못했습니다."

송강이 양산박에 합세하러 가던 중이라는 것을 석용에게 말했다.

"소인은 시 대관인의 장원을 떠나 강호를 떠돌며 송강 형님이 의를 중히 여기고 재물을 아끼지 않으며 가난하고 어려움에 빠진 사람을 도와준다는 명성을 들었습니다. 지금 형님이 그곳에 가서 한 패거리가 되겠다고 하시니 저도 꼭 좀 데려가주십시오."

"한 사람쯤이야 더 들어간다고 안 될 것도 없지요! 이리 와서 연순과 인사나 좀 하시요."

주보를 불러 술을 따르게 했다. 술이 세 번 돌고 석용이 가서 보따리를 가져와 편지를 꺼내 서둘러 송강에게 건네주었다.

송강이 편지를 받아보니 봉투가 거꾸로 붙여져 나쁜 소식을 전하는 편지였고 '평안'이란 글자도 보이지 않았다. 송강이 속으로 의심이 더욱 커져 서둘러 뜯어 반쯤 읽어 내려가니 다음과 같이 쓰여 있었다.

'……부친께서 올해 정월 초에 병으로 돌아가셨습니다. 지금 집에서 상을 멈추고[15] 형님이 돌아와 매장할 수 있기를 고대하고 있습니다. 부디, 부디! 절대 늦지 않기를! 동생 청이 피눈물로 이 편지를 올립니다."

송강은 편지를 읽고 나서 '아이고' 큰 소리로 곡하며 가슴을 쥐어뜯으면서 스스로를 욕했다.

"어떻게 이런 불효를 저질렀단 말이냐! 늙으신 아버지가 돌아가셨는데 자식의 도리도 다 못했으니 내가 짐승보다 나을 게 무엇이냐. 아이고!"

자신의 머리를 벽에 들이받으며 통곡하기 시작했다. 연순과 석용이 부둥켜안고 말렸다. 송강이 울다가 정신을 잃고 한참 만에 깨어났다. 연순과 석용은 송강을 말리고 달랬다.

15_ 원문은 '정상停喪'인데, 사람이 죽은 다음에 입관하고 아직 매장하지 않은 것을 말한다.

"형님, 일이 이미 이 지경에 이르렀으니 너무 괴로워 마십시오."

송강이 연순에게 분부했다.

"내가 매정해서 그런 것이 아니라 선친을 염려하는 생각밖에 안 했는데 이미 돌아가셨다니 날을 새서라도 돌아가야겠네. 형제들은 알아서 산에 가게."

연순이 송강을 달래며 말했다.

"형님, 태공께서는 이미 돌아가셔서 집에 도착하더라도 뵐 수 없습니다. 천하에 돌아가시지 않는 부모가 어디 있겠습니까? 마음 편히 갖고 저희 형제들을 이끌어주신다면, 제가 형님을 모시고 장례를 치르러 가도 늦지 않을 것입니다. 자고로 '대가리 없는 뱀은 앞으로 가지 못한다'[16]고 했습니다. 만일 형님께서 떠나시면 그곳에서 어떻게 우리를 받아주겠습니까?"

"만일 자네들을 산 위에까지 데리고 올라간다면 시간이 얼마나 지체될지 모르니 그럴 수는 없네. 내가 자세한 내용을 써줄 테니 석용을 데리고 올라가 함께 가입하고 뒤에 오는 나머지는 산에 오를 때까지 기다리게. 내가 이 일을 몰랐다면 그만이지만 하늘이 내게 알렸으니 지금 하루가 1년 같고 눈썹에 불이 붙은 것 같네. 말도 필요 없고 하인도 없이 혼자 밤새워서라도 돌아가겠네."

연순과 석용은 더 이상 붙잡을 수가 없었다.

송강이 주보에게 붓과 벼루를 빌려 종이를 펼치고 울면서 편지에 정성스럽게 부탁의 말을 썼다. 편지를 다 쓰고 봉투도 붙이지 않고 연순에게 건넸다. 그리고 석용의 미투리를 벗겨 신고 은냥을 꺼내 몸에 넣었다. 요도를 차고 석용의 단봉短棒을 든 채 술과 음식은 입에 대지도 않고 문을 나서 떠나려고 했다. 연순이 말했다.

"형님, 진 총관과 화 지채 얼굴이라도 보고 가셔도 늦지 않습니다."

16_ 원문은 '蛇無頭而不行'이다. 『금사金史』 「사묘애실전斜卯愛實傳」에 '雀無翅兒不飛, 蛇無頭兒不行(참새는 날개가 없이 날 수 없고, 뱀은 머리 없이 가지 못한다)'이라는 말이 있다.

"아닐세. 기다릴 수 없네. 내 편지를 가지고 가면 아무 문제가 없을 것이네. 석용 동생, 자네가 잘 설명해주게나. 내 대신 형제들에게 잘 설명해주게. 초상 치르러 가는 이 송강을 불쌍하게 여겨 너무 탓하지 말기 바라네."

송강은 한달음에 집에 도달할 수 없음을 한탄하며 날듯이 혼자 떠났다.

연순과 석용이 그 주점에서 술과 간식을 먹고 술값을 지불했다. 석용은 송강이 타던 말을 탔고 하인을 데리고 주점에서 3~5리 떨어진 곳에서 큰 객점을 찾아 쉬면서 일행을 기다렸다. 이튿날 진시에 일행이 모두 도착했다. 연순과 석용은 일행을 맞이하여 송강이 초상 치르러 간 것을 자세하게 말했다. 일행은 한결같이 연순을 원망하며 말했다.

"어째서 붙들지 않았소?"

석용이 연순을 거들어 말했다.

"부친께서 돌아가셨다는 말을 듣고 자신도 따라 죽지 못한 것을 한스러워 하는데, 어떻게 잡을 수 있단 말입니까? 무슨 수를 써서라도 가려고 간절하게 바랐습니다. 여기 편지에 자세한 내용을 적어놓고 우리더러 찾아가라고 하셨습니다. 그곳에서 편지를 보게 되면 아무 문제가 없을 것이라고 하셨습니다."

진명과 화영이 편지를 보고 사람들과 상의했다.

"일이 이미 이 지경에 이르렀으니 진퇴양난입니다. 돌아가려 해도 그럴 수 없고 흩어질 수도 없습니다. 결국 가는 수밖에 없습니다. 편지를 봉해서 산 위에 가지고 가서 보여야겠소. 그곳에서 받아들이지 않는다면 다른 방법을 찾아야겠습니다."

아홉 사내가 한 무리가 되어 300~500명을 거느리고 점차 양산박 가까이에 가서 큰길을 찾아 산에 오르려 했다. 일행이 갈대밭을 지나고 있는데 물가에서 징소리가 울리기 시작했다. 사람들이 바라보니 산과 들이 온통 깃발로 가득 찼다. 호수 안에서는 배 두 척이 빠른 속도로 다가왔다. 맨 앞의 배에 졸개 30~50명이 탔고 뱃머리 중앙에 한 두령이 앉아 있는데 바로 표자두 임충이었다. 그 뒤에 순시선에는 30~50명 졸개가 탔고 선두에 앉은 두령은 적발귀 유당이었다. 앞배에 탄 임충이 소리를 질렀다.

"너희는 누구냐? 어디서 오는 관군이냐? 감히 우리를 잡으러 온 것이냐? 너희를 모두 죽여 한 놈도 남겨두지 않겠다! 네놈들에게 양산박의 명성을 알려주마!"

화영과 진명이 말에서 내려 물가에 서더니 임충에게 대답했다.

"우리는 관군이 아니라 일부러 산채에 한패가 되러 온 사람들입니다. 산동 급시우 송 공명 형님의 서찰이 여기 있습니다."

임충이 그 말을 듣고는 말했다.

"송 공명 형님의 편지가 있다면 앞에 주귀의 주점으로 가시오. 편지는 먼저 이리 주시면 산채에 가지고 가서 전할 테니 나중에 다시 봅시다."

배 위에서 푸른 깃발을 흔드니 갈대 숲 안에서 어부 세 사람이 탄 작은 배 한 척이 노를 저어 다가왔고, 한 사람은 남아 배를 지키고 두 사람은 모두 뭍에 오르며 말했다.

"여러 장군은 저를 따라오십시오."

물 위 배 한 척에서 하얀 깃발을 흔들자 징소리가 울리더니 순시선 두 척이 모두 사라졌다.

연순과 일행은 그 모습을 보고 놀라 얼이 나가서 말했다.

"정말로 어느 관군이 감히 여기를 침범하겠는가? 우리가 머물던 산채가 어떻게 이에 비할 수 있겠는가?"

사람들이 두 어부를 따라 크게 한 바퀴 돌아가니 한지홀률 주귀의 주점이 보였다. 주귀가 나와 사람들을 맞아 황소 두 마리를 잡고 술과 음식을 나누어 돌렸다. 서찰을 받아보고 정자에서 우는 화살을 맞은편 갈대숲에 쏘자 배 한 척이 재빠르게 저어왔다. 주귀가 졸개를 불러 편지를 가지고 산 위에 올라가 알리도록 했다. 다른 한편 돼지와 양을 잡아 두령 9명을 대접했고 군마를 주막 주변 사방에 흩어 쉬게 했다.

다음날 진시에 군사 오용이 주막 안에서 사람들을 맞이했다. 한 사람씩 빠짐없이 보고 예를 갖추었고 자세하게 물은 뒤 배 20~30척을 불러 싣고 건너갔다. 오용과 주귀는 9명의 호걸들을 배에서 내리게 하고 노인과 어린아이 수레와 인마 사람들도 배로 옮겨 건너편 금사탄에 도착했다. 배에서 내리고 소나무 숲을 지나자 두령들이 조개를 따라 북을 두드리며 맞이했다. 조개를 필두로 아홉 호걸들과 인사를 하고 맞이하여 말을 타고 가마에 올라 바로 취의청으로 갔다. 서로 마주 앉아 인사를 하고 왼쪽 교의에 조개·오용·공손승·임충·유당·완소이·완소오·완소칠·두천·송만·주귀·백승 등이 앉았다. 이때 백일서 백승은 수개월 전에 제주 감옥을 탈출하여 산으로 도망와 도적이 되었는데, 모두 오용이 사람을 시켜 이리저리 돈을 써서 탈출시킨 것이었다. 오른쪽 교의에 화영·진명·황신·연순·왕영·정천수·여방·곽성·석용이 앉았다. 중간에 화로에 향을 살라 맹세했다. 이날 풍악을 울리고 소와 말을 잡아 연회를 열었다. 다른 한편으로 새로 온 일행을 대청으로 불러 참배케 하고 소두목들에게 연회에서 대접하도록 했다. 뒷산에 방을 수습하여 가족을 옮겨 편안히 거주하게 했다. 진명과 화영은 연회에서 송 공명을 칭찬하고 청풍산에서 원한을 갚은 이야기를 하니 두령들이 듣고 기뻐했다. 나중에 여방과 곽성이 방천극을 들고 싸우다가 화영이 활을 쏘아 끈을 잘랐던 일 등을 이야기했다. 조개가 화영의 활 솜씨를 듣고 믿지 못하며 얼버무려 말했다.

"정말로 그렇게 정확하다면 나중에 활 시합을 구경 한번 합시다."

이날 술이 거나하게 취하고 음식도 여러 차례 나왔을 때 두령들이 말했다.

"잠시 산 앞에서 쉬다가 다시 마십시다."

두령들이 서로 양보하며 계단을 내려와 한가하게 거닐며 산의 경치를 구경했다. 요새의 세 번째 관문 앞에 이르자 공중에서 여러 줄로 나는 기러기[17]의 울

17_ 원문은 '빈홍賓鴻'이다. 기러기는 철새로 가을에 와서 봄에 떠나기 때문에 손님과 같다. 이 때문에

음소리가 들렸다. 화영이 보고는 생각했다.

'조개는 내가 활로 방천극에 달린 끈을 끊었다는 말을 믿지 못하는 눈치였다. 오늘 솜씨를 보여준다면 이후부터 나를 존중하며 믿을 것이다.'

주변을 둘러보니 수행원 가운데 활과 화살을 가지고 온 자가 있었다. 화영이 활을 빌려 손에 들고 보니 마음에 드는 금가루로 장식한 작화세궁鵲畫細弓[18]이었다. 서둘러 화살을 끼우고 조개에게 말했다.

"방금 형님께서는 이 화영이 활을 쏘아 끈을 끊었다는 말을 믿지 않으셨습니다. 하나도 과장 없이 저기 멀리 날아가는 세 번째 기러기 머리를 이 활로 맞히겠습니다. 맞지 않아도 두령님들은 비웃지 마십시오."

화영이 화살을 먹이고 잔뜩 당겨 정확하게 주시하더니 공중을 향하여 화살을 날렸다.

작화궁을 보름달 같이 당겼다 놓으니, 수리 깃털 단 화살 유성처럼 날아가네. 활 당기는 힘 강력해서 시위 떠난 화살 무척 빠르구나. 공중에 줄지어 날아가는 기러기 떼는 과녁을 늘어놓은 듯하고, 사람이 쏜 화살은 아교 장대를 펼친 듯하네. 구름 속에서 그림자 떨어지자, 풀 속에서 그 소리가 나는구나. 하늘의 기러기 떼 놀라 날아가는 행렬 끊어지니, 영웅들 줄지어 보며 기뻐하네.

鵲畫弓彎滿月, 雕翎箭迸飛星.挽手既強, 離弦甚疾. 雁排空如張皮鵠, 人發矢似展膠竿.影落雲中, 聲在草內.天漢雁行惊折斷, 英雄雁序喜相聯.

화영이 화살을 쏘아 과연 세 번째 기러기를 정확하게 맞추자 산비탈 아래로 떨어졌고 급히 군사를 시켜 주워오게 했다. 화영 말대로 화살은 기러기의 머리

기러기를 '빈홍'이라 한 것이다.

18_ 작화세궁鵲畫細弓: 까치 형상을 장식한 활.

를 정통으로 뚫어버렸다. 조개와 두령들은 모두 보고 놀라 화영을 칭찬하며 '신비장군神臂將軍'이라고 불렀다. 오용이 칭찬하여 말했다.

"장군의 솜씨는 이광李廣과 비교할 수 있는 것은 말할 것도 없고 양유기養由基도 따라오지 못할 대단한 솜씨요. 정말 앞으로 산채에 얼마나 큰 행운인지 모르겠소!"

이때부터 양산박에서 화영을 존경하지 않는 사람이 없었다.

두령들이 다시 취의청에서 연회를 하고 밤에 흩어져 쉬었다. 다음날 산채에서 다시 연회를 열어 양산박 두령의 서열을 정했다. 원래 진명이 서열상 우위에 있었으나 화영이 진명의 처형이라 모두 화영을 추천하여 임충의 아래 자리 5위에 앉았고 진명이 6위, 유당이 7위, 황신이 8위가 되었고 완씨 삼형제의 밑으로 연순·왕왜호·여방·곽성·정천수·석용·두천·송만·주귀·백승 이렇게 모두 21명 두령의 서열이 결정되었다. 축하 연회가 모두 끝나고 산채는 인력을 동원하여 큰 배를 더 건조하고 가옥을 짓고, 수레 등 필요 물품들을 새로 만들었다. 창, 도 같은 무기 그리고 갑옷과 투구를 새로 장만했으며 깃발과 가벼운 전투복장, 활과 화살들을 정돈하여 관군을 막아낼 준비를 했다.

한편 송강은 주점을 떠나 쉬지 않고 집으로 돌아갔다. 그날 신시(오후 3~5시)에 마을 입구에서 장張 사장社長19의 주점에 달려가 잠시 쉬었다. 장 사장은 송강의 집과 왕래하며 관계가 좋았다. 장 사장이 송강의 얼굴에 근심이 가득하고 몰래 눈물을 흘리는 것을 보며 물었다.

"압사님, 반년 동안이나 집에 돌아오시지도 못하시다 오늘 기쁘게도 돌아오셨는데, 어째서 얼굴에는 근심이 가득 차고 마음도 매우 좋지 않은 것 같습니

19_ 사장社長: 사社는 기초 지방 조직이었고 사장은 향관鄕官의 가장 낮은 등급이었다. 10가구가 1사였는데 나이 많고 농사일을 잘 아는 사람을 추천하여 사장으로 삼았다.

다? 사면되셔서 죄도 경감되셨잖아요."

"아저씨 말씀도 맞습니다만, 송사는 나중 일이고 아버지께서 돌아가셨는데 어떻게 근심스럽지 않겠습니까?"

장 사장이 큰 소리로 웃으며 말했다.

"압사님, 정말 농담도 잘하시오. 태공께선 방금 여기서 술 마시고 집으로 돌아가신 지 이제 겨우 반 시진 지났는데, 왜 그런 소리를 하시오?"

"아저씨, 저를 놀리지 마세요."

송강이 편지를 꺼내 장 사장에게 보여주었다.

"동생 송청이 여기에 썼잖아요. '부친께서 금년 정월 초에 돌아가셨으니 빨리 돌아오셔서 초상 치르기를 기다리고 있습니다'라고요."

장 사장이 보고는 말했다.

"거참. 언제 그런 일이 있었다고! 금방 오시에 동촌東村 왕 태공과 여기서 술 마시다 갔는데, 내가 왜 거짓말을 하겠소?"

이 말을 들은 송강은 속으로 의심이 생겼으나 방법이 없었다. 한참을 생각하다가 날이 저물기를 기다려 사장과 작별하고 집으로 달려갔다.

장원 문을 들어가도 아무런 움직임이 없었다. 장객이 송강을 보더니 모두 엎드려 절했다. 송강이 바로 물었다.

"아버지와 동생은 어디 있느냐?"

"태공께선 매일 압사님께서 돌아오길 기다리셨습니다. 오늘 돌아오셨으니 매우 기뻐하실 겁니다. 동촌 왕 사장과 마을 입구 장 사장 주점에서 술 마시고 돌아오셔서 방에서 주무시고 계십니다."

송강은 그 말을 듣고 깜짝 놀라 단봉을 던지고 바로 초당으로 올라갔다. 송청이 형님을 맞으며 절을 하는데 과연 상복을 입지 않아 속으로 부아가 치밀어 손가락질하며 욕을 퍼부었다.

"너 이 불효한 짐승 같은 놈이, 어찌 이럴 수가 있느냐! 부친이 지금 집 안에

셔신데 어떻게 편지로 나를 희롱했느냐? 내가 몇 번씩이나 죽고 싶은 심정으로 울다가 혼절하기도 했다. 네가 어찌 이런 불효한 짓을 했느냐!"

송청이 변명을 하려고 하는데 병풍 뒤에서 송 태공이 걸어나오더니 송강을 불렀다.

"아이고, 내 아들아. 화내지 말거라. 이 일은 네 동생이랑 상관없는 일이다. 내가 매일 네 얼굴을 한 번이라도 보고 싶어서 넷째에게 내가 죽었다고 편지를 쓰면 금방 돌아올 것이라고 시켰다. 또 사람들에게 들으니 백호산에 강도가 많아 네가 속아 넘어가 도적이 되어 불충불효한 사람이 될까 두려웠다. 그래서 급히 편지를 써서 집으로 돌아오도록 부른 것이다. 또 시 대관인 댁에서 석용이 찾아왔기에 편지를 전해달라고 했다. 이 일은 모두 내 생각이고 넷째와는 상관이 없다. 원망하지 말거라. 내가 막 장 사장 주점에서 돌아와 방에서 자다가 네가 돌아왔다는 소리를 들었다."

송강이 듣고 나서 머리 숙여 태공에게 절을 했으며 기뻐서 함께 이야기를 나누었다. 송강이 다시 부친에게 물었다.

"송사는 어떻게 되었습니까? 이미 사면이 있어 죄가 줄었다고 장 사장이 그러던데요."

"네 동생 송청이 돌아오기 전에 주동과 뇌횡이 힘을 많이 썼다. 나중에 체포문서 한 번 돌리고 다시 아무 귀찮은 일 한 번도 없었다. 내가 왜 너를 돌아오라고 불렀는지 아느냐? 듣자 하니 근래에 조정에서 황태자를 세우고[20] 이미 사면령을 내려 민간의 모든 대죄를 한 등급 가볍게 판결한다고 하여 이미 각지에서 실행되고 있다. 적발되어 관아에 잡혀가더라도 유배만 보내지고 목숨은 해치지 않을 것이다. 이후의 일은 그때 가서 별도로 처리하면 될 것이다."

20_ 여기서의 황태자는 조환趙桓으로 송 휘종 조길의 장자다. 이때는 정화政和 5년(1115)이다. 즉위한 뒤 정강靖康으로 개원했다. 정강 2년(1127)에 금나라의 포로가 되었다.

"주동과 뇌횡 두 도두는 장원에 찾아왔습니까?"

송청이 말했다.

"두 분은 지금 파견 나갔다고 들었습니다. 주동은 동경으로 갔고, 뇌횡은 어디로 갔는지 모르겠습니다. 지금 현에 새로 온 조趙씨 성을 가진 두 교두가 체포하는 일을 맡고 있습니다."

"우리 아들이 먼 길에 고생했으니 방에 들어가서 잠시 쉬도록 하여라."

송강은 가족을 다시 만나 모두 함께 기뻐했다.

날이 점차 저물더니 동쪽 하늘에 달이 떠올랐다. 대략 1경에 장원 안 사람들이 모두 자고 있는데 앞뒷문에서 함성이 일어났다. 사방에서 횃불이 비추며 송가장을 철통같이 에워싸고 고함을 질렀다.

"송강은 달아나지 마라!"

송 태공이 이 소리를 듣고 연신 '아이고' 소리를 질렀다. 이런 일이 있었기 때문에 나누어 서술하면, 큰 강가에는 호걸과 영웅들이 모이게 되고, 번화가에는 충성스럽고 의리 있는 사람들이 나타나게 되었다.

결국 송 공명이 장원에서 어떻게 빠져나올 수 있었는지는 다음 회에 설명하노라.

### 송나라 때 무기로 장극長戟을 사용하지 않았다

본문에서는 여방과 곽성이 방천화극을 사용하는 것으로 묘사하고 있다. '극戟'은 과戈와 모矛의 합성체로 직날과 횡날이 있어 '십十'자 혹은 '복卜'자 형태이기 때문에 걸고, 쪼고, 찌르고, 자르는 등 다용도로 사용되어 살상 능력은 과와 모보다 우수하다. 『수호전보증본』에 근거하면 '극'은 선진先秦 시기에 전장에서 사용한 무기이면서 의장용으로도 사용했다. 위진魏晉 시기에 극을 사용한 장수들이 있었으나 주요 기능은 의장용이었고, 단극短戟(수극手戟)은 당·송 때 호위용으로 사용했다. 『송사』 「여복지輿服志·2」에 따르면 "문극門戟(당·송 시기 종묘, 궁전, 주부, 고위 관리 사택 문 앞에 진열한 극)은 나무로 제작하고 날이 없으며 문에 받침대를 설치해 진열했으므로 계극棨戟(의장용 창)이라 했다"고 했다. 당나라 초기의 명장이었던 설인귀薛仁貴는 확실히 극을 사용한 것으로 역사는 기록하고 있다. 그러나 그는 군중심리에 영합하여 칭찬을 받고 사람들의 주목을 끌기 위해 극을 사용한 것이지, 그가 습관적으로 사용한 것이 극이라 말하기는 어렵다.

### 소온후小溫侯 여방呂方과 새인귀賽仁貴 곽성郭盛

'온후溫侯'는 후한 말에 여포呂布가 동탁董卓을 주살하는 데 참여하고 봉해진 작위 명칭이다. 여방의 별명을 '소온후'라 한 것은 여포와 같기 때문인데, 먼저 성이 '여呂'이고 또한 방천극을 사용하기 때문이다. 곽성의 별명인 '새인귀'의 '인귀'는 당나라 초 명장이었던 설인귀薛仁貴를 말하며, 설인귀 또한 극을 사용한 것으로 역사는 기록하고 있다. '새賽'는 송나라 때 사람들이 별명에 '새'자를 앞에 두는 경우가 많았는데, 앞 사람을 초월, 뛰어넘는다는 의미다. 즉, 새인귀는 설인귀보다 뛰어나다는 의미라 할 수 있다.

### 석장군石將軍 석용石勇

『수호전보증본』에 근거하면, 옛날에 새로운 집을 지으면 큰길 골목 입구의 담벼락 토대에 크고 작은 돌을 세우고, '태산석감당泰山石敢當'이라 조각했다. '태산석감당'의 처음 명칭은 '석감당石敢當'이었다. 이 말이 최초로 등장하는 것은 전한 사유史游의 『급취장急就章』이었는데, 안사고顏師古는 주석에서 "석씨감당石氏敢當은 대적할 수 없다는 것을 말한다"고 했다. 이른바 '석감당'은 속칭 '석장군石將軍'으로 한 장수가 관문을 지키면 만 명도 뚫을 수 없다는 의미다. 또 다른 견해도 있는데, 춘추 시대 위衛나라에 석작石碏, 석매石買, 석악石惡이 있었고 정鄭나라에는 석제石制가 있었는데, 모두가 석씨다. 그들은 당시의 호걸들로 대적할 수 없는 인물들이었으므로 사람들은 항상 석씨의 우람한 장사를 '석장군'이라 불렀다.

【 제36회 】

# 강주로 가는 길[1]

송 태공이 사다리를 가져오게 하고 담장에 올라가 밖을 내다보니 횃불에 비치는 사람이 100명이 넘어 보였다. 앞에 선 사람은 운성현에 새로 온 도두 조능趙能과 조득趙得 형제였다.

두 사람이 소리 질렀다.

"송 태공, 지금 일이 어떻게 돌아가는지 알고 아들 송강을 내보낸다면 우리가 알아서 보살펴주겠습니다. 만일 내보내지 않고 숨겨준다면 당신도 같이 잡아갈 수밖에 없습니다."

"송강이 언제 돌아왔단 말이오?"

조능이 말했다.

"거짓말 마시오! 마을 입구 장 사장의 주점에서 술을 먹고 돌아오던 것을 본 사람이 있소. 그 사람이 여기까지 따라왔다고 하오. 왜 생떼를 부리시오?"

1_ 제36회 제목은 '梁山泊吳用擧戴宗(양산박에서 오용이 대종을 추천하다). 揭陽嶺宋江逢李俊(송강이 게양령에서 이준을 만나다)'이다.

송강이 사다리 옆에서 아버지를 달래며 말했다.

"아버지께서는 저놈과 다투실 필요 없습니다! 제가 나가 관아로 가면 그만입니다. 현 안에 아는 사람도 많고 이미 사면이 있었으니 분명히 죄가 감형될 것입니다. 저놈에게 뭘 바라겠습니까? 조가 저놈들은 원래 교활하고 흉악한 자들인데 지금 갑자기 도두가 되었다고 무슨 의리를 알겠습니까! 그는 저와 아무 인정도 없으므로 빌어봤자 부질없는 짓입니다."

송 태공이 울면서 말했다.

"내가 아들을 고통스럽게 만들었구나!"

"아버지 걱정 마십시오. 관아에서 이렇게 잡으러온 것이 오히려 행운인지도 모르겠습니다. 내일 제가 만일 피하여 달아나 살인 방화를 밥 먹듯이 하는 강호의 친구들을 만났다가 잡혀왔다면, 어떻게 아버지 얼굴을 뵐 수 있겠습니까? 다른 주州나 부府로 귀양을 간다면 정해진 기한이 있을 것입니다. 나중에 돌아와 농사일에 힘쓸 것이니 조만간에 평생토록 부친을 모시고 살게 될 것입니다."

"네가 그렇게 생각한다면, 내가 여기 저기 돈을 써서 귀양 장소나 좋은 곳으로 가도록 해야겠다."

송강이 사다리 위에 올라가 말했다.

"여러분 이제 소란 피우지 마시오. 내가 이미 사면을 받아 죽지는 않을 것이오. 두 도두께서는 집 안으로 들어오셔서 술 한잔 드시고 내일 함께 관아로 가십시다."

조능이 말했다.

"계책을 부려 나를 유인하려는 것 아니냐!"

"이렇게 된 마당에 내가 어찌 부모형제까지 연루시키겠소? 마음 놓고 들어오십시오."

송강이 사다리에서 내려와 장원 문을 열고 두 도두를 대청 위로 데려와 닭과 거위를 잡아 술과 함께 대접했다. 100여 명 토병에게도 술과 음식을 대접하고 돈을 나눠주었다. 화은花銀[2] 20냥을 두 도두에게 잘 봐달라고 주었다. 바로 다음과 같다.

> 도두도 돈만 주면 바로 좋아하고, 돈이 없으면 원수 보듯 째려보누나.
> 이 때문에 돈을 '접대금'이라 하고, 돈 앞에서는 법도 관리도 없다네.
> 都頭見錢便好, 無錢惡眼相看.
> 因此錢名好看, 只錢無法無官.

그날 밤 두 도두는 장원에서 머물렀다. 다음날 5경에 함께 현 관아 앞에 가서 날이 밝기를 기다렸다가 관아로 데리고 들어가자 지부가 관아 대청에 올라왔다. 지부 시문빈은 조능과 조득이 송강을 잡아 온 것을 보고 기뻐하며 송강에게 진술서를 쓰라고 명령했다. 송강이 즉시 서면 자술서를 작성했다.

> '작년 가을에 염파석을 돈으로 사서[3] 첩을 삼았습니다. 계집이 정숙하지 못하므로 술기운에 논쟁을 벌이며 다투다가 실수로 살인을 저지르고 지금까지 도망다녔습니다. 지금 관아에 체포되어 재판을 받게 되었습니다. 진술한 죄에 대하여 처벌을 달게 받고 변명하지 않겠습니다.'

지현이 자술서를 모두 읽고 감옥에 가둔 다음 처결을 기다리게 했다. 운성현 사람들은 송강이 잡혔다는 말을 듣고 애석해하지 않는 사람이 없었고 지현을 찾아가 용서해주기를 청하며 평소 송강이 했던 선행을 설명하기도 했다. 지현도 속으로는 팔분 정도 용서해주고 싶었으므로 자술서대로 판결했으나, 칼을 씌우

2_ 화은花銀: 일반적으로 색이 비교적 깨끗한 은자를 말한다.
3_ 원문은 '전섬典贍'이다. 돈으로 첩을 사서 그 집안을 부양하는 것을 말하는데 일반적으로 기한이 있다.

고 쇠고랑을 채우는 것을 면해주고 감옥에 구금하기만 했다. 송 태공도 돈과 비단을 써서 위아래로 사람들을 매수했다. 당시 염 노파도 죽은 지 반년이나 지나 고소인이 없었고, 장삼도 파석이 없는데 굳이 원수가 되려고 하지 않았다. 현 안에 공문서가 쌓였고 소송 계류 기간 60일이 지나 상부인 제주부로 보내 판결을 하고 끝내게 되었다. 제주 부윤은 사건에 대한 문서를 받아보니 사면도 있었고 이미 죄도 경감되어 척장 20대를 때리고 강주江州[4] 유배지로 유배를 명했다. 제주 관리들도 송강을 알고 있었고, 또 이미 제주부에도 돈과 비단을 썼으므로 말로는 척장을 때리고 얼굴에 글자를 새겨 유배 보낸다고 했지만 피해를 입은 가족들이 대조하여 검증할 것도 없었으므로 다들 앞장서서 보호하여 심하게 때리지 않았다. 대청 앞에서 바로 칼을 차고 문서에 도장을 찍고 호송 공인 장천張千과 이만李萬 두 명을 시켜 압송하도록 했다.

두 공인이 문서를 받고 송강을 압송하여 제주부 관아 앞에 도착했다. 송 태공이 넷째 아들 송청과 관아 앞에서 송강을 기다리고 있었다. 술을 가져와 두 공인을 대접하고 은냥도 찔러주었다. 송강에게 옷을 갈아입히며 보따리를 싸고 미투리를 신겼다. 송 태공이 송강을 조용한 곳으로 불러 당부했다.

"강주는 어류와 쌀의 본산지로 물자가 풍부하여 생활하기에 더없이 좋은 곳이다. 일부러 돈을 써서 그곳으로 귀양 가게 만들었으니 마음 편히 먹고 참도록 하여라. 나중에 네 동생을 보내 찾아가도록 하마. 용돈도 인편으로 항상 보내주마. 네가 여기를 떠나면 바로 양산박을 지나가야 한다. 만일 그들이 네게 찾아와 입산하도록 권해도, 절대 따라가지 말며, 불충하고 불효하다는 말을 듣지 않도록 조심해라. 이 말을 반드시 명심하도록 해라. 얘야, 도중에 조심해서 가거라. 하늘이 불쌍하게 여긴다면 일찍 돌아와 부자와 형제가 모두 모이게 될 것이다."

송강이 눈물을 흘리며 부친과 이별했고, 동생 송청은 한참을 따라와서 배웅

4_ 강주江州: 지금의 장시江西성 주장九江.

했다. 송강이 작별하면서 동생에게 당부했다.

"내가 여기를 떠나게 되었으나 걱정하지 말거라. 아버님이 연세가 많으신데 내가 또 소송으로 누차 성가시게 굴어 고향을 떠나게 되었다. 너는 아침저녁으로 아버님을 잘 보살펴드리고 돌볼 사람도 없는데 아버님을 내버려두고 내가 있는 강주로는 오지 말거라. 나는 강호에 아는 사람도 많고 만나는 사람마다 도와주지 않는 이가 없으니 돈도 마련할 곳이 있다. 만일 하늘이 가엾게 여긴다면 언젠가 돌아올 날이 있을 것이다!"

송청은 눈물을 흘리며 작별하고 집으로 돌아와 아버지 송 태공을 보살폈다.

송강은 두 공인과 길을 떠났다. 장천과 이만은 이미 송강에게 돈도 받았고, 또 착한 사람들이라 도중에 잘 보살펴주었다. 세 사람은 하루를 꼬박 걸어 저녁 무렵에 객점에 투숙하여 밥을 지어 먹었고, 송강은 술과 고기를 사서 두 공인을 먹였다. 송강이 두 공인에게 말했다.

"두 분께 솔직하게 말씀드리겠습니다. 우리는 오늘 여기서 바로 양산박을 지나가야 합니다. 산채에서 내 이름을 듣는다면 양산박 호걸들이 내려와 저를 잡아가려 할 것입니다. 그렇게 되어 두 분을 놀라게 할까 두렵습니다. 우리는 내일 일찍 일어나 몇 리를 더 걷더라도 샛길로 몰래 지나갑시다."

"압사님, 이렇게 말씀해주시지 않았으면 우리는 아무것도 몰랐을 것입니다. 우리가 알고 있는 지름길로 간다면 그들과 마주치지 않을 것입니다."

그날 밤 계획을 정했고, 다음날 5경에 일어나 밥을 지어먹었다. 두 공인이 송강과 객점을 떠나 오솔길로 갔다. 대략 30리 길을 지나서 앞쪽 산비탈 뒤에서 한 무리의 사람들이 돌아나왔다. 송강이 보고 '아이고' 소리를 질렀다. 맨 앞에 나선 사람은 다른 사람이 아니라 바로 적발귀 유당이었는데, 30~50명을 거느리고 나와 두 공인을 죽이려고 했다. 장천과 이만이 놀라 함께 꿇어앉았다. 송강이 소리 질렀다.

"동생, 지금 누구를 죽이려고 하나?"

"형님, 이 두 놈 말고 따로 누굴 죽인단 말입니까?"

"자네 손을 더럽힐 필요 없이 칼을 주면 내가 끝장내겠네."

장천과 이만은 속으로 아이고 이젠 죽었구나 했다. 유당이 칼을 송강에게 건넸다. 시에서 이르기를,

죄지은 관리 도망치려 하지 않고, 구원해줄 사람 만나서도 마음 더욱 굳건하네.
너그러우니 교묘한 기지 생겨나고, 공인들 살리려 도리어 칼을 빌리누나.
有罪當官不肯逃, 逢人救解愈堅牢.
存心厚處生機巧, 不殺公人却借刀.

송강이 칼을 받고는 유당에게 물었다.

"자네는 어째서 공인을 죽이려는 것인가?"

"산 위에서 두령님의 명으로 사람을 보내 형님이 관아에 잡혀갔다는 것을 알아냈습니다. 처음엔 운성현 감옥을 습격하려고 했으나 형님이 감옥에 계시지도 않고, 또 그다지 고생하지 않는다는 것을 알았습니다. 이번에 강주로 유배 간다는 말을 듣고 길이 서로 어긋날까 두려워 대소 두령이 네 길로 나뉘어 기다렸다가 형님을 산으로 모시려고 했습니다. 형님이 산에 올라가시는데, 저 공인 둘은 살려서 뭐하겠습니까?"

"이것은 여러 형제가 나를 배려하는 것이 아니라 도리어 불충불효한 사람을 만드는 것이라네. 만일 이렇게 나를 위협한다면 이 송강의 목숨을 재촉하는 것이니 차라리 내가 죽어버리겠네."

칼을 목에 대고 자결하려 했다. 유당이 황급하게 팔뚝을 붙들며 말했다.

"형님, 좀 차분하게 생각해보세요."

유당이 송강의 손에서 칼을 빼앗았다. 송강이 말했다.

"여러 형제가 이 송강을 가엾게 본다면 나를 강주 유배지에 가게 내버려두게.

기한을 모두 채우고 돌아오게 한다면, 그때 자네들과 만나겠네."

"형님이 그렇게 말씀하셔도 이 일은 제 맘대로 결정할 수는 없습니다. 저 앞 큰길에 군사 오용과 화영이 형님을 맞이하려고 기다리고 계십니다. 제가 졸개를 보내 모셔올 테니 상의해보십시오."

"나는 이 말밖에 할 말이 없네. 자네들끼리 어떻게 의논해보게."

졸개가 보고하러 가고 얼마 지나지 않아 오용과 화영이 수십 기를 거느린 채 앞에서 말을 타고 날듯이 달려왔다. 말에서 내려 예를 갖추고 화영이 말했다.

"어째서 형님의 칼을 벗기지 않느냐?"

"동생, 그게 무슨 말도 안 되는 소리인가! 이것은 나라의 법도이거늘 어떻게 감히 마음대로 할 수 있단 말인가!"

오용이 웃으면서 말했다.

"형님의 뜻을 알겠습니다. 어려울 것 없지요. 형님을 산채에 붙들어놓지 않으면 되지 않겠습니까. 조 두령이 이미 한참 동안이나 형님과 만나지 못해 이번에 가슴 속에 얘기나 털어놓자고 하니 잠시라도 산채에 가시지요. 금방 보내드리겠습니다."

"내 뜻을 알아주는 사람은 선생밖에 없구려."

송강이 두 공인을 부축하며 말했다.

"두 분은 마음 놓으시오. 내가 죽는 한이 있더라도 여러분에게 해를 끼치는 일이 없을 것이오."

"압사님만 믿겠습니다. 제발 살려만 주십시오."

일행이 큰 길에서 벗어나 갈대숲 물가에 오니 배가 이미 저쪽에 기다리고 있었다. 배를 타고 건너가 산 앞 큰길에 이르자 산길에 사용하는 가마를 타고 단금정에 도착해서 쉬었다. 졸개들을 사방으로 보내 두령들에게 연회에 참석하라고 전하고 산으로 올라가 취의청에서 만났다. 조개가 송강을 맞이하여 인사하며 말했다.

"운성현에서 목숨을 구해주어, 형제들과 여기에 도착한 이후 커다란 은혜를 하루도 잊은 적이 없었소. 또 일전에 여러 호걸을 이끌어 입산시켜 우리 산채를 빛나게 해주었으니, 은혜를 갚고자 해도 방법이 없구려."

"제가 그때 형님과 이별한 이후 음란한 계집을 죽이고 강호로 도망간 지 1년 반이 흘렀습니다. 본래 찾아와 형님을 뵈려고 했으나, 우연히 시골 주점에서 석용을 만났는데 집으로부터 부친께서 세상을 떠나셨다는 편지를 받았습니다. 집에 가서 알고 보니 부친께서 이 송강이 여러 호걸과 함께 입산할까 두려워서 거짓 편지를 보내 집으로 불러들이신 것입니다. 말은 소송 당했다고는 하지만 위아래에서 두루 보살펴주어서 심한 상처를 입지 않았습니다. 지금 유배를 가는 강주는 생활하기 좋은 곳입니다. 마침 형님의 부름을 받아 감히 오지 않을 수 없었습니다. 오늘 이미 존안을 뵈었고 기한도 촉박하여 감히 오래 머물 수 없으니 이만 작별하고자 합니다."

"어째서 그렇게 서두른단 말이오! 잠시라도 앉으시오."

둘은 중앙에 앉았다. 송강이 두 공인을 불러 교의 뒤에 앉게 하고 조금도 떨어지지 않도록 했다.

조개가 두령들을 모두 불러와서 송강에게 참배하도록 했고, 두 줄로 앉게 한 뒤에 소 두목들에게 술을 따르도록 했다. 먼저 조개가 잔을 들고 뒤에 앉은 군사 오 학구와 공손승부터 백승에 이르기까지 모두 잔을 들었다. 술이 여러 번 돌자 송강이 일어나 감사하며 말했다.

"여러 형제의 과분한 사랑을 받았습니다. 이 송강은 죄인이라 오래 머물 수 없으니 이만 떠나고자 합니다."

조개가 말했다.

"송 형은 왜 이렇게 유난을 떠시오! 송 형이 두 공인을 해치고 싶지 않다면 어려울 것 없소. 금은을 많이 주고 돌려보내면 저들이 우리 양산박 무리에게 빼앗겼다고 거짓으로 고한다면, 관아에서 죄를 따지지 않을 것이오."

"형님 그런 말씀 마십시오. 그렇게 하는 것은 이 송강을 돕는 것이 아니라 저를 더욱 힘들게 하는 것이 분명합니다. 집에 늙으신 부친에게 제가 하루도 효도를 한 적이 없는데, 어떻게 감히 당부말씀을 어기고 또 연루까지 시키겠습니까? 일전에는 일시적인 흥으로 여러분과 의기투합한 것입니다. 다행히도 하늘이 시골 주점에서 석용을 만나게 하셔서 집으로 돌아가도록 이끄셨습니다. 부친께서 이런 까닭으로 제가 재판을 받고 빨리 유배 가서 기간이 끝나 풀려나기를 거듭해서 당부하셨습니다. 떠나 올 때에도 저만의 즐거움을 위해 집안을 고난에 빠뜨려 부친을 놀라 두렵게 하지 말라고 천 번 만 번 거듭 당부하셨습니다. 부친의 당부를 듣고도 제가 따르지 않는다면, 위로는 하늘의 이치를 저버리고 아래로는 아버지의 가르침을 어기는 것입니다. 저같이 불충불효한 사람이 세상에 살아봤자 무슨 이익이 되겠습니까? 만일 이 송강을 놓아주지 않으신다면 차라리 두령들의 손에 죽기를 바랍니다."

말을 마치고는 눈물을 비 오듯 흘리며 바닥에 엎드려 절을 했다. 조개·오용·공손승이 함께 부축하여 일으켜 세웠고 여러 두령이 말했다.

"형님께서 기어이 강주로 가시겠다면, 오늘 하루는 마음껏 쉬시고 내일 일찍 하산하시지요."

거듭 송강을 붙들자 못이기는 척 하루 머물며 술을 마셨다. 칼을 벗기려 했지만 거절했고 두 공인과 함께 붙어 떨어지지 않았다

그날 밤 하루를 머물렀다. 이튿날 아침 일찍 일어나 마음을 굳게 하고 떠나려 했다. 오 학구가 말했다.

"형님, 제 말 좀 들어보십시오. 저와 아주 친한 사람이 지금 강주에서 양원兩院 감옥을 관리하는 절급을 맡고 있습니다. 이름은 대종戴宗으로 그곳에서는 대원장戴院長이라고도 부릅니다. 그는 도술을 배워 하루에 800리를 갈 수 있으므로, 사람들이 신행태보神行太保라고 부릅니다. 이 사람은 의를 중하게 여기고 재물을 가볍게 보는 사람이라 제가 밤에 편지를 한 통 썼으니, 형님이 가져다 건네

주고 같이 알고 지내십시오. 그러나 혹시 무슨 일이 생기면 우리 형제들에게 알려주시기 바랍니다."

두령들은 더 이상 붙잡지 못하고 연회를 준비하여 전송하며 금은 한 접시를 준비하여 송강에게 주었고, 또 두 공인에게 은자 20냥을 주었다. 송강의 짐을 짊어지고 모두 하산하여 일일이 작별인사를 했다. 오 학구와 화영은 강 건너까지 배웅하여 큰길로 20여 리를 더 갔다가 다른 두령들과 산채로 돌아왔다.

양산박을 떠난 송강이 두 호송 공인과 강주를 향하여 길을 걸었다. 두 공인은 산채에서 많은 사람과 두령이 모두 송강에게 절하는 것을 보았고, 또 그곳에서 은냥도 얻었으므로 강주로 가는 내내 송강을 조심스럽게 모셨다. 세 사람은 대략 반달 정도를 가서 높은 고개가 보이는 곳에 도착했다. 두 공인이 말했다.

"거의 다 왔습니다! 이 게양령揭陽嶺[5]만 넘으면 바로 심양강潯陽江[6]이 나옵니다. 그곳에서 강주까지는 수로라 멀지 않습니다."

송강이 말했다.

"날씨가 따뜻할 때 빨리 고개를 넘어 잘 곳을 찾읍시다."

"압사님 말씀이 맞습니다."

세 사람은 서둘러 고개를 올라갔다. 한나절을 걸어 고개 꼭대기에 다다르니 산봉우리 끄트머리쯤에 주점이 하나 있었다. 주점 뒤쪽은 깎아지른 절벽이고 문 앞에는 괴상한 나무가 있었으며 앞뒤로 초가집 몇 채가 있는데 그 나무 그늘 아래 주점 깃발을 걸어놓았다. 송강이 기뻐하며 공인들에게 말했다.

"우리가 지금 배도 고프고 목도 마른 참에 여기 고개 위에 주점이 있으니 들

5_ 게양령揭陽嶺: 『수호전전교주』에 따르면 "『한서漢書』 「장이전張耳傳」 주석에서 『배씨광주기裵氏廣州記』를 인용하여 '대유大庾·시안始安·임하臨賀·계양桂陽·게양揭陽은 오령五嶺이다'라고 했다."

6_ 심양강潯陽江: 『수호전전교주』에 따르면 "『독사방여기요讀史方輿紀要』 「강서江西·구강부九江府·덕화현德化縣」에서 이르기를, '심양강은 구강부 성 북쪽에 있는데, 즉 대강大江이다'라고 했다."

어가 술 한 사발 사서 마시고 가시지요."

주점으로 들어가 두 공인은 짐을 내려놓고 수화곤은 벽에 기대어 세워놓았다. 송강은 두 공인을 상좌에 앉히고 자신은 말석에 앉았다. 반 시진이나 앉아 기다렸는데 아무도 나타나지 않았다. 송강이 소리를 질렀다.

"어째 주인장이 안 계시오?"

안에서 대답하는 소리가 들렸다.

"왔습니다! 돌아왔습니다!"

옆집에서 한 사내가 튀어나왔다. 생김새를 보니,

붉은 곱슬곱슬한 턱수염 어수선하게 나 있고
핏발 가득 선 호랑이 눈 둥그렇게 떴네.
게양령에서 사람들 잡아먹는 마귀이며
풍도酆都[7]에서 죽음을 재촉하는 판관 같구나.
赤色虬鬚亂撒, 紅絲虎眼睜圓.
揭嶺殺人魔祟, 酆都催命判官.

그 사람이 나오는데 머리에는 다 떨어진 두건을 걸쳤으며 몸에는 베로 만든 조끼를 입어 두 팔뚝이 다 드러났고 아랫도리에는 베로 만든 수건을 두르고 있었다. 송강과 두 공인을 보더니 인사를 하며 말했다.

"손님, 술은 얼마나 드릴까요?"

송강이 말했다.

"우리가 좀 걸었더니 배가 고픈데, 여기 어떤 고기를 파시오?"

7_ 풍도酆都: 풍도라산酆都羅山이라고도 하며 전설 속의 저승 지옥이다. 사람이 죽은 다음에 가는 곳이다.

"삶은 소고기와 탁주가 있습니다."

"잘 됐네. 먼저 소고기 두 근을 잘라 내오고 술 한 각 가져오시오."

"손님, 듣기 괴이하겠지만 여기 고개에서는 먼저 돈을 내야 술을 마실 수 있습니다."

"돈 먼저 내고 술 마시는 것은 나도 싫지는 않소. 그럼 먼저 은자를 드리리다."

송강이 보따리를 풀어 은자 부스러기를 꺼냈다. 그 사람이 옆에 서서 슬쩍 훔쳐보니 보따리가 묵직하고 힘들이지 않고 얻을 수 있게 보이자 속으로 좋아했다. 은자를 받아 안으로 들어가더니 술 한 통을 뜨고 소고기 한 판을 잘라 큼지막한 사발과 젓가락을 내오고 술을 걸렀다.

세 사람이 먹고 마시며 떠들었다.

"요즘 강호에 나쁜 사람이 많아 천 명 만 명의 사내들이 계략에 걸려든답니다. 술과 고기에 몽한약을 넣어 마비시킨 다음 재물은 빼앗고 사람 고기는 만두소를 만든다고 합니다. 하지만 나는 못 믿겠어요. 어디 그런 일이 있겠어요!"

술파는 사람이 웃으면서 말했다.

"여러분이 그렇게 말씀하니 알려드리리다. 이 고기와 술을 마시지 마시오. 안에 몽한약을 넣었어요."

송강이 웃으면서 말을 받았다.

"여기 형씨, 우리가 몽한약 이야기하는 것을 들으시고 농담하시네."

두 공인도 장단을 맞추었다.

"형씨, 데워서 한 사발 하는 것도 괜찮을 텐데."

"데운 술 원하시면 데워다 드립지요."

사내가 술을 데워가지고 와서 세 사발을 걸렀다. 배도 고프고 목도 타는데 술과 고기마저 입에 착착 달라붙어 어떻게 마시지 않겠는가? 세 사람이 각자 한 사발씩 마셨다. 두 공인은 두 눈을 동그랗게 뜨고 입에서 침을 주르륵 흘리더니 서로 발버둥 치다가 뒤로 자빠졌고, 송강은 당황해서 벌떡 일어나 말했다.

"두 분은 어째서 겨우 한 사발을 마시자마자 이렇게 취했소?"

두 공인에게 다가가 부축하려다가 자기도 모르게 머리가 아찔하고 눈이 어질어질해지더니 바닥에 쓰러졌다. 눈만 둥그렇게 뜨고 서로 바라보았으나 몸이 마비되어 조금도 움직일 수 없었다. 주점 안의 그 사내가 말했다.

"정말 다행이군! 한참 동안 장사가 안 되더니. 오늘 하늘께서 내게 물건을 셋이나 보내주셨구나."

먼저 송강을 거꾸로 끌어 바위 산봉우리 옆 인육을 처리하는 방으로 들어가 껍질을 벗기는 걸상 위에 올려놓았다. 다시 두 공인을 안으로 끌어 옮겼다. 그 사람이 다시 나와 보따리와 짐을 들고 뒷방으로 가서 열어 보니 모두 금은이었다. 그 사람이 말했다.

"내가 여기서 주점을 연 지 한두 해가 아닌데 이런 죄수는 처음 보네. 죄 짓고 귀양 가는 놈이 이렇게 많은 재물을 가지고 있다니. 하늘이 내게 주신 것이 아니면 무엇이냐!"

그 사람은 보따리를 다 살펴본 뒤에 다시 싸두고 문 앞에 나와 점원이 돌아와 껍질을 벗기기를 기다렸다.

문 앞에 서서 바라보아도 아무도 보이지 않았다. 그때 고개 아래 저쪽에 세 사람이 올라오고 있었다. 사내는 다가오는 커다란 사람을 알아보고 서둘러 맞이했다.

"형님 어디 가십니까?"

세 사람 가운데 커다란 사내가 대답했다.

"내가 일부러 어떤 사람을 맞이하러 올라왔네. 어림짐작해 보니 지금쯤은 이곳에 도착할 때가 되었는데. 매일 고개 아래에서 아무리 기다려도 보이지 않으니 어디에서 시간을 허비하는지 모르겠네."

"형님, 기다리는 사람이 누구십니까?"

"아주 훌륭한 남자를 기다리고 있지."

"어떤 대단한 남자입니까?"

"자네가 감히 그 이름을 듣고 싶다고 하는데, 제주 운성현 송 압사 송강이야."

"혹시 강호에서 말하는 산동 급시우 송 공명 아닙니까?"

"바로 그 사람이네."

"그 사람이 왜 이리 지나갑니까?"

"나도 모르겠네. 근래에 아는 사람이 제주에서 왔는데 '운성현 송 압사 송강이 무슨 일인지 모르겠지만 제주부에서 출발하여 강주 유배지로 귀양 간다'고 말하더라고. 내가 생각해보니 강주로 가려면 반드시 여기로 지나갈 것이네. 다른 곳은 길이 없어. 내가 운성현까지 찾아가 만나려 했는데, 이번에 여기를 지난다니 어째서 만나보지 않겠는가? 그래서 고개 밑에서 며칠째 기다렸는데 4~5일 동안 죄수 한 명도 지나가지 않았다네. 내가 오늘 두 형제와 발길 가는 대로 고개 위까지 올라와 여기에서 술이나 사먹으면서 자네 좀 보려고 왔네. 근래에 가게 장사는 어떤가?"

"솔직히 말씀 드리면 요 몇 달 동안 거의 없었습니다. 오늘 천지가 돌보아 세 놈을 잡았고 물건도 좀 가지고 있더군요."

커다란 사내가 황급히 물었다.

"세 사람은 어떤 모습이었나?"

"공인 둘과 죄수 한 사람이었습니다."

사내가 깜짝 놀라 말했다.

"그 죄수가 혹시 얼굴은 검고 키는 작으며 뚱뚱한 사람 아닌가?"

"정말로 크지도 않고 얼굴색도 검붉은 색이었습니다."

커다란 사내가 당황해서 말했다.

"설마 이미 처리한 것은 아니겠지?"

"금방 작업실에 끌어다 놓았는데, 일꾼들이 돌아오지 않아 아직 껍질을 벗기지 않았습니다."

"내가 확인 좀 해보세."

네 사람이 절벽 옆 작업 방 안에 들어가 껍질 벗기는 걸상 위에서 송강과 두 공인을 거꾸로 돌려 바닥에 내려놓았다. 그 커다란 사내는 송강의 얼굴을 바라보았으나 알 수가 없었다. 얼굴의 금인을 살펴보아도 알아볼 수가 없었다. 아무 방법이 없다가 갑자기 생각이 나서 말했다.

"공인의 보따리를 가져와 공문을 보면 알 수 있겠네."

"맞습니다."

방으로 들어가 공인의 보따리를 가져와 열고 보니 큰 은 덩어리와 또 약간의 은 부스러기가 있었다. 문서 주머니를 열어 출장 증명서를 꺼내보고는 사람들이 소리 질렀다.

"정말 큰일 날 뻔했군."

커다란 사내가 말했다.

"하늘이 오늘 나를 고개까지 올라오게 했군. 일찌감치 손을 대지 않아서 다행이지 정말 우리 형님의 목숨이 잘못될 뻔했네."

바로 다음과 같다.

원수 갚아 원한 푸는 것은 피하기 어렵고
기회를 만났으니 원대한 계획은 필요 없네.
철 신발 닳도록 걸어도 찾을 길 없었는데
아무런 노력 들이지 않고 만나게 되는구나.
冤仇還報難回避, 機會遭逢莫遠圖.
踏破鐵鞋無覓處, 得來全不費工夫.

커다란 사내가 소리 질렀다.

"빨리 해독약 좀 가져와 먼저 우리 형님부터 구하세."

주인도 당황하여 서둘러 해독약을 배합하여 커다란 사내와 작업실에 가서 먼저 쓰고 있던 칼을 풀고 부축하여 해독약을 부었다. 네 사람이 송강을 들어 앞에 손님 자리에 옮겼으며 그 커다란 사내가 부축하고 있는 사이에 점차 깨어났다. 송강이 깨어나 눈을 뜨고 앞에 서 있는 사람들을 바라보았으나 아는 사람이 아무도 없었다. 커다란 사내가 두 형제에게 송강을 부축하게 하고 엎드려 절을 했다. 송강이 물었다.

"누구십니까? 내가 꿈꾸고 있는 것 아닌가요?"

술을 팔던 사람도 절을 했다. 송강이 답례하며 말했다.

"두 분께서는 일어나십시오. 여기가 어딥니까? 두 분은 성함이 어떻게 되십니까?"

큰 사내가 대답했다.

"저는 이준李俊이라고 합니다. 본적은 여주廬州[8]입니다. 양자강에서 뱃사공을 하며 살아 물을 좀 압니다. 사람들은 저를 혼강룡混江龍 이준이라고 합니다. 저기 술을 파는 사람은 여기 게양령 사람으로 여기 도로에서 장사를 하며 사는데 사람들이 최명판관催命判官(목숨을 재촉하는 판관) 이립李立이라고 부릅니다. 제가 데려온 이 두 형제는 여기 심양강 사람으로 소금 밀매를 하면서 제 집에서 살고 있으며, 큰 강에서도 헤엄치고 배를 저을 수 있습니다. 둘은 형제인데 여기는 출동교出洞蛟 동위童威라고 하고 저기는 번강신翻江蜃 동맹童猛이라고 합니다."

두 사람도 송강에게 사배를 올렸다. 송강이 물었다.

"금방 마취시켜 쓰러뜨리더니 내 성명은 어떻게 알았습니까?"

이준이 말했다.

"제가 아는 사람이 있는데, 근래에 장사를 하려고 제주에서 여기로 와서 형

8_ 여주廬州: 일반적으로 지금의 안후이安徽성 허페이合肥를 가리킨다.

님의 이름을 대더니 형님께서 죄를 짓고 강주 유배지로 온다고 하더군요. 제가 평소에 형님을 사모하여 운성현에 가서 형님을 찾아보려 했습니다. 그러나 인연이 닿지 않는지 갈 수가 없었습니다. 지금 형님께서 강주로 오신다는 말을 듣고 반드시 여기를 지나리라 생각하고 있었습니다. 제가 고개 아래에서 5~7일 동안 계속 기다려도 오시지 않았습니다. 오늘 무심코 두 형제와 고개에 올라와 술을 사서 마시려고 하여 이립을 만나 형님을 이야기하게 되었습니다. 제가 크게 놀라 서둘러 주방에 가서 보아도 형님 얼굴을 알 길이 없었는데, 갑자기 생각나 공문을 꺼내보고 형님인 것을 알았습니다. 형님께 묻기가 송구스럽지만 운성현에서 압사를 하신 것은 아는데 무슨 일로 강주로 유배 오시게 되었는지 모르겠습니다."

송강이 염파석을 죽인 일부터 석용을 만나 집에서 온 편지를 받고 집으로 돌아갔다가 들켜 오늘 강주로 유배 오게 됐던 이야기까지 자세하게 말해주니 네 사람은 모두 감탄해마지 않았다. 이립이 말했다.

"형님, 강주 유배지로 가서 고생하지 마시고 여기에 남는 것은 어떻겠습니까?"

"양산박에서 어떻게 해서라도 나를 잡으려 했으나 내가 거절한 것은 집안의 부친이 연루될까봐 그랬던 것입니다. 이런 마당에 어떻게 여기에 남겠소?"

"형님은 의로운 사람인데 함부로 그러실 리가 없지. 자네는 빨리 저 두 공인을 살려내게."

이립이 서둘러 이미 돌아와 있던 하인을 불렀다. 공인 둘을 앞 객석으로 들어다 놓고 해독제를 먹여 구해냈다. 두 공인이 깨어나서 서로 얼굴만 바라보다가 말했다.

"아무리 생각해도 먼 길을 걸어 고단했나 보네. 이렇게 쉽게 취해 쓰러지다니!"

그 말을 듣고 사람들은 모두 한바탕 웃었다.

그날 밤 이립이 술을 내와 사람들을 대접하며 하루를 지냈다. 다음날 또 술을 준비하여 대접하고 보따리를 가져와 송강과 공인에게 돌려주었다. 그날 송강은 이립과 작별했고 이준과 동위·동맹·두 공인과 고개를 내려와 이준의 집에서 쉬었다. 술과 음식을 준비하여 정성껏 대접하고 송강과 결의형제를 맺고 집에서 쉬었다. 며칠이 지나 송강이 떠나려고 하니 이준은 막을 수 없었고 은냥을 꺼내 두 공인에게 주었다. 송강은 다시 칼을 차고 보따리와 짐을 수습하여 이준·동위·동맹과 작별하고 게양령 밑에서 강주를 향해 떠났다.

세 사람은 한나절을 걸어 미시(오후 1~3시)가 되었다. 얼마쯤 가서 도착한 마을엔 사람도 많았고 시가지는 시끌벅적했다. 시장에 오자 사람들이 둥그렇게 모여 구경을 하고 있었다. 송강이 사람들 틈으로 끼어들어 바라보니 원래 창봉술을 보여주며 고약을 파는 사람이었다. 송강과 두 공인이 다리를 멈추고 서서 창봉술을 구경했다. 그 교두가 손의 창봉을 놓고 이번엔 권법을 보여주었다. 송강이 갈채를 보내며 말했다.

"잘한다, 솜씨가 대단하네!"

그 사람이 접시를 들고 입을 열어 소개했다.

"저는 멀리에서 일부러 이곳에 일 때문에 온 사람입니다. 비록 놀랄만한 솜씨는 아니지만 관객들께서 좋게 보시어 원근에서 칭찬해준 덕분입니다. 근육과 뼈가 상한 데 붙이는 고약이 필요하면 구입하시기 바랍니다. 만일 고약이 필요 없으시더라도 귀찮겠지만 은냥이나 동전이라도 몇 푼 여비로 보태주시고 빈손으로 돌아가지 않게 해주십시오."

교두가 접시를 들고 한 바퀴 돌았으나 아무도 돈을 꺼내 주지 않았다.

"관중 여러분, 조금이라도 부탁드립니다."

다시 한 바퀴 더 돌았는데, 사람들은 흘깃 보며 동전 하나 주지 않았다. 송강은 두 바퀴나 돌았는데 동전 한 푼 주는 사람이 없자 딱하기도 하여 공인을 불러 은자 5냥을 가져오게 했다. 송강이 소리쳤다.

"교두, 나는 죄인이라 당신에게 줄 것도 없소. 여기 백은白銀 5냥은 작은 성의이니 적다고 나무라지 마시오!"

그 사내는 백은 5냥을 손에 들고 고약 팔던 것을 정리하며 말했다.

"이렇게 유명한 게양진에 사리분별이 있어 나를 알아주는 사람이 하나도 없다니! 여기 이 은관恩官[9]께서 자신이 송사에 얽매인 몸으로 이곳을 지나며 거꾸로 백은 5냥을 주시다니, 바로 '정원화鄭元和[10]가 기생을 사랑한 것을 비웃더니, 자기는 기생집에 놀러가서 웃음을 사는구나. 마음이 넓고 그렇지 않음은 집안의 빈부에 있지 않고, 풍류는 입은 옷차림과는 상관없도다當年却笑鄭元和, 只向青樓買笑歌. 慣使不論家豪富, 風流不在着衣多'라고 했습니다. 이 5냥 은자는 다른 50냥 은자보다 훨씬 더 가치가 있는 것 같습니다. 제가 절 올립니다. 손님의 존함을 알아 천하에 널리 알리고 싶습니다."

"교두님, 그 돈 얼마 안 됩니다! 그렇게까지 감사할 필요 없습니다."

한창 말하고 있는데, 사람들 사이에서 덩치가 커다란 사람이 튀어 나오더니 앞으로 다가오며 소리를 질렀다.

"바로 저 좆같은 놈이냐! 너는 어디서 굴러온 죄수 놈이냐? 감히 게양진의 위풍을 꺾으려 드느냐!"

두 주먹을 쥐고 송강에게 달려들었다. 이런 다툼이 일어났기에 나누어 서술하면, 심양강에 바다를 휘젓는 창룡 같은 호걸들이 모여들고, 양산박에는 산을 오르는 맹호 같은 영웅들이 늘어나게 되었다.

결국 그 사내가 왜 송강을 때리려 했는지는 다음 회에 설명하노라.

9_ 은관恩官: 여기서는 무예를 파는 사람이 관객을 부르는 존칭이다.

10_ 정원화鄭元和: 전설에 정원화가 과거시험을 치르러 왔다가 기생과 노는 바람에 시험을 치르지 못했다. 가지고 온 돈도 다 떨어지고 아버지에게 버림받았으나 기생에게 구출되어 과거에 급제했다. 나중에 기생과 잘 되어 아버지에게 다시 인정받고 잘 살았다고 전한다.

## 혼강룡混江龍 이준李俊

『선화유사』에서는 '혼강룡混江龍 이해李海'로 기재하고 있다. 『수호전보증본』에 근거하면, '혼강룡'이란 별명의 유래에 대해 세 가지 학설이 있다. 첫 번째는 송나라 사람들의 황하를 다스리는 공구였다는 견해다. 『원사』「태불화전泰不華傳」에 따르면 "황하가 터지자 조서를 받들어 규옥珪玉(미옥美玉)과 백마로 황하의 신에게 제사를 지냈다. 일을 마치고 상주하여 '회안淮安 동쪽은 황하가 바다로 유입되는 곳이라 송나라 때처럼 강바닥을 쳐내는 자를 설치하여 곤강룡輥江龍이라는 쇠갈퀴를 사용하여 강바닥의 모래를 휘저으면 물살을 따라 바다로 유입하게 된다'고 하자 조정에서 허락했다"고 했다. 여기서 '곤강룡輥江龍'은 '혼강룡混江龍'이라고도 하는데, 일종의 거대한 쇠갈퀴를 말하며 강을 휘저어 뒤집는다는 의미라 할 수 있다. 두 번째는 남송 초기 동정호洞庭湖의 양요楊麽가 탄 배 이름이다. 혼강룡渾江龍(혼混과 혼渾의 음은 hun으로 같다)이란 명칭의 배는 우두머리 배로 싸움이 벌어지면 양요가 항상 이 배를 탔다고 한다. 세 번째는 원나라 잡극에서 사용하는 곡조의 명칭이다.

## 출동교出洞蛟 동위童威와 번강신翻江蜃 동맹童猛

동위童威의 별명인 '출동교出洞蛟'에서 '교蛟'는 전설 속의 용으로 민간에서는 홍수를 일으키는 신물神物로 여겼다. 『여씨춘추呂氏春秋』「계하季夏」에 따르면 "어사漁師(어업을 관장하는 관리)에게 명하여 교蛟를 잡게 했다"고 했는데, 고유高誘는 주석에서 "교는 물고기에 속하며 비늘과 껍데기가 있고 사람을 해칠 수 있다"고 했다. 『수호전전교주』에 따르면 "정목형의 『주략』에서 이르기를, '교蛟는 용에 속하며 뿔은 없고 목은 가늘며 가슴엔 흰 술이 달려 있다. 남방에서는 매년 교가 출몰하여 물결을 일으키고 심지어는 산을 밀고 언덕을 없애버리는데 출동교出洞蛟라 한다'고 했다." '출동교'는 '동굴에서 나온 교蛟'의 의미라 할 수 있다.

또한 동맹童猛의 별명을 '번강신翻江蜃'이라 했는데, 『수호전보증본』에 따르면 "이시진李時珍의 『본초강목本草綱目』에서 이르기를, 교蛟에 속하는 것으로 신蜃이 있는데 뱀과 비슷한 형상이며 크고 뿔이 있다. 용처럼 붉은 수염에 허리 아래는 비늘이 모두 거꾸로 되어 있다. 입으로 토해내면 누대와 성곽의 형상을 이룬다"고 했는데, 이것은 신기루를 말한다. '번강신'은 '강물을 뒤집는 신蜃'의 의미다.

### 은자銀子

『수호전』의 내용을 살펴보면 화폐의 기본 단위로 '은銀'을 사용하고 있다. 본문에서는 '은냥銀兩'과 '은자銀子'라는 표현이 혼재되어 많이 등장하는데, '은냥銀兩'의 '냥兩'은 화폐의 단위였기 때문에 '은자(은의 통칭)'를 '은냥'이라 불렀다. 그러나 『수호전』의 내용과 다르게 실제 송나라 때는 수·당의 화폐를 계승했기에 여전히 일반적인 교역에 사용된 것은 동전銅錢(철전鐵錢도 있었다)과 지폐紙幣였으며 극히 일부에서만 은을 사용했다. 『수호전』에 근거하면 지폐의 대량 사용은 송나라 때부터였으며 당시 지전은 '교자交子'라 불렀는데, 민간에서 16명의 부자 상인들이 연합하여 발행했다. 이후로 교자는 관청에서 경영하면서 '관자關子' '회자會子' '전인錢引' 등의 명목이 출현하게 되었다. 복잡한 문양의 동판을 조각하여 도안을 만들어냈고 상면에는 고정된 금액과 발행 기구를 표시했다.

이처럼 송나라 사람들은 일상적 교역에는 백은白銀을 사용하지 않았고 백은은 대부분 관청에서 말을 구입하고 쌀을 사들일 때와 같은 거액의 화물 교역에 사용되었다. 이외에도 국고의 저장과 황제가 상을 하사하고 군인의 지급품과 물자의 방출 등에 백은이 사용되었고 심지어는 뇌물 등에도 사용되었다. 이후 원나라 때에 와서도 백은은 여전히 유통 영역에 진입하지 못했고 동전도 사용이 많지 않았으며 지폐가 조정에서 규정한 법정 통화였다. 백은은 명나라 영종英宗 때에 와서야 비로소 정식의 법정 통화가 되었다. 이후에 은전쌍본위제銀錢雙本位制가 실시되었고, 은을 돈으로 환산하고 은을 말굽은銀錠으로 중량을 계산해 사용했다. 명나라 중엽에 와서 화폐는 은본위銀本位가 되었다. 이처럼 『수호전』의 배경이 되는 시기에는 대부분 은냥을 사용하지 않았는데, 명나라 중엽 때의 은본위를 북송 말기의 고사에 접목시킨 것이다.

『수호전』에서는 '은'에 관련되어 여러 가지 표현이 등장한다. 4회에 '은정銀錠'이란 말이 등장하는데, 이것은 주조하여 만든 덩어리 형상의 백은으로 말굽·저울추·만두·알 형상 등이 있다. 말굽 형상을 보통 은원보銀元寶라고 부른다. 원대에는 주된 형태가 말굽 형상이었으므로 '마제은馬蹄銀'이라고도 불렀다. 이러한 덩어리 형태의 은자는 50냥과 25냥짜리가 있으며 본문에서는 '대은大銀'이라고도 했다. 역자는 '은정銀錠'을 '말굽 은'이라 표기하지 않고 이해하기 쉽게 '은덩이'로 표현했으며 '대은大銀'은 '큰 은덩이'로 번역했다. 3회에 '일정십냥은자一錠十兩銀子'라는 말이 있는데, 자주 등장하는 표현으로 역자는 '10냥짜리 은덩이'로 번역했다. 또한 '쇄은碎銀'이란 말도 볼 수 있는데, 이것은 소량의 은자를 말하는 것으로 역자는 '은 부스러기'로 번역했다. 또, 본문에서 화은花銀이란 말이 등장하는데 화은은 설화은雪花銀으로 설문은雪紋銀이라고도 한다. 색이 비교적 깨끗하고 순도가 높은 은자銀子를 가리킨다.

『수호전』에서 사용된 화폐로 '은' 이외에 '황금'도 있다. 명나라 초기에 관청에서는 황금 1냥은 백은 4냥('4환換'이라 부른다)과 동등한 가치라고 규정했지만 이후로 민간에서는 4환보다 높기 시작했고 5환, 6환, 심지어는 9환까지 가치가 상승한 때도 있었다.

'문文'은 동전을 소비하는 단위인데, 1문 동전의 중량은 1전錢(송대에는 4그램, 명대에는 3.6그램)이다. 명대에 중량이 1전이 아닌 동전으로 '절이折二' '당삼當三' '당오當五' '당십當十'이 있었다. '절이'의 중량은 2전이고 '당삼'의 중량은 3전이었으며 '당십'의 중량은 1냥兩이었다. 12회에 우이牛二가 양지에게 당삼전當三錢 20문을 쌓고는 양지에게 보도로 잘라보라는 내용이 나오는데, 여기서 당삼전의 중량은 응당 3전이었다.

또한, 『수호전』에서는 범죄자의 포상금으로 상금 1000관千貫, 3000관千貫 등 '관貫'으로 표시하고 있는데, '관貫'은 동전의 단위로 1000개의 동전을 1관이라 한다. 관에는 '관통하다'라는 의미가 있어 작은 줄을 이용해 동전을 묶었으나 종종 그 수가 부족하기도 했다. 그러나 실제 송나라 때 규정에 근거하면 일반적으로 범죄자 체포에 대한 현상금은 30관 정도였다고 한다. 『수호전』에서는 현상금을 적게는 1000관에서 많게는 1만 관에 이르는데 과장이 지나치다고 할 수 있다. 또한 『수호전』에 등장하는 돈의 단위인 '관'은 '동전'이 아닌 실제는 '지전'이었다. 송대와 명대 동전의 실제 중량을 살펴보면 1관 동전의 중량은 대략 3.5킬로그램 정도였고 1000관이면 3.5톤이나 된다. 7회에서 임충이 보도寶刀를 1000관에 구매했다고 했는데, 동전이었다면 보도를 판 자는 돈을 싣는 수레를 끌고 가야 했다. 16회에서는 생신강을 짊어진 병졸들이 5관에 술을 사먹은 내용도 있는데, 견디기 힘들 정도의 더위에 무거운 생신강 짐을 짊어진데다 동전까지 소지했다는 설정은 사실 비현실적이라고 할 수 있다. 이런 관점에서 『수호전』에 등장하는 '관' 단위는 동전이 아닌 지전이었다고 보는 것이 합리적이다.

【 제37회 】

# 심양강의 호걸들[1]

송강이 은자 5냥을 그 교두에게 준 다음부터 일이 꼬이기 시작했다. 게양진 사람들 무리에서 한 사내가 튀어나와 두 눈을 동그랗게 뜨고는 고함을 질렀다.

"이놈, 어디서 배워먹은 이런 좆같은 창봉질로 게양진에서 위세를 부리느냐. 내가 이미 사람들에게 저놈을 상대하지 말라고 일렀는데, 네놈이 어째서 돈 좀 있다고 자랑하듯 뿌려 우리 게양진의 위풍을 꺾느냐!"

송강이 대답했다.

"내가 내 은냥으로 준다는데 당신이 무슨 상관이오?"

그 큰 사내가 송강을 붙들고 소리 질렀다.

"너 이런 나쁜 배군 같은 놈이, 감히 말대꾸를 해?"

"어째서 당신 말에 대꾸하면 안 된단 말이오?"

사내가 두 주먹을 들고 송강의 얼굴을 향해 내리쳤다. 송강이 피하자 사내가

1_ 제37회 제목은 '沒遮攔追趕及時雨(몰차란이 급시우를 쫓다). 船火兒夜鬧潯陽江(선화아가 야밤에 심양강을 떠들썩하게 하다)'이다.

다시 한 걸음 다가왔다. 송강이 맞서려고 자세를 잡는데, 창봉술을 부리던 교두가 등 뒤에서 다가오더니 한 손으로 그 사내의 두건을 잡고 다른 손으로 허리를 잡아 늑골을 감싸고 한 번 빙그레 돌리자, 비틀거리더니 땅바닥에 뒤집어졌다. 그 사내가 발버둥 치며 일어나려 하자 그 교두가 발길질 한 번으로 다시 엎어뜨렸다. 두 공인은 교두를 말렸고, 사내는 땅바닥에서 기어가다가 송강과 교두를 돌아보며 말했다.

"되든 안 되든 내가 너희 두 놈을 가만두지 않겠다."

서둘러 일어나 곧장 남쪽으로 사라졌다.

송강이 물었다.

"교두는 성함이 어떻게 되십니까? 어디 사람입니까?"

"소인의 본적은 하남河南 낙양洛陽으로 설영薛永이라고 합니다. 조부는 노충경략상공의 휘하에서 군관이었는데 동료에게 미움을 받아 승진하지 못했고, 자손인 저는 창봉술 재주를 남들에게 보여주며 고약을 팔면서 살아가고 있습니다. 강호에서는 저를 병대충病大蟲 설영이라고 부릅니다. 은공의 성함이 어떻게 되시는지 물어도 되겠습니까?"

"소생은 송강이라고 합니다. 산동 운성현 사람입니다."

"혹시 산동 급시우 송 공명 아니십니까?"

"제가 바로 그 사람입니다."

설영이 그 말을 듣고는 바로 엎드려 절했고, 송강이 서둘러 부축하며 말했다.

"같이 술이나 한잔 할까요?"

"좋습니다! 존안을 뵙고 싶었지만, 방법이 없었는데 만나게 되었습니다."

서둘러 창봉과 고약 보따리를 수습하고 송강과 인근의 주점 안에 들어가 술을 마시려고 했다. 그러나 술집 안에 들어가자 주인이 다음과 같이 말했다.

"술과 고기가 모두 있긴 하지만, 당신들에게는 감히 팔 수가 없습니다."

송강이 술집 주인에게 따졌다.

"어째서 우리에게 팔지 못하겠다는 것이오?"

"방금 당신들과 싸우던 사내가 팔지 말라고 했습니다. 만약 당신들에게 판다면 우리 가게를 박살낸다고 했습니다. 우리는 여기에서 감히 그의 말을 어길 수 없습니다. 그 사람은 게양진의 우두머리라 누가 감히 그의 말을 듣지 않겠습니까?"

"그렇다면 우리가 떠나야겠네. 우리가 여기서 먹고 있으면 그놈이 다시 찾아와서 소란을 피우겠지."

설영이 말했다.

"소인은 객점에 가서 방값을 지불하고 오겠습니다. 하루나 이틀 지나 강주에서 다시 만나시죠. 형님은 먼저 가십시오."

송강이 다시 은자 10~20냥을 꺼내 설영에게 주며 작별하고 떠났다.

송강이 두 공인과 함께 주점을 나와 다른 곳으로 술을 마시러 갔다. 주점 주인이 말했다.

"작은 도련님이 당신들에게 아무것도 팔지 말라고 분부했는데 어떻게 팔겠습니까? 다른 곳에 가도 마찬가지이니 쓸데없이 힘 낭비하지 마시오. 아무데도 안 될 거요."

송강과 두 공인은 아무 할 말이 없었다. 여러 군데 주점을 돌아다녔으나 모두 같은 소리만 했다. 세 사람이 시장의 끝까지 와서 불이 켜져 있는 작은 객점에 들어가 투숙하려고 했으나 그곳에서도 받아주지 않았다. 송강이 주인에게 물으니 다음과 같이 대답했다.

"작은 도련님이 여기저기 돌아다니며 당신 세 사람을 재우지 말라고 분부했습니다."

송강은 형세가 좋지 못하자 두 공인을 데리고 큰길을 향해 걸었다. 마침 붉은 태양이 지고 하늘이 어두워지기 시작했다.

저녁 무렵의 연무는 먼 산봉우리 흐릿하게 하고, 차디찬 안개는 넓은 하늘을 덮었구나. 밝은 달을 에워싼 뭇별들은 빛을 다투고, 녹수와 청산은 푸르름을 다투네. 나무 듬성듬성한 숲속의 옛 절에선 종소리 은은히 들려오고, 작은 나루터의 고깃배들엔 등불이 가물가물 꺼져가누나. 가지 위 두견새는 달밤을 훌쩍이고, 정원의 흰 나방은 꽃 속에 잠들었네.

暮烟迷遠岫, 寒霧鎖長空. 群星拱皓月爭輝, 綠水共青山鬪碧. 疏林古寺, 數聲鐘韻悠揚; 小浦漁舟, 幾點殘燈明滅. 枝上子規啼夜月, 園中粉蝶宿花叢.

송강과 두 공인은 하늘이 어두워지자 마음이 더욱 급해지기 시작했다. 세 사람은 상의하며 말했다.

"창봉술 구경했다가 아무 이유 없이 그놈에게 미움을 샀구나! 앞을 봐도 마을이 없고 뒤돌아봐도 머무를 객점이 없으니, 어디로 가야 하룻밤을 투숙할 수 있으려나?"

멀리 보이는 조그만 길의 수풀 깊은 곳에서 불빛이 비추고 있었다. 송강이 그쪽을 보며 말했다.

"저기, 불빛이 비추는 곳에 반드시 인가가 있을 것이오. 저기 가서 무슨 수를 써서라도 조심조심 하룻밤 지내고 내일 일찍 출발합시다."

공인이 불빛을 보더니 송강에게 말했다.

"저 불빛이 비추는 곳은 우리가 가야 하는 길이 아닙니다."

"어쩔 수 없습니다. 비록 우리가 가려는 길이 아니라도 내일 부지런히 2~3리 더 가면 별 문제 아닐 것 같소!"

세 사람이 길에서 나와 2리도 못 가서 숲 뒤에 큰 장원이 나타났다.

송강과 두 공인이 장원 앞에서 문을 두드렸다. 장객이 듣고는 나와서 문을 열며 말했다.

"누구시오! 해 저문 야밤에 남의 집 문을 두드리시오!"

송강이 공손하고 조심스럽게 대답했다.

“소인은 죄를 짓고 강주로 귀양 가는 사람입니다. 오늘 잘 곳을 지나치는 바람에 쉴 곳이 없어서 댁에 하룻밤 머물렀으면 합니다. 내일 아침에 선례대로 방값을 지불하겠습니다.”

“그렇게 말씀하시니 여기서 잠시 기다리시오. 내가 들어가 장원 주인인 태공에게 알려 허락하면 쉬게 해주겠습니다.”

장객이 들어가 통보하고 다시 몸을 돌려 나와 말했다.

“태공께서 들어오라 하십니다.”

송강과 두 공인이 초당 안에서 주인 태공을 만났다. 태공은 장객에게 시켜 문간방에 데리고 가서 쉬게 하고 저녁밥도 먹게 했다. 장객이 문간방에 데리고 가서 등불을 켜고 세 사람을 쉬게 했으며 세 사람의 밥, 국과 반찬을 가져와 먹게 했다. 장객이 그릇을 치우고 안으로 들어갔다. 두 공인은 말했다.

“압사님, 여기 아무 사람도 없으니 오늘 밤은 칼을 벗고 편하게 주무시고 내일 일찍 떠나지요.”

“그 말도 맞소. 그렇게 합시다.”

그러고는 즉시 칼을 벗고 두 공인과 방 밖에서 손을 씻으며 고개를 들어 별들로 가득 찬 하늘을 바라보다가 고개를 숙이니 타작마당 옆쪽 집 뒤에 시골의 오솔길이 눈에 들어왔다. 세 사람이 손을 씻고 방으로 들어와 방문을 닫고 잠자리에 들었다. 송강과 두 공인이 서로 얘기했다.

“이 장원 태공이 우리를 하루 머물게 해주어 정말 다행이오.”

한창 이야기하고 있는데, 장원 안에서 어떤 사람이 횃불을 붙이고 타작마당에서 여기저기 비추며 뒤지는 소리가 들려왔다. 송강이 안에서 문틈으로 바라보니 태공이 장객 3명을 데리고 횃불을 들고 여기저기 비추고 있었다. 송강이 공인에게 말했다.

“여기 이 태공도 우리 아버지와 똑같구려. 모든 일을 자기가 점검하기 전에는 가서 자려고 하지 않는다니깐. 아무리 작은 일도 자신이 점검을 해야만 마음을 놓는다니까."

그때 밖에서 어떤 사람이 문을 열라고 소리쳤다. 장객이 나가 문을 여니 5~7명이 들어왔다. 앞에 선 사람은 손에 박도를 들었고 뒤에 따라온 자들은 도차稻叉[2]와 곤봉을 들었다. 송강이 살펴보고는 말했다.

"저 박도를 든 자는 바로 게양진에서 나를 때리려 했던 그 사내다."

송강은 또 태공이 묻는 말을 들었다.

"작은 애야, 너 어디 갔다 왔냐? 누구랑 싸웠냐? 이렇게 늦게 창과 몽둥이를 들고 들어오니?"

"아버지는 몰라도 돼요. 형은 집에 있어요?"

"네 형은 술 먹고 취해 뒤 정자에서 자고 있다."

"내가 가서 깨워야겠어요. 나랑 같이 쫓아갈 사람이 있어요."

"너 또 누구랑 다투었냐? 네 형 불렀다간 중도에 그만두려 하지 않을 텐데. 무슨 일인지 내게 말해봐라."

"아버지, 오늘 마을에서 창봉을 휘두르며 고약을 파는 약장수 놈이 우리 형제에게 알리지도 않고 제멋대로 약을 팔더라고요. 내가 마을 사람들에게 아무도 돈을 주지 말라고 했어요. 그런데 어디서 나타난 죄수 놈이 앞장서서 은자 5냥을 주고 게양진의 위풍을 꺾어버리잖아요. 내가 그놈을 패주려고 하는데 죽일 놈의 약장수가 나를 틀어쥐고 자빠뜨리더니 한 대 치고 또 발로 차서 아직도 허리가 아파요. 내가 이미 사방 주점과 객점마다 이놈들을 먹지도 자지도 못하게 막아놓았어요. 먼저 세 놈은 오늘 밤 몸을 쉴 데도 없을 것이에요. 나중에 내가 도박장 부하들을 불러 객점에 가서 그 약장수를 잡아 죽도록 두드려 패야 속이 풀리겠어요. 오늘 도두 집에 묶어놓고 내일 강가로 보내 묶어 강에 던져버

2_ 도차稻叉: 벼를 치우고 쌓는 데 사용하는 차杈(긴 막대 끝에 U자 모양의 쇠를 꽂은 무기)다.

리면 분한 기분이 좀 풀릴 것 같아요. 그런데 공인 둘이 압송하던 죄수가 보이지 않아요. 앞에 객점도 없고 도무지 어디 가서 자는지 알 수가 없어요. 내가 지금 형을 깨워 둘로 나누어 쫓아가 이놈을 붙잡아야겠어요."

"얘야, 그렇게 명줄 재촉하는 짓 좀 하지 마라. 그 사람이 약장수에게 돈을 주면 그만이지 네가 무슨 상관이냐! 네가 왜 그 사람을 때리려고 그러느냐? 그 사람이 때린 것이 상처가 심하지 않으니 내 말 듣고 그만두고 형에게 말하지 말거라. 네가 남에게 맞았다는 것을 알면 네 형이 가만히 있겠니? 또 가서 남의 생명을 해칠 것 아니겠니! 내 말 듣고 방에 가서 자거라. 이 늦은 밤에 남의 집 문 두드려서 마을 사람들 화나지 않게 하는 것도 음덕을 쌓는 거란다."

사내는 태공의 말을 따르지 않고 박도를 들고 장원 안으로 들어갔다. 태공도 그의 뒤를 따라갔다.

부자간의 대화를 들은 송강이 공인들에게 말했다.

"이런 공교로운 일이 있나, 어떻게 해야 한단 말이야? 우리가 저 사람 집으로 들어오다니. 빨리 달아나는 것이 가장 좋겠네. 만일 저놈이 알아채면 분명 죽이려 할 텐데. 설령 태공이 말하지 않아도 장객들이 어떻게 감히 숨길 수 있겠나?"

두 공인도 말했다.

"맞습니다. 꾸물거릴 때가 아닙니다. 어서 빨리 달아납시다."

"정문으로 나가다간 큰일 날 터이니 집 뒤쪽에 벽을 뜯고 나갑시다."

두 공인은 보따리를 지고 송강은 칼을 들고 방 안에서 집 뒤편에 벽을 뜯어냈다. 세 사람은 별빛 아래에서 숲속 깊은 곳의 작은 길을 따라 걸어갔다. 달리 길을 가릴 형편이 안 되어 무작정 걸었다. 한 시진쯤 걸었을 때 눈앞에 온통 갈대밭이 펼쳐지고 커다란 강이 출렁거리며 흐르고 있었다. 바로 심양강에 도착한 것이었다. 여기에 증명하는 시가 있다.

빈틈없는 경계망에 걸려들었으니, 순조롭지 않은 송강 실로 애처롭구나 흑살黑煞[3] 흉신의 고난에서 벗어나니, 상문喪門 백호白虎[4]의 화를 입게 되었네.

撞入天羅地網來, 宋江時蹇實堪哀.

纔離黑煞凶神難, 又遇喪門白虎災.

등 뒤에서 고함 소리가 들려오고 횃불이 어지럽게 비추며 바람을 맞으며 휘파람 소리가 어지럽게 들려왔다. 송강이 '아이고' 소리를 지르며 말했다.

"하늘이시여 제발 살려주십시오!"

세 사람이 갈대숲에 숨어 뒤를 바라보니 횃불들이 점점 다가오고 있었다. 마음이 갈수록 다급해져서 방향도 모르고 비틀거리며 정신없이 갈대숲 안을 달렸다. 하늘 끝에 닿지 못하면 땅 끝에라도 닿는다고 앞을 바라보니 커다란 강이 앞을 가로막았고 옆에 널따란 포구가 있었다. 송강이 하늘을 우러르며 탄식했다.

"이렇게 힘들 줄 알았으면 그냥 양산박에 머물렀으면 그만인데, 여기서 죽을 줄은 누가 생각이나 했나!"

위급한 상황에 배 한 척이 조용히 갈대숲을 헤치고 나왔다. 송강이 배를 보고는 다급하게 외쳤다.

"사공, 우리 좀 태워주시오. 내가 돈은 얼마든지 드리리다."

사공이 배 위에서 물었다.

"세 사람은 누군데 여기까지 오셨소?"

"뒤에 강도들이 우리를 약탈하려고 쫓아오고 있어 여기까지 오게 됐소. 빨리 배에 태워 건너게 해주시오. 제가 은냥을 듬뿍 드리겠소."

사공은 은냥을 많이 준다는 말을 듣고는 배를 뭍에 붙였고 셋은 황급하게

3_ 흑살黑煞: 불길한 별, 악신惡神을 말한다.
4_ 백호白虎: 흉신이며 만나게 되면 대부분 재앙이 발생한다.

올라탔다. 한 공인은 보따리를 선창에 던져 넣고 다른 공인은 수화곤으로 배를 밀었다. 뱃사공은 노를 들고 있었는데 보따리가 뱃전에 떨어지는 소리가 둔탁하자 속으로 좋아했다. 사공은 작은 배를 강 가운데로 저어갔다.

물가에까지 쫓아 온 사람들은 이미 모래사장까지 닿았다. 우두머리로 보이는 두 사람은 박도를 들었고 따라온 20여 명은 각자 창봉과 횃불을 들고 배를 향해 고함을 질렀다.

"너 거기 뱃사공, 빨리 배를 이리 대라!"

송강과 두 공인은 배 안에 함께 납작 엎드려서 사공에게 애걸했다.

"사공, 배를 대면 안 되오. 우리가 많은 은자로 사례하겠소."

사공은 고개를 끄덕이며 물가 사람들에게 대답도 하지 않고 배를 상류로 끼익끼익 저어갔다. 건너편 물가에서 큰 사내가 소리쳤다.

"야, 너 사공, 배를 저어오지 않으면 모조리 죽여버리겠다!"

사공이 몇 차례 냉소를 지으며 무시해버렸다. 건너편 사내가 크게 소리를 질렀다.

"너는 누구냐? 정말 대담하구나! 이리 저어오지 않을 거냐!"

사공이 냉소하며 대답했다.

"어르신은 바로 장張 사공 나리시다. 괜히 생사람 건드리지 말거라."

뭍의 횃불 속에서 커다란 사내가 말했다.

"원래 장형이시군요. 당신 우리 두 형제를 알아보시겠소?"

"내가 장님도 아닌데 어떻게 모르겠는가?"

"우리를 아신다면 배를 저어 오셔서 얘기 좀 하시지요."

"할 말 있거든 내일 아침에 하자. 배에 탄 손님이 급하다고 한다."

"우리 형제는 그 배에 탄 세 사람을 잡으려고 하오."

"배에 탄 세 사람은 모두 내 가족이다. 먹여주고 입혀주는 부모란 말이다. 지금 모시고 돌아가 판도면板刀麵[5]을 먹여야겠다."

"이리로 저어 오셔서 저와 상의 좀 합시다."

"내 옷과 밥을 가져다가 너한테 기꺼이 넘겨주겠느냐!"

"장형, 그런 말을 하려는 것이 아니요. 우리는 저 죄수만 있으면 되오. 배를 여기로 붙이시오."

사공이 배를 저으면서 대답했다.

"내가 며칠 만에 여기 이 손님을 받았는데, 순순히 네게 보낼 것 같으냐! 너희 둘은 나를 원망하지 말고 나중에 보자."

송강은 어리둥절하여 사공과 뭍의 두 사람이 무슨 말을 나누는지 전혀 알지 못하고 선창 안에서 조용히 두 공인에게 말했다.

"이 사공이 아니었다면 어쩔 뻔했소. 우리 세 사람의 생명을 구해줄 뿐 아니라 우리 대신 대꾸까지 해주었소. 저 사람 은덕을 잊지 말아야 하오. 이 배를 타고 강을 건너게 된 것이 정말 행운이 아니면 뭐겠소."

사공이 배를 저어 물가에서 점점 멀어졌다. 세 사람이 배 안에서 물가를 바라보니 갈대밭에서 횃불이 밝게 빛나고 있었다. 송강이 말했다.

"감사합니다. '마침 좋은 사람을 만나면 나쁜 사람으로부터 멀어지게 된다'[6]더니 이 곤경에서 간신히 벗어날 수 있었습니다."

사공은 세 사람의 감사에 전혀 대답하지 않고 노를 저으며 「호주가湖州歌」[7]를 부르기 시작했다.

강가에서 태어나고 자란 이 어르신, 관아도 겁나지 않고 하늘도 두렵지 않네.

5_ 판도면板刀麵: 강호의 은어로 칼로 베어 죽인 다음 물속에 던져버리는 것을 말한다. 판도(몸체는 좁고 길며 자루는 짧은 칼)로 면을 잘라 물에 던져 넣는 것을 비유하여 말한 것이다.

6_ 원문은 '好人相逢, 惡人遠離'다.

7_ 「호주가湖州歌」: 호주湖州 지구의 민가다. 호주는 지금의 저장성에 속했다. 송나라 왕원량汪元量의 「호주가」 98수가 있다.

간밤 화광대제[8] 날 좇아온 것은, 떠날 때 화광의 금 벽돌 빼앗았기 때문이시.

老爺生長在江邊, 不怕官司不怕天.

昨夜華光來趁我, 臨行奪下一金磚.

송강과 두 공인은 노래를 듣고 모두 온몸이 오싹하고 간이 쪼그라들었다. 송강이 다시 생각하고 말했다.

"저 사람이 장난치는 거겠지."

세 사람이 배 안에서 서로 추측하고 있는데 사공이 노를 놓고는 말했다.

"이 좆같은 놈들아, 거기 공인 둘은 평소에 우리 사업에 가장 방해가 되는 놈들인데, 오늘 어르신 손에 잘 걸렸다! 너희 세 놈은 판도면이 먹고 싶으냐 아니면 혼돈餛飩[9]이 좋으냐?"

송강이 말했다.

"사공 어르신, 제발 농담 좀 그만 하십시오! '판도면'은 뭐고 '혼돈'은 어떻게 하는 것이오?"

사공이 두 눈을 부릅뜨고 송강을 노려보며 말했다.

"어르신이 네놈하고 무슨 좆같이 장난치겠냐! 만일 판도면을 원한다면 내가 이 배 선창 나무판자 밑에 날카로운 칼을 하나 숨겨놓았다. 번거롭게 서너 번씩 휘두를 필요도 없이 한 놈당 한칼에 베어버리고 잘게 다져 강물에 던져버리는 것이다. 네놈이 혼돈을 먹고 싶다면 세 놈 옷을 홀딱 벗기고 실오라기 하나 걸치지 않고 스스로 강물에 뛰어들어 뒈지는 것이다."

송강이 그 말을 모두 듣고는 두 공인을 끌어안으며 말했다.

8_ 화광대제華光大帝: 도교 4대 호법 중의 한 사람이다. 전설에 따르면 그의 성명은 마령요馬靈耀이며 태어날 때부터 눈이 세 개가 있었다고 한다. 그의 무기는 왼손에 든 금 벽돌(삼각형 벽돌)인데 도둑맞은 적이 있다고 한다.

9_ 훈툰餛飩: 얇은 밀가루 피에 고기소를 넣고 싸서 찌거나 끓여서 먹는 음식. 강호의 은어로 사람을 한 덩어리로 둥글게 묶는데, 마치 훈툰을 싼 형상으로 만든 다음 물속으로 던져버리는 것을 말한다.

"아이고! '행운은 둘이 함께 오지 않고, 재앙은 혼자 오는 법이 없다'[10]고 하더니 그 말이 맞네."

사공이 소리를 버럭 지르며 말했다.

"셋이 잘 상의해서 빨리 대답해라."

"사공께서는 잘 모르실 것입니다. 저도 죄를 짓고 어쩔 수 없이 강주로 유배 가는 사람입니다. 우리 셋을 가엾게 여기어 제발 살려주십시오!"

"무슨 헛소리를 지껄이느냐! 너희 셋을 용서해달라고! 반쪽도 용서할 생각이 없다. 내가 그 유명한 어미도 몰라보고 애비도 모른다는 '개 대가리 장 노인'이다! 주둥이 닥치고 빨리 물로 뛰어들어라!"

송강이 다시 애걸하며 말했다.

"보따리 안에 든 금은보화와 의복들을 모두 드릴 테니 제발 세 사람 목숨만 살려주십시오."

사공이 선창 나무판자 밑에서 번쩍이는 판도板刀를 꺼내더니 소릴 질렀다.

"네놈들이 바라는 것이 무엇이냐?"

송강이 하늘을 우러르며 말했다.

"내가 천지를 공경하지 않고 부모에게 불효하고 범죄를 저질러 두 분까지 연루시켰소."

두 공인도 송강을 끌어안고 말했다.

"압사님, 그만합시다! 우리 셋이 함께 죽으면 그만입니다."

"너희 세 놈 빨리 옷 벗고 물에 뛰어들어라. 뛰라고 하는데 뛰지 않는다면 이 어르신이 잘게 다져 물에 던져버리겠다."

송강과 두 공인이 함께 끌어안고 물속으로 뛰어들려 했다. 그때 강 위에서 끼익하고 노 젓는 소리가 들려왔다. 송강이 고개를 돌려 바라보니 배 한 척이 빠

10_ 원문은 '福無雙至, 禍不單行'이다.

른 속도로 물살을 가르며 상류에서 미끄러지듯 다가오고 있었다. 배 안에 세 사람이 타고 있었는데, 한 사람이 손에 삼지창을 가로로 들고 뱃머리에 서 있었고, 선미에 젊은 두 사람이 빠르게 노를 젓고 있었다. 밝은 달빛 아래에서 배는 이미 앞에 도착했다. 뱃머리에 삼지창을 들고 있던 사내가 고함을 질렀다.

"앞에 사공은 누구이기에 감히 이 강에서 일을 벌이고 있느냐? 배 안에 물건을 너 혼자 다 먹을 속셈이냐."

사공이 고개를 돌려 바라보고는 황급히 대답했다.

"누군가 했더니 원래 이李형이셨군요. 난 또 누구라고. 형님, 저를 데려가지도 않고 또 한건 해먹으러 가시오?"

"동생. 여기서 한 건 챙겼구나! 배 안에 어떤 놈들이기에 챙길만한 것이 좀 있나?"

"듣기에 웃기시겠지만 내가 요 며칠 운이 따르지 않아 물건도 없고, 또 도박하다 돈을 잃어 한 푼도 없습니다. 답답해서 모래사장에 앉아 있는데, 물가에서 사람들이 이 세 물건을 쫓기에 배에 태웠는데 좆같은 공인 두 놈이 검고 키 작은 죄수를 압송하고 있었습니다. 누군지 모르지만 강주로 유배 간다는데 목에 칼을 차고 있지는 않더군요. 강가에서 이들을 쫓던 목穆가 형제 둘이 그를 잡으려고 하더군요. 챙길만한 것도 좀 있어서 돌려주지 않았습니다."

"엥! 혹시 송 공명 형님 아닌가?"

송강이 들어보니 목소리가 귀에 익은 듯하여 선창에서 소리쳤다.

"배에 있는 사람은 누구요? 여기 송강 좀 살려주시오!"

사내가 깜짝 놀라 대답했다.

"정말 우리 형님이시네. 빨리 나와보시오."

송강이 배 안에서 나와 바라보니 밝은 별빛 아래 서있는 사내는 다름이 아니라,

집은 심양강 포구에 있고, 모두들 최고의 영웅호걸이라 부른다네. 짙은 눈썹, 큰 눈에 붉은 얼굴, 수염은 철사 같고 목소리는 구리종 울리는 듯하구나. 8척 신장 늠름한 체구에 서리처럼 빛나는 예리한 검 잘 다루고 사나운 파도 가르며 뛰어난 공로 세웠다네. 바로 여주 태생 이준으로 별명은 혼강룡이로다.

家住潯陽江浦上, 最稱豪傑英雄. 眉濃眼大面皮紅, 髭鬚垂鐵線, 語話若銅鍾. 凜凜身軀長八尺, 能揮利劍霜鋒, 衝波躍浪立奇功. 廬州生李俊, 綽號混江龍.

뱃머리에 서 있는 사내는 바로 혼강룡 이준이었다. 그리고 선미에서 노를 젓고 있는 사람은 출동교 동위와 번강신 동맹이었다.

이준이 송 공명이란 소리를 듣고는 얼른 배를 건너 뛰어와 '아이고' 소리를 내며 말했다.

"형님 얼마나 놀라셨습니까. 만일 제가 조금만 늦었더라도 형님은 목숨을 잃을 뻔했습니다. 오늘 제가 집에 앉아 있는데 마음이 불안하더라고요. 배를 타고 여기 나와 소금 밀매꾼이나 잡아볼까 했는데, 형님께서 이런 수난을 당하고 있을 줄은 생각도 못했습니다!"

사공이 한참을 아무 소리 못하고 멍하게 있다가 겨우 물었다.

"형님, 이 검둥이가 산동 급시우 송 공명이시오?"

"이제 알아보겠나!"

사공이 바로 엎드려 절하며 말했다.

"아이고 나리, 어째서 일찌감치 성명을 말씀하지 않았습니까! 그랬다면 제가 그렇게 심하게 대하지 않았을 텐데, 형님의 목숨을 상하게 할 뻔했습니다."

송강이 이준에게 사공을 가리키며 물었다.

"이분은 누구신가? 성함이 어떻게 되십니까?"

"형님은 모르실 겁니다. 이 사람은 제 결의동생 장횡張橫이라는 사람으로 소고산小孤山[11] 아래가 고향이고 별명은 선화아船火兒라고 부릅니다. 여기 심양강에서 전문적으로 이런 안전하고 좋은[12] 길을 만들고 있습니다."

송강과 두 공인이 듣고 한바탕 웃었다.

배 두 척이 나란히 노를 저어 모래사장 옆에 가서 배를 묶고 선창에서 송강과 두 공인을 부축하여 뭍에 올랐다. 이준이 또 장횡에게 말했다.

"동생, 내가 전에 말했잖아. 천하의 의사는 산동 운성현 급시우 송강밖에 없다고. 지금 자세히 보아두게."

장횡이 부싯돌로 등에 불을 붙이고 송강을 비추어 보고는 모래사장에 엎드려 절을 하며 사죄했다.

"형님 제 죄를 용서해주십시오!"

송강이 장횡을 보니,

신장은 7척으로 세모꼴의 사나운 눈에 누런 구레나룻, 적색 머리카락에 붉은 눈알, 심양강에서 명성 떨쳤다네. 파도 가를 때 물귀신 같고 물결 넘을 때는 나는 고래 같으며, 격랑과 광풍 모두 두려워하지 않으니 교룡도 보고 놀라 넋을 잃누나. 하늘이 별들을 보내 생명을 해치게 하네. 그가 바로 소고산 아래에 사는 선화아 장횡이라네.

七尺身軀三角眼, 黃髥赤髮紅睛, 潯陽江上有聲名. 衝波如水怪, 躍浪似飛鯨, 惡水狂風都不懼, 蛟龍見處魂驚. 天差列宿害生靈. 小孤山下住, 船火號張橫.

장횡이 절을 마치고는 물었다.

"의사 형님, 어쩌다 여기로 유배를 오셨습니까?"

이준은 송강이 죄를 짓고 지금 강주로 유배 오게 된 과정을 설명했다. 장횡

11_ 소고산小孤山: 장시성 펑쩌彭澤 북쪽의 장강에 있다. 퍙려호彭蠡湖에 대고산大孤山이 있으므로 소고라 했다.

12_ 원문은 '온선穩善'인데, '죄악'을 칭하는 말이다.

은 이준의 이야기를 듣고는 말했다.

"형님께 말씀드리겠습니다. 제게 친동생이 하나 있는데 재주가 매우 뛰어납니다. 온몸이 새하얀 비단 같은데 돼지비계와 비슷하고 40~50리 길 물속에 들어가 7일 밤낮을 숨어 있을 수 있습니다. 헤엄을 치면 마치 한 마리 치리 같고 무예도 뛰어나 사람들은 낭리백도浪裏白跳 장순張順이라고 부릅니다. 당초 제 동생과 둘이 양자강揚子江 가에서 본분에 맞는 일을 했었습니다."

송강이 장횡에게 물었다.

"그래서 어떻게 됐나?"

"우리 형제는 도박에 지면 제가 먼저 배를 저어 강가 조용한 곳에서 몰래 사람들을 건네줍니다. 그런 손님들은 돈 100전을 아끼고 또 빨리 가려고 제 배를 탑니다. 배에 손님이 가득하면 동생 장순이 등에 커다란 보따리를 지고 손님으로 가장하여 배를 탑니다. 내가 배를 강 중간까지 저어가 노를 멈추며 닻을 내리고 판도를 빼들며 뱃삯을 받습니다. 본래 한 사람 당 500전이면 충분한데 억지로 3관을 받습니다. 먼저 동생에게 돈 내라고 하면 거짓으로 내려하지 않죠. 제가 한 손으로 머리를 잡고 다른 손으로 허리를 잡아 강에 퐁당 하고 던져버리고 맨 처음 사람부터 뱃삯 3관을 요구합니다. 제 동생이 물에 빠져서 나오지 않는 것을 보고 모두 얼이 빠져서 어쩔 수 없이 뱃삯을 냅니다. 돈을 다 걷으면 외진 곳에 내려줍니다. 제 동생은 물밑에서 건너편까지 건너가 사람들이 모두 돌아가기를 기다렸다가 둘이 돈을 나누어 갖고 도박하러 가지요. 그때 우리 둘은 다른 것은 하지 않고 그 짓만 하고 살았어요."

"강변에서 얼마나 많은 사람이 자네 배를 탔는지 알만하네!"

이준과 일행이 송강의 말을 듣고 유쾌하게 웃었다. 장횡이 또 말했다.

"지금은 우리 형제 모두 업종을 바꾸었습니다. 저는 여기 심양강에서 혼자이 사상私商[13]을 하고 있습니다. 동생 장순은 지금 강주에서 물고기 거간꾼[14]을 하고 있습니다. 지금 형님이 가실 때 편지라도 한 통 보내고 싶은데 글자를 몰라 쓸 수가 없네요."

이준이 말했다.

"마을에 가서 글방 선생에게 써달라고 하면 되지."

이준이 이렇게 말하고 동위와 동맹을 남겨 배를 지키도록 했다. 세 사람은 등불을 든 이준과 장횡을 따라 마을을 향해 걸었다.

반리도 못 갔는데 횃불이 아직도 물가에서 밝게 빛났다. 장횡이 말했다.

"그 형제가 아직도 돌아가지 않았나보네."

이준이 말했다.

"자네가 말하는 그 형제라는 사람이 누군가?"

"게양진에 사는 목穆가 형제입니다."

"두 형제를 불러서 형님께 인사나 시켜야겠네."

송강이 급히 말했다.

"안 되네. 저 둘은 나를 잡으러 쫓아오는 것이라네."

이준이 말했다.

"형님 걱정하지 마십시오. 저 형제들이 형님을 몰라보았지만 우리와 같은 길을 가는 사람들입니다."

이준이 손을 흔들며 휘파람을 불자 횃불을 든 사람들이 나는 듯이 달려왔다. 이준과 장횡이 송강을 공손하게 모시고 함께 말하는 것을 보고 두 형제는 크게 놀라서 말했다.

"두 형님은 이 세 사람을 어떻게 아시오?"

이준이 껄껄 웃으면서 말했다.

"너는 이 사람이 누군지 아느냐?"

13_ 사상私商: 강호의 은어로 물건을 빼앗고 사람을 죽이는 일을 말한다.

14_ 원문은 '어아자魚牙子'인데, '아자牙子'은 즉 '아인牙人'을 말한다. 아인은 중간에서 중개하여 수수료를 챙기는 사람이다.

"모릅니다. 하지만 저 사람이 우리 마을에서 창봉을 쓰며 약을 파는 자에게 은냥을 주어 우리 진의 위풍을 무너뜨려서 잡으려고 쫓아왔습니다."

"저분이 내가 항상 너희에게 말하던 산동 급시우 운성현 송 압사 공명 형님이다. 너희 둘은 빨리 형님께 절하지 않고 뭐하느냐."

두 형제가 박도를 내던지고 몸을 구부려 절하며 말했다.

"진작부터 형님 이름은 듣고 있었습니다. 오늘 이렇게 만나뵐 줄은 몰랐습니다. 조금 전에 무례를 범하여 형님을 해치려고 했습니다. 저희를 불쌍하게 여겨 용서해주십시오."

송강이 두 사람을 부축하여 일으키며 말했다.

"두 장사의 이름은 무엇이오?"

이준이 말했다.

"이 형제는 여기에 사는 부호입니다. 이름은 목홍穆弘이고 별명은 몰차란沒遮攔입니다. 동생은 목춘穆春인데 소차란小遮攔이라고 하며 게양진을 휘어잡는 패거리입니다. 형님은 모르시겠지만 우리 여기에는 3패覇가 있습니다. 형님께 알려드리지요. 게양령 위아래는 저와 이립이 차지하고 있고, 게양진은 목 형제가 차지하고 있으며 심양강변은 장횡과 장순 둘이 차지했습니다. 이 셋을 합쳐 3패라고 합니다."

송강이 대답했다.

"우리가 어떻게 알았겠는가, 이렇게 되었으니 우리 형제들의 정분을 보아서라도 설영을 놓아주시기 바라네."

목홍이 웃으면서 말했다.

"창봉을 쓰는 그놈 말입니까? 형님 걱정 마십시오. 지금 즉시 동생을 보내 데려다가 형님께 돌려드리지요. 형님을 저희 장원으로 모셔서 정식으로 사과드리겠습니다."

이준이 말했다.

"그러면 좋지, 좋아! 그럼 지금 너희 장원으로 가자."

목홍이 장객을 불러 둘이 가서 배를 준비하도록 하고 동위·동맹도 함께 장원으로 가서 모이기로 했다. 또한 사람을 장원에 알려 양과 돼지를 잡아 연회를 준비하도록 했다.

일행들은 동위·동맹을 기다려 함께 장원을 향하여 가는데 이미 시간이 5경(새벽 3~5시)이 되었다. 모두 장원에 도착하여 목 태공을 불러 모시고 인사를 했으며, 초당에 모여 손님과 주인이 모두 자리잡고 앉았다. 송강이 목홍을 살펴보니 과연 훌륭한 용모를 지닌 인물이었다.

은 쟁반 같은 얼굴에 옥 같은 몸, 둥그런 머리, 가는 눈, 옅은 눈썹. 늠름한 위풍은 사람을 전율하게 만드네. 존귀한 신선이 두수斗宿 별자리에서 떠나온 듯하고, 우성진군佑聖眞君이 천관天關[15]에서 내려온 듯하구나. 무예가 출중하고 담력도 커서 전쟁의 진 앞에서 빈손으로 돌아온 적 없고 성을 공격하고 들판에서 싸울 적에는 적의 깃발 빼앗네. 목홍은 진정한 장사이기에 그를 몰차란이라 부른다네.

面似銀盆身似玉, 頭圓眼細眉單. 威風凜凜逼人寒. 靈官離斗府, 佑聖下天關. 武藝高強心膽大, 陣前不肯空還, 攻城野戰奪旗旛. 穆弘眞壯士, 人號沒遮攔.

송강은 목 태공과 마주 앉았다. 서로 이런저런 이야기를 나눈 지 얼마 되지 않아 날이 밝았는데 목춘이 병대충 설영을 데리고 들어와 함께 모였다. 목홍이 연회를 열어 송강 등 손님을 대접했으며, 밤이 늦어 돌아가지 않고 모두 장원에서 잤다. 다음날 송강이 떠나려 하자 목홍 등이 붙들어 장원에 머물게 하여 송

15_ 우성진군佑聖眞君은 이름이 모영茅盈으로 어렸을 때 출가하여 장생 법술을 체득하여 천선天仙이라 불렸다. 송 태종은 그를 우성진군으로 봉했다. 천관天關은 천문天門이다.

강을 데리고 게양진에 나가 놀면서 경치를 구경했다. 3일이 지나 송강은 기한을 어길까 두려워하여 떠날 것을 고집했다. 목홍과 사람들이 말릴 수가 없어서 이날 송별 연회를 열었다. 다음날 송강이 일찍 일어나 목 태공 및 여러 호걸과 작별을 하고 떠났고, 설영은 목홍의 집에 며칠 머물다가 강주로 송강을 찾아와 다시 만나기로 했다. 목홍이 말했다.

"형님 걱정하지 마십시오. 제가 여기서 잘 보살피겠습니다."

목홍이 금은을 꺼내 송강에게 주고, 또 두 공인에게도 약간의 은냥을 나눠주었다. 출발 전에 장횡이 목홍 장원의 사람에게 편지를 대필시켜 송강에게 주며 동생 장순에게 전해달라고 부탁했고, 송강은 받아 보따리 안에 넣었다. 일행이 모두 심양강까지 배웅하러 나왔고, 목홍이 배를 불러 짐을 먼저 배에 실었다. 사람들은 모두 강가에 술과 음식을 준비하여 송별연을 베풀었고 모두들 눈물을 흘리며 작별했다. 이준·장횡·목홍·목춘·설영·동위·동맹 등 일행은 각자 집으로 돌아갔다.

송강은 두 공인과 배를 타고 강주로 향했다. 이 사공은 저번과 달리 돛을 펼쳐 바람을 가르며 일찌감치 강주에 도착하여 물가에 내려주었다. 송강은 부두에서 바로 칼을 썼으며, 두 공인은 문서를 꺼내 짐을 지고 강주부 앞으로 가니 마침 부윤이 대청에서 업무를 보고 있었다. 원래 강주지부는 채득장蔡得章이라 하는데 현임 채 태사太師 채경의 아홉 번째 아들이었다.[16] 그래서 강주 사람들은 그를 채구 지부蔡九知府라고 불렀다. 그 사람은 탐욕스럽고 교만하며 사치스러웠다. 강주는 돈과 양식이 넘치고 사람도 많으며 물산도 풍부한 곳이라서 태사가 일부러 그에게 지부를 맡긴 것이다.

16_ 『수호전전교주』에 따르면 "정목형의 『주략』에서 이르기를 '채경의 아홉 번째 아들은 채조蔡條다. 여기서 이름이 다른 것은 유명한 사람의 이름을 책에 쓰길 꺼려 한 것이다'라고 했다."

두 공인이 도착한 당일 바로 공문을 제출했으며 송강을 대청 앞으로 데리고 갔다. 채구 지부가 송강의 인물이 평범하지 않음을 보고는 물었다.

"너는 어째서 칼 위에 주 관아에서 봉인한 용지가 없느냐?"

두 공인이 대답했다.

"오는 도중에 봄비에 젖어 떨어져버렸습니다."

"빨리 문서를 작성하여 붙이고 성 밖 유배지 군영으로 보내라. 너희가 직접 가거라."

두 공인은 송강을 유배지 군영으로 보내 인계했다. 당시 강주부 공인은 공문을 보내 송강을 구금하고 아울러 공인과 함께 주부 관아 앞 주점에 가서 술을 마셨다. 송강은 은자 3냥을 꺼내 강주부 공인에게 주었다. 강주부 공인은 증명문서를 요구하고 송강을 독방으로 보내 기다리도록 했다. 그 공인은 먼저 관영과 차발에게 가서 송강을 대신해 편의를 부탁하고 인수인계를 하고 증명문서를 얻어 강주부로 돌아갔다. 두 공인은 송강의 보따리와 짐을 돌려주고 온갖 감사를 다하고 작별하여 성으로 들어갔다. 두 공인이 함께 돌아가며 말했다.

"우리가 비록 놀라기도 하고 고생은 했지만 돈은 많이 벌었네."

둘은 주 관아로 돌아가 회신 문서를 받아 제주부로 돌아갔다.

한편 송강은 또 사람을 시켜 차발을 독방으로 불러 은자 10냥을 주었고, 관영에게는 은자 10냥에 10냥을 더 보냈고 선물도 보냈다. 군영 안에서 관리하는 사람과 심부름하는 군졸에게는 은자를 주고 차도 사서 먹여 송강을 좋아하지 않는 사람이 없었다. 잠시 후 점고를 하러 대청으로 불려 나가자 칼을 벗기고 관영을 만났다. 관영은 이미 뇌물을 먹었기 때문에 대청에서 말했다.

"이번에 유배 온 죄인 송강은 듣거라. 선대 태조 무덕 황제께서 내리신 유지에 따라 모든 새로 유배 온 죄수는 반드시 살위봉 100대를 맞아야 한다. 여봐라, 잡아서 형틀에 올려라."

송강이 관영에게 말했다.

"소인이 도중에 감기가 걸려 아직도 낫지 않았습니다."

"너는 확실히 병색이 있구나. 마르고 얼굴색이 누리끼리하여 병의 증상이 있어 보이지 않느냐? 일단 살위봉은 내버려두어라. 이 사람은 현 관리 출신이니 본 군영 초사방抄事房에서 초사抄事[17]를 맡기도록 하여라."

그리고 즉시 문서를 작성하여 초사방으로 보냈다. 송강이 관영에게 감사 인사를 하고 독방으로 가서 짐을 들고 초사방에 배치되었다. 죄수들은 송강이 제법 체면이 있는 것을 보고 모두 술을 사서 축하했다. 다음날 송강이 술과 음식을 준비하여 죄수들에게 답례했다. 때때로 차발과 패두를 청하여 술을 대접했고 관영에게는 항상 선물을 보냈다. 송강에게는 금은보화가 많아서 그들과 관계를 쌓기에 충분했다. 반달쯤 지나자 군영 안에서 그를 좋아하지 않는 사람이 없었다. 자고로 '세상의 인정은 사람 태도의 차고 따뜻함으로 볼 수 있고, 사람 안색의 좋고 나쁨은 상대방 지위의 높고 낮음에 따라 다르다'[18]고 했다.

하루는 송강이 차발과 초사방에서 술을 마시고 있는데 차발이 송강에게 말했다.

"형님, 제가 전에 말했던 절급에게 관례에 따라 인정을 쓰라고 말씀드렸는데 어째서 여러 날이 지나도록 사람을 시켜 보내지 않습니까? 이미 10일이 넘었는데 내일 그가 오게 되면 분명히 가만히 있지 않을 것입니다."

"괜찮습니다. 그 사람이 찾아와 돈을 달라고 하더라도 주지 않을 것입니다. 만일 차발 형님이 필요하면 이 송강에게 물으시고 가져다 쓰셔도 상관없습니다. 그러나 그 절급이 달라고 한다면 한 푼도 없습니다. 그 사람이 찾아오면 제가 달리 방법이 있습니다."

"압사님, 그 사람은 매우 사나울 뿐만 아니라 무예도 보통이 아닙니다. 아마

17_ 초사抄事: 전문적으로 베껴 쓰는 일을 하는 서리.

18_ 원문은 '世情看冷暖, 人面逐高低'다. 사회의 이해관계는 처세의 태도에 따라 결정된다는 말이다.

도 목청을 높여 압사님에게 모욕을 줄 것이고, 제게는 압사님께 말씀드리지 않았다고 따질 겁니다."

"형님은 그 사람 맘대로 하게 내버려두세요. 제게 방법이 있으니 걱정 마십시오. 감히 보내지도 않을 것이고, 그도 감히 제게 달라고 하지도 않을 것입니다."

그 말이 다 끝나지도 않았는데 패두가 들어와서 보고했다.

"절급이 여기에 와서 지금 대청에서 난동을 부리며 '새로 귀양 온 죄수 놈이 어째서 내게는 상납금을 주지 않느냐!'며 욕하고 있습니다."

차발이 말했다.

"제가 뭐라고 했습니까? 그 사람이 직접 왔으니 나한테도 질책할 것입니다."

송강이 웃으면서 일어나 말했다.

"차발 형님, 죄송합니다. 오늘은 여기까지 하시고 나중에 다시 한잔 하시지요. 저는 나가서 저 사람과 얘기 좀 해야겠습니다."

차발도 함께 일어나며 말했다.

"우리는 그를 만나지 않고 피하는 게 좋겠습니다."

송강이 차발과 헤어져서 초사방을 나와 점시청으로 절급을 만나러 나갔다. 송강이 이 사람을 만났기에 나누어 서술하면, 강주성 안에서 호랑이와 이리 굴 같이 위험한 곳을 헤집게 되고, 십자 거리에서 시체가 산을 이루고 피가 바다로 변하게 되었다. 그야말로 물샐 틈 없는 그물망을 뚫고 젖히며 수호로 가서 양산에 오르게 되었다.

결국 송강이 이 절급을 어떻게 만나게 되는지는 다음 회에 설명하노라.

### 병대충病大蟲 설영薛永

『수호전보증본』에 따르면 "병대충病大蟲은 '병'과 '대충'을 조합한 말이다. '병病'은 '병幷'과 같다. 『광운廣韻』에 이르기를, '병幷은 비比다. 또 비比는 병幷이며 근近이다'라고 했다. 또 송나라 때 사람들은 '호虎'를 '대충大蟲'이라 했다"고 했다. 정리하면 '병病'은 '비유할 만하다, 상당하다'는 뜻으로 '병대충'은 '호랑이에 비견될 만하다'는 의미로 해석할 수 있다.

### 선화아船火兒 장횡張橫

송나라 때는 뱃사공을 대부분 '화아火兒'라고 불렀는데, '선화아船火兒'의 뜻은 '노 젓는 뱃사공'을 말한다. 또한 '화火'를 '화伙'로 해석할 수 있는데, 소두목을 말한다. 즉, 선화아를 배를 젓는 무리의 수령을 가리키기도 한다.

장횡이란 인물은 남송 초기에 확실히 존재했었다. 『수호전보증본』에 따르면 "『건염이래계년요록』에서 이르기를 '소흥紹興 5년(1135) 9월, 정강靖康(1126~1127) 말부터 양하兩河(전국·진·한 시기에는 황하를 가리켰으나 송나라 때는 하북河北·하동河東 지구를 양하라 했다)의 백성은 금나라에 복종하지 않고 태항산에 무리지어 지켰는데 태원太原의 의사 장횡이란 자에게는 2000명의 무리가 있었고 남헌嵐憲 사이를 왕래했다. 가을에 남주嵐州에서 금나라를 패배시키고 수장守將을 사로잡았다'고 했다." 태항산에서 무리를 모았던 장횡이 『수호전』의 장횡이라는 견해도 있지만 확실하지는 않다.

### 몰차란沒遮攔 목홍穆弘과 소차란小遮攔 목춘穆春

몰차란沒遮攔의 '차란遮攔'은 『수호전전교주』에 따르면 "정목형의 『주략』에서 이르기를, '차란은 막아내다, 방어하다의 뜻이다. 몰차란은 즉 사나워서 저지할 방법이 없음을 말한다'고 했다." 또한 목춘의 별명인 '소차란小遮攔'은 '몰차란'에서 나온 것으로 응당 '소몰차란小沒遮攔'이라 해야 한다. '소小'는 크고 작음의 '소'가 아니라 '초肖(닮다)'로 해석할 수 있다.

### 채경蔡京의 아홉 번째 아들 채구蔡九

본문에 채득장蔡得章은 채 태사太師 채경의 아홉 번째 아들이기에 '채구'라 불렀다는 구절이 있다. 『수호전전교주』에 따르면 "정목형의 『주략』에서 이르기를, '채경의 아홉 번째 아들은 채조蔡絛이다. 여기서 이름이 다른 것은 유명한 사람의 이름을 책에 기입하려 하지 않은 것이다'라고 했다." 그러나 『송사』 「채경전」에 근거하면 채경에게는 여덟 명의 아들이 있었고 '채조'는 세 번째 아들이었다. 선화宣和 연간에 채경이 국정을 담당했을 때 눈이 침침해져 정사를 돌볼 수 없게 되자 모든 것을 아들 채조에게 위임해 결정하게 했다고 했다.

〖 제38회 〗

# 흑선풍[1]

송강이 차발과 작별하고 초사방을 나와 검시청으로 가서 보니 그 절급은 의자를 가져다가 대청 앞에 앉아 고함을 버럭 지르고 있었다.

"새로 유배 온 죄인 놈은 어떤 놈이냐?"

패두가 송강을 손가락으로 가리키며 말했다.

"바로 저 사람입니다."

절급이 욕설을 퍼부었다.

"너 이 얼굴도 검고 키도 똥자루만한 죽일 놈이, 네가 누구의 권세를 믿고 내게 상납금을 바치지 않느냐?"

"'인정이란 것은 사람 간에 오가는 정으로 자발적으로 쓰기 원해야 한다'[2]

1_ 제38회 제목은 '及時雨會神行太保(급시우가 신행태보를 만나다). 黑旋風鬪浪里白跳(흑선풍이 낭리백도와 싸우다)'다.

2_ 원문은 '人情人情, 在人情願'이다. 앞의 '인정人情'은 '인사人事'와 같다. 예물을 가리키지만 실제로는 뇌물을 말한다.

고 했는데, 강제로 남의 재물을 쥐어짜려 하시오? 정말 쪼잔하구만!"

양편의 사람들이 송강의 말을 듣고 긴장하여 손에 땀을 쥐었다. 그 사내는 발끈하며 욕을 쏟아냈다.

"이런 나쁜 배군 놈이, 어찌 감히 이런 무례를 저지르는가! 도리어 나더러 쪼잔하다고? 저는 어떻다고 나한테 뒤집어 씌워. 이놈이 신곤訊棍3을 백대는 맞아야겠구나!"

주변 군영 사람들은 모두 송강과 관계가 좋아서 때린다는 말을 듣자 모두 우르르 나가버리고 두 사람만 남았다. 모두 나가버리자 속에 열불이 치밀어 신곤으로 송강에게 달려가 치려 했다. 송강이 말했다.

"절급께서 나를 때리려 하시는데 내가 무슨 죄를 지었습니까?"

"이런 나쁜 배군 놈이, 네놈은 내 손 안에 들어온 물건이니 기침하는 것도 내가 죄라고 하면 죄가 되는 것이다!"

"내가 잘못했더라도 죽을죄는 아니지 않소."

절급은 화가 머리끝까지 치밀어 올라 말했다.

"죽을죄가 아니라도 너를 죽이려면 어려울 것 없다. 파리 잡는 것이나 다를 것 하나 없다."

송강이 냉소를 지으며 말했다.

"내가 상납금을 주지 않은 것이 죽을죄라면 양산박 오용하고 내통하는 것은 무슨 죄란 말이오?"

이 말을 들은 그 사람은 너무 당황하여 손에 들었던 신곤을 떨어뜨리며 물었다.

"머, 뭐라고 말했냐?"

3_ 신곤訊棍: 관서에서 범인을 심문할 때 사용하는 것으로 범죄에 대해 자백을 강요하며 때리던 몽둥이.

송강이 다시 대답했다.

"당신이 군사 오용하고 내통하고 있다고 했는데 나한테 뭘 물으시오?"

그 사람은 어쩔 줄 모르고 당황하더니 송강을 가까이 당겨 물었다.

"다 당신은 누구요? 그런 말은 어디서 들었소?"

송강은 만면에 웃음을 띠며 공손하게 말했다.

"소생은 산동 운성현 송강입니다."

그 사람은 크게 놀라 거듭해서 인사를 하며 말했다.

"원래 형님이 바로 운성현 급시우 송 공명이시군요."

"입에 올릴 만큼 대단한 이름은 아니오!"

"형님, 여기는 이야기를 나눌만한 장소가 아니니 감히 절을 올리지 못하겠습니다. 괜찮으시다면 같이 성내로 들어가 마음껏 이야기 나누시지요."

"그럽시다. 절급은 잠시 기다리시오. 가서 방문 좀 잠그고 오겠소."

서둘러 방에 가서 오용의 편지를 꺼내고 은냥을 챙겨 넣은 다음 방에서 나와 잠그고 패두에게 잘 지키라고 했다. 그 사람과 유배지를 나와 강주성 안으로 들어가 거리의 주점 이층에 앉았다. 절급이 송강에게 물었다.

"형님은 어디서 오용 선생을 만나셨습니까?"

송강이 품속에서 편지를 꺼내 건네주었다. 그 사람은 봉투를 뜯어 모두 읽어보더니 소매 안에 넣고 일어나 송강에게 절했다. 송강이 황급히 답례하며 말했다.

"방금 제 말이 불쾌하셨더라도 탓하지 마십시오. 용서하십시오!"

"저는 송가 성을 가진 사람이 유배지 군영 안에 들어왔다는 말만 들었습니다. 전에는 유배 온 죄수는 관례에 따라 상납금 5냥을 내야 했습니다. 이번에 이미 10여 일이 넘었는데 보내지 않았습니다. 오늘 한가한 날이라서 받아내려고 했더니 바로 형님이셨군요. 공교롭게 군영 안이라 심한 말로 형님을 모독했으나 너그럽게 용서해주십시오!"

"차발이 진작 크신 이름을 말해주었습니다. 이 송강이 일부러 귀하신 얼굴을 뵙고 싶었으나 어디에 사시는지 모르는데다 성안으로 들어올 수도 없었습니다. 일부러 형장이 찾아오시길 기다려야 만날 수 있었으므로, 이렇게 오래 걸린 것입니다. 5냥 은자가 아까워 안 보낸 것이 아니고 형장이 반드시 오시도록 일부러 시간을 끈 것입니다. 오늘 다행히 이렇게 뵙게 되어 평생의 소원이 이루어졌습니다."

이 사람은 누구인가? 오용이 추천한 강주 양원 감옥 절급 대 원장 대종이었다. 당시 송나라 금릉로金陵路에서는 절급을 모두 '가장家長'이라고 호칭했고 호남로湖南路에서는 '원장院長'이라고 불렀다. 원래 대 원장은 놀랄만한 도술을 가지고 있었다. 긴급한 군사 정보를 전하기 위해 길을 나설 때 갑마甲馬[4] 두 개를 두 다리에 묶고 신행법神行法[5]을 쓰면 하루에 500리 길을 갈 수 있었으며 네 개를 묶으면 하루에 800리를 갈 수 있었다. 그러므로 사람들이 '신행태보神行太保' 대종이라고 불렀다. 여기에 「임강선臨江仙」이 있어 이를 증명한다.

큰 얼굴에 네모진 입술, 튀어나온 두 눈, 호리호리하고 큰 키에 빼어난 체격을 지녔으며, 검은 비단 두건엔 비취를 박아 넣은 꽃봉오리 형상 장식을 꽂았네. 누런 깃발엔 '영令'자가 쓰여 있고 허리에 묶은 붉은 끈에는 선패宣牌[6]를 비추는구나. 건강한 걸음은 천리마를 쫓고자 하고, 비단 적삼은 언제나 먼지를 일으키니, 신행태보 술법 기이하도다! 800리나 되는 여정도 아침에 떠나 저녁때면 돌아오누나.

面闊唇方神眼突, 瘦長淸秀身材, 皂紗巾畔翠花開. 黃旗書令字, 紅串映宣牌. 健足

4_ 갑마甲馬: 도가 부적의 일종이다.

5_ 신행법神行法: 마치 나는 것 같이 달리는 술법을 말한다.

6_ 선패宣牌: 격패檄牌(격문을 전달하는 팻말)로 긴급한 문서 전달에 사용하는 증빙이다. 통행에 방해를 받지 않는 것을 말한다.

欲追千里馬, 羅衫常惹塵埃, 神行眞太保術奇哉! 程途八百里, 朝去暮還來.

대 원장과 송강은 그동안 겪었던 사정과 일들을 주고받으며 서로 기뻐했다. 둘은 이층 방에 앉아 술파는 사람을 불러 술과 과일, 야채를 시키고 술을 마셨다. 송강은 우연히 만났던 많은 호걸과 모였던 일을 말했고, 대종은 오용과 왕래하던 일을 조금도 거리낌 없이 두루 허심탄회하게 말했다.

두 사람이 서로 속으로 좋아하는 것들을 말하며 술 두세 잔을 마셨을 때 아래층에서 소란스런 소리가 들렸다. 점원이 서둘러 방으로 들어오더니 대종에게 말했다.

"이 사람은 원장님 아니고는 아무 말도 듣지 않습니다. 도저히 방법이 없으니 번거롭더라도 원장께서 좀 달래주십시오."

대종이 물었다.

"아래층에서 행패를 부리는 자가 도대체 누구냐?"

점원이 대답했다.

"항상 원장님과 함께 다니는 '철우鐵牛' 형님이 아래층에서 주인에게 돈을 빌리고 있습니다."

대종이 듣고 웃으면서 말했다.

"또 이놈이 아래에서 무례한 짓거리를 하고 있네. 난 또 누구라고. 형님 잠시 앉아계십시오. 제가 가서 이놈을 불러오겠습니다."

대종이 몸을 일으켜 내려간 지 얼마 되지 않아 온몸의 피부는 검으며 기골이 장대한 사내를 데리고 올라왔다. 송강은 그 사람을 보자마자 깜짝 놀라 당황하며 물었다.

"원장, 이분은 누구시오?"

"이 사람은 제가 일하는 옥 안의 옥졸로 이규李逵라고 합니다. 본적은 기주沂州 기수현沂水縣 백장촌百丈村 사람입니다. 본래 별명을 붙여 '흑선풍黑旋風' 이규라고 부르는데, 타향에서는 '이철우李鐵牛'[7]라고 부릅니다. 사람을 때려죽이고 도망 나왔다가 사면되었으나 고향으로 돌아가지 않고 여기 강주에 남았습니다. 술버릇이 고약하여 사람들이 무서워합니다. 판부板斧[8]를 잘 부리고 권법과 봉술에도 능합니다. 지금 여기 감옥에서 일하고 있습니다."

여기에 증명하는 시가 있다.

기주의 푸른 상봉우리 동쪽에 집을 둔 그
살인 방화 제멋대로 흉포한 짓 저지르네.
숯 검댕이 칠 안 했어도 먹처럼 온몸이 검고
주사朱砂와 비슷하게 두 눈은 붉구나.
한가할 때면 냇가에서 큰 도끼나 갈고
우울할 적엔 바위 옆에서 높은 소나무 찍네.
소같이 힘세고 맹렬하며 쇠같이 단단해
천지를 뒤흔들어 요동치게 하는 흑선풍일세.
家住沂州翠嶺東, 殺人放火恣行凶.
不搽煤墨渾身黑, 似着朱砂兩眼紅.
閑向溪邊磨巨斧, 悶來岩畔斫喬松.
力如牛猛堅如鐵, 撼地搖天黑旋風.

이규가 송강을 위아래로 훑어보더니 대종을 보고 불쑥 물었다.

"형, 저 검둥이는 누구야?"

7_ '철우鐵牛'는 철로 주조한 소로 성정이 강직함을 가리킨다. 진·한 이래로 항상 철로 주조한 소를 강줄기 주변에 세워 물로 인한 재앙을 막게 했다.

8_ 판부板斧: 고대의 병기로 납작하고 넓은 큰 도끼다. 장작을 팰 때도 사용되었다. 역자는 이하 '도끼' 혹은 '큰 도끼'로 번역했다.

대종은 어이가 없어서 송강을 바라보고 웃으면서 말했다.

"압사님, 보시다시피 이놈이 이렇게 우악스럽습니다. 체면이라곤 전혀 몰라요."

"형, 우악스럽다는 말이 무슨 소리야?"

"동생, '저분이 누구십니까'하고 물어야지 '저 검둥이는 누구야'라고 물어보면 그게 바로 우악스러운 것이지 무엇이냐? 내가 말해주마. 이분은 네가 평소에 찾아가서 의지하고 싶다던 그 의사義士 형님이시다."

"산동 급시우 검둥이 송강이 이 사람이라고?"

"어허! 이놈이 그래도 감히 존비귀천을 전혀 몰라보고 윗사람 이름을 직접 불러대느냐. 빨리 절 안하고 뭐 하는 짓이냐?"

"진짜 송 공명이면 내가 절을 하겠지만, 만일 상관없는 사람이라면 절은 무슨 좆같이 절이야! 절급 형, 나를 속여 절 시켜놓고 놀리려고 그러는 거지."

"제가 바로 산동 검둥이 송강입니다."

이규가 박수를 치며 소리 질렀다.

"아이고 우리 어르신! 진작 말씀하셔서 이 철우를 즐겁게 해주지."

그러고는 넙죽 엎드려 절을 했다. 송강이 황망히 답례하며 말했다.

"장사 형님께서는 여기 앉으시지요."

"동생, 내 옆에 앉아서 마셔라."

"작은 잔에 따라 마시기 귀찮으니 큰 사발로 따라 마십시다."

송강이 물었다.

"방금 아래층에서 무슨 연유로 화를 내셨습니까?"

"내가 50냥짜리 큰 은 덩어리를 10냥에 저당 잡혔는데, 여기 주인장에게 10냥을 빌려 은덩이를 찾아와 돌려주고 나머지는 내가 쓰려 했지. 짜증나게 좆같은 주인이 빌려주지 않네. 막 그놈과 맞장을 떠서 박살을 내려고 하는데 형이 나를 불러서 올라온 거야."

"모두 10냥이면 찾을 수 있겠습니까? 이자는 따로 필요 없어요?"

"이자는 이미 여기 있으니, 본전 10냥만 있으면 찾을 수 있어요."

송강이 말을 듣고 몸에서 은자 10냥을 꺼내 이규에게 건네주며 말했다.

"형씨, 가지고 가서 찾는 비용으로 쓰십시오."

대종이 막으려고 했으나 송강은 이미 은자를 끄집어냈다. 이규가 은자를 받으며 말했다.

"좋았어! 두 형님이 여기서 기다리면 은자를 찾아와 돌려드리고 송강 형과 성 밖에 가서 술 한 사발 마셔요."

송강이 말했다.

"잠시 앉아 술 몇 사발 들고 가시오."

"금방 돌아온다니까요."

일어서서 발을 젖히고 아래층으로 서둘러 내려갔다.

대종이 말했다.

"형님이 은자를 빌려주면 안 돼요. 방금 제가 말리려고 했는데 벌써 건네주시면 어떻게 해요."

"왜요?"

"저놈이 솔직하지만 술과 도박을 좋아하는데 무슨 큰 은덩이를 저당 잡히겠습니까? 형님이 저놈에게 속아 은자만 날린 것입니다. 서둘러 가는 것을 보니 틀림없이 도박하러 간 거예요. 딴다면 형님께 돌려주겠지만 잃는다면 저놈이 무슨 재주로 10냥을 돌려주겠습니까? 제가 형님 볼 면목이 없습니다."

송강이 웃으면서 말했다.

"그렇게 말하면 제가 섭섭합니다. 그까짓 약간의 은냥이 뭐가 대단합니까? 날리면 그만이지요. 제가 보기에도 정말 충직한 사내로 보입니다."

"저놈이 실력도 있지만 단지 너무 거칠고 대담해 걱정입니다. 강주 감옥에서 술만 마셨다 하면 죄인들은 내버려두고 자기처럼 건장한 옥졸만 두들겨 팹니다.

내가 그것 때문에 한두 번 연루된 것이 아닙니다. 오로지 억울한 일을 당한 사람 편을 들고 강한 자는 두드려서 강주성 안의 많은 사람이 그를 두려워합니다."

시에서 이르기를,

뇌물이 공공연히 행해져 법 잘못 시행되니, 많은 죄인 불공평함을 당하네.
강자가 약자 업신여김을 진정 한스러워했나, 하늘이 이규에게 주먹 주었도다.
賄賂公行法枉施, 罪人多受不平亏.
以強凌弱眞堪恨, 天使拳頭付李逵.

송강이 말했다.

"우리도 몇 잔 더 마시고 성 밖에 나가 구경이나 합시다."

대종이 말했다.

"제가 미처 형님과 같이 강주성을 돌아볼 생각을 못했군요."

"제가 강주의 풍경을 보고 싶었습니다. 같이 돌아보면 정말 좋지요."

둘이 술 마시는 이야기는 여기서 마치겠다. 한편 이규는 은자를 손에 넣고 생각했다.

'송강 형님과 깊이 사귄 적도 없었는데 10냥씩이나 빌려주다니. 과연 의를 중시하고 재물을 아끼지 않는다는 말이 거짓이 아니었어. 여기까지 오셨는데 매일 잃어 술 한잔 사줄 돈 한 푼 없네. 은자 10냥을 얻었으니 한판 벌여야겠다. 돈 몇 관이라도 따서 술 한잔 사주면 보기 좋잖아.'

생각이 여기에 미치자 서둘러 성 밖으로 달려가 소장을小張乙의 도박장에 와서 은자 10냥을 꺼내놓고 소리쳤다.

"두전頭錢[9] 이리 내놔라. 나도 걸어야겠다."

소장을은 이규가 도박을 할 때마다 항상 깨끗하게 승복함을 알고 있으므로 바로 대답했다.

"이번 판은 쉬시지요. 형님은 이 판 끝나고 다음 판에 하세요."

"이 판에도 걸어야겠다."

"옆에서 따로 맞추어도 상관없지요."

"옆에서 그럴 생각 없고 바로 이 판에 걸어야겠다. 은자 5냥 걸었다."

이규가 돈을 걸려고 옆에 서 있던 사람의 두전을 잽싸게 빼앗으며 말했다.

"누가 나와 한 판 할 거냐?"

소장을이 말했다.

"은자 5냥을 걸겠습니다."

이규가 동전을 던지며 소리 질렀다. 두전이 '댕그랑' 하고 떨어지더니 글자가 있는 '차叉'(두전이 모두 정면이면 '차'라 부른다)가 나왔다. 소장을은 이규가 걸었던 은자를 집어갔다. 이규가 다급하게 소리쳤다.

"내 은자는 10냥이잖아."

"다시 5냥을 걸면 되잖아요. '쾌快'(모두 뒷면이면 '쾌'라 부른다)가 나오면 은자를 돌려줄게요."

이규는 다시 두전을 들고 소리치며 공중에 던졌다.

"'쾌' 나와라!"

두전이 댕그랑하고 바닥에 떨어졌지만 다시 '차'가 나왔다. 소장을이 웃으면서 말했다.

"내가 나서지 말고 한 판 쉬라고 했잖아요. 내 말 안 듣더니 결국 '차'만 두 번 나왔잖아요."

이규가 말했다.

9_ 두전頭錢: 일종의 도박 도구로, 6개의 동전을 두전이라 한다. 두전을 던진 다음 '자字(정면)'와 '만鏝(뒷면)'의 숫자가 많고 적음으로 승부를 결정짓는다.

"이 은자는 다른 사람 것이야."

"누구 은자건 그게 무슨 상관이에요. 졌으면 그만이지 무슨 소리 하는 거예요?"

"다른 방법이 없으니 나한테 빌려주면 내일 갚을게."

"지금 농담하세요? 자고로 도박장에서는 아비와 자식도 없다고 했어요. 분명하게 져놓고는 왜 이렇게 억지예요?"

이규가 베 적삼 앞섶을 당겨 벌리고는 중얼거리며 말했다.

"돌려줄래 말래?"

소장을이 말했다.

"이규 형님, 평소에는 도박에 져도 깨끗하게 승복하시더니 오늘은 어째서 이렇게 못난 짓을 하고 계시오?"

이규가 아무 대답도 못하고 주섬주섬 은자를 집고, 또 다른 사람이 건 은자 10여 냥도 빼앗더니 적삼 안에 넣어 품으며 두 눈을 부릅뜨고 말했다.

"어르신께서 평소에는 지면 깨끗하게 승복했는데, 오늘 한 번은 부득이하게 승복하지 못하겠다."

소장을이 다급하게 앞으로 나와 은자를 빼앗으려 하다가 이규에게 밀려났다. 도박꾼 12~13명이 한꺼번에 덤벼들어 은자를 빼앗으려하자, 이규가 앞을 치는 척하다가 옆을 차고 오른쪽을 치는 척하다가 왼쪽을 두드리니 아무도 당할 재간이 없었다. 모두 때려눕히고 바로 문 앞에 이르렀다. 문을 지키던 놈이 문 앞을 가로 막으며 물었다.

"형님, 어딜 가시려 하십니까? 못 나갑니다."

이규가 한 손으로 문지기를 번쩍 들고 발로 문을 걷어차고 나왔다. 도박꾼들이 뒤를 따라 뛰쳐나왔다. 모두들 문 앞에서 소리 질렀다.

"형님, 우리 은자까지 빼앗아가는 것은 정말 너무하잖소!"

문 앞에서 소리만 지르며 한 사람도 감히 접근하여 달라고 하지 못했다. 시에

서 이르기를,

> 세상 사람들 떼어먹지 않는 경우 없으니, 도박에서는 단지 정직해야 한다네.
> 이규가 승복하지 않아도 상관없으니, 또한 도박꾼들 모범으로 삼아야 한다네.
> 世人無事不賺帳, 直道只用在賭上.
> 李逵不直亦不妨, 又爲賭賊作榜样.

이규가 막 달아나려 하는데 뒤에서 한 사람이 달려와 어깨를 잡아당기며 소리쳤다.

"너 이놈! 어째서 남의 재물을 빼앗았느냐?"

이규가 그 말에 응수했다.

"이런 좆같은, 네가 무슨 상관인데!"

돌아보니 대종과 송강이 뒤에 서 있었다. 이규가 얼굴 가득 부끄러워 당황하며 말했다.

"형님, 너무 나무라지 마십시오. 평소에는 도박에 져도 그냥 승복하는데, 오늘은 형님에게 술 한잔 대접할 돈이 없어서 잃고 싶지 않았습니다. 마음은 급하고 돈을 마련할 길은 막막해서 이런 생떼부리는 짓을 벌였습니다."

송강은 이규의 말을 듣고는 '껄껄' 웃으면서 말했다.

"동생, 이제 은자가 필요하면 언제든지 달라고 하게. 오늘은 분명하게 잃었으니 빨리 그 돈은 돌려주게."

이규가 베 적삼 안에서 은자를 꺼내 송강에게 건네주었다. 송강이 소장을을 불러 은자를 돌려주었다. 소장을이 돈을 받으며 말했다.

"두 분 나리께 아뢰옵니다. 이 10냥은 이규 형님이 져서 소인에게 줘야 하는 돈이지만 소인은 이규 형님과 원수지고 싶지 않으니 제 돈만 가져가겠습니다."

송강이 말했다.

"원망하지 않을 테니 아무 걱정 말고 가져가시오."

소장을이 은자를 받으려하지 않자 송강이 다시 물었다.

"저 사람이 당신들을 때리지는 않았소?"

"개평을 떼는 일꾼과 돈을 돌려달라던 손님 그리고 문지기가 맞아서 안에 쓰러져 있습니다."

"그렇다면 사람들에게 치료비를 주겠소. 동생에게 감히 달라고 못할 테니 내가 주겠소."

소장을이 은자를 받고 감사하며 돌아갔다. 송강이 말했다.

"우리 이형이랑 한잔 마시러 갑시다."

대종이 말했다.

"앞에 강가에 있는 것은 비파정琵琶亭 주점인데 당나라 백낙천白樂天[10]의 유적입니다. 저 비파정에서 술 한잔 마시며 경치도 구경하지요."

"그러면 성안에 들어가 음식 좀 사가지고 갑시다."

"그럴 필요 없습니다. 지금 정자 안에서 사람들이 술을 팔고 있습니다."

"그러면 더욱 좋지요."

세 사람은 비파정을 향하여 걸었다. 비파정에 올라서 바라보니 한쪽은 심양강에 인접해 있었고, 다른 한쪽은 주점 주인의 집이었다. 비파정 안에는 좌석이 10여 개 있었는데, 대종은 그중에서 가장 깨끗한 자리를 골라 송강을 상석에 앉히고 자기가 맞은편에 앉은 다음 이규를 옆에 앉혔다. 세 사람은 자리를 정하고 주보를 불러 야채·과일·해산물·안주를 시켰다. 주보는 강주에서 유명한 상등의 술인 옥호춘玉壺春 두 단지를 가져와 진흙 밀봉을 뜯었다. 송강이 두루 살

10_ 백낙천白樂天: 백거이白居易. 당대 유명한 문학가로 낙천樂天이 호다. 당 헌종 원화元和년에 한림원 학사를 맡았으며 상서를 올렸다가 강주사마江州司馬로 좌천되었고 장시「비파행琵琶行」을 썼다. 비파행은 백거이가 심양 강변에서 비파를 타는 기녀를 만나 이야기를 듣고 쓴 작품이다. 비파정은 지금의 장시성 주장九江 서쪽에 위치해 있다.

펴보면서 강의 경치를 감상하니 정말 아름다운 풍경이었다.

저 멀리 펼쳐진 겹겹의 푸른 산은 구름 위로 높이 솟았고, 강변의 멀리 흘러가는 강물에는 은빛 물결이 일렁이는구나. 아득한 모래톱엔 갈매기와 해오라기 떼 줄지어 날아다니고, 먼 작은 포구엔 여러 척의 고깃배 노 저어 돌아오네. 이리저리 출렁이는 눈 같은 물결은 가없이 넓은 하늘을 때리고, 솔솔 부는 서늘한 바람은 수면을 스쳐가는구나. 자소봉紫霄峰[11]은 창공에 이어져 있고, 비파정 가장자리는 강 언덕에 닿아 있네. 주변은 넓디넓고 사면팔방이 훤하게 뚫려 밝도다. 난간의 그림자는 유리를 담근 듯하고 창밖의 빛은 옥벽을 띄운 듯하네. 이전의 백락천 명성은 대단했었는데, 당시의 사마司馬는 눈물 흘린 흔적 많았더라.[12]

雲外遙山聳翠, 江邊遠水翻銀. 隱隱沙汀, 飛起幾行鷗鷺; 悠悠小浦, 撐回數隻漁舟. 翻翻雪浪拍長空, 拂拂涼風吹水面. 紫霄峯上接穹蒼, 琵琶亭畔臨江岸. 四圍空闊, 八面玲瓏. 欄杆影浸玻璃, 窗外光浮玉壁. 昔日樂天聲價重, 當年司馬淚痕多.

세 사람이 앉자 이규가 말했다.

"술을 마시려면 큰 사발에다 마셔야지 번거롭게 작은 잔에 홀짝홀짝 마시는 건 너무 짜증난단 말이야."

대종이 소리쳤다.

"너는 촌스런 소리 좀 작작해라! 주둥이 닥치고 주는 대로 받아먹어라."

송강이 주보를 불러 분부했다.

"우리 두 사람에게는 작은 잔을 주고 이분께는 큰 사발을 하나 내 오거라."

11_ 자소봉紫霄峰: 장시성 루산廬山에 이 봉우리가 있는데, 향로봉香爐峯 위에 위치해 있다.

12_ 백거이는 이때 강주사마로 강등되었다.

주보가 내려가 큰 사발을 가져다 이규 앞에 놓고 술을 거르며 안주를 상 위에 차려놓았다. 이규가 기분 좋게 웃으며 말했다.

"송강 형님은 정말 좋은 사람이오. 사람들이 하던 말이랑 다르지 않고 내 성격을 단번에 알아버렸네. 정말 형님으로 삼기를 잘했네."

주보가 옆에서 연속해서 술을 5~7차례 따랐다. 송강은 이 두 사람을 만나 너무 기분이 좋았으므로 술을 여러 잔 마시고 갑자기 매운탕이 먹고 싶어 대종에게 물었다.

"여기에 신선한 물고기가 있는가?"

대종이 웃으면서 말했다.

"형님, 강에 가득 찬 고깃배가 안보이십니까? 여기는 바로 쌀과 물고기의 고장인데 어째서 신선한 생선이 없겠습니까?"

"매운 생선탕이 술 깨는 데는 아주 좋지."

대종이 주보를 불러 조금 매운 생선탕을 만들어오도록 했다. 잠시 후 매운탕을 만들어 온 것을 보고 송강이 말했다.

"맛있는 음식은 아름다운 그릇에 담아 먹어야 제 맛이라네. 비록 술집이지만 그릇도 정말 마음에 드는군."

젓가락을 들고 대종과 이규에게도 권하며 고기를 몇 점 집어먹고 탕을 몇 모금 마셨다. 이규는 젓가락은 전혀 쓰지 않고 손으로 그릇에서 고기를 건져 뼈까지 모두 씹어 먹었다. 송강은 웃음을 참지 못했고 탕을 몇 모금 더 먹다가 젓가락을 놓고 다시는 먹지 않았다. 대종이 옆에서 지켜보고 말했다.

"형님, 분명히 물고기를 절여서 형님 입맛에 안 맞는 것이지요."

"내가 본래 술을 마시고 신선한 생선탕을 즐겨 마시는데 이 물고기는 정말 별로로군."

대종이 맞장구를 치며 말했다.

"저도 먹지 않겠습니다. 절인 것은 입맛에 맞지 않아요."

이규는 자기 그릇의 물고기를 씹어 먹으며 말했다.

"두 형님이 안 들겠다면 내가 다 먹어야지."

손을 뻗쳐 송강 그릇의 것을 가져다 먹고, 또 대종의 그릇에 담긴 것까지 가져다 먹으니 국물이 여기저기 떨어져 온 탁자가 흥건했다.

송강은 이규가 생선탕 세 그릇을 가져다가 뼈까지 다 씹어 먹는 것을 보고 주보를 불러 분부했다.

"여기 이형께서 배가 많이 고프셨다. 가서 고기 두 근을 썰어서 가져오너라. 돈은 나중에 한꺼번에 지불하마."

주보가 말했다.

"저희는 양고기만 팔고 소고기는 없습니다. 양고기를 시키시면 가져다 드리겠습니다."

이규가 듣고 물고기 국물을 주보의 얼굴에 퍼부어 몸이 온통 국물에 젖었다. 대종이 소리 질렀다.

"너 또 무슨 짓이냐!"

이규가 대답했다.

"이 무례한 놈이 짜증나게, 내가 소고기는 먹고 양고기[13]는 안 먹는다고 만만하게 보잖아."

주보가 울상을 지으며 말했다.

"소인은 묻는 말에 대답만 했지 아무 말도 안 했습니다."

송강이 말했다.

"가서 잘라오면 내가 돈은 주겠네."

주보는 화를 참고 양고기 두 근을 잘라 접시에 담고 가져와 탁자에 올려놓았

13_ 앞 문장에 따라 '소고기'로 해야 마땅하다. 즉 "내가 소고기만 먹으니까 소고기를 안 판다고 만만하게 보잖아"다.

다. 이규는 고기를 보고 겸손하게 사양하지도 않고 한 움큼씩 집어다 먹었다. 어느새 양고기 두 근을 모두 먹어치웠다. 송강이 바라보고 말했다.

"장하다, 정말 사내대장부로다!"

이규가 말했다.

"송강 형님이 내 좆같은 마음을 알아주는구려. 고기보단 암만해도 생선이 더 맛있지."

대종이 주보를 불러 물었다.

"방금 생선탕 말이야. 그릇은 깨끗하고 보기 좋았지만 절인 생선이라 입맛에 맞지 않아. 따로 무슨 신선한 생선이 있으면 여기 우리 나리 해장하게 따로 매운탕 좀 끓여오너라."

주보가 대답했다.

"솔직히 말씀 드리지요. 아까 그 생선은 확실히 어제 잡은 고기입니다. 오늘 활어는 아직 배 안에 있는데, 물고기 거간꾼이 나타나기 전에는 팔지 않으므로 신선한 물고기가 없습니다."

이규가 벌떡 일어나며 말했다.

"내가 가서 활어 두어 마리 얻어다가 형님께 대접해야겠네."

대종이 이규를 붙잡으며 말했다.

"넌 가지 마라, 주보가 가서 몇 마리 가져오면 그만이다."

"배에서 고기나 잡는 놈들이 감히 나한테 주지 않을 수 없을걸. 그까짓 게 얼마나 된다고!"

이규는 말리는 대종을 뿌리치고 바로 나갔고, 대종은 송강에게 하소연하며 말했다.

"형님 너무 탓하지 마십시오. 제가 이런 사람을 끌어들여서 체면은 다 깎이고 창피해 죽을 지경입니다!"

송강이 말했다.

"타고난 성격이 그런 것인데 어떻게 고치겠습니까? 나는 도리어 그의 진실함에 끌립니다."

두 사람은 비파정 위에서 함께 웃으며 이런 저런 이야기를 나누었다. 시에서 이르기를,

분강湓江[14]의 운무 그윽한 경치 인간세상 떠났나
강 위의 봉우리들 고리 모양 쪽 지은[15] 듯하네.
달 밝은데 비파 타는 사람 어디에도 보이지 않고
누런 갈대와 참대 너머로 저녁 밀물 들어오네.
湓江烟景出塵寰, 江上峯巒擁髻鬟.
明月琵琶人不見, 黃蘆苦竹暮潮還.

한편 이규가 강변을 걸으며 주변을 바라보니 어선 80~90척이 한 줄로 늘어서서 모두 녹색 버드나무에 매여 있었다. 배 위의 어부들은 선미에서 비스듬히 누워 잠을 자는 이도 있었고, 어망을 수선하기도 했으며, 강에서 목욕을 하는 사람도 있었다. 때는 바로 5월 중순이라 붉은 해가 서산으로 저물고 있는데, 거간꾼이 나타나기 전이라 선창을 열고 물고기를 파는 사람은 없었다. 이규가 배 옆으로 가서는 소리를 질렀다.

"너희 배 안의 살아 있는 물고기 두 마리를 내게 다오."

그 어부가 대답했다.

"거간 주인이 나타나지 않아서 물고기를 꺼낼 수 없습니다. 저기 상인들이 모

14_ 분강湓江: 분수湓水라고도 하며 지금의 장시성 루이창瑞昌 서쪽 칭펀산淸湓山에서 발원하여 동쪽으로 주장九江을 거쳐 북쪽으로 흘러 창장강에 유입된다.

15_ 원문은 '계환髻鬟'인데, 고대 중국 부녀자들의 머리 형식으로 두발을 고리 형태로 묶은 상투를 말한다. 높고 낮은 산봉우리들이 빼곡하게 둘러싼 풍경을 비유한 것이다.

두 바닥에 앉아서 기다리는 것을 보시오."

"뭔 좆같은 놈을 기다린다고! 물고기나 두 마리 내놓아라."

그 어부가 또 대답했다.

"지전도 사르지 않았는데 어떻게 감히 선창을 열겠습니까? 어째서 먼저 당신에게 물고기를 줘야 한단 말이오?"

이규는 사람들이 물고기를 주려하지 않자 배 한 척으로 뛰어 올라갔는데, 누구도 이규를 막을 수 없었다. 이규는 배 위의 일에 대해선 아무것도 몰라서 대나무로 얽어 짠 바자16를 뽑아버렸다. 물가에 서 있던 어부가 보고 소리 질렀다.

"아이구, 망했다!"

이규가 손을 뻗어 갑판 아래를 더듬어 보았으나 물고기가 한 마리라도 있을 리가 없었다. 원래 장강의 어선은 선미에 반쯤 열린 큰 구멍이 있어서 강물이 드나들 수 있게 하고 살아있는 물고기를 넣고 대나무 바자로 막아놓았다. 이렇게 하면 선창 안으로 물이 드나들므로 강주의 물고기는 살아 있고 신선했다. 이규는 이런 것을 모르고 바자를 들어 올려 물고기를 모두 놓아준 것이다. 이규가 다시 다른 배로 뛰어 올라가 대나무 바자를 들어올렸다. 70~80명 어부가 모두 배 위로 달려와 대나무 상앗대로 이규를 두들겼다. 이규가 크게 화가 났으나 마음만 조급하여 저고리를 벗으니 안은 바둑판무늬 같이 격자로 짠 베수건만 매고 있었다. 어지러이 내려오는 상앗대를 두 손으로 막고 5~6개를 한꺼번에 잡아 비트니 파 부러지듯이 꺾였다. 어부들이 보고는 모두들 놀라 닻줄을 풀고 배를 저어 달아났다. 이규가 분노에 가득 차 웃통을 벗은 채 부러진 상앗대를 들고 뭍으로 올라와 행상들을 두드려대니 멜대를 짊어지고 사방으로 도망갔다.

한창 혼란스러울 때 한 사내가 작은 길에서 걸어나왔다. 사람들이 보고 소리

16_ 바자: 대, 갈대, 수수깡, 싸리 따위로 발처럼 엮어서 만든 물건. 울타리를 만드는 데 쓰인다.

쳤다.

"거간 주인이 왔다. 저기 시커먼 사람이 여기서 물고기를 빼앗으며 어선을 쫓아버렸습니다."

그 사람이 말했다.

"시커먼 사람이 누구이기에 감히 이렇게 무례하단 말이냐!"

사람들이 이규를 가리키며 말했다.

"저놈이, 또 뭍으로 내려와서 사람들을 닥치는 대로 때렸습니다."

그 사내가 이규에게 달려와 소리를 질렀다.

"너 이놈이 아무리 표범 심장과 호랑이 쓸개를 씹어 처먹었더라도 감히 어르신의 사업을 방해해서는 안 되지 않느냐!"

이규가 사내를 바라보니 키는 6척 5~6치쯤 되고 나이는 32~33세쯤 되어 보였으며 버드나무 같은 세 가닥 검은 수염이 입가를 쭉 뻗어 덮었다. 머리는 녹색 실로 짠 만자두건을 두르고 있었는데 붉은 구레나룻이 어울려 돋보였다. 상의는 하얀 무명 적삼을 입고 허리에는 명주로 된 탑박을 묶었으며 아래로는 청백색의 올빼미 다리처럼 생긴 미투리를 신고 손에는 저울을 들고 있었다. 이 사람은 고기를 팔러왔다가 이규가 소란스럽게 난리 치며 사람을 때리는 것을 보고는 저울을 행상에게 맡기고 달려와 소리쳤다.

"이자식이 누구를 그렇게 때리느냐?"

이규는 대답도 하지 않고 상앗대를 돌려 그 사람을 두들겨 패기 시작했고, 그 사람은 이규에게 달려들어 상앗대를 빼앗았다. 이규가 다시 그 사람의 머리카락을 붙잡았다. 그 사람은 이규의 두 다리 안쪽으로 달려들어 넘어뜨리려고 했으나, 물소 같은 이규의 힘을 어떻게 당해내겠는가? 바로 밀려나서 몸 가까이 접근할 수 없었다. 그 사람은 다시 옆구리를 몇 번 때렸으나, 이규가 꿈쩍이나 하겠는가? 다시 몸을 날려 발로 걷어찼으나 이규는 바로 그의 머리를 누르고 쇠망치 같이 큰 주먹을 들어 척추를 북 두드리듯이 내려치니, 그 사람이 어떻게 발버둥 치겠는가? 이규가 한참 때리고 있는데 한 사람이 등 뒤에서 허리를 끌어안고 다른 한 사람은 손을 잡으며 소리쳤다.

"안 된다, 그만 해라!"

이규가 고개를 돌려 바라보자 송강과 대종이었다. 이규가 손을 놓자 그 사내는 몸을 빼더니 연기처럼 사라졌다.

대종이 이규를 원망하며 말했다.

"내가 너더러 물고기 얻으러 가지 말라고 했는데, 또 여기서 사람을 패고 있느냐. 만일 사람을 때려죽이기라도 한다면 감옥에 들어가 목숨을 잃지 않겠느냐?"

"내가 형님을 연루시킬까봐 걱정하는 모양인데, 사람을 때려죽이면 나 혼자 책임질 테니 걱정 마시오."

송강이 말리며 말했다.

"동생, 말싸움 그만 하고 적삼이나 가지고 가서 술이나 마시세."

이규가 버드나무 가지에서 베 적삼을 집어 들어 팔에 걸치고 송강과 대종을 따라 걸었다. 10여 걸음을 걸었을 때 등 뒤에서 욕하는 소리가 들려왔다.

"죽일 검둥이 자식아! 이번엔 너 나랑 승부를 가리자!"

이규가 고개를 돌려 바라보니 그 사내가 옷을 홀딱 벗고 통바지를 돌돌 말아 묶었는데, 온몸이 눈처럼 하얀 것이 삶은 돼지수육 같았다. 머리는 두건을 제외하고 모두 붉은 털로 가득 찼다. 강변에서 그 사람이 상앗대로 배를 밀며 다가오면서 욕설을 퍼부었다.

"능지처참을 할 검둥이 자식아, 이 어르신이 너를 무서워하면 사내도 아니다! 달아나면 너는 남자도 아니다!"

이규는 듣고서 크게 분노하여 울부짖으며 적삼을 벗고 몸을 돌려 쫓아갔다. 그 사내는 배를 약간 물가에 붙이더니 한 손에 상앗대를 잡아 배를 고정시키고는 욕을 마구 해댔다. 이규도 지지 않고 욕했다.

"야, 너 이리 올라와봐!"

사내가 상앗대로 이규의 다리를 찌르며 화를 돋우었다. 이규가 번개같이 몸을 날려 배 위로 뛰어들었다. 사내가 이규의 화를 돋우어 배로 유인한 다음 상앗대를 물에 대고 밀며 두 발에 힘을 주니 배는 광풍에 날리는 낙엽과 같이 화살처럼 강 중앙으로 나아갔다. 이규가 비록 수영을 조금 할 줄 알았지만 잘하지 못하므로 당황하여 어쩔 줄 몰라 했다. 사내는 더 이상 욕을 하지 않고 상앗대를 던지며 말했다.

"덤벼라, 이번엔 너랑 반드시 승부를 보아야겠다!"

바로 이규의 팔뚝을 잡고는 말했다.

"너랑 싸울 것도 없이 먼저 물맛부터 보여주마!"

두 다리로 배를 흔드니 배가 거꾸로 뒤집히며, 두 영웅의 몸도 따라서 공중제비를 돌며 '풍덩' 하고 강물에 떨어졌다. 송강과 대종은 황급히 강변으로 달려나오다가 배가 강 가운데에서 뒤집히는 것을 보고는 강가에 서서 '아이고' 소리를 지르며 발을 동동 굴렀다. 강가에는 이미 300~500명이 몰려들어 버드나무 그늘에 앉아 구경하며 말했다.

"저 검은 사내 이번에 제대로 임자한테 걸려 살려고 발버둥 치다 물 꽤나 먹게 생겼구먼."

송강과 대종이 물가에 서서 바라보는데 큰 강의 수면이 갈라지면서 그 사내가 이규를 들어 올리더니 다시 물밑으로 끌고 들어갔다. 푸르고 맑은 물결이 넘실대는 강 가운데에서 이규의 검은색 몸통과 상대편의 서리처럼 새하얀 피부가 드러났다. 둘은 한 덩어리가 되어 엉켜 싸웠다. 강가의 300~500여 명의 무리들 가운데 어느 하나 갈채를 보내지 않는 자가 없었다.

하나는 기수현沂水縣(이규)의 요정으로 변한 괴물이요, 하나는 소고산小孤山(장순)의 괴상한 요괴로다. 하나는 유지乳脂를 뭉친 듯 새하얀 피부이고, 하나는 숯

가루를 긁어모은 듯하구나. 하나는 마령관馬靈官[17]의 흰 뱀이 변신한 듯하고 하나는 조원수趙元帥[18]의 검은 범이 환생한 듯하네. 하나는 천만번 망치로 두드려 만든 은銀사람 같고 하나는 천만번 제련하여 만든 무쇠사람 같구나. 하나는 오대산五臺山의 은 이빨 가진 흰 코끼리이고, 하나는 구곡하九曲河[19]의 쇠 비늘 돋친 늙은 용이네. 하나는 삼베에 옻칠한 나한이 신통력을 드러내는 것 같고, 하나는 옥을 갈아내는 금강이 용맹을 펼치는 듯하구나. 하나는 한참 동안 빙빙 돌아 온몸에 진주 같은 땀 흘러내리고, 하나는 오래 잡아당겨 물에 빠진 듯 온몸에서 먹물을 쏟아내는 듯하구나. 하나는 화광華光 교주를 배워 푸른 물결 깊은 곳에서 몸뚱이를 드러내고, 하나는 흑살黑煞[20] 천신처럼 흰 물결에서 얼굴을 내미네. 바로 옥룡玉龍이 저 하늘가의 해를 어둡게 가리고, 흑귀黑鬼가 강바닥의 하늘을 열어젖히는 듯하구나.

一個是沂水縣成精異物, 一個是小孤山作怪妖魔. 這個是酥團結就肌肤, 那個如炭屑湊成皮肉. 一個是馬靈官白蛇托化, 一個是趙元帥黑虎投胎. 這個似萬萬錘打就銀人, 那個如千千火煉成鐵漢. 一個是五臺山銀牙白象, 一個是九曲河鐵甲老龍. 這個如布漆羅漢顯神通, 那個似玉碾金剛施勇猛. 一個盤旋良久, 汗流遍體迸眞珠; 一個揪扯多時, 水浸渾身傾墨汁. 那個學華光敎主, 向碧波深處顯形骸; 這個像黑煞天神, 在雪浪堆中呈面目. 正是玉龍攪暗天邊日, 黑鬼掀開水底天.

당시 송강과 대종은 이규가 그 사내에게 물속으로 끌려들어가 눈알 흰자위가 잠기도록 물을 먹고 다시 물 밖으로 끌려 나왔다가 다시 끌려 들어가며 수

17_ 마령관馬靈官: 도교에서 천둥을 부르는 영관靈官(도교에서의 신)이다. 일반적인 형상은 세 개의 머리, 아홉 개의 눈, 여섯 개의 팔과 몸은 남빛이다.

18_ 조원수趙元帥: 신 명칭으로 원래는 도교의 명신冥神, 온신瘟神이다. 후대에는 재신財神으로 받들었다.

19_ 구곡하九曲河: 구불구불 멀리 이어져 바다로 유입되는 강을 비유하는데, 황하를 가리킨다.

20_ 흑살黑煞은 흉신凶神, 악신惡神을 가리킨다.

십 차례 당하고 있는 것을 지켜보았다. 바로 다음과 같다.

배 잘 모는 사람 육지에서도 힘 쓸 수 있으나
주먹 능숙한 자는 물속에서 실력 펼칠 수 없네.
그야말로 검은 광풍이 불어 흰 물결 일으켰지만
결국 철로 주조한 소가 물소가 되어버렸다네.
舟行陸地力能爲, 拳到江心無可施.
眞是黑風吹白浪, 鐵牛兒作水牛兒.

이규가 불리하게 된 상황을 본 송강은 대종을 시켜 사람들에게 구원을 요청하도록 했다. 대종이 사람들에게 물었다.

"저 하얀 사내는 누구냐?"

남자를 아는 사람이 말했다.

"저 사람은 바로 여기 거간 주인으로 장순이라고 합니다."

송강이 이름을 듣고 갑자기 생각이 났다.

"혹시 낭리백도라고 불리는 장순이 아닙니까?"

사람들이 이구동성으로 대답했다.

"맞습니다. 바로 저 사람입니다!"

송강이 대종에게 다급하게 말했다.

"내게 저 사람 형인 장횡이 보낸 편지가 군영에 있으니 어떻게 해보게."

대종이 듣고는 물가에서 큰 소리로 말했다.

"장형, 이제 그만 하시오. 내가 당신 형님 장횡의 편지를 가지고 있소. 그 검은 사내는 우리 형제이니 그만 용서해주고 강가에 와서 이야기합시다."

장순은 강 한복판에서 대종이 부르는 소리를 듣고 평상시에 알고 지내던 사람이라 바로 이규를 풀어주었다. 강가로 헤엄쳐와 뭍으로 기어오르더니 대종을 보고 인사를 하며 말했다.

"원장님, 소인이 무례를 저질렀다고 탓하지 마시기 바랍니다."

"그대가 내 체면을 보고 우리 동생 좀 구해서 끌어올려주면 사람을 한 분 소개시켜주겠소."

장순이 다시 물속으로 뛰어 들어가 헤엄쳐 이규에게 다가갔다. 이규는 물속에서 머리를 내밀고 허우적거리며 들락날락 발버둥 치며 헤엄치는 척하려고 애를 썼다. 장순이 중대한 고비 때 이미 헤엄쳐가서 이규의 한 손을 잡고 두 다리로 평지를 걷는 것처럼 헤엄쳤다. 물이 배에 닫지 않고 배꼽이 드러날 정도로 헤엄을 잘 쳤다. 한 손으로 물을 가르며 이규를 강 언덕으로 끌어올렸다. 강가에서 구경하던 사람들이 모두 갈채를 보냈다. 송강은 넋을 잃고 한참을 바라보았다. 이규가 기침을 해대며 한참 동안 물을 토해냈다. 대종이 모두를 돌아보며 말했다.

"비파정으로 가서 이야기 좀 나눕시다."

장순은 적삼을 빌려 입고 이규도 적삼을 걸쳤다. 네 사람은 다시 비파정으로 올라갔다.

대종이 장순에게 말했다.

"장형, 나를 아시오?"

"소인은 원장님을 알고 있었지만, 인연이 닫지 않아 인사할 기회가 없었습니다."

대종이 이규를 가리키며 장순에게 물었다.

"평소에 이규를 알고 계셨습니까? 오늘 이규가 무례한 짓을 범하고 말았습니다."

"소인이 어찌 이형을 모르겠습니까? 다만 맞붙어본 적은 없습니다."

이규가 말했다.

"네놈이 오늘 내게 물을 흠씬 먹였겠다!"

"너도 오늘 나를 실컷 두들겨 팼잖아!"

대종이 두 사람을 달래며 말했다.

"두 사람 이번 기회에 친한 친구가 되기 바라오. 속담에 '싸우지 않으면 서로를 알 수 없다'[21]고 하지 않았소."

이규가 말했다.

"너 다음부터 거리에서 나랑 만나지 않도록 조심해라!"

"그럼 물속에서 너를 기다리마!"

그 말에 네 사람은 즐겁게 한바탕 웃으며 다 같이 인사하며 미안함을 표시했다.[22]

대종이 장순에게 송강을 가리키며 말했다.

"장형, 이 형님을 혹시 아시오?"

장순이 송강을 쳐다보더니 대종을 돌아보며 말했다.

"저는 모르겠습니다. 여기서 본 적도 없습니다."

이규가 벌떡 일어서며 의기양양하게 말했다.

"이 형이 바로 흑송강이다."

장순이 놀라며 대답했다.

"혹시 산동 급시우 운성현 송 압사님이십니까?"

대종이 말했다.

"바로 공명 형님이시오."

장순이 머리를 조아려 절하며 말했다.

"명성은 오래 전부터 들었습니다만, 뜻하지 않게 오늘 만나뵙게 되었습니다. 강호 사람들은 형님이 맑은 덕을 지니고 위태롭고 어려운 사람을 도우며 의를

21_ 원문은 '不打不成相識'이다.

22_ 원문은 '무례無禮'다. 모두들 읍하며 인사하면서 말로 '무례'라 하는 것으로 미안함을 표시하는 일종의 예의 방식이다.

받들어 재물을 아끼지 않는다고 말하더군요."

송강이 대답했다.

"가당치도 않은 말씀입니다! 전에 이곳으로 올 때 게양령 혼강룡 이준 집안에서 며칠 머물렀습니다. 나중에 심양강에서 목홍을 만났고 우연히 형님인 장횡도 함께 만나 소식을 전하는 편지 한 통을 전해달라고 했는데 군영에 두고 가져오지 않았습니다. 오늘 대 원장과 이형이랑 여기 비파정에서 술 한잔 마시며 경치를 구경했습니다. 이 송강이 술이 과해 신선한 생선탕을 마시고 해장을 할까 했는데, 저 사람이 물고기를 구해오겠다고 고집을 피웠습니다. 우리 둘이 무슨 재주로 말리겠습니까. 강가에서 고함 소리가 나고 시끄럽기에 주보를 불러 물어보니 시커먼 사람과 누가 싸운다고 하더군요. 우리 둘은 서둘러 가서 말리려다가 뜻밖으로 장사를 만나게 되었습니다. 오늘 이 송강이 하루아침에 세 명의 호걸을 만나게 된 것은 어찌 하늘의 도움이 아니겠습니까! 같이 앉아서 간단히 술 한잔 하시지요."

다시 주보를 불러 잔과 접시를 다시 내오고 안주를 새것으로 바꾸었다. 장순이 말했다.

"형님께서 신선한 물고기를 좋아하신다니 제가 가서 몇 마리 가져오겠습니다."

송강이 대답했다.

"좋지요."

이규가 일어나며 말했다.

"나도 같이 가자."

대종이 소리 질렀다.

"또 시작이네, 네가 아직도 물을 덜 마셨구나."

장순이 웃으며 이규의 손을 잡고 말했다.

"제가 이번에 이형과 같이 가서 물고기도 얻어오고 다른 사람들은 어떻게 되었는지 살펴봐야겠습니다!"

바로 다음과 같다.

전당에선 범처럼 서로 싸우고, 물속에선 용같이 싸운다네.

과연 화목함을 잃지 않으니, 이들이 강호의 영웅이로구나.

上殿相爭似虎, 落水鬪亦如龍.

果然不失和氣, 斯爲草澤英雄.

둘은 비파정에서 내려와 강변으로 갔다. 장순이 휘파람을 불자 강 위에 있던 배들이 강가로 몰려왔고 장순이 물었다.

"어느 배에 금색 잉어가 있느냐?"

이쪽 사람이 말했다.

"내 배에 있는데."

저쪽 사람이 대답했다.

"내 배에도 있소."

순식간에 금색잉어 10여 마리가 모였다. 장순이 그중에서 가장 큰 것 네 마리를 골라 버드나무 가지를 꺾어 꿰고 이규에게 가지고 가서 준비하도록 했다. 장순은 행상들을 점검하고 소거간꾼에게 무게를 달아 고기를 팔도록 분부했다. 장순은 비파정으로 돌아와 송강과 함께 술을 마셨다. 송강이 장순에게 감사하며 말했다.

"한 마리면 충분할 텐데 너무 많소이다."

"약소한 물건이라 입에 담기도 민망스럽습니다! 형님께서 다 드시지 못하면 유배지 군영으로 가지고 가셔서 반찬으로 드십시오."

두 사람은 나이에 따라 자리를 잡았는데 이규가 연장자라 세 번째 자리에 앉고 장순이 마지막 자리에 앉았다. 다시 주보를 불러 옥호춘 두 단지를 시키고 해산물, 안주와 과일을 시켰다. 장순이 주보에게 한 마리는 매운탕을 만들게 하고 다른 한 마리는 술로 찌게 했으며 또 한 마리는 회를 떴다.

네 사람은 술을 마시며 가슴 속에 품고 있던 이야기를 풀어놓았다. 이야기가 한창 무르익을 무렵 이팔청춘의 미소녀가 비단옷을 입고 들어와 네 사람 앞에서 공손하게 네 번 인사를 하고 목청을 높여 노래 곡조를 뽑아냈다. 이규는 자기가 영웅담을 풀어놓을 차례가 되었을 때, 그녀가 노래를 부르자 세 사람이 그 노래를 듣느라 이야기가 끊겨버렸다. 화가 나서 몸을 날려 두 손가락으로 소녀의 이마를 콕 찍었다. 소녀가 놀라 소리를 지르며 갑자기 뒤로 쓰러졌다. 사람들이 다가가서 보니 소녀의 분홍색 뺨이 흙빛으로 변하더니 붉은 입술에서 숨이 멈추었다. 주점 주인이 앞으로 나와 네 사람을 막더니 관아에 가서 고발하려고 했다. 그야말로 학을 삶아 먹고 거문고를 땔감으로 때는 시비 거리를 만든 것이다.

결국 송강 등 네 사람이 주점에서 어떻게 빠져나오는가는 다음 회에 설명하노라.

**신행태보神行太保 대종戴宗**

신행神行은 신속하게 달리고 나는 듯이 걷는 것으로 마치 신처럼 움직인다는 의미다. 태보太保는 원래 진·한 시기에 삼공三公 가운데 하나였으나 송·원 시기에는 무당을 태보라고도 불렀다. 또한 원나라 잡극에서는 녹림의 호걸로 사용되었다. 『서재야화書齋夜話』에 따르면 "지금의 무당은 몸에 신이 붙었다고 말하며 남방의 풍속에서는 무당을 태보라 불렀다"고 했다. 또한 『숙원잡기菽園雜記』에 따르면 "무당을 태보라 부르는 것은 원나라 때의 구습으로 명나라 초에 금지했다"고 했다.

**갑마甲馬**

본문에 대종을 언급하면서 "긴급한 군사 정보를 전하기 위해 길을 나설 때 갑마甲馬 두 개를 두 다리에 묶고 신행법神行法을 쓰면 하루에 500리 길을 갈 수 있었으며 네 개를 묶으면 하루에 800리를 갈 수 있었다"는 문구가 있다. 갑마甲馬는 일종의 도가의 부적 종이로 『수호전전교주』에 따르면 "『천향루우득天香樓偶得』에서 이르기를, '종이에 신불상神佛像을 그려 넣고 제사를 지내 신의 가호에 보답하는 것을 갑마라 한다. 이 종이는 신불이 빙의한 것으로 마치 말과 흡사하다'고 했다."

대종이 사용한 갑마는 결코 허구는 아닌 듯하다. 『금사金史』「돌합속전突合速傳」에 다음과 같은 내용이 있다. '패근오곡孛堇烏谷이 석주石州를 공격했지만 여러 번 패하고 세 명의 장수를 잃었으며 수백 명의 군사가 죽었다. 돌합속突合速이 오곡에게 말하기를, "적들은 모두 보병이기에 말을 타고 싸울 수 없습니다"라고 했다. 그러자 오곡은 "듣자하니 적들이 요술을 부려 그림으로 그린 말을畫馬 다리에 붙여 말처럼 빨리 달린다고 하는데, 보병으로 싸워 어떻게 대적할 수 있겠는가?"라고 했다. 돌합속이 웃으면서 "어찌 그런 일이 있을 수 있습니까?"라고 했다. 이에 군사들에게 말을 타고 싸우게 하여 모조리 죽였다.'

### 흑선풍黑旋風 이규李逵

이규라는 인물은 남송 시기에 실존했었다. 『송사』「고종기高宗紀」에 따르면 "건염建炎(1129) 3년 윤 8월, 궁의宮儀는 금나라 군대와 여러 차례 밀주密州에서 교전을 벌였다. 군대가 붕괴되자 궁의는 유홍도劉洪道와 함께 회남淮南으로 달아났다. 성을 지키던 장수 이규李逵는 밀주를 금나라에 바치고 투항했다"고 했다. 소설 속의 이규가 이 사람을 기본으로 삼았다고 하기에는 부합되는 것이 없다.

이규의 별명인 '흑선풍黑旋風'의 '흑黑'은 얼굴빛이 까무잡잡한 것을 가리키며, '선풍旋風'은 회오리바람을 말한다. 그러나 선풍을 금나라 포의 명칭이라는 견해도 있다. 즉 병기인 '선풍포旋風砲'는 선풍과 같아 형세가 맹렬하여 군중의 이로운 기구라는 견해다. 『수호전전교주』에 따르면 "정목형의 『주략』에서 이르기를, '흑선풍과 소선풍小旋風(시진의 별명)은 위력의 크고 작음을 말한 것일 뿐이다'라고 했다." 『수호전보증본』에 따르면 "흑선풍은 바로 돌이 구르고 모래가 날리는 거대한 바람, 기괴한 바람이다"라고 했다.

### 낭리백도浪裏白跳 장순張順

'낭리백도浪裏白跳'는 '낭리백조浪裏白條(70회본)'라고도 한다. 『수호전전교주』에 따르면 "정목형의 『주략』에서 이르기를, '낭리백조浪里白條는 원본에서는 낭리백조浪裏白跳라고 했다.'고 했다." 즉, '낭리백도(낭리백조)'는 눈 같이 희며 산 같이 거대한 물결 속으로 뛰어든다는 의미다. 즉 장순은 흰 물결이 출렁이는 세찬 물길 속으로 뛰어들어 헤엄칠 수 있음을 말한다. 또 다른 견해도 있는데, 『수호전보증본』에 따르면 "백조白條는 중국 담수인 강에서 흔히 볼 수 있는 피라미다. 피라미는 은백색으로 10센티미터에 불과하다"고 했다. 즉 '낭리백조(낭리백도)'는 '물결 속의 피라미'로 물속에서의 장순을 형상화하여 비유한 것이다.

### 노路

『수호전』에서는 '노路'라는 단어가 자주 등장한다. '노'는 송대의 최고 행정구역 명칭으로 명·청 시기의 '성省'에 해당하고 원대의 '노'는 명·청 시기의 '부府'에 해당한다. '노'는 당나라 때의 '도道'와 유사한데, '도'와 '노'는 처음에는 감찰의 성질이었으나 점차 행정 구역으로 변화되기 시작했다 『송사』「지리지」에 근거하면 인종仁宗 천성天聖 연간(1023~1032)에 원래의 15로가 18로로 쪼개졌다. 신종神宗 원풍元豐 연간(1078~1085)에 다시 23로로 쪼개졌고, 휘종 숭녕崇寧 4년(1105)에 다시 '경기로京畿路'(이후에 취소)가 증가되었고, 대관大觀 원년(1107)에 다시 검남로黔南路가 설치되었다가 4년 뒤에 취소되었다. 선화 4년(1122)에 다시 '연산부로燕山府路' '운중부로雲中府路'가 증가되었다. 당시 천하는 모두 26로가 되었다. '노' 아래에는 '부府' '주州'와 현縣을 보유한 '군軍' '감監'이 있었고, 부·주·군·감 아래로는 '현'과 현을 보유하지 않은 '군'과 '감'이 설치되었다. 이로써 지방 행정 구획은 '노'

'부(주, 군, 감)' '현(군, 감)' 3급제가 실행되었다. 26로는 다음과 같다.

경동동로京東東路(치소는 지금의 산둥성 칭저우青州), 경동서로京東西路(치소는 지금의 산둥성 옌저우兗州), 경서남로京西南路(치소는 지금의 후베이성 샹양襄陽), 경서북로京西北路(치소는 지금의 허난성 뤄양洛陽), 하북동로河北東路(치소는 지금의 허베이성 다밍大名), 하북서로河北西路(치소는 지금의 허베이성 정딩正定), 영흥군로永興軍路(치소는 지금의 산시陝西성 시안西安), 진봉로秦鳳路(치소는 지금의 산시陝西성 펑샹鳳翔), 하동로河東路(치소는 지금의 산시山西성 타이위안太原), 회남동로淮南東路(치소는 지금의 장시성 양저우揚州), 회남서로淮南西路(치소는 지금의 안후이성 펑타이鳳臺), 양절동로兩浙東路(치소는 지금의 저장성 사오싱紹興), 양절서로兩浙西路(치소는 지금의 저장성 항저우杭州), 강남동로江南東路(치소는 지금의 장쑤성 난징南京), 강남서로江南西路(치소는 지금의 장쑤성 난창南昌), 형호남로荊湖南路(치소는 지금의 후난성 창사長沙), 형호북로荊湖北路(치소는 지금의 후베이성 장링江陵), 성도부로成都府路(치소는 지금의 쓰촨성 청두成都), 재주로梓州路(치소는 지금의 쓰촨성 싼타이三臺), 이주로利州路(치소는 지금의 산시陝西성 한중漢中), 기주로夔州路(치소는 지금의 충칭重慶 펑제奉節), 복건로福建路(치소는 지금의 푸젠성 푸저우福州), 광남동로廣南东路(치소는 지금의 광둥성 광저우廣州), 광남서로廣南西路(치소는 지금의 광시성 구이린桂林), 연산부로燕山府路(지금의 베이징北京), 운중부로雲中府路(지금의 산시山西성 다퉁大同)다.

본문에 "송나라 금릉로金陵路에서는 절급을 모두 '가장家長'이라고 호칭했고 호남로湖南路에서는 '원장院長'이라고 불렀다"는 구절이 있는데, 북송 시기에 '금릉로'는 없었고, '호남로'는 '형호남로'다.

【 제39회 】

# 취중의 반시[1]

당시 이규가 손가락으로 누르자 어린 계집이 맞고 놀라 쓰러졌고, 주점 주인이 뛰어나와 막아서며 말했다.

"네 분 손님, 아이고, 이 일을 어쩝니까?"

주인이 당황하여 점원을 불렀다. 그가 앞으로 나와 즉시 입에 물을 머금고 뿜어내 쓰러진 계집을 깨웠다. 잠시 후 계집이 깨어나자 부축하여 일으키며 살펴보니 관자놀이에 살갗이 조금 벗겨져 기절한 것이었다. 깨어난 계집은 아무런 이상이 없었다. 계집의 부모는 흑선풍이 딸을 때렸다는 말을 듣고 놀라 한동안 넋을 잃고 아무 말도 못했다. 딸이 스스로 말도 하자 어미가 수건을 꺼내 머리를 묶어주고 바닥에 떨어진 비녀와 귀걸이를 주워 챙겼다. 송강이 옆에서 보고 딱한 듯이 물었다.

"너는 성이 무엇이냐? 어디 사람이냐?"

1_ 제39회 제목은 '潯陽樓宋江吟反詩(심양루에서 송강이 반시를 읊다). 梁山泊戴宗傳假信(대종이 양산박의 가짜 편지를 전하다)'이다.

계집의 늙은 어미가 송강에게 대답했다.

"어르신께 사실대로 아뢰니다. 저희 늙은 부부 성은 송宋이고 원래 개봉부 사람입니다. 여기 제 딸년 이름은 옥련玉蓮입니다. 아비에게 노래를 몇 가지 배워 이 비파정에서 노래를 불러 생계를 이어가고 있습니다. 성질이 급해서 주변 상황을 살피지 않고 나리들 이야기판에 끼어들어 제멋대로 노래를 부른 것입니다. 오늘 여기 어르신께서 실수로 제 딸년을 조금 상하게 했지만, 그렇다고 관아에 송사를 벌여 누를 끼칠 수는 없습니다."

송강은 계집의 어미가 사리에 맞게 말하는 것을 보고 말했다.

"너는 사람을 하나 찾아서 나와 함께 내가 머무는 군영에 가자. 내가 너에게 은자 20냥을 줄 것이니 딸을 잘 키워 나중에 선량한 사람에게 시집보내고 이런 곳에서 노래를 파는 짓은 그만두도록 해라."

부부가 놀라 엎드려 절하며 말했다.

"어떻게 감히 그렇게 많은 돈을 받겠습니까!"

"나는 한 마디도 허튼소리 하는 사람이 아니다. 네 남편을 딸려 보내면 내가 그에게 건네주겠다."

"나리, 도와주셔서 정말 감사합니다."

대종은 송강이 많은 돈을 쓰게 되자 이규를 원망하며 말했다.

"너 이놈 사람들과 짜고 형님 은자를 우려내려는 것 아니냐."

"손톱에 살짝 긁혀서 지가 자빠진 것을 날더러 어쩌라고. 저렇게 약해 빠진 좆같은 계집년은 보질 못했다니까. 형이 내 얼굴을 100대를 쳐봐라. 아무렇지 않지."

이규의 말을 듣고는 모두들 웃었다. 장순이 주보를 불러 말했다.

"여기 술값은 내가 지불할 테니 달아놓아라."

주보가 대답했다.

"아무나 내도 상관없습니다! 그냥 가십시오."

송강이 이런 일을 그냥 지나칠 리가 없었다.

"동생, 내가 두 사람을 끌고 술 마시러 온 것이니 내가 술값을 내야겠네!"

장순이 막무가내로 송강을 말리며 말했다.

"정말 어렵게 형님을 만났습니다. 산동에 계신다면 저희가 찾아가 의지했을 것입니다. 오늘 하늘이 도와 이렇게 만나게 되어 작은 성의라도 표하고 싶은 것인데 거절하시는 것은 예가 아닙니다."

대종도 거들었다.

"공명 형님, 장형이 저렇게 공경하는 마음을 내비치니 못이기는 척 받아들이시오."

"동생이 내겠다고 하니 나중에 내가 한잔 사겠네."

장순은 기뻐하며 잉어 두 마리를 들고 대종, 이규와 함께 송 노인을 따라오게 하고 비파정을 나와 송강을 배웅하여 군영까지 왔다. 다섯 사람은 모두 초사방에 들어가 앉았다. 송강이 먼저 은자 20냥을 꺼내 송 노인에게 주었고 그 노인은 감사하며 돌아갔다. 날이 이미 저물어, 장순은 송강에게 물고기를 건네주고 장횡의 편지를 받아 작별하고 돌아갔다. 송강이 또 50냥짜리 큰 은덩이를 꺼내 이규에게 주며 말했다.

"동생, 가지고 가서 쓰게."

대종도 송강과 이별하여 이규와 함께 서둘러 성안으로 들어갔다.

송강은 물고기 한 마리는 관영에게 주고 나머지는 자기가 먹었다. 물고기가 신선하고 입에 맞아 욕심을 부려 너무 많이 먹었다. 야밤 4경(새벽 1~3시)에 창자가 꼬이듯이 배가 아팠다. 날이 밝았을 때 연이어 설사를 하여, 이미 20번도 넘게 측간을 들락거리다 현기증이 나서 방에 쓰러져 잠을 잤다. 송강은 평판이 좋았으므로, 군영 안의 사람들이 죽을 삶고 탕을 끓여 시중을 들었다. 다음날 장순은 송강이 물고기를 좋아하던 것을 생각하여 황금 잉어 두 마리를 편지에 대한 답례로 가져왔다가, 설사병에 걸려 침상에 누워 죄수들의 보살핌을 받는 것을 보았다. 의원을 불러 치료하려고 하자 송강이 말했다.

"음식에 욕심을 내어 날 생선을 먹다가 설사병에 걸린 것이니, 설사를 멎게 하는 육화탕六和湯2을 지어 먹으면 괜찮아질 것이네."

장순이 가져온 잉어는 왕 관영과 조 차발에게 각각 한 마리씩 보냈다. 장순은 물고기를 전하고 육화탕을 지어 송강에게 주고 돌아갔다. 군영 안에 있던 사람들이 약을 달여 송강에게 먹였다. 다음날 대종이 술과 고기를 준비하여 초사방으로 송강을 찾아왔는데 이규도 따라왔다. 송강이 설사병이 금방 나은지라 고기를 먹을 수 없으므로 둘이서 방에서 먹었다. 날이 저물 때까지 머물다가 돌아갔다.

송강은 군영 안에서 5~7일을 쉬어 몸이 좋아지고 병세도 완전히 치유되자 성안에 들어가 대종에게 찾아가려고 생각했다. 다시 하루가 지났는데, 아무도 찾아오지 않았다. 다음날 아침 식사를 마치고 진시쯤에 은자를 가슴에 넣고 방문을 잠근 다음 군영을 나왔다. 한가롭게 거리를 거닐다 성안으로 들어가 주아문 좌측에서 대종의 집을 찾았다. 누군가가 말했다.

"그는 처자식이 없어서 성황묘城隍廟3 옆 관음암觀音庵에서 살고 있습니다."

송강이 듣고 바로 그곳으로 찾아갔으나, 이미 문을 잠그고 나가버렸다. 다시 돌아와 흑선풍 이규를 찾으니 대부분 사람들이 대답했다.

"이규는 정해진 거처가 없고 가족도 없이 아무데나 떠돌아다니는 사람이라 주로 감옥에서 살고 있습니다. 고정된 거처가 없는 순검巡檢은 동쪽에서 이틀 머물고 서쪽에서 잠시 쉬므로 어디에 사는지 알 수가 없습니다."

송강은 다시 물고기 거간꾼 장순을 찾아가니 어떤 사람이 대답했다.

2_ '지사육화탕止瀉六和湯(설사를 멈추게 하고 여섯 가지 기를 완화시키는 탕)'은 송나라 때 태평혜민화제국太平惠民和劑局의 약방이다. 육화六和는 바로 화육기和六氣(여섯가지 기를 완화시키는 것)로 한기寒氣·열기熱氣·조기燥氣(건조한 기운)·습기濕氣·풍기風氣·화기火氣다.

3_ 성황묘城隍廟: 성지를 수호하는 성황신城隍神에게 제사지내는 사당을 말한다.

"그는 성 밖 마을에서 삽니다. 물고기를 팔 때는 성 밖 강변에 있다가 외상값을 받을 때만 성안으로 들어옵니다."

송강은 이 말을 듣고 성 밖으로 나와 그곳이 어디인지 물어보아야 했다. 혼자서 돌아다니자니 우울해져 성 밖으로 나와 발길 닿는 대로 돌아다녔다. 그때 강가의 경치가 매우 좋아 감상하기에 부족함이 없었다. 한 주점 앞을 지나가다가 고개를 들어 바라보니 주점 장대 위에 푸른 깃발이 걸려 있는데 '심양강 정고潯陽江正庫[4]'라고 적혀 있었다. 처마 바깥에 걸린 편액에는 소동파가 쓴 '심양루潯陽樓'라는 세 글자가 크게 쓰여 있었다. 송강이 그것을 보고는 속으로 생각했다.

'내가 운성현에 있을 때 강주에 심양루라는 아름다운 건물이 있다더니 원래 여기에 있었구나. 내가 비록 혼자 여기에 왔지만 그냥 지나칠 수 없지. 올라가 혼자 논다고 안 될 것이 없잖아?'

건물 앞으로 다가와 보니 문가의 주홍색 화표華表[5]가 있었고 기둥 양면 하얀 패 위에 각기 다섯 글자가 크게 쓰여 있었다. 바로 '세상에 비할 바 없이 좋은 술이 있어, 심양루가 천하에 이름을 떨치노라世間無比酒, 天下有名樓'라고 쓰여 있었다. 송강이 이층으로 올라가 강변 쪽 방에 앉아 난간에 기대어 바라보니 과연 훌륭한 주점이었다.

> 조각한 처마는 햇빛 받아 빛나고 그림 그린 기둥엔 구름이 이는구나. 푸른 난간 아래는 창문이 이어져 있고, 비취색 발과 장막은 문과 창에 높이 걸려 있네. 취한 눈 희롱하는 것은 푸른 하늘에 기댄 겹겹의 구름 걸린 산들이오, 시 읊조

4_ 정고正庫: 송대 소금과 술은 전매라 각지에 술 창고를 만들어 국가에서 독점했으며 개인은 주세를 납부해야 했다. 정고는 각지의 술 저장 창고다. 즉 심양루는 심양강 지역의 국영 주류 총판점이다.

5_ 화표華表: 중국 고대 전통 건축 양식으로 고대 궁전이나 왕릉 등 대형 건축물 앞에 세운 장식용의 거대한 돌기둥이다.

리게 하는 것은 상서로운 눈 뒤집는 안개 자욱한 강물이로다. 부평초 가득한 나루터에선 때때로 물고기 모는 막대 소리 들리고[6], 붉은 여뀌 핀 모래사장엔 매번 노 두드리는 낚시꾼 모습 보이누나.[7] 누각 옆의 푸른 홰나무에선 들새들 지저귀고, 문 앞의 청록의 버드나무에는 말[8] 매어져 있네.

雕檐映日, 畫棟飛雲. 碧闌干低接軒窗, 翠簾幕高懸戶牖. 消磨醉眼, 倚青天萬迭雲山; 勾惹吟魂, 翻瑞雪一江烟水. 白苹渡口, 時聞漁父鳴榔; 紅蓼灘頭, 每見釣翁擊楫. 樓畔綠槐啼野鳥, 門前翠柳繫花驄.

송강은 경치를 보면서 갈채를 그치지 않았다. 주보가 올라와 물었다.

"손님, 일행을 기다리시겠습니까? 아니면 혼자 드시겠습니까?"

"손님 두 사람이 더 올 텐데 아직 도착하지 않았네. 먼저 좋은 술 한 동이하고 과일과 고기를 가져오고 생선은 필요 없네."

주보가 주문을 받고 아래로 내려갔다. 잠시 후 쟁반을 들고 올라와 '남교풍월藍橋風月'[9]이란 술을 한 동이 내려놓고 요리와 신선한 과일, 안주 등을 차렸는데 살진 양고기, 연한 닭고기, 술지게미로 절인 거위, 돼지 살코기 등이 주홍 쟁반에 가득 차 있었다. 송강이 보고는 속으로 흐뭇해서 우쭐거리며 말했다.

'이렇게 정갈하고 풍성한 음식과 아름다운 그릇들이 어울리는 것을 보니 확실히 강주가 좋긴 좋구나! 내가 비록 죄를 짓고 먼 이곳으로 귀양을 왔다가 이

6_ 원문은 '명랑鳴榔'인데, 배의 고물에 있는 횡목을 두드려 물고기를 놀라게 하여 그물에 몰아넣어 잡는 것을 말한다.

7_ 원문은 '격즙擊楫'인데, 노를 두드리는 것이다. 동진東晉의 조적祖逖이 중원을 수복하기 위해 북벌하러 갈 때 강 중류에서 배의 노를 두드리면서 수복하지 못하면 돌아오지 않겠다고 맹세한 데서 나온 말이다. 일반적으로 격앙되고 굳게 결심하는 의지를 가리킨다.

8_ 원문은 '화총花驄'으로 오화마五花馬를 말한다. 당나라 때 갈기를 다듬어 다섯 갈래로 땋아 장식한 말이다.

9_ 남교풍월藍橋風月: 술 이름이다. 찹쌀을 담근 다음 누룩을 뒤섞어 장수漿水를 붓고 다시 여덟 차례 밥과 누룩 등을 넣어 양조한다.

런 진정한 산수를 보게 되는구나. 내가 살던 곳도 명산과 고적이 있었지만, 여기 경치와는 비교가 되지 않는구나.'

혼자 난간에 기대어 실컷 마시다보니 자기도 모르게 술에 잔뜩 취했다. 갑자기 여러 가지 감회가 떠오르자 생각하며 말했다.

'산동에서 태어나 운성현에서 자랐고 서리胥吏가 되어 강호에서 많은 호걸과 사귀었다. 비록 부질없는 헛된 명성을 얻었지만 지금 나이가 이미 서른이 넘었는데도, 명성이나 공적 어느 하나도 이루지 못하고 양쪽 뺨에 글자를 새기고 여기에 유배나 왔구나. 내가 고향의 부모와 형제를 무슨 면목으로 볼 수 있단 말인가?'

자신도 모르게 술기운이 올라오며 눈물이 줄줄 흐르고 불어오는 바람, 그리고 눈에 보이는 모든 것이 한스럽고 마음이 아팠다. 갑자기 「서강월西江月」[10] 사詞 한 수가 떠올라 주보를 불러 지필묵을 가져다 달라고 하고는 몸을 일으켜 하얀 벽에 적혀 있는 옛 사람들의 시사를 감상하고 음미했다. 송강은 곰곰이 생각했다.

'나도 여기에 한 수 남기지 못할 이유가 없지 않은가? 만일 나중에 입신출세하여 여기를 지날 때 다시 보고 지난 세월을 기억한다면 오늘의 아픔이 생각날 것이다.'

술김에 먹을 진하게 갈아 붓끝에 잔뜩 묻히고 하얀 벽에 붓을 휘두르며 써내려갔다.

> 어려서 경전과 사서를 두루 익혔고, 자라서 또한 권모술수를 갖추었도다. 사나운 호랑이가 잡초 우거진 언덕에 엎드려, 이빨과 발톱을 감추고 참아내고 있다

10_ 서강월西江月: 서강월은 사패詞牌다. 사의 격식은 율시와 달리 모두 1000여 개의 격식이 있다. 여기서 말하는 격식은 바로 사의 악보다. 「서강월」은 원래 당의 교방곡敎坊曲이었다.

네. 불행하게 양 볼에 글자를 새기고, 강주로 귀양 와서 견디고 있구나. 나중에 복수라도 한다면, 심양강 강물을 붉게 물들이리라!

自幼曾攻經史, 長成亦有權謀. 恰如猛虎臥荒丘, 潛伏爪牙忍受. 不幸刺文雙頰, 那堪配在江州. 他年若得報冤仇, 血染潯陽江口!

송강은 여기까지 쓰고 매우 흡족하여 크게 웃고 다시 몇 잔 더 마시며 즐거워했다. 자기도 모르게 자제력을 잃고 방탕해져서 손발이 저절로 들썩이자 다시 붓을 들고 「서강월」 아래에 네 구절의 시 한 수를 적었다.

몸은 오[11] 땅에 있는데 마음은 산동을 향해 있고
뜻 숨기고 강호를 떠돌아다니며 장탄식하노라.
훗날 하늘을 찌르는 기세 좋은 포부 이루게 되거든
황소[12]가 나만 못한 장부라 비웃어주리라!
心在山東身在吳, 飄蓬江海謾嗟吁.
他時若遂凌雲志, 敢笑黃巢不丈夫!

송강은 시를 쓰고 뒤에 '운성현 송강이 쓰다鄆城宋江作'라고 다섯 자를 크게 써 내려갔다. 모두 마치고 붓을 탁자 위에 던져놓으며 스스로 한 번 더 읊었다. 다시 술잔에 가득 따라 마시고, 자기도 모르는 사이에 크게 취하여 술을 이기

11_ 오吳: 오대십국五代十國의 오 정권의 관할 구역으로 지금의 장쑤·안후이·장시·후베이성 등의 일부분으로 오왕吳王이 관할했다. 여기서는 강주를 가리킨다.

12_ 황소黃巢: 당나라 말년에 왕선지王仙芝의 반란에 호응하여 농민 반란을 일으켰다. 왕선지 사후 수십만 군대를 거느린 수령이 되었다. 879년에 광주廣州, 장안長安을 격파하고 대제大齊 정권을 건립했다. 그 뒤에 내부 분열로 자살했다. 민간 전설에 황소는 사람을 가장 많이 죽인 마군이라고 한다. 송강의 시에서 황소를 비웃은 문구는 두 가지 해석이 가능하다. 황제처럼 반란을 일으켜 황제가 될 것이라는 것, 그리고 황소보다 더 많은 사람을 죽이겠다는 것이다.

지 못했다. 주보를 불러 술값을 지불하고, 또 약간의 은자를 꺼내 상으로 주었다. 소매를 펼치고 아래층으로 내려와 비틀거리며 길을 더듬어 군영으로 돌아왔다. 방문을 열고 침상에 쓰러져 깨어나니 이미 5경이었다. 술은 깼으나 어제 심양루에서 시를 지었던 일들은 아무것도 기억하지 못했다. 그날은 술병을 앓아 방에 누워 있었다.

한편 여기 강주 심양강 건너 맞은편에 황폐한 들판의 낙후된 곳이 있었는데 무위군無爲軍13이라 불렀다. 여기에는 한직 통판通判14을 맡고 있던 황문병黃文炳이란 사람이 있었다. 이 사람은 글 읽은 문인이었으나, 아첨을 잘하는 무리로 도량이 좁아 실력 있고 재능 있는 사람을 시기했다. 자기보다 뛰어난 사람은 해를 끼치고 자기보다 못한 사람은 괴롭혀 향촌에서 많은 사람을 해쳤다. 채구 지부知府가 현임 태사 채경의 아들이란 것을 알고 매번 남을 이간질하면서 지부의 비위를 맞추었다. 항상 강을 건너와 지부를 방문하며 추천을 받아 벼슬길에 올라 다시 관리가 되기를 희망했다. 송강이 고난을 받아야 할 운명인지 맞수를 만나게 되었다.

그날 황문병은 집에 한가롭게 앉아 있다가 마땅히 할 일도 없어 종 둘을 데리고 절기에 맞는 선물을 사서 자기 집 배를 타고 강을 건너와 바로 강주부 관아로 가서 채구 지부를 방문하려고 했다. 때마침 관아에서 공식 연회가 열려 감히 들어가지 못하고 돌아오려고 했다. 마침 하인이 배를 심양루 아래에 묶어두

13_ 강주江州(지금의 주장九江)에서 무위군의 불빛을 볼 수는 없다. 강주와 무위군無爲軍은 600~700리 떨어져 있다. 북송 때 무위군은 지금의 안후이성 차오후巢湖다. 무위군의 군軍은 송대 행정구역 명칭이다. 송 997년에 천하를 15로路로 나누고 나중에 3로를 더하여 18로를 만들었다. 그 아래에 주州·부府·군軍·감監 322개를 설치했다. 노路는 지금 중국의 성, 군은 지금의 현縣에 해당된다. 『수호전전교주』에 따르면 "정목형의 『주략』에서 이르기를, '무위주無爲州는 소현巢縣이다. 송나라 때 이곳에 무위군을 설치했다'고 했다."

14_ 통판通判: 송 초에 각 주州와 부府에 설치되기 시작했는데, 공동으로 정무를 처리한다는 의미다. 부지부副知府나 부지주副知州에 해당한다.

었는데, 황문병은 날씨가 한창 덥자 이층에 올라가 잠시 쉬었다 가려고 했다. 발길 닿는 대로 주점으로 들어가서 한번 살펴보고 이층에 올라가 난간에 기대어 시간을 보내고 있었다. 벽에 쓰인 시구들이 매우 많았는데 잘 지은 것도 있었지만 허튼소리에 아무 식견이 없는 것들도 있어서 황문병은 보고 냉소를 지었다. 송강이 지은 「서강월」과 함께 읊은 네 구절의 시를 보고는 깜짝 놀라 말했다.

"이것은 반역시 아닌가? 누가 여기에 쓴 거야?"

뒤에 '운성송강작'이란 다섯 글자가 보였다. 황문병이 다시 한번 읽었다.

"어려서 경전과 사서를 두루 익혔고, 자라서 또한 권모술수를 갖추었도다."

차갑게 웃으며 중얼거렸다.

"정말 대단한 자부심이군."

다시 다음 구를 음미했다.

"사나운 호랑이가 잡초 우거진 언덕에 엎드려, 이빨과 발톱을 감추고 참아내고 있다네."

황문병은 말했다.

"이놈은 자기 분수도 모르는 작자구만."

또, 읽었다.

"불행하게 양 볼에 글자를 새기고, 강주로 귀양 와서 견디고 있구나."

"절개가 고상한 사람도 아니고, 보아하니 유배 온 놈에 불과하구나."

다시 다음 시구를 읊조렸다.

"나중에 복수라도 한다면, 심양강 강물을 붉게 물들이리라."

고개를 좌우로 흔들며 말했다.

"이놈이 누구에게 복수를 한다는 말이지? 게다가 여기에서 일을 벌이겠다고! 배군 놈 주제에 무슨 재주로 잘도 일을 벌이겠다!"

밑에 적힌 시도 읽어 내려갔다.

"몸은 오 땅에 있는데 마음은 산동을 향해 있고, 뜻 숨기고 강호를 떠돌아다니며 장탄식하노라."

황문병이 말했다.

"이 두 구절을 보니 그럭저럭 용서가 되는군."

마지막 두 구를 읽었다.

"훗날 하늘을 찌르는 기세 좋은 포부 이루게 되거든, 황소가 나만 못한 장부라 비웃어주리라!"

황문병은 고개를 좌우로 흔들며 말했다.

"이놈이 정말 무례한 놈이구나. 황소를 앞지르겠다니, 이것이 모반이 아니면 도대체 무엇이란 말이냐?"

다시 '운성현송강작'이란 글을 다시 읽고 생각하며 말했다.

"나도 많이 들어본 이름인데 아마도 하급 관리일 것이다."

주보를 불러 물었다.

"여기에 이 시와 사를 적은 것은 누구냐?"

"어떤 사람이 밤에 혼자 와서 술 한 병을 마시고 취한 다음에 제 마음대로 적었습니다."

"대충 어떤 사람이냐?"

"뺨에 금인이 두 줄 있는 걸로 봐서 유배지 군영 사람인 것 같습니다. 생김새는 피부는 검고 키는 작으며 통통하게 살이 쪘습니다."

"알았다."

붓과 벼루를 빌리고 종이를 가져와 베낀 다음 몸에 넣고 주보더러 지우지 말라고 분부했다.

황문병은 아래층으로 내려와 배로 돌아가서 하루를 보냈다. 이튿날 밥을 먹고 하인에게 예물을 담은 나무 상자를 멜대에 지우고 바로 관아 앞으로 갔다. 지부가 관아에서 퇴청하자 사람을 시켜 알렸다. 한참 후 채구 지부가 사람을 내보내 후당으로 길을 인도했다. 채구 지부가 직접 맞이하여 황문병과 안부를 묻는 인사를 주고받은 다음에 선물을 건네주고 주빈으로 나누어 자리에 앉았다. 황문병이 채 지부에게 말했다.

"제가 밤에 강을 건너와 부중으로 찾아와 인사를 하고자 했으나, 공식 연회가 열리고 있다는 말을 듣고 감히 제멋대로 들어올 수가 없었습니다. 그래서 오늘에야 은상을 뵙게 되었습니다."

"통판은 나와 허물없는 친구인데 들어와 같이 참여했어도 무슨 문제가 되었겠소? 내가 맞이하지 못해 미안하군."

이때 일을 맡아보는 사람이 차를 가지고 왔다. 차를 마시고 황문병이 말했다.

"제가 감히 상공에게 직접 여쭙지는 못하겠습니다. 근래에 부친 태사 은상께서 사람을 보내신 적이 있습니까?"

"며칠 전에 편지가 왔네."

"경사에서 근래에 새로운 소식이 있습니까?"

"부친께서 편지를 보내 당부하셨더군. 근래에 태사원太史院[15] 사천감司天監[16]이 황제에게 상주문을 올렸는데, 밤에 천문 현상을 살펴보니 강성罡星[17]이 오초吳楚[18] 분야分野[19]를 비추고 있어 아마도 도적이 난을 일으킬 수 있으니 그런 무리가 있거든 철저하게 살펴서 토벌하라고 하셨다네. 게다가 번화가에서 아이들이 시정을 풍자하는 가요를 부르는데 그 가요 내용은 '나라를 좀먹는 것은 가목이고, 싸움을 일으키는 것은 수공이리라. 삼십육이 종횡으로 날뛰니, 난

15_ 태사원太史院: 관서 명칭으로 송나라 때는 태사국太史局이라 불렀다. 국가의 역사적 사실을 기재하고 사서를 편찬하며 문서를 기초하고 국가 전적과 천문 역법 등의 사무를 관장했다.

16_ 사천감司天監: 관서 명칭으로 천문 역법과 천문 현상 관찰, 달력 등의 사무를 관장했다.

17_ 강성罡星: 중국 고대 별자리 이름이다. 북두칠성의 자루 부분을 말한다. 악한 세력을 비유적으로 가리킨다.

18_ 오초吳楚: 창장강 남쪽 타이후太湖호 유역, 후저우湖州와 화이허淮河강 이남 지구를 말한다.

19_ 분야分野: 중국 고대 점성술 중의 봉건 미신 관념이다. 지상의 각 주군州郡과 국가를 하늘의 일정한 구역에 인사人事를 연관시켜, 그 구역에서 발생하는 천문 현상이 각 대응하는 지방의 길흉을 예견한다고 인식했다.

리는 산동에서 일어나리라耗國因家木, 刀兵點水工. 縱橫三十六, 播亂在山東'라고 했다네. 그래서 내게 지방을 잘 방비하라고 당부하셨다네."

황문병이 한참을 생각하더니 웃으면서 말했다.

"상공, 이 일은 전혀 우연이 아닌 것 같습니다!"

소매에서 심양루에서 베낀 시를 지부에게 건네주며 말했다.

"생각지도 않게 여기에도 그런 것이 있습니다."

채구 지부가 받아 읽어 보고는 말했다.

"이것은 반시反詩(반역의 시가) 아닌가? 통판은 이것을 어디에서 얻었소?"

"소생이 밤에 찾아와 감히 부중 안으로 들어오지 못하고 강변으로 되돌아갔습니다. 딱히 할 일도 없어서 더위를 피하려고 심양루에 올라가 놀다가 사람들이 써놓은 시사를 구경했습니다. 하얀 벽에 이 시가 새로 적혀 있더군요."

"누가 써 놓은 것일까?"

"상공, 위에 '운성현 송강작'이라고 쓰여 있지 않습니까?"

"송강이란 자는 어떤 사람이오?"

"'불행하게 양 볼에 글자를 새기고, 강주로 귀양 와서 견디고 있구나'라고 쓰여 있지 않습니까? 보아하니 유배지 군영에 유배 온 죄인입니다."

"유배 온 배군 주제에 하긴 무얼 하겠소!"

"상공, 그를 얕보지 마십시오. 상공 말씀대로 태사 어른께서 편지로 적어 보내셨다는 아이들의 노래가 바로 이놈과 맞아떨어지고 있습니다."

"그건 또 어째서 그런가요?"

"'모국인가목耗國因家木'에서 말한 국가의 돈과 식량을 소모하는 사람은 가목家木이라 했습니다. 분명히 가家의 머리 부분과 목木자가 결합하면 송宋 자입니다. 둘째로 '도병점수공刀兵點水工'은 전쟁을 일으키는 사람은 수공水工이라 했으니, 물수水변에 공工자를 결합하면 분명히 강江자입니다. 이 사람은 이름이 송강으로 반시를 지은 것은 분명히 운명입니다. 하늘이시여 만민에게 복이 깃들게 하옵소서."

"'종횡삼십륙, 파란재산동縱橫三十六, 播亂在山東'은 무엇을 말하는 것이오?"

"육육년이거나 육육이란 수를 가리키겠지요. '파란재산동'은 지금 운성현은 산동에 속한 지역입니다. 이 네 구로 따지면 송강이란 놈과 모두 일치합니다."

"여기에 그런 사람이 있는지 모르겠소."

"소생이 밤에 주보에게 물어보니 그저께 썼다고 합니다. 이것은 어려울 것 없습니다. 유배지 군영에 있는 죄인 명단을 가져다가 조사하면 존재 유무를 바로 알 수 있습니다."

"통판의 안목이 보통이 아니오."

바로 하인을 시켜 유배지 군영 관리자를 불러 죄수 등기 문서를 가져오게 하여 살펴보았다. 하인이 가져온 문서를 채구 지부가 직접 살펴보니 과연 뒷부분에 있었다.

'5월 중에 새로 유배 온 죄수 한 명 운성현 송강.'

황문병이 보고 말했다.

"바로 아이들의 노래에 부합하는 사람이니 보통 일이 아닙니다. 만일 조금이라도 늦어 행여나 말이 새어나간다면 달아날까 두렵습니다. 빨리 사람을 보내 잡아들여 하옥한 다음 다시 상의하시지요."

"그 말이 지당하오."

바로 대청에 올라가 양원兩院에서 감옥을 관리하는 절급을 불렀다. 대청 아래에 대종이 대령하자 지부가 말했다.

"너는 공인을 데리고 빨리 유배지 군영으로 가서 심양루에 반역의 시를 쓴 범인 운성현 송강을 잡아 오너라. 잠시라도 시각을 지체해서는 안 된다."

대종은 지부의 말을 듣고 놀라 속으로 비명을 질렀다. 관아에서 나오자마자 절급과 옥졸들을 점검하고 모두들 각자 집으로 돌아가 무기들을 들고 오게 하고는 분부했다.

"내가 사는 곳 옆 성황묘 안에 모이도록 하여라."

대종이 분부를 마치자 모두 집으로 돌아갔다. 대종은 바로 신행법을 써서 유배지 군영 안 초사방으로 들어갔다. 문을 밀어서 보니 마침 송강이 방에 있다가 대종이 들어오는 것을 보고 황급하게 맞았다.

"내가 그저께 성안에 들어가서 동생을 여기저기 찾아다녔다네. 찾을 수가 없어서 혼자 심심하기에 심양루에 올라가 술 한 병 마셨다네. 요 이틀 정신이 흐리멍덩한 것이 다 거기에서 술을 마셔서라네."

"형님, 그날 거기 벽에다 뭐라고 적어놓지 않았소?"

"술 마시고 해댄 미친 소리를 누가 기억하겠는가?"

"방금 지부가 나를 불러서는 사람들을 여럿 데리고 가서 '심양루에 반시를 적은 죄인 운성현 송강을 관아로 잡아오라'고 명령했습니다. 제가 듣고 놀라 먼저 공인들에게 준비해서 성황묘로 모이라고 하고 먼저 와서 미리 알리는 것입니다. 형님, 이제 어떡해야 합니까? 어떻게 해야 벗어날 수 있을까요?"

송강이 듣고 머리를 긁고자 하여도 어디가 가려운지 알지 못한 것처럼 어떻게 해야 할지 막막했다.

"이번엔 진짜 죽었구나!"

"제가 형님에게 위기에서 벗어날 수 있는 방법을 생각해보았는데 통할지 모르겠습니다. 지금 저는 어물거릴 시간 없이 돌아가 사람들과 형님을 잡으러 다시 올 것입니다. 형님은 머리칼을 풀어헤치고 바닥에 오줌똥을 갈긴 후 거기에 뒹굴며 미친 척하십시오. 내가 사람들과 같이 오면 헛소리를 지껄이며 완전히 미친 사람 행세를 하세요. 그러면 제가 돌아가서 지부에게 둘러대보겠습니다.

"가르쳐줘서 고맙네. 자네 말대로 되었으면 좋겠네."

대종은 서둘러 송강과 작별하고 성안으로 돌아갔다. 곧바로 성황묘로 가서 공인을 데리고 유배지 군영 안으로 들어가 거짓으로 소리를 질렀다.

"누가 새로 유배 온 송강이냐?"

패두가 사람들을 데리고 초사방에 와서 보니 송강이 산발을 한 채 대소변 위에 누워 구르며 대종과 공인들이 온 것을 보고는 말했다.

"너희는 뭐 하는 좆같은 것들이냐?"

대종이 거짓으로 큰 소리를 질렀다.

"이놈을 붙잡아라!"

송강이 눈깔을 뒤집고 정신없이 사람들을 때리며 말했다.

"나는 옥황상제의 사위다. 장인어른이 내게 천병 10만을 거느리고 너희 강주 사람을 죽이라고 했다. 염라대왕을 선봉으로 삼고 오도장군五道將軍에게 뒤를 엄호하게 하셨으며 무게가 800여 근이나 되는 금인을 내게 주었다. 네 좆같은 놈들을 죽여버리겠다!"

공인들이 그 꼴을 보고 수군거렸다.

"뭐야. 원래 미친놈이잖아. 이런 놈 잡아가서 뭐하려고?"

대종이 얼른 맞장구를 쳤다.

"너희들 말이 옳다. 그냥 돌아가서 사실대로 말하고 그래도 잡아오라고 하면 그때 다시 오자."

공인들은 대종을 따라 주 관아로 되돌아왔다. 채구 지부는 대청에서 대종과 공인이 돌아오기를 기다리고 있었다. 대종과 공인들이 대청 아래에서 보고했다.

"원래 송강이란 놈은 미친놈으로 오줌똥도 가리지 않고 미친 소리를 해대며 온몸에 똥 칠갑을 하여 가까이 할 수도 없어서 잡아오지 않았습니다."

채구 지부가 이유를 물으려고 할 때 황문병이 병풍 뒤에서 돌아 나와 지부에게 말했다.

"저 말은 믿지 마십시오. 본인이 쓴 시사와 필적을 보면 미친 사람이 아닙니다. 여기에는 분명히 속임수가 있습니다. 어찌되었든 간에 끌고 올 수 없다면 짊어지고라도 와야죠."

"통판 말이 옳소."

채구 지부가 대종에게 명령했다.

"너희는 아무것도 상관 말고 무조건 잡아오너라."

대종은 명령을 받고 속으로 '아이고' 하고 소리를 질렀다. 다시 공인들을 데리고 군영으로 와서 송강에게 말했다.

"형님, 일이 실패하고 말았소. 가는 수밖에 다른 도리가 없습니다."

커다란 대나무 광주리에 송강을 담아 짊어지고 가서 강주 관아 대청 앞에 내려놓았다. 지부가 공인에게 말했다.

"저놈을 끌고 오너라!"

송강을 대청 아래에 꿇어앉히려 하자 반항하며 두 눈을 크게 뜨고 채구 지부를 쳐다보며 말했다.

"너는 어떤 좆같은 놈이기에 감히 내게 물어보느냐! 나는 옥황상제의 사위다. 장인어른이 내게 천병 10만을 거느리고 너희 강주 사람을 죽이라고 했다. 염라대왕을 선봉으로 삼고 오도장군으로 뒤를 엄호하게 하셨으며, 무게가 800여 근이나 되는 금인을 내게 주었다. 너희가 빨리 피하지 않으면 내가 너희를 모두 죽여버리겠다!"

채구 지부가 보니 정말 미친 사람 같았다. 황문병이 다시 지부에게 말했다.

"군영 차발과 패두를 불러 이 자가 왔을 때부터 미친 것인지 근래에 미친 것인지 물어보면 어떻겠습니까? 만일 올 때부터 미쳤다면 정말 미친 것이고, 근래에 미쳤다면 반드시 미친 척하는 것입니다."

"지극히 옳은 말이오."

사람을 보내 관영과 차발을 불러 둘에게 물으니 어떻게 감히 속일 수 있겠는가? 바르게 말할 수밖에 없었다.

"이 사람이 올 때는 미친 증상이 보이지 않았고 근래에 이런 증상이 생겼습니다."

지부가 그 말을 듣자 화가 치밀어 올라 옥졸을 불러 송강을 묶고 엎어 놓은 다음 한 번에 연속하여 50여 대를 때렸다. 송강이 두들겨 맞아 정신을 잃었다가 깨어나기를 몇 번 반복하며 피부가 찢기고 살이 터져 선혈이 낭자하게 흘렀다. 대종은 송강이 맞는 것을 바라보면서 속으로 비명만 지를 뿐 구해낼 아무런 방법이 없었다. 송강이 처음에 이런저런 헛소리를 해대며 버텼으나 도저히 매를 견디지 못하고 자백했다.

"일시적인 술기운으로 반시를 쓰긴 했습니다만, 특별히 다른 뜻이 있는 것은 아닙니다."

채구 지부는 조서를 꾸미고 한쪽 무게가 25근인 사형수용 칼을 채우고 감옥에 가두었다. 송강은 맞아 두 다리를 움직일 수 없었고 즉시 칼을 고정하고 사형수 감옥에 갇혔다. 대종은 온 힘을 다하여 보호하면서 옥졸에게 잘 보살피도록 분부했다. 대종이 음식을 준비하여 송강에게 공급했음은 말할 것도 없다.

한편 채구 지부는 대청에서 물러나와 황문병을 후당으로 초청하여 다시 감사했다.

"통판의 높은 식견이 아니었다면 자칫 저놈에게 속을 뻔했소."

"상공, 이 일은 늦장을 부려서는 안 됩니다. 서둘러 편지를 쓰셔서 빨리 경사에 계신 태사에게 보내 상공이 국가를 위해 이렇게 커다란 일을 했음을 보여드려야 합니다. 그리고 편지에 '만일 산 채로 원한다면 죄수 싣는 수레에 태워 도성으로 보내고, 원치 않는다면 운송 도중에 변고가 생길까 두려우니 본처에서 참수하여 나라의 근심을 제거하겠습니다'라고 아뢰십시오. 황제께서도 아시면 분명히 기뻐하실 겁니다."

"통판 말씀이 일리가 있소. 내가 즉시 사람을 시켜 집에 보내겠소. 편지에 통판의 공도 적어 부친께서 천자에게 아뢰어 일찌감치 부귀한 성지로 승진되어 가서 영화를 누리도록 해달라고 말이오."

황문병이 절하며 감사했다.

"그렇게만 된다면 소생이 평생 문하에 기탁하여 무슨 일이라도 해서 은혜를 갚겠습니다."

황문병은 채구 지부를 부추겨 집으로 보내는 편지를 쓰고 도장을 찍게 했다. 황문병이 다시 지부에게 물었다.

"상공 편지는 어떤 심복에게 보내십니까?"

"본주에 대종이라는 양원 절급이 있는데, 신행법을 사용하여 하루에 800리 길을 갈 수가 있다오. 내일 아침 이 사람을 경사로 보내면 10여 일 만에 왕복할 수 있을 것이오."

"정말 그렇게 빠르다면 좋지요, 좋습니다!"

지부는 후당에 술을 준비하여 황문병을 대접했다. 다음날 지부와 작별하고 무위군으로 돌아갔다.

한편 채구 지부는 편지를 넣는 통 두 개를 준비하여 금은보배와 노리개를 넣고 위에 봉함 종이를 붙였다. 다음날 아침에 대종을 후당으로 불러 당부했다.

"여기 이 선물과 편지는 6월 15일 부친의 생일을 경축하여 동경 태사부로 보내는 예물이다. 날짜가 촉박하여 너만이 해낼 수 있다. 너는 고생을 사양하지 말고 밤낮으로 서둘러 달려가거라. 답장을 받아 돌아오거든 내가 큰 상을 내릴 것이다. 너의 일정은 모두 내 마음 속에 들어 있다. 내가 네 신행의 날짜를 이미 계산해두고 회신을 기다릴 테니, 절대 중간에서 늦장을 부려 일을 망치지 말거라."

대종이 감히 따르지 않을 수가 없어서 편지와 상자를 받아 지부에게 작별인사를 하고 나왔다. 상자를 거처에 놓아두고 감옥으로 가서 송강에게 말했다.

"형님 걱정 마십시오. 지부가 저를 경사로 보내 10일 안에 돌아오라고 했습니다. 태사부에 가서 여러 가지 방법을 알아보고 형님을 구할 방도를 찾아보겠습니다. 매일 밥은 이규에게 부탁하여 음식 수발을 빼먹지 않도록 맡겨놓았습니다. 형님은 마음 푹 놓으시고 며칠 기다리십시오."

송강이 말했다.

"동생 제발 나 좀 살려주게."

대종은 이규를 불러 송강 앞에서 분부했다.

"네 형님은 반시를 잘못 써서 여기에 갇혀 송사를 벌여야 하니 어떻게 될지 모른다. 나는 지금 지부의 심부름으로 동경에 갔다가 조만간에 돌아올 것이다. 형님의 음식은 아침저녁 모두 네가 돌보아야한다."

이규가 대답했다.

"반시를 읊은 게 뭐가 좆같이 대단하다는 거야! 다른 사람들은 모반을 해도 큰 관리만 잘 되더라. 마음 놓고 동경에 가시오. 감옥 안에서 누가 감히 어떻게 하겠어! 잘해주면 그만인데 잘못 건드리면 이 어르신의 커다란 도끼로 제 어미 대가리를 찍어버릴 테다!"

대종이 떠나면서 다시 한번 당부했다.

"동생 제발 조심하고 술 마시다가 형님 음식 챙기는 거 잊어먹지 말고, 또 나가서 술 처먹다 형님 굶기지 말거라."

"형, 마음 놓고 떠나시오. 만일 이렇게 못 믿는다면 내가 오늘부터 술을 끊고 형이 돌아오면 마실게. 아침저녁으로 감옥에만 있으면서 송강 형님을 시중든다면 안 될 것이 어디 있겠소?"

대종이 듣고 크게 기뻐하며 말했다.

"네가 이렇게 마음먹고 형님을 잘 돌본다면 최고지."

대종이 이별하고 떠난 그날부터, 이규는 정말 술 한 방울 마시지 않고 감옥 안에서 송강을 시중하며 한 걸음도 떠나지 않았다.

이규에게 송강을 부탁하고 대종은 거처로 돌아와 행전, 무릎 보호대 그리고 미투리를 바꾸고 살굿빛 적삼을 입었으며 탑박을 바로 묶고 허리에 선패宣牌[20]를 꽂았으며 두건을 바꾸고 서신과 노자를 챙겨 넣은 다음 상자 두 개를 짊어

20_ 선패宣牌: 공인이 몸에 차고 있는, 성명과 직급을 표기해 신분을 증명할 수 있는 패다.

졌다. 성 밖으로 나와 몸에서 갑마 네 개를 꺼내 두 다리에 두 개씩 묶고 입으로 신행 주문을 외웠다. 신행법의 효험은 어떤 것인가?

> 마치 안개에 실려 가는 것 같고, 어렴풋이 구름을 타고 가는 듯하구나. 나는 듯 달리는 두 다리 먼지 일으키고, 고개 넘고 산을 지나 빠르게 가네. 방금 마을 떠나는 것 같더니, 잠깐 사이에 강주성을 지나갔구나. 금전金錢 갑마 과연 신통력 있어, 천 리 길도 지척인 듯 눈앞에 보이네.
>
> 仿佛渾如駕霧, 依稀好似騰雲. 如飛兩脚蕩紅塵, 越嶺登山去緊. 傾刻纔離鄕鎭, 片時又過州城. 金錢甲馬果通神, 千里如同眼近.

그날 대종은 강주를 떠나 하루 종일 달리다가 늦은 저녁 객점에 투숙하여 갑마를 풀고 수백 금의 지전을 불에 사르고 하룻밤을 쉬었다. 다음날 아침 일찍 일어나 아침을 먹고 객점을 떠나 갑마 네 개를 묶고 상자를 등에 진 다음 걸음을 재촉하여 달리기 시작했다. 귓가로는 비바람 소리가 들리고 다리는 땅에 거의 닿지 않았으며 가는 내내 소박한 야채뿐인 식사에 고기 안주 없이 야채 요리 안주로 술과 간식을 먹으며 달렸다. 날이 저물자 대종은 일찍 쉬고 객점에 투숙하여 하룻밤을 쉬었다. 다음날 5경에 일어나 아침 일찍 서늘할 때 다리에 갑마를 묶고 상자를 지고 다시 달렸다. 대략 200~300리쯤 가니 사시가 되었는데 깨끗한 주점이 보이지 않았다.

때는 마침 6월 초순 날씨라 땀이 비 오듯 흘러 온몸을 적셨고 또 더위를 먹을 것이 두려워졌다. 한창 배고프고 갈증도 나는 차에 앞쪽 나무 수풀 속 호숫가에 주점 하나가 보였다. 순식간에 달려가 보니 깨끗하고 좌석이 20개 정도 있었는데, 탁자와 의자는 모두 붉은 칠을 했고 호수에 접한 좌석은 모두 격자창문으로 되어 있었다. 대종은 상자를 지고 안에 들어가 편안한 자리를 골라 앉은 다음 상자를 내려놓고 탑박을 푼 다음 살구색 적삼을 벗어 입으로 물을 뿜어편 다음 창문 난간에 마르도록 널었다. 대종이 자리에 앉자 주보가 와서 주문을 받았다.

"나리, 술은 얼마나 드시겠습니까? 안주는 돼지·양·소고기 중에 어떤 걸로 하시겠습니까?"

"술은 많이 필요 없고 밥이나 먹으려 한다."

"저희는 술과 밥을 파는데 만두도 있고 분탕粉湯[21]도 있습니다."

"나는 고기요리와 술을 먹지 않으니 반찬으로 어떤 야채 탕이 있느냐?"

"특별히 만든 매콤하고 맛좋은 국물로 만든 두부는 어떠십니까?"

"그거 좋다, 그것으로 다오!"

주보가 들어가고 얼마 지나지 않아 두부와 반찬 두 접시가 나왔고 연속으로 술 세 사발을 따라주었다. 대종은 배도 고프고 갈증도 나서 술과 두부를 모두 급하게 먹고 또 밥을 더 시켜 먹으니 하늘과 땅이 빙빙 돌며 머리가 어지럽고 눈앞이 흐릿해져서 의자 옆에 쓰러졌다. 주보가 옆에 서서 지켜보다가 소리쳤다.

"자빠졌다!"

이때 한 사람이 주점 안에서 나왔는데, 어떻게 생겼을까?

넓은 어깨 긴 다리에 가는 허리, 손님에겐 더없이 사근사근하네.
양산박의 감시자가 된 그 영웅, 바로 그가 한지홀률 주귀로구나.
臂闊腿長腰細, 待客一團和氣.
梁山作眼英雄, 旱地忽律朱貴.

주귀가 안쪽에서 걸어나오면서 말했다.

"상자는 들여가고 먼저 그놈 몸 안에 무엇이 있는지 뒤져라."

21_ 분탕粉湯: 전분으로 묵을 만들어 자른 다음 양념을 넣고 국물을 부어 먹는 요리.

일꾼 둘이 가서 몸을 뒤지더니 주머니에서 종이로 싼 것을 찾아냈는데, 안에 편지가 들어 있어 주귀에게 건네주었다. 주 두령이 편지를 뜯어보니 집안에 보내는 편지로 겉봉에 다음과 같이 쓰여 있었다.

'집안에 평안을 아뢰는 편지, 부친 슬하膝下에 엎드려 절하며 올립니다. 채덕장蔡德章 올림'

주귀가 뜯어 처음부터 읽는데 머리 부분에 다음과 같은 내용이 있었다.

"지금 도성에서 아이들이 부른다는 노래 가사에 들어맞는 반역시를 지은 송강이란 자를 붙잡아 감옥에 가두었습니다. (···)_ 처분을 기다리고 있습니다."

주귀는 편지를 모두 읽고 놀라 한참을 멍하니 서서 할 말을 잃어버렸다. 일꾼이 대종을 방 안으로 들여 껍질을 벗기기 위해 업다가 보니 의자 옆에 떨어진 탑박에 주홍색 판에 녹색으로 칠한 선패가 걸려 있었다. 주귀가 들고 보니 글자가 은색으로 새겨져 있는데 바로 '강주 양원 감옥 관리 절급 대종'이라고 쓰여 있었다. 주귀가 선패에 쓰인 이름을 보고 다급하게 말했다

"멈추어라. 군사가 항상 강주에 있는 신행태보 대종이란 사람과 매우 가까운 친구라고 했다. 혹시 바로 이 사람이 아닌가? 그런데 어째서 송강을 해치려는 편지를 전하려 가는 걸까? 이 편지가 내 손에 걸려들다니 정말 천운이구나."

재빨리 일꾼을 불렀다.

"빨리 해독약을 가져와 깨워라. 내가 사실과 이유를 물어보아야겠다."

일꾼은 즉시 대종을 부축하여 일으킨 뒤 해독약을 물에 타서 들이부었다. 잠시 후에 대종이 이맛살을 펴고 눈을 뜨며 일어났다. 주귀가 가서家書[22]를 뜯어 손에 들고 있는 것을 보고는 고함을 질렀다.

"너는 누구냐? 대담하게 몽한약으로 나를 마취시켜 쓰러뜨리다니! 그리고 지금 태사부로 가는 편지를 제멋대로 열고 봉함을 뜯다니, 네가 무슨 죄를 지었는

22_ 가서家書: 가족 사이에 왕래하는 편지.

지 아느냐?"

주귀가 웃으면서 말했다.

"이런 좆같은 편지가 뭐 그리 대단하단 말이냐! 태사부로 가는 서찰을 뜯어보는 것은 말할 것도 없고, 나는 여기에서 대송황제와 원수지간이다."

대종이 듣고 대경실색하며 물었다.

"당신, 도대체 누구시오? 함자가 어떻게 되시오."

"나는 여기서 성명을 바꾸지 않는다. 양산박의 사내 한지홀률 주귀가 바로 나다."

"양산박 두령이라면 분명히 오 학구 선생을 아시겠군요."

"오용 선생은 우리 산채 군사로 병권을 장악하고 있습니다. 당신이 어떻게 그를 아시오?"

"그는 나와 지극히 친한 친구요."

"당신은 군사가 항상 말하던 강주 신행태보 대 원장이 아니시오?"

"소인이 바로 대종입니다."

주귀가 다시 물었다.

"전에 송 공명이 우리 산채를 거쳐 강주로 유배 갈 때, 오 군사가 그대에게 편지까지 보냈는데 지금 왜 송강의 목숨을 해치려고 하시오?"

"송 공명과 나는 지극히 친한 형제로 그가 지금 반역시를 써서 구할 수가 없었소. 내가 동경에 가서 방법을 찾아 그를 구하려고 하는데, 어째서 내가 그의 생명을 해치려 한다고 하시오?"

"당신이 내 말을 믿지 못하겠다면 채구 지부의 편지를 읽어보시오."

대종이 편지를 읽어보고 너무 깜짝 놀랐다. 대종은 오용으로부터 편지를 받은 일, 송 공명과 서로 만나던 일 그리고 송강이 심양루에서 취하여 실수로 반역시를 지은 일들을 자세하게 설명했다. 주귀가 자초지종을 듣고 말했다.

"그렇다면 원장께서 친히 산채로 올라가서서 두령들과 좋은 방책을 상의하신다면 송 공명의 생명을 구할 수 있을 것입니다."

주귀가 서둘러 밥과 술을 준비시켜 대종을 대접했다. 그리고 바로 물가 정자에서 맞은편을 향하여 신호 화살을 날렸다. 화살이 날아간 곳에서 졸개가 배를 저어 건너오니 주귀가 대종과 함께 상자를 싣고 배에 올라 금사탄에 도착하여 산채로 안내했다. 오용이 소식을 듣고 서둘러 관 아래로 내려와 맞이하여 대종을 보고 인사하며 말했다.

"정말 오랜만이네! 오늘 무슨 바람이 불어 여기까지 왔는가? 일단 산채로 올라가 두령들과 만나세."

주귀는 대종을 데리고 오게 된 연유를 설명하며 지금 송 공명이 감옥에 갇혀 있다고 했다. 조개가 듣고는 서둘러 대 원장을 청하여 앉히고, 어째서 송 공명이 송사를 받게 되었는지 자세하게 물었다. 대종이 송강이 반역시를 쓴 일을 하나하나 자세하게 설명하자, 조개가 듣고 크게 놀라며 바로 두령들을 불러 군사를 모아 산채를 내려가 강주를 치고 송강을 구하여 산채로 데려오려고 했다. 오용이 간언하며 말렸다.

"형님, 경솔하게 일을 벌여서는 안 됩니다! 여기에서 강주까지는 길이 멀어 군마를 동원한다면 일을 벌이기도 전에 먼저 소문만 커지고 경계심만 높아져 송 공명의 목숨만 위태롭게 될 것입니다. 이 일은 힘으로 할 수 있는 것이 아니고 계책을 사용할 수밖에 없습니다. 이 오용이 재주는 없지만 꾀를 한번 부려보겠습니다. 대 원장만 협조해준다면 송 공명의 목숨을 반드시 구할 것입니다."

조개가 말했다.

"군사의 묘책을 한번 들어봅시다."

"지금 채구 지부는 원장에게 동경으로 편지를 가지고 가서 태사의 회신을 얻어오라는 것입니다. 우리는 이 편지를 역이용하여 가짜 답장을 써서 대 원장으로 하여금 돌려보내는 겁니다. 편지에는 다음과 같이 씁니다. '범인 송강에게 형을 집행하지 말고 비밀리에 믿을만한 인원을 보내 동경으로 압송시켜라. 자세하게 심문하고 처결하여 백성에게 보여 경계시킨다면 동요하는 일이 없을 것이니.' 그리고 압송하여 여기를 지날 때 우리가 하산하여 빼앗으면 됩니다. 이 계책이 어떻습니까?"

조개가 말했다.

"만일 여기로 지나지 않는다면 일을 그르치게 되지 않겠는가!"

공손승이 나서서 말했다.

"이것은 어려울 것 없습니다. 사람을 풀어 원근 지역을 살핀다면 어디로 지나간다 해도 기다렸다가 무슨 수를 써서라도 빼앗을 수 있습니다. 아예 압송하지 않을 것이 걱정입니다."

조개가 다시 말했다.

"군사의 계책이 좋긴 하오만 채경의 필적을 쓸 수 있는 사람이 없소이다."

"이 오용이 속으로 생각해두었습니다. 지금 천하에는 사가四家의 서체가 광범위하게 유행하고 있는데 바로 소동파蘇東坡, 황노직黃魯直[23], 미원장米元章[24], 채경의 글자체입니다. 소황미채蘇黃米蔡[25]는 바로 우리 송조宋朝의 '사절四絕'입니다. 소생이 일찍이 제주성 안에서 수재를 한 사람 만났는데, 그 사람 이름은 소양蕭讓이라고 합니다. 그는 여러 사람의 서체를 다 잘 쓰므로 그를 '성수서생聖手書生'이라고 합니다. 그리고 창봉과 도검을 잘 다루고 채경의 필체를 잘 쓰는 것으로 알고 있습니다. 대 원장이 빨리 소양의 집에 가서 '태안주泰安州 악묘岳廟 안에 비문碑文[26]을 써야 하는데, 선금으로 은자 50냥을 보냈으니 먼저 집안 비용으로 쓰십시오'라고 속여 불러옵니다. 나중에 집안 식구들을 산으로 데리고

23_ 황노직黃魯直은 황정견黃庭堅을 말한다. 저명한 시사詩詞 작가로 장뇌張耒, 조보지晁補之, 진관秦觀과 함께 소문사학사蘇門四學士로 불린다.

24_ 미원장米元章: 시문을 잘 지었고 서법이 강건했으며 화법이 정교하고 아름다웠다.

25_ 여기서의 '채蔡'는 '채경蔡京'이 아니라 '채양蔡襄'을 가리킨다. 『수호전전교주』에 따르면 "혹자는 말하기를, 본래는 채경인데, 후세 사람이 채경이 간사하기 때문에 채양으로 바꾼 것이다"라고 했다.

26_ 비문碑文: 비석에 새기는 문자를 말한다.

오고 본인도 입산시킨다면 어떻겠습니까?"

조개가 다시 물었다.

"편지는 소양에게 쓰게 한다고 해도 도장 날인은 어떻게 하오?"

"제가 아는 또 다른 사람을 이미 생각해두었습니다. 이 사람은 실력이 중원 최고이며 제주성 안에 살고 있습니다. 이름은 김대견金大堅인데 돌 비석에 문자를 잘 새길 뿐만 아니라 옥석 도장도 잘 파며 창봉도 잘 다룹니다. 옥석에 조각을 잘하므로 사람들은 그를 '옥비장玉臂匠'이라고 부릅니다. 역시 먼저 50냥을 주고 비문을 새긴다고 속여 불러오고 나중에 소양에게 했던 것처럼 하면 될 것입니다. 이 두 사람은 산채에서 쓸 용도가 많습니다."

조개가 말했다.

"절묘합니다!"

그리고 연회를 준비하여 대종을 대접하고 밤에는 휴식을 취했다. 다음날 아침밥을 먹고 대 원장을 불러 태보太保[27]로 변장시키고 은자 100~200냥을 주어 갑마를 묶고 산을 내려가게 했다. 금사탄을 지나 배를 타고 건너와 발걸음을 길게 뻗으며 제주로 향했다. 두 시진이 지나지 않아 제주성 안에 도착하여 성수소생 소양의 거처를 물어 찾았다. 어떤 사람이 손으로 가리키며 말했다.

"제주 관아 동쪽 문묘文廟[28] 앞에 살고 있습니다."

대종은 문 앞에서 마른기침을 하고 물었다.

"소 선생 계십니까?"

밖에서 인기척이 나자 안에서 수재 한 사람이 나와 대종을 자세히 살펴보더니 모르는 사람인지라 물었다.

"태보께서는 어디에서 무슨 일로 오셨습니까?"

27_ 태보太保: 사당, 불당 등에서 향과 초를 관리하는 사람.
28_ 문묘文廟: 공자를 제사지내는 사당.

대종이 정중하게 예를 행하고 말했다.

"소생은 태안주 악묘를 모시는 홍 태보洪太保입니다. 지금 사당의 오악루를 재건하고 주의 부호가 비문을 새기려고 하는데, 일부러 소생을 선생에게 보내 은자 50냥을 드리고 모셔오라고 했습니다. 수재께서는 귀한 발걸음을 옮겨 저와 함께 가셔서 글을 남겨주시기 바랍니다. 날짜를 정해놓아 늦출 수가 없습니다."

"소생은 단지 작문과 서단書丹29을 쓸 수 있을 뿐 다른 것은 할 줄 모릅니다. 만일 비석을 세우려 한다면 글자를 새겨 파야 합니다."

"소생이 백은白銀 50냥을 더 가지고 왔는데, 옥비장 김대견을 청하여 돌에 새기려고 합니다. 좋은 날짜를 이미 선택했는데, 만일 그분을 아신다면 길을 안내하여 같이 가주셨으면 좋겠습니다."

소양이 은자 50냥을 받고 대종과 함께 김대견을 찾아 나섰다. 문묘를 막 지났는데 소양이 손가락으로 가리키며 말했다.

"저기 앞에 오는 사람이 바로 옥비장 김대견입니다."

소양은 즉시 김대견을 불러 대종과 인사를 시키며, 태안주 악묘 안에 오악루를 재건하고 여러 부호가 비문을 새기고 비석을 세우려 하고 있고, 이 태보가 일부러 여기까지 찾아와 은자 50냥으로 그대와 나 두 사람을 초청한다고 두루 설명했다. 김대견은 은자를 보고 속으로 기뻐했다. 두 사람은 대종을 청하여 주점에서 술과 안주를 사서 대접했다. 대종이 김대견에게 집안 살림에 보태라고 은자 50냥을 지불하고는 말했다.

"음양가陰陽家30가 이미 날짜도 골랐으니 두 분은 번거롭겠지만 오늘 출발하셔야겠습니다."

소양이 말했다.

29_ 서단書丹: 비석을 조각할 때 먼저 붉은색을 묻힌 붓으로 돌 위에 쓰고 새기는 문자.

30_ 음양가陰陽家: 천문·역수·풍수지리 따위를 연구하여 길흉화복을 예언하는 사람.

"날씨도 너무 더워 오늘 출발하면 길을 많이 가지도 못하고 잘 곳에 도달하지도 못할 것입니다. 그러니 내일 5경에 일어나 문이 열리기를 기다렸다가 가시지요."

김대견이 동의하며 말했다.

"그렇게 하시지요."

두 사람은 내일 출발하기로 약속하고 각자 집으로 돌아가 짐을 꾸렸다. 소양은 대종을 집으로 데리고 가서 하룻밤을 재웠다.

이튿날 5경에 김대견은 짐을 들고 소양·대종과 함께 길을 떠났다. 제주성을 떠나 10리를 못 가서 대종이 말했다.

"감히 걸음을 재촉할 수가 없으니 두 분 선생은 천천히 오시오. 제가 먼저 가서 부호들에게 두 분을 영접하게 알리겠습니다."

발걸음을 재촉하여 먼저 달려갔다. 두 사람은 등에 짐을 지고 천천히 걸었다. 한참을 걸어 미시쯤 되었을 때 대략 70~80리 길을 걸었는데 앞에서 휘파람 소리가 들리더니 산성 언덕에서 사내들 40~50명이 튀어나왔다. 맨 앞에 선 사람은 바로 청풍산 왕왜호로 고함을 지르며 말했다.

"너희 두 사람은 누구냐? 어디를 가느냐? 얘들아, 이놈들을 잡아라. 심장을 꺼내 술안주로 삼아야겠다."

소양이 말했다.

"소인들은 태안주에 비석을 새기러 가는 사람이라 세금을 낼 돈도 한 푼 없고 옷가지 몇 벌밖에 없습니다."

왕왜호가 말했다.

"돈이나 옷은 필요 없고 너희 총명한 두 사람의 심장과 간으로 안주를 삼아야겠다!"

소양과 김대견은 마음이 조급하여 각자 가지고 있던 실력껏 간봉을 들고 왕왜호에게 달려들었다. 왕왜호가 박도를 들고 와서 두 사람과 싸웠다. 세 사람이 무기를 휘두르며 대략 5~7합을 싸웠을 때 왕왜호가 몸을 돌려 달아났다. 두 사람이 쫓아가자 산 위에서 징 소리가 들리더니, 좌측에서 운리금강 송만이 나타났으며 오른쪽에서 모착천 두천이 나타나고 뒤에서 백면낭군 정천수가 나왔다. 각자 30여 명을 데리고 한꺼번에 공격하여 소양과 김대견을 강제로 질질 끌어당기며 숲속으로 데리고 갔다.

네 사내가 말했다.

"두 분은 안심하시오. 우리는 조 천왕의 명을 받들고 일부러 두 분을 산으로 모시고 가 입산시키려고 합니다."

소양이 말했다.

"우리가 산채에 무슨 소용이 있단 말이오? 우리 둘은 새 한 마리 잡을 힘도 없고 밥이나 축낼 것입니다."

두천이 말했다.

"오 군사가 원래 당신들을 알고 있습니다. 두 분이 무예도 뛰어난 것을 알고 특별히 대종을 시켜 두 분 댁으로 보내 청한 것입니다."

소양과 김대견이 서로 얼굴을 바라보더니 아무 말도 하지 못했다. 일행은 모두 한지홀률 주귀의 주점에 도착하여 분열주分列酒[31]를 마시고는 밤에 배를 불러 산 위로 올라갔다. 대채에 도착하자 조개와 오용이 두령들과 함께 맞아 연회를 준비하여 대접하고 채경의 답장에 대한 이야기를 설명했다.

"그래서 두 분이 양산박에 가입해서 대의를 함께하시기 바랍니다."

두 사람은 그 말을 듣고 오용을 붙들고 말했다.

"우리는 여기에 있어도 괜찮지만 가족이 저기에 있어 내일이라도 관아에서 알면 큰일이 날 것입니다."

오용이 말했다.

31_ 분열주分列酒: 한패가 된다는 의미에서 마시는 술.

"두 동생은 아무 걱정 마시게. 날이 밝으면 소식이 있을 것이네."

그날 밤은 먹고 마시기만 했다.

다음날 아침에 졸개가 와서 보고했다.

"모두 도착했습니다."

오용이 말했다.

"두 동생은 몸소 나가서 가족을 맞이하게나."

소양과 김대견이 듣고 반신반의했다. 둘이 산허리쯤 내려가니 가마 여러 채를 타고 두 집 식구들이 산을 올라오고 있었다. 둘은 놀라 일을 자세하게 물었다. 두 가족은 말했다.

"두 분이 집을 나서고 나서 이분들이 가마를 들고 찾아와 가장이 성 밖 객점에서 더위를 먹었으니 빨리 가족을 데리고 와서 구해야 한다고 했습니다. 성 밖을 나오더니 우리를 가마에서 내려주지 않고 바로 여기까지 데리고 왔습니다."

두 가족의 말이 똑같았다. 소양이 듣고는 김대견과 함께 입을 닫고 아무 말도 하지 않았다. 결국 둘 다 체념하고 다시 산채로 올라가 양산박에 입산하고 가족을 정착시켰다.

오용이 두 사람을 청하여 채경의 글자체로 답장을 써서 송 공명을 구하는 문제를 상의했다. 김대견이 말했다.

"전에 채경의 도장[32], 이름을 파본 적이 있습니다."

둘은 일을 시작하여 도장을 완성했고 서둘러 답장을 만들고 연회를 준비하여 대종과 송별연을 하고 편지의 내용을 자세하게 분부했다. 두령들과 작별하고 산을 내려오자 졸개들이 서둘러 배를 띄워 금사탄을 건너 대종을 주귀의 주점에 내려주었다. 대종은 서둘러 네 개의 갑마를 다리에 묶고 주귀와 작별한 다음

32_ 원문은 '도서圖書'인데, 인장을 말한다. 이것은 명나라 때 부르던 말이고 송나라 때는 아니었다. 이하 역자는 '도장' 혹은 '인장'으로 번역했다.

발걸음을 재촉하여 길을 떠났다.[33]

한편 오용은 대종을 보내고 두령들과 다시 돌아와 산채에서 연회를 베풀었다. 술이 한창 돌았을 때 오용이 갑자기 고함을 질러대는데, 그 소리가 얼마나 큰지 두령들이 듣고 모두 놀라 물었다.

"군사님, 도대체 무슨 일입니까?"

"여러분은 모를 것이요. 이 편지로 인해 대종과 송강은 목숨이 위험해질 거요."

두령들은 깜짝 놀라며 다급하게 물었다.

"군사님, 편지에 무슨 문제가 있기에 그러시오?"

"앞만 생각하고 뒤를 돌아보지 못해 편지에 커다란 실수를 했소이다."

소양이 말했다.

"소생이 쓴 글자와 채 태사의 글은 같고 어구에도 문제가 없습니다. 죄송하지만 어디가 문제인지 모르겠습니다."

김대견도 거들었다.

"소생이 새긴 도장도 조금도 문제가 없을 텐데, 어디에서 문제가 생겼다고 하십니까?"

오용은 손가락 두 개를 구부리며 문제가 생긴 부분을 말했다. 나누어 서술하면, 호걸들이 강주성을 크게 소란스럽게 하고 백룡묘白龍廟[34]를 떠들썩하게 했다. 그야말로 빗발치는 활과 쇠뇌 속에서 목숨을 구하고 숲을 이룬 칼과 창 속에서 영웅을 구하게 된다.

결국 군사 오 학구가 저지른 실수가 무엇인가는 다음 회에 설명하노라.

33_ 양산박은 산둥성 서부에 위치해 있다. 대종이 남쪽 강주(장시성 주장)에서 동경(허난성 카이펑)에 가려면 양산박을 지나갈 필요가 없다.

34_ 백룡묘白龍廟: 하신묘河神廟다.

## 성수서생聖手書生 소양蕭讓과 옥비장玉臂匠 김대견金大堅

소양의 별명인 '성수聖手'는 신선의 손을 가리킨다. 또한 서법書法에 장기가 있고 특별한 장점이 있는 자에 대한 존칭으로 사용된다. 소양이란 인물은 역사에 보이지 않는다.

『수호전보증본』에 근거하면 인장은 금속·옥석·상아·소뿔 등의 귀한 재료로 제작했는데 당시 인장을 파는 것은 관청에서 독점했고 민간에서도 인장을 잘 파는 자들이 있었지만 사회의 직업으로 형성되지는 않았다. 원나라 말 화가인 왕면王冕이 처음으로 청전석青田石을 깎아 인장으로 사용하기 시작하여 민간에서 전문적으로 인장을 새기는 장인이 출현하게 되었다.

【 제40회 】

# 백룡묘 소집회[1]

조개가 두령들과 함께 군사 오용에게 물었다.

"그 편지에 무슨 실수가 있단 말이오?"

"아침에 대 원장이 가지고 가려는 편지를 세밀하게 신경 쓰지 못해 발견하지 못한 곳이 있습니다. 사용한 도장을 옥저전문玉箸篆文[2]으로 '한림 채경翰林蔡京'이라 네 글자로 새기지 않았습니까? 이 도장 때문에 대종이 들통나게 될 것이오."

김대견이 말했다.

"제가 채 태사의 서신과 문장을 볼 때마다 모두 이 도장을 사용했습니다. 이번에 미세한 착오도 없이 완전히 똑같이 만들었는데, 어째서 허점이 있다고 하십니까?"

1_ 제40회 제목은 '梁山泊好漢劫法場(양산박 호걸들이 사형장을 급습하다). 白龍廟英雄小聚義(영웅들이 백룡묘로 모이다)'다.

2_ 옥저전문玉箸篆文: 서체 명칭으로 특별히 소전小篆을 가리킨다. 진나라 때 이사李斯가 창제했기에 진전秦篆이라고도 부른다.

"여러분은 잘 모르실 겁니다. 지금 강주 채구 지부는 채 태사의 아들입니다. 아버지가 아들에게 편지를 쓰는데 피휘避諱3를 하지 않고 어째서 자기 이름이 있는 도장을 쓰겠습니까? 이것이 잘못된 것입니다. 내가 제대로 살피지 못했습니다. 강주에 도착하면 반드시 추궁을 받아 사실을 묻는다면 큰일이 날 것입니다!"

조개가 말했다.

"빨리 사람을 보내 쫓아가서 불러와 다시 쓰면 되지 않겠소?"

"어떻게 쫓아가겠습니까? 신행법을 써서 이미 500리는 갔을 것입니다. 이제 더 이상 망설여서는 안 되니, 어떻게 해서라도 두 사람을 구해야 합니다."

조개가 물었다.

"어떻게 해야 구할 수 있겠소? 좋은 계책이라도 있소?"

오용이 앞으로 가서 조개의 귓가에 입을 대고 중얼거렸다.

"이렇게 해서 저렇게 해야 합니다. 두령은 몰래 명하여 사람들에게 알리고 이렇게 출발하되 절대 날짜를 어겨서는 안 됩니다."

호걸들이 명령을 듣고 각자 행색을 갖추어 밤새 하산하여 강주로 달려갔다. 어떤 계책을 냈는지 말하지 않았으나 다음을 보면 알게 될 것이다.

한편 대종은 기한에 맞추어 강주로 돌아와 즉시 대청 아래에서 답장을 꺼냈다. 채구 지부는 대종이 제 날짜에 돌아온 것을 보고 기뻐했다. 먼저 술 세 잔을 상으로 주고 직접 답장을 받으며 말했다.

"너는 태사를 직접 뵈었느냐?"

"소인은 하룻밤만 묵었기 때문에 은상을 뵙지 못했습니다."

지부가 겉봉을 뜯어 앞면을 읽었다.

3_ 피휘避諱: 고대 제왕이 등급제도의 존엄을 유지하기 위하여 직접 군주나 부모의 이름을 부르거나 쓰는 것을 피하는 것을 말한다.

'상자 안의 물건은 모두 잘 받았다…….'

중간에는 다음과 같았다

'……요망한 송강을 천자께서 직접 보고자 하시니, 죄수를 싣는 단단한 수레에 실어 세심한 인원을 선발해 밤낮으로 경사로 압송하도록 하되 도중에 실수가 없도록 하여라.'

마지막은 다음과 같았다.

'조만간에 천자에게 황문병을 상주하면 반드시 관직을 제수하게 될 것이다.'

채구 지부가 모두 읽고 기쁨을 이기지 못하여 25냥짜리 화은 덩이를 대종에게 상으로 주었다. 한편으로 죄수 싣는 수레를 만들도록 분부하고 같이 보낼 수행원을 고르는 일을 상의했다. 대종은 감사 인사를 하고 거처로 돌아와 술과 고기를 사서 감옥에 가서는 송강을 만났다.

채구 지부는 빨리 죄수 싣는 수레를 만들도록 재촉하여 이틀 만에 완성하고 출발하려할 때 문지기가 들어와 보고했다.

"무위군 황 통판이 특별히 찾아오셨습니다."

채구 지부가 후당으로 불러 만나니 황 통판이 또 예물과 절기에 맞는 과일을 보냈다. 지부가 감사하며 말했다.

"이거 번번이 받기만 해서 어찌 감당해야 할지 모르겠소."

"시골 바닥의 변변치 않은 물건이라 입에 담기도 송구스럽습니다."

"조만간에 반드시 영예롭게 관직이 수여될 것이니 미리 축하드리오."

"상공께서 그것을 어찌 아십니까?"

"편지를 가지고 갔던 사람이 어제 돌아왔소. 요망한 송강을 경사로 압송하라고 하셨소. 통판을 금상에게 아뢰어서 조만간에 발탁하여 승진될 것이오. 모두 부친[4]의 답장에 자세하게 쓰여 있었소."

4_ 원문은 '가존家尊'으로 상대방에게 자신의 부친을 말할 때 쓴다. 이하 '부친'으로 번역했다.

"그렇다면 은상의 추천에 깊이 감사드립니다. 편지를 가지고 갔던 사람은 정말 귀신 같이 빠른 사람이군요."

"통판이 믿지 못하겠지만 편지를 읽어보면, 내 말이 거짓말이 아니라는 것을 알 것이오."

"소생이 어찌 감히 멋대로 편지를 볼 수 있겠습니까마는 괜찮으시다면 한번 보았으면 합니다."

"통판은 믿을 만한 사람인데, 편지 한 장 보여주는 것이 무슨 문제가 되겠소."

편지를 하인에게 건네 황문병에게 보도록 전했다.

황문병이 편지를 받아 들고 처음부터 끝까지 한 번 자세하게 읽었다. 편지를 둘둘 말아 겉장을 보니 도장이 새것이었다. 황문병은 고개를 좌우로 흔들며 말했다.

"이 편지는 진짜가 아니군요."

"통판, 그럴 리가 없소. 이것은 분명 부친의 진짜 필적인데, 어째서 진짜가 아니란 말이오?"

"상공, 아뢰기 송구스럽지만 평소 온 편지 중에 이런 도장을 찍은 적이 있습니까?"

"평소의 편지에는 이런 도장이 없었고 손으로 직접 쓰셨지. 이번에는 도장이 마침 옆에 있어서 봉투에 찍었음이 분명하오."

"저더러 쓸데없이 말이 많다고 나무라지 마십시오. 이 편지는 상공을 속인 가짜입니다. 소황미채 사가의 서체는 지금 온 천하에 두루 유행하여 배우지 않는 사람이 없겠습니다만 이 도장은 태사께서 한림학사에 계실 때 사용하던 것으로 서법 교본에서 누구나 볼 수 있습니다. 지금 태사께서 승상으로 승진하셨는데, 어째서 한림의 도장을 사용하시겠습니까? 게다가 아버지가 아들에게 편지를 쓰는데 이름이 들어 있는 도장을 쓰는 것은 절대 부당합니다. 부친이신 태사께서는 천하에 모르는 것이 없고 세상의 서적들을 두루 열람하셨으며 고명하고 식견이 넓은 분이신데 어찌 경솔하게 잘못 사용하시겠습니까? 상공께서 소인의 말을 믿지 않으신다면, 편지 심부름한 사람을 자세히 심문하셔서 집에 가서 누구를 만났는지 물어보십시오. 만일 틀리다면 가짜 편지입니다. 소생이 말이 많다고 언짢게 생각지 마십시오. 상공께 과도한 사랑을 입어 분수도 모르고 허튼소리를 올렸으니 용서하십시오."

채구 지부가 그 말을 듣고는 대답했다.

"그거야 어려울 것 없소. 이 사람은 한 번도 동경에 다녀온 적이 없는 사람이니 한 번만 물어보면 사실 여부를 금세 알 수 있소."

지부가 황문병을 병풍 뒤에 앉히고 즉시 대청에 올라가 맡길 일이 있다고 대종을 불렀다. 공인들이 명을 받고 사방으로 흩어져 대종을 찾았다. 여기에 증명하는 시가 있다.

반역시와 가짜 편지가 서로 관련된 것은
양산의 도적들과 연결되었기 때문이네.
황봉黃蜂이 아픈 곳 쏘아주지 않았다면
채구蔡龜는 크다 해도 헛수고만 했으리라.
反詩假信事相牽, 爲與梁山盜結連.
不是黃蜂針痛處, 蔡龜雖大總徒然.

한편 대종은 강주로 돌아와 먼저 감옥에 가서 송강을 만나 귀에 대고 낮은 목소리로 전에 있었던 일들을 이야기했다. 송강이 속으로 기뻐했다. 다음날 어떤 사람이 대종을 청하여 주점에서 술을 마시는데 공인들이 사방에서 찾아왔다. 대종이 관아 대청으로 불려가니 채구 지부가 물었다.

"그저께 네가 동경을 다녀오느라 고생을 했는데 상을 주지 못했구나."

"소인은 은상의 명을 받들어 일하는 사람인데 어찌 태만할 수 있겠습니까?"

"내가 연일 공사로 바쁘다보니 너에게 자세하게 물어보지 못했구나. 네가 경사에 들어갈 때 어느 문으로 들어갔느냐?"

"소인이 동경에 도착했을 때 이미 날이 저물어 무슨 문으로 들어갔는지 모르겠습니다."

"우리 집 문 앞에서 누가 너를 맞이하더냐? 그리고 너를 어디서 쉬게 했더냐?"

"소인이 부府 앞에 가서 문지기를 찾아 만나 편지를 전해주니 가지고 들어갔습니다. 얼마 후 문지기가 나와 상자를 받아갔고 소인은 객점에 가서 쉬었습니다. 다음날 5경에 부 문 앞에서 기다리니, 그 문지기가 답장을 가지고 나왔습니다. 소인은 날짜를 어길까 두려워 감히 자세히 묻지도 못하고 서둘러 돌아왔습니다."

지부가 다시 물었다.

"네가 보았던 문지기가 나이는 얼마나 되더냐? 검고 말랐더냐 아니면 하얗고 뚱뚱하더냐? 키가 크더냐 아니면 작더냐? 수염이 있더냐 아니면 없더냐?"

"소인이 부에 도착했을 때 날이 이미 저물었습니다. 다음날 아침에 돌아올 때도 이른 5경인데다 하늘이 어두웠습니다. 자세히 보지는 못했지만, 키는 크지 않은 것 같고 보통이었으며 콧수염이 조금 있었습니다."

지부는 화가 머리끝까지 치밀어 올라 더 이상 참지 못하고 고함을 질렀다.

"저놈을 잡아 묶어라!"

옆에 지나가던 10여 명의 옥졸들이 대종을 대청 앞에 밀어 넘어뜨렸다. 대종이 아뢰었다.

"소인은 아무 죄도 없습니다."

지부가 노발대발하며 말했다.

"너 이 죽일 놈! 우리 집의 오랜 문지기 왕공王公은 이미 죽은 지 수년이 지났고 아들이 문을 지키고 있는데, 어째서 나이도 많고 콧수염도 있다고 하느냐? 하물며 문지기 왕가는 집 안으로 들어갈 수도 없다. 각지에서 오는 서신은 반드시 부당府堂 안의 장張 간판幹辦[5]을 거쳐야 비로소 이李 도관都管(집사)을 만날 수 있다. 그래야 안에 전하여 알리고 선물을 받는 것이다. 답장을 기다린다면 3일은 기다려야 한다. 내 선물 상자를 어떻게 심복도 아닌 사람이 나와 너에게 경위를 자세히 묻지도 않고 경솔하게 받을 수 있단 말이냐? 내가 어제 너무 바쁘다보니 네놈에게 속고 말았구나. 너 지금 사실대로 자백하거라. 이 편지는 어디서 가져온 것이냐!"

"소인이 잠시 일정을 맞추려고 서두르느라 제대로 알아볼 겨를이 없었습니다."

채구 지부가 소리 질렀다.

"허튼소리 마라! 이 천박한 놈이 맞지 않으면 자백을 하지 않을 모양이구나? 여봐라. 이놈을 있는 힘껏 두드려라!"

옥졸들은 상황이 심각하여 좋지 않음을 보고 체면을 보아줄 수가 없어서 대종을 꽁꽁 묶어 누이고 사정없이 두드려 피부가 찢기고 살이 터져 선혈이 낭자하게 흘렀다. 대종이 결국 고문을 참지 못하고 자백할 수밖에 없었다.

"이 편지는 확실히 가짜입니다."

"네놈이 어떻게 이 가짜 편지를 얻었느냐?"

대종이 아뢰었다.

"소인이 도중에 양산박을 지나는데 한 무리의 강도가 튀어나와 소인을 강탈하고 묶어 산으로 끌고 올라가 배를 가르고 심장을 꺼내려 했습니다. 소인의 몸을 뒤져 서신을 찾아내고는 상자는 빼앗고 소인은 용서해줬습니다. 저는 이렇게 돌아올 수 없어서 산중에서 죽기를 간청했습니다. 그곳에서 이 편지를 써주고 소인을 돌려보내 벗어날 수 있었습니다. 순간적으로 질책 받는 것이 두려워 소인이 은상을 속였습니다."

5_ 간판幹辦: 잡다한 일을 관장하는 관리의 직분 명칭.

"그러면 그렇지, 중간에 또 무슨 헛소리를 지껄였느냐. 보아하니 네놈이 양산박 도적놈들과 내통하여 날조했구나. 내 상자 안의 물건을 가로채고 오히려 이따위 소리를 한단 말이냐? 이놈을 매우 쳐라!"

대종이 고문을 당하면서도 양산박과 내통했다는 말은 인정하지 않았다. 채구 지부가 다시 한번 대종을 고문하고 물었으나 대답하는 것이 앞뒤가 같자 심문을 끝내며 말했다.

"더 이상 물을 것 없다. 큰 칼을 가져다가 채우고 감옥에 가두어라."

퇴청하여 황문병에게 감사하며 말했다.

"통판의 고견이 아니었다면, 내가 큰일을 그르칠 뻔했소."

황문병이 또 말했다.

"이 사람은 틀림없이 양산박과 내통하면서 함께 결탁하여 모반을 일으키기로 했을 것입니다. 일찌감치 제거하지 않으면 나중에 커다란 화가 될 것입니다."

"이 두 놈을 문초하여 조서를 꾸미고 시가지에 끌어다가 참수하고 상주문을 작성하여 조정에 아뢰어야겠소."

"상공의 말씀이 지극히 합당합니다. 이렇게 하신다면, 첫째로 조정에서 상공이 커다란 공을 세웠다는 것을 알고 기뻐할 것입니다. 둘째로 양산박 도적들한테 감옥을 습격당하는 일을 면하게 될 것입니다."

"통판의 의견은 역시 주도면밀하오. 내가 문서를 작성해 통판을 추천하겠소."

그날 황문병을 잘 대접하고 문밖까지 배웅했고, 황문병은 무위군으로 돌아갔다.

이튿날 채구 지부는 대청에 올라 문서를 책임지는 공목을 불러 분부했다.

"빨리 문서를 가져오라고 하여 송강과 대종의 진술서를 서로 연계시켜 작성토록 하라. 그리고 죄상을 적은 범유패犯由牌를 만들고 내일 시가지로 끌고 가서 참수형을 시행해야겠다. 옛날부터 역모를 꾸민 자는 즉각 처분하라고 했다. 송강과 대종을 빨리 참수하여 뒷날의 근심거리를 없애야겠다."

문서 담당자는 황黃 공목인데 대종과 관계가 매우 좋았으나 구해낼 방법이 없어 '아이고' 소리가 절로 나왔다. 황 공목이 즉시 아뢰었다.

"내일은 국가의 기일忌日이고[6] 모레는 7월 15일 백중이라 모두 형을 집행할 수 없습니다. 글피[7]는 역시 황제의 등극을 기념하는 경명절景命節[8]입니다. 그러니 5일 후에나 형을 집행할 수 있습니다."

이렇게 된 것은 첫째 하늘이 다행히도 송강을 구하려 한 것이고, 둘째 양산박 호걸들이 아직 당도하지 않았기 때문이다.

채구 지부는 황 공목의 말을 듣고 그대로 따르기로 했다. 6일째가 되어 아침에 먼저 사람을 보내 형장이 있는 십자로를 깨끗하게 청소했고, 밥을 먹은 다음에 토병과 회자수劊子手(망나니) 등 대략 500여 명을 점고하여 감옥 문 앞에 집합시켰다. 사시(오전 9~11시)에 옥관이 아뢰자 지부가 친히 참형을 감시하는 감참관監斬官[9]이 되었다. 황 공목은 죄상을 적은 범유패를 지부에게 바치며, 그 자리에서 둘에게 참형을 선고했고 '참斬'자를 갈대자리에 붙였다. 강주부 절급과 옥리들이 비록 대종·송강과 사이가 좋았으나 구할 방법이 없었으므로 모두 속으로 신음 소리만 냈다. 준비를 마치고 옥 안에서 송강·대종 두 사람을 묶어 일으키고 아교 물[10]로 머리를 빗어 꼭지 달린 배 모양을 만들어 올리고 붉은

6_ 조정에 불길한 날짜를 가리킨다. 『수호전전교주』에 근거하면, 『빈퇴록賓退錄』에서 이르기를 "매월 1·8·14·15·18·23·24·28·29·30일에는 고기를 먹지 않는데 십재十齋라고 한다."고 했다. 또한 『당회요唐會要』에서는 무덕武德 2년(619) 정월 24일에 조서를 내려, 지금 이후부터 매년 정월, 9월과 매월 십재일에는 형을 집행해서는 안 된다고 했고, 건원乾元 원년(758) 4월 22일에 칙서를 내려 매월 십재일과 기일忌日에는 가축 도살을 해서는 안 된다고 했다."

7_ 원문은 '대후일大後日'이다. 『수호전전교주』에 따르면 "『가경밀현지嘉慶密縣志』 권11 「풍토지風土志·방언方言」에서 이르기를, '후삼일後三日(글피)을 대후大後라 한다'고 했다."

8_ 경명절景命節: 경명일은 황제에 오른 날로 황제 등극 기념일이다. '경명'은 상천上天이 황위를 수여하다는 의미다.

9_ 감참관監斬官: 범인을 참수하는 것을 감독하는 관원을 가리킨다.

10_ 실제로는 오동나무 대팻밥을 담근 물로 점성이 있어 옛날 부녀자들이 빗질하면서 밝고 깨끗하게, 부드럽게 윤택을 내는 데 사용했다. 여기서는 두발을 달라붙게 하여 뿔처럼 묶고 깨끗한 얼굴을 대중에게 드러내는 데 사용했다.

비단 종이꽃을 꽂았다. 청면성자青面聖者[11]를 모신 탁자 앞에 데려가 각자에게 마지막 밥과 술 한 사발을 주었다. 밥과 술을 모두 먹자 청면성자에게 절을 하고 몸을 돌려 세우고 이자利子[12]에 태웠다. 옥졸 60~70명이 송강을 앞에 세우고 대종은 뒤를 따르게 하여 옥문 앞으로 밀면서 나왔다. 송강과 대종은 서로 얼굴만 바라보고 아무 말도 하지 않았다. 송강은 비틀거렸고 대종은 고개를 숙이고 한숨만 쉬었다. 강주부에서 구경나온 사람이 정말로 가득 차서 어깨를 마주 대고 겹겹으로 서니 어찌 1000~2000명 정도에 그치겠는가?

우수에 찬 구름 끊임없이 흘러가고 가슴 맺힌 원한 가득 차 있네. 머리 위 해도 빛을 잃었고 처량한 바람은 사방에서 어지러이 울부짖는구나. 술 달린 창들 쌍쌍이 맞대고 있고 울리는 북소리는 삼혼三魂을 잃게 하며, 곤봉들 빼곡히 늘어서 있고 징소리 울리자 칠백七魄을 재촉하도다. 범유패 높이 내붙이니 사람들 이번에 가면 언제 돌아오나 말들하고, 흰 종이꽃 흔들리자 모두들 다시 살아나기 어렵다고 말하네. 마지막 먹는 밥 삼키기 어렵고, 세상과의 이별주를 어떻게 넘기겠는가! 흉악한 회자수들 강철 칼 들고 있고, 추악한 옥졸들 형구 잡고 있네. 검정 큰 깃발[13] 아래엔 수많은 요괴들 따르고, 네거리 사형장에선 무수한 혼백들 기다리누나. 감참관이 급히 영을 내리니, 검시관들 시체 멜 준비하고 있구나.

愁雲荏苒, 怨氣氛氳. 頭上日色無光, 四下悲風亂吼. 纓槍對對, 數聲鼓響喪三魂; 棍棒森森, 幾下鑼鳴催七魄. 犯由牌高貼, 人言此去幾時回; 白紙花雙搖, 都道這番

11_ 청면성자青面聖者: 감옥의 신을 말하는데 죄수가 감옥을 드나들 때 옥신獄神에게 참배시킨다. 옥신은 한나라 소하라고도 하고 고요皐陶라고도 한다.

12_ 이자利子는 사형을 집행하기 전에 거리를 돌며 대중에게 보이기 위해 타는 목려木驢다. 목려는 형구刑具로 밀어 움직일 수 있는 나무 수레다. 송나라 때의 형벌제도는 이미 능지처참의 형벌을 받은 죄수를 사형 집행 전에 먼저 목려에 세우고 거리를 돌며 대중에게 보였다.

13_ 원문은 '조도기皂纛旗'인데, 고대에 검은색 비단으로 제작한 군대에서 사용하는 큰 깃발이다.

難再活. 長休飯, 嗓內難呑; 永別酒, 口中怎咽! 猙獰劊子仗鋼刀, 醜惡押牢持法器. 皂纛旗下, 幾多魍魎跟隨; 十字街頭, 無限強魂等候. 監斬官忙施號令, 仵作子準備扛尸.

회자수가 고함을 지르며[14] 달려들어 송강과 대종을 앞으로 밀고 뒤를 에워싸며 시가지 입구로 끌고 오자 창과 봉들이 둥글게 에워쌌다. 송강은 남쪽을 향해 앉았고 대종은 북쪽을 향해 앉히고는 오시삼각午時三刻[15] 감참관의 참수 명령만 기다리고 있었다. 사람들이 고개를 들어 죄상을 적은 범유패를 바라보았는데 다음과 같이 쓰여 있었다.

'강주부 죄인 송강은 반역시를 지어 제멋대로 유언비어를 퍼뜨리고 양산박 강도들과 결탁하여 모반을 획책했다. 법률에 따라 참형에 처한다. 죄인 대종은 송강을 위하여 몰래 서신을 전달하고 양산박 강도와 결탁하여 모반을 획책했으므로 법률에 따라 참형에 처한다.
감참관 강주지부 채 아무개蔡某'

지부가 이미 도착하여 말고삐를 잡고 보고만을 기다리고 있었다.

그때 형장 동쪽에 뱀을 가지고 노는 거지들이 억지로 형장 안으로 들어와 구경하려고 하자 병사들이 때려서 쫓았으나 물러나지 않았다. 형장이 막 시끌벅적하기 시작하자 서쪽에서 창봉술을 보이며 약을 파는 무리가 무리하게 들어오려고 했다. 토병이 고함을 질렀다.

14_ 송·원 때 사형장 도부수들은 형을 집행하기 전에 고함을 질렀는데, 흉신과 악귀를 부르는 것으로 사람들을 두렵게 하기 위함이다.

15_ 오시삼각午時三刻: 대략 11시 45분으로 태양이 중천에 떠 있고 땅의 그림자가 가장 짧은 때다. 양기가 가장 강해 사형을 집행하는 시각이다.

"네 이놈들 세상물정을 전혀 모르는구나! 여기가 어디라고 강제로 밀고 들어와 구경하려고 하느냐!"

창봉을 든 약장수가 말했다.

"이런 좆같은 촌구석 같으니. 우리가 주나 부 어디라도 가릴 것 없이 생계를 도모하느라 안 가본 데가 없고 사람 죽이는 걸 구경했다. 경사에서 천자가 사람을 죽여도 구경은 맘놓고 하는 법이다. 이런 쥐구멍만 한 곳에서 겨우 두 사람 죽인다고 세상이 뒤흔들리도록 알려놓고 들어가서 구경하겠다는데 뭐가 좆같이 대단하다고 지랄이야!"

토병과 옥신각신하고 있는데 감참관이 고함을 질렀다.

"쫓아내고 들이지 말거라!"

소란이 가라앉기도 전에 남쪽에서 멜대를 맨 짐꾼들이 형장 안으로 들어오려고 했다. 토병들이 고함을 질렀다.

"여기는 죄인을 참수하는 형장인데 멜대를 짊어지고 어디를 가려는 것이냐?"

"우리는 물건을 지고 지부 상공에게 가는데, 너희가 어찌 감히 우리를 막는 거냐?"

"상공 관아 사람이라면 다른 곳으로 돌아가거라."

그들은 짐을 내려 멜대를 들고 사람들 안에 섞여 구경했다. 북쪽에서 상인들이 수레 두 대를 밀고 들어와 형장 안으로 들어가려고 했다. 토병들이 소리쳤다.

"너희는 어디를 가려고 하느냐?"

"우리는 갈 길이 급하니 지나가게 해주시오."

"여기는 사형을 집행하는 곳인데 어떻게 너희더러 지나가게 하겠느냐? 갈 길이 바쁘거든 다른 길로 돌아가거라."

상인들이 웃으면서 말했다.

"말은 잘한다! 우리는 경사에서 온 사람이라 네가 말하는 그런 좆같은 길은 모르니 여기 대로로 지나가야겠다."

토병이 어찌 지나가게 보낼 수 있겠는가? 상인들은 나란히 서서 가까이 다가오며 조금도 밀리지 않았다. 사방에서 소란이 끊이지 않자 채구 지부도 막을 수가 없었다. 상인들은 수레 위에 모여 자리를 잡고 구경했다.

시간이 얼마 지나지 않아 형장 중간에서 사람들이 갈라지더니 한 사람이 목청을 높여 외쳤다.

"오시 삼각이오!"

감참관이 외쳤다.

"참형을 집행하고 보고하라."

양쪽에서 칼과 곤봉을 내려놓고 있던 회자수들이 죄수의 칼을 벗겼고 법을 집행하는 칼을 손에 쥐었다. 순식간에 구경하려던 사람들은 더 잘 보려고 시끄럽게 난리를 쳤다. 그때 수레 위에서 구경하던 상인들이 '참형'이란 말을 듣자마자, 그중 한 상인이 품속에서 작은 징을 꺼내 수레 위에 서더니 '땡땡' 하고 두세 차례 두드려 신호를 보내자 사방에서 일제히 달려들었다. 여기에 증명하는 시가 이다.

흥에 못 이겨 틈을 내어 심양루 주점에 가니
끝없이 펼쳐진 자욱한 물안개는 흰 가을빛이더라.
가슴속 맺힌 오랜 원망을 술로 쓸어내고
반역 토로하는 시 적어 겹겹이 쌓인 수심 풀려 했다네.
편지 발각되어 영웅의 뜻 실현시키기 어렵고
뜻밖의 실수로 옥16에 갇힌 죄수 신세가 되었구나.
양산의 의로운 사내들 소동을 일으키니

16_ 원문은 '폐안狴犴'이다. 전설속의 호랑이와 비슷한 형상의 짐승으로 항상 감옥 문에 그려 넣었는데, 이후에 감옥을 가리키게 되었다.

일제히 구름같이 모여들어 강주 사형장 뒤엎어버리누나.

閑來乘興入江樓, 渺渺烟波接素秋.

呼酒謾澆千古恨, 吟詩欲瀉百重愁.

雁書不遂英雄志, 失脚翻成狴犴囚.

搔動梁山諸義士, 一齊雲擁鬧江州.

그때 십자로 입구에 있는 찻집 이층에서 호랑이 같은 시커먼 사내가 웃통을 벗은 채 두 손에 쌍 도끼를 들고 고함을 지르며 마치 벼락이 치듯이 공중에서 뛰어내렸다. 도끼로 형을 집행하려던 두 명의 회자수를 내려쳐 두 동강 내더니 감참관이 탄 말을 향하여 달려갔다. 병사들이 급히 창을 들고 찔렀으나 어떻게 막을 수 있겠는가? 사람들이 떼 지어 몰려들어 채구 지부가 도망가도록 막아섰다.

동쪽의 뱀을 가지고 노는 거지들은 또 몸 안에서 예리한 칼을 꺼내더니 토병들을 죽였고, 서쪽에서 창봉을 들고 있던 고약 파는 무리들은 함성을 내지르며 무자비하게 창봉을 휘두르며 토병과 옥졸들을 찔러죽이며 쓰러뜨렸다. 남쪽에 멜대를 지던 짐꾼들은 멜대를 여기저기로 닥치는 대로 휘두르며 토병과 구경꾼을 가리지 않고 때려눕혔다. 북쪽의 상인들은 수레에서 뛰어내려 수레를 밀어 사람들을 막았다. 상인 둘은 뚫고 들어와 송강과 대종을 등에 업었고 나머지 사람들은 활과 쇠뇌를 쏘아댔으며 돌을 던지기도 하고 표창을 날리기도 했다. 원래 상인으로 변장한 사람들은 조개·화영·황신·여방·곽성이었고 창봉을 휘두르는 약 장사로 변장한 사람은 연순·유당·두천·송만이었다. 짐꾼은 주귀·왕왜호·정천수·석용이었으며 거지로 분장한 사람은 완소이·완소오·완소칠·백승이었다. 모두 17명의 양산박 두령이 졸개 100여 명을 이끌고 사방에서 형장을 공격했다.

사람들 무리 속에서 쌍 도끼를 휘두르던 검은 사내는 여전히 도끼를 휘두르며 사람들을 찍어내고 있었다. 그가 제일 먼저 튀어나와 죽이기 시작하여 가장 많이 죽였으나 조개 등은 그가 누군지 몰랐다. 흑선풍 이규가 무지막지한 사람으로 송강과 가장 친하다고 했던 대종의 말을 조개가 갑자기 떠올렸다. 조개가 흑선풍을 불렀다.

"앞에 호걸은 혹시 흑선풍이 아니오?"

그 사내는 대답도 않고 있는 힘껏 또 빠르게 도끼만 휘둘러 찍어내고 있었다. 조개는 송강과 대종을 업은 두 졸개에게 검은 사내의 뒤를 따르도록 명했다. 즉시 십자로를 벗어나면서 군관과 백성을 불문하고 되는대로 도끼를 휘둘러대니 시체가 거리에 가득 차고 피가 흘러 도랑을 이루었으며 뒤집어지고 엎어진 시체가 셀 수 없이 많았다. 두령들이 수레와 멜대를 내던지고 모두 검은 호걸의 뒤를 따라 곧장 성 밖으로 나왔다. 뒤따라오던 화영·황신·여방·곽성의 활 네 대가 뒤를 향해 날아가는 메뚜기처럼 무수히 많은 화살을 발사했다. 그 바람에 강주 군민과 백성들 가운데 어느 누가 감히 앞으로 접근하겠는가? 검은 사내는 멈추지 않고 사람들을 죽여대며 강가까지 내달려서 온몸에 피 칠갑을 했다. 조개가 박도를 들고 소리쳤다.

"백성의 일을 방해하지 말고 무고한 사람을 상하게 하지 마시오!"

사내가 어찌 그 말을 듣겠는가? 맨 앞에 서서 도끼질 한 번에 목이 하나씩 떨어졌다. 성 밖으로 나와 강변을 따라 어림잡아 5~7리 길을 달려오니 눈앞에 커다란 강이 출렁출렁 흐르고 육지는 보이지 않았다. 조개가 이 광경을 보고 괴로운 신음을 내질렀다. 검은 사내가 그제야 입을 열어 말을 했다.

"당황하지 말고 형님을 사당 안으로 업고 들어가시오."

사람들이 모두 도착하여 바라보니 강가에 커다란 사당이 있는데 문 두 짝이 굳게 닫혀 있었다. 검은 사내는 쌍 도끼로 문을 부수고 안으로 들어갔다. 조개와 일행이 바라보니 양쪽은 모두 전나무와 소나무여서 나무로 가려져 있었다. 앞의 편액에는 '백룡신묘白龍神廟'라고 커다란 금색 글자가 쓰여 있었다. 졸개들이 송강과 대종을 묘 안에 업고 들어가 내려놓으니 그제야 송강이 눈을 떴다. 조개와 양산박 사내들을 보고는 울면서 말했다.

"형님, 혹시 꿈속에서 만난 것은 아니겠지요?"

조개가 달래며 말했다.

"산채에 남으려 하지 않더니, 결국 이런 고생을 하게 된 것 아닌가? 여기 혼신을 다해 사람올 죽이던 검은 사내는 누구신가?"

"이 사람은 바로 흑선풍 이규라고 부릅니다. 몇 번이나 감옥에서 나를 풀어주려고 했는데, 내가 벗어날 수 없을 것 같아서 따르지 않았습니다."

"정말 대단한 사람이야, 온 힘을 다해 싸우면서 칼이건 도끼건 화살이건 아무 것도 두려워하지 않더군."

화영이 소리쳤다.

"옷을 가져와 우리 두 형님에게 입혀라."

사람들이 모여 있을 때 이규가 쌍 도끼를 들고 복도에서 걸어나가려 하자, 송강이 불러 멈추게 하고는 물었다.

"동생, 어디가나?"

"여기 사당 관리하는 놈을 찾아 죽여버려야지. 이놈이 우리가 못 들어오게 좆같이 사당 문을 잠가버렸잖아. 이놈 잡아다가 사당 문에 제사를 지내려고 하는데 보이지 않네."

"너 이리 오너라. 먼저 우리 형님 두령님과 인사 하거라."

이규가 들고 쌍 도끼를 놓은 다음 잠시 무릎만 꿇고 말했다.

"큰형님, 철우가 거칠다고 탓하지 마시오."

여러 두령과 인사를 했는데, 주귀가 동향 사람인 것을 알고 둘이 반가워했다. 이어서 화영이 말했다.

"형님, 사람들에게 이형만 따라가라고 해서 지금 여기에 왔습니다. 그런데 앞은 커다란 강이 가로막아 길은 끊어지고 맞으러 오는 배 한 척 없습니다. 만일 성안에서 군사들이 쳐들어오면 어떻게 맞서 대적하겠습니까? 어디에서 도움을 받을까요?"

이규가 말했다.

"당황하지 말고 나와 성안으로 쳐들어가 좆같은 채구 지부를 한 방에 찍어버리고 달아나자."

대종이 이때 겨우 깨어나 소리를 질렀다.

"동생, 경솔하게 성질부리지 마라. 성안에 군마가 5000~7000명인데 만일 쳐들어갔다가는 반드시 실패하고 말 것이다."

완소칠이 말했다.

"멀리 강 건너편을 바라보니 물가에 배가 몇 척 있습니다. 우리 형제가 헤엄쳐 가서 배를 빼앗아와 타고 가면 어떻겠습니까?"

조개가 말했다.

"그 계책이 상책이다."

완가 삼형제는 옷을 벗으며 각자 예리한 칼을 차고 물속에 뛰어들었다. 대략 반 리를 헤엄쳤을 때 강 상류에서 노 젓는 배 세 척이 휘파람을 불며 나는 듯이 저어 내려왔다. 배 위에 각기 10여 명의 사람들이 손에 무기를 들고 있는 것을 보고는 당황했다. 송강이 듣고는 말했다.

"내 운명이 왜 이렇게 고달프냐!"

사당 앞으로 달려가 바라보니 번쩍이는 오지창을 거꾸로 든 사내가 뱃머리에 앉아있는데, 머리에 붉은 구레나룻이 길게 늘어져 있었고 하체에는 하얀 비단 바지를 입고 입으로 휘파람을 불고 있었다. 송강이 바라보니 다른 사람이 아니었다. 바로 다음과 같다.

동쪽으로 흘러가는 만 리 길이나 되는 장강, 그 가운데 웅대한 장사 한 명이 있다네. 얼굴은 분 바른 듯 살결은 유지乳脂 같이 새하얗고, 물에서도 평지같이 걸어다니누나. 담력 커서 우혈禹穴17을 찾아갈 수 있고, 마음은 기백 있어 흑룡의 턱밑 구슬 떼어내려 하네. 사나운 물결 속에서도 물고기처럼 튀어오르니, 그 이름 장순 영원토록 전해지리라.

東去長江萬里, 內中一個雄夫. 面如傅粉體如酥, 履水如同平土. 膽大能探禹穴, 心雄欲摘驪珠. 翻波跳浪性如魚, 張順名傳千古.

뱃머리에 앉아 있던 장순은 강변의 무리를 보고는 소리 질렀다.

"너희는 누구냐? 감히 백룡묘에 모여 있느냐?"

송강이 몸을 일으켜 사당 앞으로 나가 말했다.

"동생, 나 좀 살려주게."

장순 등이 송강을 보더니 크게 소리쳤다.

"됐다!"

배 세 척이 나는 듯이 강변으로 노를 저어왔고 삼완도 보고 헤엄쳐 돌아왔다. 일행이 모두 물가로 모여 사당 앞으로 왔다. 송강이 바라보니 장순이 배 안에 건장한 사내 10여 명을 태우고 있었고, 장횡이 배 한 척에 목홍·목춘·설영과 장객 10여 명을 데리고 왔다. 세 번째 배에는 이준이 이립·동위·동맹과 소금 밀매업자 10여 명을 이끌고 각자 창봉을 들고 물가로 다가왔다. 장순은 송강을 보자마자 기뻐서 어쩔 줄을 모르며 절하면서 말했다.

"형님이 관아에 끌려가고부터 저는 안절부절 못했지만 도대체 구할 방법이 없었습니다. 근래에 또 대 원장도 잡혔다는 말을 들었고 이규 형님도 만날 수가 없었습니다. 제가 할 수 없이 겨우 우리 형님을 찾아갔다가 목 태공 장원에서 아는 사람을 불러 모았습니다. 오늘 우리가 강주로 쳐들어가서 감옥을 습격하여 우리 형님을 구하려고 했는데, 뜻밖에 호걸들이 이미 형님을 구하여 여기로

17_ 우혈禹穴: 하우夏禹의 장지葬地로 전해진다.

오셨습니다. 감히 묻기 송구하지만 여기 호걸들께서 혹시 양산박 의사 조 천왕의 부리 아니십니까?"

송강이 가장 위에 서 있는 사람을 가리키며 말했다.

"이분이 바로 조개 형님이다. 여러분은 사당 안에 들어가 인사부터 나눕시다."

장순 등 9명, 조개 등 17명 그리고 송강·대종·이규 모두 29명은 백룡묘 안에 들어가 모였다. 이것을 '백룡묘白龍廟 소집회小聚會'라고 부른다.

29명의 사내가 각기 예를 마쳤을 때 졸개가 황급하게 사당 안으로 들어와 보고했다.

"강주성 안에서 북 치고 징 두드리며 군마를 정돈하여 성을 나와 추격해오고 있습니다. 멀리서 바라보니 깃발이 하늘을 가리고 도검이 삼밭에 뻗은 삼 같고 앞에는 모두 갑옷 입은 마군이고 뒤에는 모두 병사들로 창과 대도와 도끼를 들고 백룡묘로 돌격해오고 있습니다!"

이규가 듣고는 크게 소리쳤다.

"돌격이다!"

쌍 도끼를 들고 사당 문을 나섰다. 조개가 소리쳤다.

"이렇게 되었으니 어쩔 수 없소. 여러분, 이 조 아무개와 함께 강주군마를 모두 죽이고 양산박으로 돌아갑시다."

영웅들은 일제히 함성을 지르며 말했다.

"명대로 따르겠습니다."

140~150명 사내들이 일제히 고함을 지르며 강주 물가로 돌격했다. 나누어 서술하면, 강물은 붉게 물들고 시체는 산처럼 쌓이게 되었다. 그야말로 물결을 가르고 튀어 오르는 창룡이 지독한 불을 내뿜고, 산을 오르는 맹호가 하늘에 몰아치는 바람이 되어 울부짖는 것 같다.

결국 조개 등 여러 호걸이 어떻게 벗어나는지는 다음 회에 설명하노라.

## 이규의 쌍 도끼

이규의 도끼를 원문에서는 '판부板斧'로 쓰고 있는데 납작하고 날이 넓은 큰 도끼다. 장작을 팰 때도 사용되었고 역자는 '도끼' 혹은 '큰 도끼'로 번역했다. 또 본문에서는 이규가 자루가 짧은 쌍 도끼를 휘두른다고도 묘사하고 있다. 『수호전보증본』에 근거하면 역사 속 전쟁에서 자루가 짧은 쌍 도끼를 사용했다는 기록은 보이지 않으며, 이규의 쌍 도끼는 작자가 창작해낸 것이다. 도끼는 생산에 필요한 공구이자 살상 무기로 다양하게 변천해왔다. 진晉나라 이후에는 도끼날이 더욱 넓어지고 자루가 짧아져 찍어 죽이는 능력이 제고되었다. 하지만 단부單斧(한 자루의 도끼)였지 쌍부雙斧(쌍 도끼)는 아니었다. 당·송 시대에는 장부長斧(자루가 긴 도끼)가 등장했다. 당나라 천보天寶 15년(756)에 명장 이사업李嗣業이 자루가 긴 도끼와 맥도陌刀(자루가 긴 대도大刀)를 소지한 보졸 3000명을 이끌고 안녹산安祿山의 기병을 대패시켰다. 남송의 명장인 왕덕王德 또한 긴 도끼를 든 군사를 이끌고 금나라 군대를 무찔렀다.

# 원본 수호전 2



**초판인쇄** 2024년 6월 7일
**초판발행** 2024년 6월 21일

**지은이** 시내암
**옮긴이** 송도진
**펴낸이** 강성민
**편집장** 이은혜
**마케팅** 정민호 박치우 한민아 이민경 박진희 정유선 황승현
**브랜딩** 함유지 함근아 고보미 박민재 김희숙 박다솔 조다현 정승민 배진성
**제작** 강신은 김동욱 이순호

**펴낸곳** (주)글항아리 | **출판등록** 2009년 1월 19일 제406-2009-000002호

**주소** 경기도 파주시 심학산로 10 3층
**전자우편** bookpot@hanmail.net
**전화번호** 031-955-2689(마케팅) 031-941-5161(편집부)

ISBN 979-11-6909-250-0 04820
979-11-6909-248-7 04820 (세트)



잘못된 책은 구입하신 서점에서 교환해드립니다.
기타 교환 문의 031-955-2661, 3580

**www.geulhangari.com**